帝重

[上册]

是谁新燕家

HERE TO STAY

STAY FOR LOVE

帘重 ——— 著

青岛出版社
QINGDAO PUBLISHING HOUSE

图书在版编目（ＣＩＰ）数据

是谁家新燕 / 帘重著.--青岛：青岛出版社，
2018.6

ISBN 978-7-5552-6661-7

Ⅰ．①是… Ⅱ．①帘… Ⅲ．①长篇小说－中国－当代
Ⅳ．①I247.5

中国版本图书馆CIP数据核字(2018)第012589号

书　　名	是谁家新燕	
著　　者	帘　重	
出版发行	青岛出版社	
社　　址	青岛市海尔路182号（266061）	
本社网址	http://www.qdpub.com	
邮购电话	010-85787680-8015　　13335059110	
	0532-85814750（传真）　　0532-68068026	
责任编辑	郭林祥	
责任校对	李玮然	
特约编辑	崔　悦　　吴梦婷	
装帧设计	李红艳	
照　　排	梁　霞	
印　　刷	三河市航远印刷有限公司	
出版日期	2018年6月第1版　　2018年6月第1次印刷	
开　　本	32开（880mm×1230mm）	
印　　张	15	
字　　数	281千	
书　　号	ISBN 978-7-5552-6661-7	
定　　价	56.80元	

编校印装质量、盗版监督服务电话　4006532017　　0532-68068638

建议陈列类别：畅销·青春文学

目 录 [上册]

目 录 [下册]

Chapter 01
沦落不过君

　　江子燕将近而立之年，读到古大流氓的冷门箴言，"一个人的名字可能是错的，但一个人的外号绝对不会错"。

　　这时有人按门铃，她把书轻轻合上，再想起读的时候已经忘了页数，转眸翻到了那句著名以致传诵到有点烂俗的句子，"笑得甜的女人，将来运气都不会太坏。"。

　　她什么也没说，静等江河入海。

　　江子燕的运气，向来不坏。

　　或许经历大难不死，上天赏赐了她残留的后福，权当补偿。

　　江子燕缓慢地读了三年半，才取得学位，导师向来最喜欢她。

　　毕业时节，东海岸就业形势奇好，她面试时回答任何问题，冷静又有条不紊，唯独眉宇间有一股清愁，衬着淡色衣衫说不出的动人，像是从明后期工笔画里走出来的遗世独立的人物。

　　对方欣然允诺实习，给到她比本土同学都好的offer。

身份问题不用担心，早在年初她就拿到了H-1B签证。

所有人都以为她会留美。

12月底的纽约，整个城市依旧像前十一个月那样充满活力。

圣诞装饰尚未撤下，几个衣衫褴褛的流浪汉和他们养的巨型黑狗，瑟瑟地分吃香肠加曲奇。

温暖公寓外面起着料峭凛冽的寒风，江子燕仔细地锁好门，戴好帽子，挺直背脊，匆匆走过街道。

她身材高挑，二手店里淘来的羊绒大衣垂过膝盖轻柔荡漾，全身被黑色笼罩着，下颌线条有些男性化的硬朗，除了略染芙蓉色般的薄唇外再无其他色彩。她双手插兜，不笑的时候，眉梢、眼睛、嘴唇都透露出一股森然的冷意。

纽约周日下午的天主教堂像区警局，聚集了神色各异又刻意沉默或倾诉的人群。

江子燕挑了教堂中前排的木椅子坐。周围嗡嗡声不息，人们就各自的生活对上帝窃窃私语，直到头顶巨大的管风琴奏起熟悉的轰鸣声，才逐渐安静。

江子燕放缓表情，随着圣歌微微扬起嘴角，她的气场瞬间变了，眼睛带有一种奇异的光彩，面部愉悦放松，又有少许严肃混合落寞的神色。

三年多来，江子燕在他人面前言笑晏晏，却习惯于在这种教徒化的场合里安静地想自己的心事。唯一能真正把她和周边虔诚教徒区别开的是，江子燕指尖懒散握着的并非耳熟能详的《圣经》，那是一本封面磨到破损的繁体古龙小说。

圣歌结束，牧师布道终了，所有人都带着那一丝像是伪装又像是彻悟的微笑从座位上站起来。

在教堂彩色玻璃映射的光辉中，江子燕笑得格外动人。

有黑人修女忍不住走下来问她："姊妹，你笑得那么开心，是有好事发生？抑或倾听主的启示？"

不，不是。

都不是。

当不知道做什么表情时，索性微笑。言有言灵，借古龙先生的吉言，微笑总有好运气。

乐观的美国人不知，几年前，江子燕的外号是"女阎王"，阴冷孤傲，生人勿扰的眼神、举止，相处初期颇让人害怕。但现在，她不再如此。

昨日深夜，江子燕收到越洋邮件。

"你的打算是什么？"对方于信件末尾问。

整封邮件，三十六个字节，唯一的问号就用在这里。江子燕上移鼠标，发件人邮箱后缀是万年不变的公司地址。三年间，她与他会定期邮件联系。但除此，他没有多打来一通电话或多发来一条短信，大概对她确实厌恶至极。

江子燕任光标在自己眼前跳跃了一会儿，在屏幕第三次黑下来前，她缓慢地敲下"我会回来"四个字，最后点击发送。

一秒都没到，她就收到了回复：

"很好。"

与三年前出国时匆匆忙忙的狼狈模样相比，江子燕回国时反而简单从容。

退房、卖车、清洁旧物、告别友人，江子燕直起腰，随意看着空荡的房间，白色遮光窗帘映衬着对面公寓的防火梯。每一次看纽约的角落，她都毫不怀疑这是自己最挚爱的城市，无法复制又无法模仿。

然而，偏偏没有值得她真正留恋的东西，偌大公寓住了那么久，家具格局维持刚住进来的模样，她居然疏懒到一盆植物都没有养。

临走前夕，她最后一次来到街角熟悉的教堂。

"我要回去啦。"她坐在忏悔室里突然说了句中文。

"你在说什么？"隔壁的神父疑惑地问道。

江子燕回过神，重新用英语重复一遍。她有着冷淡的双眼，和一把轻柔的嗓音，吐露英文时尾音带些缠绵："我要回去啦。"

隔壁很快传来神父温和的回应："那么，祝福你那可爱的前途光明。"

江子燕托运完两个箱子，一路走过机场海关免税店直入机舱。十几个小时里保持冰美人的模样，等飞机落地，她才走到机场卫生间略微梳理。

开始的五分钟里江子燕只是补妆，略微往过于苍白的唇上描点口红，耐心地把紊乱的长发盘整齐。她的五官有些男性化，唯独天生唇红且薄，牵唇一笑，显得说不出的高冷骄傲。

在此过程中，感应水龙头坏了，对着空气突然间就哗哗溅水。旁边拖着地的清洁阿姨，抬头厌烦地盯着她，想走过来又掂量着没有打扰。

江子燕擦净了手，随手从包里拿出记事本，翻开扉页后，里面密密麻麻又潦草地写满同一个名字：何智尧。

她的手指轻轻抚过字迹，内心把这个名字再珍重地念了数遍。她眉心微蹙，露出苦笑，这就是自己全无印象……亲生儿子的名字。

正在这时，手机响起来。

"飞机晚点？"同样低低沉沉，是男子的声音，正是何绍礼。

江子燕几不可闻地呼出一口气，抬头看到镜子里的女人，极有耐性地看着自己。

战争已经重新开始。

于是她学着对方的口气，轻声回答："马上。"

对方沉默半秒，没继续催促，挂了电话。

取行李的大厅，只剩下自己的行李箱孤零零地躺在托运带上。飞机降落时已经是半夜，接机口围着各路人马，她推着行李车走出来，没怎么费心地就认出一名高大男子的身影。

何绍礼。

这名字就像什么魔咒，和她毫无印象的前半生紧紧缠绕在一起。当初从病床上醒来，各路人马转述她的前半生，那一个糟糕又陌生的故事：寡言沉默又城府极深的女孩，用底层穷姑娘对白马王子不合时宜的热情和独特心机，几近疯狂地追求室友的弟弟何绍礼。

更令人刮目相看的是，她成功了。

江子燕取得何绍礼父母和姐姐的信任，拆散何绍礼从样貌到家世都般配的青梅竹马的恋情，步步为营，逼迫他与青梅决裂，随后把他灌醉一举怀孕，还使出百般花招成功逼迫何绍礼娶自己。

据说向来脾气极佳的何绍礼被这个女人逼得放了狠话，他怒极反笑："你讲什么？我娶你？除非你死。"

已经怀有四个月身孕的江子燕一言不发，转身从三楼跳了下去。

像传奇，但比传奇更糟糕的结局，是她没死。不仅没死，肚子里的孩子都命大地保住了。

唯一的后遗症，也只是她失忆了。

江子燕站在原地，远远地望着等待她的何绍礼，机场的灯光像是一桶油漆毫无章法地泼过来。刺鼻气味散去，眼前只剩下强制又冷酷的纯白色。

她还记得自己头痛欲裂地醒来，陌生的人，陌生的世界，陌生的

5

恶意和窃窃私语，丁点都没有印象的往事。头部的撞击，带来太多后遗症，她在认知、辨识都仍有困难的情况下，接受了保胎治疗，几个月后，懵懂地升级成为母亲，产下一个皱巴巴的婴儿。

最初半年里，江子燕对着日夜啼哭的婴儿，心里的绝望多于母爱。在此期间，那位据说责任感和前途都无量的青年企业家丈夫，何绍礼先生，仅仅在病房出现过一次。

当日，她还在昏昏沉沉地午睡，耳边仿佛听到皮鞋极轻的踩地声。

过了很久，江子燕被嗓中干涸隐隐地渴醒，木然睁开眼，看向旁边的床头柜，却赫然发现床边坐着一人。

她一激灵，就要把手臂上的输液管碰掉，幸好对方眼疾手快地按住。

年轻男子戴着医学口罩遮着口鼻，只露出磊落的眉宇，目睹她醒来亦不动声色，目光复杂，依旧钻研着她苍白的脸，好像此生从来没有见过这么狼狈的女人。

"子燕姐，你还认得我吗？"他终于开口，喉结在动，因为口罩遮掩带着些许鼻音。

她已经猜出他是谁，迟疑片刻点点头，又略微摇了头。

这位名义上的丈夫，她曾经为之疯狂的闹剧男主角终于出现在自己的面前。再过了会儿，他突然说："你口渴？"

后来，何绍礼扶着她喝了杯半冷不热的水，沉默地看了她一会儿便转身离开。而江子燕亦识趣，过去是场荒唐的梦，她不想再卷入任何闹剧，更下定决心不再打扰他。

偏偏事与愿违。

母亲那时候去世，她因为每况愈下的身体状况赶不回去，是何绍礼出面解决从医院到下葬的所有问题。她不肯把孩子交给何家抚养，每日苦撑做小脑恢复记忆和恢复肌体的训练，还要照顾小儿黄疸的何智尧。

月嫂换了三名，依旧不满意，江子燕心力交瘁，缺乏奶水，深更半夜给孩子做各种辅食时，不慎把热水洒在整个脚面上。

凌晨四点，何绍礼接到她勉力打来的求助电话后迅速赶来。他亲自收拾好一切，再转身时表情严肃。江子燕脸色煞白，双眼无神，靠在角落里终于站稳。

他看了她片刻，终于开口："子燕姐，你现在这副样子……"

她勉力集中视线看着他，何绍礼这次前来没有戴口罩，剑眉朗目，但又有一张娃娃脸、一对酒窝和一个极挺的鼻子。

何绍礼顿了顿，斟酌着继续说："不如你出国休养一段时间，我来照顾这个孩子。"

四下空白。沉默的对峙中，江子燕咬唇望着他。那会儿她整个人瘦到只剩下骨头架子，发如枯草，唇上不再有多少血色，但依旧是冷硬的模样，不笑的时候还有些鬼气森森。

她问："凭什么？"

他收回目光，换了肯定的语句说："这样做，对你，对我，对孩子，甚至是对大家都好。"

再后来，何绍礼开始频繁地来她家，帮着照顾婴儿，还日日接送她去疗养。

除此之外，他非常寡言，没有继续提这个话题，显然无声地坚持意见。半个月后，如泥菩萨过江般的女人，终于在婴儿越来越弱的哭泣声中对他做出妥协。

江子燕答应离去的唯一条件，是儿子必须由何绍礼亲手抚养，不可假手他人。

她记得，何绍礼当时眉都不皱就答应了这个条件。

大概，他巴不得她走。

——已经快四年的事情。

非常糟糕的记忆，中间隔着漫长的离别。她丢弃自己的儿子，换来异国他乡里平静的生活。失忆前的江子燕难得一笑。现在的她，不，江子燕开始喜欢笑。像三年来每天服用药物一样，江子燕每天对着镜子挤出微笑，每天化妆，练习乖巧。在语言不通的国家，江子燕学会未语先笑，指望那笑容为冷峻容颜添上些人情味。

有志者事竟成，她果然养成良好习惯。

就像此刻，江子燕带些笑意，推着行李车，手指发白，一步一步走向远处的父子。只是，她不确定这笑容对这个陌生的小丈夫是否管用。

假如，他真那么恨她，为什么还默许她回来。

何绍礼依旧耐心地等待，他耐心一直很好，正想再低头看表，耳朵却被儿子揪住来回搓揉，小孩子手没个轻重，略有些疼。何绍礼也不阻止，猝然间低下脖颈，骑在他肩上的小男孩立刻失去重心向前倒栽下来，男人好整以暇地伸出双臂准备牢牢接住调皮鬼。

这是他们父子间惯常玩的小游戏，然而孩子掉落的瞬间，他的手臂一紧，有人先他一步接过了孩子。

何绍礼抬眸看去，第一眼仍然是江子燕的乌发。

别的女孩的发色在阳光直射下都发青发黄，唯独她有一头接近漆色的乌发，接受强光考验，又直又顺，还非常浓郁，漆黑到如同冬宫旁的那条静谧的涅瓦河，映衬着不苟言笑的五官，在极寒冷风下又汹着令人惧怕的水波。

江子燕是一个由蓝莲花和水泥混合而揉成的冰美人。那时候何绍礼的朋友总议论她的打扮似兵马俑般无趣，还暗地里拿她名字打趣，谁家燕子乌鸦般黑。所有人都承认她气质无双，但见识过江子燕那些软软硬硬的手段和他自始至终的沉默后，也就没人再评论她的容颜。

时至今日，她的脸在太多次回忆里反而平淡无奇，但令何绍礼印象最深刻的是她的发色，极纯的黑色。

和如今的她一模一样。

这个……失忆"女阎王"回来了，嗯。他不由习惯性地摸了摸鼻子，玩味地想：胖子的亲妈回来了，自己的无聊日子是到头了，还是又开始了？

此刻的江子燕却没有关注何绍礼，专注地盯着眼前的小人儿。

她怀里抱着的小男孩自然是何智尧，她的亲生骨肉。江子燕微微颤抖着，忍住胸膛里的感情对儿子露出个微笑，但又感到确实缺乏母子间的心有灵犀。掩藏在平静、深切的思念后的，是今日见到他后，她的第一感觉……沉。

纵然何绍礼每月都会定时传来儿子的照片或视频，但镜头好像掩饰了不少真相。江子燕对何智尧的最后印象，依旧停留在那个只会在她怀里哭着流鼻涕、皱鼻子的瘦弱婴童，而不是这个胖乎乎的男孩。这三年，她在教堂活动偶尔也照顾过小孩子，以国外的标准来看，刚刚坐在何绍礼肩上的男孩也属于体重略超标的行列。

眼前这名大珍珠般圆润的小朋友，同样感到诧异。

他记得上一刻自己还在爸爸的肩膀上玩闹，此刻晕头被陌生人抱着，乌黑的眼睛迷惑地看着眼前的年轻女人，过了几秒钟，咧嘴像是准备哭。

"不准哭！"

"不要哭哦。"

两个成年人异口同声地制止孩子，纷纷愣住。

何绍礼只是望了她一眼，江子燕话一出口就后悔了，耳朵后方迅速烧起来。怀中的小男孩倒是要哭不哭地拧着脸，没吭声，依旧从她怀里伸出胖手急着让爸爸抱。

江子燕镇定心神，略微思索就打算把孩子还回去，但抬头的瞬间，仿佛看到何绍礼脸颊若隐若现地显出酒窝。她没来得及细看，他已经率先接过她手里的行李车，迈开长腿往前推。

"先帮我抱着他。"

江子燕一怔，内心那练习了无数遍的打招呼底稿暂且咽在肚子里，犹豫几秒，何绍礼已经走远，她只得托住小男孩紧紧地跟上。

停车场在地下三层，路程漫长，何智尧像一锭藏在怀里的巨型银子——沉，挣扎又暖烘烘。

江子燕的手臂很快发酸，她咬牙几次，刚开始双手抱着孩子的屁股，后来揽着孩子的小胖腿，到最后索性不雅观地用肩膀扛着孩子。

小男孩最初被爸爸抛下，惊吓中坚持不让她碰，后来被颠得七荤八素的时候，也只能委屈地搂住她的脖子。他的身子一直下滑，大概察觉这个陌生女人的瘦弱臂力比较不可信，生怕摔下去，连忙搂得更紧。江子燕本就要三步并作两步才能跟上何绍礼的脚步，此刻被小男孩稚嫩但顽强的圆手臂死缠住喉咙，整个人被勒得喘不上气。

"尧宝你松开一些，不然我追不上他啦。"她咳嗽着低声说，又忍不住笑了，"我不会摔到你。"

何智尧没搭理她，那双眼焦急地看着前方何绍礼的背影。

江子燕无法，只得继续前行。

这番疾走让她活生生在冬天里闷出热汗，等她终于气喘吁吁地来到车里松了口气，却又被何绍礼赶下去，示意后面有儿童座椅。

她不由挑眉，想如果这是下马威，倒确实出乎意料。幸好面皮早就厚了几尺，她居然神色不动，等把亲儿子五花大绑在安全座椅上后，左右看了半天，试探着问："我这样捆他对吗？"

何绍礼放置好行李，从另一侧探头过来拉下了什么，点了点头。

江子燕坐上车后，略微平定着气息。

她回想着他刚才对自己的称呼，是子燕姐。

好难听的名字，但这何绍礼比她足足小四岁，称呼她为姐姐并不奇怪。江子燕侧头多瞧了他几眼，这张俊朗面孔，从不皱眉，男人中极少有生得这样好的。更难得五官也不显凉薄，有点像唐人街路边卖的二郎神贴画，挡不住的神采。

江子燕收回目光，仅凭外貌，何绍礼确实是一个非常出色的男人，不怪曾经的自己对这样的人物死缠烂打。他几年前的言谈举止就已经平稳，如今半点多余情绪也瞧不出来。

江子燕耐心地等待了会儿，主动开口打招呼："好久不见。"

何绍礼像听了个不好笑的笑话般，应付地抿了抿嘴，没动声色地说："子燕姐，欢迎你回国。"

他显然也在同样仔细地打量她。

江子燕隐隐觉得浑身如被针刺，面上不显，只能轻声说："谢谢你今天来接我。"

何绍礼再笑了笑，这次他什么都没有回答，转过头开始打方向盘。

两人寒暄的第一关算是过了。江子燕松了口气。她沉默地系自己的安全带的时候，从后视镜里和正好奇地盯着自己的小男孩——何智尧小朋友对视。

何智尧倒是不怕生，歪头审视她。

这小男孩，和他爸爸长得一模一样，倒是应了句"有其父必有其子"。何智尧从眉到鼻，都是何绍礼的翻版，远远地望去眼睛里黑灵灵的一片，粗略看去完全没有半点像她的地方。

11

三年间，每次一想到这个儿子，江子燕就独自去教堂里静坐。可是如今，何智尧真正出现在眼前，她居然不敢多看。在飞机上千百次想过和儿子相见的场景，等真的见面了，比起愧疚、辛酸，更多的反而是一种无措，甚至觉得自己带了身沮丧劲儿。

仅仅见了何智尧那么一会儿，江子燕就隐约感觉出什么怪异，好像是哪个地方不太对劲，别别扭扭的，说不好是哪儿。

旁边的何绍礼沉默地开车，用余光不动声色地打量她，也在思考着同样的问题——这位江学姐这次回来，给人的感觉好像是不同了。

何绍礼这么想的时候，看到她把目光从后座的何智尧身上收回来，堪堪落到自己脸上，显然是下定决心先应付他。

几乎对上目光，江子燕对他露出一个春风三月般的笑意。

"对不起，绍礼，当时订机票没考虑那么多，忽略了接机时间这么晚。让你久等，是我的失误。"

神色满当当都是歉意，也不是装的。她登机前五分钟才收到短信，确实没想到何绍礼居然肯来接自己，还带着何智尧来。

何绍礼扶着方向盘，一时间简直以为，自己在夜路中看花了眼。

这般和气的笑容，包括这句服软的话，哪里是曾经面无表情居多的江子燕能够说出来、做出来的？

他忽而问："你还没有恢复记忆吧？"

江子燕的笑容，略微僵在嘴脸。

何绍礼从这个角度望过去，也能清晰地看到她态度里的刻意亲昵，迅速淡下去。这"女阎王"生起气来还是那德行，紧抿着唇，眸色深深。但比起露出陌生客套微笑的江子燕，还是习惯性露出这副生人勿近的表情的她，更让人熟悉。

不过片刻后，江子燕神色缓了缓。

"恢复记忆，哪有那么容易。我确实没有恢复记忆。"她叹了口气，唇边重新提起的笑容显得无害而温柔，却又有些无谓，"有什么问题吗？"

何绍礼抬手摸了摸鼻子，也笑着说："不，没有任何问题。"

江子燕紧绷着心弦，斟酌着想继续说点什么，对方却出其不意地按了几下喇叭，她蹙眉往前看去，车灯照射处依旧是笔直的公路，一公里处畅通无阻，也不知道这人在发什么神经。

江子燕全副心神准备应对接下来的询问，但何绍礼没有再开口。接下来，是大块时间的沉默横在两人中央，随着车飞驰过了机场高速。

车缓慢地停在三环边公寓的地下车库内，是何绍礼自己的公寓。江子燕对这个安排不置可否，随便望了眼冬日里依旧葱葱郁郁的小区环境，再透过后视镜有些疑惑地盯着孩子。

一路上，两个大人各怀心事，无话可说，何智尧一直在车后座保持安静，低头玩着玩具。现在安全座椅上的小胖子头一点一点的，是睡着了。

江子燕心里的一股不安更放大了。

她心里那道疑惑情绪到底是什么？怎么感觉如此奇怪？

车停稳，两人下车后第一个动作都是下意识地想去抱孩子，江子燕有些尴尬地收回手。还是何绍礼又看了她一眼，侧身把这个机会让给她。

江子燕这次长了记性，巧妙地借用肩膀使力，动作更加小心翼翼地抱起何智尧。他已经睡得很沉，只呼吸沉重了些，有着晶莹的小鼻子。她忍不住低头，亲了亲孩子柔软的脸颊，那动作自然而然，就像曾千万次这么做一样。

嘴唇刚碰到何智尧的唇角时，江子燕脑海中有什么一动。

何绍礼提起江子燕的两个很重而大的行李箱，地下车库里安置着各种通风和下水管道，传来隐隐的噪声。他往前走了几步，发现江子燕没有跟上，依旧站在原地，凝视着臂弯里孩子的安静睡颜。

江子燕骤然醒悟，之前那股萦绕在她心底的异常，究竟是源自哪里。

从回来见到儿子开始，江子燕就没有听到何智尧说一句话，甚至此刻，她刻意缩紧手臂，也没有听到他呢喃半声。孩子沉沉地睡着，鼻翼轻动，有着不符合儿童爱吵爱闹天性的安静。

一个令人沉重的猜想压在身上，江子燕背后冷汗涔涔，她先是愣着，然后呵地笑了，想掩饰神色，又觉得不必要。

何绍礼看出她的异常，还没有开口询问，就听到江子燕冷冷地说："原来如此。"

他微怔："怎么了？"

江子燕抬头，望着何绍礼哑声说："你，居然把何智尧养成了一个哑巴？"

江子燕这话脱口而出，看到何绍礼拎着行李箱的手背青筋一冒。她不由收口，意识到自己的失态，但她毫不退缩，冷冷回瞪他，大脑里像下了整场大雪，白茫茫的，仿佛回到失忆的状态。

一个又一个的问题纷纷涌上嘴边，她咬住唇才站稳。

何绍礼随即放下行李箱，摸摸鼻子笑了。很熟悉的人会知道他已经动怒，他淡淡地说："这是怎么说话的？"

江子燕面沉如水："你明明听到我说什么，我要你给一个解释。"她声音柔和，但每次这样轻声开口，感觉总是带着说不出的逼人的冷意，"你曾经答应过我好好照顾儿子，如果你根本做不到，不如一开始就不要承诺。"

何绍礼略微沉默，望着她这副咄咄逼人的样子，内心那股怒火，不知道为何突然熄了。一个人身上的微妙感觉很难明说，比如现在，他再次强烈意识到江子燕确实失忆了。

失忆后的江子燕，才会把喜怒很明显地摆在脸上。

他又看了片刻她情急的模样，终于解释："胖子绝对不是哑巴。"

江子燕还没松一口气，何绍礼接着缓慢地说："我带他去医院检查过，声带没有问题。但他从小就是不爱说话，只喜欢打手语。"

何绍礼边说话边缓慢地走近她，江子燕的身体僵住，忘记躲避，任由眼前的年轻男人温和地伸手捂住儿子的耳朵，不让沉睡的小朋友听到接下来自己父亲说的残酷的话。

"他平时就很安静。如果，何智尧真有毛病，我想大概是娘胎里带的毛病，谁让……他是他母亲灌醉他父亲后的产物？"

江子燕的一颗心瞬间提起又被放下，随后被何绍礼最后的话冲击得浑身冰冷，面色发白。她的眼睛里不再有刚才咄咄逼人的冷意，略微躲避过他的眼神，反而有些不忍。

何绍礼却硬起心肠，微微一笑。他长着张娃娃脸，笑容温柔，气质介于男人和男孩之间，除了话语没有热度，眸子里却有什么光芒在强烈地闪，有愉快的、有残忍的、有刺痛的，又有如释重负的。

何绍礼淡淡说："子燕姐觉得我没养好他，或者你受不了何智尧现在这样子，想再逃出国躲两年——"他若有所思地顿了顿，眼前的江子燕表情阴晴不定，依旧垂着目光，像根沉默倔强的钉子钉在地板上。

何绍礼想，她当初跳下楼的时候，看来摔得还不够疼。

何绍礼确实得打从心里佩服江子燕，到底是什么样的母亲，刚从国外回来，连问也不细问，直接就断定自己的孩子是哑巴？而一个人，在失忆前后，字迹不同，饮食习惯不同，偏偏内核性格如此统一，喜欢挑别人和自己的脊梁骨去刺激。

何绍礼自认还算大度，但江子燕有时候，真让人能轻易恼火。他语调冷下来："先回家。"

"对不起，我刚才不是有心这么说的。"江子燕薄唇紧抿，知道误会后立刻低头认错。这些年她在外独自生活，无人可依，做事小心又谨慎。何智尧是她的软肋，自然爱把事情往最坏的方向思考，说话便有点像斗气。

无论如何，那一问确实诛心，何绍礼总归是何智尧的亲生父亲，不可能害了孩子。

"是我不好，不该这么唐突。"江子燕在一惊一吓的松弛后，又感到怀中的孩子在下滑，这孩子真的太沉了，她几乎又要抱不住。

何绍礼接到江子燕恳求的目光，终于上前从她颤抖的手臂中把何智尧抱过来。江子燕略微僵住，感觉到小小的孩子彻底离开自己时，胸口又略微发涩。

她把发抖的双手藏在背后，斟酌说："无论智尧有什么样的问题，我都不会离开。他是我的儿……"

"他也是我儿子。"何绍礼一只手抱稳了何智尧，再用剩下那只手提起两个巨大行李箱，略微不耐烦地截断她，"子燕姐，胖子不仅是你儿子，也是我何绍礼的亲生骨肉——只是我没想到，子燕姐你居然能生出这么一个傻儿子。"

江子燕原本还想挤出个笑容，让道歉显得更有分量，不料听到后面这句调侃，她再也假装不了镇定。

她记忆的始点，至今停留在被迫迎接这孩子的诞生时，偏偏以往自己做过的荒唐事又不可能勾销，所以她又带了几分尴尬和恼羞。

"对不起，绍礼。"她再次轻声说，之后索性不发一言，跟上何绍礼。

位于32层的公寓是大平层，出乎意料地宽敞。

江子燕在电梯间终于从他手里抢回一个大号行李箱，此刻跟着何绍礼走进来，她的眼睛因为房间的装潢，略微闪了闪。

高级公寓，天花板总是极高，装修以银色和白色相混为主。客厅的墙上挂着几幅大型现代摄影作品，江子燕只认出一幅是Richard Prince的作品，旁边的一幅高清黑白建筑摄影作品，好像是从俯瞰洛克菲勒中心的角度拍的，极富冲击力。客厅中间的沙发很长，茶几上铺的是剔透的水晶玻璃。挨着墙角的地方有好几个半新不旧的漆黑色纸盒，堆满红蓝玩具。再远处是一块儿童黑板，安静地挨着一盏长颈玫瑰造型的黄铜落地灯，窗帘微拉，却也映衬出外面黑夜里的城市灯火。

客厅里的家具不多，但该缺的也不少，摆设都极昂贵，四处极干净。

不知道为什么，江子燕觉得这里从未进过女人。

明明到处是男人和男孩留下的喧闹气息，江子燕却又觉得冷冷清清，没有家的感觉。

她暗中打量的工夫，何绍礼已经放下了何智尧，晃了晃孩子把他叫醒，然后轻车熟路地给他换鞋、脱衣服。何智尧去机场前已经洗了澡，此刻单单需要带他去刷牙、擦脸。

何绍礼摆弄小孩的动作非常熟练，偏偏男人下手总是无意识的重，孩子的脸直接被毛衣蹭红。碰巧何智尧向来就是个心大的小孩，摊着胖手胖脚，任爸爸伺候自己。他看起来很活泼，只是在整个脱衣过程里，依旧没说话，到了需要交流的时候，才打着自创手语和爸爸交流。

何绍礼拿印有机器人图案的毛巾格外仔细地擦完儿子微鼓的脸，顺便擦了擦他的胖脖子，最后站起身居高临下地看着儿子，说："哦，你说你不想搂着变形金刚睡？"

何智尧拼命地摆着手，认真把自己的意思比画出来。何绍礼平时能读懂他的手语动作，此刻却三番四次会错意，是想借机逼儿子说话。

可惜，这招在今晚不好使。

何智尧发现家里进来一个陌生女人，他虽然不胆小，但不喜欢陌生人，因此完全不肯开口，来回地跟爸爸比画。最后被逼急了，何智尧终于很轻很轻地用鼻音哼了声"哥哥"，眨眨眼睛，开始迅速地往外冒眼泪。

何绍礼无奈地重新拿起毛巾，压着儿子的整张脸，掩盖住眼泪。

"我说过多少次，你不要叫我哥哥，要叫爸爸。"他低声说，"别哭了，胖子。男子汉大丈夫，有泪不轻弹。"

何绍礼说这话时眼角余光略微一瞥，江子燕从进门后，就束手束脚地和她的两个行李箱站着，整个过程中都像幽灵一样，也看不清她的具体神情。直到何绍礼要抱着儿子走进睡房，她才无声地跟上来，声音有些沙哑。

"绍礼，我今晚能跟他睡吗？"她用了恳求的语气。

何绍礼扫了她一眼，点点头，把何智尧的手交给了她。

因为旅途的半醒半睡和时差，当天夜里，江子燕一如预料般没有合眼。

在窗外影影绰绰的微光中，她凝视着何智尧的睡颜。何智尧呼吸的声音依旧很轻，这孩子的长相、个性都和她南辕北辙，是个随和脾气。刚开始得知自己要和陌生女人睡觉，何智尧也只是抬头瞅了瞅她，胖鼓鼓的脸一半不理解，一半很警惕。

儿童房没有独立浴室，她匆匆地在另一个房间里洗漱。小朋友花费不少工夫，用小汽车、变形金刚和枕头在大床中间堆了个壁垒，是要各睡各边的意思。等到她走出来，这个大自然的小搬运工已经疲劳地睡过去。

江子燕没怎么费力地绕过那堆得高高的玩具墙，径自走到何智尧那一侧，把孩子轻轻地推进被子里。方才，江子燕听到孩子被他爸爸不客气地称呼为"胖子"，这孩子确实不负虚名——很浅的双眼皮，脸颊都是肉，沉睡时习惯性地揪着被角。

她还没来得及对何智尧进行自我介绍。

"我回来啦。"江子燕轻声说，慢慢地摩挲着他的小手，"妈妈回来啦。"

儿童房间中安静一片，想到之前误会孩子是哑巴，她便觉胸口处微痛。

真不知道当时自己为什么这么想，更不知道为什么这么说，大脑好像瞬间就傻掉。只是在当时，她内心存有一个强烈的念头——如果何绍礼没有好好地照顾他，她就会带何智尧彻底离开。这曾经是她失忆后，支撑她努力活下来的唯一信念。

在静谧的深夜，江子燕轻轻展开双手，手的皮肤白皙，比其他女人的更硬更长些。她在想的是，如果自己不死，这辈子不会再离开何智尧。

养孩子是个技术活。育儿专家口沫横飞介绍的亲力亲为的教育模式，落到实践上无非一个固定框子。

工作日，清晨五点，何绍礼起床、运动，开启把儿子唤醒并运送到幼儿园的流程。当然，他亲自准备果腹的食物，大人是黑咖啡加两片吐司，儿子是冷牛奶加谷物早餐，附带每人一个水煮蛋、三个小西红柿，外加两片生菜叶子。

江子燕谢绝了何绍礼递来的咖啡，坐在旁边啜着清水。她初来乍到，不想轻率做出女主人的姿态，扰乱别人的习惯性生活，因此她以旁观为主，暗自记住父子两人的喜好。

清晨时间仓促，何绍礼的动作井然有序，何智尧昨晚睡得晚，吃早餐时困顿地眯着眼睛，临走前依旧是何绍礼为他穿衣穿鞋。

她帮不上什么忙，刚想手快地把桌面上用过的餐具收到池子里，就听到何绍礼制止："家里有洗碗机，你什么也不需要做。"

江子燕讪讪地收手，任何绍礼把一切妥帖地整理完毕，推着软绵绵的何智尧往前走。

"你今天有什么安排？"何绍礼停下脚步等她回话，显然在思考应该为她留下点什么，何智尧也抬头安静望着她。

被这一大一小面孔认真注视着，江子燕略微感到些不适应，更被那种无声赶时间的状态影响。

她笑着摆摆手说："你俩还是先走吧。"

一分钟以后，人去楼空。

天还没有亮透，云层是硬邦邦的灰色。江子燕走过去拉上质感极好的轻纱窗帘，越发觉得公寓过分空旷起来。她弯腰研究了一下满是按钮的洗碗机，略微清洁了桌面卫生，再回到何绍礼昨晚帮她收拾好的客房。

浅白色埃及棉床单厚实又平滑，江子燕强迫性地伸手抚平上面唯一的一道折痕，忽地想到刚才忘记问的重要问题——她还不知道何家的Wi-Fi密码，甚至也不知道此处的地址。

昨日才刚回国，一切依旧混乱，也许她今日应该休息，再做他计。但无论是失忆前，还是失忆后，江子燕都不喜欢无所事事的状态，她皱眉望着墙角的行李箱出了片刻的神，取了些美元放在包里，略微梳洗后走出门。

20

何绍礼工作到中午的时候，接到母亲董卿钗的电话。

"子燕回来了？"语气居然有点亲热。

董卿钗以前是一名工程师，性格不紧不慢，但有时候会非常严厉，不是很容易讨好。江子燕的细致却很对她的胃口，当得知他这个老古董母亲喜欢古代珠宝，她找来好几本中国历代首饰格物志的手抄本，整理好印刷本送过去。

"你和子燕、尧尧晚上回家吃饭，你姐他们一家也回来。"董卿钗嘱咐儿子。

何绍礼放下电话后，突然想到江子燕独自在家，不知道怎么解决午饭问题。冰箱里确实有不少食物，但他猜她八成不会碰。曾经的江子燕个性很傲慢，很擅长反客为主，但矛盾的是，她同样会渴望得到其他人的尊重。

何绍礼沉吟片刻，先给家里的座机打去电话，长久没有人接听，正在这时候，他的私人手机在半分钟内连续震动了三下，收到了三条内容相同的短信。

何绍礼顺着这个电话号码拨过去，很快接通。

"绍礼，这是我新办的国内号码。"对方柔声说，很熟悉的江子燕的语气，有条不紊，"以前的号暂时用不到啦。"

何绍礼沉默片刻："你在外面？"

江子燕正和大堂里一些办理基金的大叔大妈挤坐在椅子上，一手翻看着她的日程本。国内银行的办事效率比国外高很多，她很满意。

"我上午去换了人民币，到营业厅开通了新号，现在在另一家银行办理银行账户，下午就去参加面试。"

她早在决定回国时，就开始联系心仪的公司请求面试。如今，无非一切按计划行事。

何绍礼对她的这种高效作风毫不意外，顺口问："你中午吃的

21

什么？"

江子燕正眯眼看着银行闪烁的叫号牌，顿了顿才回答："出门的时候，拿了你家冰箱里的一个苹果当午饭。"她突然间觉得不太好意思，又含糊地说，"我打算办完卡后，再去吃东西。"

她有些头痛地按着眉角，要不要因为不问自取了苹果而道歉？当时她挑了最小的一个。

何绍礼确实有些意外，他笑着说："你待会儿自己随便吃点。等下午办完事后，给我来个电话，我去接你。晚上一起回家和爸妈吃顿饭。"

江子燕干脆地应了，又故作若无其事："尧宝现在是在英顿幼儿园吗？如果我这里事情结束得早，可不可以先去接他？到时候，我们可以在幼儿园会合。"

他继续笑着回答："就这样办。"

何绍礼挂了电话后，若有所思地笑了笑。

不需要问她怎么打听出了何智尧的幼儿园，江子燕是什么样的厉害人物？

她失忆前的外号，是"女阎王"，失忆后依旧彪悍到独自出国，把自己照顾得妥当至极，回国后办理证件，光是通知他换了号码的短信，为求稳妥都重复发了三条。

江子燕仅仅比他大四岁，行事作风却像比他大四十岁。

何绍礼的亲姐姐何绍舒是和弟弟同所名牌大学的研究生，与江子燕是室友，她在某个回家的周末，评价江子燕的原话是"我同宿舍住的，可是一个强人"。

开学半个月后姗姗来迟的迎新晚会前，青梅竹马兰羽则对何绍礼抱怨："在学校遇到一个神经病。"

"人家今天上午在学校超市里结账，和一个女的撞了下。我的书全都掉在地上，那女的连一声对不起都没说就走了，没素质！不知道是老师还是学生！"说完，兰羽又对他恨恨地咬耳朵，"那女的穿着粉色毛衣，我今晚如果再看到她，绝对撞回去！"

何绍礼微微一笑。兰羽什么都好，但也是典型的城市漂亮女孩，脾气拽得要死。她对别人都爱搭不理的，偏偏太缠着他。

迎新晚会由学生会举办，大多数是本科和研一新生来参加。

何绍礼中途被抽中上台玩游戏，逆着人群走的路程中和人撞了满怀。他习惯性地低头说了抱歉，对方退了两步后沉默离去，留下一个高瘦的背影，桃粉色粗线毛衣加纯蓝色牛仔阔腿裤，大学校园里最普遍最不修边幅的老气装扮。

何绍礼在欢呼声中玩完游戏，从一人多高的台上潇洒地跳下来，把奖品塞给兰羽后准备开溜，却被何绍舒拽住了。姐姐正站在礼堂的角落里和一个女生说话，对方原本背对着他，但眼神随着何绍舒的动作顺势转了过来，眼尾长长的，目光锋利，看了何绍礼足足半分钟，忽而一笑。

"你好，我叫江子燕。"她低声说。

这就是何绍礼第一次看到江子燕的微笑，有些羞涩也有些冷漠，有一种热风加凉月的美丽。

多年后，何绍礼带着她那哑萝卜般的儿子，看了几次医生，又做过几次检查，所有结果都说没问题，无非建议家长多制造语言环境，刺激孩子早日开口说话。

何绍礼认命地坐在地板上，陪何智尧做认字游戏，看着那小胖子咯咯咯咯地傻笑，眼前就突然浮现她第二次的微笑。

也许他这辈子无法忘记，那晚夜风徐停，两人在空旷的走廊里前所未有的激烈争吵。江子燕说了不少狠话，何绍礼亦同样。也不知道怎么，两人突然就相对安静下来，看着彼此。

也就在这时，兰羽突然跑了过来。

"趁着我不想跟你计较，你滚到一边去。"江子燕轻蔑地说。

现在的何绍礼还年轻，可那时，他太年轻了，不由冷笑回口："该走的人不是她。"

江子燕果然一愣，随后的笑容像半化开的雪水。

两分钟后，她就纵身从窗口彻底消失，何绍礼三步并作两步却捉了空。这个江学姐，心思机巧又不假辞色，行事更狠辣如斯，毒箭一样击穿了他的心。

何绍礼曾经是呼朋唤友、酒吧邀约不断的社交动物，如今时光飞逝，他深居简出，全心工作，偶尔旅游还要记得查看酒店是否配备儿童乐园。当陪着何智尧看完第三遍迪士尼和梦工厂的秀逗电影，她生的儿子终于歪头第一次开口呼唤他。

"呃，哥哥？"

何智尧就读的幼儿园在本城有本部和分部。江子燕跟着导航，依旧是花了点工夫才找到准确地址。她赶到的时候刚好下课，门口停满了名贵的车，被赶来的家长围得水泄不通。

江子燕怕冷，用羊绒围巾裹着整张脸，只露出寒星似的一双眼睛。她紧握着昨晚抄写下来的班级号，跟着家长，来到填满了黑头发和黄头发小孩子的温暖大厅，微微松了口气。

何智尧班里的老师从没见过江子燕，也没听过何智尧有个"妈妈"。她疑窦重重，上下打量着眼前的女人，强硬要求给他爸爸打电话确认身份。

扯皮过程中，江子燕略微蹲下身，和紧紧牵着老师的手的何智尧对视。她微笑，终于能说："尧宝，我是你的妈妈。"

今天是周五，勤勤恳恳地连上五天幼儿园的何智尧连打着哈欠，搂着卡车玩具，上面的尖角压着他胖胖的下巴，显得没什么活力。何智尧套着一身黑色的童装羽绒服，上面铺着厚厚的整层毛领子，配上那张圆脸，看上去就令人非常想摸。

江子燕叫了他几声，看他懒洋洋的，不肯亲近自己，沉吟片刻，掏出新手机。

就在幼儿园老师以为，这位陌生家长要展出她与孩子的合照、证件，或者是亲自给何绍礼打电话时，不料，江子燕以诱惑的声音对何智尧说："我手机里都是游戏哦。"

幼儿园老师无语片刻。何智尧却听得懂"游戏"，立刻转动晶亮的眼珠子，无声地望着江子燕。但他半信半疑，依旧站在原地，任眼前恶劣的大人继续抛出筹码。

"你想不想玩我的手机？"她露出个淡淡的笑容。

从幼儿园老师的角度看，眼前这个女人半蹲着和何智尧平视着说话，围巾末梢已经轻垂在地面，她却不在意，眼也不眨地望着孩子。江子燕说话的声音向来很低，但一字一句又很清晰，仿佛能落在人心上似的。

幼儿园老师呆了片刻，忽地忍不住承认："您应该是智尧的妈妈。"

江子燕惊奇地抬头，何智尧也迷惑地望着老师。

相同的是他们看人的方式，很自然地上挑着眼睑，任谁被这么一双清明的眸子一瞥，都仿佛石破天开般，一把白羽投到掷壶里，所有心思都被看得明明白白。

等何绍礼来到幼儿园的时候，他看到和谐的一幕。

幼儿园老师放心又不放心地站在旁边，江子燕坐在室内低矮的儿童秋千上，何智尧紧紧挨在她旁边。两个人凑在一起，正在翻看何智尧今天上课学的英文单词列表。

"apple是苹果，其实，这个英语单词在旧法语里是指'所有的水果'，但随着词汇慢慢改良，apple才成了专指苹果的单词。而苹果呢，在《圣经》里是亚当和夏娃的启智物，是代表智慧的果实。"江子燕看着涂卡纸上被何智尧粗糙地涂成红色的块状物，也不管他现在是否听得懂，只自顾自地说下去，"尧宝，你可以跟我念一句，来，apple，跟我念。"

何智尧因为手机游戏的强烈诱惑，慢吞吞地举目瞅了瞅她。估计江子燕这番长篇大论确实很有信服力，让小朋友想到了自己的老师，给面子地小声念了句："apple。"

男孩的吐字流畅，充满稚气。

江子燕面上神色不动，内心终于长长地舒了一口气，她终于确定这孩子是能开口说话的。

"真棒，再跟我念一遍，apple。"

"apple。"何智尧显然学过这个单词，他熟练地开口，这次声音大了点。

"真棒。"江子燕难得鼓励人，翻来覆去也只能这般说，内心颇觉得老怀甚慰，更觉得微微奇妙。

这么大的孩子，智力水平该是多少呢？她想着，继续试探："尧宝，你告诉我，你平常最喜欢吃什么水果？"

何智尧这次没有回答她，只低下头专心地凝望他的小鞋子。羽绒服领子上黝黑的狐狸毛就像温风蹭在他的胖脸上，显得他的眉目异常细致。江子燕看得心都有些化了，伸手过去想捏他的小手，但刚摸过去，何智尧就挣脱了，把手固执地藏到背后，又眯起不大的眼睛，瞪了她一眼。

她失笑，不再强求亲近。

过了会儿，何智尧大概又觉得安全，他从自己的衣服口袋里费力地掏了半天，最终抓了一个糖果出来，在她眼前得意地晃了晃。

江子燕中午确实没吃多少，看到小孩子那股生动的表情，故意说："妈妈以前呢，有个外号叫'阎王'。尧宝，你知不知道什么叫阎王？阎王啊，就是大山里跑出来，专门吃小男孩的妖怪哦。"

何智尧在她细声慢气的描述中身体一僵。他短暂的人生还没被这么糊弄过，用眼角很小的余光瞟了眼江子燕微笑的脸，正好看到在她身后深深凝望着他们的何绍礼，立刻无声地扑过去，张着手求救般地要爸爸抱。

何绍礼今日穿的是冬日厚呢料西服，分外伏贴。他就跟拍西瓜似的，直接把儿子的软脑袋按下去。何智尧哀怨地抱着年轻爸爸的腿，不肯松手。

江子燕回头看到来人，迅速地从秋千上站起来。太阳落山，四周是地灯从下而上的光芒，后面是色彩斑斓的卡通图墙，把女人的整个纤细身材都环绕成柑橘色调的温暖形象。

江子燕见到何绍礼总有微妙的局促，不过很快调整好自己的面部表情，露出一个代表友好的笑容："绍礼。"

"真难看。"他忽地冷淡评价。

江子燕一愣，略微收起那笑容："什么？"

何绍礼却已经再拍拍儿子的脑袋，没有多说："车在外面，走吧，子燕姐。"

三人来到何穆阳家已经有点晚，何穆阳在别墅门口抽着烟斗，顺便检查室外地毯是否有结冰。何智尧显然很喜欢爷爷家，在车内就开始乱抖腿，下车后无声地跑过去。

江子燕跟在他后面，她微微一笑，心想这个儿子好像有抱别人大腿的习惯。

何穆阳回头看到了来客，他的一双吊眼微微向上，冷淡地叫了声她的名字当作招呼。

何穆阳的长相和作风，俱是老牌制造业企业家所特有的，他的眼神刚毅有力，笑起来像高铁椅子背后面的官宣配图，口气也因为多年

27

的会议讲话，被训练得不喜不悲，中和平正，甚至当何穆阳弯腰搂住懵懂的孙子，比起爷爷对孙子的慈祥，更有那种"这次考试发挥得怎么样""努力过就好""下次再到爷爷家玩"的强烈俯视感。

江子燕回国不超过二十四小时，但看到何家三个男人，明显感觉，其中两个都不属于什么善茬。

然而想到自己和何绍礼至今一息尚存的"婚姻"，她私心地希望能与何家人融洽相处，毕竟他们都是如今的自己在世界上关联最多的人物。但在这种事情上，江子燕又确实没法勉强，现在只能尽力琢磨何穆阳对自己的真实态度，期盼以往没有太得罪这位名义上的公公。

江子燕内心再烦躁，也把早在路上就决定的称呼，委婉叫出口："爸爸，我回来了。"

何穆阳果然因为这份示好多看了她一眼，点头应了，但他搂着孙子，脸上依旧摆着那种和她没什么关系的亲切感。

何绍礼停完车，也从里屋慢悠悠走出来。

父子二人不知道无声交换了什么眼色，等何穆阳再次转头看江子燕时，他那两道深深的法令纹在阴影里像猫胡须一样生硬地翘了下，再对她开口时，语气终于温和些："年轻人要保重身体，为祖国健康工作。"

江子燕赔着笑，也不知道说什么好。

何绍礼叫了声爸，态度比她随意多了。他笑说："今天外面空气质量不怎么样啊，鼻子难受得很。"

何穆阳沉声说："哦，我看你好得很。"话虽然这样说，但他还是转身带着何智尧率先上楼。

江子燕默默无语，先在门口等阿姨给自己拿室内鞋。

今日她穿的是长靴，因为手脚协调性不佳，必须坐着才能脱下。何绍礼站在旁边很是耐心地陪着，并不催促。但他这份周到让她略有

28

些难熬，偏偏速度也快不了。等江子燕整理好后，一只骨节分明的手伸到她面前要扶她。

江子燕不由抬头，何绍礼脱下的西服挂在臂弯，衬衫袖子口异常干净利落，微微弯腰的时候显得眉眼英挺。

她犹豫一秒，无法拒绝这种示好，终于把手递过去。从弯腰、等待、搀扶，到接受，两人的动作流畅，相处仿佛无间。但江子燕并没有把手真正放入何绍礼掌间，而是虚压下他的手背借力站起来，再不留痕迹地抽开，动作跟着了火似的。

何绍礼收回手，神色如常。片刻后，他忽地开口："你自在点。"

江子燕怔住，随后回应温柔的一笑："我看起来很紧张？"

何绍礼笑了笑，把她引进屋里。而在他背后，江子燕也收起刻意讨好的笑容，握紧双手，皱眉跟着他往楼上走。

何家别墅的整体装修风格堂皇至极，极显富丽。江子燕匆匆一瞥，看到楼梯拐角的黄铜马头像扶手锃亮，最细小的一颗螺丝钉都闪着光，显然时时被擦拭。

她收回目光，再谨慎地看了眼何绍礼的背影。

若说之前对何绍礼确实有些懈怠情绪，江子燕这会儿已经把那情绪收起来。现在的情形是，她迫切需要靠他来亲近儿子，绝对不是何绍礼和何家需要她回来当一个母亲。

背对自己的年轻男人的态度偶有阴晴不定，但总体的气度谦和，待人处事也十分温文尔雅，多有容让。江子燕一时觉得何绍礼这副样子不是作伪，一时又觉得他多谋深算，总是惊疑不定，就怕出什么差池。现在她又要面对他的家人，但除了拥有何智尧亲生母亲的身份，她孤身无助，根本没有任何筹码。

江子燕心里微微一哂，见招拆招吧，好在上天送了失忆和多笑这两个礼物给她。

餐厅的桌面上已经摆好精致的餐具，因为是家宴，饭菜没有过分铺张。五名成年人，不过摆着六个盘子，桌布正中间靠近精美蜡烛台的空位置，等着即将端出烤箱的羊排彩瓷炖锅。

何穆阳带着何智尧去洗手，董卿钗正站在桌前推车旁亲手盛汤，与坐着的何绍舒说着家常闲话，见到来人，眼睛纷纷望过去。

何绍礼摸摸鼻子，打完招呼后再多看了江子燕一眼，她醒悟过来，快步走过去站到眉眼和何绍礼相似的中年妇人面前。有了方才的经验，江子燕又是笑着率先开口叫人，寒暄后取出伴手礼。

下午何绍礼说要回他父母家，江子燕就很上道地去商场里挑了礼物，送董卿钗的是专业牌子的进口保温杯。这在美东是华人最爱买的物件之一，只是她自己向来不用，大冬天依旧面不改色喝冰水。

至于送何绍舒的，是全套孕妇护肤品。

董卿钗身材微胖，戴着极浓绿的翡翠耳坠，烫着波浪的中分头，唇色略深，幸而没再纹中老年妇女间流行的柳叶细眉。她原本对儿子和那个女研究生的纠缠万分不满，但时间久了，反而是二老中先倒戈江子燕的。

也不全是因为江子燕的刻意讨好，大抵是因为其他细微之处。

比如出示礼物时，董卿钗正在盛汤，江子燕没有贸然把礼物塞过去逼人亲手相接。董卿钗略有洁癖，不喜外来之物接触家里的坐垫和餐桌，看到江子燕只在展出礼物后，就低调地把袋子放到柜子旁边——无非一些自觉微小的行为，但董卿钗难得地不怎么讨厌这个家境清贫的儿媳。

"子燕啊，回来就好，回来就好。早该回来。"因为先前对江子燕就有好感，董卿钗反而不像何家男人一样收敛情绪。

董卿钗上下仔细打量着江子燕，见她整身清洁严谨，依旧是几年前那副俏丽模样，笑着点头："这几年在外面过得好吗？我到纽约出了几趟差，本想看你，但……"

"老妈！说那么多干什么嘛！"旁边，何绍舒嗔怪地打断，随后也向江子燕亲热地眨眨眼。她如今怀着孕，身形不便，没有站起来，一双晶光四射的大眼睛摄人心扉，额头明亮，艳若桃李，无端让人呆住。

江子燕早有了何家姐弟模样都不差的心理准备，何绍礼外貌已经极为出众，却真没想到何绍舒的容颜比她弟弟更胜一筹。

据说，何绍舒便是她读研究生时认识的至交，但这位"至交好友"可曾在她漫长的住院期间看过自己呢？好像一次也没有。这几年江子燕出国在外，除了每月何绍礼的邮件，没有任何旧人主动联系她，她宛如被流放至一个孤岛。

但这毫无办法，人总要为过去埋单。江子燕脸上很淡的笑容，越发盛起来。

众人纷纷落座，晚饭开始。

何家的家庭气氛很好，盛饭喝汤，碗筷轻微碰撞，彼此说着有的没的，长辈关怀慈爱地问，何绍礼和何绍舒一句没一句地回答，仿佛今晚真的只是起兴把江子燕叫过来吃顿饭，家常迎风宴，欢聚一堂。

江子燕在整片祥和中，思虑着何家人对自己失忆的真正态度，时时刻刻提着心。但时间过得缓慢，她不由渐渐分神。

何智尧挨在她旁边吃饭，胸前戴着个小兜嘴，啃糯玉米时腮帮子无声地鼓动。何绍舒还处在孕中，胃口不佳，大部分时间都在照顾侄子。江子燕垂眸用余光看着何智尧和他姑姑相处得融洽，早上隐约体会的多余孤独感又回来了。

墙上挂着没人看的电视，流畅地播放国际新闻，说起纽约一家教堂遭到不明恐怖袭击。那里曾经是江子燕三年来不间断前去的天主教教堂，她听到熟悉的街道名时，略微抬起头。

纽约有八百万种死法，这说法放在全世界哪里都不差，有人跳下十八层楼后依旧活蹦乱跳，有人摔一跤就直接送命归西，还有人在教堂里就被陌生人用机关枪夺去性命。生活就是这么刺激又可笑。

何家人讨论完一个话题，准备再重新关怀江子燕，大家把她出神的模样抓了个正着。

几秒钟内，何家人不约而同地都静了一静。

何智尧的五官是何绍礼的复刻版，小小人儿甚至连发旋都和爸爸相同。但比起年轻的父亲做事利落的作风，何智尧做什么都慢了半拍。男孩岁数小，体形胖，这种慢条斯理在大人看起来总有种焦灼感。再加上他几乎从不主动说话，白白浪费了一张灵动面孔。

此刻，这种作风找到源头。

江子燕专心盯着电视画面，手头动作也慢下来。她仅仅是安静地坐着，表情也谈不上柔和，因为专注而向前倾斜身体，清冷的剪影又成为映照旁边又迟又钝的何智尧的镜子。一瞬间，孩子身上总难以找到原因的沉静感有了明显答案。

母子间的相似气场过于奇妙，在她那般沉默坐镇下，何智尧身上的笨拙感被彻底冲淡。

江子燕的思绪，随着新闻走了那么一遭，回过神来，发现全桌的成年人都在盯着自己。她不由怔住，下意识看向最熟悉的何绍礼，想在他的面孔上找到答案。

何绍礼同样捏着筷子，眯着眼睛若有所思地看着她。一瞬间，江子燕感觉像是被吸住一样，整个人都陷入不见底的黑暗中。她连微笑都忘了，习惯性地挺直了背，警戒心又大起：自己是否做错了什么？

何绍礼移开停在江子燕身上的目光，又再看了眼在她旁边浑然不觉的何智尧。儿子保持着摇头晃脑的进食态度，啃完玉米后开始抓汤勺，小手一个不稳，差点把碗推倒了。

江子燕也算是摸清了自己儿子的一点脾性。何智尧就是吃饭、睡觉甚至杀人，只怕也是不肯发出一点声响来。她随手帮他扶稳碗筷，慢了半拍才放开手。

江子燕耳边传来何绍礼打破沉默的声音："姐夫今天怎么没回来？"

他的声音无端低哑，很是好听。

何绍舒也拿来软布，仔细地帮何智尧擦嘴。她笑盈盈地接下去："说起这个，我刚想起来，你姐夫嘱咐我，让子燕有空去他院里再拍个片子。你是不是还没有想起来以前的事情，嗯？"

最后一句话是对江子燕说的。何绍舒的丈夫吴蜀，曾经是子燕的主治医生之一，今晚有突如其来的手术没有回来吃饭。江子燕国内的病史还留在那家医院，索性继续找他医治。

随着何绍舒说到江子燕的失忆，席间融洽的气氛，很明显地冷却片刻。

江子燕目光微微一沉，这就是她最厌恶的事情。

因为自己的记忆，至今停留在病床上睁眼之后的那一秒。她记得坐月子的时候在苦夏，从住的二楼望去总看到一盏高高的路灯寥落地立在花坛边上，记得那一顶白炽灯招来不停飞落的执着的蚊虫。但是，她跳楼之前的二十多年的记忆，在大脑里就仿佛被热蜡封存到瓶子里的油，至今依旧丁点都漏不出来。

江子燕唯有闭紧嘴巴，任何多余的话都不说。

何绍礼却仿佛感受不到冷场，也不在意，他举起今晚未动的高脚杯，立身站起来，淡淡笑着："子燕昨天才回来，爸、妈和姐以茶代酒，都和她碰一下杯子吧。"大大方方说完话后，他率先举起眼前的高脚杯。

董卿钗、何绍舒和何穆阳略微沉默，彼此对视一眼，随即真的依言站起，连何绍舒都挺着肚子，被她弟弟拽起来。

江子燕受宠若惊，也跟着起立，双手微微颤动。不安、惶然和怀疑等情绪混在脑中，她只能迅速跟着站起来和他们轻撞杯子，一一表示感谢。等到何绍礼和自己碰杯的时候，她又听到这个年轻男人似笑非笑地说："子燕姐，咱俩之间那笔账，由我来跟你慢慢算。"

江子燕忍不住抬头，她实在猜不出他的想法。何绍礼说这话的时候却没看着她，端着杯子，目光锐利地扫视了自己的家人一圈。

何穆阳最先坐下后懒得再看他们，董卿钗不赞同地望着儿子，何绍舒朝着他们翻了个白眼，只有何智尧还在自顾自地大吃大喝。

"知道啦。现在除了你，家里没人敢难为她，别刮侧边风了。"何绍舒叹口气，她摸了摸自己的肚子，"幸亏我这是俩女儿，养儿不如养狗。妈，你说是吧。"

何绍礼摸着鼻子笑了，终于转眸看了江子燕一眼，喝净杯中物。

江子燕完全不明白何绍礼的用意，莫名其妙地转开视线。这算什么？这何绍礼看起来知书达理，她以为，他就是那种教养很好、唯父母命是从的典型的富二代，没想到他在家里的地位居然不低，连老子、亲妈的脸都敢落。

何绍礼自从席间对她说完那句话，也不再开口。

等最后一口饭咽下，何绍礼刚站起来就被何穆阳直接叫到书房，董卿钗则抱起心心念念的孙子，抓着他的小手逗他。剩下何绍舒懒洋洋地指挥阿姨，把几个没碰的面糕甜点装盒，打算当夜宵。

何绍舒这胎是人工受精，怀着双胞胎，四个月多才惊险坐稳，早订了美国的产房，打算两个月后飞去洛杉矶生产。江子燕顶替阿姨，扶着何绍舒从座位上站起来，绕着偌大客厅中央的沙发转了两圈消食。

何绍舒没主动和她寒暄，江子燕也绝不主动开口。等阿姨送来了

34

茶，何绍舒才落座沙发，轻缓地揉着隆起的肚子。江子燕在旁边捧着金柄蔷薇白瓷杯，却也不喝，默不作声地在沙发上陪坐。

也不知道这沉默维持了多久，那位富家大小姐在旁边忽地扑哧笑了，半开玩笑道："子燕啊子燕，你这种爱撂着人的臭德行怎么半点没变？不是说你都失忆了？"

江子燕这才抬头。

"在国外这几年，身体恢复得怎么样？"不等江子燕开口，何绍舒又淡淡地说，"你虽然失忆了不假，但我自己这几年也是活得天翻地覆。没去病房探望你，这事确实是我做得不地道，希望你不要怪我。"

江子燕微笑，哪里敢怪罪她。她正思考着说什么圆场，又听到何绍舒叹口气："唉，我想你这烈性子，如果当时身体能撑下去，肯定会把智尧带在身边抚养。你当时愿意把孩子留给绍礼，独自出国，恐怕已经是无路可走。"

江子燕终于心下一动，抬眸对上何绍舒关心的目光。

这确实是她听过最暖心的一句话，没想到出自何绍舒的口中。江子燕看着对方的秀致眉目，内心不由有几分相信了两人曾经有过几分友谊。

江子燕沉默片刻，终于提起唇，轻声感叹说："到底是回来了。"

何绍舒慢慢地伸出手，想要握住江子燕的手，江子燕却不动声色地一躲，何绍舒因为怀孕略有肿胀的手便黯然垂下。

何家教育水平着实了得，一子一女修养都极好。面对她的疏离，何绍舒面色不改，只笑着说："是啊，你肯回来就好，这里是你的家。子燕，如果你对过去的事情有什么疑问，可以来问我。我们曾一起住过三年，是同学、室友，更是好朋友——要知道，我何绍舒从来不轻易交朋友。"

江子燕依旧在笑，她注视着对方纤白柔软的手，不知怎么就想到了临走前那个祝福自己的不知名的神父，不知道他如今安全与否。

"谢谢你。"江子燕终于伸出手，轻轻回握了一下何绍舒的掌心，顿了一顿后说，"你怀孕了，要保重自己的身体。"

何绍舒扬眉望着她，再笑了笑："你好像对找回自己的记忆，依旧不感兴趣，对不对？"

江子燕还没想好怎么回答，旁边有人低沉地说："姐，你这周末住在爸妈这里？"

何绍礼已经从楼上走了下来，手里牵着何智尧，就站在屏风边上。他穿着藏蓝色衬衫，拉着儿子的手时要俯身，更显得肩极宽，腰却细。

何绍舒止住话，笑着对何智尧说："过来过来。"

何智尧看到姑姑招手叫自己，施施然地走过去，像匹小肥马驹一样安静地紧挨着她坐。

何绍舒爱极了胖乎乎的何智尧，她低头亲了亲他的脸蛋，笑着说："小乖乖，小智尧，姑姑好喜欢你。"

江子燕坐在对面，看着他们这么亲密，实在是很眼热。

何绍礼当晚并没有在父母家久待，走过去与姐姐低语了几句，很快辞别了家人。

江子燕把何智尧抱上安全座椅，她擦了擦孩子的脸，随后忍不住用相同的方式亲吻他。何智尧是来者不拒的软个性，任大人占着便宜，在后座津津有味地玩着爷爷送他的木马。

反而是何绍礼开车的时候，主动打破了沉默，开口解释了姐姐这三年不主动联系她的原因。

何绍舒原来经父母介绍，有一个身家和相貌都匹配的英俊男友，准备研究生毕业就成婚。大好姻缘即将促成，不料中途杀出一匹名叫吴蜀的黑马。比起声名显赫的未婚夫，对方不过是一个中年丧偶的神经外科医生，出身农村，年纪比何绍舒大一轮，身高比何绍舒矮了半截。

何绍舒从小到大，追求者如云，很少将人放在眼里，如此奇葩人物的一见钟情，也是前所未有。她啼笑皆非，把整件事当成天大的笑话跟家人讲，不料后来事情愈演愈烈，吴蜀居然单枪匹马，破坏了两家豪掷千金的梦幻婚礼。

当何绍舒穿着昂贵的婚纱，转头看着闯入者，气急败坏地说不出话时，新婚丈夫和伴郎把吴蜀拖到外面的角落痛打了一顿，让他足足在病床上躺了一个月，差点再也上不了手术台。就在众人以为本场闹剧终结，男才女貌终于不受任何妖怪的干扰在一起时，万万料不到，还有另一场峰回路转。

六个月后，何绍舒毅然和新婚丈夫离婚，她净身出户，再嫁的人，居然是吴蜀。

何绍礼口才很好，但向来有点自矜自傲，平常看着温润且话不多。而何绍舒这剧情过于拍案惊奇，江子燕自己的生活已经乱如麻，此刻却听得瞠目。

怪不得，何绍舒之前带着那么微妙的神色，自评生活"天翻地覆"，也确实如此。

江子燕却并不轻易被这种爱情故事感动，她想了下，便缓慢问："有没有考虑过，绍舒愿意嫁给吴蜀，是否有什么把柄落在他手上？"

何绍礼不由摸了下鼻子，"女阎王"确实从不吝以最坏角度揣摩人。

"有这种可能，爸妈当初也这么想，家里因为我姐的事全乱套了。不过这两年观察下来，吴蜀这人能力还行，对我姐确实没话说，我家也就由着他当我现任姐夫了。至于以后的事情，谁也不好说。"

除了何绍礼，他们一家人评论起他人都有点居高临下的劲头。江子燕再想到何绍舒懒洋洋地往饭桌边上一靠的样子，简直像个富丽的小女皇。她吃吃地笑了下："绍舒是个明白人，我想，谁也不敢对她不好。"

"确实。我姐姐因为身体情况不太好，曾经怀过两胎都自然流产。吴蜀想结扎，但这事被她知道了，去年一整年吵翻天。我和胖子几个月都不敢回爸妈家。她现在终于怀孕，全家都供着这菩萨，她如果说了什么话，你倒是不用太在意。"

这年轻男人说起家里私事时自然而然，毫不避讳，与姐姐的关系像老朋友般自在。

江子燕好奇心大起，轻声说："她和吴蜀是怎么认识的？"

何绍礼唇边的笑容却收起来，停顿片刻，极淡地说："因为你才认识，子燕姐。"

"你当时从楼上跳下去，我姐那时候正准备婚礼，她去探望你的时候走错病房，遇到了吴蜀。他是你的主治医生，所以熟悉起来。"

前面是红灯，何绍礼停了车等待。

他的声音很轻，如同冬日里透过玻璃渗透进肌肤的每一缕凉气，又如同雨水溅进老旧的燃烧报纸只剩下最后灰色的烟。

江子燕同样坐着不动，她又好像回到了病床上，头痛欲裂地醒过来的那一秒。

江子燕刚诧异地接受了自己失忆，就惊觉已经隆起的小腹。乱七八糟的"同学"来病房探望，说了很多极度糟糕的前事，她无法回答。没有记忆，她就一直皱着眉听，试图理出个思绪，但越是这样，她越觉得过去蕴含着让人坐不住的难堪和耻辱。后来随着妊娠反应越来越重，就没人来探望了，她反而清净下来。

过去的事情，如同无腿的伤鸟栖息在寒枝，随时会被天空的惊雷炸住不动。有时候她想：是不是所有人都希望自己跳楼后，就不应该活下去？可现在她能说什么？说什么都没用。

江子燕沉默片刻，哑声开口："绍舒有没有因为这件事怪我？"

何绍礼听她这么说，便笑了，低声说："你就想问这个？"他摇了摇头，"我姐嫁给吴蜀后很开心，从小到大，我没见她像现在这么开心过。"

江子燕微微蹙眉，追问："绍舒自己也这么说？"

他似笑非笑："我姐的原话是，她遇到吴蜀，是她这辈子最幸运的事。"

江子燕因为这话，再度呆住了。

江子燕以前多穿黑色衣服，表情极少，常常眉头一皱方法就有。失忆后的江子燕开始生硬地微笑，却也会有呆住的模样。她眉目寡淡，侧脸轮廓称不上秀巧，唯独鼻翼翘挺细致，因此睥睨的神色总带给人一种男女莫辨的压迫感，令人不敢多看。但如今她的气质柔和下来，倒有了些迷茫的纯真。

何绍礼专注地看着她，隔了半天，悠悠说："老妈当时听到我姐这话后，也说了一句话。"

江子燕嗯了声，下意识问："说什么？"

他笑了笑："我妈说，十家女儿九个贼，剩下一个认倒霉。"

江子燕纯粹就是应付性地抿嘴笑起来，手略微往前指了下，无声提醒他前方早已经变了信号灯。她握着双手，心中再次涌上隐约的浮躁和难言的忧虑。

三年多来与世隔绝的生活，以及回来后何绍礼对她的放任态度，江子燕从未疑心自己有丢开过去重新开始的机会。失忆后的人生，仿佛下午四点后的天光，虚度大半，却还拥有扭转朗朗乾坤的可能。但此刻她恍然发现，遗忘的只有自己，过去的过去还在继续，无形中时刻潜伏，她的曾经根本不会放过她自己。

随后，一路无话，江子燕一直看着车外的夜色。

再沉默片刻，她终于轻声说："绍礼，对不起。"

何绍礼只说："我姐并没有怪你，她一直很欣赏你。"

江子燕脸上还残留有刚刚那一丝笑容，她没说话，先回头看了眼何智尧，那孩子又在后座陷入了瞌睡中，看起来是无忧无虑的个性，仿佛感受不到任何世界残忍的恶意。

车重新回到了公寓的地下停车场，江子燕慢慢说："我看得出来，绍舒现在很快乐。但我应该对你说一声对不起。绍礼，我知道你不想让我为你生孩子，对不起。我以前那样子纠缠你，对不起。绍舒遇到吴蜀是她的幸运，而你遇到了我，只能认倒霉，这件事也对不起。"

每一句话，对江子燕自己都是极大的耻辱，但她几乎冷酷地说完。

车已经泊稳，何绍礼同样面无表情地看着她。他冷淡地说："好一个认倒霉，子燕姐。"说完他率先走下车，把何智尧打横抱起来放到肩膀上，而江子燕也沉默地跟着下了车。

夜晚是无处安放的荒野，有人仿佛是失去族群独自奔跑的羚羊。

Chapter 02
人各有所私

　　"洞中才数月，世上已千年"。这句话，可以说是江子燕回国后最写实的心理写照。

　　她给了自己一周多的时间，彻底适应回国生活。要说最大的改变，可能是早上睁开眼睛的时候，她都会想到儿子就睡在一墙之隔的地方，而她心里有着大病初愈后的虚弱和庆幸，当然，还有种卖掉自尊后求生的无谓。

　　最初，江子燕信心满满，计划着回国后的所有——先独立生存，再独立其身，最好见缝插针地把何智尧的心也拉拢过来，等等。只是无论如何都没料到，何智尧这边出了特殊状况。

　　江子燕在查阅资料后，得知孩童五岁前是与外界建立完善交流的关键时期。眼望着何智尧总是不肯说话的安静样子，她的心就像被放到火架子上烤一样。她什么都顾不得了，很多优先顺序的排列，她需要做出彻底的改变。

　　江子燕十拿九稳的工作岗位，薪水颇丰，但有得必有失，工作节奏极快，不允许员工朝九晚五地下班回家照看孩子，她只能遗憾地放弃。她放下拒绝的电话，重新浏览招聘页面，更改自己的简历，顺便用纤细指尖轻轻敲打着桌面。

经过几日的观察，江子燕发现，虽然相处微妙，但何绍礼的脾气和耐心都比她预想中更好。何绍礼似乎并不反对她对孩子的亲近，也并不介意以后将与她在同个屋檐下生活，甚至对两人的婚姻关系都不置可否。

这样的态度，至少给了她继续厚颜在这里借住下去的信心。而江子燕也在这个小家里，尽力做一些力所能及的事情。

何绍礼如今每天早晨起床走出房间，会发现桌上已经摆好早餐——两面煎黄的鸡蛋火腿可丽饼，切好的水果，附带一杯黑咖啡。何智尧的餐布前摆放的是新鲜覆盆子酸奶昔加零星的谷物果干搅匀，上面再撒一些烤椰子，附带一份新鲜水果。

他擦了擦手，坐定在桌前，首次觉得早上时间略有空余。

但没多久，儿童房传来巨大异响。何智尧衣衫不整地赤脚跑出来，后面追出他略有些狼狈的新手母亲。

江子燕如今同样学着如何照顾孩子。西方有句谚语：你很难叫醒一名装睡的人。写这句谚语的作者大概没有见过何智尧何小朋友，因为叫醒何小朋友，显然就需要学习招魂术。

江子燕最初抱着怀柔策略的心理，创造机会想要亲近儿子，但没多久她就明白，这纯粹是青眼抛给盲人看。头两天，江子燕试图温柔地把何智尧叫醒，希望儿子每日清晨睁眼后，第一个看到的人是微笑可亲的母亲。

随后，江子燕醒悟，即使是帮恐龙穿衣服，也比为奋力挣扎的何智尧穿衣服更容易些。

接着江子燕又面临洗漱难题。何智尧别看是一名男孩，小讲究却不少。冬日早晨，他很不喜欢用冷水刷牙洗脸，偏偏江子燕独自生活

42

用冷水惯了，于是成功地把儿子惹哭。

何智尧一直以来，都是被爸爸当成小公主一样娇养在掌心里的，半睡不醒间，被江子燕手中的冷毛巾冰得一激灵，反应过来后就疯狂挣扎出她的怀抱，流着眼泪奔到客厅找何绍礼，比比画画地诉说委屈。

何绍礼正吃着江子燕准备好的早饭，头也不抬，哦了声。

何智尧眼泪流得更凶，死死地抱着爸爸的大腿，伤心地把头埋在里面。

江子燕从早上开始就做体力活，此刻也感觉到血糖降低。她缓慢地在旁边坐下，定了定神说："绍礼，他还没刷牙。"

男人照顾孩子，完全走不同路数。

何绍礼单手一搂何智尧，将挤好牙膏的牙刷对准了，往孩子嘴里塞去。江子燕眼睛略微睁大，像看吞剑表演。而何智尧直接噎住，只好停止抽泣，不情愿地开始刷牙。

时间已经赶不及吃饭，何绍礼见怪不怪，从冰箱里取出一个小鱼缸般体积的便当盒，费力塞进儿子的小书包里。"胖子，路上吃。"他嘱咐。

何智尧悲伤地点点头，皱在一起的脸松开些。

这个便当盒里，是昨日的家政人员为何智尧特意准备的食物，每盒上面都贴着标签。除了新鲜应季水果，还有干薯条、核桃枣糕、碳炙黑花生、牛后腿肉干、盐津杏脯和即食香菇之类的。

江子燕当然做不出这些，她简直闻所未闻。

江子燕最初打开冰箱时，还曾饶有兴趣地看了会儿标签，思忖何绍礼都是从哪里买的丰富食材。直到上午坐在客厅里看新闻，回头听到门响，江子燕就和两个正站在门口，拎着打包小包，大学生模样的男青年面面相觑。

对方连忙自我介绍，他们来自一个通过App提供家政服务的创业公司，平均三天来一次何绍礼的公寓，包揽购买新鲜食材、做便饭、打扫卫生等细活。显然，便当盒的来源就是这里。

她觉得新奇，第一次听到男家政。等晚上何绍礼回来，他也表示确有此事。

"家里每三天就有人前来打扫卫生，子燕姐住着的时候，也不必费心整理这些。"何绍礼又多看了几眼她乌青的眼圈，"你时差还很严重？"

江子燕一时只能再笑了笑。

拜眼前人所赐，她回国后第一晚就遭当头棒喝，得知自己的孩子居然是个不说话的。第二晚，她又知道了何绍舒这几年颇为坎坷的情史同样是自己间接造成的。如此惊吓之下，认床和倒时差的适应期格外漫长，她索性捧着电脑来回改简历。

今年农历春节比往年都要晚一些，根据招聘行情，年前找工作很难。但没几日，江子燕却是误打误撞，寻到了一个符合她预期标准的职位。

互联网创业的浪潮汹涌扑来，天使资本和孵化器不断涌现。有家略有名气的互联网孵化器公司春节前正急招外电编辑，开出的工资普通，胜在公司地址离何智尧所在的幼儿园不远，上班时间也相对自由，每个月允许员工在家坐班。

江子燕前两次面试均直接通过，顺利进入最终环节的面试。终面是由本公司的老板亲自出马，她和前台行政略微打听了下，知道这家公司的大老板是比她早七八年的海归，在美国读博士读了一半就辍学回国创业，如今把公司开得有模有样。

江子燕推开会议室的门时，看到一个男人坐在桌前，瘦，有些书卷气。他正垂眸翻着她的简历，四目相接，她下意识微微一笑，对方怔忡几秒，表情如常地点头。

44

对方自我介绍叫傅政。

傅政放下简历，开门见山进入面试中的问答环节，并不更多地寒暄。

"江小姐，你好像没有本职位的任何相关工作经验。"

江子燕反而喜欢这种作风，此刻也丝毫不拘束。

她早在动念应聘外语电信编辑一职时，便做好全部功课。发出简历的几天里，反复练习英语试译，今日也把作品一并带来。江子燕先前顺利通过了两位专业主编的面试，对这个职位胸有成竹，没道理在最后关头被否决。

傅政却一皱眉，阻止江子燕要展示自己翻译稿的行为。

"你专业度的面试已经在前两轮里结束了，现在能到我这里，也就是大家聊聊。我的意思并非怀疑江小姐的能力，只是，你此刻应聘的这个职位，对你本人似乎有些低就了。我好奇原因。"他直言不讳。

江子燕微微苦笑，知道他此刻担心什么。

她有着一份非常光鲜的简历，没失忆前是国内顶尖院校时本科外加研究生，失忆后在国外读的硕士项目虽然极水，但背靠名校好乘凉。此刻回国，她放弃一线城市的大好机会，却要来这里当一个月薪寥寥而以翻译国外科技新闻为职的小编辑，确实惹人怀疑。

江子燕对此的回答，是把指尖移到简历里的一栏。傅政低头看，对方在"个人信息：已婚/未婚"一栏中清清爽爽勾了前者。他不动声色地哦了声，坦率地看了眼她的腰间，显然有所怀疑她是否已经怀孕。

互联网公司对女性的福利都很好，但任何一家公司都不想聘请刚入职就要迅速休福利产假的母亲。

江子燕猜出他的心思，依旧维持着笑容。她今日化着妆，但只勾勒出睫毛，原本的唇色就妍丽，越发显得眉眼如画。

她弯唇解释："孩子刚上幼儿园，我自己也没有什么事业野心。虽然人都往高处走，但也得有自知之明，有太多压力的工作并不适合现在的我。"

话说出口，对方和她自己都愣了几秒。

江子燕首次对外承认母亲身份，内心有些感慨。傅政也不知道对这种不求上进的员工满意不满意，再扫她一眼，进入下一个话题。

"下面是我的最后一个问题。"这个叫傅政的老板语速善解人意地慢，聊起天来很舒服，却显然是个不说废话的人，"每次面试到最后，我会问求职者这个问题，用来衡量对方是否和公司其他员工具有相同的价值观。这个问题是，江小姐，请问你曾在什么重大问题的见解上，和身边人有过不同的意见？换句话说，你对现在社会上的哪些主流观点，采取着不同的态度？"

江子燕被这不按常理出牌的问题问得一愣。是因为面试的是互联网公司吗？怎么提的问题那么……怪异？何况傅政的这个问题，和她应聘的工作有联系吗？

傅政笑着说："就说你的第一感觉，也可以想想再回答。"

"我不相信的主流观点是什么？"江子燕轻轻重复一遍问题，把左手搭在右手之上，她认真说，"这个问题并不难回答。对我来说，我不相信'初心'这个观点。"

傅政面试过很多人，听过很多古怪的回答，此刻只是看着她，耐心等待解释。

"我准备这次面试的时候，查询了不少资料，国内很多互联网公司宣传时都爱提起这句话，什么'勿忘初心，方得始终'。但我自己很受不了，动不动就提'初心'的行为。"

江子燕的声音极冷，但越全神贯注地听，越觉得音色甜美，像从植物中提取叶绿素吹到鼻息里，有一丝丝汲取后的甜。尤其是像这样，当她边思考边说话，总让人忍不住集中更多注意力去听、去看。

46

"我曾经总去教堂，每次坐在里面，都会去想自己的人生中，到底有多少事情是需要我必须去想明白的，又有多少事情，即使想不起来也不会影响我继续生活的。后来我看《圣经·旧约·创世记》，里面有句话，'你向天观看，数算众星，能数得过来吗？'"

她淡淡地说："每个人也许都可以有成千上万的'初心'，到头来它们可能统统都是错的。我们最初做一件事，确实都有自己的想法，但如果过分纠结某个初心或某个始终，把过程里发生的改变，视之为不好的，又未免把初心的定义限制得过于狭隘。就像这一刻，我坐在这里，我的一举一动，我说的每一句话，都是我曾经初心的作品，它是一个漫长、不断调整的过程。初心这件事，没有人们想象中那么重要，也没有想象中那么简单。"

命运的玩笑，让失忆者面对"初心"这个词语，每每想，她就觉得可笑。

如果一定要说"初心"，"江子燕"这个名字就是她的初心吧，无论能否找回记忆，失忆前的江子燕所干的蠢事，失忆后的江子燕依旧全部咬牙承担就是。不过，这些话没必要继续说。

江子燕是有感而发，说得有点刻板了些，不料傅政不掩眼中的激赏，他拍案说："能说出这样的话的人，是真的没有事业进取心吗？我不相信。"

江子燕笑了，却开始为这个答案后悔起来。也许是性格如此，也许是失忆使然，她如今谨慎得很，她学会隐藏自己，也学会不回答任何没有被提问的问题。

傅政琢磨了一会儿，内心觉得这答案有点狂妄，但确实隐藏那么点意思可以深思。更奇特的，是眼前女人的那股温情和冷漠复杂糅合的气质，黑发如鸦羽，不笑的时候，简直傲得令人窒息。

他不假思索地朝她伸出手："欢迎加入公司，江子燕。"

回家后，何绍礼听到江子燕找到新工作，不置可否。

江子燕倒也不很在意他的态度，只垂眸望向坐在地面上津津有味地看电视的何智尧。

电视台是闭路频道，除了仅有的新闻频道，其他全部订的原声动画片。何智尧每天从幼儿园回来，一定会娴熟地摆弄遥控器，坐在电视前看那些神秘博士探险和打来打去的妖怪动画片。

经过更多次试探，江子燕发现儿子能说一口极地道的英语发音，除了因为上的是双语幼儿园，估计还有海量看原版动画片的功劳。

只可惜，逗着何智尧说几句英文容易，他偏偏就是不肯说中文，更喜欢慢吞吞地比画手语。他的爸爸长着张娃娃脸，举手投足说话的气质却很难模仿，仁厚、清贵、大方兼有之，何智尧自己是个细皮嫩肉的小胖子，除了五官外，动作缓慢，和爸爸相差甚远。

江子燕自言自语："尧宝，你有没有像我的地方？"

何智尧正往自己房间走，听到背后有人叫自己，连忙回过头来看，脚步却未停，就砰的一声撞到了面前的门。他也没哭，顺势一屁股坐倒，摊开手脚，直接平躺在地板上。

江子燕无话可说。

何绍礼这时候也从厨房走出来，手里上下晃着热好的奶瓶，他低头看了看何智尧，好脾气地抱起伪装成一颗海参的儿子，重新放到沙发上。

江子燕一直提醒自己，不要粗暴地干涉何绍礼的任何教育方式，更要少说责怪的话。此刻看着何智尧舒舒服服地平躺在沙发上，都上幼儿园的孩子了，还整天被他爸爸宠上天地用奶嘴嘬牛奶，她到底忍不住，说："这奶瓶看上去好大哦。"

何绍礼解释："胖子从小就喜欢喝奶。"

江子燕回想起冰箱最下面一格子那成堆摆放的奶酪，又看了眼此刻闪光的玻璃牛奶瓶，斟酌着说："他不嫌牛奶很腥？我买一瓶

500ml的牛奶，经常喝四五天才喝完。"

何绍礼一下子笑了："放这么久都不怕变质？那你要跟着胖子学学，他每天差不多要喝2L的鲜奶。"

每天要喝2L的奶？！江子燕再次默然无话，伸手过去摸了下何智尧鼓起的小白肚皮，心想她已经看出何智尧长胖的真相了。

这么巨大的空奶瓶摆在眼前，她怎么能看不出来？！

趁着春节放假的这点时间，江子燕自己的工作很快就上手了。

江子燕每日负责编译北美区科技圈的新闻，汇总独角兽企业和各种最新估值公司的信息，也需要就着国情，针对国外技术写点本土的创业走向。她所处的是公司的媒体宣传部，两名主管，五名同级同事。

傅政本人留过学，很喜欢招收同样出国回来的人。公司里工作的都是活泼年轻人，大多数还是单身，江子燕旁边坐着一名刚毕业的大学生，做本土方向创业的编辑，叫徐周周，矮胖但个性活泼。

徐周周看江子燕收拾桌面，好奇地问她："你刚读完研究生？我当时也想过要不要考研。"

江子燕并不是那种很喜欢和别人交谈私事的性格，点了点头，微笑地把桌上的零食推过去。

徐周周被五颜六色的包装纸吸引，转眼就忘记之前的问题："哇，你带了好多零食上班！"她又惊喜地说，"都是进口零食！"

江子燕微笑着说："喜欢的话就随便拿。"

"你包里每天都装这么多零食吗？"徐周周艳羡地说。

江子燕微微一笑："差不多。你如果喜欢，我明天再带给你吃。"

今天桌面摆的这些，根本就是江子燕在路上强硬地从何小朋友的小书包里搜刮出来的战利品。

因为她公司跟幼儿园离得近，江子燕征得何绍礼的同意，开始亲自接儿子上下学。

何智尧长得虎头虎脑，说好听点是有福气，实际上有点像员外家的傻儿子，还是天天喂大馒头养活的类型。江子燕并不觉得把孩子养胖是一种美德，开始有意识地修正他随时吃零食的毛病。计划最初，就是要减少日常吃零食的总量，降低吃零食的频率，最后是加大正餐的地位。

在江子燕不动声色地搜刮他的书包的时候，何智尧正新奇地趴在公交车椅子上，脸贴着玻璃往外看。他平生第一次坐公交车，感觉很新鲜，完全没意识到自己今天的口粮已经没了大半。而江子燕也没有赶尽杀绝，留下了三分之一，但今天拿到公司里的食物已经足够借花献佛，让七八个同事分发好久。

江子燕入职的日子已经临近农历春节，马路边上频繁出现红黄装饰物，灯笼、春联也一应俱全地摆在各个便利店最显眼的结账处。办公室里她依旧认不全的同事，都在讨论春运，担心着，却也期盼着，本市的同事反而感叹终于要清静了。

讨论越来越热烈的时候，远在西北的冷空气突然间就扑了过来。全城的气温一夜之间降了五六度，像是去年的严冬很不甘心为春风让位，非要最后肆虐几天。

清晨的时候，江子燕提着电脑包，慢吞吞地跟着何智尧，母子一后一前地在马路牙子边上走。

她依旧穿着那身薄薄的黑色呢子大衣，因为很瘦，看上去就很冷。而何智尧裹成一个温暖的小球，快乐地来回跑着，哈着白气。冷风中，小男孩露在外面的小嘴被冻得像寒枝樱桃般，越来越鲜红。

江子燕解下自己的围巾，轻柔地替他缠在脖子上。没有了遮拦物，她那头长发在凛冽冬日中向后猛烈地刮起来，带着股惊心动魄的美感。

正式签劳务合同的时候需要提交体检报告，江子燕入职后请了半日假去体检，何绍舒听说后，索性亲自带她去吴蜀所在医院的体检分部。

车停稳，江子燕刚要往里走，却被何绍舒拉住。

"先等等，我老公说他忙完了，会来体检中心门口接我们。"何绍舒懒洋洋地说，她做任何事情都有股顾盼生姿的神气，叫老公的时候带着些骄横和自信。

果然不过片刻，一个穿着白大褂的矮个子疾步从远处走出来。吴蜀的样貌如传言中普通，只算得上面部端正，身材有些中年人的微胖，额头宽大，眼睛炯炯有神。

"你们来早了。"他先对何绍舒说，很普通的口吻，自然而然地把妻子拉来身边，再从头到尾打量江子燕一遍，颔首，"子燕，抱歉，年底忙，你回来也一直没找到机会再聚聚。"

江子燕对她曾经的主治医生只有模糊的印象。此刻，迎着他清明的目光，她笑着说："姐夫。"

何绍舒在旁边又扑哧笑了声："你俩说话都好客气。"

整套体检项目很周密，打着吴蜀的旗号，江子燕在个别项目中便捷地插了队，但等体检结束，依旧花了快一个小时。快到中午的饭点，体检部门提供了便餐，吴蜀和人打了声招呼，也拿了杯豆浆坐在她对面。

他先谈起江子燕寄给他的片子，又问了几个常规问题，最后结论是她如今恢复状况良好，暂时无大碍。

江子燕对自己的身体状况了如指掌，并不怎么担心。不过，她依旧把那个老生常谈的问题，随口问出来。

吴蜀听完后皱眉："恢复记忆这个，还是不太好说。"

江子燕随手拨弄着铁盘子里的素包，心不在焉地吞下去。她吃饭很慢，且完全不讲究，就像早已不期待答案，这只是生活的固定流程，每次见医生后公式化询问的一部分。

吴蜀把杯子放到桌面上，目光在她脸上打量了一圈，斟酌着说："我依旧是几年前的观点，万事有可能。你可能会逐渐恢复记忆，也有可能这辈子都想不起来过去，但唯独不可能在一夜间恢复全部记忆。大脑是人体最重要的器官，也是最为复杂的神经器官。生活里很少会出现这种粗暴的奇迹。"

江子燕点了点头，也在不动声色地打量吴蜀。她失忆后的有段时间，频频地被白大褂接见和诊断，但对眼前这张平凡的面孔没什么印象，无话可说的时候，索性先把自己针对何智尧的饮食控制计划告诉他。

吴蜀听完不置可否："饮食习惯影响健康，你的担心也有道理。术业有专攻，我不太懂儿科和营养学，但个人建议，短时间内也不要强行戒断智尧吃零食的全部习惯，还是要循序渐进，慢慢来。"顿了顿，他又微笑着补充，"我也会把我的意见，让绍舒转告给岳父岳母，让他们注意一下。"

江子燕的脸终于一热。她特意对吴蜀说这番话，不仅仅因为吴蜀是医生，还因为他是何绍舒的丈夫。何智尧能茁壮成长为一个小胖墩儿，这体形绝对不会是何绍礼一人喂养的功劳，据她所知，中国有些老人不顾健康而给儿孙喂各种零食。

一方面，何绍舒是何穆阳和董卿钗最宠的亲闺女，在二老面前随口建议的一句话，都比她这个便宜儿媳更有说服力。另一方面，江子燕不想得罪任何人，宁愿让别人去做恶人。这个吴蜀虽貌不惊人，但心思如此敏锐，大大出乎她的意料。

江子燕暗自思虑，怎么自己回国后，在何家碰上的都是个顶个的聪明人。她忽地开口问："吴医生，你觉得我现在有能力独立抚养何智尧吗？"

这次换成吴蜀一愣，他还没回答，江子燕自己就先笑了，摆了摆手，说："我和姐夫开玩笑，不要跟我计较。"

吴蜀同样深深地望了一眼他以前的病人。吴蜀从医以来，他经手的那些失忆或记忆力减退的病患，只多不少。江子燕是诸多病人中较为罕见的一名。她从未追问过"我什么时候才会好""我怎么才会好""我恢复的概率是多少"。

当知道自己的情况时，江子燕问的第一个问题，仅仅是冷冷地再次确定："我的大脑真的没摔成废人吗？"

其理智与绝望，可见一斑。他当时还纳闷，她失忆前到底会是什么样的人。

吴蜀沉吟片刻，倒也不知道说什么好，只能宽慰她："你刚回国，你不在的时候，绍礼对智尧是好得没话说的。"

江子燕淡淡笑了笑，何绍礼对儿子很好，她何尝感受不到？但问题是，他们的婚姻像整盘浮沙，何绍礼那样年轻，他以后也许会有新的爱情火花甚至新的妻子，他们可以再生很多儿女。

然而，她这辈子只有何智尧一个血脉相连的亲人。

吴蜀告别江子燕，返身回去找他的妻子。

何绍舒的产检都是在专门的医院做，然而今天来都来了，还是到丈夫所在医院的妇科复查确认。胎儿和孕妇的状态良好。她笑靥如花，很满足的情绪，见到吴蜀来了，也只是歪头叫了句："老公。"

吴蜀面色柔和下来，他扶着她的腰："子燕因为要上班，先回去了。"

何绍舒笑着说："哟，还挺忙。"说完，她又关心地问，"她身体怎么样？"

"她没问题。"吴蜀压下了后半句话。江子燕的性格仿佛比刚从病床上醒来时更圆融了一些，也懂得示弱，但她好像依旧没搞清楚目前的状况。

就比如，某些病人的男家属怎么会轻易放她走。

何智尧的幼儿园在春节前已经结课，诸位家长拿到自己家宝宝上一学期的成绩手册。

手册不薄，最后一页才是成绩。江子燕定睛一看，何智尧这学期的考核成绩处填着巨大的英文黑体字：G。瞬间，她心中如有万马奔腾，又重新确定了A、B、C到G的距离，拿着成绩单到前面询问老师。

对方慢条斯理解释："为了不给孩子增加压力，我们不是用传统的A、B、C、D来计算孩子的表现。您的孩子是G，G代表gorgeous，是优秀的意思。"

江子燕认为，这话的可信度有待检验。而她回国的时间太短，也对国内的教育不了解，刚想仔细盘问何智尧在班里的具体表现时，正在旁边玩耍的何智尧已经仰头，露出微微不满的神色，噘着小嘴，好像有点嫌弃她这么啰唆给自己丢人了。

江子燕没继续问，只是笑了笑。

同班的其他小朋友见这个女人总是来接何智尧，奶声奶气地问他她是谁。何智尧在幼儿园开口说英语从不含糊，不假思索地就回答了几句。可惜当时离得远，江子燕没听到他的答案。

唯一肯定的是，何智尧绝对没有回答，她是他的妈妈。

将近一个月时间的相处中，何智尧表现得并不讨厌江子燕，对她的同住和照顾都没什么排斥，但是，小胖子对她也没有半点多余感情。

就在今天早晨的时候，何智尧心满意足地吃着她做的早饭，一边对爸爸比画，一边挤眉弄眼。

何绍礼看了他半天，含糊地说："不会。"

他们以为她在旁边不清楚什么意思，殊不知，江子燕早摸透了儿童的简单手语。何智尧此刻问他爸爸的问题是，家里这个不速之客，她什么时候走？

明明还是这么小的孩子，却已经具有一种能伤人心的能力了呢。江子燕这么想着，随后对上了何智尧幽怨的目光。最近以来，江子燕的减肥魔爪，已经伸到了她儿子晚八点后的水果盘前。

何智尧所热爱的糖分高的水果，榴梿、美国提子、山竹之类的，都被她收起来了，连他看电视的时候爱吃的薯片，找了一圈都没找到。

江子燕柔声说："尧宝，你待会儿看电视的时候，是想吃零食吗？"

小胖子下意识地点头。

江子燕轻轻一笑："等过年的时候，我带你去庙会玩吧，据说那里有很多好吃的。"

何智尧眉开眼笑，连连点着他那柔软的脑袋，但还是转头先看向爸爸，要征求他的同意。

何绍礼也无声望着他，何智尧的眼睛长得很像他，却没有那么多思量，男孩子的大黑眼珠里面此刻布满了百分百的真诚恳求和渴望，令人动容。

儿子平日爱吃爱闹，但确实有点傻傻的。江子燕刚才那番话，只说会带他去庙会，从始至终没允许他到庙会上吃零食，甚至也没回答他今晚看电视是否能吃零食的问题。而再过十分钟，何智尧大概就被江子燕哄去刷牙睡觉了，早忘了零食这茬。

唉，儿子这小缺心眼儿，如果不看紧点，大概没几日就会被江子燕骗过去吧。

何绍礼摸了摸鼻子，对笑得无限温柔的江子燕说："你的体检报告寄过来了，我放到桌上了。"

江子燕面色不改："谢谢，我待会儿收起来。"

何绍礼却继续问她："子燕姐，你这里怎么样？"

她下意识地问："什么？"

何绍礼飞快地指了下太阳穴，江子燕这才领悟"这里"是指她的大脑。她不由抿嘴，随后才微微一笑，一语双关地说："我很好。你可以拆开我的体检报告看结果。"

何绍礼没有看那个信封，把背靠在沙发上："不用看那个，我只想听你亲口告诉我。"

她略微意外地看着他。

何绍礼笑了："我就不能关心你吗？"

江子燕迎着他的目光，僵硬地移开眼睛。她冷淡地说："可以关心。"

江子燕的"这里"，几乎如同被白蚁蛀过的老爷摇椅。

失忆带来的后遗症太多，最初是没日没夜漫长的偏头痛，天灵盖下几乎是如针扎般的耳鸣，然后是随便打开一本书，陌生的字就在眼前飞过。交互作用失灵，注意力很难集中十分钟以上。手脚至今不协调，她如同西西弗斯无望地向上推动石块，成千上万次地重复着枯燥的辅助康复训练。

如今，江子燕在中文阅读方面依旧慢于常人，读了三年的研究生，英语运用更娴熟一些。但幸好，她还能凭借脑子生活。

她说的时候面无表情，何绍礼听完后亦沉默半天，终于淡淡地说："还好还好，你还活着。"

他这话不厚道，但又说得过分自然，江子燕不由盯着何绍礼的脸。

她那有些发愣的模样在白天看清丽至极，如杯中美人般，何绍礼笑着说："子燕姐？"

她回神，有些讪然地移开目光。

失忆后所附带的迷茫、挣扎，多说无益，苦果自种，饮者自知。但江子燕不打算对何绍礼隐瞒，一来是存了点阴暗念头，她以己度人，认为何绍礼并不希望她在国外过得好。二是看准了何绍礼做人有些心软，她不妨抛弃自尊多诉苦，希望能换取与何智尧更多的相处时间。

可目前的情况，是何绍礼显然没有心软到智昏的地步，他不吃这种无效的示弱。那她以后也不必做了吧。自己失忆前，精算执局都没拿下的年轻小男人，此刻依旧难守啊。她略微羞愧，但心底也并不失落，幸好幸好，她的何智尧小朋友个性十分乖软单纯。

两人说话的时候，何智尧已经双手双脚地爬下椅子，无声地跑到电视机前坐下。因为双方都要上班，一个男看管会在放假前的白日里前来，照顾小朋友。

江子燕望着儿子，她把何绍礼晾到一边，重新对着何智尧笑起来，眸中倾泻着温柔。

江子燕把体检报告原封不动地交到人事部，到了春节前三天，都没收到劳务合同的副本。

人事部歉意地说，合同最末需要傅政最后签字，老板这几日一直连环出差，行踪难定。江子燕也想到自己入职后，确实只在面试那天见到那位颇爱谈情怀的老板，至于其他时候，都没见过他出现在公司。

何绍舒经过多次检查，这胎终于彻底安稳下来。她前段时间整日在家，倍感窝心，动念要去横滨待几日，除了散心外打算采购些婴孩用品。只可惜吴蜀有手术，没法请这么长的假。何家父母视大女儿若珍宝，董卿钗一合计，索性提出一家人在日本过个海外春节。

江子燕如今回国时间尚短，对旅游的兴趣确实没那么大，婉言拒绝邀请。只是挂了何绍舒的电话，她才意识到方才自己的拒绝不仅代表自己，还代表着何绍礼和何智尧的意见。

"你和尧宝春节不要跟着他们去日本啦。"江子燕对何绍礼解释自己的理由，她骤然发现，两人因为住在一起，交流和相处比预想中多得多，"绍舒说她这次以购物为主，大多数时间会在商场，尧宝会无聊的。再说姐夫不去，爸爸也不去，如果妈妈帮着照顾智尧，谁又来照顾怀孕的绍舒？你一个男人又没有三头六臂，总之，这份热闹还是不要凑啦。"

她东拉西扯地说完，才假装问何绍礼的意见："你怎么想？"

何绍礼对这种旅游无所谓。他毕业后创业，如今拥有一家蒸蒸日上的智能车配公司，公司规模虽然小，每日处理的事情不比江子燕的老板傅政少，临近春节还在连轴忙。

车企及相关副产业，也都是靠经验和预算吃饭的工作。何绍礼长着一副比较讨巧的娃娃脸，岁数看上去比实际更小，很符合青年才俊的定义。早些年，有大客户动了别的心眼儿，隐晦地说："我女儿目前还单身，大家一起吃顿饭。"

何绍礼却笑着说："实在抱歉，我儿子还在家……"

啊？什么？！对方惊了一下！他才多少岁？！

后来，何绍礼公司的副总帮着解围："绍礼大学刚毕业就结婚了。"

太太是谁？做什么的？何绍礼对这些问题，只能摸着鼻子苦笑，他患有鼻炎，每次尴尬的时候会无意识做这个小动作："我现在在国内工作，供着老婆继续读书。等她学成后回国，以后有机会带来让您看看。"

周遭一片羡慕嫉妒恨的声音。

江子燕这时候打了个喷嚏，裹紧了身上的貂皮大衣。

天气实在极冷，单靠大衣已然扛不住，这是她刚从行李箱最底层找出来的御寒物。江子燕自认是老年人土气的审美，冬日从不穿羽绒服，嫌弃臃肿。而身上这件过于华丽的貂皮大衣，她是在法拉盛的某家可疑古董衣店里买的。

排除从死人身上剥下来的可能，这样丰沛的皮草大概是内乱时期衰落的富贵人家女眷因为囊中羞涩不得已典当之物。因着板型古怪，腰和袖子极窄，整体又极长，普通白种人和瘦小的亚洲人都不适合，这件皮草扔在旧衣店常年卖不出去。唯独到江子燕这里，就仿佛裁缝为她特意定做般，让她捡了个漏。

江子燕肯拣二手衣也确实是因为喜欢极了，但是她仍保持着古怪的洁癖感，送到干洗店清洗三次，每次的清洗价格都比当时购入的价格贵三倍。

水貂皮原本被压着，略微被她抖开，每一寸毛尖在灯光下都凝着光，手覆上，既暖又滑，显而易见是上品。何智尧看江子燕穿着件皮草，连忙把胖脸凑过来，来回贴着她的袖子滑动，眯着眼睛，显然也觉得貂皮舒服得很。

腊月廿九公司放假，财务更是厚道，痛快地早发了上个月的工资。

江子燕不过入职一周多，却因为赶在月尾入职签合同，也收到一笔还算丰厚的过节费。她裹着那件水貂皮，喜气洋洋地带着何智尧逛了一下午的商场，依着自己的恶趣味把男孩身上的旧衣服都剥下来，从头到尾换了新衣服。

年夜饭已经订了酒店外卖，家政上次还留下不少现成的食材，因此她也不必多劳心。

大年三十，何绍礼当天下午才算结束工作，尽早推门进家，看到满桌丰盛的年夜饭。

何智尧正笑眯眯地趴着玩小火车，他身上穿着整套新买的飞行员服，小寸头还被江子燕往后梳，是个神气得意的小胖子。而江子燕正行走于各个房间，仔细地把家里的所有隔音窗户关紧，再拉上窗帘。她不喜欢热闹，更不适应国内每到过年那股子把一切炸上天的热闹，总感觉自己才是被鞭炮声驱赶的年兽。

江子燕回头，看到何绍礼正有些沉默地站着。

"不好意思，我回来晚了。"他脱了带着寒气的外套。

"也没有等你多久。"江子燕站起来要礼貌地接过外套。然而她因为脑部受伤，视力的准头总有偏差，手指不小心擦在他的手肘之上，很快缩回来。

何绍礼已经感觉到触手冰冷，温度很低，内心刚刚动了下，江子燕已经退后了几步，跟被烫了似的。

他不动声色地坐到桌前："胖子，过来吃饭。"

全家吃这顿年夜饭的时候，旁边一直放着电视节目。晚会红红火火，倒也冲散了桌面的冷清感，并不显得多么尴尬。

等江子燕把碗盘放入洗碗机，一回头，差点再次撞上何绍礼。

何绍礼身上有股醇而干净的淡香味，闻起来很熟悉，大概因为何智尧身上偶尔也有这味道，都是来自父子俩共用的高级洗衣剂。只不过，何智尧身上奶味更重些，反而不如何绍礼年轻男性气息那般强烈、绵长。

江子燕头痛地退后一步，刚定了定神，就听到何绍礼问她："子燕姐，你准备给胖子多少压岁钱？"

江子燕一愣，经他一提醒，才想到春节有给孩子准备红包的传统。只是她回国换的美金，在这一个多月里花得几乎不剩，刚发的工资也报销在商场，确实有点囊中羞涩。

何绍礼还在悠然继续："我以往都给胖子一千块，但今年你回来，倒也可以多给他一些，图个吉祥。"

她唯有硬着头皮说："好的，但这钱你能帮我先垫上吗？等明日我去银行取了钱，再还你。"

不料话说出去后，何绍礼落在她身上的目光好像冷了那么一点，薄唇紧抿。她自然知道这代表他不高兴的意思，但内心想了会儿，也不知道怎么就惹他不快了。

何绍礼看出她的心思，忽地开口："我给胖子红包无非是想给他讨个彩头，子燕姐却只关心要还我钱？"

江子燕今晚多喝了两杯勃艮第红酒，被他突然提高的声音吓了一跳。她自认反应正常，何况每当何绍礼对着她"子燕姐"长"子燕姐"短地叫，她胸口也实在是有架不住的气闷感：他就一定得提醒她岁数比他大，以前的倒追行为多么无耻吗？过年了也不知道休息一下。

江子燕打起精神，淡淡笑着说："我就问一句，如果你不高兴，我不说了就是。"

何绍礼索然无味地垂下眼睛，手依旧撑着吧台挡着路。直到她轻轻咳嗽了声，他才终于漫不经心地让开。

江子燕也微微皱眉。自从失忆后，她竟然头一次恨自己失忆得过于彻底，不记得以前两人是怎么个相处法，如今更不知道该如何避开雷区。于是每次她和何绍礼说话，几乎眼观鼻鼻观心，一方面因为何智尧，终究无法疏远何绍礼，另一方面因为有前车之鉴也不能过于靠近，生怕自己的行为再给他留下什么执迷不悔的印象。

若两人产生什么嫌隙，她八成再也见不到儿子了。

江子燕走开前，又忍不住皱眉望了他一眼，不料回头就打了个冷战，何绍礼也正在若有所思地望着自己。

距离零点还有几个小时，两个大人在客厅里心不在焉地守夜。

江子燕缩在沙发上胡乱翻着邮件，美国的同学纷纷给她发来祝福，她一个个回了过去。

何绍礼一边懒散地看着电视，一边和穿着亲子装睡衣的何智尧打着游戏牌。

何小朋友，大概是这个大年三十晚上由衷快乐的一个。江子燕对他的断食计划，因为春节而暂时中断，晚饭他吃了不少烧烤。何绍礼打开电子壁炉，儿子的脸在模拟柴火的照射下显得很饱满，他的心思简单，对新年很雀跃，永远欣喜地向往明天，直到因为输牌开始哼哼唧唧。

江子燕听到动静，随手放下手机，接过儿子的牌出主意。

何绍礼索性递给她另一把主牌，三个人开始坐在地上玩纸牌游戏。一局过后，赢家是江子燕，她的手气好得很，加上肯动脑子，不仅自己赢得威风，还不动声色地照顾儿子。

何绍礼原本就是有一搭没一搭地陪着，最多笑着欣赏儿子输了后的沮丧表情，直到她加入游戏，才略微打起精神。但比起打牌，他自始至终注意的是玩牌对象的一切表情。

当江子燕又带着何智尧大赢了一局，神清气爽地抬头时，就和何绍礼端详的眼光碰了个正着。

"子燕姐，你玩牌都不知道让让我吗？"何绍礼幽怨地说，只是目光坦然冷静，明显是在玩笑。

江子燕心想为什么要让呢。她盘腿坐在羊毛地毯上，把遮在眼前的长发撩到背后。眼前气氛好，她浅浅一笑，终于挑衅了句："你输不起了吗？"

何绍礼目光闪了闪，笑着说："有点儿。"

江子燕又笑了笑，转头看着何智尧。何智尧小小的人儿，玩牌倒是很坐得住，同样很注重输赢。只是他手小，就连儿童牌也抓不稳，因此只能把游戏牌依次在地毯上排开，想到要出什么才拿过去，但又提高警惕，时刻用胖身子试图挡住牌面，防止被偷窥。

江子燕再赢了几局，她的趣味就少了很多，也终于明白何绍礼不上心的意图。不过是陪儿子的亲子游戏而已，输赢没那么重要。

她逐渐放松，随口问了句何绍礼："尧宝为什么总喊你哥哥？"

何绍礼不由摸了摸鼻子，叹口气："我可没这么教过他，但我觉得胖子是故意的。"

江子燕微微扬眉，却并不惊讶。

何智尧确实有些憨傻，不通人情世故，但即使是草履虫，也具备芝麻大的意识能力。江子燕有的时候明显感觉，何智尧是故意不张口，他享受大人聚精会神看自己比画的样子。

她甚至还进一步想，儿子不爱说话，是否和她这几年不在他身边有关。当母亲不在身边，何智尧下意识地开启自保机制，想获得爸爸双倍的爱和关怀？

不过，这些都是猜测，何智尧至今也没有叫过她妈妈，倒是很小声地挤出一句"姐姐"，和那句"哥哥"相配。也幸亏何绍礼如今自己带着儿子住，何智尧每次去爷爷奶奶家又是装闷葫芦不开口的，这么乱了辈分的称呼，在年轻父亲的无奈纵容下，就反而很随意。

两人随口聊着，时间到了十二点。

何智尧年纪小，终于没了精神，恹恹地拼命打哈欠，身子一歪，就靠着她的大腿睡了过去。江子燕下意识地想伸手抱他，只迟了片刻，她的手就被何绍礼轻轻捏住了。

"我来。"他简单地说，松开她的手腕。

江子燕一怔，背后有冷汗涌上来。

其实就在早先，当何绍礼问她"这里"如何的时候，江子燕故作镇定，并未全盘托出身体真相。她对部分事实略有隐瞒，比如，她目前的平衡系统依旧紊乱，平时拎着重物，都会控制不住地摔跤或手滑。

也是因为这样，江子燕平时很少主动去抱何智尧，总怕摔了孩子。

江子燕原本以为掩饰得很好，但何绍礼这么一个简单动作，足以让她坐立难安。

到如今，她宁愿让何绍礼怀疑她对旧情不忘，也不想让他察觉她身体的真实状态。毕竟，上一次何绍礼挑剔地看着病快快的自己，嘴里那句冰冷的"走吧"，她还记得清清楚楚。

守岁那晚，江子燕睡在儿童房，怀里紧搂着何智尧热乎乎的小身体也睡不安稳。

失眠加失忆，就是如匪浣衣似的枯燥痛苦，尤其当脑海想无可想，只能反复地琢磨一件事的时刻。大约半夜的时候，江子燕半睡半醒间，又做了一个梦。

她陷入一片腥热潮湿的燥气沼泽，举步难出。她烦躁起来，就信手朝那古怪的地方摸过去，触手却整片精湿。

江子燕摸索片刻，在黑暗中茫然地睁开眼睛。指尖过于真实的触觉，还有鼻尖那股子隐隐的热气味，表明此时此刻发生的这一切，并不仅仅是梦境。

她翻身坐起来，掀起温暖的鹅绒被，细细地在身下摸索了片刻，随后在黑暗里沉默。她有足够的理由相信，这一辈子，无论失忆前后，都绝没有遇到过这般特殊诡异的情况。

江子燕彻底感觉到哭笑不得，因为，何智尧这小胖子居然在她的怀里，尿、床、了。

床单下铺着厚软的法莱绒褥子，因着很吸水的材质，床垫得以幸免。但那些绒褥和被子，显然得尽快洗涤。江子燕处理尿床的业务，不十分纯熟，更不清楚替换床具在哪儿。她连续打开几个衣柜，发现都摆满整齐的童装和鞋袜。

她沉吟片刻，决定改变战略，先把孩子困难地抱到自己的床上。何智尧其实已经有点醒了，他好像也知道发生了什么，长长睫毛在小脸上微微颤动，却又不睁开眼睛，毫无动静地坚持"睡着"。

江子燕暂时顾不得他，动手收拾那张狼藉的床单。

江子燕原本想悄无声息地解决本年度第一个麻烦，但天不遂人愿，当她费力地抱着大团床褥走到盥洗间，不小心把洗衣机上面摆着的各种洗衣液扫落下来，连续发出巨大声响。

半刻钟的工夫，何绍礼趿着拖鞋出现在门口，他穿着很薄的单衣睡袍，身材极健硕。看江子燕在半夜启动洗衣机，他不由略微眯着眼睛。

"江子燕，发生什么事？"他连名带姓地叫她。

她看见何绍礼出现，不由自主地松了一口气。

果然何绍礼知晓整个状况后，凸起的喉咙滚了滚，他不发一言，上前启动了洗衣机，随后快步走进何智尧的房间。

也不知道这人从哪里变出干燥的新床具，重新换上，在半分钟内摆平所有难题。江子燕反而笨手笨脚，弯腰慢一拍才从地面拾起那些洗涤剂，等再走出去的时候，何绍礼正在她灯光大开的房间里，低声安慰何智尧。

闹出这么大动静，孩子已经彻底醒来。

睁眼后的何智尧，第一个动作，就是坐在江子燕的床上忍不住哭了。

小胖子羞愤地用手紧紧捂脸,比起尿床的难为情,内心更有些难言的深深恐惧感。成年人也别说小孩子什么都不懂,很多小孩子其实敏感得很,有时候比大人更怀有天然的羞耻心和原罪感。何智尧当然也知道尿床不对,却只能很无助地哭。

江子燕回忆起来,今晚的何智尧确实用他那巨大的专属奶瓶,喝了不少饮料呢。

何绍礼摸了摸儿子的头,温和地说:"胖子小时候就是一条小尿虫,我为他换了三次床垫。但他现在好多了,大概今晚临睡前太兴奋,刹不住闸。"

这就是一句没有起到任何安慰效果的废话。

何智尧听到爸爸这么说,浑圆肩膀来回地抖动,眼泪大滴大滴地从软手缝中漏出来,却依旧着力忍住呜咽。在农历新年的第一个夜中,何小朋友化身为一只悲怆的尿床仓鼠。

江子燕不知为何,觉得这场景有些好笑。

她走到何智尧旁边坐下,柔声说:"没关系呀,一点关系都没有。尿床虽然不好,但尧宝向我们说一句'对不起'好了。"体谅何智尧不愿意开口说话,她补充说,"嗯,说'sorry'也可以呀,尧宝英语很好的,肯定会说这一句,对不对? 说一句'sorry'嘛。"

话音刚落,啜泣的童音在手指后颤抖地响起来。

"呜呜呜,sorry,呜呜呜呜。"

孩子带着泪花,反反复复地道歉。何绍礼方才不过是玩笑几句,比起数落儿子,更主要的是做个样子给江子燕看。此刻他心下极度不忍,沉下脸望向她。江子燕倒依旧微笑着,她俯身凑过去,开始温柔细致地亲何智尧紧紧捂住小脸的小手。

何智尧原本害怕、羞愧、无措,但被江子燕这番连续吻着,过了会儿,才羞答答地放下了手,但他的眼睛依旧惭愧地看着地面。

看到孩子终于平静,何绍礼便开口说:"胖子屋里需要散味,让

66

他今晚跟我睡。你好好休息。"

临走前，何智尧趴在爸爸的背上，但罕见地一直望着江子燕，好像那清澈大眼睛里，终于有了她这么一个人的存在。这倒是以前从未有过的事情。

江子燕独自在剩下的时间里，睡得很沉。

大年初一，吃着新年的第一顿早饭，两个大人都极有默契地忽略昨夜的意外。

何绍礼掏出红包，里面包有两千块钱，给自家孩子不必吝啬。还没等他问儿子，是打算把钱存起来还是就地散财买玩具，江子燕却紧随着他的动作，同样掏出一个用荧光笔涂就的拙劣红包，里面是她从国外回来剩下的最后三百美金。

"尧宝，这是我给你的压岁钱。"江子燕这么讲，始终不转头去瞧何绍礼，她轻声说，"小孩子嘛，多收一份红包，新年多一份福气。"

过了会儿，她终于听到何绍礼不冷不热的许可："胖子，都收下吧。"

何智尧现在是不通世事的年龄，但这不妨碍他喜气洋洋地收下红包。他煞有其事地对江子燕拱了拱手，又朝何绍礼作了一个揖，也不知道从哪里学的怪模怪样。何小朋友金口少开，自有一套存活的本领，开发出花样百出的肢体语言，从拱手、作揖、鞠躬，到双手比心，憨态可掬，能糊弄不少人。

江子燕因为单独给了何智尧压岁钱，自认问心无愧，但也完全不敢看何绍礼的脸色。为了在剩下的时间继续避开何绍礼，一吃完早饭，母子俩就准备出门赶庙会。

不料何绍礼也已经穿好了外套，正在客厅沉静地等待，显然要与他们同去。

何智尧毫不在意，笑眯眯地走到爸爸身边。她暗暗叫苦：可是她只想和儿子在一起，并不想跟他去啊！说真的，她每次面对这个"丈夫"都有点烦躁。

下了车，何绍礼的目光在江子燕身上打了一个转。

"子燕姐，你这身衣服是看准了国内没有动物保护协会敢泼油漆？"

江子燕也知道他在打趣她这身略显招摇的皮草外套，却并不生气，倒多看了何绍礼一眼——藏灰色围巾，纯黑色冲锋衣，简朴无华，男神级别的一张脸难掩贵气。何绍礼已经工作几年，但他这么穿，依旧像个有钱、低调、家教又好的大学生。

她不由起了荒谬的念头：自己穿着一身明晃晃的貂皮，带着何绍礼和何智尧去庙会，会不会有人以为她带了两个儿子出门？

庙会因为传承中华传统，老一套东西翻着新地玩，杂耍、花车、龙狮舞、皮影戏、京剧，花样百出，到底比唐人街那些假把式更新鲜。公园里的游人如织，江子燕留心多看了几眼，发现周围也有不少穿着各式样貂皮大衣的年轻女人。

何绍礼在人群中，始终体贴地护着他们不被冲撞。等到看杂技表演时，何智尧个矮，他让儿子骑在肩头，江子燕则站在后面，帮着举起何智尧买的几个糖人，定定地看着父子俩。

三人逛着逛着，也会路过各种琳琅满目的摊位，真玩意儿、假文物、旧书籍、新年历，还有摊位很长的五彩鸡毛掸子。何智尧蹲下小身子，在地摊上挑了个狼头造型的拨浪鼓。等收钱的时候，摊主找了半天还差十块钱，于是大方地让何智尧在摊位上随便拿个玩具，抵了价钱。

何智尧不假思索地抓了个塑料花发圈，要塞到江子燕的手上。

江子燕一愣，惊喜地笑着说："尧宝送我的？"

何智尧羞涩地点头，江子燕却不肯伸手相接，她笑着说："尧宝叫我一声姐姐，我再收下你的礼物，好不好？"

何智尧却好像没听见江子燕的话，依旧沉默地举着胖手。江子燕一躲，真的没有接孩子手里的粗糙发圈。她重复着说："叫我一声姐姐。"

何智尧素来被家长宽厚地宠爱着，不喜欢被命令的口气，他固执地闭紧嘴巴。一时间，两人居然僵住了。

春节庙会十丈红尘，嚣声不断，但在边缘地带的摊位前，一场无声的对峙正在进行。仿佛是场卡壳的击鼓传花游戏，强者试探，弱者不服。而在摊主惊异的注视中，何智尧双眼迅速地冒起泪花，但依旧想把那发圈塞给她。

终于江子燕率先妥协，她叹口气："你既然要送我，那你帮我戴上它，好不好？"

何智尧这次答应了，他小心地把假花发圈歪歪斜斜戴在她的头上。江子燕笑着谢谢他，两人下一秒又迅速地和好如初，牵手站起来。

摊主松了口气，由衷地操着方言对同样沉默不语的何绍礼感叹："你家那口子是个厉害人儿呀！"

何绍礼的心同样震动莫名。

太熟悉了！

当昨晚江子燕问他"你输不起了吗"的时候，她无意识地露出那种半挑衅半玩笑的凌厉目光，包括此刻她毫不犹豫就威胁儿子的样子，何绍礼几乎要脱口问她：是否重新恢复记忆？

对，和以前如出一辙。

何绍礼仅仅和这名江学姐在新生晚会照面而过，晚上就收到了何

69

绍舒的短信。"我室友说她看上你了，问你有没有女朋友。我说不知道，小白痴，兰羽是不是你女朋友啊？"

何绍礼皱皱眉，他什么都没回复，没想到几天后的课堂又碰到了江子燕，她是帮老师点名的助教。点到他的时候，江子燕若无其事地让他在座位上多站了会儿，那双淡淡的眸子打量了他很久。

没过几天，全学校都知晓，经管院的一位学霸女研究生，看上了工院的新生校草。

后来江子燕每次来到他们班点名都成了西洋景儿。她一念到何绍礼的名字，底下便传来心照不宣的大笑。何绍礼唯有无奈地摸鼻子，任身边的男同学嘲笑暗示外加拍打。偶尔，台上的老师都跟着呵呵地乐几下。

讲台上的江子燕，依旧素着她那张冷厉的脸点名，说话语速很慢，眼睛也没再往他这里看。

何绍礼那会儿就起了怒气，只觉得她是长着仙人面孔的"女阎王"，握着一条五英尺的铁链，每一节上面都是寒光。偏偏每次做恶劣的事情前，那双细长的眼睛永远有一抹嘲弄神色，似乎能看进人的心里去，又似在问他："你呀你，敢不敢相信我的话？会不会相信我的话？"

就是这样，江子燕被他人视为笑话，但总能让人找到理由去原谅她。何绍礼偶尔忍不住想，她这样能行，但就是这样也行。

兰羽也知道了这事。她跑到图书馆，半句话不说，先拿起何绍礼放在桌子上的书摔在地上。以往，何绍礼都是耸耸肩，此刻碍于场合，他微微沉下脸但也没阻止她。然而这动静，到底把身边的目光都吸引过来。

兰羽抬起头，用极漂亮的大眼睛一个个瞪回去，目光落到角落里的一人身上，突然不可思议地睁大。何绍礼心中一动，顺着她的目光看去，江子燕和何绍舒居然也在图书馆这层上自习。本来谁也没发现谁，只是听到这边闹腾的动静，她俩才双双望过来。

何绍舒是真正的女神级别的人物，她眼高于顶，自小不喜欢兰羽这丫头的娇气劲头，微微冷笑。

但最惹人注目的是江子燕，她坐在那般美丽的何绍舒旁边，姿色依旧没被压住，面含讥诮，和兰羽对视几秒，目光再极度讽刺地跳到何绍礼的脸上。无辜的人被这目光扫一下，只怕也会动肝火，更何况是当事人？

何绍礼不动声色，偏偏兰羽率先受不住这轻蔑的目光。

江子燕随后收回目光，安静地继续看书。头顶一小块灯光照在黑发顶端，带着层微妙又居高临下的讽刺。这时，江子燕闻到身边一阵香风，兰羽居然来她旁边坐下。

漂亮女孩转动着眼珠，笑着问："你就是那个江学姐？听说，你到处同人说喜欢何绍礼？"

何绍礼终于觉得头有两个大，他冷下来脸，想要把兰羽拉走。

江子燕一点也没闪避，她态度悠然地反问："你吃醋？"

兰羽肚里千万句话被这三个字堵住。她虽然日常骄纵，但到底是女孩家心思，再说何绍礼还站在旁边，她脸一红，有点耐不住了："我、我吃什么醋？"

江子燕敏捷地抓住她的话头："谁吃醋谁就是狗。"

也许是因为仗着冰人相貌，开口声引沉鱼，开腔讥嘲也更令人信服，也许是因为兰羽今日穿了件胸口绣有精致狗头的浅白色奢侈品卫衣，江子燕说完这句话，再次自顾自地看书，周围人的脸色各异，又有不少人大胆地盯着兰羽丰盈伏起的胸看。

兰羽气得发抖，被脸色不佳的何绍礼伸手按住。何绍礼并非性格内向的男生，平时骄傲惯了，不肯主动与女孩子玩笑，哪里受过来自女生的这般戏弄——谁为他吃醋谁是狗，那他自己又是什么？

此地不宜多留，何绍礼沉默地扯着兰羽的手，揽着她的肩膀强行把她拉走。踏出自习室前，他又回头傲然地看了眼。

　　大半个自习室的人都目送他们离去，何绍舒看到弟弟的目光，一挑眉，唯独江子燕黑衣黑裤，乌发披散在背后，睡莲般坐在角落里依旧安安静静地低头看书，就像刚才整场闹剧都没发生过一样。

　　后来，在那些混乱迷人的夜，何绍礼会拨开她缠绕散落在两人身上和脸颊处的长发，想看清她的真实表情。

　　"笑一个。"他命令。

　　她依旧不肯笑。两分艳色化为九分，剩下一分，依旧像是世间没有什么能打动。

Chapter 03
山木无人用

大多数假期的后半段都像小贼，总是从人们身边悄悄溜走。春节假期却像一名瘸腿的老乞丐，让人恨它来得太迟又走得太慢。

何绍礼早在大年初三，提前结束休假，返回公司工作。江子燕利用白日时间，尽情和何智尧相处。她陪何智尧喝奶茶，看电影，吃大餐，逛游乐园。做这些活动的时候，她竟恍惚觉得自己聊发少年狂，陪小男主角做一切事情，又像陷入一场恋爱当中。

恋爱，是一场最脆弱的游戏。

江子燕失忆后喜欢的男歌手，每场演唱会的安可阶段，都会深情款款地唱《她来听我的演唱会》。以前她听在耳中，一方面觉得音律缠绵，另一方面却也会轻描淡写地想"何至于此呢"。

没想到，这首沙哑情歌成为她每次陪儿子时的经典背景音乐。

她的儿子，是世界上最好的孩子。何智尧的那份安静，大概是很多家长梦寐以求的品格。但何绍礼似乎把他护得太好，再加上孩童不问世事，渴了要立刻喝，饿了就要立刻吃，不会用吸管，不爱说话，就是很大的麻烦。

何智尧出门在外，每半个小时就扯着她的手示意要去厕所；看电影看到兴奋处，会踢前排人的椅背，胡乱地鼓掌和翻身。熙熙攘攘的商场，江子燕略微走神几秒，手里牵着的何智尧已经不见了，她吓得冷汗涔涔，返身找了足足十五分钟，才发现他拐进玩具店里面，正不亦乐乎地和其他小朋友玩游戏。

晚上筋疲力尽地回到家，江子燕试着给何智尧洗澡，正低头试着浴缸里水温的时候，小胖子已经迫不及待，光着屁股跳进去——哗啦一声，惊天动地，江子燕从胸前到脚底已经被水花溅得湿透。

江子燕冷静又缓慢地拿起毛巾，擦干脸上的水，感觉那首歌开始在脑海里自动启动播放模式。

她思路杂乱，情绪起伏，看似淡然实则邃然千里。

从阿基米德跳入浴缸后高喊"尤里卡（原是古希腊语，意思是'好啊，有办法啦'）"开始，再想到《圣经·旧约·以赛亚书》中的那句"沉默和盼望是你的力量"，古大流氓的书里还说"每个人这一生中，都难免要做错几件愚蠢的事"，她在纽约活得那么冷静又那么不开心，深夜对着镜子练习微笑，每次鼓起勇气才能打开何绍礼的邮件，接受之前的命运尽量让自己成为无害的人，然而世事和人生宛转无解，好似不允许她有片刻安逸。

与此同时，何智尧像公园里肥胖的黑头鸭，在尚浅的浴缸里，游来游去。

到了洗头的时候，他又乖得像天使，任江子燕轻挠着他还有些软的头骨。江子燕把他牵回卧室，提气警告他在床上老实别动，她先回房间里快速地换了身衣服。

何绍礼刚到家，撞见江子燕匆匆地收拾浴室的狼藉水迹，问明后

74

很无奈地笑了笑："下次为胖子洗澡，要用淋浴室，不要用浴缸。"他又提醒她，"还有类似事情，你以后可以多问我。"

何绍礼一出现，江子燕就换上在他面前每每强撑的笑容，她刚换上干燥的衣服，浴霸开着还不觉得，此刻感到有些冷，很有点皮笑肉不笑的意思。

何绍礼安慰她："你也不要关心则乱。"

假期最后一天，就这么打完败仗似的结束。

江子燕哄了何智尧睡觉后，靠在沙发上略微定神，手都在发抖。何绍礼却直接走过来递给她一个厚信封，她疑惑地打开，里面滑出一张信用卡，还有一大沓美元混合人民币现金。

江子燕看到那足足三四捆现金，吓一跳，随后皱了皱眉头，不动声色地看向何绍礼。

何绍礼在她旁边坐下："初始密码是胖子的生日。这些是我给你的现钱，你拿去花。"他摸了摸鼻子，"也换了点美元，子燕姐好像很喜欢用美元……"

江子燕耳朵微微热起来。

整个假期，她带何智尧大马金刀地去各种地方，东逛西玩，小朋友看上什么都直接买入，确实把从美国带回来的最后一点积蓄耗尽，等明日上班甚至都没了吃午饭的钱。何绍礼显然看在眼里，立刻就拿出了这笔钱。

江子燕不觉得体恤，微微感觉到被侮辱的滋味。她虽然没何绍礼有钱，但也想对儿子付出一份心意。何绍礼就算看破她手头紧，也不该把她甘心花在儿子身上的钱，再用这种名目迅速"贴补"回来。

他这样生意人的即时结算手法有些侮辱人，她是何智尧的亲生母亲，并非为了谁的钱和补偿才想对何智尧这般阔绰。

此刻她本应该觉得深深受辱，但今天经了何家大小两位男人的磨

75

炼，江子燕只觉得脸皮又厚了太多，反而无甚大事，甚至觉得，何绍礼虽然小她几岁，确实有一丁点的体恤，起码给钱的时机选得及时。

江子燕用指尖捻着信封皮，嘴角无端含了些冷意。

她坐着休息片刻，终于有力气启唇，用失忆后一贯的温柔语调说："绍礼，我很害怕。你一下子给我钱又给我卡，无功不受禄，你想让我做什么？不如直接说出来，让我听听，我尽量满足。"她把钱轻轻放在桌面上，又说，"我不收你的钱。"

"女阎王"性格里讨人厌的地方，又冒出来，甚至还有几分怪里怪气，然而何绍礼根本不受她激，她这点小意思的话，隔靴搔痒而已，他早不放在心里。

江子燕再耐心等了半晌，对方完全没有回应。

她横竖连脾气都发不出来，只得柔声说："我现在吃住都借用你家，不需要额外花钱。我有工作，自己会赚钱，你给我这么多的钱，还有这张卡，是什么意思呢？"

这句话不知道哪里惹得何绍礼笑了，他干脆地说："子燕姐，你工作上赚的钱，就是你自己赚的。至于我想再给你什么，你收起来就是，不需要问这么多问题。"

江子燕沉默地盯着他瞧了半天，突然间，她又提了个不相关的话题："这几年我不在的时间，你都忙些什么？"

何绍礼见她没有继续推辞，有些满意，他同样很简单地回答："忙什么？忙工作，忙照顾胖子，哦，还有忙着躲开我姐的烂摊子。"

她咬着字，尽量让口气不像是在盘问或者好奇，而像是岁数大他许多的长辈在闲唠小辈家常："绍礼，你个人感情方面的事，有没有什么进展？"

何绍礼陪她说话，闲坐无事，就拿起桌面上的橘子剥起来，闻言

76

望她一眼："子燕姐，你回来这么久才终于想到查丈夫的岗？"

他语音低沉，话也是非常柔和。可是这么一句话说出来，又把江子燕尴尬至极地钉在沙发上。

她想断然否认，又及时想到如果否认动作太激烈，就会有点伤害双方脸面，只好僵着嗓音说："绍礼，我目前虽然住在你家，但我保证，不会做出让你为难的任何事情。如果限制了你追求新的感情和新的生活，不妨告诉我，我不会再打扰你。"

江子燕自认诚心诚意，何绍礼听到后，依旧只是淡淡哦了声。

江子燕等了会儿又说："我虽然住在你家，但如果你想让我搬走，随时都可以。"

何绍礼却说："你搬走了，那你想过，他又该怎么办？"

他？江子燕下意识抬眸，顺着何绍礼示意的目光看去，那里正对着何智尧的房间。一想到何智尧，她终究再也硬气不起来。

江子燕早就想试探下何绍礼的口风，她面不改色，极轻声地说："你又想怎么办？"

何绍礼微笑着把橘子剥完，才说："我嘛，我想得总是非常简单。我要胖子拥有开开心心的童年，我要他能在最好的物质环境中成长，以后要受最好的教育。"

也许比起吴蜀，何绍礼更应该去当一名医生，他年纪轻轻，专治各种不服。

江子燕早知何绍礼决计不肯轻易把儿子让给自己，此刻依旧被说得哑口无言。到底她脑子有多天真，居然从未想过这一个事实，何绍礼纵然同意让她独自抚养何智尧，何智尧也愿意跟着她，但以自己的能力，绝对做不到让儿子拥有何绍礼口中的"开开心心的童年""在最好的物质环境中成长，要受最好的教育"。

何绍礼话里话外居然滴水不漏，如果江子燕是一个真心淡薄的性子，也许会嗤之以鼻，认为母爱足以战胜一切，有子万事足。

偏偏她不是。

江子燕确实想让何智尧获得何绍礼嘴里的最好的一切，第二、第三她都不屑。只是江子燕又太自私，不肯牺牲了母子情谊。此刻，她后背无可奈何地轻微颤抖，双手交握，何绍礼嘴里不说，但也许，她真的就不应该回来当儿子的绊脚石。

她又听何绍礼缓慢说："不过我这几年，心里大概确实有了一个人。"

江子燕略有意外，此刻心如刀割也没什么更多感觉，强笑着说："恭、恭喜你呀。"

何绍礼也对她回以一笑。

在江子燕看来，他的皮相真正不错，深酒窝，一双很花很电的眼睛，待人彬彬有礼，偶尔感觉不太容易亲近，但又有种认定了什么后就至死不渝的少年味道。

何绍礼将手里的橘子递给她一半，继续笑着说："别忙着恭喜我，我并不想主动告诉你她是谁。"

江子燕下意识接过来，面色几转不定。

她之前差点想说，等他再结婚，她一定给这对新婚夫妻包个美元红包，祝他们早生其他贵子。最好他们把何智尧留给她。但此刻蹙眉望着何绍礼，又想着他刚才不动声色的提醒，江子燕认为还是闭紧嘴巴，多笑笑比较安全。

何绍礼吃完自己的半个橘子，施施然走了。剩下江子燕，另外半个橘子，和旁边信封里的那一大沓钱留在客厅。

她发呆片刻，决定把橘子先吃了，钱横竖先收着就是，以后都留给何智尧吧，而脑海里的那首歌，不知道什么时候已经停了。

节后正式上班，同事纷纷把自己老家的特产带来，分享给办公室的其他人。春节催人肥，旁边徐周周的脸也更圆了些，江子燕因为尽

78

心地照顾何智尧，多了几分弱不胜衣的佳人风范。

"子燕姐，你完全没胖，你是不是还瘦了？超级羡慕你，假期在家都不长肉！"徐周周中午在茶水间捉住她，有些不甘心地问，"天赋异禀啊，传授下经验嘛。"

江子燕微微苦笑："实在不敢当。"

徐周周请教她："你有什么保持体重的秘诀？告诉我吧。"

江子燕倒也认真想了想，慢悠悠地说："生孩子，算吗？"

徐周周怔住，脸色瞬息万变，最后抓着头发哀号："这句话对单身狗有什么意义？！"

正在这时，许久未见的傅政拿着咖啡杯，走进员工茶水间。

吃午饭前，人事部终于把江子燕迟来的劳务合同送过来，合同后面有傅政的亲笔签名，这说明老板已经回到公司。比起上次面试时的得体，傅政今日的衣着有些不伦不类，一件土黄色开司米，看上去质地极佳，却又明显是中老年人审美，估计属于过年期间长辈好心办坏事送的礼物。

徐周周原本笑嘻嘻地和江子燕说话，突然看到来人，脸红到了脖子，她用比平时更响亮的声音打了声招呼。员工茶水间小，几乎都起了回音。江子燕心下明了些什么，面上带着同样客气的笑，对傅政问了声好。

傅政在冰箱里拿了杯酸奶，也对她们点头。傅政每日都需要见太多投资者和创业者，即使江子燕在面试时表现不错，给他留了些印象，可是过了春节便也抛之脑后，现在他只能隐约想起来她是一名新入职的员工。他反而更熟悉徐周周，这个大嗓门儿的女孩，从实习生做到正式员工，算是熟面孔。

"周周。"傅政回应完徐周周后，才又礼貌地对江子燕点点头，没有面试时的眼蓄笑意，但态度依旧很平易近人。

公司里不乏年轻漂亮的女员工，傅政对她们的态度向来如此。

这家公司的气氛，依稀像曾经待过的纽约。

——自由，有序，又逍遥冷漠。

附近地区由各类知名科技大公司所围绕，租金极高，傅政却能在这里豪爽地租下一个四层的独栋矮楼，全供公司使用。第一层是改造的咖啡馆，第二、第三层是员工办公区，第四层则是员工厨房和健身房。

公司构成人员非常年轻，除了财务和几个联合创始人，江子燕汗颜地发现她自己居然是年纪最大的一位，连部门主管都比她岁数小一些。因为算是科技相关领域的公司，她所在的部门有好几个漫威和二次元迷，彼此日常聊天，只限于工作和这些话题。同事都知道她结婚有子，但至今没有任何人问起更多细节。

傅政作为这家公司的创始人，也颇有自己的个性。

江子燕隐约听过些小道消息。比如傅政本人的身世属于"不可说"。据说，目前他住在军事禁区的建筑里；据说，他有个很具权势的姑父；据说，目前国内最知名的电商巨头也是他的什么什么亲戚；再据说，公司的房租非常便宜；等等。

这些"据说"风语，江子燕只是听听便一笑而过。

傅政本人能力显然不弱，回国后建立了首家企业孵化器，最近几年有不少初露峥嵘的初创互联网内容和平台型公司，都是由本公司组织领投，而本公司又和硅谷的YC等知名天使机构联系甚密，更是本市市政府嘉奖的"创新学社"大本营。

傅政本人也是诸多光环加身，员工偶尔在一层的咖啡馆，确实能遇到那些在报纸和创新板块头条上看到的技术创新人物和知名天使投资者，与傅政一起侃侃而谈。

江子燕那天在茶水间和傅政打完招呼后，便和徐周周回到了自己的工位。没想到过了会儿，老板紧跟着走到对面的工位坐下，打开电脑，开始办公。

原来，傅政本人在公司里没有私人办公室，多年来一直坐在大格子开间，与普通员工共享工位。如果有专人来谈事情，他就找个会议室接待，就像那次面试她一般。

江子燕不由联想到傅政问的古怪问题，试着在网上搜索答案，很快发现这是出自《从0到1》。

《从0到1》这本书的作者是在硅谷极成功的连续创业者，同样很喜欢在面试时问员工"你是否有不赞同观点"。傅政这般做派，显然就是承袭于他，估计也是想身体力行地贯彻互联网"开放、平等和自由的精神"。

她再举目望向公司墙上林林总总贴着的"Stay hungry, Stay foolish""Some people make news while others make history""Keep calm and carry on"等不太令人讨厌的鸡血标语，确实觉得这家公司和她的老板都有那么一点意思。

试用期是两个月，等第一个月结束，公司和江子燕都表示对彼此非常满意。部门里的365测评，她获得了很高的分数。

过完元宵节后，就有老员工提出离职，原同事的工作就由江子燕和徐周周分担。因为江子燕英语很好，做事稳妥，公司的国际传媒部偶尔也会找她去忙一些跨部门的工作。幸而两个主管在推行新的KPI（key performance indicator，意思是关键绩效指标），这种自由工时也算是额外的绩效。江子燕的日子依旧算是清闲的。

江子燕并不知道，这期间，自己已经无声赢得公司第一美女的称号。

因为她总是面带微笑，并不是好声好气的，更像是沉在水里的玉梳，有一种冷冷细致的温柔，显得非常讨喜。江子燕本人对此非常无

81

辜，毕竟身为每天第一个准点打卡下班的人，她当然笑着下班。

这天，江子燕又提前收拾东西准备溜走，傅政突然在对面的工位叫住她。

"江子燕，我的助理张澜得了重感冒，后天有个德国车厂的会议，你能否顶替下她的工作？刘崇西告诉我，你的英语和速记都不错。"

傅政喜欢连名带姓地叫下属，语气却比较温和。而他口里的刘崇西是国际传媒部的部长，江子燕和她因为几次工作交接，也还算相熟。

江子燕不想得罪老板，即使是看上去最平易近人的老板。

她脑海里顿了顿，立刻口头答应下来，刚想继续问工作细节，傅政已经隔着夹板递来一个U盘："那家德国公司的材料，你带回家读，张澜晚上还会联系你，进行具体交接。"

他一边说，眼睛一边继续盯着电脑屏幕，对她接受工作一点也不意外，却也显然知道她正准备下班。

江子燕只得接过U盘，暗道傅政是贵人心态，肯定把她面试时说的"我对工作并无野心"这句话抛之脑后了。

江子燕赶到幼儿园时，时间不算太迟，何智尧和他那群小伙伴，依旧疯疯癫癫地边玩边等候家长。

江子燕并没有听从吴蜀的劝告，实际上，她不认为世界上存在任何温和的戒瘾方法。正月十五过后，当何智尧重新回到幼儿园接受他的低等教育，小书包里除了文具、小玩具和超大水壶外，已经空空如也。

何绍舒从日本回来，给她心爱的侄子带来足足三公斤的零食，被她的弟媳无情地转移到别的地方。

江子燕打探过，何智尧目前念的这家收费昂贵的幼儿园，每天十点左右有水果加餐，十二点提供有机食品午饭，接着是午休时间，下午三点又发零食。这种饮食供给对幼儿来说营养已足够，家长不需要再补充其他食物。

她原本隐隐担心，缴杀零食可能会招来何智尧的激烈反抗，不料，何小朋友的脑子是不太够用的。

江子燕直截了当地断了零食，何智尧因为新学期开学的兴奋劲，自己居然也忘了该吃零食这回事，坦然接受命运的镇压。

但命运也教会了江子燕，不是所有事都需要赶尽杀绝。幼儿彼此分享零食和玩具，更多的是建立隐形社交以及划分群体的行为。简单来说，小朋友通过彼此换零食和换玩具的行为，表达和班里其他小朋友交朋友的愿望。

江子燕虽然不允许何智尧上学的时候吃零食，但每当放学，她会亲自带一些精美的零食，任何智尧由着他的喜好去分给班里其他小朋友。她站在旁边，微笑旁观了两天，很快认清班里哪个小朋友是何智尧的"好哥们儿"，哪个小朋友是何智尧心仪的"小女神"，哪个死小孩曾经用玩具卡车砸过何智尧的头……

连何绍礼都是从江子燕口中才知道此中更多细节。

果然是江子燕的雷霆手段，她工作一忙起来，就没有单纯打母爱牌，嫌这样见效太慢，反而掏出更有力的诱饵：分配的权力。

何智尧在自由分零食给其他小伙伴时他们的羡慕目光中，无形中果然更亲近她。而其他小朋友对江子燕这个表面总是耐心微笑的大人也有天然的好感，愿意表现出亲近，何智尧看在眼里，又体会到一种隐隐的自豪感。

然而，这样内有蜜糖，外有锁链，随意驾驭人心，加上失忆后变得很善于低头的"女阎王"，她的亲生骨肉在长到两岁的时候，却依旧是一个只会以头哐哐撞墙来提醒大人要吃饭的性格。

江子燕回到家把何智尧上学期的幼儿园手册递给何绍礼，何绍礼握紧了手中的册子，也是第一时间先看儿子的成绩，看着那巨大无比的"G"，他又沉默了会儿，才问："成绩是G？G是什么意思？是代表Great的意思？"

　　江子燕淡淡地说出自己的猜测："我觉得是'Go to hell'的意思。"

　　如果不是何绍礼自小就极聪明，简直怀疑基因工程是在自己这里出了什么偏差。他对儿子这成绩也有点说不出话，不过，何绍礼随后只是耸耸肩，在书房找了个精美黑夹子，把成绩单仔细地收藏起来。

　　江子燕还算满意何绍礼这个态度。虽然她自己是不大有脸面去瞧何智尧的成绩的，但她更受不了何绍礼嫌弃儿子。

　　还好他没有。

　　何绍礼的脾气是真的好，非常包容。男人的好脾气不代表他从不会生气，而是即使嘲讽的时候都气质清爽，略带揶揄，没有狭隘的戾气。她算是有点体会，以前为什么偏偏喜欢他了。

　　何绍礼上次提醒她的话，同样很对，他和何家确实具有让儿子受良好教育的雄厚物质基础。而她更不该动把何绍礼彻底排除在何智尧生活之外的念头。毕竟，一个孩子的健康成长，同样离不开父亲的呵护。

　　江子燕知道她自己来自单亲家庭，失忆后，还在病房里与亲生父亲见过一面。

　　那个陌生人有与自己相似的薄唇和狭长眼睛，他自洲头县远道而来，把母亲的骨灰交给她，但他没把那骨灰盒带进病房，只让人搁在外面走廊，因为"拿在手里太晦气"。对方仔细地看了看襁褓里沉睡的何智尧，连声说"像我"，从始至终没多问女儿的情况，说什么"来都来了，何家出了费用，就顺便来大城市玩几天"。

亲生父亲后娶的妻子，那妻子所生的儿子和新婚儿媳，一帮子人局促地坐在对面，江子燕安静地靠在床上，听了半分钟后请他们离开。而这次回国，江子燕没有任何再和他们见面的计划。

比起那群毫无羁绊的陌生人，反而何绍礼还披着"家人"名义上的真实外衣。而她的何智尧更是何其无辜，绝不应该去遭受这一切。

傅政的科技孵化器公司，简单来说是一家创业中介，或者说是进行本土化的创业导师工作。随着特斯拉全球最大的电池厂落地，全球范围内的资本机构，都很关心这种新能源和互联网思维结合的电动汽车。而创业者的产品难点，始终在于找寻更高效、更廉价、更循环的驱动电池。

一家小型德国创新电动汽车企业来到中国想拉投资，找到傅政的公司引荐。

江子燕花费不少时间，了解了当今电动汽车的发展概况和痛点，专心致志地查找这家德国电动汽车企业的所有资料，在刘崇西的示意下，听译了德国公司特意为中国投资者做的三段介绍视频。

她对工作确实勤奋严谨，几天的时间，现学了剪辑视频和插入字幕，也怪不得同事对她赞不绝口。

江子燕不肯牺牲和儿子的相处时间，不得不熬夜工作，偶尔和同样晚加班回来看望儿子的何绍礼打个照面。何绍礼坐在何智尧的床前听到声响后，微光中往外看，不询问，也不躲避。

春天来临，江子燕把御寒的厚重冬衣逐渐收起来，改穿白晃晃的薄衫。有时候，江子燕俯身去抱何智尧，他的脸会下意识往她胸前柔软的地方乱蹭，还想伸手去摸。

江子燕的母爱实在没有到那种地步，忍一会儿，就笑着推开他。当她仔细整理衣衫的时候，何智尧托着腮，定定地盯着她。他像是水捏成的软宝宝，有种憨憨的，仿佛和任何人都能轻易做朋友的气质。

孩子此刻就算再迟钝，也慢慢感觉到这个女人在家里住着有点不同寻常。

江子燕藏了何智尧的零食，何小朋友后期终于反应过来，并不是没有试图反抗过，但找了爸爸伸冤，爸爸也只是拍拍他的背。

"胖子，你喜不喜欢她？"何绍礼低声问。

何智尧眨着那双和何绍礼相似的眼睛，毫不犹豫地点头，但点头的幅度又很轻很慢。

何绍礼便笑着把儿子往自己怀里拢一拢："你以后要学着开口多说话，好吗？你平时不爱说话，我都随着你，但你该说的话，依旧要充分表达，否则她总想试你。对了，你以后要叫我爸爸，你这傻胖子，到底跟谁学的那句哥哥……"过了会儿，何绍礼的声音冷下来，"是不是小羽教你的？"

何智尧在何绍礼怀里乖乖坐着，感觉爸爸好絮叨哦。何智尧东按按，西摸摸，最近被江子燕搂多了，有了对比，确实觉得爸爸的胸和肩膀太平太硬，最后挤出句"哥哥"，眼里也盈上泪花。

何绍礼看了终究还是心软，把儿子抱起来放到地上。

"以后想吃什么零食，得趁着我在家的时候吃，她到时候会争取当作没看见。嗯？"

何智尧得了这么个保证，很欢喜地拼命点头。

何绍礼再低头端详他，语气有些不善："胖子，爸爸以前是怎么对你的？我对你不好吗？怎么你现在被她天天欺负，感觉很开心哪？"

何智尧也呆住，他并不清楚江子燕是不是总欺负自己。就比如姑姑，特别喜欢亲他、搂他，连声叫他宝宝，但何智尧没一会儿就烦了，迅速甩开小腿跑走。江子燕同样很亲密地叫他尧宝，吻他的时候很快很轻，而且她几乎是不轻易哄人的，有时候还会目光凉凉地瞪着

86

他，有点吓人。

然而，他却莫名越来越喜欢她，偶尔临睡前要溜到她的屋里，看到她还在蹙眉工作才安心。但有的时候，何智尧望着她，内心深处又在隐隐畏惧和排斥着什么。

江子燕经过充分准备后，坦然和傅政去见德国电动汽车厂商和国内其他投资人。

昨晚江子燕询问了一下着装规则，准备当天穿一条淡藕荷色的工作套裙。何绍礼这天早晨比他们走得要早些，江子燕叫醒何智尧，家里只剩下他们两人和满地不遮掩的春日晨光。

吃早饭的时候，江子燕随口问何智尧，她今天穿的这身衣服是否漂亮。

她如今经常逗着何智尧说话，也不期望他张口，但口气里不太把何智尧当成小孩子。

何智尧噘着奶瓶，再重重点头，过了会儿仿佛想起什么，爬下椅子冲进爸爸的卧室。

等江子燕把他送到幼儿园门口，两人准备分别时，何智尧突然塞给她一个一路上被他的小手攥得发热的细长硬物。

还没等江子燕反应过来，小男孩就笑眯眯地指了指她胸口的位置，再比比画画几下，然后甩着小书包，自顾自地迈步走进幼儿园去了。

留在江子燕掌心的，是一枚镶嵌钻石的领带夹，上面用金纹刻着滚花字体的"H"，烁烁的，在春日升高的阳光中发着亮。

咦，这东西从哪儿来的？何智尧为什么要给自己？

她独自想了一路，勉强猜到何智尧的心思，大概他看爸爸在重要场合里戴过这个，如今便偷偷拿来给她，是嫌弃她的胸口处太空？

江子燕忍不住牵唇一笑，心里微甜，倒真落落大方地把那领带夹

87

别在内里衬衣襟上。

国内不知道什么时候兴起的风尚，乐于在小咖啡馆里谈创业。公司迎合着这个风尚，为了这次宣讲，在德国人下榻的酒店旁边的小咖啡馆包场了几个小时。

这种投资宣讲，其实是很正规的团队流程工作，公司还有其他部门的五个同事跟着。傅政本人英语很好，拉来江子燕不过是充当宣传者和副手，再辅助场内的速写人员做检查笔录等细活。

小咖啡馆关了舒缓的音乐，打开所有的灯，桌椅被移到四周，空出的场地放着简易放映布和投影仪。几个金发碧眼的外国人在中间，正襟危坐。拉投资就像连续相亲，他们在随后两天要举办两三场相同的宣讲会，向中国投资人宣传大众型电动汽车的卖点，抛出三年内投资回报率达到同期多少倍等诸多诱饵，以期将想在中国和德国办厂的意图传递给投资人，请求人力和物力资助。

咖啡馆四侧，坐着对他们有兴趣的十来位国内投资人。

江子燕定睛一看，那些人中间，居然有一张熟悉、抢眼的面孔。

何绍礼带着些百无聊赖感，低头翻着手里的宣传册。

何绍礼自己的公司做的是智能车配，但电动汽车总归是之后几十年的大趋势。电动汽车刚起步，很多技术亟待突破发展，非核心部分的技术有时候同样需要外包，依赖传统车商代工。今天他前来的目的，一是不能放过这种了解与国际智能电动汽车公司合作的机会，二是打探国内投资人的进一步举动。

何绍礼察觉到有人正盯着自己，缓缓地抬起目光。

两个人隔空对视了几秒，江子燕面色不改，接着就低了头。

她上班时总是盘发，一丝不苟且有点沉闷的形象，显得略微不对称的面孔越发严峻，但梳着这个发型会露出纤细的脖颈，这是她身上少数具有女性柔美特质的地方。

何绍礼目光闪动，同样收回打量的视线，继续无聊地盯着空白的屏幕。

两位当事人神情如常，抽空的时候，和同事或身边的人低声交流，在场的人也没有感觉到任何异样。

江子燕始终悄无声息地跟在傅政身后，当着合格的"花瓶"和"工具"。傅政此时已经跟在场所有人打完招呼，亲自说了开场语并介绍了公司。直到台上的德国人开始英语宣讲，傅政转头用目光示意江子燕该发辅助资料了，她才又抬起头。

她要亲手把资料送到每个人手里，自然不能落下何绍礼。但等何绍礼从她手里接过那一沓打印文件的时候，他顿了几秒才回神，如常道谢。

她眼观鼻鼻观心，重新坐回到原位，再低头的时候，无意中看到胸口处有什么一闪，瞬时也僵住身体。

胸前钻石领带夹的主人，大写的"H"，还能是谁，自然是何绍礼无疑！方才为了不挡他人视线，她保持半蹲姿势分发资料，何绍礼也不好抬头直视她的脸，维持平视，于是清清楚楚看到她大咧咧地戴着那领带夹。

何绍礼刚才，绝对是一眼就认出来了属于他的东西。她自己暧昧又不伦不类地别在胸口，简直生怕对方看不见似的！

江子燕只觉冤枉地想，领带夹不是她偷的，是何智尧早上塞给她的！但她也不由老脸微热，知道这理由无论如何都站不住脚。

她本想立刻取下来，但因为傅政此时又扭过头对她低声说话，所以领带夹的事暂时又被抛到脑后。

咖啡馆墙上挂的老水手钟表，原本就慢十五分钟。

反向的招商引资会议，持续了两个多小时，分别介绍了这家德国电动汽车公司的创新、前景和未来投资预期，工程师甚至不顾时差，让因为签证问题没赶来中国的德国创始人，操着那口大舌头中文，和未来金主说了几句感谢的话。

何绍礼耐着性子，过程中略微偏一下目光，看到江子燕正跟没事人似的低头玩手机，不由笑了笑。江子燕倒不知道自己被冤枉了，继续专心用手机查专业单词。

等会议结束，剩下的时间比较自由，咖啡馆老板送来小食和咖啡，但无人碰，咖啡馆里就座的人也没有尽数散开。有些人在放松地闲聊行业动态，有投资意向的人继续盘问德国厂商，傅政也走过去旁听。

江子燕刚想跟上，握着的手机震动了。她抬眸瞥了眼已经不约而同围上去的同事，觉得暂时没自己什么事，再低头看到手机屏幕，不由愣住。

通话人明明就坐在几步开外的椅子上，江子燕此刻回头，就能看到他宽阔的肩膀侧影。

江子燕望着正耐心等待她接听电话的何绍礼的背影，只觉得又是一阵隐隐的头痛。

半晌后，她无可奈何地接了。

"早上走得早，我忘记告诉你，我姐直接把胖子从幼儿园接到爸妈家吃顿饭，所以，你今晚不需要接他。"

周围乱糟糟的，他说话声音并不大，但她不知道为什么，每一个音节在耳畔电波和现实空气里都毫不延迟地同时传来，沙沙响。

江子燕的心无端升至嗓子眼，她略微眯起眼睛四下望了望，幸而何绍礼身边坐着的人都走了，更不知道他的通话对象就在几步之外。

她轻声应着，用另一只手把胸口的领带夹胡乱拽下来，躲到角落接听电话，防止在场人多看她一眼。

江子燕也不知道自己为什么闪躲，就像不知道他为什么给她打现场电话。她内心有些恼火，不喜欢任何人把自己带到这种被动局面。

不过，先前总归是她做得不妥。

江子燕低声认错："对不起，绍礼，我今天早晨拿了你的领带夹。"没有多解释哪怕一个字，她又低低说，"等晚上回去，我会给你一个解释。"

对方陷入沉默。

她不自觉地回头，想去观察他的脸色，但年轻男人已经离开座位，缓步走到小咖啡馆的另一端饮食处，高大的身材依旧背对着她。

江子燕猛然想到了另一个可能，暗中叫苦，又道："你……你是不是生气啦？"

咖啡馆沿街是一条单向马路，车少，有种身在闹市区中的静，唯有泊车位的黄匣子孤零零地立在街头。何绍礼眼前是风刮过的干净的街道，耳边是江子燕那小心翼翼的口吻，这让他有点想笑，又觉得内心五味杂陈。

日薄西山，美人迟暮，强大的衰弱，总引人感慨。

他们曾经几度交手，何绍礼坦然承认，两人即使没有那些情愫，江子燕也着实是一个极厉害的人物。

她眼中能观海，却有臭老九的脾性，冷不丁伸手就过来拿，非要她充大方，又宁愿去跳楼，爱之者、恨之者无不对她咬牙切齿。但性子这样烈的江子燕居然真的失忆了，彻彻底底，完完全全，连这个领带夹的来历都忘了个精光。

他平静地开口："你怕什么？胖子拿给你的东西，和我给你的没什么区别。只是，别的倒无所谓，那个领带夹是我的私人物品……"

江子燕听到他提起何智尧，头皮发麻，更干脆地说："都是我的错，我现在就把它还给你。非常抱歉，你不要生气。"

她的解释和道歉过于流利、公式化，似乎压根就不放在心上。

何绍礼却在瞬间改了主意，他极快地说："领带夹送你了。"

德国人身边终于散开些位置。傅政打算叫江子燕给他们端来咖啡提神，转过头的时候，正看到她往这边急急走回来。江子燕向来淡然的黛眉间，带了几丝恼羞成怒，在傅政眼中，有些罕见。

在公司里，她就坐在傅政对面的工位，工作间隙，他偶尔抬头，看到最多的是她如玉般的镇定面孔，声音淡淡，笑也淡淡。

"有什么问题？"傅政不知情，以为哪里出了差错。

江子燕摇摇头，深吸一口气压住烦躁。

方才，何绍礼说完那句话，即刻挂断电话。她耳边听着忙音，脸色难看起来，想赶紧把这越发烫手的领带夹速速还回去。但刚走了几步，何绍礼从窗前扭过头盯着她，忽地笑了，伫立在原地等她自己走过去。

江子燕被他好整以暇的目光一看，顿时觉得凡事不急于此时。

何绍礼身上总有种"没得商量"的温和感，每每和他正面交锋，江子燕都感到莫名难缠。当前场合不对，她是有口难辩，还是等晚上回去，私下解决麻烦比较妥当。

她索性隐忍不发，默默等待，直等到何绍礼和其他投资者三三两两地离开咖啡馆，才算是暂时松了口气。

傅政又和那三个德国代表谈了会儿，随后让江子燕帮他们订晚上的餐厅。

"傅总，我订五个人的桌子合适吗？"

傅政闻言，不禁多看了她一眼。

张澜早把这几日所有工作环节，事无巨细地嘱咐给江子燕，唯独忘记提及，傅政本人颇为忌讳公司不相干人等与创业者建立私交。

一方面，公司到底有些"中介"性质，同事间不能抢资源，更别说大老板自己拉来的资源。另一方面，为了在创业者面前维持专业性，项目从头到尾的对接负责人只有一个。

简而言之，工作结束后的私人聚餐，压根就没有江子燕的份。

张澜以为江子燕七窍玲珑，这种事不需明说，万不料江子燕是失忆的，对于人事关系的处理经验如白纸一张。江子燕自然而然地以为，既然顶替张澜的工作，陪老板和客户吃饭理所应当。再说，和德国人吃一顿中国特色的烤鸭，傅政又不喝酒，根本没什么危险性，她也不需要装纯拒绝。

此刻，江子燕只是依着谨慎的个性，再次确认自己是否需要出席而已，她从没想过自己会被拒绝。

傅政深深地望了她一眼，将视线移到德国人身上。假如这要求是别人提出的，或者是其他年轻女人毛遂自荐，他自然要多心一下。但江子燕不惹人讨厌，傅政又是一个信眼缘的，更重要的是，春节后他的胃口就奇差，想到本周又要第四次陪吃油腻的烤鸭，不妨拉个食客靶子。

于是他默认。

晚饭席间，傅政一口带"鸭"的食物都没碰。倒是江子燕回国后第一次正式下馆子，饱了口福。

三个德国代表里，两个不苟言笑，但还算好交流。最后一个是来自慕尼黑的工程师，典型的理工男，说起技术滔滔不绝，聊其他的话题则热情有余，内容乏味。江子燕今天查手机，很多时候是因为听不懂他嘴里说出的单词。

傅政见解甚广，有种书生的儒意翩翩感。他饶有兴趣地和另外两个人闲聊着技术和走向，再针对今天的反馈，提醒德国人明天第二场闪投会需要注意的事项，并不避开江子燕。

只是和谐的饭桌上也出现了不和谐的小插曲，那个年轻工程师冷不丁地邀约江子燕，问她是否能跟着他去德国玩。

江子燕吃着八宝鸭胗，很无害地回答："哦，我也一直想带我儿子同去看新天鹅城堡。"

两个正经的德国人在同僚黯然的脸色中暗笑，恍然知道眼前清清淡淡的东方女人已经结婚，又想中国人怎么结婚都不戴戒指。而傅政同样目光含笑，这位员工每天准点下班，大概就是要赶去接自家孩子吧。

他并不会评论员工的私人生活，其实也不太关心。只不过，江子燕不像一个已经结婚生子的女人，她身上有股道不明的气质，似澄澈又似极腐朽，像一种搁置许久的古画颜料，可以脉脉入景，却也依旧可以浓郁刺激。

明天的闪投会安排在下午，晚餐结束后时间尚早，德国创业公司的人并不着急回酒店改方案，兴致勃勃地提出要坐地铁感受下本城的人文风貌。

傅政开车先把他们送到地铁口，在满车厢留下的欧洲人刺鼻的香水气味中，他温言询问江子燕的家庭地址。

她打开在线地图搜索坐标，傅政的车仅仅又开过一个拐角处，她便提出在此下车。

"我既然开车，就把你送回家吧。"傅政不由分说，他以为她在拿乔。

江子燕轻声说："傅总，我家就在这附近啦。"

傅政一怔，这里是本城寸土寸金的内环线地盘，四周都是高端商场和奢侈酒店，她居然说她的家在这附近。更奇怪的是，她的神情不像是借口，倒还有些懊丧模样。

"你家在这附近？"他又怀疑地问了一遍，"小区叫什么名字？"

她只是尴尬地微笑，到临下车前才默默报出小区名。果然是豪宅小区。此刻，傅政也不由对这个满身神秘的女员工更起了一丝好奇心。

天大地大，春日晚风不停地吹拂她的面颊。江子燕辞别傅政，又独自在这附近逗留了好一会儿。最后是扛不住的困意，终于让她叹了口气，慢慢地往回走。

下午被何绍礼挂了电话后，江子燕始终觉得胸口发闷。她在一层大厅，投币买了罐蜜桃味汽水，当冰冷的液体汩汩流入胃里，一种久违的自由涌上心头。

江子燕突然意识到，从回国到现在，每日除了陪伴何智尧外，几乎没有任何独处时间去理清她乱七八糟的思路。她今晚不用陪儿子，早回家除了和何绍礼大眼瞪小眼以外无事可做，幸好借着工作之由吃一顿，放飞思绪。

抚养一个孩子成长不仅仅是喊爱的口号，很多的细节累积成山，要付出大量的时间和耐心。江子燕给自己估了个分数，如果以独自抚养何智尧的能力，以字母论，何绍礼能拿个A-，那她估计只能拿个勉强的G。

何绍礼和她不同，她不能和何绍礼比。他岁数比她小，面对的世界比她更广阔，更自由，也会更具诱惑。江子燕靠在四周都是晶亮镜子的电梯里发呆，恐怕在何绍礼眼里，她不仅曾经是一个很糟糕的追求者，现在还是一个很糟糕的母亲。

此时此刻，高分对象何绍礼正坐在沙发上看球赛，壁顶的灯全开，明亮一片避无可避。他听到门响，眼神非常锐利地扫过来。

江子燕原本想露出点拿手的笑，但被何绍礼看了这么一下，笑就停在嘴边，消失了。

江子燕并不是不想笑，只是如今场合不对。何智尧今晚不在家，只有两个大人，何绍礼这态度显然懒得去伪装彼此关系良好的假象。她暗暗想，何绍礼还是太年轻，脾性如长路，偶尔尝风就变。

江子燕内心觉得没多大意思，也只能轻声说一句："我回来了。"

何绍礼抬手干脆地关了电视，屏幕内余音凄凉，周遭已经彻底安静下来。

"你回来了。"他的声音，是和下午在手机里一样，不需要提高的温和声调。

江子燕忍不住伸手抚了抚额头，似想起什么，随手把盘了整日的头发放下，青丝松散在肩，动作优美。

家里很静，浅灰方块沙发原本宽阔，被何绍礼伸长了腿半躺半靠着，整个空荡荡的大客厅都仿佛拥挤了似的。

她瞧了瞧何绍礼那倨然一方的样子，脑海里略微一转，硬着头皮说："你、你在等我回来？"

何绍礼看了看她，没有否认，却问："你是从咖啡馆回家的路上迷路了？"

江子燕一怔，自动地想他估计是在等何智尧回家，就和晚归的自己撞上了。但她依旧柔声解释："我陪着我们老板，还有今天那个德国公司的人吃了顿烤鸭，所以回来晚了。"

他瞧着她的样子，笑着说："真不错，我到现在还没有吃饭。"

江子燕略微怔住。

江子燕与何绍礼共进晚餐的机会并不多。以往，何智尧每日都是和爸爸吃晚饭，但自从她回国，何小朋友的作息全跟着她走。江子燕每天下班后准点接他放学，两人点卯似的六点就能急急赶回来。反而

96

是何绍礼因为工作时间紧张，总不太能赶得及与他们共进晚餐。

时间一久，他们仿佛达成什么默契，她全心全意地陪着何智尧，根本不在意他爸爸了。

江子燕反应过来后，便说："冰箱里应该还有吃的，我去看看。"

等走进去，她不由顿住脚步。餐厅的灯同样大开，桌上摆满未动的饭菜，早就没了热气，旁边还有两双整齐的筷子。难不成，何绍礼……他真的是在等自己，等她回家吃饭？

何绍礼已经走进来，他平静地拉开旁边的椅子。

"子燕姐，既然你已经吃过了，就陪我坐一会儿。"

江子燕平日最重仪表，此刻却披头散发都忘记整理，默默地随他坐下。

各种疑问闷在心里，江子燕搞不清楚何绍礼什么意思。他今天既然肯屈尊要和她一起吃饭，为什么就不能提前告诉她？为什么整个晚上都不给她打一个电话，提醒或催促一声？要知道，何绍礼可是能为了一个领带夹，当场就打电话质问……对了，领带夹。

何绍礼看着她收起瞬间不解的神色，低头从套裙口袋里取出个软呢子袋，显然是早在进门前就把那个钻石领带夹准备好了。

江子燕依旧没有直接递给他，轻轻地搁到旁边的大理石桌台上。

她谨慎地说："还给你。我不是小偷。"

何绍礼优雅地提起筷子，望也不望那个方向，便说："子燕姐，我有时候会等你回来吃饭。如果下次你晚上有类似的事，要提前告诉我。毕竟……"顿了顿，他继续语气平静地说，"我这里不是你的旅馆。"

江子燕被寥寥几句说得几乎面上无光。她住不起这么贵的旅馆，不是吗？

摆满家常菜的光滑的烟青大理石桌面，在客厅灯光的映照下，像块剔透的玉。

何绍礼好像知道她之前的心思，继续说："我不喜欢别人迟到，但更不喜欢催人回来。至于这个领带夹，我既然说过送给你，你就不用还。"

她强笑了一声："这个，我真的不能要。"

接着，何绍礼说了句话，江子燕彻底笑不出来了。

"这个领带夹，原本就是你曾经送我的礼物，如今你回来了，自然应该还给你。"

江子燕第一反应，是抬头重新盯着那软呢子袋。她隐隐记得站在门口擦拭的时候，看到领带夹的后弹簧处镶着一细长条的蓝宝石，蓝得剔透，弹簧是纯净的黄金，只是这些从正面根本看不出来，异常低调。

她脑海里连番地涌上太多不好的联想，第一个想法就是："我……我以前，是偷过别人的东西吗？"

何绍礼目光一闪，明白她的意思："哦，你春节逛商城的时候，给胖子偷过玩具吗？"

江子燕沉下脸："胡说八道！"

他摸摸鼻子："那你以前也不可能去当贼，这是你正经拿钱买来送给我的。"

江子燕惊疑不定，把领带夹重新倒在手心，细细地反复看。可她毕竟不懂行，看不出这领带夹是否为假货或者高仿品。然而她内心又下意识地断定，领带夹应该是一件真货——假如这真的是她以前送给何绍礼的东西，那就绝对不是也不该是伪劣品。

问题是，她如何负担得起这明显价格不菲的领带夹呢？

江子燕左思右想，偏偏没有任何头绪。

过了会儿，终于耐不住疑惑，她开口问："这领带夹多少钱？我为什么要送你这个？我不是很穷吗？我又是从哪里来的钱买它？我以前就有这么喜欢你吗？你不如从头到尾都说给我听听，说不定我就能想起点什么。"

何绍礼瞧了她半晌。

"从头到尾地说？"他似笑非笑，"好，最初你把我叫到操场，足足迟到了十五分钟，然后江学姐你通知我，你看上我了。"

一声轻响，江子燕手里的领带夹已经坠落在地，同样下沉的是她的脸色。她噌地从椅子上站了起来，几乎冷冰冰地喝止他："别说了！"

何绍礼依旧坐着，他索性提起筷子，面色不变地开始吃起饭。

江子燕额头微微出汗，面色红青相接。

自惭、尴尬、恼怒、纠结，以及说不清的巨大厌恶感，这就是江子燕每次听到她曾疯狂缠着何绍礼的真实感受。失去的记忆就像烫手的山芋，扔了显得没心肝，捧着又觉得厚脸皮，偏偏中间杵着个搜刮腹草生下来的何智尧。

到如今，江子燕都分不清是惆怅多，还是丢脸更多，此刻听到当事人亲口承认这些事实，她的内心实在无法安宁。

过了好半晌，江子燕略微镇定地重新坐下来。她来回捏着那领带夹，指尖发白，换了一个中性问题。

"我以前到底是什么样的人？"

何绍礼故意沉吟了会儿，才缓缓回答："我以为，子燕姐你已经不想问了。"

江子燕胸中滋味颇为纷杂，问，总是要问的，还必须问一个清清楚楚。但她确实还在恼羞成怒中，目前最安全的方法，就是表明自己已经失去记忆，更和失忆前判若两人，于是她酝酿片刻，索性祭出老招，对他缓慢地绽放出一个纤敏曼柔的微笑。

这是以前的江子燕从不做的表情。

不料何绍礼看破她的意图，他微微一舔唇，居然也朝着她笑了。

江子燕默默发现，何绍礼因为有那两个极深的酒窝的关系，笑起来显得多情又异常温暖，下巴很尖，能勾人中蛊似的。

王不见王，她此刻精神再坚韧，也终究装不下去了。

"绍礼，刚刚是我的态度不好。"江子燕轻声说，"你知道，我摔坏了头，以前的事情全都想不起来。失忆这件事，我至今也不知道是好是坏，只能先问问曾经的我是什么样子。可是别人说的话，我不能尽信，我更希望由你来告诉我。"

她心中不停地打着小算盘，曾经为什么送他领带夹，而这笔钱又是怎么来的，这些真相固然重要，但都不比何绍礼目前的态度更有影响力。他如今把这领带夹还回来，是想表示桥归桥路归路，还是一时兴起有别的意思？她到底应该怎么做，才能找到既讨好何绍礼，又能稳定地陪伴何智尧的方式呢？

何绍礼却看了看表："你今天回来得太晚，你的问题又太多，我还没吃完饭，胖子马上到家，说真话来不及。"

他明明说了五句话啊……五句话！江子燕唯有忍气说："那你用两个字，简单概括下我以前留给你的印象。"

何绍礼终于也不再卖关子，他想了会儿，公正地说："像鬼。"

世人大多以貌取人，江子燕落得"女阎王"的外号，因为她是明察人心但做事根本没个轻重的狠角色，奸似鬼，狠似鬼，行踪更是神出鬼没。

打了下课铃后，何绍礼独自走出教室，他隐隐克制住自己回头的冲动。果然没一会儿，那个莫名其妙的黑衣学姐就又出现了。她在操场上说完那句话，就丢下他离开，再接着，每日等待何绍礼下课。

此刻，江子燕抱着书，从人流中挤到他身边，一言不发，只陪着他走路。这就是属于她的独特追求方式，像是秋日梧桐树下一抹安静而克制的幽灵，频繁地主动见他，不要求何绍礼的回应，偶尔会突然消失几天再出现，好像一切看她的心情，又好像在不紧不慢地进攻。

何绍礼也不是没被女生主动追过，热情的、含蓄的都有，但像这种如同塞到细口玻璃罐子里被套牢的感觉，却从未遇到过。他想刻意忽视，又找不到缘由。

两人从走出教室开始，没有多余的交谈，下楼梯的时候，前方有一个熟悉的身影，居然是兰羽在等待何绍礼。

这个小公主最近和他越来越疏远，大概听到校园里愈演愈烈的流言，今日居然肯主动出现。

何绍礼微微一笑，主动朝兰羽走过去，但身后突然有异响。默默跟随他的江子燕把怀中的专业书本松开，掉落了满地，都是很厚的原版书，还有散乱的各种笔记和文具。她原地蹲下，罕见地手忙脚乱，开始拾起地上的书本和纸笔。

老式教学楼走廊蜿蜒窄小，又是学生上下课的高峰时刻。两人身后下楼的人流自动分成两拨，不耐烦地咂嘴，纷纷冷漠地绕开她继续前行。

何绍礼停顿片刻，俯身帮她捡起各种书本和纸笔。等两人重新站起来的时候，前方的兰羽果然已经不见了。

他回眸的时候，江子燕同样正从前方收回目光，平静面容下，隐隐有些得逞的窃喜。江子燕天生的冷面孔，气质一流。可惜金玉其外，败絮其中，做事就让人看不过去，偶尔沦为下作。

何绍礼一扬眉，把手里的书塞给她，要去追兰羽。但他的步伐却顿了顿，是江子燕拉住自己的手。

"帮人就帮到底，再帮个忙，绍礼，你能借我食堂饭卡用一次吗？我今天没带饭卡。"江子燕重新开口，她有清低的女子嗓音，诱

101

人不设防。

何绍礼冷冷地望了她一眼，还未说话，江子燕就轻声说："你怕自己的青梅竹马有误会，那我待会儿主动去和她解释。好不好？"

何绍礼终于皱眉，他说："江学姐，你还想怎么做？"

这话问得好，他没有问"你想做什么"，也没说"请不要打扰我"，而是说"你还想怎么做"。

江子燕微微一愣，随后没事人似的抿唇说："我们不要站在走廊中央说话。"

不待他同意，江子燕就主动用冰凉柔软的手拉着他下楼。何绍礼刚想挣脱，却发现还帮她拿着很厚的书，略微一犹豫的工夫，就这么莫名其妙地被拉去食堂，和她一起吃了顿极其难吃的烧茄子饭。

现在想想，何绍礼怀疑，那天她的出现，只是套路。

对，全部是江子燕的套路。

他一念之差，眼睁睁看着"女阎王"直接闯入了他的生活，再顺风顺水地融入他的社交圈。用后来兰羽的话形容，那些和所谓"上流人"去"上流场所"交流，那些能让江子燕自我感觉跨越阶层的机会，她都心怀鬼胎，不会放过。

很快地，何绍礼身边的人也感觉到异样。

有一次大家围在一起打牌，赌注是谁输谁就需要付第一轮的酒水账单。

兰羽当时不在场，始作俑者是朱炜，长着一张很精明面孔的小白脸，带头叫嚷着把在座的信用卡都提前收缴上来。原本的水晶冰桶中，收集到黑卡、银卡、金卡，只有一张是蓝色的工商银行信用卡，非常突兀，自然是江子燕的普通卡。

在座的人交换着眼色，心照不宣，彼此一笑。

富二代之间也分圈子和档次，甚至等级更森严鲜明，家里做股票生意的无缘认识做房地产行业的，做实业的又不能轻易和做能源的厮混。何家的生意做得很好，两个子女同样出色，何绍礼虽然没有姐姐的信用卡额度高，但付个三四万的账单，根本不在话下。他同样只是漫不经意地笑，默许着赌注。

唯有坐在他旁边的江子燕，从听到账单这个数字后，就保持沉默。

纵然江子燕也干脆地把自己的卡扔进水晶冰桶里，但所有人，没准儿包括她自己，也知道她付不起这账单。就像所有人都心知肚明，这群光鲜亮丽的年轻人此刻能允许她坐在卡座这里，无非因为何绍礼的存在，她是跟着何绍礼来的，何绍礼不喜欢难为人，尤其是女孩子。

也许是因为心慌意乱，也许是因为别的，那晚向来牌技绝佳的江子燕输得一败涂地，居然真的成为最后的输家，要给在场的人埋单。

场面闹得尴尬前，何绍礼摸摸鼻子，不动声色地帮她付了钱。

后来这件事传播得人尽皆知，何绍礼在之后很长时间里，都从未承认过江子燕是什么身份，但一切好像不言而喻。也是从那时候开始，江子燕一头热的行为，开始正式和可鄙丑名沾边，她足足消失了两周，没有再出现在他面前。

主动付账单，曾经是何绍礼的典型做事风格，他根本没有在意。

何绍礼经常会主动付账单，好机会也经常会主动找他，最要命的是，特别多的优秀女孩子很喜欢主动找他，江子燕不过是其中年纪较大且较为古怪的一个。她看上了他，是他倒霉，他自己没有做错过。

直到两周后，江子燕突然像鬼般重新出现在他的教室门口。她塞给何绍礼一个钻石领带夹，里面附带商场正规发票，而上面的价格，正正好就是那晚他代付餐费的价格。

何绍礼盯着手里浮夸精致的领带夹，脑子里警醒地说"还回去"，但拇指处却被硌出深深的印子，一动不动。他五官极其俊美，脸形很小，大学时期虽然没那么修边幅，但确实是醒目校草。

他反复沉吟着，似乎在想如何拒绝，又似乎想询问下文。

江子燕微微眯起眼睛，不怀好意地说："喂，我今天又没带饭卡，要不要去吃烧茄子饭？"

吴蜀晚上亲自把何智尧送到楼上，只看到何绍礼独自在客厅里沉坐，像雕塑般。

他随口问了句子燕在哪里，何绍礼一震，恍然回过神，脸上的表情有些令人动容。

其实何绍礼和他姐姐长得很像，长眉秀目。吴蜀还隐约记得，当初这大男孩在江子燕病房前站着等消息，当得知她保住孩子，旋即又知道她彻底失忆了，便也是这副如同灵魂被灌了铅似的神情。

吴蜀不动声色地重复："我把智尧安全送回来了，子燕不在家？"

何绍礼顿了顿，声音沙哑说："她应该在她房间里。"

话音刚落，刚回家的何智尧甚至吝啬给当爸的打声招呼，喜滋滋地矮着身子钻进了江子燕的房间。

这个忘恩负义的胖子！何绍礼脸色有些无奈，还是要招呼姐夫在家稍坐。

吴蜀摇头拒绝，何绍舒现在是怀孕中期，激素作祟，开始吃平日不碰的各种古怪玩意儿。前两天，急诊的护士长送给他一小袋家乡的卤水咸香鹅肠，何绍舒尝了几口后居然爱上了，吴蜀少不得又要厚着脸皮追到对方家里，再要一小袋回来。

何绍礼听闻后，笑了："我姐以前从不碰那些五脏做的东西。"

吴蜀不以为然，但也打趣："谁让她嫁给医生。"

江子燕闻声也从房间里轻步走出来，她手里牵着何智尧。

"姐夫。"她笑着对吴蜀打招呼。

何绍礼站在旁边，打量着她的笑容和作态。失忆后的江子燕别的没学会，虚伪层次精进不少。她曾经冠冕堂皇，但脸皮偶尔也薄得惊人，有时候给顾客打电话，先生、太太之类的称呼居然都叫不出口。

如今，江子燕对他的父母和吴蜀，却能亲亲热热地喊爸妈和姐夫，半点抵触都无。

江子燕对何绍礼的刁钻目光似乎全然不知，其实心情已经被打击到尘埃里。

她刚刚被何绍礼亲口承认"像鬼"后，简直无地自容，如今能神色不虞地打招呼，无非剩下那点惊人定力和丁点自尊。

吴蜀在旁边，微微咳嗽了声。

"绍舒上次从日本带回来的一个叫什么大福的零食，不知道你们这里还有没有剩下？"

吴医生说着这话确实有些抹不开脸，何绍舒自己在旅游时买了不少零食，偏偏觉得带给侄子的那几袋最好吃。吴蜀重新托人买了几次，她都说没买对，明媚的脸上全是哀伤失望。吴蜀今晚从护士长家打完秋风，又来到此处。

江子燕走进自己房间，拿出那几袋包装完整的零食，正是何绍舒想要的。

旁边的何智尧不由伸长了脖子，眼巴巴地想看几眼，但因为身高不够，被她无声压着头按了下去。

吴蜀只觉得一切得来全不费工夫，大喜："智尧，今晚拿你几袋零食，姑父下次会赔你一箱……"

江子燕突然在旁边咳嗽了声，他略微改口说："一箱……玩具？一箱……小人儿书，好，我下次赔你一箱小人儿书。"

江子燕微笑着点点头："姐夫费心了。"

何智尧在一瞬间福至心灵，突然就明白过来，桌子上红的绿的都是江子燕藏起来的属于自己的零食。他眼中迅速聚起汪汪的水，委屈得要流眼泪了。

何绍礼适时把他拉过去："胖子，不准哭。她房间里八成还藏有其他吃的，你现在就哭，不是早了点吗？"

何智尧张大嘴，口水和眼泪同时呆住。

江子燕再次被何绍礼说得有点脸红，不由含恨想：她虽然藏了他亲儿子的零食，但这不是要送给他亲姐姐吃吗？怎么就非跟她过不去了呢？

吴蜀对这块的机锋不闻不问，他眉毛都没有动一根，只是把侄子抱起来："智尧，谁都不会藏你的零食。不过，我能不能请你把这些吃的分一点给姑姑？好不好？我听说你很大方。"

何绍舒的正餐繁多，用星点零食开个孕胃，数量无所谓。而何智尧因为江子燕的刻意培养，在幼儿园极其享受分零食给他人的过程。何小朋友是很好哄的孩子，他犹豫片刻，就被吴蜀别的话转移了注意力。

江子燕看到没自己什么事，默默瞪了何绍礼一眼，悄然回房。

何绍礼送吴蜀出门的时候，矮个头姐夫突然在门口，伸手拦住他。

何绍礼停住脚步，就听吴蜀平静地说："绍礼，你知不知道，江子燕这辈子都有可能再也想不起来曾经的事？"

他这个姐夫，长着双不属于医者的厉眼，但向来不多问闲事。

吴蜀没有等何绍礼回答，径自再说："我曾经遇到一个病例，夫妻边开车边吵嘴，结果路上出了车祸，双双失忆了。"

何绍礼沉默片刻，终究问："后来怎么样？"

吴蜀漠然说："嗯，没有伤到中枢，转院了。"

迎着何绍礼的苦笑，吴蜀却并不是吊他胃口，他淡淡地说："治疗之外的事情，我确实不知道了。但我知道的是，很多事情硬要分辨谁对谁错，任何事情都能争论一辈子。而你并不知道，什么时候，哪场意外，就会突然将你自己或你看重的人打垮。"

吴蜀走了很久，何绍礼对着空空的门，半天没动。

眼前的电梯驶下去，又升上来，停在半空中等待，何绍礼缓慢走上去把键按亮，电梯又重新打开，他忽地独自露出了笑，不带意味。

"但她确实有不对的地方。"

动没动真心和她做的事情对不对，原本就是两回事。当江子燕滥用她的城府后，依旧能用很清晰准确的口吻说"绍礼，除了你，我还能喜欢上别人吗"，那句话闹哄哄地扔在何绍礼心里，直直地沉下去。

从始至终，肇事者也只把这句话说了一次，又不准人质疑。

Chapter 04
风情与心力

德国项目的第一期预热活动暂时完成，张澜的流感好得差不多，她一回来，江子燕立刻被排除在整个项目之外，连带U盘和各种资料被尽数收走。

江子燕毫不在意，也许因为有了孩子，比起事业暂时的起伏，她总觉得清闲更珍贵。江子燕估算了一下自己的财力，毫不犹豫地用微薄工资聘了个私人教练，着重训练身体的平衡性和肌肉力量。

她想着，总有一天能够亲自抱起儿子吧。

工作和身体训练外的其他时间，江子燕致力于亲自教导何智尧，这件事太过艰难，隐隐有成为心头新患的趋势。江子燕曾经担心过自己的儿子有交流问题，直到发现他那口流利的英语，简直就像曾经也随着母亲出国待了几年。

何智尧如今在双语幼儿园，他全部用英语跟其他小朋友侃大山，甚至都能说什么kaleidoscope（万花筒）是从希腊语的组合"朝漂亮的东西里看"演化出来的话。

但江子燕并没有为孩子的知识储备而骄傲，因为她发现，何智尧有极大的可能性会成为一个母语文盲。

如今的幼教业发达，三四岁的儿童已经开始学基本的数字和拼音，不少家长还在上课前辅导孩子。何绍礼自己工作忙没时间，亦重视儿子的教育，花重金找了老师单独给儿子补习。

若说何小朋友的亲生父母，都是妥妥的学霸，何绍礼和江子燕从小到大读书不费吹灰之力。但基因到了何小朋友这里，学习就成了一筹莫展的灾难。

无论上补习班还是读幼儿园，每次到了学拼音和认数字环节，何智尧小而肥的脸庞就鲜明地流露出生无可恋、命运难为、宝宝好累等大脑持续放空的复杂情绪。

何智尧的态度越抵触，他的精力越不集中，所以这方面的进度极慢，连外籍老师都婉转建议他多参加补习。

江子燕因为头部受到撞击，一度也丧失文字阅读能力，全靠她自己训练回来。

江子燕心想太阳底下无新事物，索性毛遂自荐教导儿子。而何智尧有种特殊的精明，他从风吹草动里迅速察觉周遭的气氛改变了什么，立刻重新投靠被他忽视了一个多月的爸爸。

何绍礼最近回家，享受到久违的被抱大腿的热烈待遇。

何智尧死死拽住他的衣衫下摆，很小声地叫他"哥哥"，再可怜巴巴地望着他。

这个儿子自小就不喜欢说话，故而每次主动开口，总让人惊喜。一般这种情况下，即使何智尧做了天大的错事，何绍礼也都一笑而过，决不允许任何人为难他。但这次，何智尧的算盘显然落空。

何绍礼略微拽开何智尧，不让他抱着自己，也不让他离开，低笑说："胖子，你该叫我什么？"

何智尧缓慢地仰起脸，爸爸在他眼前露出迷人的淡笑，小朋友原本受伤的心智又有新的崩溃迹象。只因为江子燕的笑纵然冷，犹有几分温度，最多让人害怕得哭出来，可是他爸爸每次露出这种酒窝明显的微笑，经常是让人哭都哭不出来。

略微权衡，何智尧就像二百多公斤的墙头草一样，返身就要再跑回江子燕的怀里。但何绍礼的手像铁铐，让他寸步难移。

"叫爸爸。"何绍礼温和地重复着，"叫我爸爸。"

何智尧留恋地看了地球最后一眼，死猪样闭上眼。

不远处，抱臂观看的江子燕扑哧一笑，方才被何智尧搅得低落的心情顿时消散。

她不得不承认，每次看到亲儿子誓死不从地只管何绍礼叫"哥哥"，而不叫"爸爸"，还是隐隐觉得有点愉快和……得意。

何绍礼正好抬头，把她那连讽带笑的表情收进眼底，目光微沉。

何智尧感觉出来爸爸的力道放松，迅速挣脱他，忙不迭地扑向江子燕。她猝不及防，后背嘭地重重撞到了后面的柜子。江子燕后臀处传来整片火辣辣的疼，脸色瞬时发白，一时说不出话来。

何智尧还在她怀里大力扭来扭去，她不由抬手掐住何智尧的胖脸，孩子感受到那冰凉的手指，才停止拱动，抬头望着她。

何绍礼已经快步走到她眼前："怎么样？"

他居然伸手，手掌下滑，仿佛要抚摸她的痛处，江子燕忙皱眉笑着躲开："就疼了一下。"

何绍礼见她眉眼弯弯，江子燕失忆后就极喜欢这样笑，有一种如同人工月亮般的温柔，但很有距离感。

他收回手，胳膊轻轻一带，也不知道怎么的，何智尧就被他抓到手里。

何智尧立刻讨好地对江子燕拱了拱手，当作道歉，却听到何绍礼简短地说："还不够。"

何小朋友歪头研究着何绍礼的脸色，憋了半天，张口轻声说了一句："Sorry，姐姐。"

这么一来，江子燕刚才的好心情，已经又没了。

何智尧如今很喜欢她，很黏她，可是何智尧从不主动开口对她说话，也不接受她的任何指令。这项大家长的权利，依旧牢牢地专属于他年轻的父亲。

江子燕每次需要耐心劝导良久，何智尧才肯张嘴说话。非常可笑的是，两个人之间居然拿英文交流。深夜里母子倚靠在床头，她用英文轻声为他读童话，听到不懂的单词和剧情，何智尧扯扯她的胳膊，细声细气严肃地问"what"。

江子燕摸摸孩子柔软的头发，不由想到了一个很老套的笑话——渔夫捉到了一条美人鱼，但上下看了良久又遗憾地放掉，其他人都很惊讶地问："what the fuck？"他快然说："不是'what'，是'how'。"

江子燕自己出了会儿神，有时候，她很想用这句话质问曾经的自己，到底是怎样的自大狂妄，才想招惹何绍礼？她想搏，筹码又是什么？她凭什么搏？

直到旁边的何智尧再次提高声音"what"一声，终于把母亲拉回现实中。

江子燕的后腰被何智尧重重撞那一下，不知道怎么就磕破了一大块皮，到了第二天早上又肿了起来。上班的路上，江子燕买了薄荷膏涂上厚厚一层，伤处着实尴尬，工作时只好来回改变坐姿，避开伤口。

下午把手头工作全部做完，江子燕又抽空上网查早教方法，做了点笔记。也许因为身体不适，颇感心烦意乱，江子燕看一会儿就只能用"开窍晚的孩子更聪明"来安慰自己。

电脑上的聊天工具弹窗突然抖动，徐周周给她发来私人信息：

"子燕姐，你上午的稿子里居然有十三个错别字哦。"

江子燕随后打开发布的原稿件页面，发现果然如此。她向来做事仔细，此刻迅速修改，而过程中，徐周周又发来一句话：

"平常也没人发现，这次居然是Jack告诉我们的！他以前很少看我们的文章！"

Jack是傅政的英文名，她敲了句"疏忽了"，想了想又觉得口吻太严肃，删除后改在群里公开地说："我不会被开除吧？"

调侃完后，江子燕又重新检查了一遍今日所有的稿子，并查看了网站流量的小时记录，等再点开QQ，工作群里已经炸开。

她莫名其妙，上拉聊天记录，发现一时忙乱，刚才那句调侃不是发在部门工作小群，而是发在有傅政的公司大群。

公司工作气氛很好，其他部门的同事看到后，都活泼地仿照傅政的语气，打趣地灌水"这位员工，请你周一不必来上班""这位员工，你已经被开除，下个月奖金没有了"等批示和表情包。

幸好所有刷屏中，没有傅政真身的回复。他这几日都不在公司，对面的工位是空的。如果江子燕没有记错，傅政本人很少在聊天工具里说任何公事。

江子燕暗说侥幸，随后一笑，只当长了教训。

下班前，江子燕突然收到一个好友申请，名称为Jack FU，申请加为好友的理由是"暂时不会被开除"。

江子燕连忙重新回到大群，仔细看了看是否是李鬼或恶作剧，最后犹豫地点了确定。

傅政的聊天工具是很普通的头像，签名栏里是"白鸟收羽赴水亡"这种文艺风格。几秒后，她主动发出对话框，略微试探地问："傅总？"

直到江子燕从幼儿园接了何智尧，对方的回复才姗姗来迟："叫

112

我Jack吧。"

她看了后，飞快回了三个代表殷勤的笑脸表情，又想起什么，转头问何智尧："尧宝，你的英文名叫什么？"

何智尧歪头说："Denver."

丹佛，是美国的一个市，何绍礼为什么给儿子取这么个英文名字？江子燕再暗自念了两遍，识相地收起多余的好奇心。她不是好奇心重的人，缺乏某种期待可能性，但唯独对何绍礼有点例外。

有时候在背地里，江子燕对何绍礼就会猜上那么一猜，只是当面看到那张英俊面孔，她又觉得少生事端为妙。

何穆阳曾经富有深意地评价过他儿子何绍礼："表面不争不抢，最后一查，这所有甜头都没落下他。"

何家两个子女冰雪聪明，从小到大，几乎没让父母操过心，但姐弟情路一个比一个崎岖，结下的姻缘都有股不打不相识的味道。何穆阳和董卿钗见惯了风浪，江子燕曾经顶过的诸多恶名，在他们眼中都只不过是年轻人的打打闹闹，夫妻俩更在意的是儿子的态度。

何绍礼自小心境平和，但那也只是外表而已，他比姐姐更强势，也更隐形。

何绍舒和她的第一任丈夫，还勉强算和平分手。

何绍礼就能对前任特别狠地下手，把江子燕送出国后，没过多久寒着面孔将兰羽从家里直接赶出门，声称老死不相往来，凡事一涉及何智尧就油盐不进。有时候，严厉冷峻的何穆阳都能被这个满脸乖顺的儿子气得一口老血吐出来。

何绍礼把自己和江子燕的事瞒得铜墙铁壁，而何智尧近来到爷爷家吃饭的时候，免不了也被含蓄地问到这对别扭父母的近况。

但盘问何小朋友，也不简单。一来何智尧不爱说话，二来何智尧只活在自己的世界里，对别人说的话也置若罔闻。到了晚餐期间，他点头摇头的动作都免了，专心致志，埋头苦吃。

董卿钗和何穆阳对视一眼，隐隐发愁。乖孙子总是不爱开口说话，比画来比画去，有点不太像样子，以后上了小学，又该怎么办？

正在这时，何智尧一鸣惊人。

"chopsticks！"

两位老人没反应过来，何智尧已经毫不犹豫地完成他在爷爷家的首度亮嗓，混沌大脑又想到江子燕反复灌输的理论和双语幼儿园的规矩，再补充一个"please"。

江子燕今晚去健身房，何绍礼在加班，何智尧单枪匹马来到爷爷奶奶家大吃。遗憾的是，何智尧发现自己用不习惯爷爷奶奶家的儿童餐具，于是提出换餐具的要求。

他嘴里蹦出来的是单词，用词又含糊。董卿钗和何穆阳又惊又喜，下意识都把头凑过去，想听清他讲什么。何绍舒目前女继父业，吴蜀这几日又排了晚间手术，她索性在父母家解决晚饭。

她听到过侄子说英语，也听懂了什么意思，但想起江子燕特意打电话拜托自己不要让何智尧吃太多，就顺口扭曲了小朋友的观点。

"妈，尧宝说他吃饱了。"

董卿钗愣了下："他才吃了两小碗饭。"

何绍舒哈哈笑了："小孩子胃才多大，回去积食，你不怕我弟又跟你嘟嘟囔囔？"她望了望何智尧油亮的小嘴，"喏，尧宝，你先把现在这碗饭吃完。"

不料，何智尧气苦地瞪了姑姑一眼，而这一副表情，和家里人几年前小心翼翼提起江子燕时何绍礼回应的冷淡表情一模一样。只不过何智尧比他爸爸更白胖和气，不和大人吵嘴，他顾不得换餐具，重新拿起勺子赶紧多吃几口，剩下三个大人新奇地瞪住他。

何穆阳最先回过神来，若有所思地说："他这说的是英语？没想到子燕回来，把智尧教成一个小外国佬。"

这次，何智尧主动点头，他得意地说："Oh yeah！"随后他挥斥方遒，把餐桌上的餐具和食材都用英语单词报了一遍，自然收获了爷爷奶奶包括姑姑的无数热烈夸奖，倒是把注意力都分开了。

何智尧的英语基础原本就好，但他的口语，着实是在江子燕回国后才又突飞猛进。

江子燕对此有苦难言，她每次试着用中文跟他说话，何智尧就回以比比画画。唯独当她说起英语，何智尧才会用英文回答。如今，江子燕教导何智尧学习拼音，何智尧抗拒不能，居然开始假装聋子。

吴蜀依言送了一箱子的小人儿书，她自己也买了不少幼教书。可惜那些拼音和数字对何智尧仿佛一支强效吗啡，而过于简单的东西，又对江子燕缺乏任何吸引力。

通常，江子燕教何智尧学五分钟，两人中毒般齐齐歪在桌面上，都在忍不住打哈欠。

何智尧看她这副样子，心中窃喜，以为逃过一劫。不料江子燕下定决心，无论如何都要坚决执行到底。她忍着困意，反复地教何智尧认音节。几次下来，何智尧终于忍受不住她的冷口冷面，开始默默地流眼泪抗议。

何绍礼明天早上要出差，想着跟江子燕说一声，走过来时正对上儿子通红的眼睛。而江子燕无动于衷，继续机械地教他识字。

他在旁边站了好大一会儿，忍不住出声："胖子又不肯学拼音？"

江子燕克制了片刻，点了点头。

何智尧这性格，说软但又有股子倔，说硬气偏偏真没什么大志向，最近还学了点赖兮兮的。她刚刚耐心教了他几遍数字，何智尧故

115

技重施，装着听不明白，她一股火上来，想要罚他站，何智尧立刻要死要活往她身上扑，还开始流眼泪。

世界上每个孩子都会假哭，何智尧演技极差，唯独卖相可爱。看到爸爸出来，他那委屈的脸色就跟唱戏似的，立刻凄惨得拔高三个嗓音，开始啊啊啊啊地号叫。

有进步啊，江子燕含恨而笑，起码哭的时候发出声音，但意识到何绍礼还站在旁边沉默围观，她的面皮有些紧张。

也不是因为别的，母子间没有隔夜仇，江子燕是担心，何绍礼对自己管教孩子的方式有意见。

果然何绍礼神情不明地说："子燕姐，我能帮着胖子求情吗？"

他一开口，何智尧的哭声立马就再次减弱了些，边抽鼻子边偷偷地看着江子燕。

江子燕略微皱眉，她既然硬下心肠惩罚孩子，就不能落了这种威信，否则以后更不好管何智尧。可是，她又确实不太好拒绝何绍礼。

她犹豫着，终于决定各让一步。

"好吧，尧宝今晚可以不看这些。"江子燕眯起眼睛，"但我刚刚说过了，他读书明显偷懒，罚站十五分钟，这惩罚怎么也免不了。"

何绍礼很为难地望着何智尧，并不是那种想继续求情的为难，反而有点无奈的感觉。何智尧则呆愣愣的，直等江子燕"善良"地把他推到角落，才意识到灾难的开始。

在罚何智尧的过程里，与其说惩罚小朋友，不如说考验了两位成年人十五分钟的心智坚毅度。

时间一点一滴流逝，江子燕和何绍礼都出了整身的汗。

江子燕最后终于松了手，搂着泪流满面的何智尧坐在地板上，脑海里开始循环各种终场音乐，又心酸又复杂，忽地感叹一声："绍礼，这几年辛苦你了。"

何绍礼因为刚才帮着江子燕按住疯狂挣扎、号哭求情、还想逃走的何智尧，睡衣带被拽开，肩膀宽阔腰却窄，非常赏心悦目。

又过了会儿，何绍礼在她头顶上方低声说："我明天要出差一周。"

江子燕疲倦地点了点头，他再说："好好照顾他。"

她没有回答，因为觉得没有什么话能接下去。

但旁边的何智尧泪痕未干，抬头睁大了自己的眼睛，而何绍礼竖起食指，轻轻对儿子做了个噤声的手势。

也不知道为什么，何小朋友觉得，他爸爸刚刚那句话不是对江子燕说的，根本是对自己说的。

过了清明，天热起来。何绍礼出差一周，山中无老虎，剩下何智尧越发黏江子燕，恨不得化身为她的尾巴。

公司部门里几次组织聚餐，江子燕都因为照顾何智尧没有前去。有一次，有同事请教她问题，看到江子燕脖子上有个嫣红的牙印，不由纷纷起哄，她面色不改。

"是被蚊子咬的。"

但仿佛没有人信。

创业公司单身的多，有些羡慕起江子燕的稳定。傅政同坐在大开间办公，同事间说笑也不避讳，只是压低声音，也不知道他听见没有。

因着上次被抓壮丁，江子燕对电动汽车项目非常感兴趣。其中，电池和续航技术等新能源的发展是新蓝海。国内关于新能源的热度很高，但是似乎形成信息孤岛，外界的文章报道并不是很多。

江子燕特意寻找了国外关于新能源的文章来着重翻译，阅读量非常高，主管索性让她负责一个新的信息子站。

这么忙来忙去的，江子燕就把何绍礼出差这事丢在脑后，彼此也没联系。连何绍舒说要请她吃下午茶，约了好几次才定妥时间。

江子燕带着何智尧走进豪华酒店底层，玻璃走廊尽头是装修极其精致的咖啡厅，旁边还挨着室内恒温游泳池，有救生员看守。一堆半大小孩在池子里面扑腾玩耍，何智尧看见水就开始走不动道，盯着游泳池蠢蠢欲动。

江子燕本来就是带着他出来吃饭，也没带儿童泳裤出来。而何智尧的表情，显示出非常想和小朋友玩，可他小小的自尊心作祟，又不想穿着普通内裤下水。

江子燕现场掏钱，在酒店的礼宾部给何智尧买了条昂贵的儿童泳裤。

她付款的时候也是有点肉疼。不过，看儿子换上衣服后笑容满面地跑进游泳池，她又觉得心里都松快了点。

何绍舒把一切看在眼里，和江子燕聊天的时候，仿若无意地主动说着弟弟以前是如何照顾何智尧的。

"有段时间，尧宝患了小儿痢疾，绍礼也不肯告诉我们，等一个月后他回家，胡子拉碴一大把，吓得妈妈要接尧宝过来。绍礼大发了一顿脾气，不准别人碰他的心肝宝贝，我们也就不敢提这事了。你看看，家里除了他，谁都不敢管你家宝贝儿子。"

江子燕心中百转千回，说不清什么滋味，却也暗自留神打量着何绍舒。

何绍舒的肚子隆得老高，又是长裙又是高跟鞋，非常美艳。她对待服务员的态度不差，甚至非常客气，但又有些懒洋洋的敷衍味道在里面，想必作风一直如此。

何绍舒的名牌包和江子燕的布包摆在一起，取东西的时候，何绍舒看到里面的一本黑皮书，正是破旧的古龙合辑。江子燕总是随身带着，有空没空翻看两页。

何绍舒好奇地要过来，她信手翻了最前面几页，面色无异，只笑问书从何处来。

江子燕不觉有异，同样微笑解释："以前住院期间，这书就在我包里。我问了医生和护士，他们都说是随着我的书包一起送过来的。这么多年我就一直带在身边，最初重新认字，多半还是读的它。"

何绍舒手势顿了下，望着对面江子燕的淡淡笑靥，心中已经掀起惊涛骇浪。只因为这本古龙合辑并不属于江子燕，而是属于何绍舒自己。

实际上，书是何绍舒第一任男友，也是何绍舒第一任丈夫，送她的礼物。对方是一个喜欢古龙的富家子弟，特意从香港带给她的精装本。何绍舒回寝的时候，暂时搁在桌上准备收起来，江子燕路过的时候脚步顿了顿，于是何绍舒大方借给她阅读。

江子燕说着说着，注意到对面的何绍舒神情古怪，忽地心中一动，试探说："绍舒，这本书难道是你的？"

何绍舒抬起眼睛，半真半假地说："如果我说是又怎么样，如果我说不是又怎么样？"

这俩姐弟，怎么就都那么喜欢打哑谜呢？

江子燕郑重地说："如果书是你的，你现在就拿走，我欠你一声道歉。如果这书不是你的，你现在又喜欢，我今后找机会买本一模一样的再送给你。"

何绍舒沉默了，半晌，她把书重新放到桌上："我诳你而已。"

江子燕不出声地望着她，何绍舒内心反而慢慢平静下来。

事隔多年，物是人非。她向来不是恋旧的女人，如今和吴蜀琴瑟和谐，目睹旧物免不了稍微怔忡而已。

曾经的过往都在无限远去，早就该断则断。何况何绍舒确认她已经找到归宿，这书阴差阳错地留在江子燕这里，也许是最佳的结局。

"子燕，你不必胡思乱想，我说书是你的那现在就是你的，而且我不妨告诉你，这书也不是我弟给的，这小浑蛋浅薄得很，只喜欢给女孩子送珠宝首饰，干不出送书这么风雅的事情。"

江子燕定定地瞧她一眼，却终于忍不住问出那天问何绍礼的问题。

"我以前是什么样的人？"

何绍舒很明白她的意思，意味深长地说："我看，你真正想问的是，你以前都做过哪些事？为什么我会和你成为朋友？而你又为什么会喜欢上我弟？"

江子燕一时语塞。何绍舒看刚才书那块终于糊弄过去了，也不纠缠，她正色说："书的事情暂时不说，子燕，你虽然失忆了，但不用做什么事情都心虚，你以前可从来不是畏手畏脚的性格。"

江子燕沉默片刻，再望向何绍舒明丽的眸子，她觉得，自己即将问的问题卑劣无耻极了。可是何绍舒目前贴心理解的神色，真是让她恨不得……

"你为什么不劝我？"

何绍舒愣住："劝什么？"

"我们不是朋友吗？但你当时为什么不劝我，不要去喜欢你的弟弟？你是何绍礼的亲姐姐，我当时这么追你弟弟，搅得周围都天怒人怨，难道绍舒你就没有想过阻止我吗？"

江子燕明白，这问题是倒打一耙的，人都要为自己做的错事负责。可她一定要问出来。

当全世界都冷眼旁观，看曾经的自己倒追别人，不看好这种纠缠的卑微感情，到最后，也没有任何人会同情一个城府甚深又市侩的底层女孩子。但流言蜚语中，确实有一个伙伴坚定地站在她身边，而所有传言里，何绍舒就是这么一个伙伴。

不知为何，江子燕觉得她在期盼什么，可能是真心吧，唯一的一点真心。黑暗的湖水里，她需要一根芦苇，权供呼吸。

亲弟弟和好朋友之间，于情于理更偏向谁，大概很明显。但有的时候，朋友也会避免让朋友受伤，如果何绍舒真的是她的朋友……唯一的朋友，何绍舒就会回答，她曾经试图阻止过这场荒唐的感情，只不过是江子燕自己一意孤行而已。

但高傲的何绍舒堪堪避开她期盼的眸子，无奈地说："唉，拿钱手软。"

江子燕一怔，立刻问："拿谁的钱？"

何绍舒居然也像何绍礼般，摸了摸她尖俏好看的鼻子，没好气地说："谁的钱，是你的钱哪。"

研究生宿舍是双人间，何家就在本市，申请住宿舍就是找个落脚处，不差几千元的住宿费。不料开学第一周，对面的床都是空的，何绍舒把教材和几件衣服扔到这里，偶尔来睡午觉。晚上约会前何绍舒正化着妆，外面下着断断续续的缠绵秋雨，窗户开着一小点缝，透出凉风。

突然间门锁咔嗒响了声，门被打开，有个人拖着重重的脚步走进来。

何绍舒手里的眼线笔一歪，惊怒之下，高声诘问是谁。

一个高挑的黑色身影停在对床，瘦骨嶙峋，两手空空，全身上下的衣服和长发都是湿的，奇怪的是，还有一张镇定之极的冷清面孔。

"我是你的室友，我叫江子燕。"和冷酷外表相反，对方有金酒般轻柔的嗓音，下一句非常不客气地说，"请问你身上有钱吗？"

何绍舒认识江子燕的三十秒内，莫名其妙被借走一千块。

对方竭力平稳情绪，但整个人非常狼狈，简直像是匆匆忙忙逃避什么追兵而赶来的逃兵。她身上除了证件和录取证书，居然没有带任何行李，所有生活用品，是在借完何绍舒的钱后，去校园里的小超市购买的，还是最廉价的基本用品。

看室友穷得叮当响的样子，回过神来的何绍舒内心已经做好要不回来这钱的准备，她懒洋洋地一笑，就只当救济乞丐呗。

一个月后，对方连本带息还回一千一百块。

何绍舒是首次愕然听说"朋友借钱，同样也需要还利息"这句话。后来，江子燕做代购生意，缺乏本钱，之后交学费，以及其他倒货的关口找她周转过几次，或者偶尔委托她买过什么零零碎碎的，具体何绍舒忘记了，她都借钱给江子燕了，而江子燕回报的永远是惊人的守信。

江子燕通常在规定时期内全额还清债务，每次附带百分之十五的利息，曾有过几次拖延，但利息加到百分之二十，绝不失信。

"我江子燕，有借就有还。"

这是江子燕第一次见面借钱后给出的保证，语气淡淡的，但带着种奇怪的毫无保留感，仿佛上升为一种人生哲学。

何绍舒回过头想想，江子燕是她首次遇到，甚至也是至今唯一一个不仅仅是说，而是实践"有借就有还，有借必有利息"的女生。

这个古怪的女生，身上的优点确实并不太多，但人真正的优点，从来就不需要太多。

很经典的例子，就是所有人都很鄙夷江子燕试图融入更高层次生活圈的行为，包括何绍舒身边那些高门女孩子，会笑江子燕不自量力。

何绍舒却觉得，江子燕因为眼界和起点低，很多事确实做得啼笑皆非，但她离开熟悉的环境，到大城市自食其力，也并没有做过什么真正意图伤害他人的事，这原本就是突破。世界上，不是每个女孩都孱弱到要去走"简·爱"路线，如果只想追求"和对方完全平等的地位"，那仅仅是对"清高"这种虚名本身上瘾而已。

何绍舒向来自视甚高，同时也确实很识货。有些人动动嘴片子，嘲笑江子燕"不要脸"时，却不看他们自己还靠着父母出钱读完大学，抛开家世，他们几乎没有什么个人能力。单凭这一点，何绍舒就觉得，江子燕比他们厉害多了。

何况这个朋友确实很合何绍舒的眼缘，但追根究底，何绍舒最初也确实是因为一百块的利息，把自己的亲弟弟爽快地卖了。

当室友参加完那天的迎新晚会后，好奇地问她："我能喜欢你弟弟吗？"

何绍舒一边惊讶她的坦白，一边笑着说："你要自己去问他，反正我是觉得没毛病。"

再后来，江子燕音讯全无的那三个月，何绍舒面对眼睛着火嘴角起泡的弟弟，同样胸有成竹地说："不要担心，子燕肯定会回来的。"

"姐，你都知道一些什么？"何绍礼迅速地追问。

"我什么也不知道。但我知道，子燕上个月借走我一本书，她不会无缘无故拿了别人的东西就走。再说，她答应过要来参加我的婚礼，肯定会回来。"

自小好脾气的弟弟森然望了她一眼，几乎拂袖而去。

何绍舒耸耸肩，继续兴致勃勃地挑着厚册子上的婚鞋。是的，因为江子燕说过"有借就有还"，她说过就会做到。就是这么微小而毫无所谓的理由，何绍舒从未起疑过。

只是自己那场奢华盛大的婚礼，最后是以一团乱收场，何绍舒的命运同样被分为上下半场，而她的朋友也唯一一次失信，真的再也没有还那本古龙合辑。

孩童的嬉闹声，伴随着戏水的泼洒声响，远远地传了过来。

江子燕首次以善意的角度，了解过去。纵然何绍舒隐瞒了那些借书的情节，但"过去江子燕"的作风和话语，又是江子燕潜意识里非常熟悉的。

那感觉如同劫后重逢般。

一切仿佛是她，一切又仿佛早不是她。

何绍舒为免江子燕尴尬，目光专注地看着游泳池里的何智尧。有那么一刻，她突然意识到，江子燕的出现改变了很多人的人生轨迹，这几年来，不只是弟弟，她自己也一直在等着江子燕回来。

"我当时没阻止你，因为你和我弟弟势均力敌，我看不出谁会受伤，因此谁都没劝。"她很认真地解释，"只不过，我自己那时候还什么都不懂，什么都不明白。"

江子燕点点头，她也发现，自己有些欣赏和理解何绍舒略显凉薄的做法。

不管曾经还是此刻，对那种爱冲着别人的私生活指手画脚的女性朋友，江子燕都是不感冒的。即使何绍舒真是偏心弟弟，也可以理解，毕竟有血缘的牵绊。江子燕纵然以前无法共情，如今想想何智尧，也总有感觉。君子之交淡如水，这就够了。

是的，她也变了。

失忆让江子燕趋于温和、开始笑，成为务虚主义者，只想承认何智尧，忽略任何过去。纵然性格里有些残留品格不会熄灭，但没关系，不过是三十岁之前的几个选择做错了而已。

何智尧光着小胸膛，湿漉漉地跑回她们桌前，他刚玩完水，显然心情非常好。江子燕知道何智尧还会继续下游泳池，便不忙着让他穿衣服，挑了一小块红丝绒蛋糕，手把手喂给他。

何智尧被喂东西的时候，总是不自觉闭上眼睛，非常天真可爱。

何绍舒看着这对母子半晌，掏出手机，为对面江子燕和何智尧的温馨相处拍了张照片。

等何智尧吃完了，江子燕往他后背轻轻一推，让孩子继续去水里玩。等又剩下两人，她轻声说："以前的事情，我确实都忘了。我和绍礼，目前就只剩下儿子这根线连着。但以后无论发生任何情况，我都不会再对我儿子放手。"

语气淡淡，但那股神态是毋庸置疑的。

何绍舒看江子燕在自己面前虚张声势的样子，眸光闪烁几下。她想起曾经在江子燕回国前一天，好奇地问过弟弟，江子燕如今已经失忆了，是否不管变成什么样子，他都会全盘接受她。

结果弟弟瞅了瞅她，我自岿然不动地说："不确定，说不定她变了我也就不喜欢了。其实江子燕没失忆的时候，我都没想过要不要喜欢她这个问题。"

那么，她这位性格凌厉的好友，如今算是变了，还是没变呢？何绍舒怀着对江子燕的真诚友谊和欣赏，依旧要评价江子燕是非常特立独行的个性。当然，她弟弟也压根不是省油的灯就是了。

何绍舒微微挑眉，她自己怀着孕，几个月后即将临盆做母亲，才懒得管闲事，依旧由着这俩人自己折腾。

于是此刻，何绍舒展现出这个世界上更胜于何绍礼的沉静脾气，那是遗传自他们外祖董家的镇定自若。"你和我弟弟，你俩就继续折腾。不过子燕，等智尧长大后，他找的媳妇被你这个过分恋儿的婆婆吓得逃跑，我到时候可不饶你。我们何家不得绝后了？"

回程的登机室里，何绍礼收到姐姐发来的合影。

他最初只是存下来，随后在航班过程中反复端详着。何智尧的五官和江子燕全然不同，唯独笑和哭的时候，却有那么星点神似。他用大拇指轻轻遮住江子燕略微柔和的脸，几次遮住再移开，最后在屏幕上轻轻一弹。

何智尧对于爸爸的回来，表示了含蓄又热烈的欢迎。说是含蓄，因为他没像以前那样死死地抱大腿，反而把身板娇羞又牢牢地挂在何绍礼的登机箱上。

何绍礼从来没有离开过儿子这么多天，想念非常，想同以前一样，单手把儿子拎起来，然而手臂确实抖了下才抱稳——江子燕明明绞尽脑汁地为何智尧进行节食，但这小子怎么好像又沉了点。

"哥哥！"何智尧趴在他的耳边，甜甜地喊。

任何人做任何事，都要经历先苦后甘的过程。比如说，何绍礼为了教儿子喊他一声爸爸，已经连续喊了儿子几年的爸爸。

"胖子，要叫爸爸。"顿了顿，他又极低声问儿子，"她呢？"

何智尧在自己的胖脸上，笑呵呵地画了个圈圈，他说："Make up！"

何绍礼哦了声，抱着儿子，坐在沙发上。

何智尧抓紧时间，向爸爸展示自己全优的英文作业成绩和他终于略有起色的数学，这自然是江子燕和他本人的功劳。何绍礼低头仔细地看着，他没有江子燕那么反感何智尧总喷英文，反而觉得儿子愿意说话，愿意说什么话，乃至于今后爱不爱说话，都挺好的。

正在这时，江子燕步态轻盈地从客房走出来。

何绍礼抬起眼睛，她果然略微打扮了下，五官像蓝天里寡淡的薄云逆着微风吹。她生完孩子后胸脯丰盈了不少，唯独腰肢纤细，露着长而笔直的醒目双腿。他目光下移，线条优美的小腿处，有好几道极其明显而熟悉的伤疤，偏偏当事人如今不在乎，坦荡地露在外面。

"你要出去？"何绍礼皱眉问。他一动脑筋，并不认为她是特意给自己看的。

果然，江子燕今晚吃完饭就打算外出。

何绍礼出差整整一周，她独自照顾孩子，基本就和所有个人形象彻底告别。她好几天没有去健身房，还想顺便打理下头发。终于盼到何绍礼回来，她便想给自己放几个小时的假。

何绍礼点点头，说："一起去。"

江子燕略微皱眉，心想：这怎么一起？难道他也要做头发？她忍不住瞥了眼何绍礼的发型，又觉得不需要格外修整。

何绍礼只好再摸摸自己的鼻子："你去你的健身房和发廊，我和胖子在外面等你。我正好带着他走走。"

他去干什么？江子燕打心里想拒绝，还想再劝他刚出差回来，早休息比较好，最好今晚在家辅导何智尧念拼音。但看他笃定的神色，她又觉得劝不过来，内心再不情愿，也只得答应。

果然，何绍礼带领着何智尧那晚都跟着她。

在健身房的时候还好，何绍礼凭借微笑和风度，成功让几个没课的女教练帮忙看了会儿何智尧，自己则在跑步机上挥汗如雨地跑了一个半小时，免费洗了个澡。

做头发的过程可没那么轻松。何智尧对剪头发的过程非常感兴趣，眼也不眨地盯着江子燕和理发师，又不亦乐乎地用免费零食扔来扔去。她坐在椅子上依旧得紧盯着儿子，等抽空从镜子里一看，何绍礼已经陷在沙发里合目睡着了。

美发沙龙放着轻柔的蓝调音乐，很沙哑的女声，带着洞悉世相后依旧忍不住吟唱的温柔。

江子燕很胡乱地想，教养小孩子真是无厘头地累，嗯，以后也要何绍礼去扮白脸，他对何智尧的管教实在有点太松泛了。

"你男人很帅哦。"发型师看她一直盯着何绍礼，便跟她说。

江子燕收回目光，淡淡地说："他不是我男人。"她微微一扬下巴，又道，"那里的才是我男人。"

发型师好奇地一转头，看着胖嘟嘟的小男孩在低头翻时装杂志，忍不住笑。他夸张地说："我这话可不是拍马屁，但你男人是我见过最帅的，平时得牢牢看紧他呀！"

江子燕一哂，继续望着镜子里的自己，一个猝不及防却撞进何绍礼的眼眸。

不知道什么时候，他居然醒了。

原本以为对视几秒，何绍礼便会率先礼貌地移开视线，就如同以往那样。

但这次没有。何绍礼很沉默地长久望着镜子里的她，江子燕都忍不住疑惑，何绍礼这种目光，是一种冷冷的感情，冷到几乎没有情感的质问，还是另外一种炙热到只剩下注视的平静感情？

她被他看得几乎要垂下目光了，幸好这时候不知情的理发师说："剪完啦，小姐再去洗一下。"

江子燕一声不吭站起来，手心溢出细细一层汗。待她再吹完发走出来，何绍礼已经付完款，和儿子站在外面等她。

"您看您的两个男人，长得都真好看。"理发师再次艳羡地说。

江子燕莫名心颤，有些笑不出来。

平时，何智尧为了逃避学拼音，八点就嚷嚷要睡了。但今晚和父母出来，何小朋友又跑又跳，回家洗漱也很乖。何绍礼没让江子燕代劳，亲自和儿子洗的鸳鸯澡。

江子燕独自坐在外面的沙发里，隐隐约约听得父子俩嬉闹。她再联想到何绍礼那看不懂的对视，觉得像是发生了一场小型幻觉。

这是陌生的东西，陌生的感受。

曾经在异国的很多个深夜里，她被雷雨吵醒而关窗，总觉得前缘离自己无限远。外人看江子燕失忆后这般固若金汤，其实最初情况也并不是这样，任何人该有的彷徨和混沌，她都完全不缺，只不过从各种渠道知道有关自己的一些基本资料，无一例外，不太愉快。

比如来自三线城市的落后区县，父母长久分居后离异，父亲另一

128

个家庭的儿子据说只比她小几个月，江子燕被判给母亲抚养。但母女关系如何呢？刚失忆的江子燕试着给母亲打电话，忙音响了很久才接通，她仅仅试探着刚叫了一声"妈妈"，对方听出她的声音，就直接用方言在话筒里骂起了脏话：

"你这次又在盘算什么？失忆？还是想借着失忆甩开我这个妈嫁入豪门？我觉得你应该死，那么多人跳楼，怎么大家都死了，就你命大？在医院？我没有钱，你是打电话来找我要钱的吗？不要想着从我这里再要一毛钱！我已经受够了！为什么别人家养孩子，都能为家里分担，你还在找我要钱？你以为凭着前几年寄来的钱，就可以不认我这个妈了？典型的婊子、扫兴货！我就不该生你！我这一辈子就因为你，才活成这个奶奶样！你舒服了！你舒服了现在又打什么电话？我也想什么都忘！你为什么还活着？"

江子燕沉默地听着颠三倒四的叫骂，感到肚子内稍有异样，大概是小小的何智尧感受到了母亲心中的情绪，心生不满而抗议。她脸色和缓，温柔地抚摸着肚子，安抚胎儿。

这通电话，或者说是诅咒，持续了足足半个小时之久，话筒已经被捂热，在对方越来越不堪且混乱重复的叫骂声中，江子燕结束了第一次和最后一次认亲。

江子燕迎着看护担心的目光，回忆那非常含糊但语调里又带着股扎人的女高音，最终若无其事地淡淡笑了："我母亲……好像是个酒鬼？"

没人回答，最清楚这个回答的人已经失忆了。江子燕并没有继续追问，安心养胎。她生产不久后，在婴儿的哭泣声中得到母亲去世的消息，整个人依旧是茫然的，也不知道是哭还是不哭。

昨日世界摇摇欲坠，有人站在边缘处从不呼救，但也即将崩溃。

后来何绍礼终于来了，他冷酷坚决地命令她，离开这里，离开原地。到了如今，江子燕得勇敢地承认，自己在当时确实是松了口气。

前尘所有，连带此刻她心里想的事，归于钟表的嘀嗒，最终没有人知道。

何绍礼把儿子哄睡了，带上门走出来，正好看到这样的江子燕——

孤意在眉，深情在睫。

她的眉毛和眼睫都长得极好，但静静坐着仍然有一股不假外求的傲气，雨打梨花深闭门，还是比较难相处。

"子燕姐？"他笑了下。

江子燕还没回过神来的工夫，沙发下陷，他已经坐在旁边。

何绍礼肩膀挺直往后靠的动作，何智尧也有，江子燕不得不花时间去适应何绍礼低沉的声线和惊人的身高。两个人挨得太近，江子燕想要不动声色躲开，何绍礼已经随手拿起儿子扔在沙发上的英语作业。

"胖子还是学不会拼音？"

江子燕一听到说起儿子，立刻打起精神。她很公正地回答："极烂，尧宝再这样不懂中文，以后就是需要幼升小一对一参加名师辅导的典型。"她又忍不住说，"我只能劝你努力工作，以后尧宝读书没前途，起码回家可以做少总裁。"

何绍礼摸摸鼻子："你这算危言耸听吗？"

江子燕笑着说："我实话告诉你，我也希望尧宝童年过得轻松些，但最基础的东西还是要过关的。不然以后在幼儿园因为成绩落后被老师教训，他自己也会感到抬不起头呢。"

她今天仿佛有些不一样，话比以往要多，用那长长的睫子盯着人看，带着尝遍愁滋味后的涓淡滋味。

何绍礼便顺着她的话说："其实有了胖子的存在，家里的恩格斯系数肯定高不了。"

130

两个人有一搭没一搭地聊天，却都有些心猿意马。

他们明明一周没见面，也没联系，但无形中反而更亲昵了些，言笑非常自如。

这是为什么？

何绍礼表情还自然，江子燕几乎没有和其他人这般熟稔地交谈过。何绍礼此刻就坐在旁边，也许是年轻男人身上散发的荷尔蒙带着阳光和稳定感，让江子燕脑海里思索的阴郁往事仿佛全面抛开了，不由有些轻松。

她说着说着话，觉得脸微热，就不肯多说了。

何绍礼摸摸鼻子，大概怕两人又陷入沉默，掏出手机展示给她看何绍舒发来的偷拍照。其实，他刚拿出手机就有些后悔，但江子燕侧头看到那照片，面无表情，内心有点气何绍舒：怎么把她的脸拍得那么大？

江子燕同样怕沉默，她沉吟一下，索性把和何绍舒的见面过程详细告诉了他，其间又提起那本书。

"哦，是那本黑色的古龙合辑？"何绍礼也回忆起来，"我记得你在医院里经常看那本。"

江子燕总觉得何绍舒面对那本古龙合辑时，态度有些不对。她抬头看他，追问何绍礼是否知道这本书更具体的来源。

何绍礼刚想回答不清楚，但看到她透亮的眸子近距离凝望自己，散发出如草露般的光，便收回了嘴里的话借势打量她。

过了会儿，他才笑着说："我真的不知道书是怎么来的，但子燕姐你一直喜欢看古龙的作品，以前也对我讲过，你小的时候经常在隔壁音像店，看一整天根据古龙的小说改编的电视剧。长大后你读了金庸的小说，但依旧最喜欢读古龙。"

江子燕怔住，脸色放柔，但目光又划过惶恐和不知所措。

她曾经假定过何绍礼会侮辱她，也判断过何绍礼会宽容她，但唯独没想到他能有一刻，以这种贴着边的亲密口吻提起她的童年。她甚至还觉得，何绍礼可能会比何绍舒更了解她。

何绍礼边说边凝视着她的头发，终于忍不住牵起一缕柔软的发丝，挽在手心。

江子燕浑然不觉，半响，她忽地一拍掌："古龙电视剧！你这话提醒了我！尧宝之所以喜欢说英语，大概与外教环境和只喜欢看那些迪士尼的动画片有关。我以后也可以让他看看国产电视剧，创造语言环境。"

何绍礼继续漫不经心地玩她的头发："你想让他看什么？也看古龙电视剧？"

江子燕抬起头，才发现他正撑着头，另一手握着她长发的发梢划过掌心。男人姿势异常暧昧亲密，她吓了一跳，把自己的头发夺过来，忍不住冷冷瞪了他一眼，脸却红了。

"不能让尧宝看武侠剧，我不会让我儿子当毫无意义的大侠。而且古龙的电视剧里，估计有太多儿女情长，他这个年纪最好也不看。"

何绍礼的神色显然不赞同："男孩子不都这样，你想对他念老庄，还是想教他去绣花？"

江子燕迅速从沙发边站起来，赶紧脱离何绍礼。她眨了眨眼睛："我对传统文化是真的完全不行，但我肯定有别的主意。嗯，你早些睡吧。"

说完她又笑了笑，迅速走回房间，只剩下没来得及叫住她的何绍礼在原处坐着，苦笑一声，叹息一声。

何智尧早上一睁眼，就收获巨大惊喜。

江子燕闻声走过来，发现孩子的床头柜摆满了五六个未拆封的大型新玩具盒，显然都是何绍礼出差给儿子带回来的。这让她花费了比平时更多的时间，帮何智尧穿衣服，再哄骗他走出门。

何智尧鼓着脸颊，一路上含恨又紧紧地拖着江子燕的手。等江子燕试探地在一家早餐店前停下脚步，思考着要不要买点加餐抚慰儿子，他立马就义无反顾地拽着江子燕，想要走进去。

"你看你多幸福哦，早上去幼儿园，有我给你买糖角吃，晚上回家学完拼音，还可以玩新玩具。我感觉全天下的小朋友，就属你最幸福啦。"江子燕谆谆善诱。

何智尧啃着半个红糖角，晕乎乎的，显然也觉得这话有道理，他紧皱的眉毛松开，又高兴起来，瞄了江子燕一眼。

"尧宝，我买了糖角送给你吃，你应该对我说什么呀？"她继续引诱儿子。

何智尧显然很懂小朋友只有嘴上抹蜜才能持久混吃混喝的道理，他甜丝丝地说："Thank you！"

"那么，等你晚上回到家玩新玩具，应该对哥哥说什么？"她慢条斯理地继续问。

"Thank you！"

"尧宝真棒！"

江子燕在公司里坐着，仍然忍不住因为儿子那份乖巧，感到由衷的自豪和欣喜。

她早先从来没有想过，抚养孩子会是这么一件让人感到挫折又感到喜悦的事情。也不知道从什么时候开始，何智尧好像慢慢地成为她的心脏，随着他的喜乐一起跳动或共同枯萎。

江子燕以前也不是对何智尧没有感情，只是当她抱着初生婴儿，偶尔会动一些脑筋，比如何智尧假如是一个女孩，是否她会更开心一些……

但如今看着何智尧，江子燕已经不去怀疑更多。她的孩子曾经是那么小的一团，依偎在她的怀里只会缠绵地哭，但现在，何智尧结实健康，除了不说话，做什么都兴致勃勃的，像个沾白糖边儿的卡通大星星，在这个世界上有滋有味地活着。

江子燕经常有意训练何智尧说"thank you"，她自己却经常忍不住想谢谢何智尧，谢谢他选了她成为他的妈妈。

快到中午时江子燕收到一个短信，居然是何绍礼发来的。

他简单写道："子燕姐，我出差回来也为你带了礼物，放在你包里，记得看。"

江子燕每日通勤用的都是宽大帆布袋，除了上班用品和自己的私物，免不了都是何智尧的玩具和零食，有时候杂物堆积多了，毫无所觉。她把手伸进袋子摸索好一会儿，从中掏出一个小盒子。

江子燕心里发虚，迅速地打开来看，看到一条叠得整齐的大都市演奏会图案细丝巾，下意识松了口气。

丝巾这种礼物，属于不功不过的鸡肋，以后找个机会，还回差不多价格的东西即可，于是她客气地回复何绍礼："谢谢你，看到了。"

对方很快回复："戴着。"

江子燕面无表情地放下手机，但片刻又举起来，盯着这条短信看了好几分钟，总觉得这个"戴"字并非写错。她皱眉再去翻自己的包，找了半天，最后不耐烦地站起来，将帆布包里的东西整个倾倒在桌面上。

刚开始是陆续的杂物，然后是一个重物发出砰的一声。

她迅速捡起来，不出意外地，发现是块沉甸甸的名表。

何绍礼已经把表的原包装拆了，用的是家里的餐巾纸，随手包裹了下。隔着漂染的餐巾纸，江子燕第一眼依旧看到那白金表链，玫瑰金表外圈围绕整圈的夺目钻石，珐琅、钻石和玫红色宝石组成的一只红色燕子，定格在深蓝底色的表盘内。

她略微上弦，手表开始走动，每次随着指针轻走，燕子的翅膀在里面精准地扇动，轻盈曼舞。

江子燕内心那股隐隐的不安，随着她看到掌心这块名贵手表后，反而终于踏实了，甚至嘴角旁露出几丝淡笑。倒不是因为收了豪华礼物后高兴，仅仅是因为对何绍礼的作风判断准确而感到自得罢了。

唉，自从失忆后，她这种智商上的优越感，貌似只能面对儿子时才能体会。

就在这时，办公室里陆续有其他人走进来，江子燕用那餐巾纸把表包起来，匆匆塞回包里。

当天中午和同事出去吃饭，她忍不住在自己桌前驻足，因为牵挂那块精致又华丽的表。但她想了想又作罢，索性和平常一样出去。至于何绍礼为什么送她礼物，这是一个复杂的哲学问题，她暂时不想定义。

晚上江子燕照例去幼儿园接何智尧。小孩子的新鲜感总是来得快，去得也快。何智尧明知道家里有新玩具在等待自己，但他也完全不着急，继续背着小书包，在路上东跑跑西晃晃。

江子燕依旧在后面隔着几米的距离，慢慢地跟着他。

突然身后有车辆按了按喇叭，她叫住儿子后回眸，居然是傅政开着车，正探究地看着她。

"现在才几点，你就下班？"傅政假装看表。

傅政老板做久了，有点习惯那种上位者对员工的调侃。可惜他说完这话，并未收到预想中的反应。

江子燕微微一笑，并不争辩。他们公司是弹性工作制，只要工作八小时后就可以下班。她每天早上七点半准时到达公司，准时准点打卡，此刻下班绝对不算早退。

何智尧刚才一直张开双臂模仿飞机，嘴里呜呜呜呜的，此刻埋头冲过来，绕着江子燕呜呜呜呜又飞了两三圈。江子燕拽住他的书包带，提醒他："叫叔叔好呀。"

何智尧才抬起脸，朝着傅政甜甜地笑了几声，又敷衍地招了招手。

傅政把目光移到他的脸上。

"这是我云养的孩子。"江子燕也半开玩笑。

这句话，无非因为江子燕一直无奈声明自己有了孩子，但因着面孔和低调举止，年轻同事都取笑江子燕是隐婚隐孕一族，只有"云养的儿子"。

傅政虽然没架子，却也对员工一直隐隐有距离，并不清楚这典故。他此刻只是点头，把车泊在路边走下来，说："我要去那家花店。"

丁字街角处有个专卖进口花卉的精品大型花店，江子燕每次接何智尧的时候，也都从门前路过。

傅政话说到这里，两人原本应该礼貌告辞，江子燕也的确这么做了，只是傅政推门走进花店没几秒，门口的风铃响一声，有个小胖男孩紧紧地跟着他，嘴里呜呜呜呜地跑进来。

玻璃门旋即再推开，紧跟着的是江子燕，微微绷着脸。

一个小孩子，矮、腿短，为什么又能跑得这么快？她不过一个没抓住，就让何智尧迅速地跟着傅政跑了进来。她对上傅政似笑非笑的目光，只能惩戒性地捏捏儿子的小肉手。

"啊？"何智尧笑眯眯的。

花店占地面积不小，满是木调又混柑橘的浓香。一层摆满了昂贵娇贵的进口花料，二层还有床具，浇灌成独角兽样子的蜡烛和永生花盒等精致的家居摆设。何智尧没来过花店,很好奇,自然要拽着她上下巡逻一番。

江子燕在异国独自过活,极偶尔的时刻,大多是在节日,也会从超市门口的花店买点鲜花回去,装点乏善可陈的公寓。

失忆后的江子燕看不得花谢那种荒芜,通常只放三天,没等彻底凋谢,也就和麦片盒子齐齐扔掉。她那会儿最喜欢买的,是有"五月花神"之称的芍药,到了应季的时候,就会买云朵般清透的绣球,带着非常独特的香气。

江子燕担心何智尧乱碰花店里的东西,也没细看,随手挑了个装洗手液的硬塑料蔷薇盒,又低头问何智尧:"尧宝,你想不想买花回去呀?"

何智尧很高兴地点了点头,而何小朋友的目光比满口小牙更毒,眼光随意一扫,就选中店里标价890元人民币一枝的花桶。那里插着流灿成波的玫瑰,灼夭夺目,一枝花就比男孩的整张脸盘更圆一些。

江子燕笑着表态:"那种不行,妈妈买不起。"

傅政正在另一个店员的带领下选择配花,他听到江子燕坦率的话,不由一哂。而江子燕继续从容地牵着儿子的手,来到另一个花桶前,让何智尧选了两三枝价格适中的芍药。

何智尧因为她的态度,也没感觉到什么异样,转而兴致勃勃地用英文念上面贴着的价签。江子燕等着店员包装的工夫,随口指正他的发音。

母子的态度非常随意自然,傅政原本那句"不如我来付"不知怎么就咽了下去。

江子燕付款的时候,听到接待傅政的店员再次确认:"您预订的主花是白山茶,装饰用橄榄叶和栗子叶,用牛皮纸包装。"

傅政点点头,而江子燕也借机微笑插话:"傅总,不,Jack,我先走了。尧宝,招招手说再见。"

圆头圆脑的小男孩果然招了招手，就迅速被他母亲拽走了。傅政看着她清瘦的背影，不知道为什么看了好一会儿。等他回过神，再走出花店，远处的道路上早已没人了。

不仅如此，三分钟不到，停在路边的车居然被开了一张罚单。他从车窗上揭下罚单，略微气恼，内心却又有什么被轻触一下，勾起对这个女员工若有若无的好奇心。

江子燕将买来的芍药，简单插水放在客厅中。

因为有了花，原本阳刚简洁的家衬有几分温柔的气息。她远远地看着，恍惚觉得自己也沾有几分生气。

何绍礼下午回家很早，他刚踏进来就立刻闷声问："你去了花店？"

江子燕不由挑高眉，何绍礼刚说完已经捂着鼻子，连续地打起喷嚏。

"鼻炎。"他在间隙中解释，"实在很受不了花店和医院里的味道。"

何绍礼鼻宽大于眼长，有着很男人的鼻子，几秒内也就被擦得通红，伟岸的肩膀居然有点收缩可怜的模样。她忍不住笑了，有点促狭地承认了："哦，我今天确实去花店里，买了几枝芍药回来。"

何绍礼抬起眼睛："想谋杀亲夫？"

江子燕下意识否认"没有"，反应过来后又感觉脸隐隐发烫，有些气恼地抿起嘴。

何绍礼也不知道是不是开玩笑，依旧不停抽纸擦鼻子，却也没继续说怎么处置那些芍药，她只好把桌面上的芍药放进自己房间的卫生间里。

等到晚饭的时候，何绍礼的纸不离手，吃什么都显得没滋味的模样。江子燕看在眼里，也只能顶住心里那股浅浅的内疚感。

"你今天去了'月南'？"何绍礼目光一瞥，新买的洗手液盒子上有店名，他突然想起来一件重要的事，"我记得这家的白山茶花货源在国内很罕见，你去订一束吧。"

看她微微疑惑，何绍礼继续擦着鼻子，声音瓮然："我姐马上要过生日，她从小到大最爱白山茶，记得当年我前姐夫为了追她，经常送她这个。"他又无奈地加了一句，"我想，我的鼻炎也是在那时候加剧的。"

江子燕一笑，细心地问了何绍舒的生日，并怀着微薄的希望，祈祷这花的价格不要太贵。

何绍礼继续说："用那张储蓄卡里的钱付款。"

江子燕随口问："什么卡？"

他抬头看了她一眼。

不知道为什么，江子燕觉得何绍礼有些微妙的幸灾乐祸，当他顺手给儿子夹了块鸡胸肉，那副神色更浓："子燕姐，你做事越来越不仔细。昨天我塞到你包里夹层的，除了表和围巾，还有一张储蓄卡。"

江子燕坐着不动了。

今天上午，她还为能从一条短信里，察觉何绍礼除了送她围巾外，还赠了一块手表的敏锐感而略微自得。但始料未及，这人默不作声地塞到包的夹层里一张储蓄卡。

何绍礼第一次送她钱送她卡，江子燕颇为无奈。但这次，她却有些受辱的感觉。何绍礼到底是想干什么？体验霸道总裁掷千金的炫富感？

江子燕脸色发沉，却立刻否决了这个想法。何家家教很好，何绍礼的性格里也没有这么多不羁，可江子燕是真的不太理解这个年轻人，他这次送表又送储蓄卡是什么意思？是递来一块夹杂玻璃的糖，在高薪养廉地示好，抑或恶意地欣赏她次次意外的表情？俗话说三岁一个沟，他们之间相差得绝对更多。

江子燕心中一转，不想深猜。实际上，她瞧不起那些小男生把戏。

如果不是因为她失忆后生下了何智尧，何绍礼又是何智尧的爸爸，江子燕可以万分确定，这辈子不会再出现在他面前。而何绍礼不需要拿多余的物质来试探她或祭奠她，如同对待被踩死的蚂蚁。

失去记忆的人通常很冷漠，他们从最初的起点就能做到彻底不在乎。

江子燕咳嗽两声，轻轻握拳放在桌上，她冷静地问："绍礼，你希望我恢复记忆吗？"

何绍礼长长地哦了声，却很快说："没想好。"

这答案也是奇葩，江子燕没有追究，只是漠然地说："其实我也没想好。但我想好的是，无论以后发生什么事情，我都不会再轻易伤害自己和伤害他人。"

她自认耐心地做出了保证，何绍礼闻言却笑着说："你说的都是很难的事，你却敢说'轻易'。请问子燕姐现在和失忆前，又有什么本质区别？"

江子燕不由狠咬红唇，勉强地把接下来的话咽下去。何智尧就坐在同一桌上笨拙地吃饭，她不能对他爸爸直率和无情地说"本质区别在于，我脑子再进水也不会痴迷你小子了，更不会因为你去伤害自己和伤害别人"。

有些人被激怒后学会走极端，就像以前的她；有些人被激怒后学会小心，就像此刻的她。何绍礼可以轻易刺激她，她却不能驳回去。何况，何绍礼说的不无道理。

江子燕沉默半晌，默念着"蚂蚁已经被踩死了"，才平静地说：

"你已经好几次送我钱和银行卡，这样不太好吧，我不能收，待会儿请你全拿回去。而且，我希望你以后不要给我扔物质上的这些礼物。我不需要你的任何东西。"

何绍礼看江子燕对他半分伪装的好颜色都没了，心知此刻绝对不能把她逼急了。他摸了摸鼻子，放缓了声音解释："送你围巾，是因为你是胖子的妈妈，我既然送儿子玩具，自然也会想送你一份礼物。至于那块表，我早在前年就订了，我昨晚应该当面送给你，但你知道，我从没有想要你的意思。"

江子燕是真的不耐烦了，她冷冷地提醒他："还有卡，你又送了我一张卡，是什么意思呢？"

"那是一张储蓄卡，当初办来是给胖子划学费的。我春节时期给你的那些美元，我知道你一直为难怎么处理，但也别堆在房间里，就存到这卡里吧。"何绍礼坦然地说。

有人就有本事把一切荒谬都解释得合情合理。他态度八风不动，江子燕心里特别不是滋味，何绍礼知道她绝不肯要他的钱，于是要她把那些钱原封不动地存到何智尧交学费的卡里，没有问题。至于他为什么送她一块那么贵还丑的表，世界上最难以反驳的送礼原因，就是"我乐意"。

实际上，何绍礼就是这么理所当然地承认了。

"再说，一个男人想要送女人礼物，需要理由吗？子燕姐，你想听我说出哪些特殊的理由？我没有理由，我单纯地就是想送给你东西，你要是不喜欢，背地里扔了也随意。我反正不会心疼。"

江子燕面对侃侃而谈的何绍礼，有点对待大型何智尧的无奈了："话不是这么说的。"有那么几秒，她几乎要发疯问出，"你难道不知道你现在的行为很暧昧，请问你认为我们现在是什么关系？"

但，江子燕迅速地咬住唇。因为她绝对不会主动问。

这种问题的答案，最好要由她自己来解决。即使失去记忆，江子燕也不肯让何绍礼做主去定义他们两人的关系。唉，即使到了现在，江子燕也得承认她确实是心机幽深投巧之人，也怪不得何绍礼对她有所保留。

于是，她没说收不收下手表，只慢慢地说："你一直往我这里送东西，但我不习惯无功受禄，以后我肯定会还你一件礼物。"

何绍礼完全不惊讶，他从拿出那块表开始，早就料到，也早就在等着这句话，不过，他还是笑着问："你想送我什么？"

江子燕不由盯了他一眼，她有着轮廓独特的眼睑形状，定定看住人的时候，那股独特又不失毒辣的目光仿佛能在对方心底投下阴影似的。何绍礼即使问心无愧，心跳也有些加快。

"还你什么，这我得好好想想。"她从牙缝里挤出话，再想到曾经送给他的钻石领带夹，感觉那早已痊愈的偏头痛，对上何绍礼后又开始隐约痛起来，"嗯，我需要好好想想。"

何智尧是觉得两个成年人之间的气氛流动得有点古怪。何小朋友如今脾气见长，他学着江子燕的气势，很厉害地用练习筷在桌面发出赌气的声响。结果旁边的两人听到了，纷纷转过目光："胖子，吃饱了？"

"尧宝，不要这样敲碗。"

夜晚的时候，自然是何绍礼去陪何智尧，何小朋友暗自庆幸自己又逃过今晚的认字课程，整张小脸都喜气洋洋。

江子燕独自坐在自己床上，随手翻着那本古龙合辑，突然又想起什么，拿起手机在网络上查找那个手表牌子的系列。

果然，这个浮夸的燕子图形的手表并非今年出的款式，也正如何绍礼所说，是两年前的定制款。而当时，她本人还在国外。

她从头到尾看完这款燕子钻石表的简介，顺手关掉手机又关了灯，在静谧中闭上眼睛，忽略那些心烦意乱。

江子燕是防范着何绍礼的，她宁愿他跟她说什么"咱们慢慢算账"，也好过他这么时冷时热的态度，因为摸不准。

有些时候，何绍礼表现得对过去的自己并非全面排斥，但有的时候，他又在明显地在试探什么。江子燕能明显感觉，何绍礼内心藏着某种复杂情绪，草灰蛇线间似乎在掩饰些什么，并以极巨大的耐心控制着两人相处的所有节奏。

以前江子燕觉得，失忆也有失忆的轻松，当感到迷茫的时候，就抿着嘴朝和过去相反的方向狂奔便是，可是如今又感觉，不问是非的糊涂人如此难做。

Chapter 05
眼暗看花人

何绍礼出差回来没多久，江子燕就在入夏前小小地生了一场病。

也许是被那难以形容的或浮夸或精致或丑陋的手表吓的，也许是因为之前那一周独自照顾何智尧日程累的，又也许是因为她回国后总是多思多虑，吊着心不敢多放松。江子燕先是低烧了一天，随后开始整夜睡不着，半夜里多了盗汗的症状。

她因着生病，不敢离何智尧太近，精力不佳，每日睡前念童书也有些迟缓。

"窗边的小豆豆"和"大森林中的小木屋"，这些内容实在让人瞌睡，江子燕还没想好给儿子找什么国产连续剧当早教素材，无意把公司里的"三国志里的管理学"带回家。无书可念，她索性为何智尧读了这么一段，结果效果出众。

何智尧就像最普通的小男孩一样，深深地迷恋上了千里走单骑的关羽。

确实是意外之喜，江子燕自己都没好好读过《三国志》。吴蜀送来的那一箱子小人儿书里，有整套《三国演义》连环画。她也在网上找到了旧版《三国演义》的连续剧资源。何智尧便抛弃了《小猪佩奇》，每晚都张大嘴巴等江子燕给他念连环画上的对白，以虔诚的心等着看电视剧。

江子燕之前念童话书的过程里，发现何智尧是个心情特别软和的孩子，不能听任何离别、失败和死亡，否则就会受不了，开始号啕大哭。而想到三国里人物的各种结局，她预感自己又要接受很大一泡眼泪。

周五的时候，公司开部门总结会议，江子燕抱着电脑下楼，却被行政拉住，要求帮忙翻译一份文件。

"这是Jack的签证申请，我英语不太好，子燕姐帮我填写一下吧。"

毕竟是小公司，傅政和其他创始人共用一个助手，公司的行政反而会帮忙做一些打杂工作。公司对之前德国电池项目非常感兴趣，傅政将于下个月邀请一些意向投资人去德国总部观摩。

江子燕翻了翻手里的资料，都是傅政的私人资料和公司证明。归属办理签证所需要的个人信息，十几分钟就能完事，并不耽误开会，等江子燕用英语录入的时候，略微顿了顿，因为其中一栏中写着：离异。

还真新鲜，傅政给人的感觉一直是单身贵族，没想到他已经有过姻缘。

做行政的姑娘叫晓珍，不知道从江子燕的脸色中看出什么来了，神秘地笑："我当初也吓了一跳。"

江子燕并没有多问，快速检查好所有文件内容，交给晓珍。

周末时一家三口又回到何家吃饭，何绍舒正在跟父母讨论以后要找阿姨一事。

何绍舒面试了几个人选，都不是很满意。她表面要母亲帮着出主意，其实有点想让家里相熟的孙姨跟过去。董卿钗和何穆阳虽然心疼女儿，但孙姨是何家的老人了，干了多年，上岁数后腿脚越来越好，当月嫂肯定会力不从心的，最终商量了下认为此事不妥，不肯松口放人。

何绍舒也不强求，加紧面试人选。

何绍礼也走过去，随手拿起桌面上几个候选人的简历，江子燕正好隔在肩边，浅浅地多看了一眼。

两个人今日都穿着白色棉麻的休闲服，神情一般从容，很有几分绮年玉貌的般配感。

董卿钗眯眼望着儿子儿媳，忽地笑着对何绍舒说："智尧的样子像绍礼，你说他俩再生个女儿，大概样貌会像子燕多点。"

声音虽然压低，江子燕和何绍礼也都清楚地听到了。何绍礼笑着摸了摸鼻子，江子燕垂下眼睛假装没听到。

何绍舒笑着接下去："最好像子燕一点，否则，我可完全想不到我弟那副丑八怪的五官，长到小女孩脸上会是什么德行。"

何绍礼抬起眼睛，悠然地反驳："姐，你自己照照镜子，不就想到了？"

何绍舒呆了一呆，立刻反唇相讥自己可没这么丑，何绍礼望定姐姐，如有深意地笑。

这对亲姐弟样貌有点相像，自小就暗中较劲。何绍舒表面占尽上风，但何绍礼绝不轻易吃亏。何家父母在旁看着成年子女像小时候那样你来我往地斗嘴，忍不住暗笑。

江子燕则不动声色地阻止何智尧，他趁大人不注意，自己又往嘴里狂塞甜点。

可惜吃完晚饭，董卿钗没放过江子燕，趁着何绍礼去取车的工夫，进一步问两个人有没有计划多要孩子，又拿何家姐弟举例，说独生子女成长总是更寂寞云云。

董卿钗存有一点别的心思。她这两年因为女儿的婚事头痛，确实更多地疏忽了何绍礼这边。如今回过神来，有心想贴补江子燕，但董工程师向来面冷心热，万事总得寻个正经缘由，便隐晦地劝小两口多生孩子。

江子燕不知道这些深意，内心尴尬万分，以笑应对。

何绍舒顺便搭弟弟的车回家，就在一旁看笑话，跟风打趣："妈妈说的对，子燕哪，你再多生一个妹妹，正好能陪尧宝玩。"

江子燕立刻不动声色地接下去："哦，生一个妹妹怎么够？尧宝不是马上就会多两个妹妹？绍舒，你什么时候去美国生产？行李准备好了吗？再晚去，恐怕海关不放行。"

亲生女儿自然比儿媳靠前，于是话题再回到何绍舒身上。何绍舒在上车前少不得又听亲妈絮叨良久，又催着她赶紧找阿姨，好不容易逃脱，见江子燕已经舒舒服服地坐在副驾驶座上等着她。

何绍舒费力地坐在后排的儿童座椅旁边，抱怨："你都生孩子了，个性怎么一点也没变？爱拉人下水。"

江子燕听了自然没什么，何绍礼却边启动车，边接口说："姐，你生完孩子后个性就能变？那我也期待一下。"

何绍舒冷笑两声，转头对何智尧说："尧宝，家门不幸哦，你在家里，是不是也总受爸爸妈妈的欺负？"

小孩子哪懂大人的机锋，江子燕啼笑皆非刚要答话，不料后排字正腔圆地传来一声："呃，可不咋地！"

车厢内一时没人说话，只感觉车的轮胎轻轻碾压地面。何绍舒与猛地回过头的江子燕，都在直直地盯着何智尧，孩子继续淡定地玩着

147

手里的小汽车，安安静静。

再过了一分钟，何绍舒率先开口。

她脸色还好，但声音是难以置信的："绍礼，子燕，你们、你们都听到了？"

开车的何绍礼平静地嗯了声，副驾驶座上的江子燕无声地重新回头，看着前方。

人家正经的父母这么淡定，何绍舒不由怀疑耳边那句满口大碴子味的方言是自己的错觉。在剩下的路途，她试图专心逗着何智尧说话，但胖侄子还是老样子，除了英文冒不出几个中文词，委屈地看着她，不肯说话了。

何绍舒下意识掐了掐孩子的稚嫩面孔，到了她家门口都不肯下车。等待的吴蜀以为出了什么事，迅速拉开车门。

"吴叔叔，刚刚尧宝开口说话了。"她连忙把这发现新大陆般的消息告诉丈夫。

吴蜀把妻子搀下来，再温和地对着何绍礼和江子燕打招呼，问妻子："他说了什么单词？"

"不，不是英文单词，尧宝刚刚跟我说'可不咋地'。"何绍舒下意识地学着方言，惟妙惟肖的，却因为她那种贵妇姿态，多了一些滑稽的意味。

吴蜀也微微笑了下，低声说："听岔了吧？"

等何绍舒下了车，车里只剩下江子燕和何绍礼两个大人，两人才对视一眼。

江子燕往后看了眼昏昏欲睡的何智尧，刚才那话确实是儿子说的，她听得明明白白。其实，学语阶段的孩子，时不时冒出几句惊人之语，并不算那么奇怪。江子燕照顾孩子也有了经验，不敢像何绍舒那般大惊小怪，怕吓坏了儿子他又不敢出声，索性维持沉默。

何绍礼同样觉得惊奇和滑稽，他猜测何智尧那话大概是跟着晚间电视剧学的。那时候好像在播放一个连续剧，只是大人们顾着谈天，丝毫没注意此事。

江子燕抿嘴一笑，冷不丁又听到何绍礼问自己为什么不戴上他送的那块手表。

江子燕下意识轻抚了下自己的手腕，光溜洁白，什么都没有。她最近精力不佳，照顾孩子都隐隐感到受罪了，哪能想着戴这个累赘。再说就算她暂时收下那块表，当然也是不肯戴的，不过是静观其态而已。

何绍礼却还在等着她回答，江子燕只好硬着头皮笑："哪有你这样的人，送完别人礼物，还要再逼着人戴的？"怕他继续追问，她抢先说，"你认为，晚上妈的提议有必要吗？"

何绍礼倒是平静无奇地望了她一眼，拖长声音："子燕姐，还想再生一个孩子？"

江子燕再淡定，终于不由红了脸。

"我是说，要不要也给家里找个阿姨！"她说这话时沉下眉，感到些许脸热，大概能深深体会到何绍舒和弟弟相处的无力感，"有阿姨在，多少可以为你和尧宝做做饭。你也知道我的做饭水平——"

这次换成何绍礼挑唇一笑，江子燕尴尬得没继续说下去。

江子燕在国外存活几年，生活清净自足，但因为总是怀着意兴阑珊的心情，生存技能始终停留在准备早餐和切开半生不熟的牛油果层面。更多时候，江子燕的厨艺施展，都需要感激科技和服务业进步。

她确实不是很好的煮妇，亦不打算去精进该技能，即使如今回国，每日下厨也是简单加热家政准备的新鲜半成品食物，号称以"轻饮食"的方式果腹。

何智尧彻底折倒于江子燕的淫威下，跟着她吃沙拉和简单烧制的肉类。这孩子不太挑食，吃什么都很愉快、很开心，吃得还很多。至于何绍礼，工作结束得晚，基本也回家吃饭，同样一句也没抱怨过。

如此相安无事，直到江子燕最近生病，有幸吃到何绍礼亲手做的饭菜，才终于感到十分震惊连带万分汗颜。

何绍礼居然有着不俗的厨艺，这从他那隐隐携带的贵公子做派表面，完全看不出来。

江子燕讪讪地喝着那明显需要七八道复杂程序熬制的砂锅粥，想到自己平常用廉价欧芹、大蒜、简易儿童意面来糊弄他的行为，觉得头痛。那些精致的饭菜一烧烧半个小时，动嘴吃才几分钟，她这性格是真心做不来，不如此刻找个阿姨过来，至少能给何绍礼做做饭。

只不过，何绍礼好像并不是很喜欢用阿姨。江子燕对那每周准点来送食物的专业男家政，印象依旧十分深刻。

何绍礼自己的解释是："我不是不喜欢女家政，但以前照顾胖子的时候，曾和阿姨相得不是很愉快。我怕麻烦，以后就没再找。"

奇怪，这可不像何绍礼的行为。

江子燕不由被勾起好奇心，何绍礼对待妇孺都很和气，没有任何"众人皆下等"的想法，再加上年轻的面皮，俊朗的外表，这样帅气的小鲜肉，应该是中老年妇女的最爱吧，怎么会和阿姨吵架?

何绍礼沉默片刻，也解释几句。原来他最初养儿子毫无经验，更多地依赖经验丰富的阿姨。然而阿姨看准年轻人脾性好，越来越多地插手何绍礼的育儿决定。渐渐地，何绍礼做什么都不对，做什么都束手束脚，就连想抱着何智尧去公园，阿姨也提醒他孩子穿少了，不允许他带出去。

"有一次我为胖子买婴儿服，选错了配套的袜子和围巾，上面有爱心和蝴蝶结。阿姨告诉我，只有小女孩才会穿这种衣服。"

小小婴儿装，色调都淡柔静雅，并不特意区分性别，即使有桃心形状也只是极淡般勾勒，而且小男婴穿蝴蝶结也同样可爱。何绍礼买的时候并不觉得怪，何智尧那会儿更不会在乎。偏偏阿姨不停地借着这话题数落年轻爸爸，认为他连买衣服的小事都做不好，接着是缺少母亲的小孩何其可怜之类的车轱辘话来回地说。

"那段时间工作很忙，心浮气躁……"何绍礼说到这里，稍微沉吟一下，有些悔意。

江子燕微笑着补充："你一气之下，就把她开除了？"

何绍礼对江子燕的反应总是有点多心，他顿了顿："你觉得我很可笑？"

江子燕维持着略微嘲讽的清淡笑容，眼也不眨道："我当然觉得你很可笑啦。因为如果换作是我，那阿姨敢指责我不懂如何当妈妈的第一天，我就会直接开除了她。"

何绍礼摸摸鼻子，好气又无奈地看她一眼。

她真是好意思说他。她失忆后短暂地抚养何智尧半年，就和月嫂频繁闹过不和，不停地换人。除了一贯是这样顺己者昌的苛刻，也纯粹是因为那段时间里她如惊弓之鸟，总怕对方是何家派来的奸细，于是她把身边的人赶了个精光，直到最后无人帮忙时，才拉下脸皮，求助于何绍礼。

此刻，完全没长记性的某人很简单而冷冷地说："你开了那阿姨是对的。"

江子燕没失忆的时候，就是这种为达到目的可以罔顾一切，万事失了美感和进度的性子，从不给他人第二次机会。和这位"女阎王"在一起，不是每个人都能自我感觉良好。何绍礼这种面对女孩子八风不动的好脾气，偶尔也会受不了她用力过猛的脾性。

与那些烂俗的爱情电影和小说描写都相反，骄傲的男人从来不会欣赏同样骄傲的女人，因为骄傲这事，永远带着驳斥。只不过，骄傲的人是会欣赏真正的强者，无论男女而已。

何绍礼此刻只岔开话题："如果有合适的人选，可以找做饭的阿姨，你做主。不过，也不用为了我才特意找阿姨。胖子平时吃什么，我直接跟着吃什么就是。"

江子燕心想，别这么自大，何智尧平时敢乱吃的东西，实在是多。

何绍礼大概也想到这茬，他的手在方向盘上轻轻敲了几下："别看胖子现在这样，他小的时候，也不是什么都吃的。"

江子燕对何绍礼开除什么月嫂的琐事，并不真正关心。她几乎不关心任何人类道德和他人喜乐，但每次说到何智尧，她就不由自主地想了解更多，很快追问下去："能再讲讲尧宝小时候的事吗？你当初照顾他很辛苦，对不对？"

等了半天，旁边的人都没开口。江子燕疑惑地看过去，何绍礼终于低声说："我遵守了对你的承诺。"

四年前，江子燕独身离开中国，前方机舱里播放着安全录像，机长提醒乘客"父母为孩子戴上氧气罩前，务必先确定自己已经戴上氧气罩"。她看着那画面，心如刀割。与此同时，何智尧在他父亲的怀里，如有感应地号啕大哭。

在父母和姐姐惊诧并指责他遣走江子燕的声音中，何绍礼接管了那个还没有两双球鞋大的儿子。他再老成，不过是二十出头的年轻男人。当何智尧似江海无穷尽，不以时间、地点为转移地哭时，他几乎觉得头脑内密密麻麻长了蛆，甚至一度产生想把儿子扔回身处美国的江子燕身边的想法。

也许孩子是世界上最有灵性的动物。当何智尧某个间隙里，停止哭泣，睁大那双湿漉漉的眼睛望着爸爸时，何绍礼被那道充满灵性的目光牢牢地攫住，仿佛这辈子第一次确认有灵魂的存在。紧接着，他面对的是换尿布、断奶喂流食、小儿湿疹、小儿消化不良、小儿过敏

152

源测试等无数考验。

单身爸爸并不比单身妈妈更好做，害怕、焦虑、孤独、压抑和烦躁，仅有的育儿乐趣比铁皮盒里残存的饼干渣更少。

何智尧小时候娇弱，对大米和牛肉过敏，何绍礼不得不勤练厨艺。他最初在父亲旗下的企业实习，和普通应届生做一样的基层工作。也许因为有了儿子，工作起来居然有股从未有过的拼命狠劲，唯一正式请父亲多加关照的，就是对何智尧的照管。

何穆阳半辈子在生意场里打滚，连自己亲儿子亲闺女的尿布都没碰过，索性用比开给亲儿子的工资多十倍的价钱，请了一个资深月嫂。但何绍礼察觉此事，不顾父亲羞愧的阻拦，又把孩子接到自己身边。

很长时间内，何绍礼都没有见过天光，每天见到的是亲儿子的两瓣屁股。如今，家里书柜最下面还有三包没开封的尿布——他当初对这些东西实在没有概念，结果买多了。

再后来，他听从一个国外专家的建议，终于把孩子养成杂食动物。本城国际幼儿园招生严格，家长财力是基础，但更注重家长的素质水平。何绍礼为了让何智尧上目前的幼儿园，参加了三次环城马拉松——饱尝那么多酸水，也许就为了等着孩子的母亲滚回来，在她幻想夺回自己的儿子前，嘲笑她曾经的软弱和不战而逃。

可是，等终于对江子燕淡淡说完那句话，何绍礼却觉得，其他的都不用提了。

何绍礼这么不说话的时候，江子燕也敏锐地察觉到气氛有些不对。何绍礼年龄比她小，但算得上少年老成，从不主动对她倾诉。不过，她却是能猜到他这几年抚养何智尧的艰辛和不如意。

江子燕那时候以濒死癞皮狗般的直觉，逼着何绍礼做出亲自照顾何智尧的承诺，因为太不放心，还几乎逼着他画押为证。每每回忆起

153

当初的咄咄逼人，她都有些赧然，又不觉得自己做错。

何绍礼最初可能不太想要迎接何智尧的诞生，但孩子生出来后，也就由不得他。何况那也确实是他的亲生儿子，不是吗？长得那么像，连DNA检测都能免了。她至今都没有后悔把儿子交给何绍礼的这个决定，他确实把儿子养得不错，何智尧甜甜的性格就是最好的证明。

这个世界上，并非每个孩子，都有运气享受真正天真纯洁的童年。江子燕总想，就单是为了何绍礼对儿子这份呵护的心，她在很长时间内，都愿意对他无限低头伏小的——当然，也是在他不要总逼迫自己的时候。

到了上电梯的时候，江子燕主动跟沉默的何绍礼说话："听说，我以前的外号叫'女阎王'？"

何绍礼还牵着儿子的手，只无声地看了看她。

她又故意问："绍礼，你以前的外号叫什么？"

他想了想："一直没人为我起外号，不过那时候，大家都叫我'就是那个被女阎王倒追的富二代'。"

看着她明显被噎住的表情，何绍礼才终于再笑了。

方才的阴霾彻底被驱走，男人五官紧密深刻，瞳孔黑到深邃。

江子燕不由暗自想，何绍礼其实真的是一个很好哄的男人，她儿子几不记仇的性格是很像他。这样帅又闪亮的年轻人，如果不是倒霉遇上自己，恐怕也早被其他女人慧眼识珠地早早逼着结婚了。

这个念头，让她的脸再次微微发热。

失忆能让人更不要脸点吧。大部分时候，江子燕确实还是挺喜欢何绍礼的，他有种年轻男孩少见的不动声色的从容感。也不知道以前她到底何德何能，能逼着这样的男生跟自己大翻脸？

工作日的午休时间，江子燕去花店订购了白山茶花。

何绍礼吩咐过的事，她自然是要多上心，还要做到最好，只是挑选配花的时候犯了难。江子燕在花店扑鼻的薰香中，对自己的审美不自信得很，想到何绍舒又是眼光极高的女人，她索性让店员介绍。

但选来选去，她都觉得不美。

最后灵光一动，她想到傅政那天来订花时的只言片语，依靠记忆报出来，终于满意了。

付款的时候，江子燕无声哀悼几声。还要等几天，公司才发工资，但她目前的荷包只能先付订金，幸而店员表示没有关系。

等走出花店，她想到何绍礼曾经嘱咐用储蓄卡付款，本可以置之不理，但是又实在犹豫了下——何绍礼和何智尧这点很相似，他们对某些真相有一种男孩般的执着和坚持的态度。最后江子燕苦笑一声，还是走了。

下午小组开会，同组的一位同事说下周也要跟着傅政去德国公差。

出国都免不了会被嘱托代买东西，同事间不知道怎么得知德国香肠做煲仔饭特别好吃，于是立马发起轰轰烈烈的海外团购项目。

江子燕刚付完花的订金，没了余钱也没什么兴趣，心不在焉地独自发呆。后来徐周周问她要不要给儿子买东西，江子燕这才想到应该让何智尧尝尝鲜，也欣然预订了几根德国香肠。气氛正热烈的时候，她随意顺着玻璃门往外一瞥，不由一愣。

会议室外面是大格子间，此刻，傅政正站在自己的工位，入神地打量着什么。

江子燕下意识地回想，最近为何智尧购买了不少童书，邮寄地址都大胆写了公司。今天她收到手机提醒，快递会送来两小箱书，莫非是这个吸引了老板的注意力？她暗自叫苦。

幸好再过了会儿，傅政转身走了。

等开完会，江子燕跟着同事走出去。她没有立刻入座，站在傅政方才的位置看了看。桌面上除了笔记本支架，一切收拾得整整齐齐，也没有快递箱子，唯独背包软塌处又露出一角，是平日里总携带的那本古龙书的封面。

怎么一个两个的，都对这本书感兴趣呢？

江子燕走回座位上，摸了摸书角。她低着头，完全没注意到傅政此刻远远地望了这边一眼。

晚上回家江子燕把订花的事告诉了何绍礼，他倒是没问最后刷谁的卡，反而沉思片刻后问她随后是否有时间。

何绍舒举办完生日会，准备动身去洛杉矶生产，所以这不仅仅是生日宴，还是产前庆祝派对。订一束花给何绍舒当生日礼物是绝对不够的，何绍礼邀请她一起去商场，为姐姐挑生日礼物。

两人在餐桌上讨论起来。

江子燕提议送婴儿用品，何绍礼却说姐姐已经买了整整一屋子；她又提出送家居用品，何绍礼继续说父母已经送了她整整一屋子。总之几个既省事又省时的提议，都被何绍礼否决了。

她锁眉思索的时候，突然心思微妙起来。何绍舒明明什么都不缺，何绍礼却又执意要挑礼物，这好像……醉翁之意不在酒。他是找机会拉着她，两人单独出去一个晚上的意思？

是这样吗？

何绍礼对着她探究的目光，倒是面不改色："子燕姐，你还有什么好主意？"

江子燕不知道她的猜测对不对，她不敢猜下去。

"尧宝也跟着我们去商场？"

何绍礼果然摇头："他就知道吃，到时候把他放到爸妈家。哦，子燕姐有什么嘱咐吗？比如那天晚上不让胖子吃什么，或者只能让他吃几碗饭，可以提前嘱咐我。"

江子燕一抿嘴，她就仅仅嘱咐过何绍舒一次而已！何家这对姐弟表面上打架，私下里还真是任何消息都互通有无。于是她淡淡说："没有多余的话，别喂尧宝吃石头就可以。"

何绍礼玩味地说了几遍："好，不要喂胖子吃石头。"等说完后抬起头，他发现她依旧在仔细地看着他。

江子燕忽然笑了，悠然说："其实你和绍舒的模样很像啊。"

何绍礼怔了半天，苦笑承认："我姐从小就比我好看。"

江子燕故意停了会儿，才冷冷地说："你有没有想过，我以前对你那么着魔，不是因为特别喜欢你，没准儿因为我更喜欢绍舒？"

她成心这么曲解，因为很不适应何绍礼对她了若指掌的感觉。

结果对方的神情还是很自然，脸上带着的笑甚至加深了。

"不管子燕姐曾经喜欢谁，你以前只跟我在一起过，如今也只和我生了个儿子。"何绍礼从容地说，"你也不必再嘴硬想气我。"

江子燕一时呆住，反应过来不由多瞪了眼何智尧。过去的事情，她不想认也认了，可怎么就落了个这么大的把柄在他人手上？！

何智尧原本两耳不闻身外事，懒洋洋地瘫在儿童椅里吃饭，但被她一看，立马挺起胸，正襟危坐。

"明天七点，我去你们公司接你。"何绍礼心情很好地说。

第二天，也正是傅政出发去德国的日子。

晚上十一点四十五的飞机，单身汉出公务差，没有大件行李，索性叫了专车，从公司直接去机场。傅政最后用手机查看自己的行程时，很稀奇地看到，对面那一位每日都准点打卡下班的女员工稳坐在工位，正闲翻着那本不离身的古龙合辑。

这家公司的可爱之处，在于没有加班文化。六点五十的时候，大格子间里的同事，包括程序员都稀稀落落走得差不多。傅政的车也差不多到点，他站起来的时候，看到江子燕依旧在不紧不慢地翻书。

他在对面咳嗽一声，对方果然闻声抬头。

江子燕正看着《欢乐英雄》紧要部分，礼貌地笑了笑就要低头继续，却听到傅政问："你喜欢古龙？"

见江子燕迟疑地点了点头，傅政继续问："有一个观点是，喜欢读古龙的读者文化程度都不高，否则他们会更喜欢金庸，你怎么认为的？"

这似乎是某些高层管理者的习惯，对任何事情都持有习惯性的怀疑。傅政在工作里就很喜欢从一些刁钻古怪的角度问细节问题，还喜欢串不同部门间的例会。有时候有傅政在的例会，大家都最怕他开口，好在傅政只是想了解，并不是想干涉他们工作的具体进程。

从江子燕这个角度，正好看到傅政的眼神，很认真，也有些笑意，是对普通员工的态度。她便慢条斯理地回答："我认为，读书只读武侠小说的人，统统都是垃圾，彼此间难谈什么高下。"

傅政忍不住哈哈大笑，她还真是狂妄啊！他说："我也是古龙小说迷，那天在你桌上看到繁体书还奇怪，像你这样读武侠繁体小说的读者很不多见。不过，我认为读繁体版本的武侠书，更有味道。"

江子燕再微微一笑，她已经看到傅政脚边的行李："希望傅总一路顺风。"

傅政再次发现，江子燕虽然爱笑，但也只是露出笑容这个举动而已，凡事从不多问，也很容易转变话题。他有心想多聊几句，又觉得哪里不妥，便点了点头告辞。

江子燕礼貌地从原位站起来，当作恭送领导的姿态。

她一瞬间是不好意思的，傅政这话不无道理。最初选择阅读古龙的书，也是因为字句简短，适合辨识有困难的她。如今金庸的小说她也算补读过，但总觉得字里行间有些伤怀，更偏好古龙的轻松。至于读繁体，那也只是读习惯罢了。

这时候手机响了，何绍礼提醒她下楼。

"刚才有交警催我挪地，掉了个头。你过马路找我。"

傅政来到楼下，刚在后备箱放了行李坐上车，就看到江子燕随后出现。

她已经将长发放下来，飘飘荡荡，那张冷清镇定的脸居然带着些妖异的妩媚。傅政降下车窗，她却已经目不斜视地路过自己。

高科技园区的绿化总是很不错的，暮春时节，树木已经吐尽嫩芽。旁边种有一排还没谢完的低矮桃花树，实际每瓣花都开到烂，但远观还是繁华得很。

前方的司机启动车，傅政在半是清澈晚风半是夕阳尘土的城市空气里回头，他看到穿着白衣的江子燕过了马路，就在那一株桃花树下，跳上一辆布加迪，只可惜看不清司机。

哦，傅政不动声色地心想，怪不得，真是怪不得。

江子燕自从坐上车，莫名其妙地不敢往旁边多看一眼。

直到来到商城，两人在灯光下一对视，都发现对方比平时更注意打扮了些。他们如此刻意撇开何智尧单独相处，确实是第一次。四目相对也有点像约会的意思，偏偏都强行维持漫不经心，甚至为了营造这份不在意，两个衣冠楚楚的成年人，特意找了间汉堡王吃晚饭。

何绍礼赶来之前刚取了钱，付餐费的时候，很厚的钱包里都是崭新整钞。收银员习惯性地问有没有零钱，江子燕刚要答应，他已经抢先说没有，收到的零钱也不肯要，只朝着江子燕一示意让她收着。

此刻的何绍礼简直就很像第一次带着女朋友出街，想秀恩爱给他人看的高中生，再加上何绍礼那张得意的娃娃脸，行为……真的很大

159

男孩呀。江子燕好笑之余，也随手收下零钱。

两人都点了套餐，薯条和番茄酱挤在一个窄小餐盒里。

周围吵吵闹闹，不少人带着孩子来。江子燕看到小朋友，就想到了自己的儿子，再想到何智尧这当口，大概正在爷爷奶奶家狼吞虎咽，她不由一挑眉。

何绍礼洗完手坐回来，很是自然地徒手抓起汉堡咬了口，他抬头看到江子燕的表情，随口问："你笑什么？"

江子燕都不知道自己又在微笑，连忙收了表情，很端庄的模样。

她说："我想……可以送绍舒一套书。上次她问过我的那本古龙合辑，不如我再找来一本一样的送她？"

何绍礼摇摇头："我姐对古龙也就那样，她是一个资深三国迷，尤其迷诸葛亮。我爸和吴蜀已经帮她收了好几套古籍版本，但年年送这个，也没什么大意思。"

也许是因为何智尧不在，也许是因为正吃着快餐，何绍礼远离平时的沉稳，看上去真的像个很有活力的帅气男生，称呼吴蜀也没忌讳，姐夫都不叫了，直接点名道姓地叫名字。

两个人吃吃聊聊，何绍礼不碰薯条之类的油炸食物，倒是把汉堡吃得精光。江子燕正好相反，她慢慢地啃了两块鸡翅，又吃了一小包薯条就饱了，但依旧用刀叉切开自己的那份汉堡，想图省事，明日一半给儿子当早饭，一半给自己当午饭。

是的，买完那么昂贵的花，她又没什么钱吃午饭了。

结果何绍礼吃完自己的那一份汉堡，目光又长久盯过来，江子燕有些无奈地挑眉，把自己的汉堡推过去。

何绍礼摸了摸鼻子，他装傻问："不然，我再点一份？"

江子燕忍不住用手刮了刮自己的脸皮，嘲笑何绍礼脸皮实在很厚。而他拿起汉堡后，也问起她："你自己在外面生活，是不是厨房都不开火？"

她不隐瞒地点头。

江子燕不抗拒美食，但不知道为什么，她潜意识里对下厨这一件事万分抵触，并不是纯粹偷懒或者怕麻烦，就是感觉像会勾起什么不愉快的记忆似的，只想隐隐避免。而曾经冰箱里的速冻食物，她基本是放到过期前最后一秒，再迅速地皱眉吃掉。

吃完快餐后，两人多打包了几个汉堡走，何绍礼想带给何智尧尝尝。江子燕自然欢迎，也打算沾点光解决自己明日的午饭问题。她特意嘱咐店员，在汉堡里多加点西红柿、洋葱、青椒等蔬菜，而这订单要慢一点。

何绍礼付完款，负手在旁边陪着江子燕。

这个男人在家的时候总没个正形，恨不得大长腿摆满整个客厅，连带何智尧也跟着他学，热衷东倒西歪。但何绍礼出门在外，腰杆挺直，绝不倚靠，再加上皮相好，总惹人多看几眼。

等汉堡来了，江子燕点头道谢，提起袋子想走，何绍礼却伸出手来按住她，她一怔，听到他简单地说："好像少了一包薯条。"

服务员半信半疑，打开袋子一看，果然少了一包赠送的小薯条，随即说了声抱歉，连忙补上。

不料，这个娃娃脸的英俊男客还不满意。

"番茄酱，谢谢。"他再淡淡地补充一句，表情还算温和。

服务员是个挺漂亮的年轻小姑娘，大概是点餐新手，抑或是勤工俭学的学生，并不太敢直视何绍礼，只面红耳赤地道歉。但看到旁边江子燕似笑非笑的神色，她又白下脸，忍不住多抓了三四包番茄酱放进去。

何绍礼再检查了一遍，点点头，顺便松开按着江子燕的手。而江子燕重新拿起袋子的过程中，一张白花花的纸巾被带落到地，正好飘到随后而来的客人的高跟鞋前。

她弯腰去捡，低头的时候，瞥到对方有一双很美的小腿，骨骼匀称，皮肤光滑，简直能做任何美容院里的光子脱毛招牌广告。

兰羽最初正摆弄手里的表调节时间，她匆匆走进来，此刻才抬头准备看招牌点餐，猝不及防和准备往外走的两人对上。

对视的刹那间，兰羽呼吸都要停了，热泪争先恐后地涌上眼眶。何绍礼愣了片刻，认出来人，内心同样震动，但眼眸收缩，没有开口，直到他旁边的江子燕缓慢直起腰，不明所以地看着何绍礼。

兰羽也终于朝着江子燕望过去，是她！

"江、子、燕。"

江子燕依旧是那张好没意思、好阴郁的脸，紧紧绷着不放松。读书时她还勉强带些年少未艾的清秀，现在胶原蛋白流失了些，显得更沉着忧郁了。

江子燕原本好奇地顺着何绍礼的视线，朝着前方人望过去，随后被美腿主人饱含鄙夷和憎恶的目光刺得微微皱了皱眉。而对方冷笑着叫出自己的名字，随后气冲冲地望了眼何绍礼，转身离去。

何绍礼依旧一动不动地站着，神情晦暗不明。过了会儿，他就侧头看了眼江子燕，再说："走吧。"

后来两人绝口不提与兰羽的这场偶遇，不过，之前那轻松的气氛决计不复存在了。

他们去顶层的家电部买了台戴森的吸螨器，见江子燕试用过程里觉得喜欢，所以何绍礼买了两台，一台给父母，一台留给自家。刷卡达到商场的满减金额，又送了地下一层进口超市的购物卡，何绍礼兑换成了牛奶。

江子燕独自守着那堆购物袋，站在超市门口安静地等待。

162

光滑的大理石地面映照出她的侧影。她幅度很小地翘起嘴角，脑海中先想起的，是何绍礼早就清楚地告诉她的那句话，他说他已经有喜欢的女人。她又联想到刚才碰到那个模特身材柳眉朱唇的年轻女人的冷漠目光，心里有了个大概猜测。

这并不难猜，她如果再无耻点，怀着点幽深投机的心思，应该继续装傻下去。就像一回来就这么做的，不闻不问的只管何智尧。

江子燕以这么古怪的姿势笑了会儿，脚下的大理石再亮，映照出的面孔依旧模糊。她笑着笑着，觉得遇上了一个照妖镜，把她晚上和何绍礼吃饭时那些难以形容的小雀跃和微妙的温柔，打回了原形。

很隐约地不快。

这份沉默维持到了家门口，江子燕专心按指纹，听到何绍礼在背后冷淡地说：“你不问问，今天晚上我们遇到的是谁？”

江子燕的手不易察觉地顿了下，依旧先推开了门，让何绍礼提着东西走进去，她才很慢地回答。

“是兰羽……兰小姐，对吗？”

他望了她一眼，看不出情绪。江子燕不自觉地又扬起眉，内心有些浮躁，便再说：“我是猜的。”

何绍礼罕见地皱起了眉，他正色说：“你别乱猜。我几年来只顾忙着照顾胖子，和她没有联系。”

江子燕很心平气和地问：“听说以前因为我的存在，搅得你和兰小姐没有在一起？”

何绍礼没有回答，眉宇间有几丝犹豫和斗争，这是他第一次闪躲她的目光。

江子燕只觉得一切事情又都很明白了几分。也许她要感谢失忆，失忆让她不用琢磨任何事情，所有结果在动脑之前已经自动出来答案，只需要问清楚就够了。

静了片刻，她很郑重地说："我说过啦，无论你以后和谁在一起，我都会真心地祝福你。但是，智……"

他很简短地打断她："不是你想的这样，我说过，不要乱猜！"

何绍礼刚想继续解释，江子燕却一下子抿起唇，那副横眉冷对的模样在柔和灯光的映衬下，又美又吓人。她低声说："糟糕，忘接尧宝回家了！"

何绍礼怔住，骤然想起来，按照原计划，两人逛完商场的回程途中，本来应绕道去父母家接何智尧，但因为碰到兰羽，便双双忘记了这件事。

何绍礼独自驱车，赶去父母家接被遗忘的何小朋友。

何智尧倒是没察觉时间晚了，兴冲冲地跑出去，发现江子燕没有随车跟来，有些失望。何绍礼把他抱进车里，沉吟片刻，将今晚巧遇兰羽的事情，简单告知出来送孙子的何穆阳。

"小羽回来了？"何穆阳嘴里淡淡地应和着，却是深思地看了眼儿子的脸色。

何绍礼摸摸鼻子："我今晚和子燕在商场里撞到她。"过了会儿，他明知故问，"爸，你更喜欢兰羽还是江子燕？"

何穆阳暂时不答话。他慢慢地，一寸一寸地用手摸着家门口那堵价格不菲的石墙，过了会儿，又说："绍礼，你现在也有了儿子，身为一个父亲，你觉得，自己想要什么样的儿媳？"

何绍礼下意识地回头看何智尧，他正坐在车厢里，同时用三根吸管嘬一杯酸奶。

何绍礼笑着说："胖子只要找到媳妇，对方是女的，我就满足了。哦，别欺负胖子，长得还要好看点。爸，你看，妈和姐就总说子燕气质好。"

何穆阳不由深深瞟了何绍礼一眼，他冷声问："那话是她们自己

164

说的，还是被你小子逼着说的？"

比起妻子、女儿对江子燕的欣赏，何穆阳对江子燕的评价非常低：没有尽到妻子和母亲的职责，做人不负责任，性格偏激，戾气十足，没有恒心，等等。若不是因为何智尧都这么大了，何绍礼又向来死咬着江子燕这个女人不妥协，何穆阳确实是不太希望见到江子燕的，他更欣赏从小看到大精灵活泼的兰羽。

何穆阳此刻很不耐烦地说："你想从我这里知道点什么，有话直说！就因为你这不孝子，我和老兰家早疏远了，打球碰不到一起，不知道小羽回国。你少探我的口风。"

何绍礼点点头，诚恳地说："爸，儿子就想跟您聊聊，纯爷俩之间的聊聊。顺便哪，打消您对我和兰羽不切实际的希望。"

何穆阳严肃的脸上划过些无奈和好笑，依旧冷冷地说："我能有什么希望？"

何家和兰家，也算共同发达。儿女从小青梅竹马，言笑无忌，更难得的是面目一般出色。四个长辈想，即使不能凑成佳偶，也能维持兄妹间的情谊。但何绍礼遇上江子燕后对兰羽的态度，从模棱两可到逐步冷淡。

江子燕不在国内的几年，没了阻挠，两人有一段时间内又走得很近，好像存在复合的迹象。还没等兰家警惕表示"兰家女儿不做后妈"，何绍礼就莫名其妙大发了顿脾气，兰羽哭着跑走。何穆阳面子异常难看，甩了儿子一巴掌以示警戒，结果儿子居然抱着孙子离去，就此自立门户。

后来父子俩在工作中先行和解，何穆阳手把手地教何绍礼如何建立透明财务、如何分割股权，为了示好至今都给那傻孙子报销每月高昂的男家政费，也是无奈。

父子俩随后说了些彼此的工作和其他事，侃侃谈了很久，直到董卿钗打开窗户，催何绍礼赶紧回家。

何绍礼准备跨上车前，再度被父亲叫住。

"世事难两全，有时候，男人就要辜负另一些女人。你既然已经认定了子燕，好好对她就是，其他人该放手就放手吧。"何穆阳拍了拍年轻的何绍礼的肩膀，压着语气里的自豪，"记住，要当一个对家庭有担当的男人，男人的责任感就体现在这里。"

何绍礼露出正色，点了点头。

何穆阳帮儿子关上车门的时候，内心仍甚为遗憾。他是很铁腕的家长，大女儿自视甚高，仗着聪明和受宠，常常顶撞人，令人颇为头痛，没想到原本放心听话的小儿子，岁数越大也越没法子管。他本来以为，儿子会顺理成章地成为接班人，没想到何绍礼另有抱负，反而原本走学术路线的何绍舒，顺顺当当地成了他的手下，还越做越好。

现在的年轻人哪，无论工作还是感情，也真是让人搞不懂。

何穆阳再隔着车窗，看了一眼何智尧胖胖的脸，所谓看相离相，亦易亦难，这乖孙子的路，以后就更没人知道了。

傅政出差去了德国，对公司依旧没有任何影响，除了江子燕同部门去德国的同事每天都在QQ空间里，用各种刻意扮丑的旅游照片疯狂刷屏，汇报每天在欧洲都吃了什么，每天在欧洲用了什么，还带着多余的热情问同事，除了香肠是否需要其他代购。

有的同事买了手表，有的同事买了键盘，有的同事买了游戏手柄，大家纷纷借机更新科技外设。江子燕的信用卡终于申请下来，她算了下自己的余额，到底也没忍住购物欲。

她买的东西很实际，两对抗噪耳机，一黑一白。最初只是想要一对，想着答应过给何绍礼的"还礼"，就又加了一对。

这几天，江子燕同样反复告诫自己，何绍礼和兰羽如果破镜重圆，也不影响她对何绍礼的感激态度。她并不是为了想获得何绍礼的青睐才愿意回国。曾经的爱令她蒙羞，她不会再期待更多。只是在聊天工具上敲完那些字后，江子燕莫名地发呆片刻。

因为时差的关系，同事还在熟睡，头像黑寂。

此时，傅政的头像骤然亮起来，没几秒，居然主动和她说话了。

"子燕，我话费没钱了，请你为我充两百元的话费，电话是：13××××××××××。"

江子燕隐隐奇怪，听到旁边徐周周用很大的声音嘟囔："Jack怎么让我充话费？这根本不是他的手机号啊！他是不是被盗号了？"

这么说的时候，周围也有不少同事都被敲了QQ，表示收到了相同的信息。大家啼笑皆非，江子燕随手回复了一句"盗亦有道"，就关了对话窗口。

快到五一，何智尧所在的幼儿园组织了幼儿会演。

西式幼儿园平时就经常组织这种家长亲子活动，让一个班级里的小朋友唱歌、跳舞、朗诵、表演，再熙熙攘攘拉家长坐在下面，颇有汇报演出的功效。而他们这个土豪班，刚有几个家长带头升级了空气净化机和净水机，因此也算是有钱有闲。

江子燕很重视这种活动，特意请了半天假，坐在年轻模特般的妈妈堆里欣赏了一场极其拙劣的儿童表演。参加会演的家长大多是母亲，身材、面貌极佳，一水的奢侈品和服饰，往台下一坐，香气扑鼻，如同小型选美仪式。

一下午的工夫，江子燕就汗颜地发现，自己不仅是整个班最年长的一位母亲，并且还是唯一一个只生了一个孩子的母亲。旁边坐着比她小三岁的女人，已经是三个孩子的妈妈。

年轻主妇之间讨论的话题，无非早教、上学、移民、护肤、健身、美容等。其中最漂亮的那名主妇，着重说到了"牙窝封闭"，反复说孩子一岁就要进行龋齿封闭，三岁就要开始使用牙线，等等。

在后排的家长细声细语地讨论时，何智尧和另外一个小男生，站在台上磕磕巴巴地扮演完莎士比亚的某场戏，手拉手地向台下鞠躬。

江子燕只觉得当一次观众比上一天班都累，她朝着粘着胡子的儿子露出一个很热情的微笑，比平时更夸张地鼓掌。看见旁边的家长都呼呼啦啦举着很专业的摄像机，她也象征性地用手机为何智尧拍了张照片。

被彻底洗脑的江子燕，回到家后，疑惑地问何绍礼知不知道什么叫龋齿封闭。

他一听就明白了，笑着说："看来，你也见到她们了？"

何绍礼同样曾参加过儿子的亲子活动，坐了仅仅五分钟，就在浓郁的女士香水味道里打喷嚏打得把周边人的纸巾借了个遍，再加上工作忙，经常爱去不去。不过他早就在牙医那里，花费大把银子为何智尧检查了整口牙齿。何智尧的牙齿状况先天有些不好，今年刚结束的体检，牙医反复夸奖这孩子的口腔维护得很健康，其中大部分功劳，自然都是他这个爸爸的。

每日梳洗都属于小事，但因烦琐，极考验用心度。何绍礼对儿子的悉心照顾由此可见一斑。

江子燕不由再对何绍礼产生难以言喻的深深感激。她最初养孩子，像一个废柴虐待一个小渣渣的既视感。何智尧班里一多半小朋友的妈妈都是全职主妇，按说全职育儿，会有更多精力，但说起育儿的苦楚辛酸，也几乎完全不带重样。

何绍礼本人也对儿子班里花枝招展的全职妈妈，有深刻印象。只因为这家国际幼儿园入学名额紧张，除了要考核幼儿，还需要孩子的父母来和校长进行英文面试。如果母亲是全职妈妈，就会有相应的加分。

规定并非全然的歧视，幼儿园的院方确实有理由认为，全职妈妈会比工作的母亲，每日有更多的时间和心力陪伴孩子。

江子燕听到这里，不由眯起眼睛，她的注意力集中在别的方面。

"哦，还需要孩子的父母共同参加幼儿园面试？当时我不在，你请谁来替代的我？"江子燕几乎是毫不犹豫地说了另一个人名，"是兰小姐？"

何绍礼下颌绷直："不，我和我姐一起去的面试。"再过了会儿，他无奈地问，"子燕姐，你笑什么？"

"我有笑吗？"江子燕恼火地辩解，借着拢头发的机会，只觉得脸又热起来。她暗暗警告自己，如果自作多情，当初就应该从三十三楼跳下来，一了百了。

何绍礼却摸了摸鼻子："小羽曾经确实帮我照顾过胖子几个月。现在胖子英语这么好，可能也要感谢她的启蒙。但随后，我和她没再继续联系了。"

江子燕一针见血地说："难道，兰小姐当时对尧宝做了什么手脚？"

何绍礼又不肯说话了。

江子燕总是泰然自若，上来就猜测最坏的情况。不过，她总是能猜对。

何绍礼沉吟了会儿，决定说出实情："小羽那时候很喜欢胖子，胖子也很喜欢她。只是我有一次发现，小羽居然偷偷教胖子喊她自己妈妈。"

何智尧当时大概叫了兰羽一声妈妈，好像又没有。当兰羽抬头，何绍礼就像齿冷的狮子一般，把何智尧雷霆般夺过去。不管兰羽事后如何解释，甚至流下眼泪，何绍礼都表示绝对无法原谅这个行为。

实际上，他鲜少对兰羽生那么大的气，那是第一次，也是最后一次。

有些东西确实是底线，不能触碰，何绍礼如今不乐意提起兰羽，至今仍对她心存很深且无法被抹去的芥蒂。

相反江子燕本人听了这事，没有表现出何绍礼想象中地位感被冒犯后的反感之情。

她想了想，就平静地告诉他："其实你心底不是怪兰小姐教尧宝喊她妈妈，你是恨她居然把尧宝当作和你拉近关系的工具。"

江子燕与他接触那么长时间，也算是有点了解何绍礼。

何绍礼日常偏好公正，不喜激烈抗夺，身上还有一种怜香惜玉感，尤其面对弱小，有的时刻很需要别人推他一把才能行事。了解再深一些，她发现何绍礼是一个很懂得坚持且行动力极强的人，虽然个性大度，但翻脸后也能迅速六亲不认。

何绍礼可以亲自把她赶走，让何智尧的母亲一席常年空着，但他也绝不允许任何女人轻易就替代这个位置。而因为这份决绝，使得那种优柔寡断有一丝别样的浪漫。

等等，浪漫这个词不太合适。徐周周总挂在嘴边的那个网络热词是什么，中二病晚期男青年？

江子燕自己这么腹诽的时候，何绍礼同样沉默着，内心来回地重复那句话，"把尧宝当作和你拉近关系的工具"。

多么精准又多么诛心的评价！

只有江子燕能那么自然地说出口，还奇怪地从中透着风范。她曾经轻蔑地评论兰羽的懒惰，用的原话是"长相漂亮的低能儿"，还喜欢冷冷地说"我这么差的条件都可以做到，别人为什么不行"。

这女人以前做事不地道，却不太会伪装自己，大体也算光明正大，从不站在道德的高峰评头论足。因而这样苛刻的性格，并不缺人来真心待她。只是他们最初熟得太快了，双方都有点吃不准这感情的真相究竟是什么。她怀疑他玩空城计，他拿不准是否立于危墙，明明彼此动情但各有保留。

"子燕姐。"何绍礼忽地叫了她一声，凝视着她，江子燕的眼睛微微弯着，遮不住的光彩照人。

曾经蛰伏的答案已然很明显。

他了然于心，有点抑制不住地想吻上去。

但对面的江子燕，却被这么一声"子燕姐"叫得再次色变。她不动声色地低头，立刻转移话题说到了何智尧："对啦，我们商量一下以后怎么教导尧宝学习。我今天也和其他妈妈交流了一下……"

育儿这个话题，足够实际，也足够幻灭。江子燕不过把今天从其他家长那儿听到的话，鹦鹉学舌了一遍，何绍礼的神情就如同她下午那般，陷入彻底的迷茫中，偏偏还硬是装耐心去听。

她内心冷笑一声，趁机让何绍礼记得多教导何智尧学拼音。

何绍舒的肚子一天天大起来，洛杉矶的产房已经开始发邮件催她动身，机票订的是下周。她却依旧不紧不慢地在本周末举办自己的生日party。

江子燕直接让花店把花送到酒店，又担心何智尧在席间跑来跑去，索性把他留在爷爷奶奶家。

不出意外，何绍礼自从踏入那销金窟，就开始不停地打喷嚏。他找到何绍舒，下达通牒："姐，你能不能把桌上的花撤下来？不然我只能走了。"

何绍舒关心地望了一眼弟弟通红的鼻子，旋即叫住丈夫："吴叔叔，你不是要回医院办点事？绍礼也要走，你就让他开车送你回去。"

寿星女堂而皇之地打发走亲弟弟，回头触到江子燕好笑的目光，眨了眨眼睛。

"今天可是谁也不能碰我的宝贝花。你不知道，我从小到大有多喜欢花，但为了我弟，在家的时候连香水都不敢碰。再说他走了也好，我今日请的都是女客，万一再有花花草草看上他这种有妇之夫，有人又该吃干醋，气得直接跳楼了。"

这位曾经的好友说起话来非常犀利，江子燕着实招架不住，只能苦笑："你这么讲，是不是想把我也一起赶走啊？"

何绍舒笑了笑，终于放过她。

何绍舒交友很广，出手更是阔气，中午仅有两桌酒席，就包下整个大厅。现场女宾如云，江子燕陪在旁边，看何绍舒脸色明亮，雪臂微露，戴着很大的金表，鲜丽、艳光和富贵都出其里。

"听说，兰羽回来了……"何绍舒声音压得极低，对江子燕说。

正在这时，前方有人通知何绍舒签收鲜花，江子燕连忙笑说："为你订的花送来了。"

等人把鲜花抱过来的时候，她愣住。

足足两大束山茶花，其中一捧花量比另一捧更大些。山茶比白蜡烛还白，密密匝匝地堆叠着，又带着种何须他人识的清骨傲气，绝不香媚。

何绍舒远远看了，明丽笑意抹去客套，增加几分真实的温存。

世界上除了何绍礼，有谁能知道，表面习惯十里洋场做派的她最喜欢这样素净的花？

何绍舒伸出手，极其惊喜地亲手接过来，听江子燕笑着说完始末，微笑说："绍礼这小浑蛋也算有心了……但你俩真是的，送一束花就好了。我再喜欢，看看也就够了，怎么送了我两束？"

她爱花及花，更难得的，是有着爱花人对花的天然怜惜，再加上怀孕更多愁善感些，轻易看不得花败，如今捧着两大束山茶花，又是爱极又是心疼。

江子燕同样略微感到奇怪，自己只订了一束白山茶花，此刻另一束又是哪里来的？她随手翻开附带的卡片，里面没有落款人，想问花店的送货员，对方留下单子早已离开。

172

"我只付了一束花的钱，但这里有两束。"江子燕故意打趣，"也许，是你的一个神秘追求者呢。绍舒，你好好想想，这另一束花是谁送的？"

何绍舒脸色微微一僵，随后弯唇："追我的人范围太广，我确实得好好回想一下。"

何绍舒爱花确实出了名，今天举办生日宴，所有受邀前来的好朋友都会为她带上一束特意准备的捧花。

重瓣粉百合、红茵芋、糖果雪山玫瑰、袋鼠爪花、暮色银雪莲、洋水仙荷兰水球，酒店准备最多的是朱丽叶和金合欢，富丽美妙。

整个席间花团锦绣，唯独那两束白色山茶花显得冷清。何绍舒特意让人把这山茶花单独摆放。不了解她的人，以为她是嫌弃这花过于素净，江子燕却知道，她是珍惜极了，生怕不相关人等触碰。

席间的气氛热烈，何绍舒谈笑风生。她贯来是天之骄女，拥有很容易令人一见倾心的长相，脾气偶尔刁钻但极其聪慧，很多人都喜欢她。

江子燕耐心地在旁边当着陪衬，何绍舒还想说起兰羽，江子燕便主动说几句俏皮话，刻意绕开。

江子燕并非对兰羽不好奇，但她好奇的并不是兰羽这个女孩，而仅仅好奇发生在彼此之间的真正矛盾是什么。何绍舒喜欢自己，问题是，当一个人对另一个人存了好感，就能美化或扭曲事实。江子燕不想接受二手信息，何况，她有种很快还会再见到兰羽的强烈预感——反正不想得罪的人，失忆前就已经彻底得罪了。

身为债主，总该比欠债的态度更急迫些吧。

江子燕淡笑着，随手抚摸桌面上精美的刺绣台巾，上面绣着活灵活现的夜莺和蔷薇，蕾丝细滑，极其脆弱。她在失忆后，依旧不算是

173

一个好人呢。

"子燕，你笑什么？"何绍舒忽地转头问。

江子燕手一停，简直想要叹气。怎么从何绍舒到何绍礼，他们都这么喜欢追问她这个问题呢？还能不能愉快地笑了？

"山茶花真美。"她简单回答。

何绍舒微微挑眉。

小山重叠金明灭，唯一那束纯白绽其间，临走的时候，何绍舒什么礼物都没亲自拿，只小心翼翼地捧着这两束山茶花。

出得酒店，吴蜀和何绍礼居然都等在门口。吴蜀去医院检查完新进的治疗仪器后又回来，两个男人找了个地方，喝咖啡吃了个简饭。

何绍礼远远抬头，望着江子燕陪在姐姐身畔走出来。

比起何绍舒的珠光宝气，江子燕今日穿着条烟白色的长裤，长发披肩，比起捧花的姐姐，仿佛她才是那束白色山茶花的真正主人。

吴蜀朝着两位风格不同的美女走过去，何绍礼因为看到何绍舒怀里抱着的花，隔着几步远就迟疑地停下脚步。何绍舒灿烂一笑，把花递给江子燕，走过去亲热地挽住弟弟的胳膊。

何绍礼摸摸鼻子，也笑了："姐，生日快乐。"

何绍舒抬高下巴，杏眼里是同样的笑意："哎，我为你和尧宝留了蛋糕，待会儿让人拿给你。妈马上就要陪我去美国，你记得多回家看看老爸。还有，你和子燕好好过日子，等你姐我生完宝宝回来，给你俩一人封一个大红包。但——是——你俩敢趁着我生孩子的这段时候再吵架，甚至敢欺负尧宝——"她忽地转头，厉声警告江子燕，"江子燕，我到时候跟你没完。"

何绍礼闻言，酒窝不由加深，江子燕没想到话题兜兜转转，居然扯到自己身上来，有些头痛地迎着何绍舒的目光。

吴蜀温和地说："好了好了。"

随后，何绍舒毫不隐瞒，把收到另一束不知谁送的花束的事告诉了丈夫。吴蜀不以为然，只平静地说："待会儿回到家，我得好好审问你。"

他口气同样平常，何绍舒在听到丈夫的话后，收起刚才大姐大的神态，显然害羞起来。

何绍舒怀了孕，依旧是艳光四射的美人。如果有几个神秘的爱慕者，在她婚后还不死心送来匿名花束表白心意，那简直是再平常不过。只是，当神秘送花人看到何绍舒和吴蜀这副恩爱无疑的模样，不知道是什么心情。

江子燕心头微微一动，移开视线，看了眼头顶阴霾的天。

气压很低，也许马上就要落雨。失忆后，她从没有刻意去看过天气预报，无论晴雨，包里永远都会想着备把伞，内心某个部位已经失去了任何期待的可能性。但是否以后，她还能有机会像何绍舒这样，安全感爆棚地谈一场恋爱吗？

当江子燕走回何绍礼身边，勉强乐观地安慰自己：没准儿，这次要找个年纪大的男人。

这场小型生日宴算是圆满结束，董卿钗就要陪女儿何绍舒动身去美国生产，吴蜀晚半个月再过去。

董卿钗想到两个月不能见到乖孙子，就试探性地问江子燕，能不能在临走前把何智尧送到家里住两天。

江子燕对这个提议并无反对意见，她不像最初那般对何智尧寸步不离，只是微微奇怪，董卿钗为什么不直接找她儿子提出此事。

提议到了何绍礼这里，他想也不想直接拒绝。

"胖子离不开我，从小到大，我俩唯一分开的时间——"他顿了顿，"上次出差，我把他留给了你，但只此一次，你不是说他连续哭了两个晚上？胖子哭闹起来没人管得住他，我大半夜还得接回来。"

江子燕听到这答案也不由一呆。何绍礼平时对儿子的宠爱，不动声色但有求必应，只是，这行为确实有些过了，不能把孩子培养得这么娇气。

她故意为难地想了会儿，才轻声说："你能不能让我试试跟尧宝说这件事，如果尧宝自己不反对，你就让他和爷爷奶奶住几天。"

江子燕为了表明开明的态度，和何绍礼在晚饭之后，带着何智尧去楼下的草丛玩。

何小朋友身上着实有很多优点，其中之一是比较听话。当然，何小朋友的母亲心里很清楚明白，儿子只是如同远古动物一样反应慢加懒，话说难听点，因为反应迟缓又安静，才在表面上显得异常"听话"。

路上的时候，江子燕柔声询问他，愿不愿意去爷爷奶奶家住一周。何智尧脚下笨拙地踢着从家里带来的小皮球，被她哄骗着，就准备不假思索地点头。

何绍礼突然自草地边缘蹲下高大身材，猫着腰，手轻捷地一扑，回头打断他们。他微笑说："胖子，你看我捉到什么！"

何智尧不缺发育中儿童该有的强烈好奇心，立刻被吸引注意力，双眼发亮地跑过去。江子燕无奈地只好跟上。

何绍礼的眼睛厉害得很，大晚上捉了一只与青草同色的大蚂蚱，轻轻捏在手心。江子燕向来对这些多足昆虫有些畏惧，再想到纽约黑暗街道偶尔刺溜跑出来的大老鼠，不由往后退了几步。

何智尧却探着头，很津津有味地研究，又想自己把蚂蚱拿在手里，只是对这大昆虫也有些不敢伸手。他想了想，先问躲在旁边的江子燕："姐姐，Does he bite？"

江子燕牵了牵嘴角："只要你别碰它，它就不会咬你的。"

何智尧听到后觉得很不开心，决定换个人求助。

何绍礼倒是耐心指点儿子，如何用手捏着蚂蚱的腰部，并把蚂蚱递过来。三十秒过去，待他迅速把儿子的手掰开，那个可怜的昆虫已经被何智尧有力的小胖手彻底捏死了。

父子二人齐齐望着静止的绿色尸体，大眼瞪小眼，江子燕则在旁边别过头，她拼命抑制住上扬嘴角的冲动。

何绍礼咳嗽了声打破冷场，刚要温声安慰儿子几句，何智尧却不假思索，拿起大蚂蚱的尸体就塞到嘴里。

连续两场惊变瞬息之间，纵使何绍礼手快，也需要大力掐住儿子的喉咙，逼着何智尧边咳嗽边吐出死虫子，才没让他咽下去。目睹了整个过程的江子燕在一边哑口无言，她有些着急地猜测："蚂蚱吃到嘴里有没有毒？我上网搜一下。"

何绍礼利落地用皮鞋将混合口水和体液的虫子重新踢到旁边草丛里，脸色阴沉地回答："别查了，蚂蚱没毒，有毒的是胖子。"

何智尧还意犹未尽地舔着嘴，何绍礼无奈地朝着虚空挥了挥手。江子燕忍笑赶紧把儿子拽走，去旁边的自来水管漱口。这次没有何绍礼干扰，她很顺利地让何智尧答应自己，去爷爷奶奶家住几天。

第二天，江子燕趁着何绍礼把何智尧送到幼儿园，准备了孩子的一包行李，直接送到爷爷奶奶家门口。

"这是尧宝的换洗睡衣。"

董卿钗很喜悦："智尧今天就住在家里？"

江子燕握着何智尧的小书包的带子，慢了半拍才松开。她笑着，把何智尧的饮食限制慢慢地说出来。

也许内心还有些不安，当天在吃公司免费提供的下午茶的时候，江子燕主动和财务辛姐搭讪。

整个公司除了江子燕，辛姐大概是唯一一名已婚已育的妇女，两人颇能聊几句，不过套了几句，就打听到不少信息——辛姐的孩子已经上了小学四年级，准备换大点的学区房，正在攒钱让孩子参加一个英国暑期夏令营，等等。

辛姐一直对孩子独自出国心有忐忑，当知道江子燕曾经在美留学几年，立刻问她治安和饮食的问题，又问她是否适应国外的生活。

江子燕想了想，很平和地说还算挺适应。

辛姐不由赞叹："你挺能融入西方社会呀！"

江子燕模棱两可地笑了，顺手递给辛姐半支切开的香蕉。她根本没试图融入，仅仅是无可无不可的适应。在美国，她隔几日就去教堂，固定和几个外国的朋友与教授来往，过着有些拘谨但依旧自由的日子。传说中留学生吃吃喝喝的"轰趴"和应酬，都距离她的日常生活非常遥远。

辛姐又问起她的生活费，江子燕也悉数说明，没什么好隐瞒。何家帮着负担房租，至于她的生活费和学费是拿着母亲的遗产支撑……

等一下，母亲的遗产？

江子燕隐隐记得，别人提起过自己母亲沾染酗酒的恶习前，在小镇经营了两个颇为红火的餐馆。按道理说，她身为餐馆老板娘的女儿，日子算不上小康，维持生存线应该是没问题，何绍礼也说，她曾送过他价格不菲的领带夹，由此可以判断她当时手头还是能掏出一些余钱的。

但，所有人描述读书时期的她，都不约而同用了一个字：穷。

非常穷，接近赤贫。

何绍舒也透露，江子燕纵然做些生意，但一直省吃俭用，钱几乎全部寄回家里。她失忆后，在美国的生活吃穿不愁，全靠母亲留下的那笔丰厚的遗产支撑——任何人稍费脑筋，都能猜到里面隐藏了多少故事。

何家在此插手过什么吗？

江子燕从病床上醒过来，很快地判断清了形势，干脆跳过所有挣扎和求证过程，做出了对过去的烂账都彻底悔改和认账的决定。她自认这种快刀斩乱麻的态度，不是毫无作用，至少何家人和何绍礼没有更多地为难她，甚至松口，同意她把刚生下来的何智尧抚养在身边。

她不甘心做只存自尊心的废物，以前要硬，誓死不弯腰，如今要软，就是这种彻底臣服的状态。

但江子燕内心对过去，仍存有一股怀疑。

难道这真是一个来自破碎家庭的小镇姑娘，没有定力，为了什么感情寄托而轻易喜欢上白马王子的俗套故事，或者说，俗套笑话？当初她为什么对何绍礼着迷？是因为想借势，是因为他本人，是因为他身上有那么多光环，还是因为……真的爱过？

何绍礼轻易送她的现金，何绍舒豪掷千金的生日宴，再联系母亲话筒里的叫骂——记忆是沉积岩，却又看不见每层的确切答案。江子燕默默垂下眼睛，她只知道一件确切之事，凡是轻易得来的绝对不是真正的安宁快乐。

晚上，何绍礼有饭局不回来吃饭。江子燕准时下班后，去私教处报到，针对自己的局部进行力量和平稳训练。到了结束时，她还有精力，就来了场夜跑。

暗夜之下，整个城市整齐如棋局，市区中心地带，二十四小时不停息的广告牌依旧围绕着水蓝色的屏幕缓缓变闪，巨大、灰白色的标语在前方指路。她不停地跑，像人工智能机器，直到汗水彻底湿了整个衣服。

回到家已经接近十点，江子燕换下运动鞋再去洗手。等走到餐厅喝水的时候，她看到何绍礼的西服和领带掉落在地，黑暗里，成了深色的一摊。何绍礼随手一扔衣服的习惯，真和何智尧乱丢玩具一样。

江子燕轻轻叹了口气，捡起衣服往远处沙发上看去，那里空空如也，并没有何绍礼的身影。她站在酒柜反射出的微光中，内心忽地涌上一个很奇怪的想法，又不知道是否值得求证。

最后，她抱着男士衣服，轻手轻脚地推开何智尧半阖的儿童房。

门原本是关闭的，何智尧早晨被送到爷爷奶奶家，江子燕亲自把房间整理好，锁也细心带上。此刻床上却横躺着一个年轻男子，何绍礼手边扔着本童书，安静地闭上眼睛睡着了。

江子燕沉默了很久，才轻手轻脚地走过去。

原本她和何智尧两人躺都富余的大床，被何绍礼占得满满当当，年轻英俊的脸上有些许疲倦。她为他盖上空调被，过程中碰到男人的喉结和深陷的下颌。

她的手停了停，轻声说："绍礼……"

声音一出口，她自己都发现语调如此低柔，就仿佛温热的流体滴落在后脚跟。

何绍礼已经习惯，每晚下班回家后来这里看看儿子，所以今晚他依旧来到这里，却在面对空荡荡的房间时，想起来何智尧已经被他狠心的母亲送走了。

何绍礼索性自己在何智尧的床上躺会儿，安稳地睡过去。

此时此刻，何绍礼略为不快地在童床上蜷着身体，正在做一个罕见旖旎的梦。梦里的女人望着自己，很轻很慢地笑起来，唇眼仿佛会发光。过了会儿，她终于闭上眼睛，落败般地说："求你……"

何绍礼被用力地推醒的时候，那股真实血热没有消退。他直接捏着眼前人的下巴，调笑着说完梦里那一句："我，大不大？"

什么？江子燕怔了下，她俯身站在床边，猝不及防就被何绍礼拽到怀里。因为过于慌乱，她没有听真切他那句低喘，但暧昧和霸道的动作却很明显，极富侵略性。她又恼又羞，按下了何绍礼的手，直等着他自己清醒片刻，才冷冷地一字一顿提醒他："家、里、的、电、

180

话、和、你、的、手、机、一、直、在、响。"说完后，她毫不留情地摆脱他。

何绍礼被狠推在床，也听到手机铃声一直爆炸般响，理智又是好几秒后才全部回炉。再联想到刚才染着情色的梦，他的脸也有些不自在，幸好黑暗里江子燕看不清，他索性闭着眼躺下先摸出手机。

江子燕暗自怒着，原本要迅速往外走，听到何绍礼接听电话后叫了声"爸"，就又停下脚步。

这通电话很短，他全程只问了几句话，最后以"我知道了。您别叫人来了，我去接他"而挂断。何绍礼再睁开眼，看到江子燕还站在床前，门外的光照进来勾勒出她精致的锁骨，十分诱人。

何绍礼缓缓地说："胖子现在正哭着喊着要回家，谁劝也不行。"说着，他懒洋洋地坐起来。因为刚才的事情，他的语调还带着一种"我早就告诉过你"的深沉、亲昵的味道。

两个人在深夜一起驱车赶往何绍礼父母家。

别墅区里安静无声，只有树荫下方的路灯还在亮着。远处的黑暗里，唯独一家院子前灯火通明，在路灯下有一个小而倔强的身影。何智尧抱膝坐在台阶前，旁边放着清晨江子燕为他收拾好的小书包。而何穆阳和董卿钗都穿着睡衣，陪孙子站着等待。

几乎是看到车灯，何智尧就立刻跳了起来。何绍礼匆匆停车，与江子燕走过来，两个人面容同样难掩担心，何智尧却毫不犹豫地选择了投进爸爸的怀抱。

"爸爸！"何智尧颤抖地叫出口，连"哥哥"都没将就。

原来，何智尧傍晚从幼儿园里被接到爷爷家，他虽然疑惑，但也笑嘻嘻接受。

何小朋友不是没自己来过爷爷家，一直放肆地吃饭和玩耍，自得其乐地看三国连续剧录像，在何穆阳开怀唱"子龙子龙，世无双，五虎上将威名传，虽未谱金兰，前生信有缘"时，高兴地拍巴掌鼓掌。

随着夜色渐深，保姆帮他洗了澡，董卿钗带他来到准备好的房间，何智尧的脸色开始逐渐苍白下来。他绷着小脸，不停地声明"go home"，不肯换下拖鞋，也不肯上床。

最后何穆阳也走出来，无论威逼利诱还是安慰，何智尧就咬定"go home"这一句话。随后，何小朋友直接抓起自己的小书包，咧嘴哭起来，怎么哄都哄不住。

这么号啕了足足四个小时，小男孩面容接近透明，甚至像要断气般喘息，还不肯妥协。终于，董卿钗让何穆阳给儿子打了电话。

何绍礼已经知道事情的始末，他一把紧紧搂起何智尧的小身体，低声哄着他："好，我们马上回家。别哭了，胖子乖，宝宝别哭，爸爸来了——"

而何智尧就像抓住最后的救命稻草般，死死地搂住何绍礼的脖子。

看这对父子这般如同遭受生离死别的凄凉场景，何穆阳和董卿钗不约而同有些尴尬。他们对自己唯一的亲孙子自然视若明珠，但何智尧此刻这般在爷爷奶奶家受了天大委屈的样子，纵然对着的是亲儿子，也实在让人难以解释。

江子燕此刻更是如同院子里的石雕般，看着父子相拥。就在何绍礼要走的时候，她在旁边出声"等一等"，拦住他们的去路，要把何智尧从他的怀里接过去。

何智尧自然死活不肯，依旧钩着何绍礼的脖子，无论如何不肯放手。

她只能揉揉儿子的头发，轻声说："尧宝，怎么哭啦？"

何绍礼皱眉，有些怪她不识场合，有什么事都等接了儿子后回去再说，但江子燕却突然伸手，牢牢地握住了他的手臂。她继续用那种稳定的口吻，对何智尧说："爸爸和我昨天就告诉过你，你要在爷爷奶奶家住三天，陪陪奶奶，对不对？你也答应过我了，对不对？现在怎么回事呀，哭成这个样子？"

董卿钗立刻要开口解释，被丈夫无声地一拉。

何智尧被何绍礼抱着，加上小男孩的身高，他的视线已经比普通人高很多。但他的母亲微微抬着眼，依旧带着些居高临下的态度，黑发像乌云一般带着胶片感。在江子燕柔和但严肃的目光中，何智尧眨了眨眼，感觉到十拿九稳的事情又出现变故，他不由重新开始抽鼻子，埋在何绍礼的肩膀上小声地嘟囔。

"尧宝，我听不见你说什么。"她耐心地说，继续轻柔地摸着儿子的头发，"如果不回答问题，你今晚就走不了哦。"

这是江子燕的典型风格，只要她下了决心想要问的话，简直是任何人的嘴都要硬撬开。

何智尧在爸爸怀里，躲也躲不开她瘦长的手，终于彻底受不了了。

"No！"小男孩愤怒地大喊，一次比一次大声，"No！Nooo！Nooooooooo！I wanna go home with daddy！I hate you！I hate you so much！"

小区里很静，一时之间只剩下他的鬼哭狼嚎。

何绍礼皱起眉："何智尧你为什么说话这么凶？"

江子燕面色不动，一直按着何绍礼的手背，他不由望着她，明白此刻她想做什么，面露不忍。然而江子燕此刻用指尖轻轻捏着他，松松紧紧的，眼睛里更难得露出恳求的意思。

何绍礼心下极为犹豫，最后他叹了口气，选择站在她这边，缓慢地把儿子放下来，略为艰难地开口："胖子啊，男子汉大丈夫，一言

183

九鼎。你好好回话，否则，否则今晚……不能跟我回去。"

何智尧不知道他最大的保护伞已经投诚女色。

也许因为母子血缘，何智尧内心对江子燕有种天然的服从感。此刻他无非仗着在何绍礼怀里，才敢挣扎撒娇。不料听到爸爸的话，他大吃一惊，手脚并用地挣扎要跳回爸爸的怀抱。

幼儿哪有成年人力气大，何绍礼就跟拎着待宰的小猪仔似的，轻松握着儿子的手脚把他从自己身上拔下来。何智尧逆反心上来，也不知道什么作祟，突然转手狠狠地拍向半蹲着的江子燕的头部，正好打在她曾经缝针的部位。

江子燕还不知道发生了什么，大脑跟下冰霜似的白茫茫一片，差点发软坐倒在地上。

"何智尧！"何绍礼一声喝，音不高，但势若断戈，他怒道，"你是不是想找打？！"

何智尧到底个头小，他仰着头，只能看到江子燕的身体一摇，旁边的何绍礼迅速伸臂搂住她，也不知道究竟发生了什么。何智尧被爸爸吼了声，不再那么气势汹汹了，但依旧跺着小脚，拍着小巴掌，抬起倔强的脸庞瞪着江子燕。

"No！No！No！Go home！Now！"何智尧严肃地重新申明，拒不合作的态度。

江子燕怔怔望着儿子，一时忘了推开何绍礼。

孩子的目光，太过于熟悉又无法分辨，她曾经在镜子里看到过相同的目光，那是有点痛苦和无奈的孤独神色，还有刻骨的绝望感。但这么小的孩子，向来被宠在手心，又哪里知道那么多复杂情绪呢？

"何智尧，跟你妈妈说对不起。"何绍礼面色铁青，点名道姓地叫儿子，显然真动了肝火。

没人理他。

何智尧依旧梗着脖子，死盯着江子燕，泪水争先恐后地涌上来。

184

江子燕没等脑中嗡鸣声退去，蹲下身平视孩子，用和刚才一模一样的平稳口气说："为什么说No？尧宝为什么不愿意住在爷爷奶奶家呀？是因为害怕吗？"

何智尧瞪着她，依旧一字一顿，尖声说："No！No！No！"

她也不生气，只说："你也许舍不得离开爸爸，但爷爷奶奶那么疼你，就凭这一点，你也不应该害怕在爷爷奶奶家里住着呀。"

董卿钗方才几次要开口说话，都被丈夫强握住手臂拉着当看客。随着孙子的再次啼哭和江子燕的话，董卿钗的眼圈也渐渐红了，她甩脱了何穆阳，狠狠地瞪了丈夫一眼，温声说："尧尧不想住在这里就算啦，子燕你带他赶紧回家睡觉，绍礼明天也要上班。"

然而两个主角依旧没有看她。

江子燕抚摸孩子的后背，一下接着一下，再轻声说："好啦好啦，尧宝刚才只抱爸爸，也不理我，是不是跟我生气啦？"

何智尧并没有听到她讲什么，他的情绪已经非常模糊，没有再拒绝母亲的拥抱，不情不愿地被搂住，不过，依旧很坚决地声明："No！No！No！"

江子燕养何智尧的时间不算短，太清楚这孩子什么脾气。何智尧是有些娇气的，如今闹了一晚上，恐怕早就哭得口干舌燥。她从口袋里掏出很小的一瓶养乐多，刚插上吸管，何智尧嘴上还在抽搭，但身体已经很诚实地凑过去。他边哭边喝，断断续续的，声音就像小羊咩咩的，带点撒娇的语调。

何绍礼在旁边低头看了何智尧一眼，气都懒得生，只觉得手心再次发痒，平生首次有点想打这个爱哭包儿子后脑勺一巴掌的冲动。太丢人了，请问骨气何在呢？

江子燕的动作更温柔，嘴上缓缓说："你今晚已经见到爸爸啦，也见到我啦，还想回家吗？"

何智尧下意识地还想点头，想扁嘴哭，但也许刚润完嗓子，他没立刻行动。

何小朋友在爷爷奶奶面前已经哭过闹过一次，刚刚虽然像被激怒的小猫一样爆发，但破坏力有限，此刻只剩下抽抽搭搭。而在爷爷奶奶的沉默观望里，在江子燕一直柔和却坚决的态度里，在旁边虽然没开口但明显不打算管的何绍礼的目光中，他开始隐约感到有点不对头。

何智尧不怕江子燕，比起她，他却有点……不太敢面对何绍礼。

年轻爸爸平时能忍受儿子蛮横、沉默，也能对儿子的娇气、笨拙一笑置之，事事挡在儿子之前。但是，何绍礼唯独不喜欢儿子流眼泪，或者他不知道怎么应对，每次只能很简单地说"不准哭"，然后冷处理。何智尧慢慢意识到这一点后，哭一会儿就见好就收，他并不希望爸爸不开心。

眼前的江子燕依旧很耐心地问："哭完了吗？如果害怕，尧宝就再哭会儿，哭出来就不会害怕了。"

何智尧紧紧地缠着她的脖子，可怜巴巴的。

但装可怜这招，对江子燕有时候有用，有时候又完全没有用。何小朋友如今已经不太确定，今晚能不能被顺利带回家，而他向来迷糊的大脑，平生终于首次思考一个非常艰辛复杂的问题：这事该怎么收场？

江子燕看出他的动摇，淡淡地说："我早就跟你说过啦，尧宝你在爷爷奶奶家住四天，四天而已，就让我们看看你有多勇敢——"

"我要回家！我一点也不勇敢！"小男孩忽地尖叫，他早忘了装假洋鬼子了，但同样没敢看爸爸。

她笑了："不勇敢的时候就哭呗。每次害怕的时候，哭一会儿就好了。"

何绍礼脸色更坏了，何智尧也对她的歪理提出反驳："可，我是男子汉！我、我不哭！"

江子燕笑意加深，故意说："什么话！男子汉也会哭呀！我告诉你，世界上最勇敢的男子汉也会哭，爸爸也会哭，世界上所有的人都会哭的，男子汉敢哭就敢当，哭完后擦擦眼泪，我们不就没事啦？"她抱着何智尧，抚摸着儿子稚嫩的后背直到他平息，轻声说，"你看你刚刚哭完后，心里是不是好受多了？是不是也不害怕了？尧宝是男子汉啊，也没变成小女孩呀。你喜不喜欢小女孩呀？"

何智尧不知道怎么接话，呆呆地靠在江子燕身上。她持续拍打着他的后背，非常耐心。何智尧被那股暖意包围着，心里的愤恨和无助仿佛被这股暖流融化掉了，很舒服。

过了会儿，何小朋友觉得她的话很有道理，好像自己确实是不那么害怕了。嗯，最初为什么哭来着？他记得自己狠狠拍了江子燕一掌，立刻装模作样抬起手，想去揉江子燕的后脑勺，却把她的长发弄得很乱。

江子燕谆谆善诱："好啦，我很爱你的，你爸爸很爱你的，爷爷奶奶也很爱你的。你就住在爷爷这里，什么也不要担心好不好？我又没有不要你！"

何绍礼在旁边适时哼了一声，何小朋友听见后，也抬头用大眼白扫了下爸爸。

何智尧今天的大脑，简直像吃了仙丹开了大窍。他被引导着，也想到比起讪讪地回到家承受爸爸的余留怒气，还是躲在慈祥的爷爷奶奶家更安全。

正好，江子燕继续低声说："尧宝，现在让奶奶陪着你睡觉好不好？明天爸爸妈妈来看你，等再过几天，我就来接你回家好吗？明天，我也会来看你，好吗？"

何智尧的表情依旧有点不情愿。江子燕说完后就看向董卿钗，董卿钗会意，走过来拉何智尧的手，小男孩晕晕乎乎的，下意识又想缩在江子燕怀里。江子燕再重重吻了他的小胖脸两下，在他耳边小声说："不管你在哪里，我都会来找你。妈妈很爱你的，妈妈也绝对不会不要你。你现在去睡觉，等过几天我来接你好吗？"

何绍礼也伸手摸了摸儿子的头，安慰说："不开心就再给爸爸打电话吧，我还会来接你。"

何智尧到底是很善良的小朋友，或者说，每个小朋友都不希望父母失望。何智尧打心眼儿里不想再违背任何人，纵然依旧不情愿，但还是一步一回头，身体乖乖地跟着奶奶走了，只是进门前，他突然朝着江子燕喊了句什么。

何穆阳没听清，低声问何绍礼，何绍礼摸了摸鼻子，不知道为什么，感到鼻子有些堵又有些好笑，何智尧刚才朝着他们喊的是："憋（别）把我忘在这里呀！"

这胖子到底是跟谁学的东北话？

这场小小的镇压终于平息。

江子燕依旧半跪在地上，长发垂地，带着些楚楚和软弱，早就没了刚才欲擒故纵的从容。

何绍礼想到在来父母家的路上，江子燕轻声告诉他：家长要准许孩子去哭，还要准许孩子体会并表达不快乐，要让孩子体验自己复杂、负面的情绪。而身为成年人，尽量不要评价孩子的情绪好坏，因为情绪的流动，通常就是自我的启蒙。

发现自我，是成长中最重要的一部分。

何绍礼当时没有来得及问，这些是她从哪里了解的观点，还是她自己头脑里的想法。

江子燕并非典型的慈母，但是她……很好。

以前的江子燕心思缜密，却不是有耐性的人，如今她为了何智尧在努力改变。江子燕非常爱何智尧，这种爱作不了伪，可是她这么爱儿子，又永远坚定地先做自己，这表现在她绝不会给小朋友那种有牺

188

牲感的母爱，就像她的人和她的爱都从不失真。

何绍礼心中，感慨和怜惜交织着，又带点说不清的佩服，他走过去把她扶起来。

何穆阳一直在旁边作壁上观，他更沉得住气，冷冷地衡量江子燕的所有做法。不得不说，他对江子燕的处理大为赞赏，甚至第一次认真审视起这个便宜儿媳。

何穆阳早就以为何绍礼把孙子宠得太过了，但妻子和女儿都不提，何智尧作为唯一能触犯到儿子的逆鳞，他又是不好开口。江子燕绵里藏针又极有原则的处理方法，正好中和了何绍礼无意识的宠溺。他居然首次发现，这个从回国后就不吭不响的儿媳，确实是极有主见的人。

何穆阳再想到失忆的儿媳被孙子打头的那一下，于是说："今晚，你和绍礼就住在这里吧。"

这句话，几个小时前他曾经告诉过何智尧，结果被孙子强烈拒绝。眼前换成孩子他妈，儿媳同样很坚决地说："谢谢爸爸，不过，我想我们还是回去吧。"

两人往车的方向走。何绍礼的手依旧放在她的腰间，江子燕又走了会儿，终于觉得有异样。她刚要挣扎出来，他的手臂已经上抬，在她的鬓角处停顿了下，随即插进她柔顺的长发里，轻柔又仔细地抚摸着她刚才被何智尧击打的相近位置。

他低声问："胖子打到你哪里了？"

江子燕身心俱疲，反应更慢一点。她微微偏开头，不自在地说："他没打疼我。"她一边说一边快走几步，想拉开车门抢先进去。

何绍礼没有解锁，他停在车头处，说："幸好，他上次撞你的地方没有留疤。"

189

江子燕怔了好一会儿，随后只觉得从握着车把的手到整张脸都烧起来。何智尧确实在很早之前，玩闹中狠狠撞过她的后腰一次，但多早的事了，何绍礼又是怎么联想到这里的？

她眯着眼睛盯着他，何绍礼摸了摸鼻子，解释说："我搀着你的时候，顺便摸了一下。"

江子燕的脸更热了。他耍完流氓，还如此理直气壮的！她当时只顾抱着何智尧，对自己被人占了便宜毫无察觉，此刻也只能控制住脸上的表情，恼羞地问了句："还不走？"

已经深更半夜，明日两人都要上班。何绍礼大概因为之前补完觉，仿佛不着急回家似的，他目光下移，望着江子燕短裤下的小腿，忽地又问："你腿上的疤……"

江子燕不明所以地低头，耳根处又开始嫣红，脸色也略微难看起来。

江子燕有着一身清冷且白皙的皮肤，却也容易干燥和过敏，轻轻一挠就产生痕迹。但在她的小腿背面，一直有五六道深且极长的伤疤，凹凸起伏，几乎入骨，异常可怖。女人都是爱美的，只是，当一个人连番经历死亡、失忆和生产三大难关，江子燕对如今自己四肢健全就已经如此感激，不会刻意在乎这些小细节。

"这些疤在我醒来后就有，可惜我不记得以前是怎么回事。"她尽量坦诚，而后又咬牙说，"再不走，天要亮了。"

这口气已经有点不耐烦。

江子燕今晚劝服何智尧的举动并非心血来潮，几乎计划了何智尧的每个反应和每个后果，耗尽所有力气和耐心。现在何智尧被成功拿下，何绍礼的行为却又太奇怪，她到底是女人，即使两人曾经……他也不能这么随意地又摸又瞧，还直直地盯着她的腿看。

何绍礼摸了摸鼻子，看着江子燕在黑夜里微红的双目，终于说：

"好了，我们回家。"

偏偏江子燕想到他方才打量自己的目光，赌气问："哦，你是不是知道点什么？你不要告诉我，我腿上这伤是你造成的？"

等了半天，何绍礼也没搭腔。江子燕看过去，何绍礼只是侧头对她轻笑了一下，他年纪很轻，但身上总有种"好好好，你随便闹"的感觉。

Chapter 06
恬然不动处

何智尧终于在爷爷奶奶家顺利住下，他之后没有再嚷嚷着要回来，也没有闹出幺蛾子。

盥洗室角落里，江子燕从花店买的，但因为何绍礼有鼻炎而很早前遗落的芍药已经从里到外枯萎，花瓣边缘如同白猫胡须一样卷曲着。她把它用报纸包起来，放在客厅杂物筐旁边，想清早把它丢弃。

但第二天江子燕多睡了会儿，何绍礼估计看到，上班时直接帮她带走扔掉。

许是放松了心情，江子燕睡了两天好觉，半夜不再整身地出汗。她自从失忆后，极难得做梦，大脑如报废的灰白色小卫星，只懂在黝黑夜空里无声旋转。但也许是被何智尧打的那一下，她木钝的大脑仿佛被打开了罅隙。

杂乱无序、冰冷的，人马星降下的露水，伸手碰碰就化了。

江子燕居然开始做梦。

眼前的中年女人言笑和蔼，面目惊人地熟悉，坐在一张圆桌对面，柔声地招呼自己："来吃饭了，江燕。"

即使在梦里，江子燕也知道对方在叫自己，她内心怀疑着，依言坐下。这里好像是一个餐馆的大堂，环顾四周，七八张整整齐齐的空桌子和空椅子，但只有自己眼前的桌子上摆满饭菜。她看了眼黑溜溜的盘子，油腻至极，肮脏不净，让人没有食欲。

中年女人开口问："你和绍礼什么时候结婚哪？"

江子燕顺口回答："不清楚。"

对方再问："尧宝最近怎么样？"

她又说："非常好。"

那女人蹙眉说："听说孩子不肯说话，是不是脑子有问题？需不需要送到医院里检查有没有毛病？"

江子燕放下筷子，平和地说："智尧没有任何问题，他不说话只是因为性格害羞了些。妈——"

随着最后这声称呼，她如遭电击，从床上猝然坐起来，口干舌燥。

住了小半年的卧室里挂着紫色天鹅绒的窗帘，温柔甜蜜，天光还没有亮，轻薄睡衣贴着不知何时又湿透的后背，沉甸甸地压下来，江子燕的心怦怦直跳，手筋青痕暴露，还在为梦里的情形高度紧张着。

但，她紧张什么？

这是江子燕第一次做有关身边人物的梦境——没有梦到朝夕相处的人，没有梦到何智尧，没有梦到何绍礼，没有梦到大学时期的任何疑团，反而梦到了失忆后就再也未见过的母亲……

那个温婉的女人，难道是曾经疯狂地叫骂她四个多小时"小婊子""丧门星"的母亲？

江子燕头痛似火。她让自己深呼吸，在黑暗里坐了很久，依旧没有思绪。终于平定了呼吸，她把空调温度调得更低，重新躺上床。

梦，第二天晚上又重复一次。

193

这次好像所有的细节都更具体真实。空荡荡的大厅，半熟悉不熟悉的呼唤，中年女人从脖子开始就绷紧，问话的口吻明明和蔼，神情又总是极度不快乐，偶尔瞥来的眼神还带着无形的怨毒。

更重要的是，江子燕总是瞧不真切她的五官。江子燕每次想凝神细看，大脑就会发出模糊又混乱的警告。疼痛，无比疼痛，熟悉的剧烈疼痛，就像彻夜暴雨敲击着屋顶平坦而脆弱的铁皮屋，还伴有狂风。梦里的江子燕，态度是平和的，但精神和耳鼓却始终紧张，甚至还有些畏惧。

两人没交谈几句，梦就此结束。

江子燕再次全身大汗地坐起，捂着胸口，心跳狂飙。

这几晚江子燕都睡得不好，到了早上，她格外擦了些粉底遮盖黑眼圈，头仍然有些昏沉。

雾霾天气，感觉隔着窗户看空气都有点沙沙颗粒感。镜子里的女人双目雪亮，略有傲慢，比最初回国时多了几分柔和。

她仔细地盘起头发，隐约记得半夜时分，做了一个感情很是鲜明的梦。但醒来后，她又有点忘了梦里的具体内容。

"你说你都多大的人啦，怎么还像小孩子一样记不住事，好不好笑啊？"江子燕自言自语，摆弄着厨房的咖啡机。

这台传说中可以做出两百余种咖啡的高级智能咖啡机，是江子燕少数喜欢摆弄的厨具。

何绍礼起床比她更早，早就锻炼完毕，擦着额头的汗走到厨房。

他对着她乌青的眼圈多看几眼，突然听她在旁边叹了口气。江子燕回过神，迎着他疑惑的目光，自嘲解释："我在想，我的脑袋还真是越来越不灵光。"

何绍礼闻言不由皱眉："怎么回事？"

江子燕公司的程序员最近都流行喝一种"防弹咖啡"。据说，喝

194

上这么一杯咖啡，不仅可以代替早餐，还能让大脑保持活力。江子燕听后起了好奇心，再加上这几天休息不好，也想下点猛药。

她今天早上特意把做"防弹咖啡"的原料准备好，想照做一杯给自己喝。结果刚刚一走神，她又习惯性地站到咖啡机面前接了杯拿铁。此刻她举着两个咖啡杯，不由感觉有点傻气。

何绍礼却说："防弹咖啡？这名字倒是挺新鲜，但喝这种东西对你的身体有没有什么坏处？"

江子燕也半开玩笑道："被你说得我都有点害怕，搞不好这咖啡有毒哦！我还是不要轻易尝试啦。"

何绍礼却再瞧了她一眼，忽地说："你做一杯，我替你喝。"

她不由呆了下，想着原料就准备在手边，倒真的依言开始做起来。防弹咖啡的做法很简单，黑咖啡当原料，再把黄油和椰子油加进去搅拌，很快地用小搅拌勺调好，递给他。

何绍礼也不着急喝，接过咖啡后，笑着说："我喝之前，子燕姐，你还有没有最后的话想要告诉我？"

江子燕浑然不觉语气里的调侃，真的稍微想了想。

"我同事说过，这种咖啡不能多喝，喝完后的一上午要大量饮水。还有，最好也不要吃碳水化合物。"她嘱咐他。

传说中的"防弹咖啡"果然名不虚传，何绍礼仅仅喝了一小杯，迅速感受到它的威力。在一整天的时间里，他都精神抖擞，头脑清楚。雾霾天气原本气压低，属下开会都有些发蔫，何绍礼却足足到了午饭点后都精力充沛，完全没有困乏之意。

不过，这种高密度的头脑燃料，也让他喝了足足八大杯温水来代谢。总体来说，何绍礼对这个效果感到惊奇又满意。他不由想，有个女人在家还真是不同啊。

到下午四点多的时候，何绍礼接替重感冒的公司副总，赶到了东四环的天阔大酒店。

何绍礼的公司虽然是以硬件为主，但软件开发是重中之重。最近，公司看中另一家云计算公司的地图业务部门，正在寻求彼此合作抑或进一步收购该部门技术的可能性。

何绍礼本想约对方的老总单独聊聊，但对方老总是一个从硅谷回来的技术狂人，痴迷于算法。最近他们公司正要发布一项新的云压缩技术，老总本人居然兴冲冲地坐镇发布会。何绍礼索性掐着时间，赶着发布会快结束的当口儿来堵人。

中国互联网行业的浪潮这几年虽有衰退，但在传统行业颓势明显的当口儿依旧算是风头正劲。如今不仅BAT公司（B，Baidu，百度公司；A，Alibaba，阿里巴巴集团；T，Tencent，腾讯公司）喜欢开发布会，小型公司一有什么动静，或大或小都要开个发布会，最好再搞个直播刷下眼球。只不过，小型公司经费有限，选择公关的场地经常很尴尬。

天阔大酒店是一个披着四星级酒店外壳的三星酒店，原身为某高级招待所，地理位置绝佳，名字磅礴，建筑外观看上去煞有其事，内里则破旧老套。酒店价格低廉，平素都是靠承揽婚宴来赚钱，但互联网行业这桶热油泼下来，居然带动他们的宴会厅预订爆满，专门提供给经费紧张的小公司做宣传业务。

何绍礼一路沿着裙摆般的楼梯，走到二楼会议厅。

发布会已经进行到尾声，两名内部公关正站在门口，稀稀落落地整理照片和核对媒体名单。何绍礼推门进去，台上一个不知道什么职位的区领导，正在大谈特谈互联网创业对本市就业浪潮的影响——这也是老规矩了，互联网小型公司开发布会，没钱请小明星，一般多少都要请个区政府什么闲散部门的小处长之类的人物坐镇。

何绍礼既然前来，也不差那么点时间，在后排处挑了张椅子沉静坐着，等待发布会结束。

这家云计算公司在业内响当当，尤其今日公司的老总居然肯亲自前来演讲。合作伙伴、竞争对手、大大小小的科技媒体和吃瓜群众都来了不少，略显简陋的场所内座无虚席。何绍礼略微看了眼四周，又随意望一眼宴会厅上方那排成正方形的水晶灯阵，目光闪了闪，却停在了正前排的一个人身上。

女人正低头打瞌睡，发丝垂落。随后，她慵懒地伸出莹白手指，不缓不急地撩开一侧的头发。

何绍礼凑过去低声说："咖啡没毒。"

声音不大，但正好能让前方的人听见，江子燕一个激灵回过头。

江子燕今日是被临时拉壮丁，前来参加这场发布会。

她目前做的是编辑工作，但互联网行业的编辑倒是更像打杂的，原创不多，汇编为主，更多的只是打开一个信息窗口，了解本行业情况而已。这场发布会的邀请函，原本是送给江子燕同部门的同事的，但对方还在德国出差，索性把邀请函转给了她。

江子燕耐心地听完整场发布会，对那些技术名词似懂非懂，到了后期就开始困乏。

不过，今天这一趟也不算全无所获，打开进门签到时领取的文件，除了部分资料，里面居然还夹有几张百元大钞，大概就是传说中的"媒体工作人员车马费"。

江子燕不动声色地又合上了信封，心情莫名好起来，重新开始神游四海，手下意识地抚弄头发，却听到背后熟悉的声音。

何绍礼已经迅速弯腰上前，示意她往里面挪动一个位子，挨在她身边坐下。江子燕有些发愣地看着他英俊的脸，压低声音说："你怎么也在？"她忽地又皱眉，"刚才的话是什么意思呀？"

何绍礼笑着说："我说你早上的咖啡，管用得很。"然后他又说，"还真是巧，我今天找赵总谈事情。"

"赵总？"江子燕眼波流转时出奇漂亮、清冷，她猜测道，"是不是坐在主席台最左边的那个大胡子？"

看他略微惊讶，她笑着解释说："刚才的发布会，就那个大胡子喋喋不休地说他的云存储的事情，主持人苦着脸不敢打断他。我想，大概是关键人物。"

何绍礼欣赏地点了点头，低声说："赵总是挺喜欢夸自己公司研发的技术。"

江子燕微微一笑："我可是被他念叨得都快睡着了……"

她以前从不笑，现在又太喜欢笑，偶尔嘻嘻哈哈的，却依旧让人感觉她纯粹是客气，给人以距离感。何绍礼对她这种转变，大致相当于患有要命鼻炎的园丁面对麻烦而芳香的花，背地里不置可否，但每次见着她笑，又觉得想逗她再笑一笑。

发布会终于结束，周围的人鼓掌，都从座位上准备站起来。但他们两个人好像都没发现，低声说着话，侧着身子让旁人通过。

"你待会儿还回公司？"

江子燕摇头："我直接回家，把今天发布会的稿件发出来。"

何绍礼扫了眼她膝盖上的笔记本电脑："这种发布会不是都有通稿吗？一般的科技媒体，在发布会结束的五分钟后，接到通稿就迅速发了。"

江子燕愣了下，她真的不知道还有通稿："即使有通稿，我也要检查和删改，总不能什么都照着它发呀。"

何绍礼摸了摸鼻子："态度好认真，给你的五百块也算物有所值。"

她的脸再一热，心想这人肯定看到自己刚才悄悄点钱了。

赵总已经从台上快步下来，看到何绍礼正坐在媒体区和江子燕说话。他瞥了眼江子燕手里握着的媒体邀请卡，脸生，也不知道她是哪家科技媒体的，只是礼貌地朝她点了点头。

江子燕还没来得及自报姓名和公司，何绍礼突然在旁边抢先说："这是我太太，正好在赵总的宝地碰上了。"

江子燕呆了下，脸一时又燥热起来，赵总果然匆匆地多看了她一眼。

这男人四十多岁，国字脸，留着满下巴的胡子。但这位赵总留胡子，不是为了任何风雅，看上去确实许久未经打理的样子。何绍礼站在这副邋遢模样的赵总面前，过于整齐，过于俊眉英目，过于……稚嫩了，有些落于下风。

赵总显然也是这么看待何绍礼，再加上不修边幅的人对注重打扮的人，还有种天然的敌意，他沉吟片刻，生硬地说："这样吧，今晚我做东请你们夫妻吃顿便饭，正好咱俩也能说说公事，就怕何夫人觉得无聊。"

"恭敬不如从命。"何绍礼浅浅一笑，露出酒窝。

江子燕莫名其妙地就被拉进这场饭局，她只好闭紧嘴巴，默默跟着他们来到酒店旁边的一家潮汕粥店。

因为有江子燕在，两个男人说公事前先寒暄了几句。赵总听了那"防弹咖啡"的做法，也笑了。原来这咖啡就是云计算先驱戴夫·阿斯普雷发明的，赵总自己平常也会喝，随后他又聊了几句以前在硅谷工作时的场景。

接下来两个男人迅速进入主题，开始谈彼此的公事。

江子燕听也听不懂，沉默地充当壁花，两耳不闻天下事地喝粥。

这顿饭吃得很慢很艰难，慢到她忍不住掏出手机，偷偷查看邮箱里的通稿，甚至还用备忘录一字一句地敲下了她改好的稿子。旁边的赵总终于对她说了今晚第三句话："何夫人很无聊吧，整晚都听我们说这些。"语气不复方才的决断急躁，很温和。

江子燕抬起头笑了笑，非常娴静又无害。

赵总道了声歉，借口要接个电话，暂时离席。何绍礼看他走了，用勺子搅动着今晚几乎未碰一口的粥："我和赵总要谈的事情估计是黄了，白拉你今晚陪我。"

"怎么就黄了？"江子燕奇怪，随口说，"刚才他不是说，回去后让副总继续给你消息？"

何绍礼却摇头，很断定地说："我心里有数。"他又笑说，"跟你打个赌，赵大胡子打完电话回来后，肯定不再和我聊公事了，估计要说点别的。"

果不其然，赵总这次重新落座后，绝口不再提公事，也不说任何技术话题。他让服务员把旧菜撤下，重新换上滚烫的新的砂锅粥，开始动筷子喝粥。

江子燕早就吃饱了，无事可做，索性帮着何绍礼剥虾。

赵总看着他俩，露出一种故意粗鲁的微笑："感情倒很好。"他又对何绍礼说，"听说你是大学毕业后选择创业？以你父亲在本城的地位，何公子当初怎么不进令尊的企业？还是说，你目前开的这家公司只是一个练手玩具？"

江子燕早发现，比起何绍礼对眼前这位赵总十分客气地敬称，这位赵总除了散漫地叫她一句"何夫人"，居然没有正眼看何绍礼，还有些调侃和看不起。

何绍礼仿佛对他语句里的轻慢毫无察觉，很泰然地坐着，有时候想吃什么菜，直接让江子燕帮自己夹来。

"中国目前的家族企业，抛开权势和政策不谈，靠的是成熟技术。而传统行业要增强核心竞争力，就是从扩大销售、控制成本和监督内部人员这三方面着手。我并不能做得比我姐更好。何况，我也没兴趣。"

赵总嘿嘿笑了两声。

"小何总是个明白人，我也对你坦诚说一句，我不比你这种父母有家底的，我老赵是赤手空拳打天下，当初可是熬了不少苦工夫啊，拿自己这条命把这项技术和项目从国内带起来。我也没有把这云地图业务出售的意向，即使有，也不会出售给贵公司。至于合作项目嘛——"

他想继续说，但多看了眼江子燕。

赵总回国创业已有十多年，也是摸爬滚打地一路走来，对人情世故精通的同时，还有点自矜厉害的脾气。

时代不同，生意也和以前不同了，讲究个互利法。

赵总早找到靠山，完全不怕得罪何绍礼，但在一个柔弱女子面前直接数落她的丈夫和她丈夫公司的不是，总有些于心不忍而已。不料眼前的女人真是好定力，江子燕继续剥着虾，似乎神出天外，连抬头的举动也没有。

他笑了笑，滔滔不绝地开始喷："小何总，你做的是智能电子后视镜嘛。贵公司的销量这几年在全国数一数二，但这个车载硬件实在有些尴尬，市场份额小，更重要的是不会形成独立规模。大型车厂肯定想收购你们，你们自己也如履薄冰，才一直在拓展业务。我握着的专利技术，比市面上其他公司的好十倍，当然有挑选余地。而你之前所说的愿景，也确实不能打动我。至于你个人的能力，我是真的不能信你呀！哈哈哈哈哈！"

一番话说下来，何绍礼脸色略微苍白，三人间落得整片的平静。

赵总是老狐狸，也知道凡事不能过。他收起笑，语气和表情突然再次变得非常客气，又开口："小何总，我能再请教你一件事吗？"

何绍礼苦笑："您叫我绍礼就可以。"

"好，绍礼。有句话你肯定听过，每家企业距离倒闭只有十八个月。你想买我的云地图部门，即使我肯出售，恐怕你也要耗费所有现金流。现金流是公司抵抗风险的急救药，稍有不慎就满盘皆输。你也知道，独角兽时代已经过去了，刚拿了过亿风险投资，自己有五千名员工的公司，第二天也说死就死。行业和资本都在洗牌——"赵总顿了顿，状似无意地问，"你别怪我乌鸦嘴，假如有一日，你现在的公司经营不下去了，你怎么办？"

何绍礼不假思索地说："那就继续经营。"

赵总干笑几声："呵呵，经营不下去了，你的公司彻底倒闭破产了，什么都没有了，小何总，你到时候怎么办？"

何绍礼不由沉默。

饭馆里还有寥寥几位食客，而他们三人坐的位置在一个角落，头顶是喇叭，古古怪怪地放着轻软的粤语歌。何绍礼坐在狭窄坚硬的座位上，高大身躯稍微一动就会碰到墙。

几十秒后，何绍礼突然微微侧头，开口问江子燕："你每次教我们的儿子学拼音，他又不肯学的时候，你怎么办？"

赵总不明所以，把目光重新落到她身上。江子燕心下急转，揣度何绍礼的各种用意，等她开口的时候，语气却很安静："智尧学不会，我就重新再教他，无非多教几遍的问题。"

何绍礼点了点头。

"教育孩子和经营公司一样，聪明人花傻力气，长年累月地做一件事。赵总，您说我们公司愿景小，会走向失败，那么我为什么要相信您的判断？我不是那种只会做PPT和仰靠父辈吃饭的二世祖，而我们公司也并不需要获得赵总您的认可。您问我弹尽粮绝的情况怎么办，我只能说，我考虑过前面道路上的一切困难，但绝不会轻易放弃——物联网是以后的大格局，我们公司也有自己的愿景，并且我和我的同事都相信它会实现。您要是不相信，不如试着与我们先建立初步合作，长则十八个月，短则八个月，市场会初步验证这个合作的方向是否正确。您现在不信任我，但靠着信任能做成的都是小生意。

您有您的判断，我也有我的能力，但我们最终靠价值说话。谁是二把刀，谁就得被市场淘汰，其他话谁长着两张嘴皮都会说。"

何绍礼好声好气的时候总像个大男孩，但并非没有脾气，不笑的时候气场全开。他这番咄咄逼人的话说出来，赵总和江子燕都有些发怔。

片刻后，赵总从胡子后面也笑了，这是他今晚在疾声厉色和反复试探后第一个真正的表情。

"现在的年轻人，口气真大！我真盼着被你打脸的那天！你也别赵总赵总地叫了，叫我振格吧，我叫赵振格。"他微微收起笑容，又道，"地图生意确实做不成，但大家交个朋友，我今晚也送给绍礼小友你一个礼物。"

他摸出钱包，递给何绍礼一张名片。

"名片上的这个人，是做产品开发的一名大手，最近有跳槽的意向，我之前和他聊过几次，有心想挖他，只是他的专长在我们公司有些用不上，我也付不起他说的工资。"赵总真诚地说，"如果何总刚才对我说的业务转型这话属实，你可以约这个人聊聊。别的不说，我对这个人是否是人才，还是比较明白的。这个人，何总可以用用。"

何绍礼连声感谢，接过名片。

赵总却把精光四射的眼睛重新投到江子燕的脸上，他玩味地说："你俩是真夫妻，还是今晚一起设局等着我？"

何绍礼收起名片，无奈地说："彼此想寻一次合作机会而已，我总不至于连自己的婚姻也骗上。"

赵总哈哈大笑，随后又摸出名片，站起来递给江子燕一张，摸着胡子笑说："眼光真不错，是个大美女啊！大家今天也算是认识了，以后就是朋友。"过了会儿，他又连连地说，"你俩都挺有意思的，确实要交个朋友，交个朋友。"

等辞别了赵总，两人终于坐上出租车。

剩下两个人的时候，江子燕终于冷冷地哼了声。她本以为做技术的人都心思纯正，但今天也实在开了眼界，这个赵振格让人不喜——多疑、自负，还有那种居高临下感。他想清高地得罪何绍礼，却又碍于他的身份得罪不起，最后假装比谁都活得更明白。

"这位赵振格赵总，最后明明是想夸你，但他拉不下脸才夸我。"江子燕皱了皱眉。

何绍礼正望着车窗外，认真听完后笑着说："夸谁不都是一样的？客气而已。"

"演戏都要唱足全场啊，何况，这怎么能一样？"她蹙眉。

何绍礼侧头，看她又恼又气地盯着自己，淡淡说："赵总当着我的面夸你，是因为他知道恭维你只会让我更高兴，这就是一样的。"

他的声音低沉，在夜晚中干净动听。

此刻，那个不解风情的女人冷冷地瞪了他一眼，寒着脸说："别为这种心思诡秘的人找借口！我是很懂这种人的想法……"

话说到这里，江子燕脸色一变。

她忽地想到，失忆后自己能活得那样轻松，无非仰仗何绍礼脾气好。不然她从坚持独自养孩子，独自出国，到如今全无后顾之忧地行事，其中没有何绍礼的纵容和暗中帮助，又哪里可行？再说，何绍礼是什么人？他毕业后不久就自己创业，早就在这种人精面前应付惯了。以他的能力、他的视野、他的事业，若不是今晚确实有所图，也绝对不是时时刻刻都像那般容忍。

更重要的，她又凭什么样的身份，来指责别人欺负了何绍礼？

前方的出租车司机在放着夜间广播，两个广播员在叙述路况和明日的天气。

江子燕却在两个广播员交叉响起的声音里口干舌燥，心情带些迷惑和慌乱，而且感觉是越来越多的迷惑和慌乱。

"你脾气真好。"她掩饰性地换了个话题，但说完后，又鬼使神差地加了句，"你的脾气一辈子都会这样好吗？"

何绍礼在夜色中无声地望着她，他不容置疑地回答："会啊。"

江子燕眨了眨眼睛，感觉像冰块缓慢融化在白兰地里，需要等，等一会儿才能觉得脸又烧了起来。她无来由地开心，很想笑，但又怕笑出来会增加之前那份强烈的不安感，于是胡乱地说："真羡慕绍舒，你如果是我的亲弟弟就好啦。"

何绍礼闻言，极诧异地睁大眼睛。他在雾霾天里会戴着黑色口罩遮掩口鼻，模样如同年轻力壮的强盗。

他不得再次提醒自己，江子燕如今已经失忆了，而自己也不想犯以前的错误：如果她做不到他希望她呈现的样子，那就是假冒的，那就不是真的爱。

但何绍礼最后还是看着窗外，忍不住冷笑两声："你想得美。"

三个月的试用期终于正式结束，江子燕看到本月入账工资金额后，依旧略微讶然。

徐周周不避讳地探头，看了她的工资邮件，表情倒是很正常。

"试用期只发百分之八十的工资呀，你现在是正式员工了，写稿也多。网站新能源的子板块都是你的文章，还有授权转载。多劳多得，加在一起就很多钱了，就是这么多，财务又不会算错。"过了会儿，她又羡慕地说，"子燕姐真幸福，在本城有房子，都不知道我们租房族多辛苦。每个月工资，至少三分之一是给房东。"

无心之话，江子燕听后沉默了会儿，关闭邮件页面。

何智尧留在家的三国童书漫画，诸葛亮送了司马懿一套鲜亮女装，也不知道司马懿扔没扔，总归他是笑纳了。她回国后，百般做小，一是不想让何绍礼因为自己而对何智尧苛刻，二也是想千方百计地靠近甚至抓住何智尧。万幸的是，何绍礼比司马懿更通情达理，不但不阻挠她亲近儿子，还默许她住在他家里。

这行为总是变相吃人嘴软、拿人手短，她自认再厚颜无耻，总不能在失忆前和失忆后，都非要逮住同一个人来回压榨。

如果认为何绍礼目前越来越多的温柔，是出于对自己的感情，她未免有些自恋了；可要她像最初那样，事事提防他，又显得太过小气了。最重要的，是这种感情发展到有些危险了，好像有一辈子时间，可以慢腾腾地消耗它。

昨晚吃饭回来后，江子燕没有再同何绍礼说话，将自己关进盥洗室，无声地洗了一个漫长的凉水澡。

十五分钟后，她伸出冻到发抖的手，用力拉开遮挡的透明玻璃门。

花洒中的水，自始至终没有热度。华丽的浴室里，没来得及凝结任何雾气。她光脚站在空气中，浑身打着寒战，皮肤传来阵阵刺痛、紧绷，那是一种接近疼的寒冷感。

脸上残存的热度和脑海里的想法，已经被全数冲走了。

江子燕僵硬地擦拭头发的时候，也动了从何绍礼家搬出去的念头。当然，这并不需要很着急，但两手准备总是要做好。

她趁着何智尧还住在爷爷奶奶家，工作间隙里看起租房信息。找房子总是让人头痛，租费也贵到发指，她总算寻到一家还算合适的一居室转租。装修合格，户型方正，只是矮层建筑没有电梯，现任房客又要等下个月才搬走。

江子燕通过中介与房东建立了初步接触，又定了看房时间，她的心才算定下来。当然，一切她都下意识地瞒着何绍礼进行。

江子燕不用接送孩子，她依旧习惯每天第一个到公司，利用早晨空闲时间做写稿的背景功课。

江子燕本科是计算机专业，成绩优异，据说能直接去旧金山当中国女"码农"。鬼知道她读研究生的时候，为何又转读了八竿子打不着的营销专业。如今因为失忆，本科和国内研究生的专业知识已经令江子燕一头雾水，连敲击中文的速度都比其他同事要慢一些。江子燕是一丝不苟的个性，既然知道在写新能源方面的素材，总要找更多渠道了解一些消息。

今天上班的时候，江子燕发现她不是惯常第一个到公司的人。她走去零食间洗杯子，走廊尽头，一个银色的行李箱孤零零地立在那里，也不知道是谁的。

她绕过它前行。

工作中因为需要，必须开着QQ，江子燕向来懒得看群，只是在线挂着，群里嚷嚷什么，她一般都不理会。直到有人轻轻拍了下桌子，她疑惑地扭过头，发现是出差德国的同事回来了，正给格子间的同事送万年赠礼佳品——巧克力。

"我在群里喊话，子燕你怎么总屏蔽信息？昨天凌晨我刚和Jack一起回来，累cry！Jack没上班吗？我看他的行李箱还搁在公司。我醉了，时差像小妖精一样缠人，回家根本睡不着，只好来打卡上班，骗工资！"

同事喋喋不休的，江子燕微笑着在他眼前晃了晃手："只给我巧克力，还不够。"

对方醒悟，重新回去座位上，拿出江子燕托他买来的降噪耳机。递给她的时候他想起来："购买小票装在里面。你之前多给了我钱，我待会儿看看信用卡，把多余的钱退给你。"

江子燕摇摇头，半开玩笑："不必退啦。多出来的钱，是'黄董'的辛苦费。"

这名出差的同事叫黄泽，年纪轻轻，就已经把自己吃得大腹便便，活活就像四五十岁老干部的神态。同事间都打趣说根据体态，他在公司里比傅政更像老板，于是赠送美名"黄大董事长"，简称"黄董"。

"黄董"是一个性格开朗的IT男，可惜依旧只是IT男层次的"性格开朗"，和女生说话不怎么打结巴而已，但如果对方主动开玩笑，他通常接不下去话，总是脸红到爆炸的状态。

"黄董"死活不收多余的钱，江子燕本想坚持几句，但看到对方的血都涌上头顶来，她吓了一跳。

正在这时，看热闹的徐周周忽地叫了声："Jack?"

对面过道疾走过来一人，正是傅政。傅政穿着灰色T恤，衣服整整齐齐，但面带疲色。他简单回应了下，匆匆坐回自己的位子。出差两周不到，他的办公桌上已经堆满小山高的各种资料。他刚坐下几秒时间，总经办的几位高级经理迅速地朝他围过来，共用的助理也已经打开笔记本坐在他旁边，要跟他汇报工作。

还有人跑过来通知："Jack，别忘了十五分钟后在'超人'会议室开会。"

傅政弯腰从包里取出自己的电脑，低声说："好。"他又抬头对准备溜走的黄泽说，"黄董，待会儿你也跟我去开会，稍微准备下，向其他同事汇报上周参观实验室的情况。"

傅政身为真正的老板，居然也跟着其他同事叫他"黄董"，黄泽点点头，显然习惯了，回工位拿自己的笔记本电脑。

傅政说完话后，视线来不及收回，无意识地和江子燕一望。

她没有像其他女员工那样在自己的凝视中，或心慌或勉强地移开目光。实际上，江子燕的神情有些欲言又止。傅政一沉吟，目光已经重新移到电脑上，手不停地在键盘上敲击什么，嘴里也不知道跟谁说的："待会儿的会议不允许旁听，结束的时候整理公开资料，发一份副本到公司公邮。"

旁边的助理有些莫名，随后点头答应。

对面的江子燕垂下目光，又是惊讶又是佩服。

傅政洞察力惊人，她方才犹豫几秒，差点就要唐突地请求也去会议室旁听，只因为她对德国电动汽车项目的后续确实很感兴趣。然而江子燕担心举动不当，如今她工作了一段时间，也对公司的一些规则了解不少。

但那天下午，傅政和黄董两人都没有再回自己的工位，连续的开会和……工作吧。隔行如隔山，江子燕确实猜不出他们都在忙什么，查看了几次公邮，空空如也。

到了临下班的点，傅政的行李箱依旧原封不动放在走廊角落，各位同事走过去的时候，也没人去动，司空见惯的模样。

她不无遗憾地准点下班。

回到家，江子燕推开门的时候，感觉要比平时更用力了点，仿佛门后藏着什么东西。

她心中一动，停了推门的手势，安静地立在门外等待。

过了会儿，有个圆脑袋果然耐不住好奇，伸出头来赶紧查看，对上她惊喜的脸，几天未见的何智尧得意洋洋地叫她："姐姐呀！"

江子燕把包扔到地上，紧紧搂住了何智尧小小的身子，心里萦绕的那股无来由的空当全满了。

何绍礼也跟在后面走出来，摸了摸鼻子："我妈和我姐明天早上的飞机，我就把他从家里接回来了。"边说话，他边取下外套，"子燕姐，今晚你和胖子两人吃饭，我约了人开会，现在就要走。"

他脚步移动间，不小心踩了江子燕落在地上的布包几脚，估计脚趾端踹到包里的什么硬物，哎了声。

江子燕突然想到，两对德国抗噪耳机还在她的包里，连忙取出来。幸而耳机外包装有硬塑料裹着，没损坏。而何智尧看她取出两个包装，立马不客气地伸出小手，以为是送给自己的什么礼物。

她低声笑说："这次可不是送给你的。"

何绍礼估计赶时间，即将匆匆出门，江子燕这么说完后，他也多看了眼她手里拿着的包装盒，随口问："拿的什么？"

江子燕原本发愁，该找个怎样的合适机会，把这对耳机送给何绍礼。

现下择时不如撞时。她很大方地说："同事出差去德国，我拜托他买了两对抗噪耳机。型号都是一样的，一个送给你，一个我自己留着用。黑、白两个颜色，绍礼，你想要什么颜色的？"

何绍礼显然有些意外，他唇角的酒窝加深，又确认一遍。

"你要送我？"

她干巴巴地说："哦，之前不是说好了，我要还你一个东西？"

江子燕特意避开了"礼物"这个暧昧词，想着他塞给她的那块华丽的钻石表至今还塞在柜子里，不由抿嘴说："耳机虽然不值多少钱，但总归是我的心意。喏，我给你黑色的，可以吗？"

"给我白色的吧。"何绍礼因为在笑，双目如有引力，发深发亮，"子燕姐，你不是最喜欢黑色？"

她一呆："是吗？"

江子燕托人买了黑、白两款颜色的耳机，但内心早就决定留下白色的。本以为何绍礼身为男人，肯定会更喜欢沉稳的颜色，万万料不到他居然也挑了白色的。也许是骨子里自私的本性还在，主动送人礼物也总有保留，当何绍礼自她手里取了耳机盒后，她微微抿嘴，又跟他走了几步，想着是否要厚颜开口说调换个颜色。

正好何绍礼又仿佛想起什么来，回过头，两个人差点撞个满怀。

他顺势握着她的手，指节修长，掌心微微有热度。

"谢谢你送我的耳机，我很喜欢。"

210

这人还没拆开呢！江子燕一挑眉，便要客气地回应什么，但望着何绍礼惯常温柔深情的眼睛，突然间又不知如何是好。

她下意识地瞪了他一眼。

这是何绍礼曾经烂熟于心的表情，焦土般的性格，恨时暴烈，爱时脸色苍白，令人着迷。失忆后的江子燕性格好像变了，又好像没变，只有满足她，她才会表现出隐约的高兴，但满足她又不是那么容易的事，这通常代表着要心甘情愿地被她控制⋯⋯

何绍礼年轻气盛，并不想做先低头的人。但这四年多来极耐心地等，真正想要的是江子燕整个人，不仅仅是脑袋随便摔一下就会被彻底遗忘的无聊爱情。如今她回来，神情熟悉又陌生，稍微缓和一下但又总会冷冰冰地逃开，他却知道自己已经复发上瘾。

欲望在喉咙里堆集，于是他强硬地把她重新拉过来，就势低头重重地亲上她的下巴，覆住唇，给了震惊中的她一个足以抽掉口腔里所有空气的吻。

很短的时间，伴随他寥寥几次的唇舌吮吸，占有欲极强地在唇间扩张着，到后面是有些发麻的疼痛。

江子燕被吻得略微偏过头去，大脑瞬间空白，直听到何绍礼口袋里的手机铃声响了，她才被放开。

"迟到了。"他低声咒骂一句，松开不知何时已和她十指相扣的手，"你今晚等我回来。"

何绍礼迅速转身，门在她眼前大力合上，只留下江子燕挺着脊背，站在原地。

她有些方颚，下巴处却收紧，与脖颈间勾成一道极漂亮的线，何绍礼刚才心魂皆荡的所有反应，已经凝固在那双平长笛般的眼睛里，但又看不清似的，有种形容不出的茫然。

突然间，江子燕意识到了什么，有些僵硬地低头。

何智尧的小手正紧紧地攥住她的黑色耳机包装袋，依旧固执地认定这是属于他自己的玩具。

"Oh，I am starving." 小朋友理直气壮地说，然后他很善良地为自己刚才的话翻译了下，"尧宝ne（饿）啦。"

智尧、尧宝、胖子、尧尧——如上名字，都可以称呼作为何家智商担当的何智尧，何小朋友也确实活得如同圣诞节早晨一般纯洁，更是一位在任何境地都能让自己先吃饱睡足的大人物。

临睡前，何智尧兴奋地对江子燕汇报，这几天在爷爷家找到的新乐趣。

天气暖和起来，董卿钗为了哄孙子开心，让人把后面的泳池加热，放满水。她又翻出何绍舒曾经买过的一个巨大的充气火烈鸟漂浮物，吹起来比何智尧整个人都大，还能托着他在水上漂。

世界上大多数胖子都有致命缺点：怕热。何小朋友以前曾被奶奶领着去建筑博物馆参观，他在听导播说话时，都得赶紧把胖脸贴着玻璃来乘凉，被家里人引为趣事。

就因为泳池，何智尧最近简直有些乐疯了。他连连比画，汉语混合英语地描绘很久，非逼着江子燕答应哪天她也去爷爷家亲自看看那泳池和大漂浮物不可。

江子燕轻轻捏了捏何智尧的小手小脚。这孩子从小是被何绍礼养大的，没有经历过老辈人喜欢裹着厚衣服的习惯，早早换了夏装，但还是比同龄孩子显得更大只。他坐在床上叽叽歪歪的，皮肤透白，耳朵和脸却都厚厚的，也不像以前那么总是圆乎乎的。

她感觉，他好像个头也略微长高了点。

听何智尧絮絮叨叨很久，江子燕终于开口："尧宝，你喜欢游泳啊？那你不介意平时多上一个游泳课吧？"

看何智尧点了头，她又试图发散思维："再考你一个问题，你认为三国里游泳最厉害的人物是谁呀？"

何智尧不假思索地说："关羽！"

江子燕沉默片刻。何智尧在三国里最喜欢的人物是关羽，什么都能扯上他。她今晚实在有些心烦意乱，也没有那么多精力哄孩子，只是柔声问："尧宝真聪明。那么，你记不记得关羽日常拿的刀叫什么名字？"

如果何绍礼还在她旁边，也许要制止这种拔苗助长的无用行为。毕竟，"青龙偃月刀"这个名字，全说出来对成年人都有点难度。

但，何智尧也总有他独特的应对方法。他斩钉截铁地说："No，刀就是刀，嗯，刀 no name！"

江子燕偏偏也被这答案戳中了奇怪的笑点，略微弯起嘴角。何智尧看她笑了，不明所以，也歪头得意地嘿嘿乐起来。

她静静地望着孩子，气氛温馨。

然而等江子燕哄完孩子睡觉，她移开视线，一切仿佛停留在何绍礼靠过来的慌乱时刻。

嗡嗡作响的脑海中，闪过一个睿智、鬼马和腼腆的男生。这是失忆后自他人口中转述过来的何绍礼的影像，模糊不清，她总是带点快然，抗拒接触。但此刻的现实里，何绍礼留给她的是发烫的嘴唇，准确的吻，和至今留在唇齿间的薄荷味道。

江子燕原本坚信的故事版本，是曾经自己痴心妄想地纠缠何绍礼，如今她越来越觉得不是那么回事。

两个人的羁绊，绝对不仅仅是她一厢情愿。但以曾经两人的个性而言，彼此又都三缄其口，除了最后一次激烈争吵，徒留诸多谜题任外人猜测。如今她失忆，何绍礼就成了世界上唯一知道真相的人。

凭良心说，江子燕不确定她想不想追究更多真相。深夜来临之前，她把门牢牢地反锁起来。

有些事情很难负担，之前独自在外生活，江子燕的身体是放松的，

213

但脑海有一根弦，无时无刻不在紧绷着，即使回国也不敢松懈——知道过去，无助于她成为合格的母亲，因此她也不想更多地理会。

直到何绍礼的吻，打乱了她的一切分寸感。

江子燕第二天早上把哭哭啼啼赖床的何智尧拽起来的时候，外面下起了雨。

密切的雨丝，贴着风，扑打向人间。不过是流水今日，明月前身，盈虚无数。江子燕隐隐想起来，自从她回国，这座巨大城市并没有对自己呈现出很多的蓝天白云。

客厅里有晃晃的折光。每隔一个月都有工人做高空作业来擦玻璃，钢筋水泥下面的车水马龙总在缓慢地动，两侧的绿化带呈现烟葱色，宣告绿融融的夏意要来了。

何绍舒是上午的航班，江子燕给她发了祝福旅途平安的短信。

江子燕放下手机后看到何绍礼还没走，他穿着黑色衍缝外套，阴天里依旧带着一股活力。

何绍礼正耐心地坐在餐桌前，大概想问她昨晚为什么没有依言等自己。终于，江子燕打发完儿子，走到他身边。

她面容沉静，冷不丁地问："你说我以前最喜欢黑色？"

何绍礼一怔，她便继续淡淡地说："我失忆后，就不那么喜欢黑色。我想，你昨晚肯定是错把如今的我，当成过去的我啦。"

"我和以前的江子燕虽然是一个人，却也是有所不同的一个人。如今的我，就只想过上平静的生活。如果你觉得，我有这想法很贪心，请直接告诉我，但——请不要随意撩拨我。或者，我该说，请不要用我过去对你的方式，报复现在的我。"

何绍礼的俊容闪过些难以置信，哑然失笑："你说我在撩拨你？"他的神态有些意味不明，却没有想象中震怒，只是上上下下地看着她。

214

江子燕硬着头皮说下去："到底是不是，你心里都明白。"

何绍礼眼睛里那一点让人看不懂的东西，越来越明显，他不经常反驳人，好像非要等着她主动问，才会给出答案。

江子燕面色不定，她很明白，如果想和何绍礼再进一步，两人总归要对彼此开诚布公。可她内心又实在很踟蹰，不确定是否推开"回忆"这扇乌黑色大门——那门背后掩盖的是什么呢？

她至今能反复回忆起失忆后的几个月，躺在病床上，整日昏迷不醒，头痛，总是头痛，肚子里怀着陌生男人的孩子，又要小心翼翼地养胎，少数的清醒时刻里，面对过去只有无边无际的迷茫、羞耻和追悔……这个男人，总与她的过去和那些真实、血淋淋的伤口联系在一起，以至于如今他对她再好，再表现出善意，江子燕的第一反应依旧是回避。

说来好笑，江子燕自信能忍受那种精神折磨，但那些真实的皮肉之痛，她真的是一丁一点都不想要重温了。如果何绍礼总逼她面对，又对她不清不楚的，她大概也只能先暂时搬走。

逃走的法子，她到底还是懂几个的。

此刻，何绍礼只追问她："你说你不喜欢黑色，那你现在最喜欢什么颜色？"

江子燕怔了一会儿，含糊说："总之，现在不大喜欢黑色了。"随后，她转身拽着何智尧匆匆离去，背影简直像落荒而逃。

家里只剩下何绍礼。他无声吃完早饭，接着走进单色调的卧室，取遗落的电源线。抽屉里，是白色的线装耳机包装盒，昨夜已经被仔细拆封，此刻被塞在口袋里。

江子燕从未去过他的房间，她不知道，有人在这几年，慢慢地把自己的所有物什都换成了枯燥乏味的黑色。

曾经的江子燕在校园里被称为"女阎王"，除了过于冷冽逼人的行事风格，也因为她一年三百六十五天里只穿黑色。

黑衣，黑裙，黑外套，黑书包，所有物什的颜色都整齐划一，像秦始皇陪葬墓穴里的兵马俑，严肃、暗沉、老旧腐朽地守护着年轻的主人。

江子燕在炎炎夏日里也总是长衣长袖，从头到尾遮得严严实实，偶尔回眸才露出半截玉色的脖颈，衬着细长的眸子。

"简直像摩门教徒的老婆。""摩门教？我看是黑白无常里的黑无常。"同学在背后打趣。

何绍舒身为江子燕同寝室的室友，都没有看过她胸部以下和脚踝以上的位置。何绍礼却知道，江子燕脱下衣衫后有着极美的身材、皮肤和胸部。而他也是后来才知道，江子燕喜欢黑色，是为了掩饰后背和小腿上那些狰狞的疤痕。

她对此一直守口如瓶。

何绍礼从小是被何穆阳当接班人加以培养，也不缺异性的关怀，性格开朗又不乏诚意，但确实鲜少流露真实的内心。有时候和朋友、姐姐闲聊，他总是笑着打马虎眼掩盖过去，让人不知道这男孩真正看重什么。

对于江子燕如何付得起那昂贵领带夹的钱，何绍礼是有必要一探究竟的。他不怎么费力地打听出，这位江学姐并不穷的事实。除了拿着经管院的奖学金，她还借了何绍舒的钱和会员卡，拿商场的优惠券，做代购名牌童装的再分成生意。

当时没有"代购""买手"这么时髦的一说，大家通常轻蔑地管从事这种生意的人叫"倒爷"。

据何绍舒说，童装代购生意爆好，江子燕甚至专门租了个库房，请了两个帮手，课余时间就跑过去查看。江子燕有手段，有头脑，对财务分得开，按月提成给何绍舒，一切明明白白。

但比起姐姐发自内心地喜欢江子燕，何绍礼更多的时间都在审视她。

外表这么冷清，气质也像神仙姐姐般的人物，实际不顾名声地干倒卖货物的工作。学的专业明明很热，在名企找到高薪实习并不在话下，但江子燕直言那种固定工资进账太慢，好像嫌给人的反差还不够大。她不仅处心积虑赚钱，还有闲心倒追不属于自己阶级的富二代学弟。

大学里环境相对纯净，没充斥那么多社会上的市侩东西，连带对财富的崇拜，多少都会遮掩些。但当事人仿佛明晃晃地挑战什么，她压根不在乎这些，行事越发带了威慑力。

当江子燕因为暑假前的生意忙，不再频繁出现在何绍礼身边的时候，他和兰羽之间的关系好像缓和了一些。

兰羽重新展露笑颜，拖着何绍礼陪自己去上选修课。她撒娇耍横地缠了几次，何绍礼便拿着自己的作业前去了。课堂上他一边转着笔，一边淡淡听她对自己眉飞色舞地说些什么八卦。

兰羽刚烫了波浪般的头发，穿着花苞般的短裙，混血模特般又精灵又有活力。她的黄色鳄鱼包边缘，又绑了个大而夸张的橘色毛绒球。何绍礼反正欣赏不了这种审美，但他无聊地用笔戳了好几下，居然想了几秒，要是某人一定会买黑色的。只可惜，这种几千块钱的正版货，她估计是买不起，或者是舍不得。

何绍礼不由又想起了她送给他的那个领带夹，依旧猜不透那学姐的作风。

有些征兆，当事人自己不察，但别人看来总是很明显的。比如，何绍礼在审视江子燕的时候，很快发现她身上有一种来自穷人的明显特征，那就是怀有一种对世间万物的过度紧张感。

并非贬义，但换句话说，忧患意识确实过剩了些。

江子燕做事周密胆大，目标清晰，总让人说不出话来。但不过是战术上的强大，她最大的缺点是精明卖力，从不肯吃亏，遇到一点点小问题就立刻要清算，这在长期来看是非常不利的。当然，江子燕已经把这一点控制得很好，可她身后已经背满各种让人却步的骂名。

向来与何绍礼关系融洽的女生，要么漂亮，要么好相处。说江子燕是一个"异数"当不为过，她都能称得上异类了。何绍礼愿意欣然与异类交朋友，但他并不想和怪人恋爱。

下课的时候，何绍礼在旁边悠然等着兰羽收起书，听到前面有些骚动，他抬头，当看到江子燕重新出现在教室门口时，迅速站起来。

兰羽同样也看到来人，脸色变了几变，又怒又惊，还有些难以置信。她也是女生，简直没想到这位学姐能这么不要脸，都亲眼看到何绍礼正陪自己上课了，还敢来这里堵着。

江子燕整身黑衣，只有红唇挂在那张冷凝的脸上。她分开人流，直直地朝着他们走过来，等站定后，却望着兰羽，淡淡说："今天正好遇见，我请你和绍礼吃饭。"

兰羽怒极反笑，精致眉眼满是嘲弄，索性也沉住气看她卖什么关子："真是太搞笑了，你能请我们吃什么？"

江子燕冷淡地一挑眉，却转头看着何绍礼，轻声问："绍礼，你想吃什么？"

兰羽不由再度气结，长长的睫毛微颤。她觉得自己也算见多识广，真是能被江子燕当场给恶心吐了。这人是魔鬼吗？她此生从无见过这般厚颜的女人，喜欢男人的时候笑脸相迎，骂他人的时候一脚踢开，又见鬼地长着一张那么肃然的脸，根本无法说卖弄风骚。

普通男生面对这么尴尬的场景，恐怕早已经避之不及，何绍礼更不例外。

但何绍礼尴尬了会儿，终究不想落任何女孩子的面子，他摸了摸鼻子说："我来请客吧。这点吃饭的人太少，我再叫上我姐和其他朋友。"

218

何绍礼人缘极好，叫来七八个人吃烧烤喝啤酒，一顿饭吃得倒是还算融洽。

兰羽当之无愧地坐在何绍礼旁边，抱着他的胳膊，像向谁示威一般。江子燕选择了和后来的何绍舒坐着，全程也只和何绍舒私语，没有多余的目光，没有多余的举动，话不多，若有所思地拨弄着筷子。

等大伙儿喝了几杯啤酒后，气氛终于吵闹起来。

何绍礼一直抑制着自己的目光，等他抽空往江子燕那角落一望，发现她的座位已经空了，连带何绍舒的位子也没人。旁人说两个研究生嫌弃这群本科生太吵，去外面散散心。但直等结账的时候，两个女生都没有再回来。

付款的时候，总台说账单也被先付完。何绍礼立刻追问是谁付的："是一个头发很长的穿黑衣服的女生？声音很甜？"他描述着江子燕，语气低沉而微妙。

何绍礼回头的时候，兰羽正陌生地望着他，她嘲弄问："何绍礼，你是不是喜欢上那女的了？叫江子燕的那个？"

他顿了顿："没有。"

"她不是在追你吗？"

"大家不都是同学吗？"

江子燕的功力，是她每每冷着脸说完一句谎言后，都能维持住面无表情。而何绍礼的功力，是他笑着说完两句言不由衷的话后，总能继续露出心无城府的神色。

他们都是很难得的聪明人，也都是非典型的浑蛋。

江子燕把何智尧送到幼儿园，整个上午都心不在焉，忍不住又拿起手机，给何绍舒发了短信。

外面的雨已经停了，鼠灰色的天空，空气轻盈。也许到底是分了心，她第一次因为工作上的事情被批评。

部门主编在吃午饭前的一个小时，单独叫住江子燕，在茶水间里和她私聊了几句。她最新写的有关AI技术发展以及涉及物联网格局主题的文章，后台流量和转载率都比前期有些下滑。

主编委婉地指出，江子燕讨论这些问题时观点尖锐，却有些浮于表面，不能沉下心辨别格局。同时主编又给了她几篇优秀的外网文章，让她根据选题和资料，进一步完善科技文章的结构。

"我们是新媒体编辑，一方面要管理手头的零散作者，另一方面自己写的东西也要拿得出手。"主编的岁数比江子燕还小一岁，大家都是年轻人，彼此说话还是随意些，"你写文章的技巧很好，但角度上还得多练，选题要抓热点，话题也要带点深度。Jack最近好像总看咱们部门的东西，为了避风头，咱们还得注意一下文章质量。"

江子燕立刻抓住主语："Jack看到我写的这几篇文章了？"

"呃……他平时是不看，Jack每天事情那么多，哪儿看得过来。不过——"主编说到这里就停了，移开视线。

主编每天都会把他认为优秀的本站文章分享在他自己的朋友圈里，当作额外的流量宣传和推广。就在昨天，傅政破天荒在主编转发江子燕的那篇文章链接下面，很短很简洁地评论了一句：

"方法论太多，缺少干货。"

等江子燕亲眼看到这句评论后，也略微一抿嘴。她愿意虚心接受意见，但内心有些赧然。

这确实是老板能对员工做出的，一句有点不客气的评价。

这么一来，江子燕只好先放下与何绍礼"理还乱"的事，专心地思考自己的工作。

午休的时间，大格子间里只剩江子燕一人，同事或者是结伴去茶水间吃免费的水果、糕点，或者是到休息室的沙发里补觉。

江子燕有一搭没一搭地用笔记本小声放新闻。想到上午收到的批评，她开始听Youtube的能源频道。

傅政脚步匆匆地走到自己的工位。他在公司里，几乎都是小跑着工作。刚开始，江子燕以为，傅政作为老板，是在员工面前作秀勤奋而已，后来发现这确实是他的习惯。而也许因为那句"没干货"的评论，也许因为这几日睡眠不佳，江子燕身影不动，依旧心不在焉地用小勺搅着杯子里的咖啡。

这时，她听到傅政接了个电话。

"你已经来了？我手头还有些工作，不如——"

虽然他有礼貌地把声音压低，但依旧压过了江子燕眼前视频里的解说声。

江子燕面无表情，戴上新拆封的抗噪耳机，继续记视频里提到的关于新能源的所有要点。没一会儿，她也就把旁的东西抛在脑后，连对面突然飘来浓郁的香水味都没能让她抬头。

直到眼前的隔板被敲了几下，江子燕才按下暂停键。

傅政顿了顿，看到一双极长的如透水琉璃般的眼睛，很疑惑地对准自己，他只好重新说："你桌子上的打印纸急着用吗，能不能借我几张？"

大格子间里的三台打印机，是分A、B区供同事使用。傅政虽然也坐在格子间，但毕竟是老板，有一台专门的保密打印机。只是打印纸都由行政早上检查和补充，今天中午备用纸用完，四处无人，他还得找就近的员工借打印纸。

有时候，江子燕觉得傅政这个老板当得也真是够绝了。

她站起来，就要把自己桌子上的备用纸递给他。

"谢谢。"傅政接过来，对旁边的年轻女人说，"小羽，等我把这份合同打完，我们一起下楼吃饭。"

"你快点啊。"

傅政本人的工位旁边是助理的工位。此刻，那个总戴着眼镜的文静男助理不在，一个打扮入时的漂亮女孩，正窝在人体工学椅里无聊地玩手机。江子燕本不是好奇的人，但目光无意识地多扫了眼对方的容颜，很久没移开视线，直到对方也感受到了这份复杂的打量，有些厌烦地抬起头。

兰羽冷着脸，以为面对的又会是一个猥琐的程序员，或者是一个油头滑面的所谓中层，但看到江子燕那双素来波澜不惊的眼睛时，她倒宁愿是前两者，起码内心不会这么反胃。

兰羽迅速站起来，花容月貌骤然铁青。

"江子燕！你怎么在这里？"兰羽迅速反应过来，难以置信地说，"你，你是在Jack这里工作？"

江子燕看到女孩如被针扎了一下的表情，内心同样涌上一股难言的情绪。她默了几秒，温声回应："你好，兰小姐。"顿了顿，她试探地问，"现在方便和我聊一会儿吗？"

兰羽干脆地说："我今天也真是见鬼了！"

傅政正在低头查看打印文件，最初听到兰羽和江子燕说话，以为两人是旧相识，随后很快察觉不对劲。

兰羽俏脸如霜，说完这句话就拿起精致小包，居然头也不回地走了。他望了眼对面的江子燕，却看到她盯着兰羽的背影，那眼神中居然有丝痛苦。

傅政赶在电梯下去前追上兰羽。

傅政与兰羽最初是在一年前加州的某个华人创业联邦认识的。傅政爱交朋友，兰羽爱热闹，两人之间好像萦绕着点男女似有似无的暧昧，但彼此总是没有更进一步。今天不过是两人都略有空闲，约着在傅政的公司旁边吃顿饭，叙叙旧。

此刻，兰羽俏丽的脸颊已经失去血色，用力地咬紧嘴唇，留下深深的牙印。

他还没来得及发问，就听兰羽咬牙说："Jack，刚刚那女的是你的员工？"她胸口起伏，努力克制自己的情绪，"我提醒你小心点她！江子燕手脚特别不干净，她是强盗，还喜欢偷东西！"

　　这是一项非常严肃的指控。傅政心中一凛："你的意思是，她有刑事案底？"

　　兰羽不由愣了一下，知道自己气急时把话说重了："没有……"

　　傅政略微严厉地望了她一眼，他对员工的道德要求比对朋友的要求更高，就把这个话题深入下去："那么，她曾经偷过你什么东西？或者，你亲眼看到她偷过什么东西？"

　　兰羽被这并井有条的问题，问得再次愣住。

　　她早已经不是不谙世事的女大学生，眼前的男人也不像何绍礼，能对她的任何过分话题都一笑视之。然而兰羽想，这辈子，从来没有一个人像江子燕，从里到外毁她毁得那么彻底。这个面目清冷的女人是一个贼，夺走了她曾经拥有的一切。偏偏她对此有口难言。

　　看着兰羽雪白的小脸一点一点黯淡下来，傅政心中一柔，换了个问题："你认识她？"

　　兰羽沉默，嘴角挂着一个极难看的笑容。

　　事到如今，她清楚记得，自己告诉何绍礼一个惊天消息，原来他苦寻几个月都找不到的失踪人物，名字、年龄、籍贯等一切都是假的。她的话还没说完，失踪许久的江子燕无声地推开门，撞见她和何绍礼坐在一起，整个眉宇和衣领衬着触目惊心的黑。

　　兰羽还没回答他，傅政下意识地转过身去。

　　江子燕正站在极远处，穿着淡青色的连衣裙，几乎和天光融为一色。她也不知道把他俩刚才的话听进去了多少。看到他俩看着自己，她压着那份压抑的寂静走过去。

　　江子燕抿了抿唇，对兰羽说："兰小姐，你应该知道我目前的情

223

况。如果可以，请你打电话给我，这是我的名片。"

江子燕料定兰羽不会伸手接，于是直接对上傅政探究的目光，她挤出一丝苦笑："老板？"

傅政没想到，她居然会向自己求助，他从不想多管闲事，但到底也不能视之不理，只好先接下自己员工的名片。傅政摇了摇头，觉得有些滑稽。

兰羽的眼神厌烦到冷酷，她蹙眉望着江子燕，仿佛闻到了什么恶心的臭味，冷淡说："听说你跳楼后失忆了？"

江子燕沉默，她到底残留些无谓的骄傲，不肯轻易在他人面前承认丢掉了记忆。

兰羽冷笑两声，开门见山："我直接告诉你发生了什么事。我读本科的时候，你捉到我考试作弊，随后你又实名举报我整年的论文和小组作业都是抄袭的，让我留级了整整一年，不得不转学去美国。这些事，我想你彻底不记得了吧。"

傅政一扬眉，江子燕则沉默，她之前已经发短信问了何绍舒，大体情况确实如此。

兰羽伸手把傅政手里的名片夺回来，蔻丹纤指刮着纸面。她低头看了会儿上面的名字，心思起伏，对江子燕的那股忌惮和恨之欲狂，至今都未消散，最终讥嘲说："我可不管你是不是失忆了，江燕江学姐，你现在已经得到你想要的一切，而我也为自己的错误付出代价。但要我说，你确实不是个好玩意儿，你自己估计也明白你是什么货色。失忆后，你连亲生儿子都能弃之不顾，我输在你手里，也是心服口服。"

说完后，兰羽用高跟鞋尖碾着那张被她撕得粉碎的名片，怒气冲冲地拽着傅政走进电梯里。

沉浮的午间静谧里，剩下江子燕独自站着，一个人，花了很长时间，脑海里依旧什么都想不起来。

224

江子燕晚上回家吃饭的时候，何智尧轻易察觉到她的走神，恍惚中，她居然把一块毛茸茸的生姜夹到他的碗里。何智尧耷拉着脸，敢怒不敢言，最后还是何绍礼看到，帮着儿子清理干净。

从中午开始，江子燕的胃里就如同灌了铅。

何绍舒发来的短信，她已经倒背如流："你期末监考的时候，发现兰羽用小抄作弊，人赃俱获，她被取消考试资格……学院老师处理的时候，发现她的几篇论文查重率很高……正赶上兰羽运气不好，事情闹得很大……"

兰羽作弊之事，各种证据确凿，她自己供认不讳，并不是江子燕冤枉她。只是，何绍舒确实点明，江子燕当时根本不应该监考兰羽那个考场，她是特意和其他助教调换过去的，接着似笑非笑地从慌乱的兰羽手中抽出小抄，简直像围观一场守株待兔大戏。

后来，兰家出动了人脉，作弊风波摆平得无声无息，但这终究不是光彩的事情。二十出头的年龄，自尊比爱情更重要，兰羽接受不了重修一学年和同学异样的目光，再待了半年就要转学。江子燕就这么铲除了强有力的情敌，轻而易举，干干净净。

江子燕不知道自己如今在盼望什么，是盼望兰羽作弊确实是被栽赃的，还是盼望事态会出现其他回转？

"子燕姐？"何绍礼连续叫了她几声，江子燕都毫无反应，他忽而改口说，"胖子？"

果然，何智尧和发呆的江子燕同时扭头，盯着他。

每次说到何智尧，江子燕都会不由自主地集中注意力。

何绍礼这才把刚才重复的话再说了一遍："爸今天打电话给我，说老妈走了，家里就他一个人有点冷清，问每周能不能继续把胖子接过去在家里住一天。"

江子燕便看着何智尧，轻声问："尧宝，听到了吗？"

何智尧很是矜持地先喝了口甜奶，才点了点头。何小朋友自从住在爷爷家，发现并不影响他混吃等死的人生状态，就开放怀抱，拥抱新变化，不再抗拒去爷爷家。

江子燕想抬头回给何绍礼惯常的一笑，但又有点不想看他的脸。

世界上大多数男人，都有相同的心思，他们可以不喜欢一个女孩，却又会对喜欢自己的那个女孩还不错，至少不允许他人欺凌她。在本语境里，江子燕扮演了众所周知的"他人"角色。但问题来了，如果换成现在，面对相同情景，江子燕是否会放兰羽一马？

她居然犹豫片刻。

"江子燕！"何绍礼终于看不下去她那副心不在焉的样子，他加重语气，"你不想吃饭？"

江子燕终于对着眼前未动的饭菜醒悟过来，下意识地遮掩真实情绪："嗯，今天胃口不是很好呢。"

何绍礼意有所指："你昨晚也没睡好？"

只怪今日的剧情很密集，江子燕彻底忘记两人之前那些细小的暧昧和尴尬，她随意地找了其他借口："对，我好像梦到我妈妈了。"

模糊梦境的吉光片羽，此刻突然就回忆起来，以至于江子燕根本没注意到何绍礼的面孔忽地转冷。当她自己叫到"妈妈"的时候，脑海中有什么隐秘的地方动了动，她自己再专心地想了会儿，终于摇了摇头。

江子燕蹙眉说："具体梦到什么已经忘记了。唉，我回国这么久，没有想到去给她扫墓，真是不孝。"

内心再苦笑两声，她发现自己确实担得起兰羽"不是个好玩意儿"的评价。

何绍礼沉默了会儿，为江子燕盛了一碗汤："你给胖子做个好榜样，有什么想法，都等吃完饭再说。"

江子燕微微一笑，重新摆出轻松面孔："哎，你别总拿尧宝来堵我。"

江子燕没有喝那碗汤，心不在焉地提起筷子，夹起最近的盘子里的一块虾球。

虾，极鲜极甜，但她只嚼了几下，就莫名有些反胃。江子燕不动声色地伸手拿起水杯，想先就着水，囫囵吞枣般咽下去。不料，她错手拿来何智尧摆在旁边的甜牛奶，温热的牛奶和微凉的虾肉含在嘴里，混合成古怪的腥臭味。

一股极其熟悉的剧烈反胃感，从鼻尖迅速升起。

脑海里警铃大响，身体像启动什么不受控制的开关，她依旧逼着自己强行咽下去。喉咙动了动，五脏里苦水倒涌，最后她直接扔了筷子，捂着嘴奔到水龙头前，把进食的为数不多的食物全部呕出来。

何智尧被这动静弄得吓了一跳，何绍礼迅速离座，也随着她来到厨房。

江子燕弯着背脊，腰中间形成一道深深的凹痕，漱完口转过身来，依旧轻微咳嗽着，表情似迷茫似痛苦。

发生什么事情了？她自己还没回过神来，何绍礼已经把她带到沙发前坐下。

何智尧着急地扭动身子，也要从儿童椅上爬下来。

何绍礼听到动静，转头说："胖子，你吃完饭就回房间，今晚不用念拼音。"

被爸爸目光一瞪，何小朋友顿时停止了乱蹬短腿，开始吃力地在大脑里权衡利弊。之前住在爷爷家，何智尧得意忘形，基本把江子燕的辅导忘了个精光，而他整个晚上慢吞吞吃饭，一直都想着怎么耍赖逃过母亲的抽查。

何绍礼再重新回过头。

"子燕姐？"他的语气和哄何智尧时无二，但更稳定，"你先坐一会儿，如果还是难受，我就要带你去医院。"

江子燕试着用鼻子吸气，嘴里依旧发苦发涩。那股不适感，刚刚如暴雨海啸般一哄而起，此刻又猝然而退。

老天明鉴，她在国外吃食物可谓百无禁忌，绝无反感鱼虾之说。至于失忆前，她也是从小在一个沿海小渔村长大，按理说对海鲜更不避讳，哪里至于有这么大的反应？

刚才下意识的呕吐，好像是身体下意识保护自己的行为。

何绍礼强硬地打开她紧锁的手指，两人掌心相贴，十指相扣。

"子燕姐。"他轻声安慰。

江子燕感觉极为难过，不由抬头看他。

自从失忆后，她那股拒人千里的气质里，总糅合点天真。今日上午，兰羽被她这么若有所思地盯着，只觉得跟嘴里咽下苍蝇般地厌恶。但何绍礼此刻迎着她那月光般的目光却不由踌躇，是该继续问她身体是否还有什么不舒服，或者该再次直接吻上去？

"绍礼，"江子燕开口，眸光定在何绍礼脸上的某处，突然问，"你这里是怎么一回事呀？"

"哪里？"何绍礼这么问，目光依旧不离她分毫，见她除了唇色苍白，不像还在强撑的样子，暂时放下心。

两人此刻紧紧握着手，江子燕想顺势抽出来，但只动了一下，就被那双更长的手指捉回去。

何绍礼已经知道她在说什么了。"你是说我下巴那里的疤？是胖子小时候长牙，见什么都啃，尤其喜欢啃我的脸，我的下巴曾经被他咬下一整块肉。"

他慢慢地对她说话，一举一动都有点像梦中情人的感觉。

江子燕提起嘴角："被尧宝咬一口是很痛的吧，你当时有没有打他出气？"

何绍礼不想松开江子燕的手指，不然此刻还真想摸摸鼻子。他无奈回答："胖子懂什么？再说，咬几口也无所谓，他是我儿子。"

江子燕细长的眼睛里有什么闪了闪，她若有所思地说："哦，原来亲父子间不会计较这些小事。"

何绍礼随口嗯了声，不动声色地追问："对了，你刚才说你梦到岳母什么了？"

江子燕被这声"岳母"叫得脸色微微发红，下意识地抿起嘴，多了几分生气。

"我说过我真的忘记了。"江子燕懊丧地答，还有些不自觉的娇嗔语调。瞬间，她陡然重新抬起眼睛，锐利地望着他，何绍礼只感觉妥协的伪装剥落，是曾经的江子燕回来了，凛然的目光好像看透了他。

"我腿上的伤疤，是小时候被我母亲打的，对不对？你也知道这件事，对不对？"

他的手不由一僵。

江子燕把脑海中的疑惑，细细说出来："我从小父母就离婚了，父亲自小对我不闻不问，我被我母亲抚养大，却向来和她疏远。我之前一直隐隐有些奇怪，一个小孩子，到底为什么会疏远自小抚养她长大的妈妈？原因也许很简单，就是因为她打我。而以我的性格，谁惹了我，必然要全数奉还。但只有我母亲动手，我才会无可奈何地不报复，对不对？"

两个人距离很近，江子燕眼睛里黑漆漆的一片，口吻却没有哀伤或怨恨，反而都是冰渣子——他不过反问了一句，她就生靠着自己，琢磨明白，不过电光石火之间！这个总是指东打西的"女阎王"！

江子燕看了何绍礼几转阴晴的脸色，已然笃定。

失去记忆这种感觉，真让人烦躁，别人骗她瞒她都容易得很。就像今天的兰羽，此刻的何绍礼，他们对她或者痛恨或者玩笑般地说她的过去，她自己却连真假都无法分辨，只能苦苦思考。

她陌生地望着他，还是柔声说："为什么不早点告诉我呀？"

何绍礼眉眼微沉，突然间伸臂，手一兜，紧拉她坐到自己膝盖上。她又惊又怒，后背紧贴着他发热的胸膛，尚未挣脱，何绍礼的手已经摸到她脚踝处凹凸不平的疤痕，单手强硬地把她的脚踝固定住。

他瞥了她一眼，有些不怒自威。

"江子燕，我自认不记仇。你以前非要跟兰羽过不去，我从不怪你。你借我的身份和他人设立那倒卖公司，我也从不怪你。但我养了胖子，却无时无刻不在怪你，还有我所谓的'岳母'——到底是什么样的垃圾货色，才能对自己孩子下这样的毒手？"

江子燕不由停止挣扎，本来随口猜测的过去，但何绍礼话里隐藏的东西，又是什么意思？

就在此时，听到嗒嗒的脚步声，有个童声很愤怒地说："哥哥，不准bully（欺负）妈妈！"

两人同时回头，完全被抛之脑后的何智尧正跑过来，想努力推开何绍礼。

何智尧第一次开口主动叫她妈妈，居然是这种场景。江子燕几乎呆住了，也忘了自己还坐在何绍礼怀里，整个人动也不动。反而是何绍礼先回过神来，他立刻说："胖子，你再叫一遍？"

何智尧软桃般嫩的声音和脸，同时蔫下来。他把手背在身后，先用眼角望了眼江子燕，不确定又有些恼火地改口："姐姐？"

江子燕回头瞪了一眼何绍礼，何绍礼只好收了无意识的疾言厉色，一边任她迅速从自己怀中挣脱，一边摸摸鼻子解释："我倒不是

230

那意思。"他又期望地指着自己的鼻子，"你叫她妈妈，那你该叫我什么？胖子，你该叫爸爸什么？"

何绍礼特意重复了几遍"爸爸"，自认把答案提示得明明白白。

何智尧想了会儿，不负所望，把常年的"哥哥"换了个新的称呼，他试探地说："老舅儿？"

江子燕一愣，何绍礼的酒窝却加深，怒极反笑，被气得一个字都说不出来。

何智尧从他的言行中确定了什么，歪着头再叫了声妈妈。江子燕千思百感，伸出手想搂着何智尧，但何智尧在他亲爸眼神冷到肝疼的注视下，也没敢让她抱，退了几步，异常夙地溜走了。

临睡前，江子燕到底陪何智尧在床上坐了会儿。小男孩刚开始还有些害臊，随后眉开眼笑，又用中英文叫了几声妈妈。她微微笑，觉得眼眶迅速发热，连忙转移视线，看到床头柜上有什么在微弱地亮着光。

这是何绍礼放在儿童屋里的声波驱蚊器，何绍礼向来比她这个当妈的更仔细，几乎每晚临睡前会来回检查何智尧的四肢，发现身体上有任何小伤及时抹上药膏。此刻何智尧摊开手脚平躺在床上，白胖短的四肢经过春天很干净，没有留下任何斑驳的蚊子印或细小伤口，总像个白如意般露在外面。

江子燕盘坐在床上，双手悄悄抓住自己脚踝上的那几道伤疤，过了会儿，她也极轻地叫了一声"妈妈"，那是叫给自己听的。

一直以来，她总怀疑自己活在去声的空白国度。没有源头的回忆，没有爱恨的亲人。但，"女阎王"也有自己的妈妈，不是吗？

江子燕等何智尧睡熟，走去客厅，找到一直等着她的何绍礼："告诉我。"她心平气和地说，"把我以前的事情，都告诉我。"

江子燕的母亲楼月迪，原本是饭馆老板的外甥女。

一日，饭馆里的服务员人手不够，楼月迪被叫去给在本乡谈生意的江子燕的父亲送了一碟菜。青年有着一双细长的桃花眼，后来，楼月迪和家人大吵一架，不到二十岁就跟着他私奔到洲头县。

洲头县是全国十三个海岛县之一，本地人靠海吃海，多多少少都有些汞含量超标，大多黑矮瘦小，远道而来的楼月迪皮肤细腻白皙，伸出的指尖像白葱最里的软皮，本县会看面相的老人家便说，这样的面相旺夫。

两人结婚没满一年，江子燕的父亲经营的鱼粉加工厂赶上本省扶持政策，慢慢做到了数一数二的规模。但会看面相的老人家似乎没提到，旺夫的前提是夫心尚在。楼月迪怀江子燕的时候，丈夫和来工厂参观过一次的县中学老师又看对了眼。

对方五官平平，皮肤黝黑，唯独爱笑，很招孩子和男人的喜欢。

江子燕在童年时期对父亲几乎没有任何印象。他在江子燕很小的时候就搬出去了，偶尔回家，总伴随着与楼月迪激烈的争吵，通常是外面的台风猛烈地刮，家里的菜刀和杂志也在乱飞。直到某天早晨，楼月迪突然面无表情地告诉女儿："你爸爸和我要分开了。"

正趴在布满各种黑色霉菌的窗边看海的女孩回过头，她想了想，轻声说："等我上了一年级会自己收拾书包了，你俩再离婚吧。"

那个时候的江子燕，她的本名还是江燕。

破碎的家庭让女孩的性格过于早熟，以至于童年的不幸似乎都不能够真正伤害到她。她并没有恨过父亲，很长一段时间内也没有真正恨过母亲。

楼月迪离婚后没有返回娘家，而是在洲头县的中心区内盘了店面，开了家极小的餐馆。母女住后院，前院供为营业。楼月迪自己当厨师和收银员，因为忙，整日把女儿反锁在房间里，中午透过窗户，递过用不锈钢盆子煮的烂面条给她吃，偶尔也默许女孩跑到隔壁的理发店，看一天的港台武打电视剧。

原本就是放养的模式，直到某日，来小燕餐厅吃饭的食客突然说起江子燕父亲新组建的家庭，同父异母的儿子比江子燕小两个月，但"更聪明更活泼""以后上学，成绩绝对会很好"。拥有秀丽面孔的老板娘声色不动，等结束营业时拿起拖把，把刚看完电视回来的女儿推倒在地，没头没脑地狠打了一顿。

火气上来了的楼月迪，和白日里迥然不同。

江子燕在极度惊恐中，看到母亲脸上露出的清晰恨意和怨毒。楼月迪踩着的水泥地板油腻乌黑，却又像暴君手里把玩的精光镜子，映照出她遭受过的背叛和耻辱——远道而来，格格不入，未被珍爱，反目收场，种种感情不如意和谋生艰难，只剩下愤世嫉俗的伤痕，一道道地转移到年幼女儿的身体上。

楼月迪仿佛入了魔，手越抬越高，越打越疯狂。

这场毒打持续了一整夜。

第二天，全年无休的小燕餐厅歇业半日。楼月迪梳妆整齐后出门，去隔壁小卖部买了两把新拖把，勉强清扫了地面流出的鲜血痕迹和殴打留下的拖把折损的碎屑。楼月迪没有受过多少教育，这样的人一般特别固执。从那时候起，她要求女儿任何考试都必须成为第一名。

这场同父异母的孩子攀比成绩的无声战争，楼月迪这方取得全面胜利。也许父亲的新家庭知道，也许根本不在乎，微薄的抚恤费倒是按月打。而不管在学校里拿到多好的成绩，江子燕从来不笑，只沉默陌生地望着它。

到后来，女儿无可挑剔的成绩已经不能安抚楼月迪的心。

有一天清晨，楼月迪轻手轻脚地叫江子燕起床。

少女疑窦满腹地走到前厅，发现桌面叠着至少四十个大大小小的盘子，摆满各种食物。母亲系着围裙坐在桌边，笑吟吟、殷切地劝说："燕儿，吃早饭吧，成天学习辛苦了，妈妈一大早特意为你做的饭。"

夏日早晨四点半，外面蝉声轰鸣。

海岛县的电压永远不稳，墙上的电风扇有气无力转着。眼前热气腾腾的诸多腥荤海鲜，湿热混合腥甜的气味。桌上肥腴的鱼虾贝蟹，长长的毛腿，有的眼睛还没挖，鲜肉像垃圾边怒放的大丽花，白茫茫翻在外面。

这是一场不容拒绝的"母爱"，一场心血来潮的残忍"盛宴"，令人如鲠在喉。

抬眼看着母亲，江子燕背脊发寒，她清楚自己必须吃下桌面上的所有东西，少吃一口，楼月迪就会刹那间变脸，又哭又闹，像个疯子一样开始往死里鞭打她，再口不择言地咆哮。

"吃！快吃！我为你做了一早上的饭！你吃！一口都不能剩下！剩下就是对不起我！这是你和你爸欠我的！你这个小畜生！如果不是生你，他怎么会走？！你这个猪！我不该生下你，你活着就为了害人，为了害我！你把这些全部给我吃了！"

镇上所有人都会夸赞，小燕餐厅的女老板温婉如春，爱女如命，却不知道她性格里急躁、严苛和自私的一面。

楼月迪每次习惯性地殴打毫不还手的年幼女儿，都会轻巧地避开江子燕的脸，甚至打到了最后，当看到江子燕奄奄一息趴在地上，她那张秀丽白皙的脸还会流露出真实的惶恐和后悔，然后扔下棍棒转而抱着女儿大哭，好像痛得和女儿无分轩轾。

后来江子燕学语文课文，鲁迅写孔乙己把烧饼上的微末芝麻掉进桌缝里，当事人若无其事，发癫又发狂地持续拍着那张破旧桌子，陷入一个人的狂欢。语文老师在台上讲得绘声绘色，周围的同学都在哈哈大笑，只有女班长全身发冷。

不分缘由的毒打，无法拒绝的早餐"补偿"，极度畸形的血缘羁绊，导致江子燕的身形一直瘦得可怕，并逐渐憎恶起任何厨艺，当所有情绪积累到一定程度，根本不需要宣泄，反而沉淀成那种绵里藏针

234

又冷清清的脾气。

这性格不像英俊畏缩的父亲，也不像表面温婉的母亲。当江子燕以接近满分的成绩考到省会城市的重点高中，很多孩子抱着父母啼哭不舍。来送女儿的楼月迪也哭了，唯独江子燕直直站着。她没有哭也早就不会笑，从面皮到骨相里透出的气质都是凉的，几乎没有任何活人气儿。

高三的时候，江子燕依旧遭受母亲的深夜鞭打，在老师的遗憾声中放弃高考，接受保送，要去距离洲头县只需要两小时车程的本省大学。楼月迪四处跟别人说，她确实离不开女儿，女儿也舍不得离开自己。

当天晚上，小燕餐厅莫名失火，楼月迪被消防局和工商局举报要接受调查，她分身无术，索性户口本和身份证都让江子燕自己补办。再接着，江子燕在学校沉默地撕毁保送协议，几个月后参加了高考，她以比本省状元低3分，比录取线高80分的成绩，考到了何绍礼所在城市的F大。

就在全国高考成绩出来的当晚，天气炎热，江子燕穿着长裤长衫，沉默地跑到公路边的电话亭，用拨号电话查询自己的成绩。

而何绍礼正坐在宽敞的国图自习室里，打起耐心帮兰羽复习中考的数学题。

他的个子已经很高，标准的弟弟脸，又帅又温和的样子，眼睛亮亮的。

青梅竹马眨了眨眼睛，问他以后想出国，还是在国内读高中。何绍礼想了会儿："不知道。如果在国内，也许上U大。"

兰羽扯着他的胳膊撒娇说："到时候，我们大学也要填一样的志愿哦！"

何绍礼摸了摸鼻子，笑说："可以啊。"

[下册]

HERE
TO STAY

是谁家

新燕

STAY
FOR LOVE

帘重————著

青岛出版社
QINGDAO PUBLISHING HOUSE

Chapter 07
人间肠断曲

距F大几千公里外的洲头县，7月初，当红榜和报社记者纷纷上门，江子燕已经把这个消息瞒不下去。她绝望而清醒地等着又一顿暴烈鞭打。

出乎意料，楼月迪整个暑假都没有对江子燕动手，每日喜气洋洋地接待前来培养了"女学霸"的小燕餐厅用餐的顾客。

只是女儿临走的那个深夜，她举起了一个多月没碰的棍棒。

"妈妈。"江子燕突然在挨打过程中架住棍子。她的手掌形状随了父亲，洁白纤长但又比其他女孩子关节粗一些。

不知道从何时起，江子燕已经很少管楼月迪叫妈妈了，等喘息了片刻，她专注地凝视着母亲近乎冷酷漠然的双眸，轻声问："妈妈，你放我走吧，我以后会给你钱的，很多很多很多的钱。"

所有童年活得极度痛苦的孩子，都会冒出这个念头，如果父母之恩是债，如果父母是一种无法舍弃的原罪，那么以后要还多少钱，才能足够还完这恩情？

答案是，永远都不够。

楼月迪的答案更直接，她边哭边把江子燕的腿直接打成骨折，以至于江子燕大学的第一年都和拐杖为伍。

在兰羽告诉何绍礼他所完全不了解的江子燕时，因为过于急躁，所以她用词片面，但依旧很完整地概括了江子燕的本科生涯——鸡鸣狗盗，刷信用卡，整过容，连身份证都是假的。

江子燕在名牌大学的众多本科生里，也是商业头脑极强的女生。

因为骨折，她没有做任何家教和发传单之类的劳动力廉价的兼职工作。最初她在一家知名跨国公司短暂实习，负责数据分析工作。她敏锐地看出了P2P购物的改革苗头，大胆地把第二学年的学费拖了半个月，用这笔钱去商城里做代购折扣的生意，再通过互联网邮寄至全国进行散卖，大学的学费居然翻倍地赚回来。

江子燕的第二份实习工作，是寒假里在洲头县公安局做系统更新维护。也是在那个时候，江燕决心把自己身份证上的名字，正式改为江子燕。全国新旧身份证当时正在逐步统一，洲头县的公安局依旧采取老旧的档案登记，并没有普及到全国联网系统。

谁也不知道江子燕是怎么做的，但江子燕的新旧两个身份证，在户籍资料库里都标注为"有效"，彼此可以独立使用。

她也于那个时候申请了两张信用卡，继续稳步扩大自己的小生意。

楼月迪在女儿读本科第二年下半学期，以小燕餐厅要开分店为由，没有再提供任何生活费。江子燕却已经可以自力更生，甚至会把自己的奖学金往家里寄。她性格深沉，没有把赚来的钱悉数寄回去，否则只会让楼月迪起疑心。

多余的钱怎么花？

除了每一分每一厘都为此刻和今后的自由埋单，江子燕频繁出入整形医院，做了当时全国最尖端的激光嫩肤和疤痕消除手术，并豪掷千金，购买大量昂贵的护肤品，补救自己满身的伤痕。

那些美容技术和产品起了不少效果，唯独腿上那几道极深的伤疤，无论用什么办法都消除不得。

这么频繁地接受激光治疗，导致江子燕见光敏感，她习惯整日穿着黑色衣服遮盖——本科阶段的江子燕，就因为过于特立独行，名声极差。

兰羽找的私家侦探，把这一切打听得清清楚楚。

何绍礼此刻把这些往事说出来，有那么一秒，静林中有飙风，就仿佛他此刻压抑愤怒的心境。何绍礼这辈子鲜少恨过什么人，楼月迪确实是其中一个。

江子燕无声地听着，微微震惊，更多的是一股遗憾。

"这些事情，都是兰羽调查的？"

何绍礼沉默片刻："你和她之间一直有梁子。"

江子燕淡淡笑了，明知故问："是因为我俩当时都喜欢你？"

何绍礼望了她一眼，完全没有赧然："应该有我的原因，但更多的是你捉住她作弊，还向教务处实名举报——不过，兰羽上大学也没写过几笔作业，她当时的作业都是我帮着写的。无论从哪方面，你应该对我生气。"

江子燕沉默了半晌，轻声说："不，我生你们的气干什么，真的，我谁的气也不该生。"

母亲的阴影，也许是缠绕江子燕一辈子的噩梦，但失忆后的她得以全部幸免。

江子燕此刻只怔忡地想着，假如自己真像何绍礼说的那般有野心、有实力，手脚通天，耳目灵敏，早就自挣前程去了，为什么在关键时期恋爱？为什么非要倒追别人？为什么非要招惹这一对小佳人？难道自己就真是那么童年缺爱，心理阴暗到看不得世界上有情人终成眷属？

江子燕反思着自己的前半生，如同看着曾经的万年顽石沉入湖底，带着些说不清的烦躁和无奈。

何绍礼看着她的表情，轻声说："子燕姐，你知道，你我现在在法律上是什么关系？"

江子燕只觉得疲惫又无趣，她淡淡说："哦，我知道我们领了结婚证。但这完全是为了让何智尧合法生下来的权宜之计。如果你需要我为你和兰羽让路，我会答应。但是，儿子我绝对不会让步。"

何绍礼不睬她，望着自己的手，手指修长，握拳时骨节突出，充满男人特有的力量美感。他面无表情地说："你猜，你我两个人之间，谁曾结了两次婚？"

江子燕愣在当场。

何绍礼依旧没有看她，一字一字地说出隐藏在内心最大的秘密和矛盾："江子燕，你和我领证前还结过一次婚。"

江子燕耳朵里嗡嗡发响，手脚发麻，最初听到自己充满黑暗绝望的童年，她也不过安而静地蹙眉，并不十分在状态，如今仿佛身在悬崖，措手不及。她压着惊怒，很镇定地说："何绍礼，你疯啦！"

何绍礼笑了笑，眼中殊无笑意，他低头承认了："刚知道我可能戴了绿帽子那会儿，有一点受不了。"

江子燕霍地站起来，目光雪亮，死死又严厉地瞪着他。她仔仔细细地打量何绍礼的表情，一根毫毛都没错过，随后就判断出他确实没有在骗自己。

仿佛被悬而未决的霹雳，击中了天灵盖，江子燕只觉得站着都发抖。如此天大的事情，他怎么不早告诉她？

到了大三下半学期，江子燕依旧没有任何求职的打算，也不打算"找"工作。

她从小在过于尖锐的敌意环境中长大，为了生存，已经伪装顺从了太久，根本不想再做好员工，更对稳定的公职不感兴趣。何况江子燕身上那股冲天野心和绝望阴冷，也不像是乡下地方走出的姑娘会有的。

那个年代的互联网行业依旧处在泡沫繁荣阶段，是虾是蟹赶上风口，几乎靠着信息不对等赚得盆满钵满。当时的江子燕拒绝国际知名互联网公司的offer，准备先和几个大学同学开一个互联网外包公司。

但也就在那年，楼月迪去更新小燕餐厅的营业执照，等需要出示户口的时候，她发现女儿的户籍在几年前就被转移走。等楼月迪托人去派出所查档，发现"江燕"的婚姻状态居然是"离异"。

江子燕大学毕业后，就可以凭借高级人才吸引政策，把户口迁至到本市。但何绍礼看得很准，江子燕身上有隐藏得很深的小地方局限性，她坚强到知道什么对自己有利，却没有很多机会和时间去真正开阔眼界。

在以熟人社交为主的家乡洲头镇，任何芝麻大小的事都要"托人"，以至于江子燕隐隐担心"自己一个外乡人，万一在大城市里找不到关系，万一中间出了差错，万一落不了户怎么办，万一……失败了回去怎么办"。

与人才吸引政策相比，当时本市户口的监控更松，外地户籍嫁入本地，在六个月就可以迁入户口。当然还有一个办法，是买房。

江子燕就是对身份问题，有莫名的执念。她精明胆大，可也终究是一个涉世不算太深的乡下女孩，更或者，她内心深处敬畏的东西，已经被楼月迪彻底地阉割干净。江子燕的新名字中间，是个"子"，江子燕自己选的。子不语怪力乱神，当自己从小就活在地狱当中，懂得哭诉没有用处，也不过是内心越难过就越维持沉默罢了。

家乡这个词，从小到大带给江子燕的只是巨大的幻灭感，那种灭顶的疼痛，能逼着她付出一切代价去避免万一。

江子燕为求百分之百的稳妥，大四开始就从容地到黑市找了婚姻黑户中介。她准备以"江燕"的身份结婚，只等到时候落户、离婚，处理完毕再回家乡注销一个身份证。到时候，人们知道"江子燕"属于本市户籍，并不能查到她的婚史。而等毕业后注册法人，她也能堂堂正正地以此资格，在本城申请为扶持减税高科技企业。

她自认巧妙地利用这个漏洞，但百密一疏。

楼月迪连夜坐飞机赶来，冲进教室，当着老师和同学的面，狠狠地扇了坐在最前排的江子燕一个响亮的耳光，以向学校告发真相为由逼着女儿毕业后回洲头县，应聘成为一名幼儿园老师。

创业的事情自然不了了之，江子燕连毕业典礼都没有出现，更没有和本科的任何同学联系。

女儿结婚这件事，同样给予楼月迪无与伦比的打击。小燕餐厅温婉的老板娘从那时候起，苍老不少，开始酗酒，和餐馆里一个年轻厨子不清不楚。对方满脸青春痘，好赌，喜欢斜着眼看人。楼月迪甚至还为那个厨子买了辆代步车，不过，车主的名字掩耳盗铃地写的是江子燕。

"小燕你看，妈妈对你多好，这种时候还想起你。"楼月迪温柔地说，她的情绪只有喝了酒才会稳定，"这车先给他开，等燕儿你以后会开车了，再留给你。"

江子燕在酒气熏天中维持沉默。她已经发现，自己大学时期寄回家的全部奖学金和钱，连带着餐馆大部分的收入，都被楼月迪直接转手送给厨子去打麻将。楼月迪其实真的不在乎钱，也不在乎女儿的前途，她好像只想拉着什么人，坐上那条在黑暗湖水里逐渐下沉的人生大船。

楼月迪扣着江子燕的所有证件，不喝酒的时候会流泪叹息，甚至忙活着为女儿相亲，想让"二手货"女儿赶紧在本地嫁人找个"接盘货"，但楼月迪喝醉的大部分时间，则又对江子燕开始熟悉的毒打。

母女之间那薄如冰的温情越消磨消失得越快，最后只剩下楼月迪嘴里机械的"欠债""赚钱""还钱"，以及江子燕回报的永无止境的沉默隐忍。

江子燕在家帮着母亲打理了半年餐馆，她又考上了和F大同市齐名的U大研究生。当研究生开学一周，江子燕把本科赚来的所有私房钱都留给母亲，从厨子那里取了旧身份证，再次毅然决然地逃出家门。

江子燕重新回到这个城市，是在一个夜晚，她独自站在火车站，外面下着倾盆大雨，江子燕坐错了三辆公交车，辗转徒步到校园，仿佛这里有什么宿命在等待。

何绍礼还记得他有一次看到江子燕，是在U大的体育场。

兰羽爱出风头，很活泼地报了个十佳歌手的竞赛。他被学生会拉上去和其他大一新生做搬矿泉水箱的苦力，高高地站在台上，透过帷幕，能清晰地看到下面所有观众。

演出没开始之前，大家你看看我，我看看他，但目光所及，前排一直有个长发女生，穿着土气的桃粉色毛衣，正静静地站着等人，像只孤独的残疾左手，死不回头，只留背影。

何绍礼每次想到这里，他都会闪电般想到，江子燕那会儿就已经成为别人名义上的"妻子"。他内心那股黑暗的嫉妒仇恨，至今都如困在琥珀里的天牛虫不得伸展。

夜已经深了，何智尧已经睡着，他的父母在外面窃窃私语般说着话。

何绍礼除了面色铁青，其他还好，目光依旧温和。江子燕则在仔细查看完自己的户籍后，如同遭受当头一棒。

当年她出国的手续，都是由何绍礼代办，她甚至从没想起查看。但即使自诩心志坚定，她依旧不想相信如此大型魔幻的故事会在自己身上上演。

江子燕喃喃说："我就为了个户口和陌生人结婚了？我当时究竟怎么想的……"

何绍礼笑得有些瘆人，他曾经也用原话质问过她。江子燕当时的表情镇定又绝望，她面无表情地回答，他不懂，他绝不、绝不、绝不懂她曾经过的是什么样的生活。

江子燕后来失忆，何绍礼不顾家庭的坚决反对和何穆阳的咆哮，仓促地和她领完结婚证。

两人登记签字的时候，民政局大厅顶上的灯光落在她的纤细睫毛上，留下凉薄的影子。他当时探身过去，轻轻握了一下她的手："我会给你你想要的一切。"

江子燕连挣扎的意图都没有，哈欠连天，又靠在轮椅的垫子中沉沉睡着了，表情是毫无顾虑的轻松和无所谓。

回到医院，当何绍礼和医生交谈完她的近况，他疲倦地准备走进病房前，听到病房里江子燕对着护工柔声说："您信吗？我真的不在乎这孩子的爸爸是谁。不管他是小偷还是国王，对我都没差别，我都没有兴趣知道。"

江子燕还在创伤恢复期，口齿有点含糊不清，会把"不在乎"说成"bo在乎"，"国王"说成"bo王"。

何绍礼站定不动，护工尴尬地说："孩子总需要爸爸呀。"

"如果孩子以后问我，为什么会想生下他，我就会回答他，我生你是为了创造美好记忆。我生了你，我的所有过去就只有你，我的过去就是完美无缺的。我不需要恢复记忆，我有我的宝宝就够啦。"

好吧，也是在那个时候，何绍礼靠在门外的墙壁上，他安慰自己，江子燕的失忆也没什么大不了，尽管在大多时间里，他难以和江子燕同负一轭。他的太多情绪因为她而起，包括那些他从未体会过的对抗、纠缠和控制欲，以至于他都见不得他们的儿子哭。但有一点，他从未变过——何绍礼是真的很想让她开心，不管他自己会在背后付出什么代价和痛苦。

"我没有把你结婚这件事告诉你，是怕你这性格听完后会带着胖子逃跑。"何绍礼直言不讳，然后又说，"你最初失忆的时候，每次在医院见到我，都像老鼠见到猫，身体也总在起伏。你这次肯回国，我也依旧搞不清楚你的想法，你的状况不稳定，我难道不应该更谨慎点吗？"

江子燕的脸红一阵青一阵，她森然追问："可你现在又决定告诉我——"

"我现在不告诉你，也瞒不了多久。"他轻描淡写地说，"就怕

244

你打着避嫌的旗号，再拐带胖子从家里搬走。江子燕，我同你说过，我这里绝不是旅馆，你不能想走就走。"

江子燕喉咙彻底被堵住。

她想到就差交订金的租房，就差了一步要提出告别。本来她今晚只是随口试探几句，万万料不到何智尧首次开口叫她妈妈，再加上何绍礼又连续爆出那么大的料，所有这些都让她又乱了阵脚。

她定了定神，硬着头皮问："你还有别的事，想要告诉我吗？"

何绍礼看着她，黑暗中，她整张脸苍白，唯独眸子如同擦着纸火样发亮，让人忍不住猜她心里在想些什么，他便说："你自己还想知道什么，直接问我吧。"

江子燕一时之间自然是什么也想不出来，心里五味杂陈，忽而呵地笑了声，又迅速板起脸，神情满是自嘲和迷茫。

最初失忆，她还勉强安慰自己，年少轻狂，谁没做过几件荒唐事。后来回国，她又松了口气，发现自己过去也并非一无是处。但此时此刻，江子燕就像拆开了何智尧的过期薯片，里面百分之八十七的氨气已经变了味不说，而剩下百分之十三奇形怪状的缩水马铃薯片，全部都是过去黑历史留下的渣渣！

她挑了个简单的问题："除了你，还有谁知道我之前结过一次婚的事？"

他眼眸中不无冷意："爸应该知道点，但他从来没提过。其他人嘛，你都瞒得很好，至于那些瞒得不好的，我也帮你遮掩过去了。"

她挑眉问："兰羽不是找了私家侦探查我吗？她知道这件事吗？"

何绍礼闻言倒也是微微地笑了："小羽啊，她真的很单纯，还有点不太爱动脑子。"

这词是好词，笑也一如既往深情动人，但何绍礼评价起青梅竹马的口气，并不太走心。江子燕再略微想了想，觉得兰羽应该不知道这事，否则今天见面，她早该把这事提出来羞辱自己了。

何绍礼顿了顿，反问她："子燕姐，你今晚三番四次地打听小

245

羽，是有什么问题吗？"

江子燕已经重新被他拉着坐下，整个人依旧无法自处，但目光掠过何绍礼的面容，她突然相信以前自己对何绍礼是有过真感情的。人即使失忆，终究无法全面纠正自己，每个人从来都只有一种偏爱的类型。她好像确实比较钟情聪明人。

"我今天上班，在公司里碰到兰小姐啦，她好像和我老板认识。"她有气无力地交代，又忍不住说，"我的男老板和兰小姐看上去很亲密——我没有恶意，就是想提醒你。"

何绍礼没什么表情地一耸肩，表示听到了。

江子燕见他这样，也点到为止。她现在如坐惊涛骇浪之巅，无非抓住什么思绪随口就问什么，此刻火烧眉毛也顾不上兰羽。

江子燕又蹙眉想了会儿，忍不住问："我认不认识那个第一次和我结婚的人？"

何绍礼奇异地笑了："你对他好奇，那我明天帮你查查？"

他的语气好像突然又变坏了，江子燕闭了闭眼睛，轻声说："我只是想确定，这个人的存在，以后会不会伤害我。"

老实说，她可不想再去应付第二个何绍礼了！

江子燕真的永远忘不了她最初的失忆状态，头发被剪短，满脸倒霉相地坐在床上认那些简单的汉字。云何纵心，令住恶法？什么女阎王、女煞星，曾经积攒的所有骄傲都已经像大厦般塌了，也许这些骄傲从来就不重要，也许它们本身就没真正存在过。

"江子燕？"

五味杂陈的这个时候，何绍礼叫了她，江子燕下意识地抬头，他的口吻像圣诞前的冷雨，新鲜、冰凉和沉寂。

何绍礼淡淡地说："世界上任何想伤害你的人，必须先踏过我。"

江子燕瞬间屏住呼吸，转头专注地看他的眼睛，五指扣紧沙发缎面，但也只有几秒。她深深吸了口气，低声说："好，你不要忘了你的话，但我也得想一想，我真的需要自己想一想。"

何绍礼不动声色地追问："你打算继续住在我这里想吗？"

江子燕略微狼狈地避开他的凝视，坐在客厅冷淡又温柔的高级银灰色调里，心突突地一跳一跳的。

在此之前，她还疑惑何绍礼过于莫测的态度，现在真相大白。什么童年很黑暗、人生很复杂、人总是很难知道自己真正想要什么……这些高明的鬼话，早几年能写卖惨型PS申请常青藤奖学金，却绝对不能成为在真正的感情里撒谎的理由。如果何绍礼曾经对她动过半点真情，他就绝对不能忍耐这种天大的欺骗。

何绍礼不像她，从不说狠话，但他想要什么想做什么，到最后是不能打折扣的。她如今也不用费心想怎么和何绍礼保持距离了，他绝对会逮着机会报复她的，就权看程度如何了。

江子燕想了想，终究无法做到过河拆桥，轻声说："如果你不赶我的话，我还是想尽量多陪陪智尧的。我会继续住在这里。"

雨断断续续地下了三天，温度慢慢扑上来，夏天就这么开始了。

最近，江子燕没在公司看到傅政，这样也好，避免了两人因为兰羽可能引发的尴尬。自从那晚从何绍礼口中听得自己的童年，那盘旋在心底的凉意很久都挥散不去。但剩下的深夜，她又恢复安宁无梦的状态，甚至隐隐松了口气。

她没有再梦到过母亲。

早在前几年，楼月迪因为心梗去世，母女间的故事随着江子燕失忆，彻底地落下帷幕。所有痛苦、反思和追悔，已经成为过去。活着的人还努力活着，一切也就这么过去吧。

只有在教育儿子的时候，江子燕才感觉到遗传的力量。

她利用客厅里的小黑板，教何智尧学习拼音和算术。但大多数时间，何小朋友看见那块黑板，都会远远绕道，反而江子燕自己在上面画来画去。她之前给自己布置了新的任务，要学会盲打，其中的诀窍是记住a，s，d，f，j，k，l这几个键。刚开始学，动作有些迟钝，颇有何智尧认拼音的风姿，她整日在客厅的小黑板上默写键盘。

也是在这时候，江子燕发现自己的教育模式多像曾经的楼月迪。何智尧明明被她逼得都快哭了，她却不肯抱他，不肯哄他，不去安慰他，还继续无情地呵斥他、骂他，逼得自己内心冷硬凶狠，和楼月迪一样。

何智尧周末被送往爷爷家前，又被江子燕逼着认完几个大字，学了数学，过程中还被她因为恨铁不成钢拧了脸。

等结束母子"友好"的课程后，他闷闷不乐的，单手抱着变形金刚。

"你讨厌我吗？"

此刻，何小朋友听完妈妈的问句，有点不明所以，圆脸上露出疑惑的表情。

"就是刚才，"江子燕比画了一下，她垂下眼睛问，"我让你读了八遍课文，你心里是不是很讨厌我？"

何智尧懵懂地看着她，他潜意识里觉得这问题有点不大好回答，但思考了会儿，还是慢吞吞地摇了摇头。

江子燕半点都不相信。

"对不起，妈妈刚才对你很凶。"她咬唇，每当控制不住急躁的性子骂完何智尧，纵然是隐约后悔，却有点放不下架子道歉。这大概是当家长的威严吧，有点可笑，却明显存在着。

何智尧没吱声，低头专心把玩着变形金刚，半晌，他认真地回答："我不讨厌你，因为、因为你一直都很凶。"他居然破天荒地说全了中文。

江子燕愣住，又开始思考起自己怎么"一直"都很凶。她真的觉得自己没那么凶，唉，以后还是多赚钱，请幼教名师好了。给自己孩子当老师这事，真的太伤感情。

反倒是何智尧给他妈妈扣完这顶大帽子后，也有点心虚，他拽了拽她，小声地说："姐姐，'一直'怎么说啊？"

何智尧的英语很好，已经能用虚拟语态写点东西了。她就直接教他一个高级词汇："constantly."

"坑死蛋特嘞。"何智尧心不在焉地重复着，他被她用水壶喂了点蜂蜜水，再把小胖脸安静地搁在妈妈的手臂上，幼小心灵感觉十万分的纠结。江子燕十分钟前才板着脸骂完他，严厉地罚他站，何智尧委屈得只盼着赶紧去爷爷家躲着。但是现在这个时候，他又觉得妈妈好温柔，又特别舍不得离开她。

唉，可是何智尧依旧挺想去爷爷家玩的。何小胖子忧伤地看着窗外的蓝天，觉得自己的人生总是布满了各种blue。

出租车停稳后，母子两人正好碰到了往小区外走的吴蜀。

江子燕正让司机帮着把何智尧的儿童自行车从后备箱里拿下来，何智尧已经眼尖地看到远处是自己的小个子姑父，立马欢欣雀跃地跑过去，张开手要他抱。吴蜀刚出完义务门诊，看着小孩子在自己眼前张大了嘴，下意识地想从口袋里摸出一架小手电，打算去查看他的口腔。

江子燕抬头看到两人的姿势，不由笑了。吴蜀也反应过来，自嘲是职业病作祟。

吴蜀到底放心不下何绍舒，两人不过分别几天，他就打算提前去洛杉矶，今天是来到岳父家进行告别。

没说几句，吴蜀就匆匆告别。

吴蜀脱下手术服，跨上出租车的模样，只是芸芸众生中一个普通的中年人，再因为个头小，显得更不起眼些。谁也想不到，心高气傲的何绍舒肯为了这样的男人，自然流产两次，还执意要生下他的孩子。

真正的爱到底是什么？

江子燕继续俯身推着小小的儿童自行车，望着正在玩从姑父那里抢过来的手电筒的何智尧，心里想，如果她也能这么努力地爱尧宝，也许总有一天，也能成为更温柔的人，成为一个更好的妈妈。

吃晚饭的时候，何绍礼加班没有及时赶回来。

偌大餐桌冷冷清清，只有两个大人和一个小孩，何穆阳纵然疼惜孙子，但也并不习惯在江子燕面前展现爷孙之情，因此问的都是她本人的情况，目前在哪儿上班，职务是什么，公司的构造如何，等等。

江子燕也全部回答了，姿态谦虚，完全是小辈人在长辈面前的姿态。

何穆阳淡淡地应了声，让保姆去给何智尧换新的围嘴，突然问了句："你是打算用这个职位当跳板，还是另有别的职业计划？"

江子燕想了想："编辑这个行业，流动率高，但我暂时不打算跳槽，毕竟在一个行业内待五六年才算入门。我这几年打算多沉淀一下，也多陪陪智尧。"

平常又无可挑剔的回答。

何穆阳看着江子燕低头的样子，嘴角挂着僵硬的笑容。他隐约记得，头一次知道"江子燕"的名字，还是从女儿嘴里。接着何绍舒暑假邀请同学来家中做客，他正好在家，江子燕在何穆阳的审视下略有拘束，却依旧不肯低头。

像是这种外地来念书的小姑娘，顶尖大学毕业，是可塑之才，但通常性格特别敏感且倔强，也没有足够的智慧调低姿态，以后走入社会只会处处碰壁。一抓一大把的货色，实业民企在校招聘时避之不及的人选，何穆阳从不放在眼里。

午后，何穆阳独自到花园抽烟，正好听到她和儿子在阳台闲聊。

"绍礼，你以后打算做什么？子承父业，直接去接管你父亲的公司吗？"女孩有一副轻柔的嗓音。

儿子敷衍地笑了笑："有这个计划，但肯定也要看我有没有这个能力去管。"

何穆阳沉默地吸着烟，说不上对这答案是满意还是不满意。他是商场里摸爬滚打出来的雷厉风行的性格，有时候觉得，对儿子这种无所谓的态度，也是挺烦的。但他听到女孩子静静开口："你那么年轻，就做那种仰仗父母鼻息的工作，有什么前途呀？"

他挑起眉。

后来江子燕的这句话，在何绍礼大学毕业后，何绍礼居然一个字也没改，又对何穆阳原样说了一遍，彻底断了何穆阳打算和儿子共业的心思。到最后，儿子也只同意在公司实习半年当作历练。何穆阳早些年，大动肝火，痛斥儿子的幼稚和不识抬举，却也不由掂量着这个未来儿媳，想看她在其中起着什么作用。

同一个人，失忆后气质依旧，但曾经掩饰很深的浮躁感和无知感，蜕变得彻底看不出来。

江子燕也感觉到何穆阳那种锐利的审视，握着筷子的手紧了紧。

是了，就是这种感觉。她并不怕何穆阳发难，只是懊丧地发现，拜楼月迪所赐，在饭桌上吃饭时好像是她的精神最脆弱的时候。以前还好，现在她知道了童年往事，如果压力略微大些，闻着饭菜的味道她就又有厌食想呕吐的趋势。

何穆阳双目微凸，面相本来就显得严肃，他刚要开口说话，眼角余光却瞥到什么，才发现何绍礼不知道什么时候回到家，此刻安静地站在门口，不知道听了多久的墙脚。

老爷子不由气笑，放下筷子："家门口的西北风好喝吗？"

何绍礼知道被发现了，他走出来，摸着鼻子笑："这几天下雨，我这鼻子难受得不得了，就多站了会儿。"

何穆阳确实有心要敲打江子燕几句，至少让她不好过。但何绍礼回来了，连笑带挡的，公公说儿媳的立场就隐约有些尴尬，只能对何绍礼板起脸："你这鼻子得去医生那里好好看看！赶紧坐下，吃饭。"

江子燕看到何绍礼出现，神情也瞬间松动，但她没有明显表现在脸上，只是内心松了口气。等何绍礼落座的时候，她忍不住侧头朝他一牵嘴角。何绍礼也朝她回之以笑，两个人的视线莫名地在彼此脸上定住。

彼此都有点出神。

何穆阳视若无睹，自己低头吃饭。直到何智尧不小心把筷子掉落在桌面上，哐当一声，江子燕和何绍礼这才迅速移开眼睛，双双莫名

251

有些脸红。

江子燕这才发现，何智尧因为没人管，吃得满嘴都是口水，何绍礼也看见了。这几晚都是他读三国来哄儿子睡觉，他替何智尧擦了擦嘴，笑着评论了句："刘备是时不时地流眼泪，胖子你也不差，时不时地滴点大哈喇子啊。"

江子燕低头忍笑，何穆阳不理儿子，只看着孙子，温声问："智尧，吃饱了吗？"

何智尧噘起了小嘴，他现在觉得他爸爸特别烦人，老是拆自己台。于是他转动明亮的眼睛，专注地盯着何穆阳的脸，忽地，甜丝丝地说："爷爷好哇！"

江子燕和何绍礼已经习惯这孩子时不时地开口说话，但何穆阳头一次获得被叫爷爷的殊荣。正好这时候，董卿钗发来了视频，何穆阳立刻站起来，招呼何智尧到书房，准备哄着他再叫一声爷爷或者奶奶，正手忙脚乱的时候，阿姨说外面有人敲门。

何绍礼刚回来还没吃饭，江子燕便让他坐着，自己下楼要去开门。但等她走到院子里，就又犯了难，锁怎么也打不开，后来还是何绍礼追上来。

"这锁有点旧，得压着边，往上提。"何绍礼亲自过来开，他笑着说，"子燕姐，你帮我把旁边的门灯打开，我看不见来人。孙姨估计忘记换摄像头的电池了。"

江子燕摸了好一会儿，她问："开关在哪儿？"

他还未答话，远处的铁门外，就传来冷冷的女声："亮着橘色小灯的位置，就是开关。"

江子燕怔了怔，手依言摸到那个位置。何绍礼却已经从声音里听出来人，等灯亮起来，果然看到兰羽正俏生生地站在门口。

和江子燕前两次见到的不同，兰羽脸上头一次带着甜笑。不过，这笑意自然不是因为江子燕。兰羽穿着一条蓝白色条纹衬衣裙，踩着鞋底非常薄的皮凉拖，很简单的打扮，越发显得少有的好容颜。

何绍礼摸了摸鼻子，招呼说："兰羽，你怎么来了？"他又微笑了下，"我还在吃饭。"

听他这么说，江子燕很识趣地要让出挡在门口的路，准备让兰羽进来，却看到何绍礼脸色微微发沉，不由僵住。幸好下一秒，她听到他很自然地说："那你进来吧。"

兰羽却摇头，江子燕这才发现，她脸上同样也有很浅的梨涡，抿嘴微笑就能显露。

兰羽轻快地说："绍礼，今晚我主要是来找你的，方便和我单独说点话吗？"她这么说的时候，看了眼江子燕，但对方依旧站着，置若罔闻。

瞬间，兰羽只觉得熟悉的恼火又涌上胸口。只因为江子燕在以前最激怒自己的，通常不是故意找碴儿，而是这种根本无意识的忽略和轻视。"女阎王"的嘴巴毒辣，但她并不经常打击人，只是随口冷冷的一句话，通常就显得别人很蠢。

何绍礼沉吟一下，目光在兰羽脸上停顿片刻后，他回头说："子燕姐，你回去等我一下？"

江子燕这才朝兰羽微微一笑，转身离去，多一句话也没有。

如果说兰羽粉面朱唇，只要装乖，就能看起来甜美又温柔，江子燕失忆后的笑也是秋水伊人模样，但骨子里的感觉依旧太端着。兰羽以前很讨厌江子燕的阴郁劲，此刻又很烦她那股子笑，仿佛和谁都没感情的微笑。凭什么呢？

直到余光望着那个身影重新消失在门内，兰羽才呼口气。眼前咣当一声，铁门居然又重新关上了。

高大的身躯已经半掩在门背后，昏暗灯光下，何绍礼体贴的语气和刚才一样，他笑着说："小羽，有事在这里说吧。"

兰羽终于也沉下脸："怎么啦？锁门是什么意思？你什么态度呀？我怎么又惹到你了？"抬头恰好看到何绍礼握着门的手一紧，她缩了缩脖子。

何绍礼倒很平和地解释："我让子燕走，是因为我不想当着她的面给你难堪。但是小羽，我上次对你说的话，你还记得吗？"看她语塞，他简洁地说，"我就姑且当你没忘吧。"

　　两人旁边是被淋了几天雨的石墙，兰羽家的庭院设计师，和何家请的是同一位，设计风格不同，但都有些地中海风情。院子外面旁边是林荫道，翠色在童年来看就很漫长。

　　他们毕竟一同长大，似乎从少年开始，何绍礼就有这样的沉静眼神。他，和他那总自诩雅典娜的姐姐，确实被教育得和其他孩子格外不同些。比起姐姐，何绍礼身上几乎没有富二代的任何典型优缺点，更温润、更开朗些，能和所有小伙伴玩得好，又很从容。

　　也许因为对太多事情游刃有余，任谁都别想触摸这英俊优秀的男孩子的内心，他有掂量的本钱和时间。直到江子燕出国的第一年里，何绍礼开始陷入工作和照顾儿子的困境，只要稍微展现丁点犹豫，就会被拉入琐事的绝境，他的性格终于蜕变得锐利、决断和冷心肠，偶尔露出自负不耐的表情，很像何伯伯。

　　也是那个时候，何绍礼和兰羽的关系几乎修复到了高中时期的亲密无间。

　　神奇的是，兰羽虽然极厌恶江子燕本人，她生下的小孩子却很合她的眼缘。她头一次见到何智尧，他正在童床里仰着软绵绵的脖子，湉黑的大眼睛专注地盯着她来回晃动的手指。有段时间，兰羽甚至忍不住想，如果要替江子燕养这么个儿子，也是无可无不可的。

　　何绍礼那时候太忙，也任由她整日和何智尧玩。直到一日，他匆匆回家，正好撞见兰羽教何智尧喊她自己妈妈的一幕。

　　"我儿子不是你的宠物狗，兰羽，你不能因为想逗他玩，就让我儿子叫你妈妈！何智尧的妈妈也不是你！"何绍礼被触了逆鳞，没有给她任何辩解的机会，他目光冰冷如刺，冷声训斥，几乎是骇人地大发脾气，"摔坏脑袋的是江子燕，你的脑袋还没有！"

　　兰羽泪流满面地推开他，哭着跑走。何绍礼直接带着何智尧从家里搬走，他向来温和，但做决定说一不二，从此把儿子像用铁桶围起来一样。后来听说，何家的长辈都只能一个月见几眼孙子，也是从那天之后，两人没有再联系。

这几年来，兰羽有时候懵懵懂懂地回忆这一幕，觉得何绍礼着实是大题小做，有时候又感觉自己被彻底羞辱——什么鬼，她根本都不稀罕做何智尧的妈妈！

沉默片刻，兰羽忽而低低辩解了一声："反正，我问心无愧……"声音略微带着颤抖，更显得委屈。

这个话题多说无益，何绍礼也不想多解释。两个人暂时都没接话，又僵持了会儿，何绍礼才想起什么："你今晚来找我，是不是想问什么同学聚会的事？"

兰羽赌气没说话，他便轻声解释："我最近忙，一直没时间接电话，昨天看到你的短信，也忘记了回复。我工作比较多，大概抽不出时间参加，你自己去玩吧。"

原来，兰羽上个月回国，约了几个熟稔的高中和大学同学聚会。她想了半天，决定要约何绍礼。此刻她想说什么，又觉得言语说出来轻飘飘的，于是把何绍礼还搭在门上的手掌拽过来，在他手心写着：来，来，来。

何绍礼略微迟疑，轻轻回握了一下她的手。沉默片刻，他松口说："如果我去，也不会是一个人去。"

兰羽立刻展颜："好哇，我很久没有见到智尧啦。他好不好？聪明不聪明？会开口……"她突然止住声音，脸上顿时难看起来，因为她明白，何绍礼说的带人根本不是带何智尧。

她半晌不说话，冷淡地问："她还没找回记忆呀？"

何绍礼低声说："还没有。"

兰羽反手一扣，长指甲刺入他的手掌。

何绍礼吃痛，但看到她执拗的脸色，倒也没收回来。

兰羽抿嘴问："我只关心你来不来。至于你爱带谁来，我根本不关心。绍礼，我今晚来找你，是一直有句话想问你——我和江子燕，你内心到底向着谁？"

看他就要回答，兰羽有些慌张，迅速说："我知道，你现在都已经和她结婚，我、我其实也都有男朋友啦。但是，我不懂咱俩当初出了什么问题，我们之间，到底是不是因为江子燕才疏远的？如果江子燕没有……没有生下何智尧，你现在还是单身，我现在在你身边，我们会是什么样子呢？"

何绍礼沉默了。

这种相似的问题，何绍舒早在大学就问过他。

当时是一个辩论赛期间，辩论"大学期间应该注重培养学习能力还是职业基础"这种白烂话题。兰羽和江子燕在不同的辩论阵营，学校里都传开了何绍礼招惹了两名女生，贵公子脚踩两只船云云。

男主角本人，刚在隔壁的操场上踢完一场球赛，四肢摊开躺在草地上。何绍舒踩着高跟鞋走过来，朝着弟弟脸上扔了一瓶冰水，嘻着笑问他："没想到，我弟弟真是情圣啊——"她问他，"说真的，江子燕和兰羽，你内心更想选谁？"

何绍礼懒洋洋地坐起来喝水，神色飞扬。他脸上有些发热，不知道是因为刚踢完球还是姐姐这个问题，但他直接说："别这么讲，我谁也不想选。"

"什么意思？"何绍舒显然没懂，夕阳照着她明艳的脸。

何绍礼淡淡地说："姐，我从来不会选。"

兰羽和他是青梅竹马，江子燕也有种种神秘动人之处。在他人眼中，她们都是非常优秀美丽的女孩子，却同时钟情于他。何绍礼是一个年轻男孩，有时候会非常自得，有时候也会很尴尬和烦躁。

但这些都不重要。重要的是，何绍礼也曾是不逊于江子燕的学霸，大城市里典型的优等生，骨子里倨傲，他天生看轻很多东西，他相信正确答案只有一个，要在两者之间做出选择，不过就是要举证和验错。而何绍礼觉得，为了一个日日装神弄鬼的女孩，得罪多年的青梅竹马很可笑，而对于兰羽，因为江子燕的出现，他同样感到有些东西在自己和兰羽之间渐行渐远。

两相权衡，何绍礼索性不打算和两位女孩里的任何一位进行深入发展。

"天涯何处无芳草。"何绍礼玩味地说，"我还是利用大学时间玩玩牌，继续当最后几年纨绔子弟吧。"

何绍舒对弟弟呸了一声："不要脸！你敢不敢当着兰羽，把原话说一遍？有本事你以后再也不见兰羽了！"

何绍礼倒是笑着说："我感觉，这事也没什么困难的啊。"

何绍舒一愣，想到兰羽和何绍礼之间，一直是兰羽缠着弟弟。何绍舒脸色难看，用鞋尖踹了何绍礼一脚，扭身就要走："你喜欢谁都随便，但我要把这话也告诉江——"

"何绍舒！你别对她瞎说！"

一瞬之间，何绍礼突然跳起来大力地攥住她的手臂，用力之猛，几乎把何绍舒拽得一个趔趄。他略微僵住动作，自己都震惊那一种突如其来的慌乱。明明说谁都不在乎，但为什么说到江子燕，他的反应这么大？

何绍舒站稳身形后，回头朝着弟弟露出阴险了然的微笑："脏手赶紧放开，小浑蛋，全身臭死了你！我让你装情圣，你怎么不继续装啊？"

姐姐刚要继续嘲笑，她的手机响了。

刚结束的辩论赛上，江子燕方赢了兰羽那一方，过程中，江子燕开始质疑兰羽对课业的专业性。兰羽在众目睽睽之下，被说得泪流满面。

如果说，何绍礼确实对江子燕有更偏向的好感，然而总在江子燕对兰羽那种咄咄逼人的态度里，来回摇摆。

江子燕年纪更大些，她在任何方面，自始至终都占上风，然而完全不懂得任何相让和谦虚。她总是肆无忌惮地嘲笑兰羽的单纯和急躁，那不是出于对情敌的排斥和嫉妒，而是发展到了更恶意的发泄阶段。

江子燕以自己的方式刁难兰羽，不留余地，就如同不近人情的楼月迪逼迫女儿，仿佛很喜欢看别人陷入无助，挣扎和难过的模样。

　　也是那个时候，何绍礼选择在江子燕面前继续保护兰羽。他至今都对此决定不后悔，但讲真的，这辈子他确实不想再体验第二次，真的太艰难。

　　"绍礼？"此刻，兰羽还在等着他回答，她一直紧紧地拉着何绍礼温暖的手掌，"我不是说你一定会和谁结婚，会有什么结果。但我就想问你，如果你现在单身，我也单身，江子燕也单身，你俩没有孩子，如果你要恋爱，我和江子燕你选谁？我就想知道这个。"

　　何绍礼沉默片刻，自嘲地笑了："其实她刚回来的时候，我告诉自己，我不想和她恋爱，她会是我的亲人。"

　　兰羽心里一喜，下意识地问："亲人？亲人有什么不一样？"

　　何绍礼平静地说："亲人，就是我和她，无论生生死死，这辈子都会有一层关系。"

　　她蹙眉说："那，咱俩之间也是亲人吗？"

　　没有回答，何绍礼已经放开她的手，他淡淡地说："我们是从小一起长大的情分，兰羽。"

　　他退后一步，远离铁门，轻声说："一直都是江子燕，我明明早就告诉过你这个答案。"

　　像一盆水慢慢地浇下来，兰羽觉得浑身湿透。她张着嘴，好像想到了何绍礼确实提过，可是每次都是在盛怒当中。第一次当着江子燕，第二次当着何智尧，他的表情总是有一股杀气腾腾的陌生和疏离。

　　但兰羽所熟悉的何绍礼，是江子燕即使怀孕跳下楼，面对天大的荒唐和纠缠，他都还能像没事人般独自养儿子，轻轻松松地跟着她玩闹。

　　兰羽不解地说："可是，江子燕不是什么好东西，你都知道，她明明……"

258

"兰羽，你不懂吗？"何绍礼望了她一眼，那眼神也不是恼火，倒有点像何绍舒曾经打发追求者的态度，上位者对下位者的耐心。

他索性再解释得更明白点："我不在乎她以前做过什么，她是不是失忆，她品格是不是高尚，这些根本不重要。我心里从始至终的那个人都是她，不管她做了什么。"

过了这几年，兰羽早从青梅竹马的情缘中走出来。这些年她同样在国外学习和旅游，谈了两场恋爱，她的很多感觉已经时过境迁，也不需要格外证明什么。按理说，她也不会再感到伤心。

但等从何家门口转身，往自己父母家走，走到距离家五十米的地方，兰羽突然开始无声恸哭，太可怕了。

何绍礼看着兰羽的身影已消失不见，同样也出了一身大汗。

不知道为什么，何绍礼感觉像做了一场经年的梦。两个女孩子，一个身影，以前难决的东西，带些迟疑，但在独自等待的时间里，就连残留的一丝不确定都已经没了。

正如年少轻狂时所说，自己到最后确实没有选择谁。无人能有资格对爱挑拣拣，答案早在最初就清晰分明，他的选择迟迟而归。

进门的时候，何绍礼看到江子燕正和何穆阳其乐融融地聊天。何穆阳今天被孙子开口叫了爷爷，心情大佳，也愿意说些家长里短。

两人正说到下午吴蜀前来，提出要娶何绍舒的场景。

"我当时就对那个小吴讲，你的工作虽然是治病救人，功德无量，但生活里依旧是普通人。请问，我如何把我娇养在手心的女儿放心托付给你？"何穆阳笑了笑，沉穆的五官带着回忆的表情，仿佛在想吴蜀当时说了什么。

江子燕对何绍舒那一对非常好奇，此刻不追问，一边微笑一边转着茶杯等待。

何绍礼在江子燕旁边坐下，顺口接话："我姐夫当时说，他虽然只会拿手术刀，但如果我姐要真的有什么事，家里发生任何事，他一定会站出来帮她顶住。不管是什么，他都会全力支持她和她的这个家。"顿了顿，他笑着说，"奇怪，我说出来，怎么没那么令人信服？"

何穆阳喝了口茶，任儿子补全。

他听到最后一句话，点点头："男人，嘴里的话要少说，但就得这么说一句有一句，肯担事。"他又看了下表，"不聊了，你和子燕早点回家。我也有工作，待会儿结束后要去楼上陪我孙子看三国。明天我让人把孩子给你们送过去，这一周我都要去珠海出差。"

何穆阳很支持江子燕教导何智尧看三国的，他觉得这是很好的启蒙。

江子燕随何穆阳站起来，因为刚才见到兰羽，再次对上何绍礼，目光已经没有方才的温情，显得有些冷冰冰的。

以前，这位学姐就总喜欢拿这种月下积水般的目光打量人，细眉清目，丹青距离，无聊地扫一下，再扫一下，仿佛迎面被最寒冷的冰山环绕。她最初无意地隔着人群瞥了他一眼，他从此再也没有爱上过别的女人。

"我和兰羽真的什么都没有。"何绍礼对江子燕强调。他身材挺拔，认真起来精明的点漆双目，此刻却有些呆然。

何穆阳还没走，冷不丁地听了儿子的这句痴然表白，和江子燕都愣了下。江子燕心里又尴尬又窘，还有点被看破的不好意思，只能装傻低头。

何穆阳则摇了摇头，他和董卿钗至今都没退休，带着革命工作者献身企业到老的性格，对这些小儿女的情长，实在觉得不耐烦。他冷眼看了眼何绍礼那副被勾了魂的蠢样子，也是无语。

现在的年轻人哪，从来没被更大的利益撞过腰，也不懂杠杆经济，张口闭口就是花前月下。简单来说，他们是层次太低，工作太少，没有点为国为民的大志向和定性。唉，他能怎么样，除了等着他们成熟，也真是什么样的办法都没有。

"你俩，赶紧都走。"何穆阳拧着眉衷人。

第二日江子燕上班的时候，旁边的徐周周收到了一捧匿名玫瑰，附带着过气网红的薰衣草紫色小熊。

虽然不知道谁送的，但女孩子收到花应该是很高兴的事情，徐周周却没有什么喜色，望着傅政的空座位发呆。

她越过桌面的零食，对忙碌的江子燕说："子燕姐，你每天工作都好努力呀……"

徐周周的杂乱桌面，和江子燕的迥然不同。

江子燕的桌面总是干净清整，一根黑色原子笔，专门的水杯搁置垫，其他全部收到抽屉里。反观徐周周的地盘，掺杂零食、数据线、耳机和文具，那束紫红玫瑰摆在这团乱糟糟之中，显得略微庸俗。

江子燕的电脑忙碌不停，浏览页面至少开了六十个窗口，电脑中播放着今年超级碗的回放录像，AI公司把球员的路径都标注出来当作技术普及。

旁边的笔记里，草率记录着"区块链"的相关信息，江子燕手头正在填写一个申请表，申请部门为员工提供的"测评经费"。简单来说，员工因为写稿需要对一个产品进行体验，除了寻求厂商支持，公司还会报销部分的自费费用。

黄董曾经悄悄告诉她，他就是靠这个买的VR眼镜。

江子燕仔仔细细地检查两遍表格，把自己的名字签上。她忽然说："周周，你大学考试作弊过没有？"

徐周周正在等着校对一个创业者的文字采访，闲得发慌，翻了个白眼说："你在侮辱我的智商吗？当然作过！不过，我们大学查作弊是很严的，每年一旦抓住会被劝退，幸好本姑娘很机灵的……"

她洋洋自得的，也说不上对这事感到什么难堪或不难堪。

正巧主管也走过来蹭江子燕的零食，江子燕索性也问他："你呢，你大学考试作弊过吗？"

他摇头，同样理所当然地说："没作过啊！我是好孩子！"说完，他又严肃地批评她们，"你俩上班不要公开闲聊，有任何闲话都要在咱们群里说，也让大家分享一下！"

徐周周哈哈笑了。

当天下午，一篇以"花满楼"为笔名，发布的讨论人工智能初创企业格局的文章，短短几个小时内刷新了后台二十四小时内的最高流量。江子燕用这么一句话开头："马克思说，人是悬挂在自己编织的意义之网上的动物……"

文章普及了国内做语音识别开放平台和芯片应用的热潮，犀利指出这些公司想搭硬件的末班车，它们的命运几乎都是走向被收购，而拙劣的人工智能不过是取代新的硬件平台渡向更平稳失败的"驴年"。

这两周Master的围棋奇迹正是热点，加上文笔生动尖酸，鞭辟入里，很能博眼球。公司的媒体网站绑定微博，一个投资大V在转发该链接后，经过二次链接和继续推广，阅读量在半个小时内迅速突破两万。

下午四点半，文章开始在朋友圈内零零散散地传播，这几乎是科技创投圈的爆点流量。文中点名的几家小公司的公关纷纷找上门，要求付费删除文章中的自己。互联网媒体都有种草根性，天不怕地不怕，甚至还鼓励这种爆点，主管精神抖擞地和他们周旋，时不时把对话截屏扔到群里。

江子燕关闭对话窗口的时候，删文章关键字的价格已经提高到两千元人民币，主管依旧是拒绝删除。不管如何，这个月最高流量的五百块奖金总能落到她手里。

徐周周又在老生常谈地感慨："两千块呀，我一个月伙食费！好多这种土豪公司都喜欢直接砸钱公关哪，全网砸钱！真有钱，哪像咱们这种草根，仅仅为了生存，就已经需要拼尽全力……"

江子燕在旁边自语地轻声接下去："在世界上拼尽全力地活着，难道不是我们每个人应该做的事吗？这并不值得夸奖，也没法换来同情。"

江子燕垂着眼，皮相里带着一丝内向和细弱的错觉，眉宇间总拢些高傲气势，无形中气场压人。

徐周周半晌没说话，过了会儿，她才后知后觉地嘟囔："我这是被教育做人了吗？"

江子燕笑了笑，权当安抚。

互联网上好像特别流行"比谁丧"这种气质。

反而真正经历过生死的人鲜少流泪，连假装悲伤和云淡风轻都没法做到。江子燕更清楚地意识到，她装不出来任何丧和慈悲，而对捉住兰羽作弊这件事，更完全装不出来内疚。

即使没有何绍礼的存在，她也不会很欣赏兰羽。根本不需要站在道德制高点，但她确实是有些瞧不上那女孩罢了。

工作靠业绩，考试靠成绩，当自己的门槛低时，就怪不得人踩罢了。

黑色耳机线缠绕在纤丽指尖，江子燕想到了那天晚上她瞥到了何绍礼的手背，有两处未消散的月牙形痕迹，一看就是女人留下的指甲印。而何绍礼重新进门时的表情，有些神色难辨。

那晚回家的路上，他问她："下周二你有没有时间，能不能再陪我和别人吃顿饭？"

江子燕自从知道自己还曾结过一次婚后，又恢复了她刚回国时候的刻意沉默。她想了想，试探地说："要去见那个赵大胡子？"

何绍礼简单解释："不是工作的事，有个高中同学聚会，我想带你和胖子去。"

她略微蹙眉。什么同学聚会，她已经接近六亲不认，又熟悉他哪门子同学？也不对，还是认识一个，兰羽也会去吗？

曾经的记忆追溯进行到一半，江子燕本想继续追问她读研究生的情景，当初为什么追他，又为什么跳楼，其中兰羽又有什么作用。但因为多问了几句"前夫"，何绍礼的眼光就明显不对，瞧得她浑身发冷，末了，他干脆借口鼻子难受，直接回房间睡觉。

江子燕有些恼羞成怒。

即使自己曾心有匪念，整件事搞成这个结局，何绍礼也不是全都无辜吧。往难听点说，他这人看起来人畜无害，家教好，但也真是祸害。倒不是说他多花心，何绍礼有的时候对女人行事，好像总带点男偶像的包袱，总想周全一切，避免任何遗憾和遗漏。

这样做的结果，就是没人能真正满意……

江子燕胡思乱想着，听到何绍礼继续说："你回来后这么久，我还没带你去参加社交过。你和我又不是什么见不得人的关系。"

江子燕全无兴趣，只冷淡地说："我和你去同学聚会，你不怕有人不高兴？"

虽然没有点名道姓，何绍礼也知道她是说兰羽。他干脆地答："我就是希望她以后能高兴，所以必须得带你去，让她彻底死心，不要在我这棵树上吊死。"

江子燕语塞，过了会儿，她轻声问："你什么都想为她好，那请问，这事对我又有什么好处呢？"

尖锐的语调让何绍礼不知道想起了什么，面色柔和起来。他沉默了片刻，淡淡道："是没好处，我现在只是请求你陪我一起去参加同学会。子燕姐，这样可以吗？"

何绍礼对于自己放低姿态总感觉有些抓心挠肺，江子燕忍不住单刀直入地问："以前……到底算是我倒追你，还是算咱俩正经地谈过恋爱？"

江子燕第一次坦率地开口问这种话。

曾经的"女阎王"只会不动声色地讥嘲他："绍礼，你找女朋友是不是得像美国总统选举，推选举人，拉选票，办推广演讲，最后任你在获胜的几个姑娘里随便挑一个？"

何绍礼被她说得无奈："我什么时候这样过？"

江子燕面露讥诮，却没有乘胜追击。私下里，她的态度表现出若即若离的温柔，但行为又表现得暧昧痴缠。何绍礼被这位学姐追得轰轰烈烈又倍感耻辱，平生头一次尝到被吊车尾的味道。

他们曾经亲密地聊过很多话题，从宇宙万物到秋天里的果实，她

264

悄无声息地帮他买来百香果治疗季节性鼻炎。他们也因为兰羽和江子燕的做事方式吵过更多，越吵越僵，他后来默认她拿他当噱头和那帮朋友做生意——但好像始终没提起过两人的关系，一直就维持"追"和"被追"的相处。

人的有些感情，即使已经成为硬需求，也好像不能摆在光天化日之下。

失忆后的江子燕，就坐在旁边这么问他。她是真的全都不记得了："别人总说是我追你，那请问，你最后接受我的追求了吗？"

何绍礼摸摸鼻子，他诚实地说："我说不清咱俩的关系。你不然问问别的，比如胖子是怎么制造出来的？这个我能回答。"

江子燕一下子噎住，瞬间也不知道自己的脸是黑了还是红了。

"可我不想听。"忍了又忍，她忍不住愤然开口，"何绍礼，你好恶心！"

何绍礼望着她摔了车门离去，没有生气，反而笑起来。因为江子燕这话，倒是在其他夜晚里还说过一次。

与高中的出类拔萃相反，何绍礼大学期间成绩一落千丈，次次考试都在系里最后五名徘徊。他朋友众多，聚会也不少，有段时间迷上了网络德州扑克，花了两年时间，打到了中国前二十。因为这些杂事，考前他总靠背半本习题书混过去。

江子燕这时候的存在就很有必要。

她是当之无愧的学霸，娴熟掌握了应试教育的规则。读研究生时她又捡起大学时期的代购生意。江子燕已经意识到她的视野不足，所以频繁地在商经学院走动，当助教，去教务处打杂，很合老师的眼缘。即使她与何绍礼不同系，也能从老师那里要来商经学院本科历年真题考试卷。

快期末的时间，江子燕跑到通宵开放的图书馆里找到何绍礼。她依旧是全身的黑衣服，清江般凉爽，见到他时，永远先说几句让人不爽的话。

"只有你一个人学习吗？那恨嫁的小女朋友呢？"她不疾不徐地停在他对面。

何绍礼顺着江子燕的眼神示意看到她带来的复印卷子，他无所谓地收回目光，回答说："我们现在这岁数，说谁娶谁嫁都言之过早了点吧？"

"那也是要看地方的。在我的家乡，像你这种岁数的男生，早就应该订婚了。"江子燕悠闲地坐在他对面，两个人小声地交谈。那时候，她在外人眼中还处于对他的一头热状态中。

她浑然不觉般，只淡淡地补充："当然像我这么大岁数的女生，基本是三个孩子的妈妈，要是家门不幸，还能提前当姥姥。"

何绍礼被她语气里的老气横秋逗笑："我可想不出学姐你那时候该是什么样子。"

她面色骤然一沉："呵，你想得未免也太多了！无趣！"

她翻脸速度太快，又毫无征兆，几乎让人落不下台。

何绍礼付之一笑，摸摸鼻子，继续低头做题。江子燕需要很长时间，才能把心底的负面情绪全数压下去。等她抬头，看着眼前依旧心无旁骛地默书的年轻男生，挑了挑眉："我帮你找来的复习资料，你看到了吗？"

何绍礼笑而不语。他是很能定得住的性格，复习方法粗暴有效，直接背书背题，文理科万变不离其宗，足以应付考试。

这方法说来简单，但枯燥得很，只是没几个人能真正定下心去做罢了。

何绍礼一旦认为什么不重要，就自动维持最低程度的关注。眼前江子燕为他拿来的珍贵复习资料被留在原地，碰也没碰，显然他打算拒收这个人情。

江子燕也察觉他有点恼了，故意说起别的："绍礼，你想不想知道，我最初是怎么看上你的？"

何绍礼稳定地握着笔，依旧低着头看书，但大脑已经无法集中注意力。笔尖画在草纸上的细碎声音，咖啡的醇浓香气，敌不过她在他身边轻轻的呼吸。

这位学姐那种先抑后扬的套路，有时候遮都不遮，好像也不介意别人看出来。她不像兰羽，红着耳根，像纯情少女似的跟他打闹。江子燕直截了当地说看上了他，然后无所不用其极地靠近他，即使谈起敏感话题，也没有丝毫旖旎羞涩之状。明明气质优美静谧，却总让人感觉她背后在冒着一丝丝的坏水儿。

何绍礼实在也对仔细观察她的自己感到陌生又烦躁，不仅完全没有体会到被迷恋者的洒脱，反而所有情绪都被她直接拿捏在手心，偶尔还会恨起自己岁数小。

"咱们的新生晚会，你被叫上台玩射飞镖。好多人玩这个游戏，但只有你每次投飞镖前，会注意看自己的脚是不是站到那条黄线后面。而且，最后你还赢了。"她轻声说，"我当时就想，这男生真有意思，长着张没被生活欺负过的脸，做事情也从不想着投机取巧，其实是……很难得的。"

何绍礼略微愣住，他问："你被谁欺负过？"

江子燕没有回答。

她垂着眼又说："我现在特愁听到'大家都是天之骄子'。咱们大学确实不错，但不是每个考进来的学生都有智慧。就像有人重视大学成绩，有人不重视，没什么了不起。但面对考试，你还知道背书复习，你那个小女朋友恐怕正在打小抄和找替考吧。"

这次又是何绍礼没有话说了。

兰羽是什么人？除了对他的情感以外，其他什么正事都没有坚持到底过，读书时是足足靠着七八个资深家教，外加何绍礼平日的监督，才完成所有功课。

等两人上了大学，何绍礼自顾不暇，但还是耐心地帮她写了几篇论文。他从小到大对学习都不费力，如今不在乎成绩，倒从未考虑过用作弊蒙混过关。

兰羽和他不同。她比他爱玩，也比他更渴望得到好成绩。最美丽的脸，最优异的成绩，最亮丽的衣服，王子公主般白头偕老的感情，这些耀眼的东西都是她所看重的。兰羽从小就最羡慕何绍舒，却又孩子气地声称只喜欢过简单的生活，不喜欢压力和为自己负责。

但抛开这些，兰羽的性格绝对是不坏的。何况，也没有人能如此冷血分析从小一起长大的伙伴。

江子燕在何绍礼的思考中，已经将那些考试资料推到他面前，她轻快地说："拿回去好好做一遍卷子吧。其中有几份我多复印了几张，以防你还要把这些资料给你的女朋友。"

何绍礼终于忍不住说："这位学姐我告诉你，兰羽真的不是我的女朋友。"

她听了后毫无喜色，抿了抿唇："兰羽虽然不是你女朋友，但你平时对她的照顾，好像比正经男朋友也差不了多少。"

何绍礼忽然就笑了，他的回答好像毫不相关。

"我和兰羽，真的就只是朋友。我总不能像学姐你，每次走路撞到人都从来不说对不起吧。"话虽这么说，何绍礼却还是把考试资料接过来，又说，"你帮了我这个忙，等考完试，我请你吃顿饭？"

她不由瞟了他一眼："你是想感谢我呢，还是想约会我呢？"

何绍礼很坦率地说："也许都不是，也许都有吧。"

第一次，他看到江子燕的眸子里划过真实的害羞，尽管她迅速再板起脸，匆匆说了句"好好复习"，转身就跑走了。

那好像是江子燕罕见流露真实情绪的时刻，尽管随后证明，她送试卷的行为并非十足的善意，而他们约着吃的那顿饭，味道简直比食堂的烧茄子饭还要诡异。

江子燕这时候已经融入何绍礼的圈子。何绍礼有个朋友，想往国内引进露天音乐节模式。对方有资源有渠道，想效仿美国的运营模式，时间急促力不能及，于是把网络订票系统和招商引资的部分流程，分包给了江子燕。

江子燕交活的紧迫前夕，突然毁约，要求提高平台费用。吃牛排的时候，她轻声下了最后通牒："假如你出不起这个价，不如我赏给你一笔钱，让你以后去帮我批发童装吧。"

对方望着那清冷仙子般的面孔，又听到蛮不讲理的话，哑口无言。

何绍礼也没有料到，他们头一次可以定义为"约会"的晚餐，居然变成三个人，还进行得这么诡异。

何绍礼坐在旁边，不得已帮着圆场，自然要向着江子燕。后来，对方看着他的面子，勉强妥协。原本打着友情牌做的生意，最后付出比市面其他公司更高的价格买了服务，也就没了后续合作的机会——尽管对方公司做大后，网站的基本构造至今采用江子燕的编码雏形，稳定完美，几无漏洞。

那笔多加的钱，就是用来支撑构架更大的数据库。

不过，江子燕当初要的价格，依旧属于狮子大开口。她本人却没有任何解释，往后的日子依旧穿着不知价格的黑衫，心安理得地当着"倒爷"。

不仅是兰羽，江子燕和何绍礼圈子里的朋友都相处得不算很好，大部分人对江子燕的评价，都从最初的极高滑到极低。崇尚精英主义的同学不喜欢她，嫌她市侩自利；无产阶级的同胞们也不喜欢她，嫌她苛刻不讨喜。

诡异的是，何绍礼所有的男性纨绔朋友，依旧很羡慕他有江子燕这种危险的艳福。不过，何绍礼从不肯把这些话，透露给曾经和如今的江子燕罢了。

也幸好，江子燕本人对此话题同样感觉无法适应，甚至还隐隐地有些惊吓。

刚从失忆中醒来，她会对墙壁自言自语练习说话。她极偶尔说起何绍礼，几乎连名字都不想提，只冷漠地用"制造我孩子的工具"这个词语，语气无谓，全当等闲。

因此，当何绍礼现在笑着对她说出"制造胖子"这四个字时，抛开暧昧，他那口气感觉说不出的吊诡。

何绍礼……应该不知道这句话吧？江子燕用手指关节，有一下没一下地按着太阳穴。

她还记得，病床的墙壁是粉红色的，也记得何绍礼仅仅在病房里出现过那么一次，可更多时刻，她都是陷入无边的沉睡当中，并不能敏锐察觉到周边的环境。

这人该不会曾经守着自己睡觉吧？她打了个寒战。

何智尧从爷爷家被送回来，两人带他下楼遛弯儿，小朋友每次都抢着要自己按一下电梯键。

何绍礼顺便让他站直，比了下他的身高。

"胖子最近长高了。"何绍礼肯定地说。

何智尧如今有了点自我意识，对着电梯里明晃晃的镜子都得顾影自怜几秒，自己给自己做鬼脸。他听了爸爸的话，也很高兴，立刻就伸出手要求进行爱的抱抱。

何绍礼发现他已经单手抱不动儿子，随口对江子燕说："你不在的这几年，我的右手可是粗了好几圈。"

江子燕却仿若未闻，只是抬起手，狠戳了下已经亮起的电梯键。

何绍礼转念之间，便笑着解释："我的意思是，手粗，纯粹因为抱胖子抱的，你想到哪儿去了？"他又放低声音说，"不过，你想的原因也是存在的。"

他的声音原本低沉动听，此刻压低了声线，十分暧昧。

江子燕就这么被冤枉，她尽力平淡地说："我什么都没想，我也什么都不懂。"

何绍礼却仿佛对这个话题很感兴趣，他观察着她的窘态，紧追不舍地问："你哪里不懂？子燕姐，我可以指教你。"

从电梯的镜子里，她能看到何智尧正好奇地看着他俩，他伸出小脏手，想要拨弄她的长发。江子燕温柔地牵住他，但对他爸爸说话的语气却截然相反："我不需要指教，雷锋叔叔还是去帮助其他小朋友吧。"

何绍礼在儿子不明所以的表情里，哈哈大笑。

Chapter 08
知君能断事

何智尧新报的游泳班，于本人人周末轰轰烈烈开始，江子燕把他送过去。

游泳班每次课两个小时，正好就在公司附近，江子燕索性来到办公室加班。

往日热闹忙碌的办公区，如今空空荡荡。向来需要在小黑板上提前写预定时间的会议室大开着门，几个滑轮椅闲散地摆在墙角，异常静谧。窗外的太阳照进来，她独自站在自己的办公桌前，发了好久的呆，开始把近期的各项事宜进行"复盘"。

所谓"复盘"，是一个围棋用语，棋手在收势后，回顾自己棋盘上的每一步。

江子燕失忆后养成了这个习惯，开始总结和记录自己的各项生活。她处理完上一周的稿件，先记录各种意见，再整理和删除冗余的资料，准备下一期的选题，等等。

她无意识地抬头，前方的一排座位空落落的，只有绿植和摆放很高的几个纸箱。

那天也是在这里，江子燕见到了兰羽。兰羽面容复杂，但又难掩……惧怕感。江子燕不由专心地琢磨了会儿那个女孩子，思维再绕到了何绍礼身上，他以前是否就是抱着不表态不拒绝的暧昧态度，任她和兰羽来回争夺他？

那句尖刀插地的冷酷之言"我娶你，除非你死"——她总感觉缺头少尾的。

她漫不经心地撑着头，再次用指甲在桌面上轻轻击打，有一下没一下。也正在这时，她突然听到走廊里传来嘈杂的脚步声和谈话声。

没几秒的时间，远处的玻璃门毫无预兆地开了。傅政西装革履，一边以沉稳的语调介绍着本公司的各项情况，一边带领大批政府官员模样的人走了进来。

"今天的办公室有点空，我们虽然也是互联网公司，但没有互联网公司盛行的加班文化——"傅政说话的时候，一挥手，随意往格子间里望了眼。

偌大的办公室内空无一人，声音落下略有回荡。

照相机的咔嚓声、来宾询问声、来宾好奇地摆弄桌面台球声、来宾试坐懒人椅的扑哧笑声……各种声音，伴随着傅政不急不缓继续的解答声，平滑地飘过去。

江子燕缩在自己的办公桌下面，细微地喘气，头顶着桌子，膝盖上放着自己发热的笔记本电脑。

好险，她勉强逃过一劫。不然傅政介绍"没有加班文化"却看到江子燕，大概得尴尬死。

她实在想扼腕叹息，最近怎么老是撞在枪眼上？怎么枪眼老是对准她呀？

没一会儿，江子燕听到傅政又说："旁边是我们的员工厨房，看起来略微小了点，但也够用。楼下是我们的员工休憩室，领导请随我继续走。"

这架势就像带着小朋友参观野生动物园。而直等到最后的脚步声

272

散去，江子燕又谨慎地在下面坐了五分钟，随后才把椅子推开。

大格子间再次重归静谧，江子燕迅速收拾好自己的电脑包，匆匆离去。

等走到楼下，她突然想到把给何智尧的甜玉米落在员工厨房的微波炉里。她不敢久留，摇摇头，继续转身离去。

五块钱的玉米，能影响何智尧一整天的好心情。

江子燕急着去接他，也没时间去便利店重新排队。何智尧不死心地翻她的布包，想找出每次游完泳后都会被投喂的食物，可惜什么也没有找到。

江子燕伸出两根手指轻轻挠了挠何智尧的嫩脸，笑着说："平常有饿到你吗？吃零食有那么重要？"江子燕安慰他，又像劝服自己，说，"待会儿回家吃晚饭啦，稍微忍一忍。"

何智尧刚剪了头，头发软绵绵的，而那张胖脸上很费力地挤出一丝笑容，说："No啊。"

养孩子有时候真的很烦恼。也怪不得他的父亲把他喂得这么胖，面对这么一双无辜渴望的眼睛，江子燕自认冷酷都难以抵抗，最终在小区门口的便利店停下脚步。

结账的时候，何智尧重新扯着她的胳膊撒娇。何小朋友改变主意了，不想吃玉米，转而想喝牛奶。虽然她包里有水，家里还有生鲜牛奶，距离家也就五分钟的路程，但何小朋友固执到不行，非要现在就喝。

江子燕如今也被何绍礼所传染，也会纵容何智尧的这些小任性。碰到不大的事情，她很愿意让儿子感到开心。

被延迟满足的幸福感，从来不是真正的幸福感。

"妈妈很乐意给你买零食，但是呢，待会儿要吃晚饭啦，所以玉米和牛奶，你只能挑一个吃。"她这么告诉馋嘴的孩子。

何智尧也很讲道理，他像小大人一样地叹气，然后咬着手指，选了货架上最大包装的草莓牛奶。

这孩子的食谱，无垠到了有点寡廉鲜耻的地步。

晚饭有凉拌苦瓜，江子燕本来以为何智尧不愿意吃，结果试探性地给了他，就着勺子吃了四大勺。好吃吗？不好吃。还要吗？还要的。小朋友吃猪蹄要仔细地舔手，喝酸奶要嘬干净到最后一口，面对牛肉和鸡肉色授魂与，白米饭和白水青菜来者不拒。

江子燕看着何智尧这种八国联军附体的吃饭风格，她的思绪从最早的"我配当一个妈妈吗"，变成思考"他还配当一个孩子吗"。

周一公司做头脑风暴，组里每个人要先讲一个真实的笑话热场。

江子燕闲来无事，做了一份她偷拍何智尧放飞自我吃饭的PPT。同事们大呼可爱，纷纷说"吃货是小时候就培养""吃得什么啊这么香"之类。

冷不丁，徐周周在旁边说："说到吃货，还记得去年某个周末，Jack捉到有人在公司吃火锅的事吗？"

除了不明所以的江子燕，几个同事，包括主管都笑不可支。

原来，傅政去年也在周末带领一帮科技部的领导参观本公司，好巧不巧，国际业务部门的一个同事趁着周六日公司无人，叫了她男朋友，在会议室里点了一个外卖火锅。据说当时傅政进门，"人赃并获"，火锅炉和酒精加热器热腾腾地摆着，连锅都沸腾着。

傅政没为难她，但这事被HR在全公司发公邮批评，并扣了该同事当月百分之四十的工资。

江子燕想到周六的奇遇，声色不动。早上来的时候，她特意在员工厨房里找寻了一圈那根被遗忘的甜玉米，然而找不到，估计是被清洁阿姨扔掉了，只好作罢。

到了说好要去赴兰羽"鸿门宴"的日子，江子燕早早打了下班的卡，独自站在公司的盥洗间补妆。她发呆了会儿，从脚下的包装袋里取出那件桃红色的露肩裙衫。

何绍礼早上随口说要她穿"年轻点"，江子燕暗暗蹙眉，却也依旧当成任务去完成。

这件桃红色的露肩裙衫，是中午吃完饭，她叫上几个年轻同事到旁边的快消品牌店帮忙挑选的。她本想买件藏蓝色的，却多拿了一件桃红色的，等穿着桃红色这件从试衣间走出来，光彩照人极了。几个女孩齐呼好看，徐周周甚至夸张到要自掏腰包送给她。

江子燕被几人撺掇着，索性买了下来，如今站在镜子前一看，好像……过于花哨了一点。

江子燕失忆后，几乎没穿过这么鲜亮的颜色。她低头整理着裙角，听到旁边有人说："借过。"

傅政抽纸擦手，看清是谁后接着就愣住。他见过的美女如云，但江子燕那种不经意就流露的暇远风情，几乎没有相似的。再看一眼，他的目光就有些变了。

"后背。"傅政这么提醒，略微尴尬地顿了下，就径直走了。

江子燕心念一动，略微背过身去。

这件连衣裙的拉链在后背，她自己只能拉到八成，此时她的后肩裸露开来，能看到一小块雪白肌肤，明晃晃的，就被男老板提醒了。而因为傅政在大家眼里，比起大老板更像一个机智同事，她不由多了几分无语的尴尬。

经过这一插曲，她也懒得端详自己。

横竖只穿一次的裙子，江子燕仔细整理好，再将头发松下来，略微梳理，也就算大功告成。

临走的时候碰到徐周周，对上她惊讶到睁大的眼睛，江子燕眨了眨眼，随即下楼。

何绍礼早已经接了何智尧，开车在公司楼下等待。她提着裙子坐上副驾驶座，说抱歉的时候正好对上他的目光。

何绍礼半天没移开视线，有那么一瞬间，她觉得他的呼吸加重了，连鼻息也似乎带着电般，她被轻拂到的手臂都跟着麻了麻。

"今天很漂亮。"何绍礼边启动车边侧头盯着她，他的眸子深沉，但神情仿佛并不很高兴，随后又说，"胖子，你也快来看看她。"

江子燕脸一红，爱看热闹的何智尧闻言，果然从后面的儿童座椅上开始抻着脑袋看，却被她瞪回去。

　　也许怕何绍礼再说出什么让自己尴尬的话，路上的时候，江子燕主动聊起了公司里的趣事，自然也说到了同事在周末偷吃火锅。

　　何绍礼认真听着，继续追问下去："你同事被开除了？"

　　江子燕摇头："被扣除工资而已。"顿了顿，她试探地说，"如果是你的员工，你会怎么办？"

　　何绍礼身为老板，同样立刻否认："我没有员工，我只有同事。"

　　江子燕笑着嗯了声，心想这人的温和与平等还真是骨子里的。

　　"具体处理情形，应该根据公司手册的规定。不过，我早几年刚创业，招了名程序员，人和技术都不错，但每周六日都蹲在公司玩WOW（world of warcraft，魔兽世界），说公司的网速比出租房的快，还特别喜欢拿公司的文具。我后来犹豫半天，找了个机会，解除和他的劳动关系——"他顿了顿，略有懊丧，"这事没处理好，最后走的是仲裁程序，赔了钱让他走的。"

　　这席话，又有些颠覆她对何绍礼的认知。江子燕以为，何绍礼会和傅政采取一般的处理态度，大事化小，小事化无。

　　"像我们这种初创公司，人少事多，留这种员工久了，只会乱军心。"何绍礼随口说，"而且我个人觉得他这些行为，反映的都不是小事。如果谁认为这属于小事，估计他这辈子，也是没有机会见多大的事了。"

　　江子燕听了后，心里有种说不出的感觉。

　　每个人提起何绍礼，别管真心假意，都会夸他几句胸怀宽广、脾气好之类，然而她确实觉得很多人低估了他，何绍礼的另一半性格只在工作里体现，勇敢、刚毅，甚至是很有决断、很厉害的。而何绍礼自己不辩解，继续维持假象。

车缓慢地进入幽静的林荫道，礼仪员指挥他们在不远处停车。

到下车前，何绍礼忽地从兜里掏出个东西，递给她。江子燕奇怪地打开一看，是他曾经送给她的日月星辰燕子表。

江子燕之前动了不告而别的心思，早早收拾了房间和行李。这块表被她用防尘布仔细包好，胡乱地塞在何智尧放玩具的柜子里，不知道怎么就被何绍礼找出来了。江子燕张口想问他什么意思，随后醒悟，何绍礼大概想让她在这个场合戴上。她想着自己全身上下，确实任何首饰也没有，于是也不好意思说什么。

她迟疑地戴上，但手腕纤细，表链有大半空余，镶钻表壳沉甸甸地坠在掌心，不伦不类的。

何绍礼已经把儿子从车里掏出来。餐厅挨着足球场，何智尧看见远处宽广无垠的草坪，双目发亮，落地后，立刻开动马力朝着远方嗖嗖嗖地跑远。

江子燕穿着高跟鞋，她摊摊手，表示无能为力。何绍礼只好无奈地拔腿追上去，这就又耽误了十分钟时间。

兰羽今日订的是一家日式高级板烧厅里的小包厢。

与何绍礼不同，兰羽至今保持联系最多的，都是她的高中同学。席间除了朱炜，几乎谁也不知道何绍礼和江子燕大学那段轰轰烈烈的荒唐事，反而大部分同学知道兰羽和何绍礼在读书时期关系亲密。

铁板吧台围绕中间的厨师台，形成开放的椭圆形，座位也是四散的。朱炜的新女友是一个平面模特，正拉着兰羽用美颜相机自拍。兰羽笑着躲在晶莹的水杯后面，目光却落在席间最远的两个空座位上。

唯独差何绍礼，他向来不是迟到的人呢。

正在这时，门从外面被拉开。

朱炜半蹲着看脚架上摆的清酒介绍，走廊的热风扑过，他皱眉回头，看到一个穿桃红色连衣裙的女人，笑容很淡，模样隐隐有些眼熟，却又想不起是谁。

朱炜刚要询问对方是不是走错房间，她已经轻轻闪开，侧身让抱着何智尧的年轻男人走了进来。

室内突然安静几秒，何绍礼便在这空隙里，环视一圈。他很泰然地对何智尧介绍："胖子，这些都是爸爸的幼儿园同学。"

朱炜回神，率先笑骂一声，乍惊乍喜的喧嚣迅速填满包厢。何绍礼很久没有出现在同学们面前，顿时，各种问候络绎不绝地涌过去。

整片热闹中，兰羽是唯一一个没从席间站起来迎接何绍礼的人。

她今晚穿着一条剪裁极佳的纯黑连衣裙，脖颈间系了焦橙色的头巾，简单优雅，鬓角到脖子充满高级感，静静坐着，也带着钟鼎之家的内敛气度。这其实是兰羽特意模仿江子燕大学期间标志性的打扮，存着一竞高下的心态，直到看到正主不声不响地推门而入。

江子燕已经褪下熟悉的黑，整身庸俗的桃红色，在她身上却又半点都没垮台。薄薄的红，就像寒阶里的月季，两袖清风，叶稀，节渐细，枝头只开一朵花，是位绵里藏针的美人。

众人纷纷打量她的面孔，却在她抬眸的时候无意识地避开。

朱炜几乎错也不错地盯着江子燕看，他轻声说："江子……"

话没说完，视线就被何绍礼不动声色地遮住。

何绍礼在众人中捉到兰羽的视线，他笑着打招呼："小羽，我来晚了。"

喧笑声中，兰羽也迅速重新找了东道主的感觉。她依旧坐着，脸上挂着甜笑点头，耳边却仿佛又响起一声轻轻又熟悉的嘲笑。

何智尧被爸爸放下地，紧紧地拽着江子燕的手就要往席间走，他饿了。

身为一个不怕生且还很喜欢亲近人的小朋友，何智尧在满屋子的空位子里，理所当然地选择挨着别人坐。于是江子燕还未来得及阻止，何智尧已经拽着她，来到兰羽的座位旁边，再手脚并用地往高椅子上爬。

小孩子动作颤颤巍巍的，兰羽下意识地在他的胖胳膊肘上托了一把，何智尧侧头无心地望了她一眼，稳当当地坐好。而她迅速收回手，依旧对江子燕的轻声道谢充耳不闻。

兰羽是见过何智尧的，还抱过他，亲过他，甚至还为他换过尿布——印象中，这孩子安静又爱笑，五官都像极何绍礼。不料分隔几年一见，这孩子这么大了，更可怕的是，他刚刚望着人的神态，也和曾经的江子燕如出一辙！

今日兰羽做东的餐厅，环境氛围非常棒，食材顶级，有机蔬菜是当天进货的，还安排了海鲜、鲍鱼和神户牛肉。朱炜在何绍礼身边假意抱怨，说他们再不来生鲜鲍鱼就老了。

何绍礼拍了拍他的肩膀说"好饭不怕晚"，而后走到江子燕身边也拉着她坐下。

朱炜笑着说了句"装"，顺势坐到何绍礼的旁边，只剩下他的小女朋友气得直瞪眼。

这样一来，原本的座位顺序完全被打乱，兰羽和江子燕之间隔着何智尧，而何绍礼又挨着江子燕。

江子燕今晚抱着既来之则安之的心态，连方才被何智尧拉到兰羽旁边，也只是略微头痛地抚了下眉。如今兰羽不理睬她，她也不再三番两次自讨无趣。

随着大家都落座，晚餐开始。前菜是日式中很常见的生鲜小摆盘，何智尧摆了摆手，表示不想吃，继续全神贯注地看着在铁板吧台前操作的厨师，不时地小声问着江子燕"what""how""why"。

朱炜自从知情江子燕受伤后，再也没见过她，此刻隔着何绍礼，仍然忍不住探过头："江子燕？你是江子燕吧？"

江子燕专心照顾何智尧，视线几乎不与人接触。除非有人实在要与她说话，她才回答几句。

她应声回头，厨师正用牛肉脂肪边煎炸来炒米饭，铁板上突然起了一道通红热烈的火光，映衬着江子燕的眸子明明灭灭，半点烟火气都沾不进去。

朱炜呼吸一窒。

朱炜对江子燕的印象很深刻。她当时若有若无地跟在何绍礼身边，别人问她问题，下一秒她就轻声回答，不装暖心，也不笑，方脸细眼，气质让人暗里着迷。圈里还有几名对江子燕心怀叵测的富家子弟，不少比何绍礼条件更优越，结果无一不发展成噩梦。

江子燕当时为了赚钱，什么事都可以商量，但脾气暴躁、阴森至极。只要和她意见相左，她也干脆判定对方"猪脑子""蠢货""脑残"，压根也不屑讲契约精神。

那些富二代除了何绍礼，无一不是从小被捧到大的矜贵脾气，江子燕每次毫不相让地顶撞回去，甚至有一次直接改了古龙的话，冷冷说："你现在小瞧我没关系，等我用刀在你心口割几下，流出那么点血，你就知道真正的我是什么样的人。"

这样危险的女人，跟她成为敌人都比追她更轻松，哪里指望她会微笑会寒暄。到此刻，何绍礼带着江子燕刚进门，朱炜还以为他用情过深，最后找了一个和江子燕五官相似的良家女孩，万万不料还真是她本人。他俩还真好上了！

朱炜盯着她迟疑片刻，江子燕就微微尴尬。幸而何绍礼正从厨师手里接过餐盘，随口说："这是朱炜。"

朱炜也听过江子燕失忆的传言，但又觉得这事特别玄幻，于是他半真半假地沉下脸："你不记得我了？"

何绍礼倒是很放松的神态："一孕傻三年，看到她旁边的胖子了吗？"

朱炜的目光也不禁看了看何智尧圆乎乎的傻脸，而江子燕在旁边一抿嘴，打了个马虎眼的招呼："好久不见。"

朱炜哪里肯放过她："我们绍礼这几年是大忙人，没想到你也是。这几年都不知道你的消息。"

席间一个平眉毛的女生也听到了，笑着接口："是的是的，绍

280

礼明明是我们中间最早结婚的，怎么在座的人都没收到你俩的结婚请帖？"

不知何时，众人突然静下来听他们说话。

"绍礼，你这婚礼是没办呢，还是没想着邀请我们呢？"对方半开玩笑地说下去，虽然感觉不带恶意，但又让人为难。

江子燕微微眯起眼睛，装着羞涩地低下头。她才不肯替何绍礼解围！

何绍礼在旁边挽上她的肩膀，轻快地接口："这个锅，我背了。"说完，他只是笑，并不找其他借口。

席间这些人说是何绍礼的高中同学，但关系也是撇离家庭和工作的酒肉伙伴，大家今晚聚在一起，只求开开心心地吃完饭，聚会后各走各的阳关道，犯不着撕破脸。很快就有人自动接茬"过日子呗""嗨，怎么都是过""人孩子都这么大了，办不办婚礼怎么了"，这话题也就算过了。

等无人注意，朱炜依旧低声地追问："你俩是只领证没办婚礼呀，还是没结婚呢？"

他目光微闪，一方面是因为何绍礼嘴边噙着的冷笑，另一方面是突然想到他曾经在牌局上为难过江子燕几次——不过这事还有点后续，朱炜有一次透露过想追江子燕的念头，结果何绍礼再也没带江子燕来过。

此刻，朱炜含糊地问："我听说什么谣言，说子燕你出了场意外，很多事情差一点不记得了？听说，你差点死了？"

江子燕已经收起笑容，淡淡地说："不，还差一点而已。"

朱炜立刻缄口，暗想今天看她笑一下，他就糊涂了，他居然想从这个"女阎王"嘴里套出话来！此刻她那股子压人跄步的冷意又出来了。他这不是找罪受吗？

何绍礼又和朱炜轻轻松松说起别的来，话题终于就过去了。

兰羽今晚订的餐厅实在不错，而江子燕在今晚终于发现，世界上确实存在何智尧咽不下去的东西——他起码是不吃纯生肉的。

今晚的鲍鱼大且鲜，切片煎炒，何智尧舔了口直接吐了。三文鱼和刺身，在他面前也是这个待遇，随后的热菜完全不符合他的口味。何智尧一直在委屈地啃水果和土豆饼。等厨师先行退下，他就开始不满地哼哼唧唧，四处张望。

何智尧旁边就坐着兰羽。兰羽自从和何智尧打过照面，便端着清酒，迅速离座。

她几乎和每个人都碰了一杯，和每个人都续了旧情。但大家都跟商量好似的，对江子燕的出现不闻不问，问的都是兰羽这几年过得怎么样，却也绝口不提何绍礼。

等转完一圈，兰羽重新坐回位子上，胃里依旧梗着什么。

兰羽不肯搭理何智尧，何智尧却对旁边的漂亮姐姐感兴趣起来。可惜对方都不看他，他有些失望地吸吸鼻子。

日式的包厢，空调温度都调得很低。何智尧痴痴地对着兰羽的侧脸出神，突然他控制不住地抬高下巴，张大嘴，显然准备打喷嚏。

千钧一发之际，一双手以温柔但坚决的力道把他的胖脸扭过来。

小孩子气息弱，但没嚼碎的饭菜残物，如同百慕大的蝴蝶一样纷纷扑过来，江子燕只来得及紧闭上眼，被儿子不客气地糊了满脸的口水。

朱炜和何绍礼闻声望过来，正好见到江子燕紧紧闭着眼。她伸手在桌面摸索，想找纸巾擦脸。

何绍礼斥责儿子："朝着没人的地方打喷嚏。"说完，他顺手从她的鬓角处摸下一颗米粒，也不嫌弃。

江子燕勉强睁开眼，看到朱炜还在促狭地看着自己，不由挑眉，后来才发现眉毛被擦花了。她说了声抱歉，走到盥洗室略微补妆。目光微扫，她看到墙角摆着一张柳宗理蝴蝶椅，暗想这倒是文雅风格高到天际的日料店呢，想必吃顿饭的价格也很贵。

夏日的天黑得晚，外面的天色突然暗下来，估计是要下雨。原本能透过窗子瞥见的足球场，变成雾蒙蒙的灰色，好像沉了水。

江子燕对着窗外沉吟片刻，并没有重新进包厢，反而悄悄走到结账处，告诉前台："我来付那包厢一半，不，三分之一的账单。"

以兰羽那种心性，应该不会注意最后的账单少付了多少钱，这就当以前的江子燕对冒犯过兰羽的心意吧。

江子燕刚刚被朱炜劝了两杯清酒，有些上头，等刷卡后，独自站在外面待了片刻。

远处的足球场周边已经亮起了logo灯，日月不休，风雨不停。暗淡的天幕偶尔有飞鸟，一线的黑点牵过去。江子燕默默站着，随后晃了晃细瘦手腕上的日月星辰燕子表，往回走。

走到包厢旁边的走廊，兰羽正独自站在走廊里发呆。刚抢着结完部分账单，江子燕不由有些微尴尬，兰羽已经听到了脚步声，回头看到她。

片刻的沉默后，兰羽笑颜如花："你好啊，江燕！"

江子燕什么也没说，站在原地望着她。

兰羽再微笑，像唱歌般说："会咬人的狗不叫。"

江子燕的脸沉浸在阴影里，过了会儿，她忽地叹了口气："我说，你为什么在乎我呢？兰小姐，你看看你自己，长得那么好看，年纪那么轻，身体那么健康，家境那么好，认识的人档次也不差，以后的孩子一定也会最讨人喜欢。你这么顾忌我，是为了什么呢？"

这话简直像迎面抽下的鞭子，兰羽咬牙说："你又在看我笑话吗？"

江子燕盯了兰羽一会儿，轻声说："我看别人笑话究竟是什么样子，我想，你比我更清楚。"

当然清楚。当年江子燕从考场前方疾步走过来，一把掀走兰羽紧紧压在试卷下面的小抄，那一幕曾是兰羽很久的噩梦。那个"女阎王"在自己最绝望、屈辱的时候，突然轻声开口提醒："三次。"

什么叫三次？江子燕给何绍礼送了三次历年试卷，何绍礼也顺

283

手给了兰羽。兰羽无法抵抗诱惑，将详尽的复习资料偷偷带到考场。她前两次作弊均轻松而过，等第三次，江子燕亲自监考，直接揭发了她。

后来，江子燕直接承认，送卷子给何绍礼都是有意为之。

"不出我所料。兰羽你一边讨厌我，一边用我给你的复习资料作弊，咱俩到底谁更没尊严？我只是想证明，内心想当狗的人，只要抓到机会就会去当一条狗，不管她现在投生的是人还是狗，喜欢的是人还是狗。"

无差别的攻击，何绍礼和兰羽都被气得脸色发白。唯独江子燕连笑也不笑，只有深到骨子里的轻蔑和鄙视。

"我最讨厌笨蛋。"她挑剔地说，"所以，兰羽你能不能走开，不要总碍我的眼？"

如今的江子燕生完孩子，脸上带着笑，穿着红裙，但那不过是鳄鱼的微笑和蜥蜴的柔情罢了。

兰羽忍不住问："你恢复记忆了？"

江子燕没承认也没否认，只是笑了笑："听说，你曾经找过私家侦探查我？"

兰羽沉默不语。

江子燕望着她，为自己即将要说的话和要为这个漂亮女孩做的事，略微感觉有几分抱歉。

"我以前是什么样的人，你清楚，我自己也很明白。曾经的事，我已经忘得七七八八，但你没忘。如果你现在还想和何绍礼在一起，你可以告诉我，我会把他让给你，好吗？当然，我不会很轻易地让出来，这只会让他疑心。只是，我们可以先抛开情绪，好好地说一说话吗？"

兰羽内心发毛，疑惑地打量她："你这是对我下套吗？我不会钻进去的。"

兰羽不喜欢江子燕，但也要承认江子燕很厉害，她会花很长时间去思考一件事，然后把这个决定逐步修正，并执行到底。

江子燕真诚地说："我没有下套。如果你认为，你和绍礼真的应该走到一起，我不会再碍事的。还有，你以前照顾过尧宝，我是很谢谢你……"

"江子燕，你还有没有心！"

兰羽突然厌恶地喊了一声，江子燕没料到她突然发怒，退后一步。

"女阎王"这称号，在男人眼里还存在点禁欲幻想，但兰羽从江子燕身上得到的，只有实打实的全面碾压和没有任何灵魂感的冰冷。

兰羽后来请了个三流的警察学院学生，去查了江子燕的"精彩"本科生涯，赶紧送到何绍礼面前。

正在这时候，失踪已久的江子燕突然出现，她讥嘲地看了他们一眼，转身就走。

何绍礼立刻追出去。兰羽被何绍礼反锁在教室，等她费力打开后门，跑出去，听到了他们一星半点的对话。

"江子燕，你还有脸提起你儿子？你当初不是说，即使绍礼肯娶你，你也不会允许这种酒醉后的弱智儿生下来！你以后死，也得独自去死！这辈子的日日夜夜，也绝不想要任何所谓血亲来折磨你！果然哪，你生下孩子，就抛弃他走了！"

到底从没说过那么恶毒的话，兰羽的语气虽然愤慨，这番话从她嘴里说出口干巴巴的，却也更显得……真实。

江子燕内心发沉，只觉得像被人拿铁锤敲击心脏一般，最初重锤一下，再紧锣密鼓地敲打，她几乎站不住了。

她失忆后，性格已经稳重很多，什么话都能深藏在心中不说，然而听到兰羽转述自己这番偏执和决绝的话语，又感觉内心发沉，好像把如今不会明说的感受一一倒尽。

兰羽愤然继续："绍礼都说过了，不管什么样的女孩，善良都应该是她拥有的最好的品质——"

285

"但我没有善良这种品质，我也不想有。"江子燕轻声截断她，又是辛酸又带着自嘲，微微笑了笑。

兰羽略微一震，不由抬头，曾经的江子燕也同样这么回答。

每个人的心中，都有一个清单，上面列的词语和美好挂钩。但是，江子燕一直都是灰色生活的幸存者。别人讥嘲的偏颇性格，就是她曾经奋不顾身，为了保全自己做的努力。否则，她大概很早就死了，或者……默默无息地在生活流沙中永远沉下去。

"不对，我当时肯定还说了别的。"江子燕皱眉，她很平静地追问，"这应该也不是全部，我和何绍礼还说了什么？你能都告诉我吗？"

兰羽真的很怕江子燕，下意识问："你想知道什么？"

也就在这时，她们身后的包厢里，突然爆发出一阵孩子的哭声。

江子燕脸色微微一变，不再追问，擦着兰羽的肩膀疾步走进去。

包厢里依旧弥漫着冷香，墙上八大山人的鱼鸟画露着冷白的眼珠子。何绍礼不知所踪，那一伙时髦又散发着香水味的富贵年轻人，围着正大哭出声的何智尧，各个神色尴尬，纷纷哄劝。

江子燕迅速走上前，把手轻轻放到何智尧的头顶，柔声说："尧宝怎么啦？"她虽然这么问，目光却不动声色地看着正同样拍着何智尧的朱炜。

朱炜苦笑一声，含糊说："有朋友开了个玩笑，孩子就哭了。"

江子燕收起今晚自始至终的笑意："玩笑？什么玩笑？"

她那一下子显得冷冰冰的表情，就像覆水难收的寒夜，把所谓气质、美貌之外的虚物都压瘪了，就只让人害怕，害怕她骤然发怒。

朱炜本以为江子燕会先哄着孩子，没想到她上来就翻脸，他沉吟着是否说出实情。

江子燕耐心地重复："你们都开了他什么玩笑？既然是玩笑，当着我的面也能说。"

在何智尧依旧未歇的哭声中，所有人都在重新打量和评估她，觉得她小题大做，又觉得她狠心愚蠢。自己的孩子明明在身边大哭，母亲却不安慰他，反而先追究这些小事。

朱炜心里也有些不是味儿，还没开口，旁边有个男声咳嗽了下就大大咧咧地插进来。

不知道是谁，反正是个穿着银色西装的男人。

"跟小孩子能开什么玩笑？不过逗他几句，就说什么，哦，我就说了，他不是你和绍礼生的，你们不要他了，让他跟着我过日子之类的，没想到孩子就真信了。但也不是我说，这养男孩子千万不能惯着，不然太娇气，动不动就哭！"

他说完，周围的人也纷纷出声劝着，半真半假地骂他，又劝江子燕别跟他计较。也有女生柔声哄着何智尧让他别哭。

何智尧在其他大人的安慰声中，哭声小了些，却也清楚地听到其他大人的话。他感觉到江子燕的手始终平静地放在自己的头顶，很沉稳，不由抬头看了她一眼。正好他的妈妈也在凝视他。

江子燕听完后没有恼意，没有表情，先低头扫了一眼何智尧。

有那么一刻，她心中仿佛被长了微微倒钩着的刺扎进去，何智尧的眼睛中毫无掩饰地，盛满了被伤害的心碎感。

何智尧这孩子，脾气不像曾经的她那般跋扈，也不像他爸爸那般心中有数。大多数时间何智尧都需要哄，幸而性格并不蛮横，很多事情基本不计较。哭通常只是干号几声，或者默默流泪。除了那天深夜在爷爷家的门口，江子燕没有看到他哭得这么撕心裂肺过。

据何绍礼说，她不在的那几年，何智尧乖巧到没有问过妈妈在哪儿。他只是不说话，有一搭没一搭地吃饭或自己玩，像被抛弃在锦衣玉食中的孤独小狗。

江子燕简单地说："既然是开玩笑，那你跟我儿子道个歉吧。"

银色西服男脸色一沉，有些下不来台，但在朱炜望过来的警告目光中，立刻笑着俯身拍了拍何智尧："叔叔跟你开玩笑呢，你爸爸妈妈不可能不要你呀！你是男孩子，当着人面哭，啧啧，显得多丫头腔啊！原谅叔叔可不可以？"

虽然是道歉，但他的语气充满"老子逗你玩"的意思，毫无歉意。

何智尧自然听出来了，他的讨厌、害怕、不满的表情全流露在脸上，依旧在抽泣，却扭开脸，张着胳膊要江子燕抱他。

银色西服男却先一步抱他："哟，叔叔抱你，叔叔抱。啧啧，小胖子还挺沉，来，让叔叔疼你——"

江子燕比他行动更快。

她直接推开他，毫不客气地把何智尧从他手里抢了回来。她自知力量小，抢夺几乎是拼尽全力，几乎将对方推了个趔趄，甚至桌面的三四个浅碟子也被带翻到地，很清脆的响声，全部被砸碎了。

气氛已经不太对了。

周围安静下来，银色西服男的脸色难看透顶，预备发作。

朱炜很快站出来拦在两人中间，他内心也觉得这事有些过了，又不好说是谁的错。

朱炜平常同样是被迎合惯了的人物，从不负责扮演打圆场的角色，劝说的话也有点冲："多大点事，子燕你以前不是这样的人哪。"

江子燕嘴角微挑，笑得有些难看："那是因为，我以前从来没有做过母亲。"

她这话说出口，在场的人都愣住。

何智尧紧紧搂住她的脖子，停止了哭声。他被母亲抱着，一大一小两个人，目光同样清澈，冷静得像银刀鱼背后的鳞，压得人心头发跳。

江子燕目光淡淡、默不出声地扫过在场的所有人，最后那寒刃般长长的眼睛终于落在银色西服男的脸上，让他有种说不出的感觉。

她冷冷开口："你既然不想真心道歉，就最好不要说话。我知道，你是绍礼的朋友，所以我代我儿子原谅你。但我今天也跟你说清楚三件事。第一，为人父母，我绝对看不得别人欺负自家孩子。第二，我儿子没你以为的脾气那么好。第三，我江子燕自己都不知道'客气'这两个字怎么写。"

正在这时，有人推开虚掩的门，何绍礼手里拎着饭盒走回来了，他没有说话，但也不知道把这场景看到了多少。

何绍礼压着寂静声走到她身边，从她怀里接过何智尧。

两人目光一接，何绍礼开口解释："子燕，我到旁边的饭店给胖子买了点饭，我看他今晚没吃多少。"他一边说，一边用高大身躯挡住江子燕的视线，也向四周淡淡望了眼。

在场的人又是一僵。

何绍礼的家境在这里不是最拔尖的，但绝对不差。他自小不骄不躁，很少跟人闹翻，如今更是这些同辈人中罕有的脱离父辈，一路披荆斩棘地独自创业者。

但此时此刻，何绍礼打量人的目光，和被江子燕定定盯住脊梁的意思又不同，甚至还微微带着笑。他明明和在座的各位都是认识的，但是表情又陌生，那副笑好似要剥了每个熟人的皮，将人认个清清楚楚，这样好确保以后算总账的时候能不找错人。

江子燕看着在何绍礼的肩膀上又要哭的何智尧，到底还是心疼儿子，她轻声说："尧宝乖啊。"

何绍礼回过头再望一眼江子燕，那丝残忍的笑容已经没有了。他冷漠地看了眼脚下的碎碟子，直接踢开，淡淡说："我同学吃完饭还要继续玩，咱俩不奉陪了，回家吧。"

江子燕点点头，懒得应酬这些人，率先走出门。

只剩下何绍礼还抱着何智尧，他倒是压着脾气，最后跟周围人寒暄几句。大家缓过神来，也不敢挽留他们，只纷纷握了握何智尧搭在爸爸的肩膀上的软绵绵的小手，小胖子又气急地收起来。

银色西服男勉强地说："绍礼——"

何绍礼跟没听见似的，唯独对朱炜说："把子燕那包递给我。"

朱炜一拦银色西服男，把江子燕遗忘在桌面上的包交给何绍礼，他觉得内心很复杂，糊里糊涂的，居然还有些羡慕。朱炜下意识说："哪天单独请你和子燕吃饭。"

何绍礼看了他一眼，说："再约吧。"

随后，何绍礼抱着何智尧，和江子燕匆匆离去。

江子燕和何绍礼走后，席间其他人还在吃。

银色西服男豪爽地掏钱买了几瓶昂贵的清酒，服务员把地面清理干净，大家就跟健忘似的继续聊天。而兰羽方才跟着江子燕进来，就一直站在角落冷眼旁观。

兰羽最熟悉何绍礼的脾气，她清楚地知道，今晚的人除了朱炜，恐怕所有人都已经彻底得罪了何绍礼。

何绍礼和江子燕激烈吵架的时候，他曾经满脸暴怒地用手指着兰羽，对江子燕怒说："她不是你，你也不能跟她比！"

江子燕当时恼羞成怒，兰羽却忍不住浮想连连。

但如今，兰羽僵硬地坐回原来的位子，再喝了杯清酒。她只觉得，自己最初把何绍礼那句话彻底地理解错了，而她的错误就在于今晚和江子燕同席。

青梅竹马这种事情，到底有没有，何绍礼承认有，她也认为有。但其实根本就没有。

神仙打架，小鬼遭殃，这就是感情的本质。

何绍礼的车子开出老远后，缓慢地停在了一家便利店门口的路边。

八九点钟的超级繁华城市，占地面积过于广阔，东边下雨西边停，偶尔会找到空闲干燥的街道。江子燕陪着何智尧坐在马路边的凉亭里，喂孩子吃半温不热的饭。

棕色塑料勺捏在手里很短，江子燕的动作不急不慢。

她面前的何智尧也安安静静的，只不过，孩子这份安静和以往不同。

江子燕凑近了一看，小男孩罕见地集中了注意力，仰着脸，握着双手，有些小心翼翼、敬仰地打量江子燕。他显然知道，刚刚谁为自己强有力地出了头。

再过了会儿，江子燕突然听到何智尧开口叫她"妈妈"，用的是肯定句。

江子燕抬起眼睛看了他一眼。这次，她很淡然地接受这个称呼，也不奇怪何智尧突然叫自己。

过了会儿，何智尧又忍不住叫了她一声"妈妈"，然后忍不住哭了。

江子燕又平淡地答应了，周而复始。

何绍礼从便利店买完果汁走出来，江子燕正俯身揪住吃饱了的何智尧的后领子，毫无柔情地帮他擦嘴上的油。

她的侧影映在半明半暗里，薄料子的连衣裙里面是绷起来的背脊，往下是瘦而白的腿。

何绍礼把果汁递给儿子，解释了方才为什么不在儿子身边守护："我刚才让朱炜帮我看着胖子，回来顺便去把今晚的账结算了，多耽误了点时间。"

江子燕手一顿，古怪地回望着他："结账？"

何智尧在她的手下挣扎，接着扑向爸爸。

何绍礼低头看了儿子一眼，解释道："嗯，我刚才看了账单，知道你替兰羽结了部分的账，我索性全帮你结了，哦，签单的时候留的是你的名字。"

江子燕呆住。她方才面对招惹儿子的银色西服男，鄙夷却没有真正生气，此刻她略微闭了闭眼，感觉一阵翻江倒海的气急。

什么？"帮"她结账？江子燕搞不清楚他是对兰羽献殷勤，还是仅仅做老好人。

江子燕只为兰羽结了部分账单，一方面，兰羽这种挥金如土的富二代，根本就不缺一顿饭钱，也更不需要讨厌的女人帮着主动结账。如果她把账单全付了，只会让那个骄傲的小姑娘记恨。另一方面，江子燕只是单纯觉得不值，她才懒得替兰羽埋单呢。

但何绍礼主动替兰羽结账就算了，怎么还多此一举，最后签了她的名字？

这就是江子燕最讨厌何绍礼的一点：任何时候都想做好人。明明是贵公子的人设，他却在任何时候都想周全一切。

何绍礼当他是谁，圣母玛利亚的走狗吗？他怎么还在努力打造她在兰羽心中的印象？莫非她还要承他这份情？江子燕现在想想，自己管什么闲事？她太讨厌任何自取其辱的感觉。很多感情必须当断则断的。江子燕失忆以前是坏人，她痛快地认了，反而像何绍礼这样，到处缝缝补补的，一点男性魅力和自我都没有。

做任何事情，总是这么留一手，这笔感情烂账什么时候才算完？

江子燕陪着何智尧坐在后座，心头只剩下断石残垣般又刺痛又可笑的糟心感，密密麻麻地干涸在地表。

何绍礼把车开回家，刚停在车库，江子燕就冷冷地说："等一下，我有话跟你说。"

他一愣，江子燕已经拉开前车门，直接走到副驾驶座坐下。

她明显心情极差，但黑暗中，整个人依旧能发出光似的，像粉色胡椒磨碎后扑在空气中般四溢流金。

早先的江子燕的脾性总是冷然刚硬，即使柔声说话，也有着强悍压制后的黯淡感。她太紧张，并不想让自己追求的东西在别人面前表现得很重要。如今的江子燕，带着转瞬即逝的明快，做错事和想折磨人前都会先轻笑，牢牢地抓住人的眼球。

江子燕冷冷说："我跟兰羽在走廊说的话，你听到没有？"

何绍礼怔住，疑惑地看着她："什么？"

看他的神情不似作伪，江子燕故意顿了顿，才冷淡地说："我俩说了什么，你可以自己去问她。但我明天要带着智尧从家里搬出去，这辈子再也不想见到你。但是，你永远是智尧的爸爸。"

整片冰窖般的寂静里，何绍礼先压抑震怒，克制地看了眼后视镜。

何智尧小朋友已经歪头在后面被她哄得睡着了，戴着江子燕那个隔音耳机，浑然不觉地翕动小而软的鼻翼。

292

他沉默片刻，感觉一股焦躁的气扑上来，压着气说："我和小羽——"

"我不在乎你和你的小羽。"她截断他，慢慢地、厌恶地接着说下去，"何绍礼，你今晚到底为什么要带我来吃兰羽这顿饭？你说你和兰羽之间什么都没有，但你每次做出的事，能让我信你吗？说真的，你总想护着她，便大发善心地直接娶了她呀。我真的已经不相信你，我甚至是很怕你的——就在刚刚，兰羽还告诉我，我之前跳楼也有你的原因。请问，我到底做了什么十恶不赦的事情，你会这么恨我呢？"

何绍礼一个字都说不出来，他觉得她是恢复记忆了，可感觉又不像。过了会儿，他低声说："那天晚上吵架，我欠你一声对不起。"

江子燕抬起眼睛，冷冷地说："好啊，我原谅你了。我明天搬出去，你想一周见几次智尧？"

何绍礼看她眼神和脸色已经彻底不对了，迅速说："那天晚上和你吵架，主要因为两件事。第一件事，是因为你不告而别，第二件事，也是最主要的，是因为你的'前夫'——兰羽确实是很次要的原因。"

江子燕无所谓地笑了，冷淡又柔和地说："对了，你还没多告诉我'前夫'的事。我哪天得去看看他呀，大家也算是熟人，哪天我也把你俩叫出来吃顿饭，热闹一下，不是吗？"

何绍礼闻言目光微垂，态度又恢复到之前的冷然。

他也陪着她笑了，笑容很浅，带一丝丝戾气。

随后，何绍礼轻描淡写地说："你的'前夫'已经死了。"

这样一句话，将江子燕从盛怒中拉回点神志。

在黑市出卖婚姻的人，能有什么正常情况？江子燕如此谨慎的性格，怕后患无穷，特意选了个患白血病的男人。对方因为高昂的治疗费一贫如洗，和她领证没几个月，病情急剧恶化而去世。江子燕比预期中更快地取得户口，也算心愿得偿。

早逝的男人留下年迈的低保户姥姥，以捡垃圾为生，贫寒交迫。江子燕自然也是知情的，却没有动过任何救济的念头。她认为，这场交易已经彻底完成了。

太冷酷，太荒谬，也太……儿戏，这就是江子燕一贯的态度。她的童年堪称不幸，但是江子燕对其他可怜的人，也没有任何怜悯。

这样复杂的女人，何绍礼的底线总被不停地强烈触犯和不停地拉低。何穆阳从小教育他，企业家的思维是能力越大，责任越重。何绍礼万事可以忍，但结局是他要得到最好的，至少是不差的。

很长时间内，他越了解江子燕，越在心里反复地提醒自己，这个女人一定会毁了他，不管她是不是真爱。

算不清的债，讲不清的迟疑，当何绍礼不停地沉默，爱与不爱都万念俱灰，江子燕发狠纵身跳下去。

兰羽在旁边失声尖叫，窗口一角树木葱茏，何绍礼却能在进急诊室前都保持条理。医院的家属那么多，但等江子燕被推出来，医生一眼就认出是谁在彻夜等她。

何绍礼有时候想，在某一时间，他内心的某个部分也跟着她跳下去了。

"我对不起小羽，更对不起你。"他穿着黑色衬衫，英俊的脸上几乎是面无表情，眉宇有极重的凌厉感，居然有几分像曾经的江子燕。

他艰难地说："我确实不知道你怀孕，我们当时吵了很多。你刚从你母亲那里出来，很多话你不对我说，我也很生气。"

江子燕瞪了他片刻，面容沉静淡定，不知道在想什么。片刻后，她哑声说："不管你现在怎么解释，我还是要带尧宝走的。"

何绍礼断然拒绝："你想也别想。"

她却笑了："哦，但我怎么觉得，我就是有本钱勒索你呢。"

他不由抬起头。

这样的夜晚，地面没有月色。

他们是在地下车库的车里。江子燕穿着那件潋滟连衣裙，在黑暗里异常清晰，她神情笃定，又那么自信，美人戾气沉重。何绍礼可以给她空间，也可以无期限地等，但他无论如何都不肯对江子燕再放手，

294

一万年也不想。

"何绍礼，你会答应我的要求。因为你爱我，所以你会甘心地听任我的一切勒索，你也会放我走。因为你爱我，一直比我爱你要多。"她几乎是愉快又恶意地说，"我说的话，对吗？"

何绍礼的神情在一瞬间，变幻莫测。

他下意识地想要摸鼻子掩饰，江子燕却痛恨极了这个小动作，她不假思索，对准他要抬起的手狠狠扇过去。

两人距离近，她用力又极狠，微弱的暴力全部灌输在动作里。掌风余波，半点声音都没有，力量全部冲击到了何绍礼半侧脸的英挺鼻梁和嘴角。

他被打得手背火辣发热，接着鼻间发酸发热，难以置信地摸了摸，居然汩汩地流出鼻血。

江子燕看到尻人就烦，真的给了他第一个耳光。

她的感觉，现在分为两半。

一半是扔在酷火里焚烧，她痛恨何绍礼恨得能啖其血肉，无论是自己还是兰羽做的错事，何绍礼如果乐意，他确实能二话不说就埋单。这到底属于人格魅力，还是神经病儿童套路深？

另一半则是在寒冰里浸泡生寒，何绍礼想做好人好事，但他的行为和态度又对整个局面毫无裨益。江子燕没失忆前，她还能死死地盯住何绍礼，如今心有余而力不足，不能在这个位置上睁一只眼闭一只眼，看他在其他女人面前周全一切。

"女阎王"的作风，向来是用最简单的方法解决问题。

何绍礼切身体会到被江子燕打脸的耻辱感，不由怒说："江子燕！"

他眉间虽然凛冽，但语气却有点虚弱，随后就想找车内的纸巾堵住流血的鼻子。

江子燕却抬起他的下巴，柔声说："我来帮你擦呀。"

何绍礼不得已抬起头，见江子燕勾唇笑了笑——渊冰眉眼，丽色红唇，还是记忆中那张冷然的脸，如同披皮恶魔般。

他心中有不祥的预感。

果然下一秒，江子燕左手抬着他的下巴，毫不犹豫地再扬起右手，又给了他极重且毫无保留的一个耳光。

这次是很响的啪的一声，何绍礼半张脸和耳朵都在嗡嗡发响。

江子燕咬牙切齿地说："这第二个巴掌是我补给你的。何绍礼，我当初实在应该赏给你一巴掌，不应该自己傻傻去跳楼！虽然我不是好人，但你呢？你也不过一个花心的懦夫！你对自己道德要求高，就只要求自己好了，逼着别人当好人，算什么男人呢？！没种！毫无主见，你以后穿着裙子出街吧！"

何绍礼算是挨了两记耳光，面颊被打得火热，鼻血继续畅通无阻地流，点点滴滴，很快落在昂贵的衬衫上，但整个人像被定住似的，过了会儿低声道歉："我有错。"

江子燕满手也沾上那温热的血，虽然颤抖着，但心头那股邪火更甚，内心翻腾的情绪无法平息。

何绍礼既然亲口承认，只钟情"善良的女孩"，很抱歉她不是，无论失忆前后的她，都不是。她仿佛一个局外人，深知必须得抽离何绍礼这个泥潭，他有资本普度众生，但她没有。

江子燕脱力般摆了摆手，尽力平定呼吸："彻底分开吧，我今晚就搬出去，明天早上办离婚，以后我们也就两清了。"

江子燕冷冷地说完后，就要拉开车门下车。

何绍礼瞬息之间抬头拉住她没来得及收回的手，他毫不迟疑地一拽，身体压过来。他的脸微肿带血却难掩俊美，眸子深黑。接着他硬生生地碾上她的唇，她的头哐地响了声，就被重重地按在车窗玻璃上。

与其说是吻，不如说是毫不留情地侵占，霸气肆意，无穷无尽的掌控感。

江子燕没来得及挣扎，他的舌迅速侵入口中，完全覆盖，决不允许她闪躲。最初江子燕还能感觉到一股咸湿，不知道是血还是舌，何绍礼的手掌千钧重般按压在她的心口，开始扯她的衣服，纠缠到难解难分，她只剩心脏失重般的剧烈下坠感。

那是一个被勒禁呼吸般的长吻。

何绍礼的热气像巨隼的爪子从喉咙到肚脐，濒死般血腥、狂乱地攥着她。也许有的时候，何绍礼是比她还专制的人。他喜欢的，就要强迫她也去喜欢。他能做到的，同样也逼着她去做。

等何绍礼再松开，江子燕剧烈地咳嗽和喘息，缺氧般浑身发软，惊醒地发现裙子已经被推到下巴处，露出小腹。

她的长发密密麻麻地散落在赤裸的肩头，勾住拉锁而无法推进。何绍礼双腿顶着她，俯压在上面，边轻咬着她的脖颈，边不耐烦地想解开纠缠。他奔涌的鼻血大概已经停了，因为刚才的举动，血迹狰狞地擦在脸颊两侧。

自己的脸上一定也沾有血，江子燕心如擂鼓，也不知道是吓是怒，是气是恨。

"你、你要干什么……孩子还在车里。"她尽力沉声说，却是虚有其表的威胁，"你如果不想，你别，你……"

何绍礼眸光深沉，直接移过来又深吻住她，把所有话都堵回去。

这次的吻，没有刚才那般令人插翅难逃的暴乱，不轻不重，仿佛只是想让她安静。江子燕感觉自己的唇像被火燎似的麻痛，胸口搓揉的力度还是越来越大。

他边吻好像边找什么，略微一停，她立刻要借机推开他。何绍礼已经利落地自己坐直，推开车门走下车。

江子燕来不及细想，逃离禁锢要喘几口气，立刻要再紧握衣服逃开。但这侧车门打开，何绍礼把她拦腰抱起来，男女体力的差别太大，江子燕吓得失声尖叫，拼命打他，旁边停泊的一台跑车的车大灯一闪，她居然又被何绍礼抱到里面。

"嘘，没事。这辆也是我的车。"他轻声说。

江子燕刚刚几乎被他剥得不着寸缕，转瞬之间，就被移到另一辆车上。她还在发愣，何绍礼已经重新把车门关上，窄小车厢，两个人，他重新压过来。铺天盖地里江子燕只能感到年轻男人的清爽味道，温热的手顺着她的脊背往下滑，让人浑身发颤。

何绍礼的胸肌线条清晰，同时解开腰带，她反应过来后，立刻继续挣扎要去推他，却在瞥到不该看的东西后，赶紧闭上眼睛，生生地把面孔弄得通红。

何绍礼继续有力地拥抱她、亲吻她，在最后关头，他又顿住身体，微微喘息着抬起她的下巴："子燕？"

他带着鼻音，声音又低又沉。

江子燕不得已听着她越来越快的如鼓心跳，感受着他身体诚实的欲望。封闭的空间，深浅不一的呼吸，她的腿还暧昧地搭在他的肩膀上，一切都好像在万劫不复的边缘。江子燕虚弱地想，怎么办？发生了什么？如何能改变这不寒而栗的下坠速度？

"我都说我错了，但你不想跟我说什么吗？"何绍礼问她，居高临下地吻着她的下巴。

他气息非常不稳，喉结咽动，压着她的身体散发出阵阵炙人的热量，两人都在剧烈地出汗，像是在受刑般僵持。江子燕气得发疯般想厉声诅咒他，大脑却被抽干似的想不出词汇，想再抽他一个耳光，又怕他不管不顾地做下去，她不能完全闭上眼睛，又不敢和他过分对视。

江子燕一直死抓着他的胳膊，长指甲都嵌进去，何绍礼却一点都感觉不到似的。他比她想象中坚定，单膝顶上就已经毫无回旋地撑开了她："你只能是我老婆，你可以随意勒索我，但你也要任我来勒索你。"

她的手指痛苦地收了收，随后放松。

沉默，是允许勒索的开端。

何智尧其实睡得很浅。

他今天晚上过得也不是很愉快，因为被欺负了，还因为他爸爸重新给他买来的饭里面有青椒，依旧无敌难吃。

明天早上他还要参加幼儿园的数学辅导，江子燕答应回去后帮

298

他抄题。塞着的耳机里正轻声放着Podcast里讲述第谷数据和开普勒三大定律的频道，这是他妈妈自从得知扎克伯格给自己的女儿读了Quantum Physics for Babies（宝宝的量子物理学），也顺手订阅的频道。

何智尧最初是被耳朵里的声音念叨着睡的，最后是被膀胱叫醒的。

他迷迷糊糊地睁眼，头一个反应就是：这里是哪里？这不是家，本宝宝是不是又被人忘在电梯里了？！

何智尧咧嘴准备嚎几声，随后发现，眼前并不是全黑。

车前排的仪器安静无息地亮着荧光，副驾驶座的门半开着。他认出来了，这是熟悉的车库。但车里除了何智尧本人，空空如也。

小朋友呆呆地坐着，突然听到，很近的地方传来一声长长又响亮的汽车喇叭声，吓得何智尧坐在座位里抖了抖——完蛋，他更想撒尿了！

江子燕的后背正压着方向盘上的喇叭。她的胸被搓得发烫发麻，根本无法说出任何话，何绍礼的唇舌始终席卷着她，深入喉咙地热吻，吮吸着她的所有清凉，换成属于男人的味道。

两人的上半身紧紧贴住几乎定住不动，下身不断猛烈地变换着角度。当所有肆虐进行到无法承受的边缘，她隐约听到什么动静。

江子燕来回哆嗦着，勉力伸手下移，轻握住他，何绍礼不由敏感地一抖。

唇上的禁锢终于离开，江子燕急速喘息着，在如有炽热热浪的目光，克制着体内的异样，还没解释，就听到旁边传来清脆的童声——

"呜——嗷呜——Help！Help！Help！嗷呜——"

一分钟后，还没等何智尧把全市的野狼和警察都召唤过来，前面车座冒出张沾着血的陌生面孔，但声音是极熟悉的。

"你怎么了？"

何智尧听到爸爸的声音，立刻放下心来。何小朋友很冷酷地解释："I want to pee！pee！pee！"

何绍礼脸色似乎有点发黑："pee什么，你就不能直接尿在裤子里？！"

话虽然这么说，但他还是探身过来，咬牙把孩子的安全扣解了。

何智尧感觉自己都快被憋死了，根本等不及回家，不停地扭动，哼哼唧唧催促爸爸快点，过了会儿，好像听到江子燕的声音在远处冷冷地提醒："我包里有空瓶。"

何智尧闻言，努力地扭头，却没有看到她的人影。

"Where is she now？"他还天真地问。

何绍礼铁青着脸，赤裸着上身，半蹲在墙角处，一手举着塑料瓶子，一手扶着他儿子。看着何智尧满脸舒爽表情地对准空瓶子撒尿，他感觉自己的整个人生都活成巨大的讽刺。

何智尧窸窸窣窣地释放内存完毕，感觉到龙心大悦。他抬起了胖脸，这才发现爸爸的半张脸都肿起来，嘴角已破，还有点血迹。何智尧不禁皱起眉，不过并没有贸然伸手去摸，潜意识里觉得怪脏的，少碰为妙。

他刚想张口询问爸爸刚才干什么去了，而江子燕又去了哪儿，何绍礼正拧紧那温热的尿瓶子盖，脸色异常差。

"给我说中文，胖子。不然我明天就把你卖到美国去。"他威胁儿子。

何智尧噎了半刻，煞有其事地摸了摸自己的小鼻子，真诚地说："哥哥，你咋就被人确了啊？"

Chapter 09
浮萍一道开

江子燕从入职以来，凭借出色的KPI（关键绩效指标）完成度，只要每个月保证发稿量，便可以在家办公。

只不过，江子燕依旧每天准时打卡上班。她坚信，自由的工作制度只是看上去很美，规律的工作才是长久之道。

但劳模也有请假的时候。江子燕在QQ上单敲主管，申请在家工作两日，写了邮件向人事部报备。

主管的QQ头像还亮着，没有像以往那样秒回信息。天天灌水的本组群里，今日上午也格外安静，各种"叫爸爸""求红包"的刷屏声音都没有了，悄无声息的。

群里的人也被劫持了？江子燕蹙眉缩在被子里，把公司媒体主页刷新了一遍，发现科技和投资新闻照常发，估计不是后台出了问题。她平日里有攒长稿件的习惯，先扔了一个介绍北美无人机监管的文章交差。这篇文章的文笔很温和中立，没有之前的爆款文章尖锐。

在获得充足的知识储备前，她暂时不想做互联网的意见偶像，或者说，网络喷子。

随后江子燕把手机往旁边一扔，在被子里重新蜷成一整团。

江子燕全身热痛，后背处磨青了一大块表皮，甚至都不知道是在车里还是又回房间里弄的，全身无一不是揉捏的痕迹。

昨晚何绍礼把她吃得死死的，从里到外都狠厉地搜刮数遍，早上匆匆亲了亲她，就起身去送何智尧上幼儿园，剩下她沉沉地躺在床上睡过去。

江子燕的身体异常不自在，没睡多久也醒来。她去浴室里洗了个澡，收拾了凌乱的床，又不吭声地躺回去，脑海里一时浮浮沉沉的，什么想法都有。

江子燕正专注地盯着洁白的被单出神，床褥一陷，有人隔着轻薄的夏日被重新抱住了自己。

江子燕身体轻微一僵，汗毛竖起来，直到何绍礼的声音响起才放松。何绍礼有些好笑，他问："你紧张什么？家里除了我，还有谁会抱你？"

江子燕好心地提醒他："别忘了你的男家政。"

身后果然没有了声音。

何绍礼沉默片刻，干脆地把蒙在她脸上的被子掀开。江子燕没有躲避，光亮处直直地看进他向来深情的眼睛里，随即感觉到一股冲动。

——一股想扬起巴掌抽何绍礼的冲动。

年轻就是巨大的优势。一样折腾整夜，有人却连黑眼圈都没有，昨天被她掌掴两下的俊脸只剩下微微的肿胀，几不可察。

最过分的是，何绍礼居然新修整了发型，很精细的boy板寸头，并不是赶时髦的型男造型，两侧推短，风致地露出他开阔的额头和眉间，显得脸形端正沉稳。

两个人静默对视着，就跟比谁更定得住一般。

江子燕之前在公司那个黄暴的工作组里听过冷知识。男女上床之后，男人会最先做出改变。此时此刻，何绍礼盯着她的目光确实变了，就好像帆船等来正确的风，整个人精神头上来，一下子开始顺风顺水起来。

何绍礼神采极足，他微笑开口："休息得怎么样？"

江子燕压抑住内心的愤懑，沉默地想把他先从自己身上推下去，但怎么都推不动。

肌肤摩擦相接，何绍礼气息不稳，立刻开始掀起被子。

江子燕迅速捂住，冷声说："别，麻烦何大善人跟我解释一下昨晚的事，不然我这样的人，身上随便背负几条人命，不知道过去，又做过哪些碍你老人家道德观升天的事情——千万不要哪天你又突然对我发疯，替我做人情，我还什么都不明白！"

昨晚的事，发生得莫名。江子燕还没继续细问自己的"前夫"，一切积蓄的问题，什么都没说明白，对方直接像强电压一样电过来。江子燕每次开口说话都只被回应深深的侵袭，到后来，她也被勾起微弱的无法原谅自己的情欲。

何绍礼却比她心安理得多了，他如有神助找到床单间的缝隙，伸进去胳膊紧勒住她的细腰，高挺的鼻子在她白皙的颈部来回摩擦着："我觉得应该没事了。"

说完他俯首吻住她的唇，又是顶住齿缝继续深入。

他的吻每次都极密缠，让人害怕。

江子燕整个人又气又乱，身体扭动，接着隐约有拉链的声音，何绍礼再次用手臂掰开她紧闭的膝盖，她只来得及神魂分离地唔一声，克制不住发抖倒在床上。

江子燕眼中再次闪着愤怒夹杂恼羞的光："何绍礼！"

"现在你还想问什么？"何绍礼声音很稳，他贴在她的耳朵上轻声问，让江子燕心跳如鼓地感受着他，"子燕姐？"

她的大腿与他结实的小腹紧密相连，随着何绍礼的动作，她的脑海里又被搅成了一剂混乱的乳白软膏。

回国后的重重疑惑，掺杂昨晚的场景涌过来，似永无止境的不确定感，江子燕总想摆脱一切过去，唯有何智尧让她不舍。但不知道从什么时候开始，旁边冷眼旁观的何绍礼就伸出手，死拽着她，如今怎么都松不开。

"别这样！我同你好好说话！"江子燕努力收敛神色，"不要这

303

样，我全身都疼！"

何绍礼的手陷在江子燕的长发里，从她的后脑勺拽着，逼迫她扬起下巴。他每次都是一定要她的水色眼睛看着他说话："那我现在什么都不动，你继续问我。"

她简直无法自处："你先滚！"

何绍礼突然抬起手，轻轻地扇了一下她的臀部侧面。江子燕不由带着他一颤，愤怒地说："何绍礼！你做什么？"

"你不是要问我话？"

"那你打我……啊！"话没说完，何绍礼就略微加重力气地又打了一次，凝视她接近透明的肌肤迅速浮出禁欲的红痕。

何绍礼就这么凭借着她的颤抖，陷进她身体的柔软深处，江子燕整个脸全被撩热了，知道这次又是擦枪走火了。她实在心寒，这男人是本性如此，还是彻底放飞自我了？

何绍礼作势要继续打她前，江子燕无比气急地推他的胸膛："你如果只想侮辱我，就别装着喜欢我！你的小羽知道你现在这么对我吗？我没有这么容易唾面自干！你以前说得对，账得慢慢算，你出去！要是再跟我来硬的，我们就走着瞧！"

他这才终于停了暧昧节奏，过了片刻，慢慢退出部分，但姿势依旧半点都没变。

何绍礼的眼神在她脸上打转了一圈，坦然说："你结过一次婚，我们吵过一次架，你做过无数烂事，我做过的也不少。但我保证，心里对你的账就只有这么多，如果你恨我，这辈子随时欢迎你对我打脸。我还保证，我不会再让你去独自承受人生任何不好的变化。"

最后这句绝对照搬吴蜀的！她忍不住冷笑着问出来："说得真好听呀，那请问你如果有这个决心，以前为什么非要赶我出国？"

呼吸交错中，他们看得见对方的脸。

何绍礼目光清晰深刻，他撑在她的上方，没有闪躲，前额的发已经被汗水湿了。江子燕不由失神地伸出手，触了触他线条分明的脸。

"因为你当时失忆了，你什么都不记得。我不想让你仅仅因为胖子，就不甘愿地留在我身边。"他低声说，"总要放你走一次，让你自己把一切都想好了后再回来。但是，我也只能放手这么一次。"

江子燕怔怔地望着他，她又冷不丁地问："你曾经去医院看过我吗？"

何绍礼的瞳孔微微收缩，含糊地顺着她说："没有，我没去医院看过你。怎么了？"

江子燕嘴角终于微牵。这是公司组群里的第二个冷知识，据说人在说谎的时刻，尤其男人在言不由衷的时分，都会忍不住重复别人的上一句话。

别人觉得何绍礼很乖，没准儿稍微有点瞎眼的无知少女，还会觉得他是品行温和的情人，她以前也这么想。但本质上，何绍礼是难啃的骨头，他比同龄人更平静，因而掩盖了本质——一个高傲到令人毛骨悚然的幼稚死小孩！

何绍礼在撒谎。他绝对经常去医院里看她，不然该怎么解释，她每一句随口念叨的话，他都印象深刻。然而何绍礼就是死不承认！他当时就在故意躲着她。

何绍礼的态度更是出卖了他自己，他忍不住问她："你还会走吗？"

江子燕视线往上，轻轻地啧了声。

何绍礼还蠢蠢欲动地想逼她，他怕她再说出"走"这个字。幸好，他爱着的这个女人面对任何难题，总能在第二秒就做出判断，至少是打了个商量。

她说："那我先求你一件事，我请你以后不要再试着去害死我了，你能做到吗？"

何绍礼低声说："我明白了。"他已经无法再忍，翻身又压住她。

下午的阳光像软蟹腿般，曲折地照进来，再慵懒地搭在床上刻骨交缠的两个人身上。

昨晚何绍礼从车库，把她一路强拽回来，江子燕抗争许久，也不过是今日手脚发酸地躺在自己的房间里。这次没有放纵很多，她的鼻尖都在发凉，何绍礼怎么吻都吻不热，刚一离开他，她就直接脱力地睡去。

何绍礼把她摆正，躺在狼藉的床边搂着她，手指安静地划过她的睡颜。

江子燕曾经躺在病房，也是像这样无知觉地沉睡。

她睡着后的容颜并不美，闭上眼睛，收起气质，"女阎王"退到无底的洞穴里累坏了般休息。

何绍礼当时忍着鼻中的发痒感，沉默地坐在旁边。有时候他怕她睡得太久了，有时候怕她醒来用陌生而掩饰仇恨的眼神看自己。

他没有准备好当爸爸，更没准备好失去她。

有段时间，医生按惯例问病人家属是否接受流产的可能，何绍礼沉默片刻，终于说："任何情况下，请先保她。"

这句话同样传到江子燕那里，她面色惨白，却咬牙说："我的生命和孩子都想要。医生，你既然能让我活着，那么无论如何也得保着我的孩子。"

吴蜀也是会诊的医生之一，第三天后就会孤注一掷地去闹何绍舒的婚礼，但在工作岗位时还是说得稳重冷静："这两者没有联系。江小姐，你自己不是长着大脑却又说这种蠢话？"

何绍礼在外面听墙角，他无声地笑了。

江子燕虽然怀着孕，但肚子好像是某一天才突然大起来。等费力地从床上坐起来，江子燕听到任何人提起何绍礼的名字和旧事，都极其冷冰冰地蹙起眉。从始至终，江子燕对过去都问也不问。

那场爱恨的旋涡里，何绍礼自诩最理智，最终只剩下他自己。何绍礼几乎都不在她醒着的时候来了。

拆解情绪都是一层层的，直到江子燕离开，何绍礼掩盖的疼好像才全部感觉出来。

何绍礼搂紧了她软绵绵的身体，有那么一刻，他好像终于失而复得了，却又懊丧行动得还是太晚，简直是拿着石头砸自己的脚，不过更多的依旧是胸膛中那股无法抑制的渴望，每当看到她眼睛的瞬间。

"你是怎么看出我爱你的？我哪里装得不好？"他顿了顿，自言自语，"你喜欢我为胖子取的名字吗？"

依旧无人回答。

何绍礼将他的下巴，用力地压在江子燕黑色的头发里。

晚上的时候，何智尧从幼儿园被接回家。

他躲躲闪闪地不看江子燕。盖因为，今天的数学考试几乎全军覆没。

何智尧认为，这主要责任在于出题的老师和答应帮他复习却食言的妈妈。不过，何小朋友确实启蒙了很淡的逆反心。如果妈妈骂他，他就决定鼓起勇气，以后也不好好学习了。

餐桌上，江子燕精力不济，全程都只是半撑着头坐着，头发垂胸，遮挡脖子上红粉色的煽情痕迹。她在儿子面前尽力掩饰身体异常，倒也没发现何智尧有异，更不记得他考试这回事。

趁江子燕慢腾腾地起身去倒水，何绍礼已经欣赏完儿子全程忐忑的样子，他悠然说："你去跟她道个歉，说句sorry，卖卖萌。她今天心情好，说不定就能原谅你考得烂。"

何智尧遗传了他爸的嘴硬，很烦恼地说："我妹（没）关系的！"

何绍礼就笑了："哟，你考不好但还挺自信哪！"

何智尧敏感地觉得他爸爸是在幸灾乐祸，但又指望爸爸帮自己求情，立刻改口撒娇："爸爸？You are my everything! You are the best! You are my hero!"

小孩子说起情话是很可怕的，肉麻真挚到几乎不要钱。何绍礼自觉脸皮不薄，居然被他儿子连续表白得脸红了，想去亲亲何智尧鼓起的脸颊。

何智尧睁大眼睛，继续软软乖乖地说："Please..."

江子燕正好回来落座，她只看了眼这缠绵场面，就随口说："尧宝以后得上数学补习班，我没空教他了。"

一言定锤。

何绍礼同时感觉亲他的脸颊落空。何智尧迅敏地躲开老父亲真挚的吻，绷紧了脸抗议："No！"

她挑眉："上课归上课，又不影响你玩的时间。"

何智尧努力地想词："But..."

江子燕继续说："你班里其他小朋友也有上呀，就那个Sherry小朋友也在。到时候，还是你和她一起上课。我问问老师，能不能一起教你俩。"

何智尧在天人交战中没再吭声。

何绍礼自然而然地把身子坐直，神情不见恼怒，不过他也回想起来："胖子，Sherry是你选出来的幼儿园四大女神排名第三？是那个从英国伯明翰来的小姑娘？我怎么觉得她长得挺一般？"

江子燕看他父子二人不紧不慢地说着话，实在坐立难安，提前回房间躺下。不过她没有很快入睡，更多是躺着休息。

江子燕下午醒过来，她和何绍礼躺在床上简单聊了会儿。

内容不是别的风月话题，两个人说了会儿亚马逊的Alexa人工虚拟助手。何绍礼对这方面同样好奇，因此，早在上一周就已经下单一台，正在寄回来的路上。

何绍礼说："等拆开后，我拿给你看。"他压抑着讨好的语气。

江子燕轻声答应，但定定望着房间里的某处，任何绍礼有些可怜地玩着她的长发。

江子燕知道，何绍礼还在等着自己的一个答案。他终于不再演戏了，如今在她面前他的耐心已经越来越少，偶尔还不如何智尧坐得住，因此何绍礼完全不自知，曾问过她多少遍："你生气？身体疼吗？你是不是还会走？"

等到今晚入睡前，江子燕感觉又被人从后面搂住。

有人又低声问她："你已经接受我，所以，我们这属于重新开始了吧。"

"不算。"她提醒自己要锁门，随后喃喃地说，"我们是要继续生活下去。"

308

几天后，大洋彼岸传来等待许久的好消息。

何绍舒剖腹产生下了两个女儿，普天同庆，她几乎在自己的各个社交账号里都公布了这个喜讯。江子燕粗粗翻到她和新生儿的几张合照，产妇和外婆气色很好，握着婴儿的小脚。

等翻到最后，何绍舒写了寥寥几句，记录临盆前的状态：

"有那么一分钟，感觉我成了大型车祸现场的碎轮胎皮，被吴渣男开车迎面撞过来，但我从不后悔，也感谢老妈陪我。不日，我就回来工作。"

不少人在下面留言，纷纷点赞和祝福。

江子燕在周末空荡无人的办公室里读了这条状态，她在下面密密麻麻点赞的人头里找了一圈，没有发现何绍礼的头像。

她犹豫了一下，突然意识到除了手机和邮箱，没有何绍礼的其他联系方式，连最普通的QQ都不曾加过。

江子燕如今有点切身体会到，自己曾经以莫名的姿态追何绍礼时，他那股天然产生的抗拒感（至少是茫然感）。

风水轮流转，这次换成她去斟酌研究何绍礼的所有举动。

何绍礼早没有了最初的斯文忍耐，即使放松时，也隐隐带点霸道二世祖的感觉。他的渴望很强，而且无处不在。

有时，何绍礼明明没有靠近她，目光也没有看她，存在感依旧像无声关在房间的深灰色獠牙大象。他的长相带些少年贵气，却不会让人觉得是一个过于沉溺掠夺的角色，然而长相和行为截然相反。

至少，每晚在她房间里恣意压在她身上不走的年轻男人，不应该是这样一种有看起来无辜平和的眼神的禽兽。

连续几日，江子燕被何绍礼缠得不得不申请在家工作，等周末送何智尧游泳，才借机来办公司加班。

她像曾经坐在窃窃私语的圆穹顶教堂里，躲在寂静的公司里，旁若无人地想着心事。

江子燕微微侧着头，即使夜里接受何绍礼再多的亲吻和爱抚，整个人的气质反而更冷了。除了耳轮温红，她身上看不出无限欢好的痕迹，眉眼无形中多了娆娆风情，偶尔一笑，又潦草地收回去。应和着此刻坐在办公室的电脑前的神情，总体依旧是未打折扣的沁冷，像来自某一个很远总是下雪的高纬度欧洲小国。

也怪不得何绍礼对她至今仍有忌惮，他再主动，把她安抚得再周到，到了江子燕觉得合适的时候，她总是要把主动权狠狠地夺回来。

或许因为她无法消磨的童年阴影，或许因为她也具有不费吹灰之力伤人心的能力罢了。

江子燕发呆了没一会儿，心境平和地先进入工作状态。

她轻轻敲击着鼠标，把桌面废纸篓里的稿件清空，再进入Trello里把下周要选的选题拖给兼职翻译作者后，未屏蔽的公司大群里，突然有同事发言。

"求助！今天有哪位同事在公司吗？能帮我收一批LED灯管和建筑材料吗？我这里堵车，估计赶不过去了！大恩大德，感谢感谢！"

江子燕曾听组里津津乐道地八卦了句，公司为了宣传业务，更好地为初创企业服务，通过交通局和建设局等各行政相关部门的繁复审批，拿到一块大型户外显示屏的批准置办文件。不过那是别的部门忙的事，也不归自己管。

她不置可否地关了弹出窗口。

但三分钟里，可怜的同事已经在死寂的公司大群里连续刷屏和哀号，依旧没人回应。

江子燕到底还是敲了句："我是编辑部外电的江子燕，现在在公司，你可以让他给我打电话，我的手机号码是××××××××××××。等我签收后，会发验货单给你。"

打完这长长的一行字发过去后，有另一个人比她仅仅晚了一秒才回复。

"我在公司。"

很简单的四个字，但不简单的是傅政本人发的回复。

那位同事立刻忽视江子燕，留了两行的鲜花、啤酒、爱心表情给傅政，隔着屏幕都可以感受到同事的讨好："谢谢Jack，最迟这周五，我们的大屏幕就可以投入使用。"然后同事才公式化地回复江子燕，"我让他打电话给你，谢谢！"

江子燕一边暗恼自己手快，一边暗恼自己又碰上傅政。

但整个格子间安安静静地像乐高玩具盒子，除了她自己，没有其余人。傅政如果也在公司，他在哪里呢？大概是在楼下的休憩区里坐着。

她的思绪转了几圈，依旧静静地待在她自己的位子上，忙着自己的工作，没多走也没多看。

半个小时过后，楼下果然送来一堆灯管和户外的建筑材料之类的大盒子。江子燕并没有帮什么忙，无非把公司门打开，让几个工人把原材料抬上来，验货后拍了照发给那位同事。

傅政也许在群里也看了她的回复，知道有人处理这事后便沉寂，他本人没有现身。

江子燕并不心虚，员工周末来公司自愿加班，总归不是错事吧。何智尧此刻还在游泳班里挣扎，她就是来加班的，也没有放肆地违反公司禁令吃火锅。

很快到了她该去接何智尧的时间。江子燕今天为儿子带的食物是两个很小的香菇蔬菜肉包，她打算拿到微波炉里加热一下，至少这样能让何智尧因为太烫而吃得慢点。

所谓天堂有路你不走，地狱无门偏来投，傅政本人就坐在员工厨房里看电脑。

江子燕尴尬地顿住脚步，看到傅政坐在高脚凳上，旁边的桌子上摆着一个吃空了的泡面碗，泡面调料包余味未散，还有包拆了绿色包装的薯片和一瓶零度可乐。

311

这几种典型的垃圾食品是程序员尤其是单身程序员的生存食料，傅政看起来外表儒雅精明，身为老板，竟然也在津津有味地吃这个，是……单身汉的原因吗？

傅政察觉有人，抬起头。

"哦，你也在公司。"他的态度比她自然多了，然后看到了她手上的饭盒，"你没吃饭？"

江子燕虽然说话谨慎，但到底从不是事事微小的性子，她无奈回答："我想用微波炉热下饭盒。"

傅政嗯了声："自便吧。"

江子燕欣赏他的态度，傅政没有掩饰地收起桌面上那狼藉的泡面包装，也没有像部门过于热心的同事那样，吃任何零食都要分发一圈。傅政就只是继续忙自己的事，但口头和她寒暄几句。

"你收到货了？"他问。

江子燕顿了下，才反应过来："对，刚刚去楼下，让工人把那些箱子放到电梯旁的储物室里。"

傅政微微点头："你办事总是很仔细，挺不错。"

这就又有点老板的拿腔派头了。

两个人的寂静多少有点不自在，江子燕盯着微波炉转完最后的一分钟，心知不能总让老板找话题，便主动说："大屏幕最迟本周五就能装好。"

傅政却因为她的敷衍态度笑了，他说："嗯，我也看到了群里的回复。"

傅政这时想到两人上次在兰羽面前的尴尬，刚想随口说点别的，比如问问他们部门在忙什么，但江子燕却已经转了个一百八十度的弯，单刀直入地说："兰羽是您的女朋友吗？"

傅政终于因为她的话，脸色变了变。

这位女员工做人，实在有一种残酷程度上的狂妄，她仿佛丁点都不怕得罪人。这句话原本是不能问，江子燕也根本没资格问，傅政那天不过是在她和兰羽的争执里无奈接过她的名片，江子燕就决定不在他面前掩饰太平。

傅政的表情略微古怪，但没有显示被冒犯。他瞟了她一眼，似笑非笑地否认："不是女友。"

江子燕继续大胆追问："您和她是在丹佛认识的吗？"

傅政下意识说："不，是在湾区。"

江子燕适可而止地打住，故意露出一丝很无奈的笑容："抱歉，Jack，我和兰小姐的事不会影响到我的工作。"

傅政再次哑然失笑，旁观者清，他哪里看不出她的那些小主意。傅政确实不打算管这闲事的，不过，人都有好奇之心，他对江子燕总是有些好奇的。

傅政索性反问了她一个较为隐私的问题："我听兰羽那天说，你失忆过？"

"失忆过"这个状态并不妥当，至少对于江子燕，她应该处于"失忆中"。

看江子燕有些僵硬地点了点头，傅政饶有兴趣地问："一个人失忆了，是什么感受？"

江子燕沉默几秒。阳光落在她那过分清淡的脸上。

她今天急着出门，套的是藏青色直腿牛仔裤，松松垮垮，膝盖处有几丝猫须破洞。左手腕上带着那块巨大又华丽的表，何绍礼帮她重新改了表带，逼着她日夜不摘。她的气息有时候很温婉，但刹那间仿佛又是曾经的"女阎王"，没有喜怒也没有哀吟。

江子燕突然微笑着回答："不要放葱花。"

傅政怔住，江子燕已经敛起神情，说："我听过一个冷笑话，每个人死后，下一世投胎之前都要去喝孟婆汤。孟婆就站在奈何桥，说只要喝下这碗孟婆汤，就能忘记一切前尘往事，你还有什么最后想说的话吗？等排到小明喝孟婆汤，他说，汤里请不要放葱花，谢谢。"

"我觉得我对失忆的感受就是那样，我活着的时候，喝了一碗不加葱花的汤而已。除此之外，没有改变。世界上该是我的东西，还该是我的，不该是我的……那我也要先看看是什么再决定。"

她顺便从微波炉里取出散发出热气的饭盒，仔细装到包里。

江子燕对傅政的感受，同样一直有点微妙。她是很欣赏他的，但欣赏之余，隐隐觉得，这个老板的本质有点……娘炮。

喜欢问问题是一个好习惯，但对于领导者，问任何问题要经过脑子思考，至少得有针对性。傅政的缺点在于，他实在是太喜欢问开放性问题了，简直就像一个首席女记者，或者是《傅政有约》的主持人。

既然傅政喜欢听故事，她索性半打趣地讲个冷笑话搪塞过去。江子燕以前的学霸称呼，到底不是吹的。她失忆后，反应纵然慢了很多，却学会了瞎编故事的技能，每每能糊弄得何智尧一愣一愣，更别说糊弄老板了。

江子燕原本想等傅政表态，无论赞赏或轻蔑一笑，都结束话题。不料，傅政听了这个冷笑话后沉默，他的目光望向更远处，仿佛陷入某场沉思。

江子燕不想耽误更多时间，抱歉地说："Jack，我要接孩子，得先走了。"

傅政却突然回神，冷不丁地说："我开车把你捎带过去吧。"

江子燕脸色微微一塌，刚要婉言拒绝，傅政已经干脆地合上眼前的电脑站起身："走吧，我见过你儿子，很可爱的小朋友。"

何小朋友看到傅政，虽然已经完全认不出对方，但依旧表现出一种让他妈妈尴尬的狂喜。

何智尧高兴的原因很实在。

他每次游完泳，都仿佛全身被掏空，只想仰天躺着吃零食。要是何绍礼也在，何智尧就一定要爸爸全程把自己公主抱回家。但江子燕确实抱不动他，何智尧不得不每次都悲愤地自己走路。

他目前深感自己岁数小，人生愿望是赶紧从幼儿园毕业和长高。

何智尧坐在傅政的车后座，跟傅政甜甜地打完招呼后，转头就喋喋不休地跟江子燕说什么今天水凉，他学会在水里翻跟头，有小朋友

314

的游泳镜掉在池底，等等。

因为有陌生人在，何智尧莫名兴奋，也忘了向妈妈索要食物的流程。

江子燕除了日常三餐，平时不会主动劝儿子吃零食，此刻她担心会弄脏老板的车，更是绝口不提。

傅政不顾她的阻拦，把母子俩送回家，一路都听着何智尧的唠叨，没有说话。

临下车前，傅政忽然开口感慨说："我如果有儿子，大概也像你的孩子这么大。"他说完就仿佛后悔了，对何智尧摆了摆手，笑说，"小朋友再见。"

明天周一，江子燕无论如何都决意从何绍礼的床上爬起来，现身上班。

江子燕依旧是全公司来得最早的，早上七点出头，大格子间和周六日一样发空，但工作邮件和内部QQ群已经热闹起来，群里也各种哀号周一工作日的来临。

没一会儿，行政晓珍打卡上班，她走过来，询问江子燕需不需要更新公司新名片，进行统一登记。

江子燕垂眸正挑着几个名片样板，晓珍神秘兮兮地问她知不知道上周他们部门发生的事情。

徐周周和黄董不知道什么原因，忽地翻脸大吵起来，声音响亮，几乎整个大格子间都能听到。两个主管和其他同事都赶去当和事佬，黄董最先偃旗息鼓，但不知怎么，徐周周气得把她自己的电脑摔在地上，据说当时眼圈都红了。

"我在楼下，不知道发生了什么事，本来还想找你打听怎么回事的，唉，看不出徐周周这脾气也够大的。"晓珍撇着嘴，"她那办公电脑是公司给配的，到时候摔坏，还得来我这里登记保修，说不定，还得求到我这里来报销。麻烦死了。"

江子燕也是不解。

315

她部门里的风气向来融洽平等，各忙自己的活。徐周周性格开朗，黄董是有些小聪明，但平常算是躲事还不惹事的IT男，她想不通这两个同事能为什么事产生不和。主管那晚回复她的在家工作申请时，也没有提及此事。

不过在职场出入，人人都要练习处理网状关系，至少表面如此。

部门下午开了个短会，徐周周和黄董除了目光不直接接触，其他看不出任何异常。而这几天部门略微冷清的工作群里，也恢复了平常热闹的"灌水"。

傅政依旧坐在她对面工作，自从那天送自己和儿子回家后，江子燕觉得，她老板有点隐约避开她。傅政不再像以前那样，冷不丁地问稀奇古怪的问题。

回想那天，傅政有一瞬间表情略微带着怅然，但只有几秒，又恢复了温文尔雅的精明。江子燕也忘记话题源头是什么，是因为兰羽，还是因为自己说的什么话？总不该是因为看何智尧喷的英语而自惭形秽吧？

江子燕脑海里，反倒浮出了曾经帮傅政翻译个人资料时，看过就忘的简简单单两个字。傅政的介绍里，有"离异"两个加粗的黑体字。

如今婚娶自由，但"离异"对个人来说终究不算是小事。这几天，江子燕忍不住把这问题放到自己身上，比如，她愿意和何绍礼离异吗？

江子燕以前无所谓，最多想想怎么处置何智尧。但现在，她望着越来越活泼的何智尧，心里却更多的是想着他的爸爸。

有时候三人同在客厅里，各做各事。何智尧小儿心性，会突然开始兴高采烈地呜呜吹玩具上的哨子，或者高声跟着卡通片快速地念英文，制造诸多噪声。江子燕被打扰后，戴着抗噪耳机仍然忍不住皱一皱眉，但何绍礼跟聋了似的，依旧全神贯注地处理自己的公事。

江子燕还记得，她刚回国曾默默跟着何绍礼和何智尧父子俩去超市。何绍礼正俯身盯着琳琅满目的儿童麦片，何智尧当时不喜欢她总试图牵着他的小手。小朋友一着急，突然跑上前捉住爸爸的裤子，求助般地狠力一扯。

于是，在场的人，多多少少瞻仰了一眼何绍礼的黑色底裤和劲瘦大腿。但他随后只是迅速提起裤子，坚定制止儿子。何绍礼永远理性多一点，平静多一点，平时不主动说，看不出他有自己管理的公司。

更多细微之处，非要和何绍礼共同生活才能体会，而相处久了，江子燕感觉隐隐佩服何绍礼。真奇怪，她对自己神奇的老板傅政只是觉得有趣，并没有产生任何佩服的情绪。她确实由衷地希望，儿子的性格，以后能多像他爸爸一些。

何智尧以前总会叫江子燕姐姐，也会小声地叫她妈妈，最近已经很固定地喊她妈妈，莺啼婉转地连续叫。有时候江子燕听多了，隐隐还有点魔音灌耳之感。不过每次对上何绍礼，何智尧就又是很狡猾地"哥哥"和"爸爸"混着叫，非常会"看人下菜碟儿"。

"你这是想整啥呀？"

江子燕极力忍笑，小声地模仿着何智尧神奇的语调。江子燕和何绍礼都试图去探究他的东北腔的具体来源，那神奇的老师始终都没找到。何绍礼甚至和每个来家里的男家政都聊了聊，依旧一无所获。

后来，何智尧过于魔性的口音，居然把他俩都感染了不少。

何智尧说话很晚，学习也慢且吃力，但专注度和更深层次的领悟力比同龄小朋友要高出很多，何绍礼和江子燕从不在他玩的时候去用别的事情打扰他，最多也只是静静地看着。

何绍舒在她的手机里开始第二波刷屏，两个女婴只占据九宫格的一张，其余更多的都是洛杉矶干燥少雨的蓝天，和五花八门的各种搅拌果汁。

等到江子燕再去幼儿园，得知一个"噩耗"——老师通知要放暑假了。

现在从补习班、私教到幼儿游泳班，老师和孩子家长都是通过QQ和微信联系。江子燕后知后觉地把班级群、家长群、幼儿园群等各种群都扫了一遍，汗颜地发现，她至少加了五十个群，莫名攒了不少人脉。

本班级的群里，江子燕把自己的群昵称改为接地气的"智尧妈"，群里最活跃的妈妈是一个土豪单身母亲，她自己开了一家高端大气的空气氧吧，有一个很爱尖叫的中法混血小男孩。

"孩子放暑假，家长最伤心，小恶魔二十四小时都在家。"

那位家长在群里调侃："姐妹们，请问你们的孩子暑假都有什么计划呀？旅游还是报班，说出来让大家参考下。"

其实也就是变相打听，其他小朋友报什么课外班。

江子燕随意地点出群名单，群里一共二十个家长，一个个看过去，性别选项都是女的，同样没有何绍礼。

晚上的时候，她用这事问了何绍礼。他觉得莫名其妙的，完全不知道自己因为万年不发言，早被无情地踢出家长群了。

"班主任有事前，不是都会发短信或电话通知？我好久不用QQ，微信每天信息太多，临睡前看不完直接都清空。"

江子燕谨慎地没接话，她是知道他临睡前会直接清空微信的，就在昨天晚上，何绍礼还斜靠在她的肩膀上摆弄手机。

顿了顿，江子燕委婉地说："喂，我还没有你的各种网络联系方式。"

何绍礼望着她，沉默片刻。他知道江子燕曾经的各个账号，但自从她失忆后，是她本人狠绝地抛弃所有过去，所有社交网络账号都是重新申请的。江子燕这个人很绝情，也很果断，几乎从不回头。直到最近，她才开始着手详细地调查她的过往。

不管别人怎么转述，即使是何绍礼都跟她交代了很多，江子燕总是要自己把所有查个底朝天、清清楚楚，才会彻底心安。何绍礼帮她推荐了洲头县的一个退休警察，就对此事的进度没有多问。

江子燕有些尴尬，面上笑着摇了摇手，要换别的话题。

他知道她误会了，便解释："我一直有你的联系方式的，但你没有给我你的新联系方式。"

她至今都对他有感觉的，这作不了假。何绍礼要她次数狠的时候，江子燕索性抛开所有羞耻心，陪他胡闹。但做完后，何绍礼跟她

318

低声表白，所有的台词都像说给黑色摄像机听，她听着，但根本没有参与。

江子燕不是一个能处理好男女关系，甚至是能消化情绪的人。她失忆后痛苦吗？应该存在非常痛苦的地方，其他人根本无法理解。好好守着何智尧，和他开开心心过日子不好吗？但当初她非得挣扎着，拒不接受他的暗示，果断选择独身出国。

其间，江子燕读了大量育儿心理的书，却能忍住不主动问一句何智尧的近况，也根本不问他。

以前那个咄咄逼人的女人身影好像淡了，江子燕咬着下唇的时候一笑，仿佛为过去害羞似的，实际上又是胸有成竹。看过她最近写的文章的人都会懂，摧枯拉朽，藏着令人吃惊的不留情面，刻在她骨子里的性格正缓慢地逐渐复苏。

何绍礼是有些烦躁的。

两人坐在沙发上，又重新交换了各个联系方式。

江子燕无可避免地扫了眼何绍礼的QQ签名栏，他的头像是一片黑，签名栏里倒不是空的，有一句很矫情倒牙的签名，写着"唉，伤了心的人究竟有几个"。

她再一看，QQ签名连续几年没有更改。

如此推算，何绍礼写这句话时，还是个具有非主流气息的小男生，完全联系不到如今含蓄内敛的青年。

江子燕不由也逗了逗他："你这签名，感觉好多心事哦。"

何绍礼知道她在打趣什么，他摸摸鼻子："事情每天都有，伤我心的人只有一个。"

也许是这几日的身体厮磨，增加了两个人的亲密程度，因此她能很自然地说："真稀奇，那个人是我吗？"

何绍礼没有回答，他只是微微笑一笑，不想看到灯光中她脸上明显带着的嘲笑和不以为然。

然后，江子燕第一次主动吻了他。

和何绍礼在夜晚中总是令人发汗的唇舌攻击不同，她的吻如同怀里揣着的冷玉贴上来，芳香扑鼻，轻舔着他的上口腔，挑逗中再压下他惊愕的舌头，给了何绍礼一个从浅到深，洞庭仙般轻软的吻。

这个吻结束得很快。时间掌控太好，适可而止到在他们脚下涂着明天英语作业的何智尧都没有发现异样。

何绍礼明显想继续，江子燕用手搭着他宽阔的胸膛，是防止他继续倾身。隔着衬衫，他只能感觉有股微微的刺激。

"绍礼，你为什么给尧宝取名叫Denver呀？"

他深邃的眸子里已经沉沉浮浮地全是她，罕见有些发傻地说："因为……恐龙丹佛。胖子以前总尿裤子，我答应他有一天他不尿床，就给他买全套的恐龙玩具，然后顺口就叫他Denver。这也是我小时候看的动画片DENVER，THE LAST DINOSAUR。"

江子燕忍不住笑了，一方面为了自己曾经的胡思乱想，另一方面为了何绍礼的省事。

不过，她自然还是要向何智尧多求证一遍："尧宝，爸爸这话是不是真的？"

无辜膝头中箭的何智尧，怀着大海一般宽广的悲伤耻辱，和对爸爸的满心仇恨，缓慢地仰起头。

没有人喜欢提自己的黑历史，何智尧巨讨厌别人说他尿床的旧事。他已经是这么大的小伙子，上公交车都能买全票，为什么，为什么，为什么还尿床？！

偏偏江子燕说："原来尧宝的英文名字是这样来的呀。"

何智尧冷静片刻，终于悲痛地憋出一句："哥哥是totally的辣鸡（垃圾）！"

何绍礼忽然沉下脸，他一把将何智尧抱到自己的膝盖上，冷言说："胖子，谁教你说的这话？你是想造老子的反吗？"然后他惩罚性地咬了儿子的嫩脸蛋一下，又在何智尧的假哭中，用另一只手把江子燕拽过来，喑哑地说，"江子燕，谁教你主动亲的我？想当狐狸精吗？"

他马上还给她一个比痛的意志力都更强烈的吻。

当天晚上，何绍礼被何智尧和江子燕分别踹出来。两张五官不同但同样肌肤雪白的面孔，带着相同的嫌弃神态。

"我今晚想自己睡。"江子燕无情地说完，几秒后却又叫住他，看何绍礼满怀希望的表情，她嘴角一抽。有的时候，她觉得何智尧正慢慢长大懂事，反而是何绍礼这边有变得幼稚的趋势。

"你有没有看到一件裙子，是我跟你去吃饭时候穿的那件。"

何绍礼目光飘忽，盯着江子燕夏日里的薄睡衣领口："哦，那一件，要不你跟我去我房间里找找看？"

她只当没听见，继续说："那晚，你从车里拿回来没有？"

那天晚上，也不知道何绍礼从哪里找来两个毯子，他用一个毯子密不透风地全裹着她，另一个毯子全盖住何智尧的头，不出声地把迷迷糊糊但不断提出抗议的母子两个人全拽回家。再之后，连续的夜晚，她都处在全真空的状态，至今才慢慢地回过神来。

何绍礼目光闪动，默默瞧了她半晌，忽地说："我不喜欢你穿桃红色。"

江子燕叹气，内心猜着那裙子八成是要不回来。又听他这话说得总有些孩子气，她随口调笑一句："哦，你不喜欢我穿桃红色，那你喜不喜欢我亲你呀？"

出乎意料，何绍礼就像一个情场初哥，当场怔住了。

他半句话都没出声反驳，眸中划过可见的青涩。而等何绍礼又摸完鼻子，江子燕已经笑着把门关了。

何绍礼原地等了会儿，终于确定眼前再无开门的可能，失望地独自回到单色调的房间。

他躺在床上，靠在墙角的黑色公文包里一大块，鼓鼓囊囊的，正是她口中的那条桃红色连衣裙。

江子燕穿枯燥的黑色衣衫，总会让人凝神盯着她那冰般的眼睛和嘴唇细看，想找寻冷意中的柔软。但其实，桃红色等亮色很适合她，显得眉目温婉，带着涉世未深的美艳。

每年里会有几天，江子燕也会抛弃她惯常的黑色，改而穿那件被刮了很多丝的廉价粉色毛衣。

　　"我妈妈最喜欢粉色，昨天是我妈妈的生日。"江子燕说起楼月迪的次数极少，每次提及都语气平静，身上怨气值几乎没有，"我感激她生了我，她生日的前后几天都会穿这种颜色的毛衣。"

　　话虽然这么说，但江子燕在寒暑假里都会留在本市，好像完全没有"回老家探望母亲"的意识。最初租房子充作童装仓库时，就投了一个比较高额的失火险。

　　何绍礼知道江子燕来自单亲家庭，江子燕从一开始就并不掩饰她的家境。他对她的孝顺有些意外，也有些替她难过："你和你妈妈关系很好？"

　　他忘记江子燕当时怎么回答了，或者，她当时根本就没有回答。

　　江子燕失踪的两个多月，何绍礼按捺不住，终于亲身去洲头县。他站在那个越发破旧的小饭馆门口，楼月迪正好走出来泼水。

　　楼月迪身态发福，少见的没有醉态，对找上门的英俊男生冷冷说："我女儿很久都没回家了。"她眯着眼睛上下盯着他，看他气度不凡的模样，试探说，"你是燕儿的男朋友吗？"

　　何绍礼腼腆地点了点头。

　　楼月迪忽然诡秘地笑了，酗酒不停，整张脸皮都像蜥蜴的舌头一般干燥泛白。她自言自语："我家江燕总是喜欢比她年纪小很多的男孩子。我前一个女婿，年龄好像也不大，只可惜……我们这里有句话，寡妇怀孕，全靠邻居帮忙，呵呵。你要多小心我女儿呀。"

　　她说话已经什么都不顾忌了，颠三倒四，但目的已经达到。楼月迪看着何绍礼的脸惨白下去，施施然关上门。

　　江子燕正独自坐在灰暗后院的二层楼房，她刚照顾了一整夜的母亲，却毫无困意，单手支颐很沉静地思考着什么。

　　楼月迪走进来的时候，又对女儿轻描淡写地扮好人："刚刚有个说普通话的小伙子来找你。他是你在大城市新钓的凯子？他刚走没多久，你不追过去看看？"

江子燕纤细的眉毛动也没动，淡淡地说："再等等。"

楼月迪怔住："等什么？"她现在有点怕自己这个女儿，心思太过幽深了，令人捉摸不透。

江子燕缓缓地抬起头，柔声说："等我解决完家丑。"

何绍礼脑海里响荡着楼月迪的话，面无表情地回城。

他那时候是大男孩，对人生并无具体规划，大多数时间都散漫愉快地活着。即使是神秘的江子燕，其实也并未占据他太多的时间。但从那段时间开始，何绍礼专心做一件事——去查江子燕。

等她匆匆赶回来，何绍礼内心的寒意和怒焰正涨到最高点。

对何绍礼质问的所有问题，江子燕都毫不遮掩地承认，话语中甚至还隐藏歉意。但唯独问到她失踪的几个月发生了什么，江子燕面色开始转冷，她轻声说："和你无关吧？"

也就是在那时刻，他们双双陷入了爆发前的沉默。

假如这争吵发生在现在，何绍礼发现他已经能把内心那句话回答出来："你身上所有的事情，都会和我有关。"

江子燕刚才吻他时，那股子清媚勾人劲，让人心动，也真让人心塞。何绍礼几乎脱口而出，这女人在美国读书，是不是做什么对不起自己的事情了。

但何绍礼没问，他早不是男大学生了，独自照顾了儿子，工作上也学会逐步地忍和等待，当笃定她最后一定会落回自己手里，有些问题就不需要多言。

但此刻，何绍礼有些怀念江子燕刚回国时，对自己那股赔着小心的感觉。她笑的时候很淡，喜欢低头，抗拒他也总要先掂量一下。不像现在这样，随意地挥挥手拒绝，他就只能独守空床。

何穆阳最先感觉到，儿子儿媳间的气氛已经不一样。

也没什么特别原因，如果一定要他老人家阐述，大概就是，何绍礼的模样实在有点辣眼睛。

他们每周回何穆阳这里吃一顿饭，吃完饭总要聊几句。江子燕顺便说了几句何智尧的教育问题，她最近在群里听多了幼升小的实例，每每看到就觉得头皮发麻。

何穆阳很喜欢别人放低姿态咨询他的意见，自然要多说几句。

他们聊的时候，何绍礼靠在旁边刷手机，早先经过江子燕的提醒，他终于记得打开社交网络圈。何绍舒发的状态，是希望女儿成长为"活泼、善良、幸福、美丽的小天使"。

何绍礼迅速在下面调侃："姐，你忘了写聪明。你不希望我外甥女聪明点？你看，你本人的脑子都这样了。"

结果，何绍舒直接扔给弟弟一堆翻白眼的表情，反而吴蜀认真地回复他："聪明不如痴。"

何绍礼笑着把手机举到江子燕面前，随口征询她的意见："子燕姐，你说我该回复点什么，才能有力打击我姐？"

江子燕没察觉到这行为的亲密度，低头瞥了眼屏幕，何绍礼顺便把胳膊搭着她的肩膀，轻吻一下她的发侧。

坐在他们对面的冷面何穆阳，感觉正当场吃着一碗劣质狗粮。

何穆阳确实也在越来越多地关注江子燕。他一时有点替儿子不值，一时又感觉彻底舒了口气，知道尘埃落定。

女婿和儿媳的地位，毕竟不一样。他们这样的家庭，肯定不能要一个总半吊子的儿媳，吴蜀再不济，还在三甲医院里顶着专家号的名堂。江子燕不然就当全职太太，全力栽培何智尧，如果她想工作，何家也欢迎，但工作上必须做出点风声和成绩，绝对不能在二流的民营小公司为别人打工，没名没利地混闲散日子。否则，还不如来替自家干活。

江子燕也并不知情，她的工作已经被何穆阳视为十足的鸡肋。

不过很快，有人在何穆阳之前劝她辞职。朱炜那次吃饭后，费尽心思从兰羽那里打听出江子燕的近况，知道了她的公司。

任何圈子都很小，更遑论傅政的公司到底是家小公司，百来口人，业务以人脉为主。朱炜仔细地翻一翻名片，没几天，就出现在她公司里频繁举行的闪投邀请人里。

江子燕午间困顿，正准备走下楼独自散步，好巧不巧就被朱炜叫住。

她甚至没认出来人。

上次的尴尬事情，朱炜一点也不尴尬，他的性格是有一点浑的，但绝对是能人，自己做公司风生水起。

朱炜主动找上门，但对江子燕也真的没怀有什么匪心，至少匪心不太多。他就想多看几眼美人，过过眼瘾，仅此而已。不过，朱炜也奇怪江子燕为什么在这个公司工作。

傅政那套模仿硅谷的工作作风，朱炜有所耳闻，很干脆地用三个字形容："装什么。"

他上来就大爆料："你们公司名声挺好，没做什么事的公司，名声都挺好。公司运营这么久，也是这两年才开始盈利吧？投对的企业很多，但做大以后就天花板，最后还是BAT来当接盘侠。再说你是干什么工作的呀？网络编辑？这网络编辑不都是一个月四五千找刚毕业的大学生吗？你凑什么热闹？"

江子燕靠在一楼的咖啡厅座椅里，用员工券买了蛋糕和咖啡。朱炜在她面前侃侃而谈，她微笑听着，却不由有些游离。

就在刚刚，她从老警察打来的电话里，知晓了失忆前的自己在何绍礼眼前无故消失了几个月的最主要缘由——楼月迪当时怀孕了。

孩子的父亲应该是那个红鼻头的厨子，但在楼月迪察觉怀孕前，对方已经拿着她的钱在顺德报了一个昂贵的厨师学校，留了一屁股赌债，债主上门都找不到人。也就在这时，江子燕莫名地回了一趟洲头县，忍不住悄悄去看望妈妈。

楼月迪如同见到救命稻草般缠上了她。

江子燕缓缓拨弄着插在冰咖啡里的吸管，依旧不能理解楼月迪。

当孩子还小的时候，父母是他们一心一意依靠的全部世界。但楼月迪到底是她的母亲，是她的仇人，是她的羁绊，是所有的无底洞，还是强行的陌生人？江子燕如今无法定义她失忆前是什么样的人，可能很大程度上是因为，不知道怎么定义母亲对自己的影响。

江子燕唯一可以确定的是，过去的自己，一定是动了什么手脚。等到再离开洲头县，楼月迪的孩子终究是没生下来。有没有可能，她是在怀着何智尧的时候，把自己同母异父的弟弟或妹妹给解决了？

朱炜真假参半地讲了一通，原本想勾起她的话头，或者至少引起对方的兴趣，结果，江子燕按兵不动，不肯轻言。

他感到有些失望，江子燕什么时候变成了木美人？难道真摔坏了脑子？唉，他对良家妇女是不感兴趣的。

朱炜不习惯唱独角戏，索性也停下来。

江子燕这时候也把思绪收回来，终于开口说：“我没想到，朱先生你会为了上次我儿子的事情，今天专门来找我道歉。”

朱炜心想，看来这位小姐姐的脸皮，还是那么坚挺啊，谁关心她那傻胖儿子！但话到了嘴边，他却笑着回答：“上次闹得确实有点不愉快，改日我肯定请你们一家三口吃饭。”

江子燕再笑了笑：“朱先生，你现在的工作主要做投资领域？”

朱炜倒是谦虚地回应：“什么投资呀！我不像绍礼做实事，就是瞎忙活，为了生计什么都得做一点。”

她似笑非笑地点明：“什么都做，那肯定需要懂行的人为你四处跑腿啦。”

朱炜脊背微微一僵，他突然回忆起来，江子燕输牌最惨的那一次，何绍礼刷卡，眼也不眨地帮她付清筹码，江子燕窘迫到只能轻轻望了签字的何绍礼一眼。他在旁边痞气地问，她是不是正琢磨着，怎么能把这一局赢回来。

江子燕果然极轻地点了点头，朱炜有些轻蔑地笑着问是什么时间。

“女阎王”低声说：“只要我还活着的任何时间。”

朱炜想，他如果娶了这种老婆，每天的日子，估计都得过得特别酸爽。何绍礼至今没活成“妻管严”，也算是神人了。

他吸一口气，也顺着她的话直接挑明来意："我这里确实缺人，现在哪个公司不缺真正的人才呀！再说，愿意真正干活的人太少了！互联网公司这么多，也不是哪个公司都能赶上真正风口。我看你跟着这家小公司干，大材小用，于是赶紧过来摸摸底细，大家以后有合作的机会，互相帮助嘛。毕竟，彼此也算知根知底的。"

江子燕对他这种强行熟稔的态度，感到莫名好笑，她自嘲说："我哪里算是什么人才呢。"

朱炜诚恳地说："您跟我就别谦虚了。"

两个人不由都笑了。

高手过招，有时候一句话就够了。朱炜今天反正是来探探风，很多话他不会说死，也不会贸然提出邀请。他是很笃定江子燕在这家公司工作就是当作跳板，早晚都要走。有时候人情世故是很奇妙的，对方没做起来前，记得要多关心一句，以后说不定就成了难能可贵的机遇。

不过朱炜越瞅江子燕，越觉得她确实和以往不同了，起码能沟通了不少，而且能耐得住性子了。如果有人在几年前告诉朱炜，江子燕肯陪人喝咖啡聊闲天，朱炜一定觉得对方喝多了在说胡话。

江子燕随手把自己上午写的文章，在手机上调出来，让他看了一眼。

大好机会，朱炜毫不犹豫地用她的号加了他自己的，嘴上还故意说："写的不行。你不能整天都坐在办公室里查资料，你得多去跑跑公司，看他们是怎么做事的。"

江子燕倒是点头算是听进去了。等把手机还给她，朱炜又忍不住旧话重提："你是真的失忆？听说，你有段时间连绍礼都不记得了？"

自从江子燕现身和何绍礼吃了顿饭，关于她失忆的消息再次被提起来，还以讹传讹地传了很多。

江子燕忍不住想笑，却憋住了，最后清冷的目光一转，承认了："对，我就是失忆了。"

朱炜心思百转，耐心地等着她继续说下去。

江子燕停了半天，才慢悠悠地说："不然的话，我最初那会儿醒过来后，做的第一件事就是得死死咬住兰羽，说当时就是她亲手把我从窗口推下去的，让她连留学都留不成。反正，绍礼和我已经有了儿子，即使明知我说谎，他也绝对不会拆穿我的。"

朱炜呵呵干笑了一会儿，他只能尴尬地说："你太牛了。但是，咱们以后可别这样跳下去了，很危险哪！"

江子燕看着朱炜有些厌恶的目光，笑得如青啤怡人甜蜜："但我如今洗心革面。以后真要做生意，也不会这么坑人坑己，人终究是要有所为有所不为的。"

朱炜无言以对，低头开始喝他那杯未碰的咖啡。

朱炜再次提醒自己爱看女人脸的毛病，得改一改。不要只看到何绍礼现在神清气爽地吃肉，不看人家背地里挨打。朱炜认为，这女人家还是得讲究点道德三观的，不然太可怕，他希望江子燕能多学习一下这个。

朱炜的到来，让江子燕因为前事笼罩的阴影冲淡了很多。

朱炜这个人确实很会来事儿，而且心细如发。江子燕提了句何智尧，朱炜隔天就往公司里送来一盒昂贵的儿童玩具，还有一盒精美的永生花。花是清白玉兰和紫色飞燕，属于送客户的礼品花，即使带回家，也不会显得暧昧。

江子燕用手摸了摸那礼盒，为自己现在能体会到的人心微妙之处，觉得有趣。

以前江子燕做事总是太匆匆，失忆让她太慌张。从病床到产房，从美国到回国，她总担心谁会害了自己，谁会抢了儿子。

到如今，她跟跄的脚步才算稳下来，能有闲心去看看目标之外的事情。

江子燕莫名觉得，自己正逐渐被什么更大更广阔的舞台召唤着。而所有这些感受，都是江子燕不会在目前单纯轻松的部门里体会到的。他们的工作群，每日纯粹就是讨论发稿和八卦各大科技公司，好像并不像其他新闻门户网站会谈广告投放，也没有过多竞争压力。

说白了，他们部门和网站就是靠公司其他业务的钱来养活，没有太多压力，日子舒心，工资也是很平庸的。

徐周周上午有采访任务，下午来的时候，看到她脚下堆着的大型玩具盒子。

"又给你家宝宝买玩具了？好羡慕啊，子燕姐，你家里还缺一个女儿吗？上过大学那种，每天喂点零食就能养活。"徐周周本来半开玩笑，但看着她桌面的永生花盒，突然就不说话了。

江子燕看她目光直直地盯着那花盒，以为小女孩喜欢这些花花草草，顺口说："你喜欢？送给你好啦。"

徐周周突然眼神变得凌厉起来，她一拉工作椅，赌气地坐下："我根本不稀罕！"

江子燕莫名其妙地受了闲气，她一笑，倒是什么也没说。

但徐周周说话嗓门儿总归有些大，而江子燕在公司顶着"女神"的称号，很快，就有几个人私敲安慰她，分别是黄董和主管。

"别理徐周周，她就是这样的神经病。"

"子燕，你没事吧？"

江子燕没来得及回复，很快对方就拉拉杂杂地说了一堆。

徐周周最近因为采访，被一个男创业者追求。"创业者"不过名号好听，说白了都是穷男孩，有钱全投在工作上，即使追女孩送玫瑰也送最劣质的。徐周周嫌弃对方不上档次，到开会时还跟同事抱怨追求者舍不得花钱。

黄董为男同胞鸣不平，随口接了句"有心意就足够，是不是她只有收到'月南'的进口鲜花才会高兴"。

所有人都知道，傅政最喜欢去"月南"买花，公司年会经常点名要买"月南"的花。

同事早就看出徐周周暗恋傅政，心照不宣，却没人明面提及。黄董也是嘴贱，逗了句："什么花送什么人哪。Jack以前的老婆是有名的美女，你也不看看你！这体形，这脸蛋，姑娘你都嚷嚷减肥两年了，有用吗？"

徐周周一直控制不住馋嘴，又对自己的身材非常敏感。加上心思被戳破，她当场就气恼得急眼了。

主管抱怨说："屁大点事，感觉咱们部门里都活得像小学生。"

江子燕盯着那对话框，连徐周周过了会儿很抱歉地给她发了个红包都没有理睬。

街角那家"月南"花店，另一束未署名的白色山茶，古龙的黑皮书，傅政几年前的离婚状态，傅政见到何智尧的奇妙神情……各种点滴细节，江子燕脑海里从未深思，如今慢慢凝聚起一个很奇妙的猜测，然而，又觉得异常不可思议。

傅政……难道是何绍舒的前夫？

江子燕心里这么想着，何绍礼的电话就打过来了，仿佛是心有灵犀。她看着何绍礼的名字显示在屏幕上，心里有什么莫名地安定下来。何绍礼打电话，是说他今晚被何穆阳叫出去陪什么官员吃一顿饭，要晚点回去。

"我姐不在，我爸开始想起来卖他的儿子了。"他抱怨。

江子燕刚想问他傅政的事，却听到何穆阳标志性的男低音在另一端冷冷地说："待会儿吃饭记得关手机，你小子正在给谁打电话？"

她忍不住笑了，把这话咽下去，转而说："那早点回来呀，我今晚等着你。"傅政是否是何绍舒的前夫这件悬案，包括楼月迪的事，她自然是要向何绍礼求证的。

何绍礼在电话那头沉默了片刻，听了这话，她能感觉到他的心情一下子转好："好的。"

晚上回家，江子燕把最近得到的信息，整理了个大概。

江子燕随着对过去越来越知情，整个人也逐渐笃定起来。江子燕甚至能让朱炜帮自己对兰羽说一句"对不起"，朱炜以为她依旧忌惮兰羽和何绍舒的关系，但她已经能百分百确定，兰羽这辈子，在如何得到何绍礼的心这件事情上，已然是她的手下败将了。

曾经，江子燕做任何事的方式，像赌徒般全力一搏，骰子和她自己全部粗暴地扔在牌桌上，结局无论输赢，孤注一掷，决不回头。何绍礼至今都神色复杂地问她，她当初的信念是什么？为什么要匪夷所思地钻营？为什么明知怀孕还要跳楼？为什么嘴头坚硬但所有行为都是毁自己？

他评价她损人不利己，只有自毁的小聪明，而评价起兰羽，也永远是那句温和到停留表面的"不太爱动脑子"。

何绍礼认为，任何人做错事，都必须付出相应代价。兰羽的原罪就仅仅在于，当江子燕一言不合直接跳楼时，她却在旁边花容失色地站着。他曾经多维护兰羽，如今只会多恨她，他恨的更是当场跳下去的为什么不是搅局的兰羽。

到后来，何智尧的事情只是最后一根稻草罢了。

如此阴暗的心思，是何绍礼本人从未意识到的，江子燕却能体会。何绍礼性格坚韧，到底没有他姐姐大气洒脱，他本质就是一个喜欢长发白皮姑娘却又欣赏聪明脑瓜的故作高冷的小直男。

何绍礼的儿子，在对女人的审美这一点上很不幸地继承了父亲。

何智尧针对明天晚上就要开始的数学补习班，莫名兴奋，他提的问题分别是："妈妈，我穿的袜子白吗？""妈妈，你觉得我美吗？""妈妈，我的腿是不是很长？""妈妈？""妈妈！""姐姐？""姐姐！"

江子燕把何智尧哄睡着，被他碎碎念叨得头昏脑涨。已经九点多了，何绍礼却还没回来，她索性锁了门，走到小区的健身房里跑了一个多小时。

等汗淋淋走回来，她的脸色因为剧烈运动而散发出微红，但刚进门时，稍微打了个冷战。

空调温度调得太低，楼道里都能感受到强劲的冷气。何绍礼本尊就地坐在玄关处，他的发型有些凌乱，显出尖下巴，正眯着眼睛盯着江子燕，像一尊魔王。

"你去哪儿了？"他冷声问，口气极度不善。

她还没说话，何绍礼就阴森森地问："为什么把胖子一个人丢在家里？"

江子燕抚眉说："你先站起来说话。"

何绍礼却不说话，下巴好像探得更尖了。他略微后仰，抬起眼睛几乎是深邃地注视她，整个人带着一丝煞神气场，伸长腿严密地堵住去路。

江子燕先解释："尧宝房间里，不是装着监控摄像头吗？我在手机上可以随时查看房间的呀。我自己就在楼下健身，一直都有关注的，并没有丢下他不管，他还好好睡着呢。"

身为互联网从业者，自然要随时配装和升级设备。随着他们家买了Alexa，又一鼓作气地置办了不少智能家居，倒是方便了很多。

何绍礼再度冷笑着，仿佛不信似的，又把这两个问题缓声问了一遍，江子燕耐心地回答。但等到他第四遍提出同样的问题的时候，她不由也沉下了脸。

"何绍礼，我不是都解释过啦？你真的不用那么紧张了，我自己知道该怎么照顾尧宝的。"

"江子燕，你去哪儿了？"他恍若未闻地，再问一遍。

江子燕不由扬眉。不过她这次什么也没说，只是俯下身，凑近了他的瞳孔看了看。

何绍礼说话喜欢盯着人，他迎着她的打量，锋利目光仿佛泼在刀锋上滴淌的雪水。而这不是错觉，江子燕闻到他怀中散发出一股酒气。只是何绍礼神情镇定，除了脸色苍白，并没有其他异样。

江子燕直起腰，觉得哭笑不得：这家伙喝醉了呢！

等何绍礼终于同意让道，他迟缓地站起来，跟着她，慢吞吞地挪进客厅。江子燕费力地扶着他坐倒在沙发上，听何绍礼再一次严肃地问自己："你去哪儿了？"

她又无奈又好笑："第十八遍。你今晚到底喝了多少呀？"

何绍礼咕哝了几句，大概嫌灯太亮，江子燕调暗了灯光，拿来温热毛巾为他轻轻擦脸。何绍礼这才慢声地说："嗯，喝足了两杯。"

江子燕内心暗怪何穆阳不体恤儿子，她轻声说："喝了两杯白酒吗？"

他同样轻声说："红的……"

江子燕手势一顿，颇有想拿毛巾摔在他无辜的脸上的冲动。这究竟是真的还是假的？喝了两杯红酒，何绍礼就醉成这一副菜样子？

何绍礼没有察觉到危机，在她的沉默中再次绷起脸，他重复地问："你为什么把胖子丢在这里？"说完，他又没好气地问，"你这么长时间都去哪儿了？"

江子燕收起毛巾，安静地望着他。

她已经不知道，何绍礼询问的是今晚的问题，还是曾经做出的选择。

江子燕对何绍礼的感情，自己都搞不清楚。起先想和他尽力交好，又莫名警惕，警惕的不是别人，更多的是自己。曾经的江子燕动了想占有对方的心思，使用各种不入流的手段，逼着别人不得不妥协。失忆后，她残留的自尊心即使怀着深深的歉意，却自认只有离开才是最好的选择。

从始至终，江子燕没问过何绍礼的真实想法。

江子燕很轻声说："绍礼，你是真的想要我吗？但我这个人，真的很糟糕啊。我们真的应该在一起吗？"

想到他对自己的执着，她忍不住侧身，轻轻吻了下他的唇角。何绍礼今晚喝的是红酒，唇齿间微微传来果熏味道，又略微发清苦。年轻男人于沙发上半合半睁着眼，睫毛深长，摊着手脚微笑着任她亲吻，除了身体持续发热，半点回应都没有。

江子燕很轻松地把他的衬衫从长裤中拉出来，露出腹部明显的肌肉线条。"绍礼？"她在他耳边再次轻叫他的名字，明月妖姬似的。

何绍礼自始至终都目光清明地看着她，露出微笑，一点后续动静都没有。

江子燕脑海中已经闪过很多念头，她顿了顿，缓缓地问："我是江子燕呀。"酝酿片刻，她把他的手轻覆在自己柔软的胸脯上，男人的掌心宽大又极热，连带着她紊乱的心跳，仿佛混合为一体。

何绍礼还在对着她露着不变的傻笑，从头到尾，英眉星目，配合有点蠢的招牌温和表情。再过了会儿，他以这么傻笑的姿态，安静地靠在沙发上睡着了。

江子燕把他依旧发热的手，猛地摔开，再次控制住想把毛巾甩在何绍礼脸上的冲动。这人酒醒醒来后，最好给她一个完美的解释！

江子燕至今，已经什么黑历史都能接受，唯独没问过，她当初是怎么灌醉何绍礼，又怎么和他发生关系的——甚至这就是她在何绍礼面前抬不起头的原因！江子燕总觉得太无耻、太没下限了一点。

目前的问题来了，何绍礼如果是两杯红酒就孬倒的性子，她灌醉他后，又能对他做什么呢？

凌晨两点多的时候，何绍礼独自在客厅的沙发上醒过来。

他打着哈欠，先摸到何智尧的房间看了眼，何智尧依旧睡得像茅坑里的黑石头。何绍礼在儿童房间里顺便刷了牙。因为鼻炎，他平时基本不碰酒，昨晚跟着何穆阳去吃饭意思性地喝了两杯红酒。可惜是内部宾馆，服务员非常实诚，酒杯几乎倒满了。

何绍礼喝最后一杯时有点着急，再加上被逼着喝了老王八汤，等撑完整场饭局，莫名其妙地回家就醉了。

红酒基本没什么后遗症，很快全代谢掉了。何绍礼望着镜子里的青色胡茬儿，还记得江子燕在电话里那句亲昵的"我今晚等着你"。

她的房间门果然是半合着的，何绍礼按着心跳，直接摸到床上，伸臂一搂，江子燕后背光裸，但何绍礼的手触及的地方湿漉漉，她整个人在睡梦中微微颤抖。

江子燕正坐在逼仄灰暗的房间里。

她已经不知道，自己是怎么又开始做梦，又怎么来到这梦里的。就好像她上一秒才刚刚合上眼，等再逐渐有了意识，面临的就是眼前这个场景。

这梦如真似幻，连地面铺着的地砖颜色都不彻底，是黄色，又也许是说不清道不明的潮湿棕色。她坐在硬木椅子上。

江子燕下意识地握紧了手，桌面上摆着各种书和本，想仔细瞧又看不清字体。面前空无一人。但，不，定睛一看，楼月迪正直直地跪在自己脚下，眼睛里闪烁着异光。

跪着的楼月迪在流泪叹息："今天晚上，我不会动手打你，妈妈已经老了，你也长成大姑娘了。今天晚上，妈妈就打算跪在你面前，跪一夜。你不是想抛下妈妈走吗？那妈妈就跪在你面前，我求你，我求你心里也要好好想想，你走了，妈妈怎么办呢？我只有你一个孩子，你小的时候我怎么对你的？江燕，做猪做狗做畜生也不能没有良心哪，你自己得好好想一想……"

楼月迪的声音憔悴、怨毒，她轻声说："妈妈是因为你，才变成这个样子的。"

江子燕口干舌燥，她蹙眉想反驳，却一字都回答不出来，身心都如坠冰窖，唯一的温暖被剥夺，接着，又有一个冰冷的被子盖过来。

她在何绍礼的怀中猝然醒过来。

何绍礼已经帮她换了一床新被子，正躺在旁边，搂着她。江子燕因为盗汗，胳膊和大腿都湿透，头发黏在额头，气息香腻但依旧好闻。

他看到江子燕正睁大眼睛，茫茫然地望着自己，便凑过去吻了吻她的下巴，轻声说："热成这样啊？我帮你把空调温度调低了。"

335

江子燕干涩又自然而然地说了句："妈妈，我想喝水。"

何绍礼不由怔住，他什么也没说，坐起来，先把她放在旁边桌面上的矿泉水杯递去。江子燕嘴里干涩得像砂纸，她喝了几口，呼吸慢慢平息下来。梦里的情景仿佛依稀在目，她能确定这些是真的，是真的发生过。

"绍礼，你能抱一会儿我吗？"江子燕恳求地望着何绍礼。

何绍礼不由笑了，他刚要收紧强健的双臂，想把她继续揽到怀里，就像每次安慰何智尧那样，紧搂着她给她安全感。

江子燕几乎是反射性地往后缩了一下，她蹙眉问："你想干什么？"

"你不是要我抱你吗？"

"不是这样的抱法。"

江子燕只想让何绍礼用双手去握住她自己的手。在他的掌心传来的稳定温度里，她低声说："这样抱，就够了。"

楼月迪曾有个怪癖。她每次打女儿前，都会郑重地用肥皂洗手，洗完后不擦干，就让手先沾着清水，仿佛这样，在事后能更容易清洁似的。当然，楼月迪也会用这双冰冷的手，亲昵地环抱住痛苦的女儿，把手放到她发烫的脊背上安抚。

痛感是如此深刻，身体牢牢记住这种感受，以致失忆后江子燕依旧畏惧冰冷的双手和拥抱。

何绍礼却没有全听她的，过了会儿，他依旧缓慢执着地搂住她。江子燕把头埋在他的怀里，听他问自己："子燕姐，你怎么了？"

也许昨晚刚喝完酒，他此刻的声音懒洋洋的，很醇厚。

江子燕内心的某处终于彻底安定下来，她闭着眼睛，轻声说："你还是先担心你自己吧。你跟我讲讲，咱俩是怎么制造何智尧出来的。听说，我当时把你灌醉了，带上床？"

在她肩头的手，连停都没停半刻，何绍礼哦了一声，他纠正她：

"你没有把我带上床，我们当时是在男厕所里。"

江子燕忍不住睁开眼睛，她古怪地说："什、什么？"

他淡淡地补充了一句："我上学的时候酒量不好，只能喝一罐啤酒。"

她都被他气笑了："你现在能喝两杯红酒，这酒量也是毫无进步的烂吧？快说正事！"

Chapter 10
眼看狂不足

　　江子燕曾经厌恶兰羽，除了因为她是何绍礼的青梅竹马，还因为兰羽总在有意无意地断她的财路。

　　比起江子燕的咄咄逼人，兰羽从来没有对江子燕亲自出手过。她有时候不高兴了，表露个情绪，身边就有人主动代劳。就在江子燕死死咬住兰羽作弊，把这件事借机捅到学院，江子燕自己的代购小生意同样被人揭发到工商局里。

　　也就是那个时候，兰羽被人提醒，江子燕的两张信用卡名字不对。

　　何绍礼对两个女生的明争暗斗，几乎全不知情。他主动疏远兰羽很久了，江子燕又是什么都不肯对他讲的性格，而他与这位学姐，上次发生争执的原因，依旧停留在"兰羽虽然作弊，但这件事应不应该毁了她一生"的主题上。

　　何绍礼吵赢了，两人又是不欢而散。

　　恰好不久赶上兰羽过生日。

　　与江子燕的狠辣蛰伏性格不同，兰羽是那种越遇到挫折，她就越依靠载歌载舞来掩饰自己很在乎的性子。何绍礼赶到酒吧里给兰羽送了一趟生日礼物，被人拉住，喝了杯鸡尾酒，再和其他男生在KTV为她合唱了一首生日歌。

在大家的起哄声中，萎靡不振的兰羽终于打起精神，跑上去跟着他们玩闹，微微带着笑，总是漂亮无邪。

一切都仿佛恢复到从前的样子，除了何绍礼唱歌的时候，他几乎没有露出表情。

酒精让人发热和脚软，何绍礼找机会溜走前，坐在离门最近的沙发上，心不在焉地盯着手机。就在昨晚和今早，他不停打电话和发短信问江子燕这几天在哪里，然而对方手机关机。何绍礼需要很大毅力，才不去问他姐姐有关江子燕的行踪。

兰羽就挨着坐在他旁边，偶尔睁着大眼睛期待地看着他，似乎指望他说出什么。连何绍礼借口要去卫生间，她都跟去要为他送冰矿泉水。

等终于没有朋友间的热闹分散注意力，只剩他一人，何绍礼揉着太阳穴，又想起那个全身黑衣的女阎王，他总为她那性格感到烦躁。但有件事越来越明显，江子燕不好相处，做人古怪。然而也不知道从什么时候开始，他知道自己已经绝无可能和兰羽在一起。

江子燕切断了他和兰羽的可能。

何绍礼闭着眼睛靠在墙上，过了会儿，他感到有人正拿着纸巾帮自己擦脸。

"小羽，"何绍礼躲避着那只手，他索性今天就要把话说明白，"我……"

但那双手依旧擦着他的额头，不仅没收回去，仿佛用力更猛了一点。

"你来干什么？"

远处传来一声熟悉的娇斥，兰羽正拿着买来的矿泉水，惊怒交织，她不过进包厢片刻的工夫，居然让江子燕找到了喝醉的何绍礼。自己明明包了大半个钱柜，她又是怎么混进来的？

江子燕扫了眼兰羽华贵的小礼裙，淡淡地说："听说你今天过生日？生日快乐。"

兰羽对她总是又厌又怕："关你什么事？我可没邀请你来，你有那么缺男人吗？扑了人家多久了，绍礼有搭理过你吗？"

何绍礼同样诧异地睁开眼睛，果然是黑衫伶仃的江子燕，正站在前面，她总是神出鬼没的。他莫名有些心虚，刚想开口解释，却听到江子燕不假思索地说："是何绍礼让我来这里的。刚刚你不在，他还在不停叫我的名字。请问，这里又有你什么事？"

江子燕说完这话，整片沉默。

江子燕明明在说谎，然而语气依旧温柔得不像话，因为带着几分压迫的寒气，莫名让人信服。兰羽漂亮的眼睛里有一丝裂痕，那是被伤害到的神色。她下意识就信了，等再说话的时候，语气已经不那么肯定："他喝醉了！"

江子燕仅仅是再瞥她一眼："你可以滚了。"

兰羽胸口起伏，她看到何绍礼同样睁开眼，但他正侧头眯眼望着江子燕，并没有看自己。她失望至极，退后几步说："好啊，我不打扰你们！何绍礼，你真是瞎了眼！"

江子燕出言激得兰羽跑开，但脸上全无得意。

江子燕昨天接到何绍礼的短信时，她正迅速地赶到银行，注销另一张用无效身份证注册的信用卡。也许因为等待的时间过长，也许因为突然兴起，江子燕让柜员查了查一个旧银行账户——这账户里有她大学时期的全部收入，存着一笔数量非常可观的金额。

从洲头县逃出来前，江子燕把这笔钱和密码全部留给了楼月迪。因此，她如今有一万个理由以为，该账户里的钱已经被人全部提走。至少，数额会减少一部分。

但实际上，分毫未少。

江子燕正在出神的时候，突然听到旁边有人冷冷地叫自己："江子燕？"

江子燕无意识地回眸，正好撞进他乌桕灯罩般的眸子里。她继续轻声说："心疼她啦？你要不然把你的兰羽重新叫回来，今天她生日，我就站在厕所里敬她一杯酒，跟她道个歉。这也算殊归同途。"

何绍礼厌恶她总是这样一副挑衅的态度："你让人清静一点。"

这感觉多么压迫！他明知道她当着他的面撒谎，居然一句话都说不出来。

"你想让我当你男朋友吗？"何绍礼突然问，他犹豫着，形状好看的嘴唇微微翘起来，想把这话说得更理直气壮一点，"想的话，你就别整天这么闹了。"

江子燕的脸色微微冷下来，她把那纸巾交回他的手里："你胡说八道什么？赶紧进去洗个脸，清醒一下。"

饮酒不醉乃为高，何家全家都能喝酒，何绍礼因为有鼻炎，他的酒量直接烂到地壳里。

何绍礼今晚喝的是女士酒，严格来说，也只是算餐后酒。百利甜的酒精浓度在中度高度之间，又叫"力娇"。世界上最好的百利甜，是由最滑的奶油和最烈的蒸馏酒相兑而成，而喝它的诀窍是在调酒时加上最足最冷的碎冰，能忍受多强的冰冷，才能感到多强的甜蜜。

江子燕的头发、眼睛、嘴唇，整个人明明是黑色的，却会让他想到这种乳白色的寒酒。

何绍礼觉得很多话说不清，索性依言，先去水池边洗了把脸。钱柜的男厕所，呈现光线照射状的银色，江子燕则毫无顾忌地跟着他走进男厕所。何绍礼洗脸的时候，她也仔细地照着厕所里的镜子。

江子燕曾幻想过有一天可以把很多钱砸到母亲脸上，还清抚养的恩情，两不相欠。她也想过有一天衣锦还乡，在父亲面前出现，替母亲再出一口气——也许这两个行为和想法都毫无意义，因为最后，她依旧决然地抛下母亲逃走了。

江子燕紧紧盯着那流水，在公园里的木椅子上坐了整整一天。楼月迪根本没用她留下的钱。

楼月迪身上的鲜明特点，她的女儿也继承下来。江子燕骨子里有那种令人厌恶的自怜和自恋感，甚至做得更有理有据一些。她耗费巨款去抹除身体疤痕，也带着点细微苛刻的洁癖。她日日着黑衣，又会在无人处一遍一遍地观察自己的肌肤，反复确认肉体是否恢复到完美无缺。

341

等观察完自己，江子燕则又耐心地观察旁边的何绍礼——目光是挑剔的、审视的、怀疑的，仿佛在思考怎么样的男人才能配得上自己。

何绍礼满脸水珠，眉毛和鬓角依旧锐利发硬。他一抬眼，正好看到江子燕以这种几乎老谋深算的目光打量他。

有的时候，她像珍奇兽，长着珍珠琅角，仪态高雅，偏偏总喜欢做踢土的下流事。

"你昨天在哪儿？"何绍礼避开她的目光，低声问她。

墙角处的莹亮灯光照在江子燕的脸上，她正抿着唇，脸色仿佛更加苍白且疲倦了一点。但她什么都没说，依旧从镜子里定定地看着他。

也不知道从何时开始，每当心情不好，江子燕都会想找这个年轻男生，到他身边坐一坐。

何绍礼的整个人，让她回忆起在洲头县家家户户随处可见的一种水箱。淡灰色，规规矩矩，里面总是盛满清澈的备用水，那种水箱涂料的反光很特殊，无论从路边抑或是山高处看过去，都是别样的耀眼夺目。

以前，江子燕不喜欢洲头县混浊的黄色海水，倒是很喜欢靠在这种水箱的阴影背后躲着海岛毒辣的太阳。每当她停在这个男生身边的时候，都收获着相同的安全感。

"我一点也不在乎兰羽的想法。"江子燕缓慢地开口，她几乎是面无表情地说，"我也根本不在乎，绍礼你是不是喜欢我……"

何绍礼突然抬手，没有任何征兆，把她抵在水龙头和镜子中间。

男生比她高很多，外表的欺骗性总是太强，即使突然化为禽兽，都仿佛是一头能讲道理的禽兽，但其实下颚线锋利，拆吃入腹不在话下。此刻因为喝了酒，他连本质都忘记掩饰。

他紧紧盯着她，终于质问："学姐，你既然不在乎我是不是喜欢你，那你追我是在乎什么？是因为钱吗？还是因为你那狗屁的小作坊生意？还是因为你觉得这样的行为很好玩，你天生就喜欢这么捉弄人？你就喜欢把别人的生活弄得天翻地覆，再滚蛋吗？"

江子燕为他的脏话错愕几秒，不过，很快就在他鼻息间的淡淡酒气里做出别的判断。

　　"你到底有多醉？"她挑眉问，何绍礼能看到她的嘴角勾勒着惯常的讥嘲轻蔑，如天边寒星一点，"你说你的小兰羽是有多笨，怎么每次我说什么，她就傻傻地信什么，明明知道你喝醉了还把你独自留下来。她就不怕我占你便宜吗？"

　　他语气发沉："她不用怕，我邀请你占我便宜。"

　　"什么？"

　　何绍礼的眼睛近在咫尺，他学着她轻蔑的语气说："你能怎么占我便宜？"

　　江子燕只看了他一眼，用手臂勾着他的脖子，毫不犹豫地吻了上去。

　　她的嘴唇软得不可思议，气势汹汹，但最后只是僵硬负气般地撞到他的嘴角和脸颊。

　　何绍礼根本没有闭上眼睛，比起那些冰冷的吻，她的雪白脖颈已经夺去他全部注意力，皮肤很薄，几乎能看到下面的青色血管，有种亟待招人折断的勾引欲望，更有种想咬出血的细微暴力感。也许是江子燕总深藏不露的心思和幽深黑暗的人格阴影，无形中已经不可救药地传染给他，何绍礼渐渐地没有什么同情心。

　　他下意识地就搂住她的细腰，很快发现，她优美细腻的脊背向上的地方全是空的，江子燕怎么没穿内衣就跑出来了？何绍礼脑海中警告自己这样太不绅士了，然而忍不住把她细细地摸了个遍。

　　突然间，情况就不可收拾了。

　　他的动作粗鲁起来，又怕江子燕抵抗，含糊地低声骗她。

　　江子燕听到后一愣，皱眉问："你要去哪儿？"

　　楼月迪从小到大，对女儿说得很多的也就是一句"男人没有一个是好东西"。江子燕曾经收到成沓的情书和各种鲜花，被母亲看到，也不过是招致另一番毒打罢了。再后来，她几乎和任何男生敬而远之。

　　今晚听何绍舒说起兰羽的生日，她明明已经在床上翻古龙的《白玉老虎》，随便穿上衣服跑出来。

如今搅局成功，何绍礼的举动有些异常，但江子燕认为不过是酒醉胡闹罢了，比起楼月迪喝完酒后的疯狂事，这几乎不值一提。

"你有这么亲过你的兰羽吗？"她几乎是妒忌又炫耀地问。

亲吻，在她眼里已经是很亲密无间的举动了。

"你不怕她再进来看到吗？"

何绍礼百忙之中，甚至忘记让她闭嘴。

不知不觉间，两个人已经跌落在卫生间的地面上，何绍礼压着她的时候不小心摸到地漏，又湿又脏。

江子燕终对这种搂搂抱抱的把戏，彻底意兴阑珊了。

"你有那么醉？赶紧站起来。"她又沉着脸推开他，"你摸完了吗？何绍礼，你也要点脸吧！"

口吻是不耐烦的，毫无害羞。江子燕仿佛在任何场景，都不会羞愧、生气或动情。

这就是她带给何绍礼的复杂感觉，她一直在追他，绝对不允许别的女孩去靠近他，全身都带着让人不适、尴尬又极难堪的占有欲。但问题在于，江子燕自己也不会靠近他。她总是和他不远不近的，好像只想把他放到喜马拉雅雪山顶，以纯真空的姿态圈养起来。

就连刚才，江子燕愿意主动亲吻他，也不过因为她从不把任何人的自尊放在眼里罢了。

这到底是什么样的女孩？

何绍礼无暇去细想，他已经摸到了江子燕小腿上极度狰狞的伤痕，很诧异地问："怎么摔成这样？"

江子燕原本正手忙脚乱地推他，但此刻，她内心涌上说不出的感受，轻声说："嗯，从小被我妈打的。"

他也不知道听清没听清，好像低声地说了句"别搭理她"。接着江子燕就感觉到腿间一股隐约的陌生侵入感，这个时候痛感不明显，她天然性地感觉到危险，强烈挣扎着要站起来。

也就是这个时候，江子燕终于发现，何绍礼的双眸不像平时的温存促狭或隐忍无奈，他的温和笑意全收起来，带着足以令人窒息又完全陌生的情绪。

何绍礼满头薄汗，几次都找不准方向，偏偏在她动的时候有了灵感。江子燕被他往下猛地一拽膝盖，等再清醒时，她正被他紧紧抱着，两个人从男卫生间入口处滚到最里面的墙角了。

江子燕对男女之事震惊异常，耳边听到何绍礼年轻的喘息声。幸好两人都是初次，他又有残留醉意，没动几下就迅速消停了，只剩下她腿间刺痛又潮湿一片。

何绍礼伏在她的身上，还没来得及品味，随后啪的一声，身下的江子燕用尽全力给了他一记狠狠的耳光。她还被压着，但打人的劲道完全不弱。何绍礼被打得偏过脸去，半边脸火辣辣的，最后的酒意也彻底消了。

他低头看到身下的江子燕又惊又怒的样子，最后只是轻轻抓住她的手腕。很多话想说，何绍礼却忍不住先笑了会儿。

"咱俩交往吧。"何绍礼缓慢地说，"江子燕，我会对你负责。"

突然，他鼻子间很酸痒，居然往下滴了一滴鼻血，印染在她的胸前。

这时候外面有人说："厕所是这儿？"同时有脚步声。说时迟那时快，何绍礼怎么也不肯让任何男人见到江子燕半根毫毛，他一跃而起，迅速拖着她进了隔间。

江子燕扬手打完何绍礼，尽力镇定思绪，头脑彻底乱成一片。

何绍礼的话，她半句都没听到，只是身体和大脑都感觉发晕，全身挤在小格子间，又听到何绍礼低声在她耳边说："你疼不疼？"

江子燕曾经发誓在任何场景都绝不丧失理智，但此刻她方寸大乱，下意识想要推门逃跑："你这人怎么能这样？我要回家告诉我妈妈！"

她声音极低，偏向呢喃，何绍礼怕她说话惊动外面的男人，索性

345

再吻住她的双唇安抚。但也不知道怎么回事就又抱住她，这次何绍礼持续的时间长了，但年轻不知克制，再加上从始至终都双臂抱着江子燕，到最后结束，居然腿脚发软。

江子燕慢慢止住颤抖，她紧咬着的唇上是鲜血，全部来自何绍礼的肩头。

后来他们匆匆去了旁边的宾馆，登记的时候，她突然轻声说："我来的时候，你嘴里反复叫的人是兰羽。你自己知道吗？"

何绍礼怔住，他立刻解释："不，我当时以为你是她，我刚刚喝醉了。"

江子燕却仿佛自暴自弃地摇了摇头，她从服务员的手中拿了房卡，低声说："你是喝醉了，不过，我八成也是疯了。"然后她主动拽着他上楼。

第二天中午他醒来，江子燕已经不见踪影。何绍礼的钱包落在男厕所里，何绍舒正在参加一门考试，他不得已让朋友过来交了房钱。

对方的脸上暧昧和诧异交织，试探地说："江子燕把你带来的？"

何绍礼罕见地狼狈，他说："不，是我把她带来的。"

不巧，他走出来，又正好碰到玩通宵出来的兰羽那帮朋友。这件事沸沸扬扬，男主角越发沉默，女主角则整个人都音信全无。

此刻，经历失联、出现、失忆、再归来的某人，用一种仿佛来自阴曹地府的声音幽幽地反问："男厕所？"

何绍礼正埋首在她的发间，手在薄被里没有侵略感，但依旧热衷于摸江子燕的腰腹、背部和胳膊，一根骨头又一块骨节，他全部都按捏了一遍，不轻不重，像召回久违领土后的迷恋感。

他记得，江子燕在宾馆的床上对自己说过的最后一句话也是用这种熟悉的腔调："何绍礼，这还有完没完哪？你好恶心！"

他当时的无辜问句是："我能不能射在你的背上啊？"

这句话现在讲出来确实难以启齿，很可能还会冒着再挨一个耳光的风险。何绍礼在她耳边为自己辩解："那地方不脏，男厕所其实比

346

你们女厕所干净多了。"

他抱得太紧了，江子燕无法挣扎，只能从牙缝里挤出话："你去过的地方真不少啊，还知道女厕所干不干净。"

何绍礼再笑着说："女厕不知道，但我去过几个母婴室，那里全部被你们女的搞得乱七八糟。我又不傻。"

她简直不想多说话。

黑暗笼罩中，江子燕的脸色已然十分难看。

她很想骂何绍礼，又觉得自己以前确实不是什么善人，如果此刻再自嫌，又觉得整个人会很可笑。一时之间，此起彼伏的脑海里，居然回荡起朱炜前几天临走前，他对她笑眯眯念叨的社会主义核心价值观，"富强，民主，文明，自由，平等，公正，法治，爱国，敬业，诚信，友善"。

反复回荡三遍后，江子燕的表情更糟糕了。

每次碰上何绍礼，旧事总是夹缠不清的，她只好嫌弃地把男厕所这旧账跳过去："按照你的说法，咱俩待了一晚上后我就独自回到洲头。我妈妈那时候也怀孕了，我总觉得，她流产和我有关。"她反复思考后，越发肯定，"我想，这事绝对和我有关。"

楼月迪怀孕这件事，大约带给母女两人相同程度上的幻灭感。

江子燕仔细回忆楼月迪曾经的叫骂，即使最暴怒失控的情况下，楼月迪骂她的语句里，都半句没有提及腹中怀着的婴儿，不知道是顺水推舟，还是赧颜提及。

江子燕心头微微发寒，她以前绝不是什么温顺的性子，但凭借几分机巧心思，对何绍礼都从未彻底低过头。唯独每当面对楼月迪时，她总会无形中妥协。因此，江子燕总是不能相信，她会对母亲肚子里的孩子下毒手，这里横竖应该发生了点什么？

她推了推沉默的何绍礼："你就没什么话想说吗？"

何绍礼对楼月迪只有铭心刻骨的厌恶，丝毫不会关心。眼看江子燕今夜一直在说过去的事，他占不到大便宜，何绍礼放松精神，准备退而求其次搂着他妻子睡了："哦，老妈怀我的时候，我姐估计也整天琢磨怎么干掉我。"

江子燕缓缓吐出一口气："我以为，你会怪我狠心。"

他无言以对。半晌，何绍礼用下巴擦着她的头顶，低声地说："你没回来的时候，你做什么，我都怪你。因为我需要找点不同的理由，可以用来不停地想起你。"

江子燕没有答话，她注视着笼罩着两人的黑暗，突然感觉到源自内心深处的恐惧感："你说，如果我真的害死那孩子，尧宝以后会不会……"遭到报应？

"不会。"何绍礼闭着眼睛截断她，声音依旧坚定，"他好得很，胖子会一直这么好下去。江子燕，你脑子摔坏了归摔坏了，这一点你必须给我记住。"

江子燕依偎在他的怀里，觉得这世界险恶，宛如置身枪林弹雨，四面八方有太多诱惑、无来由的暴力和飞来横祸，引人堕落。她曾经那样跋扈，但最后占到的不过是蝇头小利，最后身败名裂地走一圈，而以后单纯的何智尧又该如何面对世界。

江子燕一时又觉得自己枉活多年，也许只有她自己知道，小时候留下的阴影，让她长大后无法忍受丝毫委屈，那曾把她从深渊里救出来的脾性，成为在日常生活里举步维艰的所有根源。

等她再抬头，何绍礼已经在她的头顶上方，呼吸均匀，秒速地睡熟过去。

"哪儿都能发情，哪儿都能闭眼，发完脾气后还能笑着装蒜。"江子燕把他的手从自己的腰间拿下来，再用指头挠了下他的下巴，轻声说，"我以前是心黑，但你心理素质是真比我强啊。"

夏日的天总是亮得太早，仿佛做任何事情都能不需要计划。推开窗透气，远处天空像多孔的薄荷糖，极近透明的蓝。这又是一个艳阳天。

江子燕早晨几乎没怎么说话，她坐在餐桌前，正望着何智尧发呆。

348

何小朋友目前依靠自己的努力，克服了一个小小的食物壁垒，他能吃生肉了。早上江子燕为他切了两片西班牙生火腿，何智尧皱着眉，像爬网的灰蜘蛛一样细吃完猎物，且没有出现反刍过程。

不过，他依旧很讨厌三文鱼等生海鲜，强行喂会发出各种怪叫。

何绍礼坐在旁边，被江子燕上下盯着儿子的眷恋的目光，弄得有些说不出滋味。江子燕正摸着何智尧的头，进行母子之间强硬地走心："胖子，我这么爱你，你长大以后也会一直陪着我们，嗯？"

何智尧知道马上就要放暑假，他对最后几天去幼儿园有点懈怠，边爬下椅子边拒绝："不会，我以后有壕（好）多business要去settle的。"

何绍礼沉默地看着这个五官和他很像的小人儿。父爱不像母爱那般自发又天然，是需要吹鸽哨一般唤起的感情。何绍礼最初在孩子脸上找他母亲的痕迹，再后来看到最多的却是自己。

随着何智尧的逐步成长和开口说话，何绍礼发现这孩子除了是亲生的，其他任何方面都比较像马路上随便捡回来的，问题是，他依旧得鞍前马后地伺候，被这孩子鄙视。

当儿子故意问Cayenne是什么，何绍礼回答出保时捷卡宴，何智尧就精准地告诉他，这原本是一个辣椒品种的名字，何绍礼只好再次沉默。

"喜当爹当得不称职呀！"江子燕还在旁边凉凉地补充了一句。

看妈妈嘲笑爸爸，同样热爱维护公平的何智尧却又不满意了，直视她的眼睛，细声细气地护着爸爸："So what？哥哥活着有很多烦恼的！"

换成江子燕哑口无言。何绍礼则笑了，老父亲的心轻易就被何智尧收买，再一次。

江子燕去公司上班，当看到傅政出现在眼前，恍然想到昨晚遗忘了问何绍礼的另一个话题。

只不过，有些真相已然昭彰。当输入傅政的个性签名"白鸟收羽赴水亡"，点击搜索，搜索历史指向对象是三国里诸葛亮的歌词。而何绍舒最喜欢的三国人物正是诸葛亮。她不由深深觉得，世界如此之小。

这惊人发现带给江子燕的又是无尽的怀疑。如果傅政是何绍舒的前夫，兰羽和傅政交好又算什么？

也许是喜欢阴谋论，江子燕看着傅政的目光隐隐地变了。

她旁敲侧击向徐周周打听傅政的更多信息，但徐周周似乎并不比自己知道得更多。

这位姑娘喜欢老板就像追星，每天上班看到他出现就满心欢喜。徐周周在傅政刚创业的时候就跑来当实习生，在公司财务困难到三个月没发工资都不离不弃，如今有其他公司开出高一倍的工资，徐周周全部拒绝，决意只在此处工作。

主管上次评价徐周周，说她无论对傅政还是对公司都是有真感情的，不能随便拿这个话题开小姑娘的玩笑。

江子燕汗颜地发现，比起徐周周，自己显然不具备这种风雨同舟的忠诚。她最初选择在这里工作，确实是想完成过渡期，以及求生存，对何绍礼等何家人只是维持表面亲近即可。可是不知不觉间，内心已经有了偏向。

她还没来得及细想，就接到了幼儿园老师的电话，说何智尧午间休息的状态有些不对。

幼儿园里，何智尧正呆坐在小床上，面如土色，额头鼓着一个鸡蛋大小的包。老师说他自己跑着跑着就突然撞到柱子上，等扶起来量了体温，感觉有些异样。

江子燕心里一沉，带着孩子来到医院。医生和校医的诊断相同，何小朋友在放暑假前夕得了热伤风。幸好不严重，首先把烧退下，再服用一些温和的药物控制。

医生是一个和蔼的秃头老人，他翻看何智尧的病历，安慰江子燕不要过于紧张。

"孩子身体底子不错，偶尔生点小病很正常啊。人体也是在不断调整自己的。"

江子燕才发现她一直紧握着双手，指尖微微发颤。

她终于忍不住说："我怀这孩子的时候，他爸爸沾过酒精，我怀孕期间身体状态也很糟……我总是在想，这孩子会不会天生身体虚弱或者受损？"

老医生倒是不以为意，他推了推鼻子上的眼镜，问："哦，他是在你受孕前，还是受孕后喝的酒啊，喝了多少？"

她想着何绍礼那两杯倒的性子，不由脸微微一红："受孕当天喝的。一两杯吧，平时我和他都不喝酒。"

医生再问了几句情况，耐心地解释："其实，我们总说酒精为致畸物，但到底要看时间和量。酒精损伤的不仅是胎儿，包括孕妇本身，因为会增加生产风险。本着优生优育的概念，我们建议妊娠期间不要饮酒，但喝一点嘛，倒也无所谓。再说，您家孩子现在不是好好的，我看报告，嗯，心脑血管数据是正常的，也没有任何FAS的症状。您身为家长，就不要因为孩子生个小病，自己吓自己。"

老医生絮絮叨叨的，很能安慰人心。

江子燕不由说："可我还是很担心。"

旁边的护士嘴快地笑了："那我觉得，您心里担心的肯定不是孩子本身了，估计是别的。"

老医生皱眉训斥了护士两句，神情却是隐隐赞同。

何绍礼晚上回家，才知道何智尧生病了。

孩子的烧已经退下来，但依旧流着大鼻涕，头昏脑涨地跟江子燕诡辩，说什么人体内都是原子，原子在白天看到太阳，会正面旋转，夜晚看到月亮就反向旋转。原子控制人的思想和行为，病毒无法战斗过强大的原子，人类的科技对此也没有办法……

何智尧双手画圆，异常努力地比画出"原子"的形状。

江子燕毫不留情地揭穿他的险恶用心："赶紧吃药啊，别说些没

351

用的。"

她看到何绍礼悄悄走进来，就把剩下的步骤交给他。

江子燕在客厅里翻着各种儿童药，何绍礼囤的儿童常用药品很多，呼吸道、肠胃、退烧贴，总之什么都有。不过因为有一些买得早，保质日期快过了，需要挑出来扔掉。

她微微叹了一口气，意识到自己叹气的时候，忽地笑了。

老医生在诊断的话里话外，意思是，家长不要因为孩子生小病这种事，释放自己的焦虑情绪。

何智尧的状态稳定下来后，江子燕已经不是很担心，可是内心里确实是有什么情绪在来回搅动，让她总不得安宁。

可能人生来就有受难的欲望，也可能是她失忆了，总觉得有天然的不安全感，对任何事情都有所保留。到底她内心渴望和害怕什么呢？她总想搞明白的是什么呢？也许她在担心，有一天会不会再从楼上跳下去？如果再跳下去，会是因为什么事？

这一切，她真的是完全没头绪。

何绍礼关上门走出来，他揉了揉额头："胖子睡着了，我今晚会再看看他怎么样。"

江子燕点点头，她抬手把桌上的过期药都扫进垃圾袋里，轻声说："等尧宝病好一点，放暑假的时候，我想带他回一趟洲头县。你想不想跟我们一起去？"

何绍礼微微一顿，江子燕沉吟说："等尧宝哪天再回爷爷家住，晚上有时间，你带我去我们的大学看一看，好不好？我回来后，都没有回过母校。"

何绍礼不发一言，先朝她走过来。

江子燕晚上穿着浅灰色的斜领衬衫和短裤，居家服是很柔软的料子，露出胳膊和腿的柔和线条，肤白又显得玉骨冰姿。何绍礼心中几番权衡，缓缓地坐在她对面，那角度和距离是能仔细欣赏她，却又不会因为她的声音和脸而受蛊惑。

"回大学，随时都可以。但你想回洲头县干什么？"何绍礼眸子里闪过不快的回忆。他是去过洲头县的，对那里的印象奇差。

江子燕猜出他的心思，抛出更大的诱饵："你如果担心尧宝，那我把他留在爸爸家里，就咱俩回去。好不好？我去洲头县是有事情想查，必须得自己走一趟才心安。"

她想说服什么人，总能找到软肋，如果找不到，她就自己上。

何绍礼对出行目的地虽然反感，却对单独出行的提议很动心，他淡然地说："我需要考虑下。你想什么时候回去？得提早安排时间，我下周很忙。"

江子燕已经收拾好桌面，微笑说："肯定会提前告诉你呀。"

她走过他身边的时候，何绍礼终于一把抱住她的腰，清浅鼻息喷在她的脖颈。他低声说："你这诱饵的分量，是不是放得也太少了点？"

江子燕笑了，她在他脸上轻吻了一下："其实有一件事，我不知道猜得对不对——"

"好好好，你都对，你说了算！"何绍礼心不在焉地回答，他扳过她的下巴来吻她的薄唇，带着喘息。

今晚本来没有欲望的，至少，何绍礼最初是以为没有。他下午足足开了四个小时的会，晚上还知道儿子病了，何智尧每当生病，难缠指标也是直接乘以平方数的。但突然间，他看到她的时候就不行了。

如果江子燕就以这么似笑非笑的表情，诱惑他从这高层公寓上跳下去，何绍礼只怕他自己会立刻从命。但先决条件只有一个，他必须脱了裤子。

他回忆着她上次的吻，压着急切，却依旧越吻越重。

江子燕仰着头，被男人这么缓慢、辗转却又溺死般吮着，内心那些不安渐渐淡了，心跳开始加快。

都说何绍礼这人有耐心，但有时候，他也根本没有。何绍礼是易相处的，也不太逼人妥协，所以晾着他可以。可是如果晾的时间久

353

了，把何绍礼惹恼，他发起疯确实没人管得住。他能对自己狠，也能对别人狠，反而江子燕是向来很爱惜自己的。

就除了那一跳。

两人倒在沙发上，她向下的视线已经全被他宽阔的肩膀挡住了。江子燕知道如果现在不说话，今晚肯定又什么都忘了。她很仓促地躲过他的唇，先快速地说正事："我怀疑我当初跳楼还不知道自己怀孕了。我还怀疑我妈妈——"

何绍礼突然抬起头，罕见厌恶、冷漠地截断她："你以后少跟我提她。"

江子燕愣住："提谁？"

何绍礼很不喜欢她提楼月迪，但此刻的气氛里，无论是"楼月迪"这名字，还是"你妈妈"这称呼，好像怎么也说不出口。他压根不想称呼楼月迪这种女人为"妈妈"或"岳母"。

何绍礼突然粗喘一声，冷冷地说："总之……那个女人。"

她故意曲解："哪个女人，兰羽吗？"

何绍礼没吭声，表情显示出他生气了，江子燕看到一张受委屈且对此话题心存芥蒂的俊脸。他爱的女人总是让他愤怒，但江子燕本身其实是惧怕愤怒的，她自己从愤怒里得到的只有伤疤。

"我说错啦，以后不这么逗你了。"江子燕只好哄他，又追问下去，"但你还记不记得，你当初问我消失几个月的时候，我都回答了什么？"

何绍礼脸色稍缓，喷了声，抬头把她的脸压过去："你先别说话了。"

江子燕光裸的腿压在他的腰间，紧咬下唇承受着他的摆弄。何绍礼的求爱快要让她承受不住，到后来，他恶意地贴着她的耳轮，两人的身体都是汗津津的："子燕姐，你怎么不说话？"

江子燕已经到了极限，再多分毫都容纳不下，她在这种越发蓄意的摆弄中，几乎瘫软在沙发上。

偏偏何绍礼自己问完了，又察觉到这种对话场景很耳熟，仿佛曾

354

在无形中练习过无数遍。他和她十指相扣，又自言自语地轻声重复了一遍："喂，你怎么不说话啊？"然后很自然而然地把剩下的话接下去，"来，叫我爸爸？叫爸爸？"

江子燕身体不由一抖，即使她此刻眼神妩媚，表情也都有些难以形容。

何绍礼却忍不住笑了，露出深深的酒窝，觉得这几年在何智尧身上受到的无数屈辱感终于能有别的补偿方法，就勾起她的脸吻下去。

何智尧这场热伤风，晚上还安然度过，第二天上午突然再次发热。

何绍礼亲自带儿子赶去另一家儿童医院，依旧得到医生冷酷的"在家好好养着"的诊断。如此反复了三天，病情才算稳定，何智尧的身形居然瘦了不少，圆乎乎的下巴消减点婴儿肥，再露出完整的眉毛，有点何小英俊的错觉。

江子燕申请了在家工作，专心照顾儿子。她正在笔记本电脑上，认真地查着今天稿件的排版，母子相处的时间，最近确实多了不少。

何小英俊闲来无事半躺在床上，专注地盯着守着自己的妈妈。

幼儿园放学的时间，也是小朋友暗自进行小型攀比的时刻。攀比内容很肤浅，一般都是比谁的妈妈最好看、最温柔，谁的爸爸开的车最帅。江子燕每次去接他前，都记得补上层很淡的口红，再加上她的唇色本来就极嫣然，何智尧也就坚定地认为，烈焰红唇是天下最美丽、最漂亮的颜色，很为他妈妈的绝世美貌感到自豪。

不仅是口红，何智尧也喜欢江子燕头脑里想事情时的安静，以及眼睛里露出的思索神情。

这一自豪完全不知道怎么表达，何智尧盯着江子燕看了很久，胸膛产生类似小动物高兴起来想咬主人一口的感觉，于是在病中扬手，啪地拍了一下她露在外面的白皙胳膊。

江子燕吓了一跳，回头问："有什么事？"

何智尧也有些糊涂，自己这是怎么啦？江子燕那双秋水般的眼睛，还在布满疑惑地盯着他，何智尧又不敢不回答大人的问话，把手缩进被子里，躲躲闪闪地说："就、就想打你一下？"

江子燕无奈地掐了掐他的脸，继续盯着电脑。

她总觉得，傅政这事没算完。太多疑点，终究不应该是巧合。但在公司瓜田李下，她不好多向同事打听单身老板。

幸好这周末，很快就见到了从洛杉矶回国的何绍舒。

何绍舒的脸形比生产前反而小了一轮，气色很好，粉颊玉面，手掌柔润，神情中又多了些当母亲后的孜孜柔情。她带来的两个小女婴都乖巧极了，安安静静地蜷缩着睡觉。

何智尧从没见过这么小的婴儿，他的热伤风还没好，江子燕不准他碰双胞胎。董卿钗费力地抱着，何智尧则抻着脖子，很仔细又很惊叹地打量两个小妹妹，何绍礼和吴蜀在旁边顺便聊天。

何绍舒听到傅政的名字，很快就想起来是谁。

"哦，傅政，你说的是不是你们公司那男老板？"

江子燕怔住，何绍舒微笑着说："我记性很好的。他怎么了？是不是他和兰羽的事让你不好受了？不过，傅政好像和兰羽没什么，他这人挺厉害的，读博的时候找了他们学校的一个洋妞。那女的还是个模特，后来傅政回国创业，对方不愿意来中国生活，还是离婚了。听说那洋妞再婚嫁了个踢足球的，还是个名人。"

江子燕没想到，何绍舒居然比自己更八卦。

何绍舒人脉广，消息来源也丰富，仅仅三言两语，就把傅政那点私人生活的底全部交代干净。只不过，何绍舒也没那么神通广大，不过是江子燕找到工作后，她顺便看了看这家公司的情况而已。

江子燕连忙问正题："你认识他吗？"

"我认识他？呵呵，我知道他。"

傅政的天使投资公司，每天为了宣传概念，为孵化的初创公司打出"颠覆传统产业"的slogan（口号，广告语）。何绍舒身为传统产业的女接班人，对这种概念厌恶得很，嘲笑起傅政来都已经不是女人对追求者的嘲笑，还带着对他行业的鄙视感。她和弟弟不同，压根不屑在这种事情上给人留脸面。

看何绍舒这副滔滔不绝，又完全像说陌生人的模样，江子燕苦笑，心知自己闹出个乌龙。

原来世界没那么小，不过热衷于设计出一个又一个花招让人迷惑而已。她应该松了口气，然而又总觉得不甘心。

"你过生日那天，多收了一束匿名的白山茶花？你知道是谁送的吗？"江子燕追问。

何绍舒闻言笑了笑，她悠然嗔怪："还能是谁送的？肯定是我老公送的。咦，他当时不是都承认啦？"

江子燕委屈地心想，绝对没有，吴蜀根本就没有承认！

她又问："那本古龙……"

提起古龙旧书，何绍舒的笑容终于退了点。

何绍舒是有点怕了江子燕的敏锐感，她如今刚生完孩子，志得意满地回国，实在不想再牵扯任何陈年旧事。她笑容不改地改变话题："说起来你出国的那几年，我弟总让我妈去看你。"

江子燕果然愣住，她说："什么？"

所谓卖弟求荣的事情，干多了几次，也就成为熟练活。何绍舒刚想顺势说下去，但江子燕哪里容她一而二再而三地转移话题："我先说我们的，那本古龙，是不是高孟曾经送你的书。你后来不想要了，就顺水推舟地给了我？"

江子燕语气非常肯定，仿佛亲眼看到，又仿佛恢复了记忆。

何绍舒暗暗地吃了一惊，江子燕再故意说："听说，我这个傅老板以前追过你？"

江子燕陪着何智尧看多了动画片，发现何绍舒像花仙子里的娜娜小姐，一路顺风顺水，虽是高颜值的文艺女青年，但绝不是能轻易被套出话来的。此刻，何绍舒也不过柳眉倒竖，冷笑两声："我只听说过，你这个傅老板做生意很烂，身为天使投资人，却一次风口上的猪都没追到过，但我还真没听说过他追过我。"

她厌恶地说："我可不认识你老板。他是不是有事求我，让你找我？"

357

江子燕得了这句话，心头如同螺丝被拧紧，她终于确定，对傅政的一切猜测都属于捕风捉影。

　　最初认定傅政和何绍舒相识，也不过是捉住巧合，但江子燕再一细想，破绽其实非常多。旁的不说，何家一家全部是狐狸，还各个傲娇，怎么可能让她在"旧爱"的公司里工作？

　　江子燕最近调查自己的过去，发现很多事情，都猜不透最初发生的原因。即使事后她试着找理由，那些理由也真真假假，越涌越多，最后根本分不清真相。

　　她不由想到"初心"的问题，也许，人和人最终能走到一起，也不存在什么"初心"，到最后都靠着两个人的厚脸皮和不放手罢了。

　　何绍舒否认了和傅政的关系，但依旧被得罪了。到了吃晚饭时，她谁的方向都没看，素着脸坐在吴蜀旁边。

　　何绍礼也察觉出来，他碰了碰江子燕的胳膊，低声说："你是不是跟我姐说什么了？"

　　江子燕低声说："绍舒说，你以前让妈去美国看过我。是吗？"

　　何绍礼脸居然一红，他不由抬头瞪了何绍舒一眼，恰好被何绍舒看见，她挑眉问："你瞅啥？"

　　姐姐明明刚从洛杉矶归来，但一个小时不到，已经被何智尧带成魔性的东北腔，何绍礼的脸不由再一黑。

　　他还没说话，江子燕就笑着举起酒杯："之前得罪啦，我敬你一杯吧。"

　　何绍舒还在为她刚刚试探的言论生气，故意慢了两拍，才举起酒杯："你敬我什么？千万别敬我成为一个母亲，我做母亲的时间还没你长呢。"

　　何绍礼对姐姐的态度非常不满，不由说："姐——"

　　江子燕却轻声说："我敬你，因为你已经找到了自己的幸福。"

　　何绍舒的脸色这才逐渐柔软下来，她抿嘴笑了："你也是啊。"她又拉起董卿钗，"妈妈，这段时间辛苦啦，你也跟我和子燕一起喝杯酒吧。"

席间，只有何绍礼和吴蜀两人不肯喝酒，董卿钗喝完小半杯白酒，搂着旁边何智尧的小胖腰。

"智尧，你这段时间，有没有想奶奶呀？"董卿钗笑着问。

何智尧乖巧地说："想啦。"

董卿钗大喜，她爱怜地摸了摸何智尧的脑瓜，对说中文的孙子笑得合不拢嘴："是吗，哪里想我啦？"

何智尧继续维持着这份乖巧，冷酷地回答："嘴上想。"

董卿钗和何绍舒为何智尧买来不少新玩具和童装，何绍舒吃完饭就被吴蜀拉走了，继续倒时差。董卿钗则再抱了何智尧好一会儿，等再抬头，已经找不到儿子和儿媳的身影。

"绍礼他们呢？"

何穆阳则在阳台上忽地冷笑两声。

江子燕在席间喝了两杯酒，脸颊发热，轻飘飘地被何绍礼拉上车。"尧宝呢？"她懒洋洋地问。

何绍礼帮她系上安全带，他眼睛里有恶作剧的光辉，启动了车："嘘，今晚咱俩放个假，就让他住在爸妈家。我已经跟胖子提前商量好了。"

"我们去哪儿？"

"回大学。你不是说想回学校？"何绍礼一手开车，一手顺理成章地牵起她。

他做事很有效率，她既然提出这要求，他就把她拐带到母校。

盛夏晚风，炎热罩在整个背上。车里的音乐是鼓点和贝斯，带着微微的急躁刺激。他们果然开车前往U大，把车停在西门熙熙攘攘的小吃街旁。

临近暑假，来大学观光的游客太多，保安要求每个人出示自己的身份证。

359

何绍礼随手掏出自己的钱包，他问她："你带自己的身份证没有？"

"没带。"江子燕瞥了他一眼，微微笑了，"我不需要这个，你先进去等我。"

两人分头行事，何绍礼站在校门口那棵需要几人合抱的粗树前等待，一分钟不到，江子燕果然混在一帮留学生里，说着英语，说说笑笑地结伴走进来，保安居然也没查她的证件。

何绍礼不由笑了，她居然装韩国人。而江子燕用英语辞别留学生，一眼看到何绍礼。

以前江子燕总觉得何绍礼像男大学生，他那脸仿佛比何智尧还小，日日混在那些老谋深算的职场人里，只显得英俊沉稳有余，全无逼迫感。但奇异的是，等何绍礼站在大学校园，他比起真正的大学生，整个人显出雄心万丈的磊落感。

江子燕不由想，他大学时候又是什么模样呢？

何绍礼自从毕业后，几乎也没回过母校。

他的爱情，他的孩子，他的女人，眼前可能错失的一切，曾经都是以这里为开端。眼前的U大，依旧是那个黏着金粉的百年大学，有才华的大学生有很多，非常努力的大学生有很多，混日子的人当然也不少，各种无疾而终的感情，或是白首偕老的爱情，依旧轮番上演。

江子燕也在路边走，她很新鲜地看着街边的路灯，飞扑的萤虫，巍峨的建筑楼和那些年轻大学生。

"我们去操场看看？"走到一个分岔路口，何绍礼问。

江子燕却摇摇头："先去教学楼。"

何绍礼脸色微沉，他站着不动，江子燕什么也没解释，凑过去吻了他的脸一下，这才拉着心不甘情不愿的何绍礼往前走，她想要去那栋教学楼。

——自己曾经纵身跳下去的地方。

大学里的暑假还没开始。

八点多的教学楼，还上着晚课，有的教室传来教师的授课声，空教室里则稀稀落落地坐着自习的学生。他们在走廊里压着脚步走，路过不少直接饮水机，和欧美学校无异。

大学超过三层的高层教学楼走廊，都会安装不锈钢的安全防护栏，低层的窗户都大开。但"女阎王"也为她这学校留下了文化遗产，就在她决然跳楼后不久，U大和旁边几所大学，都火速地给二层三层的大大小小窗户安了防护栏。

如今，除了鸟类，任何人绝不能穿越教学楼的窗口，飞奔向自由。

"这大学很有钱嘛。"江子燕赞叹一句。

何绍礼无声地看了她一眼。跳楼给江子燕本人留下的，是她真实的身体疼痛，留给何绍礼的是无法消散的回忆，他始终做不到像江子燕这般调侃。

"就是那里。"

他们来到了江子燕和何绍礼争执过的地方。何绍礼隔着十多米就顿住脚步，他五味杂陈，并不情愿过去。

江子燕谅解他的心情，刚要自己走上前，何绍礼又反手拽住她，力量极大，她挣脱不开。他沉闷地说："算了，我跟你一起。"

很普通的窗户，毫无设计感，往下望过去就是天台，扔满了大学生吃完零食后的五彩食品垃圾袋。

教学楼走廊里没有装空调，气温虽然比外面凉爽，但偶尔还有夏日的骄气。

江子燕的掌心覆上那栏杆，微微闭上眼睛。她试着去回忆，脑海里什么线索都没有，意识明明很清醒，却什么都没想起来。

何绍礼看江子燕出神的样子，一言不发，他也陷入回忆。

何绍礼总是不愿意细说，他们那天晚上吵架，到底说了什么。江子燕盘问了他几次，美人计用了不少，每次被问急了，才挤出来一点真相。

实际上，他的印象确实模糊。

361

他能清楚记得自己郁郁不乐的心情，清楚记得江子燕奇异发亮的目光，清楚记得虚空中飘荡在半空的粗糙的蓝色窗帘和一股子凛冽的风——恍然如噩梦。

因为何绍礼真的不知道江子燕当时怀孕了，她压根都没提。可是，他们为什么吵着吵着就提起酒醉后的孩子？

何绍礼当时怀着极大的痛苦，木然问她是否存在一个拿钱买来的"前夫"。

江子燕一点犹豫都没有，冷冰冰回答："对。他那种先天性疾病，最后只能落得这种下场。你不需要可怜他，世界上比他更可怜的人还有大把。何况他和我结婚，又多了笔钱治疗。我有什么错？"

何绍礼仿佛身处千万尺的死静海沟，又在断电潜艇的角落发现了黑色花纹的响尾蛇，他怒极反笑："江子燕，你脑子里究竟藏着什么玩意儿？"

然后呢，她是怎么回答的？她顿了顿，突然轻声问："绍礼，你能娶我吗？"

何绍礼无意识地握紧拳，暴怒的情绪，被某条极细的弦拉紧了。

下一秒，江子燕又收起那股脆弱，她不客气地吐出一句话："算啦，我就是这样的人，我永远都不会变。绍礼你这么天真的性格，我不祸害你了，你还是去娶你的小羽好了……"

下课铃声在耳边响起，何绍礼身体一僵，他从回忆中清醒。

旁边的江子燕已经仔仔细细地重看完案发现场。她意识到，自己曾鲜血淋漓地躺在那堆食品垃圾袋上，觉得一阵鸡皮疙瘩感传来。

太脏了！年少无知，轻狂到哪里都敢躺，男厕所、垃圾场……

"算了，我什么都没想起来，我们走吧。"她拉了下何绍礼的胳膊，他仿佛有些回不过神来。

"我不准你再离开我一秒。"何绍礼脱口而出。

江子燕有些诧异地看着他，随后，她好笑地说："走吧，霸道小何总裁。"

两个人又在大学里，闲闲地散步。

他们牵着手，却谁都没说话，江子燕想到何绍舒之前的话，才问他："你曾让妈去美国看过我，对吗？"

何绍礼嗯了声，欲言又止，半晌才终于决定说了。

"你以前住的公寓对面，有一个伊朗人开的手工地毯店。"

她回忆了半天，终于试探地说："好像有那么一家。不过，那地毯店里的地毯好像很贵的。"

何绍礼带着微微的无奈，苦笑回答："不仅贵，织得还特别丑。"顿了顿，他有些不自在地咳嗽了一声，继续说，"我妈每次去美国，我都让她去你那街区的地毯店买地毯，因为我想让她顺便找机会去看看你……结果，我妈总念叨她不想打扰你学习，每次只给我买地毯回来。我就这么被迫买了十多条地毯，每平方米都好几万哪。最后还是我姐看不过去，跟她把话说明白了，她才知道我想去看你。但我爸又骂了我一顿，说我没出息，只会指使我妈……"

江子燕忍不住笑了，同时觉得眼眶隐隐有些湿了。

"受不了，你太纯情啦。"

他笑而不语。

他们又在校园里走了几圈，便离开大学。在上车前，何绍礼却突然转头看着她，目光强烈到不容忽视，他冷不丁地问："子燕姐，你现在还会为了爱而死吗？"

江子燕再次微微愣住。这种蠢又纯情的问题，是不是只有年龄小的人，才能毫不羞愧地问出来？

何绍礼语气非常严肃，但她笑不出来。江子燕感觉额头微微渗着汗，有那么几秒钟，她觉得站在那围着栅栏的窗口，让人痛苦让人渴望，每一天都当成最后一天活。

然后她听到自己轻声说："会呀。"

早上的"防弹咖啡"又做了两杯，这一次，江子燕和何绍礼都喝了。

363

江子燕自从告诉何绍礼，她觉得有一种可能，曾经在跳楼的时候，自己也不知道怀着孕，而这句话提醒了何绍礼。

　　他一直隐约有感觉，江子燕当初跳楼，似乎不是单纯跟谁置气。有那么一刻，她脸上流露的神情，显示出的那种决绝，好像是真的不想活了。她回来，是想跟他简单道别。

　　但何绍礼目前，整个人被江子燕弄得晕陶陶的，更不情愿勾起悲惨的回忆。男人的大脑，永远只能记住不愉快的感受，记不住发生不愉快的理由。

　　开会的时候，副总关心地跟何绍礼说："你今天鼻炎又犯了？有点心不在焉的。"

　　"哦？"他回过神来一笑。

　　"咱爸的空气净化器那应该没问题呀。"副总打趣。

　　何绍礼苦笑地摸了摸鼻子。

　　何绍礼的鼻炎，对他的创业公司带来最大的好处是，何穆阳慷慨地赞助了公司空气净化器。打开开关，即使外面放毒气，房间里的空气指标都相当不错，只不过，用电量也相当感人。

　　除此之外，何穆阳不管他儿子的死活。

　　创业几年，何绍礼的公司遭遇两次大危机，还有一次资本被连锅端，为了付技术余款，办公桌和椅子都卖了，何绍礼沉默地帮清洁阿姨扫了一下午的地。

　　但即使那时候，何绍礼都没有说过"我这性格不适合当领头人"，或者是"咱们公司别做了吧"。跟着何绍礼创业的几个校友都很相信他，最近招来一个营销大手，连股权协议都没细看，就同意跳槽到公司，是因为相信何绍礼不会亏待他。

　　副总看着何绍礼高深莫测的表情，一挥手："怎么今天总是走神？对了，打算哪天休假？"

　　对方又问了一遍，何绍礼镇定地玩着笔，抬头回答："我在想老婆的事。"

　　公司的两个创业伙伴，都是何绍礼的大学同学。副总再随口念叨了句："哦，咱老婆，那位人美心黑口味重的江学姐。"

大学同学做创业伙伴，就是这点不好，有时候真是太知根知底。何绍礼面对几番调侃，也只是笑了笑，他说："我总觉得，我忘了点什么。"

副总撇嘴："你刚刚说要请假一周。"

何绍礼随手翻了翻上午要看的几个报告，大大小小，从售后到销售数据，还有各种鸡毛蒜皮的报错反馈，对其他车厂配置的分析。他集中注意力，低头开始读那些文件，暂时先把脑海里的疑惑放下。

"我也不知道几号休假，得等'人美心黑'具体通知我。"

与此同时，江子燕也在公司又围观了一出奇葩事。

HR深夜里发出一封抄送全公司的辞退邮件，辞退的主角，是傅政的助理张澜。她在其他城市出差时私自收取了回扣，伙同某投资机构完成天使轮的融资，把创业者本人赶出了公司管理层。

该创业者在创业前，是一名资深新闻媒体工作者，他不甘示弱，把整件事写了两万八千零五十个字，其中，免不了有八九千字点名骂傅政的公司和张澜本人。

而傅政也有苦说不出来，张澜的运作，违背了公司里只做"创业者和投资者之间公正桥梁"的宗旨，还把本公司排除在整个融资外。毕竟张澜的职位挂在别的部门，实际上，做的就是傅政私人助手的活。她出了这件事，几乎是打了傅政一个耳光。

傅政一上午都没来，整个公司的气氛，隐隐有点古怪。

傅政一直以来，身体力行"任何人都是公司的普通员工，包括他自己"。但这个原则，唯一的破绽就是，傅政不是普通员工。人不能装高贵，也不能演普通。傅政的工作具有极高的保密性，虽然和其他合伙人共用男秘书，但又有很多事情不敢放权处理。

唯独江子燕身处的部门依旧对此事不关心。

就在早上，他们群里讨论的内容主要是"螺蛳粉到底是真的很好吃还是吃起来真的像屎""买steam是屯着游戏还是用来玩""网站改

365

版是蓝色底好还是白色底简洁"。

主管后来跳出来，他在群里威严地说了一句："有点眼力见儿吧！"下一句是，"明知道老子不能吃辣，还天天讨论螺蛳粉，你们都摸摸自己良心好吗？"

江子燕提前把今天的稿件，设定了定时发布，她凝视着不停跳动的聊天屏幕沉思。

她刚来公司工作时还是寒冬，日着厚衣，窗外雪白模糊，如今轻衫细裤，照影青绿。

江子燕在这家公司的时间已经超过半年。根据公司规定，工龄每满一年，通过KPI考核，就会有百分之二十的加薪。大概每个月会多拿个两千块钱，公积金交得也算丰厚，之后按部就班，工作年份再满几年，再进行阶梯式加薪。

很多女人，都会喜欢这样的工作环境。徐周周至今不愿意离开这家公司，除了私人感情因素，大概是留恋这种稳定轻松的氛围。

江子燕曾经也看重这个，在尽日漂泊无定时的归来时刻。江子燕也希望自己是随遇而安的性格，她真的希望她是。

但她不是。

江子燕工作时，一直在观察和反思身边的人和环境。比如，如果换了她坐在傅政的位置，会做什么。

她想，大概第一件事，就是先给自己找个办公室。扁平化的管理，更适用于彼此分工较大的工作。只追求形式上的平等，最后付出的代价，会比得到的意义更多。身为老板，如果需要助理，那就耐心培养，严格地规范职责和追责制度。而不是像张澜这件事出来，对错且不论，HR写辞退信，连理由都说得含糊不清，模棱掩盖。

江子燕在这个公司越待下去，越发现自己的部门仿佛一个孤岛。无压、安宁、谐和，彻底游离于整个公司主体业务之外，更何况，公司的整体业务也不过如此。

胡思乱想着，她就忍不住微微笑了。她做人实在是……太较真了，对不起这张万事不挂心的清淡面孔。

到下午的时候，傅政终于出现在大格子间。

傅政面色不变，眼神依旧宁静锐利，仿佛没有因为张澜的事情影响情绪。

坐回自己的座位前，他先抬手看了眼表，距离某位准点打卡的女员工下班还有半个小时。对方正翻着桌面上的厚厚笔记，专心地整理资料。虽然才工作半年多，江子燕用的"花满楼"这个笔名，已经吸引不少外站的编辑来约她的特稿。

公司其实并不阻止这种接外稿的行为，徐周周和主编自己都会接商业稿件。但江子燕对此一直婉拒，对方报出的稿费再高，都不为所动。她身上仿佛有种奇异的忠诚感，保证自己的文章会在本网站首发。就为了她这种用心程度，主管也总是主推她的文章。

"江子燕，你跟我到一下会议室。"傅政突然说。

傅政直接把江子燕单独叫到会议室，全玻璃的门和窗户，没有窗帘，可以看到徐周周晃动着身体，好奇地往里面张望。

傅政开门见山地说："你想不想调部门？"

江子燕有些惊讶，她因为之前的误会，对傅政有点无法直视，因而她垂着眼睛，维持那份很淡的微笑说："是我没把现在的工作干好吗？"

"我现在身边缺一个助理，我觉得你很合适。"傅政认真地说，他面容倦怠，有着三十多岁男人的独特成熟感，"你在你那个职位干得不错，但你可以到我身边来，这样机会更多，工资也会比现在翻一倍。也许你不在乎死工资，但我要告诉你，这份助理的工作确实能提供很多机会。而这些机会，我相信会在日后值得更多价值。"

傅政说完后看着江子燕，他问："你怎么认为？"

江子燕完全没料到这话题走向，一时居然愣住了。等反应过来，她直接问："为什么是我？"

傅政微微笑了，他是真的欣赏江子燕，甚至还向她的主管打听了

367

她几次。江子燕犹如莲花不着水，她几乎不和部门里的任何人刻意打好关系，偏偏同事们都很喜欢她。而且，每个人都隐隐对江子燕的家世很好奇。

这里也包括傅政。

此刻，他话锋一转："我知道，你在公司待了一段时间，可能会觉得我管理公司有很多毛病。但我要告诉你，即使再优秀的公司，内部都会有大大小小的问题。而我还要告诉你，关键的不是要看出问题，是要解决问题。我身边确实需要一个能看出问题的人，至于你是否能成为解决问题的人，你还需要向我证明你的能力。"

她脸微微一红。

江子燕在职场上确实是太嫩，何绍礼有时候都笑话她。傅政见过的创业者没有上万，也绝对不少，他很能琢磨人心思，也知道面对什么人，就该把什么话彻底放开了说。

但有些话，傅政依旧不方便点明。比如，招有高级美感的女助理跟在身边，是很能吸引人眼球的。何况，江子燕不是花瓶，她已婚，聪明，看起来嫁的人也不差，似乎不会为了点小钱而出卖原则。傅政没道理放过这样的完美人选，再去进行新一轮外聘。

江子燕还是觉得反应不及，斟酌地说："您介意给我一点时间吗？我得想一想。"

傅政点点头，他毫不意外地说："给你一周时间，好好考虑一下，然后把决定告诉我。"他又微笑说，"放心，你当我的助理，我会尽量让你准点下班。"

临走前，江子燕又鬼使神差地问："请问，您认识何绍舒吗？"

她看到傅政一愣，他显然觉得这名字熟悉，想了片刻，再抱歉地用目光示意她再给他一点提示。

江子燕终于彻底死心，胡乱说："没事，她是我儿子幼儿园的一位老师。我搞错了……"

傅政不由问："你儿子还上幼儿园？那天看他英语说得那么好，我以为他和欣姐的儿子一样，得有七八岁了。"

她不由脸一寒："他哪里有那么大。"

傅政被她罕见的生动表情逗笑了，但他自己的脸色好像再度微微黯然，却还是有耐性地解释："我不太会看小孩年龄。之前国外小孩各个都长得大，我也分辨不出来。"

江子燕推开玻璃门走出来，徐周周都看出她脸色不佳。

"你是写的哪篇文章被傅政骂了吗？"她好奇地问。

江子燕不答。如今，她倒是希望傅政不是何绍舒的前夫，不然，她也一定不会喜欢傅政。何智尧最近都瘦了不少，而且，就算他胖了点，看上去根本不像傅政说的"长得大"！何智尧哪里"大"了？！

这件事江子燕随后告诉了何绍礼，他的态度依旧那样不置可否。就像最初知道她找了这份清闲工作，他不是很赞同，但也不会反对的意思。

不过，何绍礼这次多说了一句。

"女助理，子燕姐你能给人当女助理？"何绍礼笑了，"我'前姐夫'很敢哪！"

何绍礼自从被江子燕抓住问了几遍傅政，居然从错就错地把傅政叫为"前姐夫"，偶尔"前姐夫"长"前姐夫"短。

这简直戳人心肝了，江子燕有时候觉得何绍礼有点讨厌，怪不得何绍舒总不喜欢这个亲弟弟，说他"蔫儿坏"，而何智尧也总是哀怨地用"哥哥"这个称呼报复他爸爸。

"你别瞎叫！再说，我没决定好要不要去做。"江子燕若有所思地说。

何绍礼却直接帮她决定了："肯定不去。你只要对什么事情感到犹豫，那答案八成就是否定的。比如我问你，子燕姐，今晚你跟我在窗台上做，你愿意吗？"

江子燕冷玉般的脸，刹那间就热起来，她看了眼不远处吃餐后冰激凌的何智尧，瞪了他一眼："你脑子进水了吗？"

何绍礼耸了耸肩："这就代表愿意，如果你不愿意，只会回答不愿意。"

她冷冷地说："我不愿意。"

他笑了："但你至少没说需要时间想一想，这说明还是愿意的。"

江子燕面对何绍礼，如今有点别样的头痛。

何绍礼岁数比她小，创业多年，按理说是一个优秀的征询对象。但此人根本不太关心她的工作前途，江子燕有时候多问几句意见，感觉就是接受例行调戏。

何绍礼太年轻，财务问题不需要女强人类型的帮他分担，精力旺盛却很早就有了儿子，如今兴趣都在别的方面。

"你得让我玩两年。"何绍礼几近厚颜地低声说，"我不想再要孩子了，养胖子一个就够受了。"

说话间，他带江子燕去自己的卧室。

江子燕推开何绍礼那间单色调的卧室门后，不由暗暗心惊。

即使是最简单的黑色，也并不像想象中那般乏味枯燥。如果调搭配得好，会随着不同材质，呈现出渐分的层次感，银丝灰、焦炭黑、卢铁黑、子夜黑、碳素生黑、烟浓深黑，或者是暗色为主的精细花纹，颜色从浅灰深灰到黑。纵然那颜色有厚重感，但因为家具稀少，价格不菲而各个造型别致，稀落地呈现在一个空阔的卧室里，带着种奇妙的置物感。

她看呆住了。何绍礼，居然把他的卧室全部色调都调成了黑色系。这该是内心怎么绝望和坚决的男人？！

"是不是像绝地武士的棺材盒？"他自己先打破安静笑着问，全不在意，甚至还摸了摸鼻子。

江子燕沉默不语。诡异的是，当她光脚踩上伊斯兰风情的暗纹地毯，轻轻坐在何绍礼那丝柔的皇后床边缘，居然体味到一种由衷的内心安全感。

"不会呀，我觉得你的房间挺好看的。"江子燕拉着他也坐下。

何绍礼这才放下心，怕她不喜欢。

他躺在她的腿上，闭着眼睛低声说："子燕姐，你没事就去考一个驾照吧，这样等我公司的事再缓缓，到年底有钱了再给你订辆车。你如果喜欢粉色，里面我全部给你配成粉红色的真皮……"

江子燕还没说话，此刻，何智尧探头探脑地跑进来。

何智尧刚刚美滋滋地舔完勺上最后的甜浆，就发现客厅空了。何小朋友有些不爽，他感觉最近总被这两个大人抛下。他鞋也没脱就跳上床，拱到了两个人中间，用大脑袋隔开了江子燕和何绍礼。

何智尧抱着江子燕的胳膊，振振有词地质问："唠啥呢?"

江子燕摸了摸他的脑门，淡淡地回答："唠考试，考驾照。你要不要跟我一起去考?"

何小朋友因为生病才万幸地躲过了幼儿园的大劫——期末考，此刻听到"考试"，他就完全不敢说话，乖乖地闭上嘴。

何绍礼倒是想起来，试探地问："你洲头县的事情查得怎么样?"

江子燕脸色略微挫败，轻轻摇了摇头。

何绍礼帮忙找的老警察在电话里告诉江子燕，她曾经在那几个月为楼月迪买了很多补品，还试图去联系那名厨子，一切仿佛是照着迎接那孩子的节奏进行。直到楼月迪在一个白天里大出血，等被送到医院，胎儿已经没有了生命迹象。

楼月迪怀孕这件事，在街坊邻居那里，很快闹得人尽皆知。母女两人整日闭门不出，江子燕陪着母亲养好了身体，她独自回到本城，跳下楼。而楼月迪在一年多后去世，死亡原因是喝酒引起的急性并发症，和任何人都无关。

所有的线索，依旧断在了楼月迪怀孕的时候。江子燕有一种预感，如果自己不回洲头县看看，就不可能查出来更多。

在公司里，傅政找江子燕单独谈话的真相，很快也瞒不住。

主管自然是最先知道的，他对此的态度非常遗憾，但总体维持乐观。考虑到江子燕要离去，需要向别人交接工作，他再嘟囔几句，就重新投入孜孜不倦的面试当中。

比起主管，徐周周的态度则有些不明。她为江子燕还需要时间思考调岗这个决定，感到非常奇怪。

"如果是我，我肯定当场就答应了。你为什么还要考虑呢？跟在Jack旁边，你能见到不少投资圈和传媒圈大佬啊。总写稿子，有什么前途啊？"

江子燕苦笑几声："见到又能怎么样呢？那些人跟我完全都没关系呀。假如我在人民大会堂当服务员，还能天天见到国家领导人呢。"

徐周周觉得这话有道理，但同样觉得她有点好高骛远。

"那你想干什么工作？你继续留在我们部门里当编辑，可是谁都见不到的！"

江子燕一挑眉，耐心地说："不管我做什么，起码这一周多我还是会留给你零食的。"

徐周周便点了点头："子燕姐，你不管调到哪里都不要忘了我呀！"

Chapter 11
不是周从事

　　暑假刚放了两天，何智尧的热伤风就准时准点地痊愈了。

　　因为普及原子教的需要，他的小胳膊挥舞得细了点，跑的速度飞快，也开始逐渐淘气。虽然不用早起，但每天清晨，何智尧兢兢业业地爬起来，每当逮着何绍礼去卫生间的钟点，就咚咚咚跑过去敲门，等大人无奈地打开门后，他也不说话，只捂着嘴傻乎乎地乐。

　　人都有三急，何绍礼被这么闹了几次，脾气再好，也觉得不如把这儿子伴着马桶水，直接冲走。

　　与何智尧越来越顽皮相比，别人家的孩子看起来总是美好一些。何绍舒生的那对双胞胎，姐姐妹妹几乎都不吵不闹，逢人就笑，乖而极美，像天使临睡前落下的轻吻。

　　何绍礼和江子燕如今有事没事，都会用手机刷一下何绍舒的状态。

　　江子燕直接把其中一张女婴照片，设为自己的手机屏保。何绍礼没她那么夸张，但偶尔望着何智尧的思索目光，颇有点想阉了他的意思。

何智尧毫无察觉，他更多部分时间的状态，都和地球上的一切完全脱线。幼儿园发了一个《暑假宝宝行程手册》，让家长填写每天都干了什么，玩了什么。而何小朋友的手册上，一般只能写满上补习班、吃饭和在家抠脚。

何智尧目前掌握的中英文词汇量已经非常可怕，且至今没有大人搞清那些知识来源。有的时候，当何智尧不说东北话和英文，张口宛如一个高深教主，比如他指着桌上的红烧肉，轻轻地说："你们看，它和袁绍一样尸骨未寒哪！但我还拥有熵增定理，说不定可以恢复它。"

江子燕和何绍礼面面相觑。

但当小何教主刚想趁着这段充满敬仰感的寂静，用桌布来偷偷擦那张油腻的小嘴时，被两双手迅速按住了。

江子燕的带薪年假已经攒了四天，再赶上周末，能凑出六天时间。她对是否接受新的工作邀请，依旧拿不定主意，索性打算趁着这几天休年假，回一趟洲头县，权做了结。

何绍礼原本的意思，为了他自己的福利，不想带一个越发神神道道的儿子。但他再深想了想，恐怕江子燕回家乡触景生情，而何智尧能转移她不少注意力。

最后，何智尧攥着《暑假宝宝行程手册》，背着双肩小书包，乐颠颠地跟着两人回洲头县。

何绍礼本来想订机票，但那几天台风入境，他就临时选了高铁。

火车隔壁车厢有其他小朋友的尖叫声，何智尧很兴奋地握着椅子背，想跑去和别人一起玩。何绍礼塞了本连环画给他，他也就退而求其次地靠着爸爸看书，没一会儿，就睡着了。

何绍礼自己带了电脑，抽空忙公务，他囫囵地揉了揉儿子的脑袋。

江子燕没有他们父子那么自然，她坐在窗边，看着窗外景致飞逝奔去，也不知道紧张什么，好像又经历了一次回归。

374

何绍礼昨晚就反复告诉她，楼月迪的人生有麻烦，这个麻烦并没有因为她的降临而解决，无论怎么做，她都救不了楼月迪。江子燕何尝不明白这个道理，楼月迪对自己一点都不好，她的母爱过于反复无常，以至于让人怀疑是否真正存在过。而临终前，楼月迪仿佛也不愿意见到女儿。

可是，江子燕就是忍不住想知道更多，因为，她没有办法不去了解楼月迪。无论楼月迪好与不好，都是自己在这个世界上唯一的妈妈。

何绍礼当时一边低声说，一边捏住她的下巴吻，全然不去听她想极力辩解的那句"可是"。

所有的感觉都停留在暗处，暴乱湿润，又延绵得太久。男人腰间的热量，比别处肌肤的温度都烫。何绍礼肯定感觉出江子燕无形的紧张感，整个晚上，他克制却强大，她的身体的细微处被他牵扯着，无论哪里存在曲折，都会被他挖掘，再被温柔残酷地打开。这个男人用力地向里一闯，她就全身泄了。

何绍礼眼皮低垂，动作一下，又重重地接着一下。她最后仿佛陷入遥远的星团旋涡中，只有刺目的白色流光，从绞紧处掠到大脑皮层处，何绍礼是唯一的身影。她好像蹙眉落了一滴泪。

"有我在。"他这么说。

列车高速奔驰的路途中，江子燕忽地伸出手，隔着过道搭在何绍礼微屈的胳膊上。他正专心工作，很久才反应过来。

"怎么了？"

江子燕没说话。何绍礼诧异地侧过脸，微微笑起来，近在眼前，他的眼神和笑脸明亮，她最后也笑起来。

"感觉有点怪。"

何绍礼果然温和地说："就当带孩子出来玩。"

洲头县是离岛，轨道只铺到大陆，因而走下火车，仍然需要搭乘班车或者客运水路。

何绍礼直接租了辆车，从沿海的高速公路开到江子燕的家乡。

洲头县的建筑基本围着海岸沿线密集而落，繁华地段也以码头为主，再远处有低矮的山丘，还有稀稀落落的矮楼。天气预报虽然是台风蓝色警报，但因为只是预警，街上的商铺和秩序依旧正常。

天气炎热，海风也不能刮走那股不散的热气，何智尧刚刚下车走了几步，整个小汗衫已经全部湿透。

他们先在酒店安置下，远远地，就能听到海水扑打海岸的不休涛声。没走几步，能看到沉灰色大海和奇峋礁石。

何智尧嚷嚷着要去看海，江子燕却约好了等着老警察前来，走不开身。

她无奈地对何绍礼说：“你带尧宝出去玩，我待会儿到海滩找你。”顿了顿，她又说，“放心，他无论说了什么，我都会告诉你。”

何绍礼沉吟不定，江子燕已经转身买了两顶渔民用的草帽，斜斜地戴在他的头上。她笑着说：“记得不要晒黑，晒黑了就不帅啦。”

何绍礼这才略微展颜，扶正了那顶宽大的帽子。

“我们不讲究皮囊，讲究心灵美。”何绍礼自我谦虚了几句，随后觉得这么说不妥当，便不动声色地补充一句，“子燕姐，你就是我的心灵。”

“什么呀！”她摇摇头。

何智尧麻木地站在旁边，也把他的小草帽扣到头上。

他对爸爸说恶心话的抵抗力很强。实际上，何智尧自己说恶心话的功力更加出众。仅仅为了在火车上映着何绍礼给他讲故事，他能抱着爸爸的脸认真深情地说：“你是全世界最美丽最美丽、最可爱最可爱的大大大国王。”

江子燕打发走这对父子，没一会儿就等到了那名老警察。

对方四肢粗壮，皮肤过于黝黑而显得更老一些。老警察在洲头县工作了大半辈子，内退下来，对洲头县的各个大事件了若指掌。他原本不负责楼月迪所住的那块片区，又因为得知不是命案，做的调查还是略微粗糙。

老警察的口音很重，带着浓厚的方言，江子燕并不是很能听懂。

"他回来了。"老警察只好费力地跟她重复。

江子燕不由问："谁？"

楼月迪的情人，那个红鼻头的年轻厨子，从厨师学校学成之后，又打工漂泊几年，最近返身回到了洲头县。他重新盘回楼月迪那破旧的店面，戒了赌，把荒废已久的小燕餐厅重新开张。

据说餐馆生意还不错，几家点评网站都有评分。

当江子燕盯着那地址，老警察的眼睛同样望着这位清扬婉兮的年轻女人，内心也在暗自感叹。这样的人物，这样的相貌，像洲头县这般的小地方，哪里留得住？

老警察字斟句酌地总结："江小姐，你母亲已经去世很久。"

在老警察的职业生涯中，杀人抢劫都能直接立案，最怕这种亲人间产生的纠葛，清官难断家务事，十有八九最后不了了之。楼月迪去世已经很久了，有些隐秘事只有当事人知道，外人即使追查，更多是根据已知线索做出推理。但，人性通常是经不起推理的。

老警察不理解江子燕的调查方向。如果是财产，楼月迪的所有遗产都写了女儿的名字。如果是复仇，至少应该去从她的父亲那儿调查。

江子燕只让他尽可能多地调查楼月迪，但是楼月迪的人生真是很平凡——没有杀人放火，早年离婚，酗酒后连情夫都留不住。至于她总打孩子，谁家父母不打孩子呢？

他只认为是大城市人无来由的矫情。

"你的那个同父异母的'弟弟'，他之前生了个女儿，据说，今年怀的第二胎还是一个女儿，没你生了儿子有出息。"老警察最后试图用这种消息安慰她，他确实也是做了调查。

江子燕简直哭笑不得，只能盯着小燕餐厅发呆。

辞别老警察，江子燕在洲头县旅游局修的海岸玻璃匝道旁边散步，找到了何绍礼和何智尧。

已经临近傍晚，远处的夕阳是凝固的橘色蛋黄，顺着平滑的海面，一点点把那余晖浇进人的瞳孔里。海、晚霞、沙吞石岩，都带着股大自然独特的壮丽感。

何智尧把凉鞋脱了，他满头大汗，在沙滩上团团转，辛勤地捡着小贝壳。

何绍礼则蹲在沙里，陪儿子无聊地捏沙塔。他高挺的鼻尖被晒出点汗，眼睛因为海水反光而略微眯起来，透着股闲散英气劲。

江子燕的目光停在两人身上，一时之间，只听到浪声和其他游客远远传来的嬉笑声。

何绍礼回头，看到她整张脸都被围巾裹着。乘鸾女子，只露出那双清丽的眸子，他拍拍手上的沙子，笑着走过去。

听完江子燕转述的话后，他的笑容不由更深了点。

"可以可以。等明天白天，我们去那家小燕餐厅参观一下。"

江子燕微微蹙眉："明天才去吗？"

洲头县很小，开车三十分钟，就能从南到北转一圈。为什么要等那么久？实际上，她已经有些沉不住气了。

何绍礼把他的理由解释了下："暑假游客多，晚上也是海鲜餐厅的营业高峰，我们贸然找上门，如果闹得不愉快，让那厨子做不成生意，所谓夜长梦多，不知道有没有变故。咱俩如今都算外乡人，强龙不压地头蛇。我是无所谓，但胖子跟在咱俩身边，会有点危险。你不用着急，真相没长腿，不会跑走。"

江子燕微微汗颜，她考虑这些现实问题，完全没有他心思周密。

他们一时沉默。夕阳沉落，潮水不知疲倦地涌动。

何绍礼眺望着极远处的海平线，淡淡说："你有没有意识到，她自从嫁人后，这一辈子几乎都没有离开过这个岛。"

江子燕轻声说："她？你是说我妈妈？"

何绍礼点了点头，继续冷声说："她这人自尊心一定非常强，听

378

说，你从小没有和你外祖家联系？"

失忆前的江子燕曾经告诉过何绍礼，小时候，只有奶奶气喘吁吁地走很远的坡路来看过她。不过那时候，江子燕缺少管教，和人说话的时候，眼睛总是盯着地面，保持沉默。

后来奶奶去世，江子燕懵然地没有意识到什么。楼月迪也没有让她去参加葬礼。而楼月迪自己从不提娘家，她年轻时大胆浪荡地私奔，后半辈子却把日子过得循规蹈矩。即使酗酒成瘾，餐馆的生意到后期逐渐清闲，但她依旧勉力地维持着两个餐馆的营业。

楼月迪后半辈子极少数的几次外出，每次都是为了找寻女儿。江子燕就是她脖子上挂着的，最耻辱沉重也是最光辉荣耀的奖章。当然，也是楼月迪戴着的唯一的一块奖章。

江子燕神情带着迷茫又有微微的讥嘲，她问："你说，我那个妈还爱我那个爸吗？"

何绍礼摸了摸鼻子，他反问："你想去看你爸吗？"

江子燕老老实实地说："不太想去。就算我真要去看他，也不会带你，因为我要在他面前哭穷，看能不能争点财产回来。带你去就露馅儿啦！"

何绍礼不由弯起眼睛，目光扫过了她秀丽的面孔。随后，他很正经地说："那你记得带上胖子。听说洲头县要拆迁，他们又没生儿子，不如把胖子过继给他们，当个拆二代。"

江子燕忍不住笑了："我肯定先把你卖了，再卖我儿子！"

说完这句话后，她突然伸手摸了摸他的脸颊，动作十分轻柔。

何绍礼逆着光，模糊成一个轮廓分明的沉静影子，但他湛然的双眼，依旧没有任何躲避地直对上她的目光。

"你听过一个冷笑话吗？"她的手停留在他的肩头。

何绍礼怔住，江子燕轻声继续说："有一天，老师问小明，如果你以后失恋了怎么办？小明说，我失恋后就回到我媳妇身边。老师说，滚出去……"她自己笑了一笑，"我一定是在我妈这里，体会到

379

了失恋的痛苦，然后呢，转头赶紧找到你。"

何绍礼听了并不愠怒，他目光一转，看到何智尧已经拿着小铲子，越挖贝壳离他们越远了。

何绍礼把她从干净的玻璃台阶抱到沙滩上，等江子燕在柔软沙滩上站稳，就被他搂着，两人往何智尧刨沙坑的方向，深深浅浅地追过去。江子燕一直紧紧依偎着他。

那句话并不是笑话，她在这个冷酷的世界里，曾经只找到了他。

他们找的是大海近处的一家小餐厅吃晚饭。

何智尧不太爱吃海鲜，何绍礼和江子燕点了洲头县的特产泡饭、肉鲳鱼鲞拼盘和青菜。

何绍礼和江子燕低声聊天，没怎么吃。何小朋友全程表情都难以形容，但还是慢吞吞地吃了半碗泡饭。

"齁咸的。"他最后评价说。

何绍礼吃完饭，自己去酒店的泳池游泳，江子燕留在房间里陪着何智尧看数学。指导孩子的过程中，她尽力控制着自己的语速，不去说"你听懂了吗"，转而更温和地说"我讲得明白吗"。

出来旅游，江子燕只捉到何智尧看了十五分钟的书，宾主尽欢，完成今天的学习任务，可以无畏地记录在《暑假宝宝行程手册》里。

读完书后的母子二人趴在阳台上往外看。房间的落地窗正对着码头和海岸，夜幕深沉，岸边依次渐排列开的灯光，夏日海岛风情，令人流连忘返。

江子燕穿着薄裙站在阳台，裙摆扑打着小腿。何智尧深深地嗅着远处飘来的烧烤味，他靠在她的腿上，好奇地问他们现在住在什么地方。

"我们现在是在妈妈老家呀。"她低声回答。

何智尧哦了声，他不无失望地说："哎呀妈呀，我以为你从月亮上来的呢。"

江子燕纵然心情沉重，一瞬间确实有点飘飘然。这孩子的嘴真是太甜了，以后叫她如何舍得卖给别人。

江子燕亲了亲他的面孔，虽然已经洗了澡，孩子的脸蛋还是带些咸味，不知道是因为下午的海水还是此刻吹着腥咸的海风。

如今，她不算喜欢大海，但也不太讨厌。

江子燕搂着充满海味的何智尧，分神几秒，如果楼月迪此刻还活着，她应该跟楼月迪说一些什么。

"打我让你的人生更轻松了吗？""你很想把我留在身边吗？""是我害死你第二个孩子吗？""你恨我吗？""你能原谅我吗？"或者应该释怀地介绍，"这是我的儿子，这是我的家庭"。

也许，江子燕只想问一个最无聊的问题：

"你是不是从来没让我做过家务呢，妈妈？"

江子燕在灯光下搭着何智尧的手，指节雪白，除了天生骨骼略微粗大，毫无瑕疵。

手，是女人的第二张脸。

那是一双自小就保护得很好的手，没有接触过任何污水、滚油和粗重活，就像城里娇生惯养的女孩子，只适合戴戒指和捧花。除了写字处有薄薄的笔茧，虎口和整个掌心都洁净柔软。

有时候做爱，何绍礼都不舍得让她拆套。

楼月迪开了多年餐馆，开餐馆一直都是辛苦活，起早贪黑，所有的事情都要管。最困难的时候，楼月迪兼职厨师、服务员和收银，支撑全部的生计。即使如此，她也没有让女儿帮过忙。不然，街坊邻居也不会夸楼月迪爱女如命。

江子燕从小到大都没有做过任何粗重家务，她在家里，只需要做两件事：学习以及挨打。母爱于她就像寂静处的鸩酒，留给自己满身的伤疤，完整的脸和手，以及一颗极度破碎的心。

"妈妈呀。"江子燕还是笑着，但觉得有些疲惫。

等何绍礼回来后，房间只留着夜灯。江子燕抱着何智尧，两个人都像打完针后的白猫一样，蜷在床上安静地睡着了。

何绍礼边擦干头发边凝视他们，把何智尧往边上踹开点，将江子燕揽到自己怀里。

第二天等何绍礼再睁眼，枕边和胳膊里只剩一个胖乎乎的小孩。江子燕已经独自在海岸边散完步，吃完大堂自助早餐，神清气爽地回来了。

"怎么不叫醒我？"他穿着衣服，有些不快地说。

江子燕挑眉说："咦，你好不容易能在夜里闲下来，我得让你多休息一会儿呀。"

何绍礼凝视着她的脸，不由慢慢地笑了。他刚要反驳什么，江子燕就先投降："别闹啦，今天早上，你得先陪我去几家医院。"

江子燕确实很早醒来，在这对父子酣然睡觉时，她对着清晨平静的大海静思良久。

大多数孕妇在知晓怀孕后，都会检查一遍自己的身体和胎儿基础状况。尤其楼月迪这种多年酗酒的中年人怀孕，妊娠期间的风险是极高的。老警察查过楼月迪的病例，在她名下登记的病例里，洲头县医院只简略记录最终流产了一个男胎。除此之外，楼月迪在妊娠期间没有接受过任何产检。

江子燕不相信以自己以前的缜密心思，会忽略这种常规的事。她反复地想着那句"我不会生下酒醉后的弱智儿"，心里把各个最坏的可能猜测一遍。是自己决意打掉楼月迪的孩子，还是母女之间变态的博弈，她恶意地想让楼月迪把可能有缺陷的孩子生下来？或者，楼月迪本身又有什么想法？

清晨的时候，江子燕坐在酒店大厅，根据县政府公开信息网和省卫生局记录，把洲头县的大大小小医院、诊所的地址写下来。她上午打算把县里大大小小二十多家诊所，都跑一个遍。

总而言之，看能否追踪到产检报告，才能进行更多的判断。

何绍礼刮着青青的胡子，突然问："你有没有试着用自己的名字，去县医院查病例？"何绍礼用毛巾擦干下巴，解释着，"楼月迪脸皮薄，做产检可能不愿意用自己的名字挂号，就用了你的名字。"

江子燕手一松，何智尧像朵大荷花一样，冉冉地软倒在床单上。

她愣怔片刻，回过神来，迅速想往外走。

何绍礼适时拦住她，笑着说："江学姐，你不能总是睡完男人就跑啊，现在不到九点，你等这个胖子吃完早饭，我们一起去。"

何小朋友坐在餐厅里吸着奶的时候，扭扭歪歪地表示，不想跟着父母出去玩成年人侦探游戏。

外面天气实在湿热，医院听起来就不是能自由撒欢的地方，他更想去海边淘沙子。

江子燕试着用甜言蜜语这招打动儿子的心："尧宝，妈妈每一秒钟都离不开你呀。"

话音落地，何智尧小脸一冷，反问："既然离不开我，为什么你之前天天送我去幼儿园？"

何绍礼在旁边笑到不行，她无话可回，讪讪地闭上嘴。

机缘巧合，有个小学生夏令营在酒店门口集合，去参观洲头县新建成的海洋博物馆。何绍礼找领队老师问了问情况，补交了费用后，就把这个不大不小的麻烦外包出去。

何智尧因为暂时告别父母而眼泪汪汪，身体已经快速地追上其他小朋友，跟进空调大巴。他半点也不怕生，很愿意饶有兴趣地看待世界。

江子燕望着他的小身影，直到何绍礼握住她的手。

"走吧。"何绍礼出酒店时再次戴上那渔夫帽，不伦不类地遮着他的脸。看江子燕笑了，他自己也说，"洲头县女婿就要入乡随俗。"

他们来到不大的县医院查病人档案。

出乎意料，"江子燕"这个名下也没有任何记录。江子燕没有犹豫，轻声说出另一个名字。果然，护士就把"江燕"的病历调档出来。

根据报告显示，"江燕"第一次检查时，胎儿的基础数据在正常范围，唯独产妇的身体过于虚弱，心肺、血糖值等基础数据极度糟糕。

前两次产检报告结果很相似，胎儿数据稳定，"江燕"身体依旧不见好转。第三次检查是在孕20周，这种时候开始排查胎儿畸形，即使不想要孩子，也只能进行引产。但，第三次报告结果已经不翼而飞，只匆匆记了日期。

四天后，楼月迪的羊水在家里破了，她被送到医院时，下面已经开了三公分，胎儿没有保住。

江子燕握着复印后的报告，依旧觉得迷雾重重。

何绍礼倒是不奇怪，这种偏僻小地方的医院没有详细的存档习惯，管理松散。有时候找找医院熟人，就能随意抽走和抹清病例痕迹。

他在旁边，继续耐心地帮她出主意："再让人打听她有什么朋友，查查你外祖家，还有那些经常来餐厅吃饭的老顾客。当时的街坊邻居还在吧，问问都怎么说——"

江子燕让自己冷静下来，她在脑海里把很多线索推理了一遍。随后拿起手机，回拨那名老警察的电话。

她直接问："您是怎么查出，我曾经为母亲买过不少孕妇补品？"

楼月迪自己开的餐厅，一般会从固定的渔民那里进海产和蔬菜，但餐厅本身档次不高，进的食材都是比较便宜和大众的平庸货色。唯独那段时间，小燕餐厅一反常态，大量购买花胶、瑶柱、海参等顶级价位的海珍。明眼人一看，都知道是给孕妇或病人的进补品。

江子燕揪着这个细节不放，蹙眉说："大量，多大量？有具体数字吗？麻烦您再去帮我查查，我当初买这些补品还留有进货单吗？我一共花了多少钱？"

放下电话，何绍礼见她脸色苍白，问："有什么问题？"他玩味

384

地说，"你不会怀疑，你在补品里骗她吃了什么吧？"

江子燕只是捏了捏他的手。她并不是特别爱胡思乱想的人，但楼月迪身上仿佛有什么隐藏的魔力，会勾起她最糟糕阴暗的思维。脑海里，江子燕已经把她所能对楼月迪做过最坏的事情，排着队揣度了一遍。

何绍礼厌恶楼月迪。每次提到这个女人，江子燕眼睛里的那份死寂感从来不美丽。他委婉地重新提出抱怨："你一定要把这件事查明白吗？"

他们母校U大的校训，是"祝真理，祝自由，祝正义"。代表正义的女神忒弥斯，一手执天秤，一手拿着宝剑，她的双眼却永远都被一层白布蒙着。因为，她的终身职责只是判决，不应该是睁开双眼被世间的感情蛊惑。

何绍礼却觉得楼月迪已经超越对或错的范畴，她的存在，好像对所有人都是一场噩梦。

除了一个人。

楼月迪曾经的情人，如今重开小燕餐厅的厨子。

他们站在小燕餐厅门口，头顶艳阳高照，餐厅已经开业。

洲头县的人家，都用亮晶晶的瓷砖和玻璃瓦装饰墙面，房型窄而高，都建有三四层。小燕餐厅的墙面却有一条黑焦色，证明曾经发生过火灾。

整条老街被规划成小吃街，何绍礼停车后，顺手在旁边的店里买了袋番薯皇夹，逼着江子燕也尝。她没什么心情，但到底就着他的手吃了一口，却始终没法抬起脚步，走进这家小燕餐厅。

最后，江子燕选择推了何绍礼一把，命令他："绍礼，你进去，把他给我叫出来。"

何绍礼无奈地摸了摸鼻子，只好走进去。

江子燕站在对角，没等一会儿，何绍礼便和一个年轻人从店里走了出来。

对方剃着光头，短粗的脖子上带着一条金光闪闪的粗金链子，五官有些油腻。他见到江子燕，第一句话是："燕儿，你终于回来了。"

江子燕还没回答，何绍礼先皱皱眉。

他早把头上那顶草帽摘了，很客气地说："我们仨去旁边的咖啡馆聊一聊？"

曾经的红鼻头厨子，如今小燕餐厅的老板，感受到眼前高大英俊的年轻人的敌意，连忙说："不用，就进咱们店说话吧。进来进来，我刚装了空调。"他还在打量着江子燕，嘴上连连说，"楼阿姨去世，我都不知道……"

江子燕突然露出了离开县医院后第一个淡淡的笑容，她轻声截断他："怎么，你还有别的陪你上床的阿姨？"

何绍礼和对方须臾色变。

何绍礼咳嗽一声，开始很专注地盯着地面，却忍不住又抬手摸了摸鼻子。厨子的脸色异常难看，他目光闪躲，终于收起假熟的姿态，手足无措起来。

江子燕知道他姓赵，叫赵庆丰，不太有特色的名字。她淡淡地说："我们就站在门口说几句话吧。我妈当初怀孕，你又在干什么？"

赵庆丰的脸红一阵白一阵，讷讷开口："我在上课。她、她临走让我好好学本事，不要分心，我想等学完后，再回来，帮她看店。真的，我当时和谁也没联系，真的！"

江子燕的笑容更深了点，因为他荒唐又信誓旦旦的借口。

她瞬间想夸赞"看来你学得很刻苦呀，你那个厨子培训学校，看起来比考博士都忙呢"。触到何绍礼不赞同的目光，江子燕只轻声说："我妈帮你还清所有赌债，花钱供你上了那学校，但她最需要你的时候，你不在。她临死的时候，你也不在。"

江子燕声音很低，每句话都带着用青斧割着寒毛的冷感。

386

赵庆丰一句话都没反驳，他当然知道自己的借口多么站不住脚。面对已亡人的女儿，赵庆丰垂首，灰头土脸地站在灿烂阳光里，面容是不掩饰的内疚不安。

　　江子燕望着和她岁数差不多大的男人，干脆地问："你没什么话想跟我说吗？"

　　沉默片刻，赵庆丰抬起头，这个金链男居然眼圈红了，他擤着鼻子，瓮声说："我这辈子，再也遇不到像你妈对我这么好的女人了！"

　　江子燕忍不住笑了。

　　她站在夏日海岛街头上，挥起手，重重地抽了他一记耳光。

　　赵庆丰闷哼一声，何绍礼则立刻把江子燕拉到身后护住。

　　尽管场合很不对，但何绍礼瞬间苦笑一声。他在来洲头县前，就隐约想到过，可能会发生这样的情况，却想不到这么快发生。两句话都没说完，江子燕情绪上来，曾经那股子狠劲和邪性毕露无疑。

　　她恢复了冷漠的神色，说："忍着。这一耳光，我是替我妈还你的。"

　　赵庆丰惊怒不定地站在原地，但他没捂脸，也没还手，居然像是对这个耳光完全不意外。过了会儿，赵庆丰先避开江子燕的目光，只阴沉地抬头看着何绍礼，意味深长地说："你娶了江燕，真有勇气。我希望你俩百年好合。"

　　何绍礼眼神微冷，嘴上笑着说："百年怎么够呢？"

　　江子燕不耐烦听他们打嘴仗，她直接问："你现在回洲头县想干什么？"

　　赵庆丰刚刚被江子燕甩了一耳光后，仿佛也无畏了，露出几分在社会上混过的痞气感，他闷声说："回来开店。"

　　江子燕冷淡地说："你开什么店不好，非要盘下我妈以前的餐馆。"她看着那招牌上红色字体的小燕餐厅，只觉得说不出的刺眼，"你别跟我说，你是为了纪念她。"

　　赵庆丰脸色更沉，他并不知道江子燕失忆的事，却清楚楼月迪去世时，江子燕同样没有在场。

"我是对你妈妈不好，我也知道我自己是一个畜生，所以你打我，我认了。"赵庆丰咬牙切齿地说，"但燕儿，你不孝！"

楼月迪对江子燕好吗？以前的江子燕觉得，她只是母亲发泄情绪的工具，在母亲身边，每一天，每一秒都痛苦煎熬，根本没有任何自我可言。

楼月迪先成为一个受伤者，再成为虐待者，再后来又通过自虐逼着她妥协。

但外人赵庆丰看来，江子燕却是一只忘恩负义的乌鸦。每一次江子燕被捉回家，楼月迪即使喝得再醉，都会亲自为女儿做三餐，准备热水、睡衣和拖鞋，早晚甚至会连牙膏都主动挤在她的牙刷上。

只可惜，那个漂亮却冷清得过分的女儿总是躲着她，即使偶尔说话，最多的也是轻声说"不"。

楼月迪当时无数次强调，只要女儿肯留在洲头县，好好嫁人，她别无他求。但江子燕永远在拒绝："你不要为我做这些，我根本没有让你这么做。如果我满足不了你的要求，你会再对我生气。我不会留在这里。"

楼月迪闻所不闻，依旧兢兢业业地照做那些小事。

赵庆丰很厌恶江子燕，但是更怕她，他曾经有一次半夜赌输，回来拿钱，偷了老板娘的女儿放在桌上的新款手机。他刚把手机藏在兜里，若无其事地要出门，江子燕飘然下楼来取吹风机，看也没看他，柔声说了一句："你想明天被车撞死的时候，兜里还留着我的手机吗？"

赵庆丰满脑门都是湿漉漉的汗意。

楼月迪为他买的高配越野车，导航器、倒车雷达和报警锁经常无故失灵，每每送到4S店修，花十几天费力修好，一送回来就再出新的问题。后来，他默默地把手机放回原位，只要江子燕在家，他依旧不敢把车停在距离店的一公里之内。

388

谁知道那女孩的心肠多狠毒啊！

意外的是，楼月迪和赵庆丰相处得很好。老板娘每天都喝得醉醺醺的，对员工却很温柔。他欠了赌债，她帮他还；他说想去厨师学校，她直接帮他交了钱；他想上床，她陪他睡觉。

赵庆丰原本没动真心，觉得楼月迪是一个冤大头，即使知道她怀孕的消息，也装聋作哑。但在外摸爬滚打几年，尝遍人情冷暖，他蓦然发现，再也找不到对自己这么好的女人。

午夜梦回的时候，赵庆丰发现他想念楼月迪。等多年后他偷偷回来，才知道楼月迪已经去世。他自此戒了赌，痛定思痛，重新盘下这家小燕餐厅。

赵庆丰盯着地面，讷讷地说："这'小燕餐厅'，我也给你留了一半股份，你也算老板娘。你将来在大城市混不下去了，永远都可以回到我这里。"

何绍礼在旁边终于收起笑容，这话谁敢对他何公子说？他阴沉地说："你信不信，我今晚就能让你小子的店关门？"

赵庆丰略微抬起眼睛，再看看江子燕，认真地说："燕儿，我把你妈的骨灰，接到店里了。"

何绍礼刚想拒绝，江子燕就在身后开口说："看她的骨灰就不必了。"顿了顿，她说，"我们中午饭在你这里吃吧。"

何绍礼被江子燕硬拽着，轻声哄着，他异常不快地陪着江子燕，重新坐进这家半新的小燕餐厅。

这个赵庆丰，并不是一名能让人产生好感的男人。岁数不大，品格带些浮夸，连那仅存的一丝真诚都有点像演出来的。何绍礼目光如炬，他异常后悔同意让江子燕来到洲头县。楼月迪行事已经让人齿冷，但总归是江子燕的母亲。遇到赵庆丰这种烂人又是何必？

一坐下，江子燕就把菜单递给他，说："让我们尝尝老板的手艺吧。"

何绍礼淡淡地盯了她片刻，又抬头扫了眼赵庆丰。他一言不发，开始研究起菜单，准备拣最贵最难做的海鲜。

赵庆丰回过味来，对这种公然吃白食的行为，并不能多说一句话。

何绍礼低头点菜的工夫，江子燕玩着手机，再环视着四周。

小燕餐厅的装饰都返修过，地面和墙面很干净，铺着白色瓷砖。供着常见的招财金蟾，收银台里坐着两位三十多岁的女人，大概是服务员和收银员，正好奇地盯着英气勃勃的何绍礼。

江子燕的目光重新落回赵庆丰的脸上，还没等再仔细打量他几眼，对方已经搓着脖子上的金链子，嘟囔说看看后面有什么最好的食材，然后赶紧溜走了。

身边无旁人后，何绍礼盯着菜单，语气终于有些无奈："子燕姐，你还敢来这家吃？你不怕这小子在菜里放毒？"

江子燕其实不敢看楼月迪的骨灰，但不肯立刻走，随便找了个借口又留下。她沉吟片刻，理所当然地说："哦，待会儿上菜，你先吃好了。"

何绍礼不由怔住："你让我先吃？"他似笑非笑地反问，把菜单扔在桌上。

他清晨的胡子刮得并不干净，仔细看是有整齐的青色阴影。他心情不快抿嘴的时候，脸颊上的酒窝和胡茬儿都会深陷下去。

江子燕点点头说："你是走霸道总裁风格，到时候吃一口说不合心意，可以拉着我转身就走，他不敢说什么。但换了我这么做，就显得不怎么淑女。"

看何绍礼哑然，她忍不住微微笑了："逗你玩的，我怎么舍得？我刚才又给那老警察发了短信，把他邀请到这家店里一起吃免费午餐。有他在，赵庆丰不敢做什么。"

江子燕对世事略微鲁莽冒失，但谁真的想跟她比应变甚至是恶意程度，好像又有点班门弄斧。

何绍礼面无表情，重新把菜单拿起来，继续端详。自己家的老婆喜欢玩火，还明摆着把他当枪用，他能有什么办法？他什么办法也没有。

"你开心就好。"何绍礼无所谓地说，"你想吃鱼吗，清蒸鲈鱼？"

等老警察赶来后，果然也上下打量了一圈赵庆丰。

洲头县地方不大，赵庆丰做生意，对任何挂公职或曾经挂过的人都有些敬畏，只觉流日不利，不得不面对一桌子的瘟神。但他确实有几分乖觉，亲手做了两道海鲜，其他时间都陪坐，有菜上来，闷头先吃一口，也不怪当初他能哄得楼月迪开心。

江子燕坐在小燕餐厅——曾经的家，回忆里总是很糟糕的故乡。楼月迪的骨灰近在隔壁，她以为多少会感觉心理不适，但实际上，也就平淡无奇地吃完了这顿午饭。

老警察席间观察着江子燕，看她那神情就像不在乎赵庆丰的存在一般，于是把刚得来的货单递给她。

江子燕一转手，把那些海珍名目递给赵庆丰："这上面有什么不适合孕妇吃的东西？"

赵庆丰到底是厨师出身，他对食材尤其海货的了解比普通人丰富很多，很仔细地看了一眼，肯定地说全部是性温的滋补品。

"购买数量太多。你看看，当初买了多少东西，一个孕妇，怎么能吃掉这么多补品？"老警察点出疑点。

老警察原本有一搭没一搭地调查，直到被江子燕提醒，看到这张进货单，觉得整件事有意思起来。小燕餐厅在楼月迪怀孕期间，前前后后，进了将近十万的滋补品。

江子燕却淡淡地说："哦，谁说就我妈一个人吃这些？"

老警察一愣，江子燕再笑着解释："我猜，我妈当时也逼着我和她一起吃这些补品。"

老警察脑子没转过弯，疑惑地问："为什么要逼你也吃？你当时又没怀孕。"

江子燕沉默片刻："我当时确实怀孕了。不过，我妈逼我做任何事情，都不需要理由。她的话就是全部的理由。"

赵庆丰皱眉，忍不住插口："你别这么说她……"

江子燕笑着说："你觉得，我妈对我这个女儿很好，是不是？你还觉得，我以前只要对我妈态度好一点，她就很开心，我只要对我妈坏一点，她就完全受不了？你觉得，她的要求已经这么低，我为什么总不能乖乖听她话，是不是？"

赵庆丰没说话。江子燕失忆后对他的态度，和曾经惊人地相同——也不是鄙夷，但就是忽视，偶尔说几句话，根本让人接不下来。

江子燕继续笑着，忽而一指何绍礼："你看到我男人了吗？他的性格算够能忍了吧。但你知道我刚回来，他晾了我多久吗？这世界上，真的没人能做到二十四小时都哄着别人呀。"

江子燕不了解母亲，但她很了解自己的脾气。失忆后的江子燕，即使嘴上笑，内心永远和人隔着层距离，说任何客套话都非常顺口，因为她根本不在乎。

以前的江子燕，却连这层伪善也没有，她不会。没人能比父母更容易击溃一个人。

楼月迪曾经深深伤害过江子燕，给予的补偿又太过肤浅。她好像很爱女儿，却又总是很难体会任何界限感，行为控制能力差。无论楼月迪当初想不想要腹中婴儿，一定是想方设法地逼女儿承受相同的境遇，无论是好的，还是坏的。

这样一对母女，居然凑到一起，也不知道谁更可怜。

江子燕脑海里，没前没后地突然冒出句何智尧表演过的莎士比亚的台词："禽兽尚有一丝怜悯之心，我没有，所以我不是禽兽。"她突然扑哧一声笑了出来。

她素来的模样都冷清自制，刚才吃饭的时候不紧不慢。但她此刻的模样，大概带点疯癫了。

老警察、何绍礼和赵庆丰都颇为诧异地盯着她看，空气仿佛凝固，江子燕微微自嘲地摇了摇头，她索性再问赵庆丰："你还有我妈的照片吗？"

赵庆丰连忙点了点头，他仿佛松了一口气，没一会儿就从房间里拿出来楼月迪的遗照，递给她。

江子燕看了一眼，递回去的动作快得像丢开点燃的炮仗。

挨着她的老警察和何绍礼，甚至都没看清照片上的人。

等再坐下后，江子燕对老警察说："我妈这件事，到此为止吧，别查了。"她语意平静，缓缓地说，"您说得对，亲人的事，大多不了了之。我和我妈，就到此为止吧。"

她的态度迅速转变，连何绍礼都忍不住多看一眼。

江子燕的手在桌面下无声捏紧，忽而觉得，在此处多坐一秒，竟都如坐针毡。

快步走出餐厅，炎热的海岛午后，空气是咸湿的松果味道，情绪真相都会失去轮廓。

江子燕突然用手捂住脸，在阳光下，眼皮后是毛细血管晕染后的血红色。她莫名地就哭了。

她不该去见回忆里的人，方才遗照上的楼月迪，苍白憔悴，下半张脸脸形和自己相同，但目光刻毒尖锐。遗照上的女人，和总出现在她梦里那个有温和的双眼的中年女人，根本是不同的两张面孔。

最初，是存在于江子燕臆想中那双温和的眼睛，才让她怀着微薄的希望，一路追寻到洲头县。如今脑海里的人脸是假的，温情从未存在，楼月迪根本变得什么都不是，母亲的存在，最终只会像小腿上那个狰狞的伤疤，代表着过去惨痛经历的符号。

她这眼泪很快就止住了。当何绍礼追上她，江子燕回头再定定地看了眼写着小燕餐厅四个字的招牌。

餐厅如今易主，正如楼月迪对失忆后的江子燕的微薄影响，也应该仅剩于此。虽然留有那么多谜团和疑惑，但江子燕从来不是心软的女人，她不允许那些已经逝去的人和回忆再来伤害自己。不如，就让

393

这一切依旧残留在洲头小岛上。

"我们走吧。"

这就是江子燕最后一次，义无反顾地，从这里逃开。

他们在洲头县仅仅又住了半天。

何智尧大概因为两天没怎么吃绿色蔬菜，他小小的左唇角，起了一个红色的水泡。何绍礼倒是每顿都吃菜了，但在右唇角起了一个更大的水泡。

当江子燕主动提出从洲头县离开时，父子两人齐齐点头。

何智尧觉得大海看久了，也就一般般吧，主要是不能钓鱼。还有天气太热了，他兴致勃勃地更想去下一站旅游地玩。

何绍礼则是看洲头县什么都不顺眼，包括自己的儿子，感觉更丑了。

他倒是第无数遍地问江子燕："你真的不想再查她了？"

江子燕正借用何绍礼的笔记本电脑，写一篇新的稿件。苹果公司一般在9月会发布本年度的新品，从暑假开始就成为聚焦热点。她随手写了一篇分析文章，凑这个月的KPI。

她换不换工作，另说。至少本月奖金没人嫌多。

"不查了。"江子燕就这么回答，她是很坚决的个性，自嘲的时候，语气依旧轻柔，"你听过一个网络热词吗？叫'岁月静好爱好者'。我打算朝这个方向，多努力一下。"

何绍礼工作之余，也在不停进行知识充电，但他最近所知道的那些热词和新词，几乎全部来自江子燕和何智尧。

他笑着说："岁月静好？这词听起来不错。不过，你是怎么突然想开的？"

江子燕微微抿唇，只含糊地敷衍他："你不会懂啦。"

江子燕没有失忆前，活得过分艰难，但苦难没有教会她真正的东西。是那些怨恨、不甘和愤怒等强烈的情感驱动她向前走，并养成了她过分狂妄偏激的性格。现在，上天又给了自己一次机会，她索性继续厚着脸皮，不回首任何过去，继续向前吧。

据说，厚脸皮和高要求是成功人士的必备条件。

何绍礼回程订的红眼航班，是在半夜。

他们开着车，从架在滩涂上的高速公路，一路平稳驶出洲头县。与白天的辽阔感不同，夜晚的公路起着海雾，远处的远光灯一闪一闪的，都像猫眼一样睁着。桥下面的波浪依旧扑打着，再远处好像是水厂养殖的桅杆，隐约亮着灯。

无功而返的旅途，匆匆而走的故乡，江子燕知道的真相已经比来程更多，谜团还差几步没有解开，但突然间，她就没了心情。

何绍礼突然在前方开口："这像不像我接你回国那一天的晚上？"

江子燕正在后面座位上抱着何智尧，孩子沉重的头贴着她的胳膊，母子二人正同样心不在焉地望着窗外，握着冰奶茶。

她回过神来，仿佛觉得何绍礼此刻的口气和平常有些不同。

"哦，像吗？哪里像？"江子燕随口问。

"感觉有一些像。"何绍礼只简单说，并不多解释。

他继续开车，嘴角有自顾自的一丝笑，却很浅："子燕姐，你说，我回国后总是在晾着你？"

江子燕还没答话，他就淡淡地接下去："但明明是你也在晾着我。"

江子燕沉默下来。

从什么时候开始，楼月迪一下子就占据她全部的思绪。她都有点忘记最初回来的理由。哦，最初回来是因为儿子，她开始只想着何智尧。后来七七八八，江子燕要承认，她对何绍礼的用心程度并不够。

母亲和家乡，是一笔算不清的乱账，儿子总有一日会长大，以后陪她时日最多，甚至到白首的，也许就是眼前的青年。

但比起何绍礼对此事的万分确信，江子燕知道，自己依旧不能对他交付全部的身心。她总是习惯性地笑着，遇到关键的问题立刻转移话题逃开，基本不会和他讨论这些。

到机场要去自助机器换票。

何智尧突然间想起来，最喜欢的那本涂卡童话书，因为匆匆离去，不慎被落在酒店大堂的座位上。而何绍礼在旁边提着行李，他的胳膊一个没夹稳，备用手机掉在地面，钢化玻璃居然全碎了。

手残的父子俩沉默地坐在候机室一隅。一个正注视着碎屏，一个不死心地继续翻小书包，身上散发出相同的怨气，似乎能冲破整个宇宙。

唯一可以安慰他们的女人就坐在对面，毫无同情心地发呆。

江子燕自己刚从机场零售部买了包小咸鱼酥，边想心事边慢慢地吃完，甚至还找出湿巾纸仔细地擦了下手。她再抬头的时候，看见他俩居然正死瞪着自己。

"怎么了？"她一怔。

何绍礼此刻的目光幽深，江子燕不太能直视，于是先问儿子："尧宝，我这里还有一点点，你要不要尝一口？"

她刚才分明问他们要不要吃，没人理睬。

何智尧便很悲愤地爆发了："姐姐，你咋天天就知道吃呢？"

何绍礼低头看了一眼他的手机壁纸，上面江子燕的脸，已经随着玻璃碎成渣渣，他也冷淡地接腔："她脑子已经摔坏了。"

江子燕默然无语，顺手拆了最后一包小咸鱼酥。零食袋子很小，她细嚼慢咽，两口就完事。何智尧在号叫后依旧没有得到母亲的关怀，眼看小咸鱼酥还被吃完了，嘴上的泡都气得抖了两下。

何绍礼在旁边，冷言冷语地继续说："有这种姐姐，真是岂有此理！胖子，以后咱俩换个新的姐姐吧。"

何智尧正处于悲愤欲狂的边缘，刚想躺在地上挺尸，但听了爸爸这话，立马害怕了，托马斯旋转般地尿了。他打直了膝盖，轻声地说："这，还是不要换了吧，我就喜欢现在这个。"

何绍礼还没觉得他自己这问句多孩子气，反而认为儿子非常没出息。随后，何绍礼板着俊脸，问了一个更幼稚无聊的问题："我和你妈妈，你最爱谁？"

这问题对一个正热爱宇宙万物的宝宝来说，实在是太艰涩。

何智尧气若游丝地啊了声，求助般地看着江子燕。但江子燕也对这个问题很感兴趣，什么话也没说，等着他的回答。何小朋友被这两双同样卓绝清亮的眼睛盯着，就像被剩在菜篮子里的最后一个孤零零的大橙子，滴溜溜地滚着。

半晌，何智尧终于下定了决心："我最爱爸爸。"

何绍礼不说话了。

江子燕很明显地感觉到，何绍礼整个儿人都开心起来，瞬间，他的侧脸仿佛都烁烁发光似的，长舒一口气，笑起来。

她一时间，心头竟也微微热了，让何绍礼高兴，其实是很简单的事情。

何智尧已经殷勤地跑过来，把小胖手放在江子燕的膝盖上，语重心长地继续说："我最爱爸爸，但我爸爸最爱你，所以……能量转移，妈妈你还是世界上最可爱的人。"

江子燕故意板着脸，还没想好怎么教训眼前这机灵鬼，何智尧就在她的目光中又一次厥了，他怀疑自己的教义不对，立刻改口说："哎，其实，我最爱你。"

"那你刚才为什么说最爱爸爸？"

何智尧已经快被这些磨人的老年妖精弄得愁死了，他支支吾吾又绝望地说："因为，我有点傻。"

三人从洲头县离开，去了旁边的市级旅游城市。

他们在一家很具有南方园林风格的休假型酒店里住下，大人孩子都享受着假期结束最后的悠闲。酒店修得异常秀雅，瘦桥青竹，流水阁楼。在改良园林里，绿木多，繁花少，独门独栋的中式楼，异常清净。

何智尧出来旅游，由何绍礼撑腰，江子燕不再逼着他看书。孩子疯到后期，简直是有点脱缰。《暑假宝宝行程手册》里，只有坦荡荡又诚实无比的一个"玩"字。小胖子白天上天入地的，晚上到酒店几乎倒头就睡，绝不含糊。

江子燕白天有何智尧陪着，但深夜里开始睡不踏实。

酒店床头摆有黑皮的《圣经》，江子燕翻了几页，已经读不下去。当她了解楼月迪越多，大概越说不出"因我所遭遇的是出于你，我就默然不语"之类的安慰。但她明明没有做梦，也没有梦到楼月迪。

大概从离开洲头县后，江子燕又像是阴沟里翻船的人物，沾染上一种颓唐、泄气、逼仄、有点愤世嫉俗的感情，纵然不再对过去好奇，却对未来有些无精打采的。

何绍礼半夜隐约听到咚的一声闷响，江子燕辗转反侧居然滚到床下。他下意识地想伸臂捞，但伸手拽过来，是睡得满脸红光的何智尧。

微光中，何绍礼看到江子燕好像呆呆地在地上坐了一会儿，随后静悄悄走出卧室。再过了一会儿，何绍礼确定何智尧睡熟，便起身走出来。

酒店套间走廊和客厅的灯，里里外外都亮着。

江子燕两分钟内已经冲完澡，正专注地看着酒店电脑屏幕，外放器有很小的广播声。披散着湿发的江子燕显得很年轻，手指纤长苍白，握着白绒绒的长条浴巾，眉眼和胸口的阴影一起深下去，玉面下颌，嘴唇像海棠花未眠般美静。

她如今也是十足的网瘾"老年"，毫无睡意，又不想干躺着听别人酣睡的声音，这个时候，索性投身互联网的信息海洋中。

"你还在写工作稿？"何绍礼问。

江子燕抬起眼睛，看到何绍礼出来，招了招手："我正在看一个直播频道，你要不要也过来一起看？"

她那歪头笑的样子，是美的。

何绍礼眼眸中略微挣扎，最后半点脚步都没动，他继续不赞同地说："已经这么晚了。"

江子燕听出何绍礼言语中仿佛憋了一口气，很明显透露出"你必须来哄我，我才过去"的意思，她笑着说："那就等会儿，我马上回去睡。你先去睡嘛。"

何绍礼追问下去："我还要等多久？"

江子燕瞄了眼进度条，眼前的直播频道是一个本土女企业家TED演讲，十五分钟的演讲，她打开二倍速，仅仅看到了第五分钟。

"可能久一点，嗯，我再看十分钟。"

何绍礼终于走过来，他弯下腰，蹲在她椅子旁沉默地等待。

何绍礼有一双"男友脚"，很长，光脚稳稳地踩着地面，不耐烦地打着拍子。江子燕再盯了会儿视频，终于在身边人无形的压力下，把正在研究的直播平台关了。

"绍礼，"她为难地说。何绍礼隐忍又发闪的眼睛就近在咫尺，目光紧盯着她，江子燕张嘴想说什么，"拜托你呀……"

何绍礼吻上来的时候，她也不知道拜托他什么。

他们见过很多次对方的身体，只有这一次，是在彻底的光亮的地方。

何绍礼掰着江子燕的脸，雨点般地在她唇上很重地落吻，他的舌和他的身体牢牢地占据她。她柔顺地配合着，又留几分清醒打量他。

何绍礼年纪轻，气度不凡，连生气起来都很稳很谦良的样子，仿佛怎么刺都感觉不到痛苦似的。实际上，他对她，有时候态度是很急躁的。江子燕清楚地看到他唇上还有点肿，真是有点傻，像个小伙子。

何绍礼有力地扳着她的脸，动作比往日更肆意强烈。江子燕总怕何智尧会突然睡眼惺忪地推门走出来，一直不敢出声，但上方的男人仿佛起了顽劣性，她颤了下，吻就落得越来越天沉地暗，腰间越撞越乱，越乱又越凌虐。

何绍礼全程也凝视着江子燕，女人光洁的额头已经挂着汗，大腿深处滑而白，膝盖凸起的骨头长硬，身体无意识缠呃推人的感觉，令人舒爽又令人恼怒，定住他下半身的去留。

江子燕最初还能漫不经心地盯着他的脸，突然一下子血气涌动，发出个涣散的气音。

"你轻一点，小声一点，不然就不要做了。"江子燕是认真的，声音即使在床帏之间都有点让人心寒的冷。

"那你跟我闲聊几句，分散我的注意力。"

何绍礼垂着眼眸，睫毛笔直黑密，他咕哝着，表情如同露出野蛮微笑的狮子。

何绍礼的性格，总是探不清虚实，难以分辨他到底是如广阔性格的青年，抑或有内敛脾气的深沉男学生，连江子燕都有些犹豫了，她随口问："绍礼，我以前为什么会那么喜欢你？我有没有对你说过具体原因？"

何绍礼低声笑了，他喜欢这个问题。

"你以前喜欢我，是因为……我家里有钱，我自己有能力，还因为我床上功夫厉害。"他在燕好时完全不怜香惜玉，说话也和白天判若两人，彻底荒唐的语言，"这答案你满意吗，子燕姐？"

江子燕问了那么一句，后面被他的欲望压制到叫苦不迭，何绍礼不再回答。如果说失忆前的江子燕，被何绍礼模棱两可的态度逼着，对兰羽越来越差，那么如今，是他改了点脾气，他开始"勒索"她，只不过，换了方式……

一时间，整个房间都是掠夺和压抑喘息的声音。

最后江子燕又是被何绍礼搓着下巴，从余韵中勉强唤回神来。自己身上一定青了，这个中二病！江子燕模糊地想。

她随口问："我们明天下午就能回家，对不对？"

"对。"

江子燕不知不觉间，越来越多地用到了"家"这个词，得到肯定回答才闭上眼睛，任由何绍礼把她抱回去，随后沉沉地睡过去。

　　早上起床，江子燕醒得比以往略微晚，听到先醒来的父子俩躺在旁边聊闲天。何绍礼有点迟疑地问儿子昨晚睡得好不好，得到肯定答案后，又问他沿途最喜欢哪里。

　　何智尧想了想，居然回答，最喜欢洲头县。

　　何绍礼也不由问："为什么？"

　　何智尧现在的个性，变得有点狡猾，他慢吞吞地说："哥哥，你答应我，咱们今天不要回家，继续在这里玩，我就告诉你原因。"

　　何绍礼看到江子燕已经醒了，他不想再提洲头县，便说："我需要考虑一下。"

　　何小朋友很失望，他定定地直视着何绍礼的双眼："你咋还考虑？还是男人吗？"

　　何绍礼笑着说："你问问你姐姐，我是不是男人。"

　　何智尧比起何绍礼，确实是更害怕江子燕。江子燕现在管他的学习，而且积威太早，无论他对她说中英文还是火星文都不太好糊弄。他小幅度地回头，看到江子燕正无声地瞪着何绍礼，就吭吭着没有说话。

　　退房前，江子燕埋怨何绍礼："你不该让他玩得这么疯，尧宝都无心学习。"

　　阳光下，何绍礼的酒窝很和煦。他低头签着账单，随口说："书嘛，任何时候都可以念，胖子现在才这么大，多出来看看世界也挺好。还记得我七岁那年，我爸妈带我和我姐第一次去梵蒂冈，感觉很震撼。这比看书的效果大。"

　　江子燕蹙眉刚想说话，何绍礼随手戳了一下笔："你要信我。我比你岁数小，比你知道小朋友的心情。"

　　这人在强词夺理。江子燕忍不住望着何绍礼握着笔的手，男人的手势有力，字写得磊落俊逸。

这好像是她第一次看到何绍礼的签名。

何绍礼对自己了若指掌，江子燕从来也只是隔着灯笼般浅浅打量何绍礼，对他的生活、过去和童年从没细问过。

最初只是直觉般喜欢他的脸、他的脾性，后来乃至他的品质里包含的一切，江子燕都觉得优秀。她非常希望，何绍礼对她多少怀有感情，因为如果他爱她，就不会让她的过去显得那么愚蠢又孤独。

问题是，失忆后的江子燕真的没期望过，这份感情居然会有如此强烈的回应。

何绍礼勒索人的方式，比她柔和也比她内敛，但他的性格同样有毫无怜悯的方面。他能对着破碎的人认真地说，他要对方展示出全部的诚意感情，奉献出全部的心，不然，大家谁都别想好过。

江子燕挽住他的胳膊，轻声说："你小的时候就去过梵蒂冈啊，路上跟我好好讲一讲吧。"

何绍礼点头答应。

江子燕又没话找话："我很喜欢《圣经·旧约》，我当初学英语其实是靠背《圣经》练出来的。对了，我以前是不是不信任何宗教？"

何绍礼看了她一眼，就又没说话。

"唉，我不是跟你打听过去。"江子燕看穿何绍礼的心思，一面这样说，一面忍不住心内苦笑。

没想到，这么快就不能在何绍礼面前提他们的以前。

坐在从洲头县离开的飞机上，何绍礼就很明确地告诉她，他不会再在和失忆后的江子燕分享两人的回忆，宁愿把它当作他私人珍藏的东西。她可以忘记他俩的过去，但必须赔给他一个崭新、更好的未来。

除非她把所有过去拾起来，彻底地恢复从前的记忆。否则，何绍礼心眼儿小到了会把失忆前的江子燕，都当成他的情敌。

江子燕以为，何绍礼仅仅是说说而已。但所有行动都表示，何绍礼改了点脾气，但他继续这么要她，完全不能打折扣。

江子燕休完年假回来后，手臂被晒棕一点，穿着烟粉色的薄麻连体裤，一回来就发了几篇存稿文章。

江子燕中午直接在茶水间叫住傅政。四周无人，她诚恳地说："对不起，Jack。我不能做你的助手。"

傅政在对面一愣。他并没有想到，江子燕是在最后期限到来之前，就断然拒绝。

在公司传出要做傅政助手这消息后，江子燕自顾自地先去休了年假。她这样的行为，部门里的人都以为她是在"清"假期，只等回来就转部门调岗。

也说不上意外，傅政站着不动，指望她给他一个好的回绝理由，江子燕却抱歉地走开。

傅政特意找出来她的文章，从头到尾看了，以为能看出什么更多端倪，结果江子燕写的都是硬技术话题，甚至鉴于文笔锋利，都不能看出是女性所写。

有些男人没有人生抱负，有些女人缺少人生规划，但傅政不觉得，江子燕是个目的性不强的人。

她从工作第一天，就统计自己的工作量，错别字和评论数都记录了两个Excel表。如果再以这种知识储量和勤奋度发稿，江子燕很快会在科技投资界脱颖而出，以后的职业，大概是FA（finance advisor，理财顾问）或者转到《财经》之类的平台做一个专业记者。

江子燕却说"都没有兴趣"。她的表情并不像撒谎。

傅政忍不住把她又单独叫到会议室。

远远地看江子燕推门进来，不紧不慢的从容，他有些好笑，感觉自己像高中教导主任，在面对极端聪明又顽劣不求上进的中等生。

"你打算当外电编辑多久？"傅政问。

江子燕没说话，傅政索性又直接说："你会在我们公司里干多久？”

她目光一闪，难道公司要倒闭了吗？开除闲散人员，居然从她开始裁员了？

傅政了解江子燕这一瞥的含义，但没有笑。

傅政接触的创业者多，喜欢多听多问，也是有些爱才之心的。也许是想在这个格子间看看江子燕那颇为楚楚的神态，也许是真的想指点她，傅政耐心地问：“我就这么问吧，不考虑收入，不考虑家庭和未来，你理想中的工作是什么样？”

江子燕原本像玉石雕像似的坐着，她沉默了会儿，忽而说：“为它而死。”

傅政一时以为自己听错了，他追问：“什么死？”

江子燕笑了，面部表情一下子生动起来，她缓慢地说：“我理想中的工作，是一个我愿意为它而死的工作。”

她又有些自嘲地说：“我现在还不知道，这工作具体应该是做什么，但我完全没想过马马虎虎地工作。比起编辑，我确实是不太适合当别人的助手。”

傅政内心一瞬间涌起股陌生的触动，他不由张口说：“你做人这么理想主义，生活里一定被你丈夫和原生家庭保护得很好吧。”

话一说出口，傅政就后悔了，这话比起感叹，又仿佛隐藏鄙夷的潜质。

但江子燕毫不在意地点头，她说：“是呀，这句话最开始还是他问我的。”想了想，她又半开玩笑地说，“Jack是单身才俊，我做你的助手，我家里那位以后肯定会吃醋。索性我就放弃吧。”

两次拒绝说出口，算是彻底定局。

傅政挥手，直接让她走了，只是很复杂地看着江子燕的背影，不知道为什么，确实是在羡慕她的丈夫。

徐周周看江子燕走出来，她说：“你真的不转部门了？”

江子燕很坦然地说：“不着急转了。”

徐周周嗯了声，随口问："你这个月稿子还差多少？"

江子燕翻了翻她的Excel表，心想，还差九十五万字吧。

写到一百万字的时候，就算是目前把这个职业干懂了一点。到时候，她会考虑是否辞职，写稿是其次，意义总在别处。比如，到时候赚的钱，估计也能为何智尧交一年的幼升小名师指导费。

傅政随后又把江子燕部门的主管叫过来，他轻声说："这个江子燕不会久留，你要是想重点培养编辑主笔，或者部门里新开发的栏目，都可以跳过她。还有，你招聘新人也不用停。"

主管一愣，不过什么也没问，只说："Jack觉得我们部门，谁比较适合去重点培养？"

傅政的目光扫过玻璃门外的江子燕，她正歪头和徐周周说话。两相对比，徐周周是普通甚至有些笨拙的女孩子，更显得江子燕眉清目秀。

"徐周周是从实习生做到现在的。"傅政慢慢地说。

他有些遗憾，他只想要一个具有独立思维的下属，不需要一个有异类思想的员工。

江子燕回家后，也把这决定跟何绍礼说了，依旧落得一声哦。

何绍礼对傅政这个人向来是不以为意的，一是工作没什么交集，二是察觉出江子燕有点看不上傅政。

"这人三十多岁，离过婚，无非自己开了公司，这种条件也能算才俊吗？"何绍礼随口说，他最近春风得意的，居然有点因为这个鄙视傅政。

江子燕觉得好笑："他当然算单身贵族呀……"突然她又起了逗弄他的心，"这么说来，我也离过婚哪。"

何绍礼不由一窒，淡淡地说："你那个不算。"

江子燕不再说话，两个人就这么静静地看了彼此片刻。何绍礼突然沉声说："你工作的事，我不过问。但你不要给我搞其他事情！"

他语气很重。

江子燕低头看了眼表，何智尧又被一哭二叹三认命地送去上假期辅导班，再过二十分钟，就有专门的校车送他回来。

然后，何绍礼就感觉江子燕伸手拉开他的裤链。他血气方刚的，却下意识地抓住她的手腕，不让她动了。

江子燕睁着那双细长如琉璃般的眼睛望着他，轻声说："你觉得我整天对着你，还会有什么精力跟别人搞事情？"

她的手捏上去感觉很好。何绍礼也不是没起过套弄的欲求，但总是压下去了，此时他已经把傅政彻底抛到九霄云外，他的心在怦怦地跳，异常惊喜，但又有点犹豫。当何绍礼试探地抓着她的手抚上去，江子燕略微咬着唇，也没有拒绝。

江子燕犹豫几秒，不自在地用手环住发烫的他，开始生涩却轻柔地动起来。她是想讨好他的。过了会儿，何绍礼就低喘着伏在她的颈窝，不停地低声叫她的名字。她尽量不去看他，只感觉他炽热的气息喷洒过来，目光中那种毫不掩饰、露骨般的痴迷，让她心惊和心动。

等完事后，何绍礼立刻抱着她，特别腻地吻了很久。江子燕挣开他去洗手，何绍礼在旁边殷勤地帮她递毛巾，又说："我下去接胖子。"

江子燕自己用冷水洗了脸，觉得方才涌到脸上的血，慢慢地退下去。她拿起纸巾，擦干净了手。

何绍礼如今谈恋爱，居然还是大男孩模样。头破血流都不怕，何况，他们早就结婚了，他根本不掩饰。

过了会儿，门砰地响了声，是何智尧冲进家门。

何绍礼用比以往略微高昂一些的声音，制止儿子乱动乱吵，何智尧叽叽喳喳地说话，过了会儿突然说："她人呢？"

何绍礼绷着脸问："谁？"

何智尧的暑期辅导班太难了，难到了必须中文授课才听得懂，但何智尧说话还是爱往外蹦英文词。他特别痞地问："哥哥，你还有几个Wi-Fi啊？"

何绍礼也笑了，他和儿子没什么架子："家里有一个Wi-Fi，外面也有一堆Wi-Fi。但我的wife就一个。"

何智尧已经在整个房间里巡逻完一遍，把江子燕生生地拽出来。他必须得每天清点人头，看家里大人都在才放心。

何智尧前一段时间都是和爸爸妈妈睡的，今晚洗完澡，独自坐在儿童房，就开始可怜兮兮的缠人程序。

"哥哥，你陪我玩一会儿？""爸爸，你陪我玩三十分钟再洗澡吧！""I am so lonely."

何绍礼急着回房间去陪江子燕，觉得儿子缠人的嘴脸非常可憎。但他关门前，看着儿子双手撑腮对着小黄人闹钟发呆，那副专注的模样，有点像以前不爱说话，只会安安静静地玩玩具的婴童。别人叫他，他也不理睬人。

有点孤独，有点可怜。

何绍礼不由问："胖子，你怎么了？"

何智尧只是缓慢地摇了摇头，了无生趣地继续盯着闹钟。

何绍礼转身走回他旁边坐下，摸了摸儿子的大耳朵。所有人都说，何智尧就是何绍礼的翻版。但何绍礼至今没有觉得何智尧和自己长得多像，他就是看着儿子，长得特别眼熟。

"你早点睡吧，不然明天叫你起床，你又要哭。"

江子燕为儿子安排的课程，好像密集了点。顿了顿，何绍礼想慷慨地许诺儿子再买新玩具，或者再次奖励旅游，就听到何智尧打断他："我又不会天天起床都哭，你话咋那么多呢？"

然后小朋友就被爸爸冷笑着按到床上躺下了。

"我不想睡。"

"你想。"

再等了十分钟，何智尧就没出息地真睡着了。

江子燕完全不察公司里这些暗流。等第二天部门开会，主管说完新栏目后话锋一转，就让徐周周负责了江子燕原本掌管的黄金专栏。

"为什么？"这居然是徐周周先喊的，她很不爽，"这些原本不都是子燕姐负责的吗？她做的比我好啊，我现在的工作量已经很多了，为什么这么对我？我不想做！你转给黄董吧！他工作少！"

主管暗自摇头，真是给机会都不要。他耐心地说："你先试试看。"他又转头对江子燕说，"现在不是直播很火嘛，咱们部门也赶时髦，看看能不能开一个直播频道，就说风投那点事。子燕，你把手头的工作先停一停，去做点直播的资料和功课。"

江子燕莫名其妙，原本手头的活就被分了一大半出去，她只认为部门里管理混乱，东一榔头西一棒子。

周末来到爷爷奶奶家吃饭，董卿钗无意中听了，却把眉毛翘起来。

董卿钗自然不懂什么是互联网公司和直播，也不懂什么叫扁平化管理，但这种整人的方法在机关里经常出现。通常，机关里冷落一个新调来、满腹热血的大学生，先让他去一个闲散冷职位干个一年半载，晾着他，直到他自己捱不住主动辞职。

何绍礼被拉到旁边，他听完董卿钗的分析后，思考片刻就忍不住笑了。

何绍礼不会像中年男人那样，有意识地想着给老婆或女朋友搭造一个更高的平台。他对江子燕的工作不予评价，因为知道江子燕还在摸索，但也因此，何绍礼是懒得深想的。

董卿钗便慢腾腾地问："我说的不对吗？唉，绍礼，我是闹不清你们年轻人这些的。"

何绍礼却笑着说："对对，老妈你太聪明，比我聪明太多了。"

董卿钗嗔怪道："打趣我呢？"

当何绍礼把董卿钗的猜测告诉江子燕后，江子燕觉得她小看了傅政，但又暗自觉得她的拒绝是对的。她思考着，暗自心惊，没想到看起来平和的部门，内部也有这么多考究和排斥。

她再次觉得，傅政始终不是一个能让自己特别尊敬的老板，他说的话和做的事，仿佛遵循不同的标准。

江子燕随后说话少了，看人的目光也有些发飘。

何绍礼看在眼里，仿佛有点旧日场景重现的感觉。以前，何绍礼对自己的前途异常迷茫，江子燕却很笃定，她曾经是唯一支持他做出创业选择的人。但何绍礼明白，做出正确的选择和坚持正确的选择，两者都不是容易的事情。

何绍礼很坦诚地问："我能帮你做点什么吗？"

江子燕的心正被工作扰乱，她随口说："能啊，你这一周自己睡，让我自己清静地待会儿。"

何绍礼忍不住哼了声，碍于还在父母家，只能在她耳边说："你戒心挺重啊，但这事我帮不了。"

晚饭吃到结束的时候，吴蜀带着两个双胞胎过来晃了一眼。他们夫妻生完孩子后，也是学着何绍礼自己带孩子，但因为工作和育儿，来父母家的时间越来越少。何穆阳和董卿钗感觉他们的外孙女生的都是假的。

何智尧不是一个喜欢婴儿的小朋友，上次见着两个妹妹就没产生多大兴趣。双胞胎这种DNA人设，打动不了他，他甚至还觉得都挺丑的。

江子燕极喜欢两个小女婴，捧着手机照了好几张。何绍礼也回忆起何智尧萌乎乎的小时候，就对一直冷眼旁观的儿子说："胖子，你去跟妹妹说几句话。"

催了几次，何智尧终于敷衍地走过来。他低头沉默地凝视着两个大眼睛的妹妹，半晌后，亲切地开口："叫爸爸？"

江子燕脸都青了，何绍礼也同样没跟着大家一起笑，两人一齐瞪着何智尧。

吴蜀没待多久，就带着两个宝贝女儿走了。何智尧按照惯例，今晚要睡在爷爷奶奶家。江子燕抱了会儿何智尧，嘱咐他要乖，然后对身后的何绍礼说："我们再去大学转一转吧。"

结果，何智尧耳朵尖，立刻说他也想去。何穆阳今晚心情不错，也说要去大学散散步。这样，何家三代人就浩浩荡荡地开车来到了U大。

江子燕在这片热闹中哭笑不得，她原本想清静思考的心，也暂时退下。

他们这次没有走进教学楼里边，但路过上次的教学楼，她忍不住抬头看着那扇黑洞洞的窗口。

回不去了。

大学时光肯定回不去了，洲头县也已经彻底回不去了。

江子燕失忆后，她的英语是在纽约报的昂贵语言班重新捡起来的，有个老师是虔诚的基督教徒，让他们背《圣经》。

在外几年，教堂更是担任心理医生的角色，很有功效。江子燕是一个泛神论者，去黄石公园看到流星会合掌许愿。但每次愿望都是很模糊很不切实，随着书籍、香火，甚至是那流星体一同遁入幽暗寂寥的宇宙深处，也许那里有个深不见底的窟窿可以承载心事之类的。

以前在国外读书，江子燕也参加面试，但她知道自己肯定回国，面试只是当训练下能力。回国后随便找一个工作，具体干什么好像又无所谓，从来也没有非什么不可的念头。

江子燕自认婉转地拒绝完傅政的工作邀请，本来想继续含糊不清地混日子，但傅政很快做出决定，开始不动声色地剥离她的岗位。也许手段曲折，但毫不拖泥带水。江子燕知道，回不去那种悠闲放羊的工作状态了。

她被挑起了一股斗志。

江子燕在回家的路上，问何绍礼："如果我在你公司工作，你会开除我吗？"

不知道从什么时候开始，江子燕在工作上会去问何绍礼的意见。她也开始学着哄何绍礼，哄着此人来照顾和提点自己。

何绍礼笑了，他目光清明："这没法比，你是我老婆，我说的决

410

定，都不会公正。"

江子燕却新奇地望着他线条干净的侧脸，她发现，何绍礼有时候笑着，会露出深深的酒窝，但有时候就不会。

等她说出自己的疑惑，他的笑容加深了。

"因为只有你在我身边的时候，我才会真正开心。"何绍礼很自然地说，声音低沉温柔，"你不在，我就永远不会开心。你如果总是不在，我以后控制不住，我也会在这世界上开除和弄死很多人。"

江子燕心中很甜，却浅笑说："控制住自己的洪荒之力呀。"

江子燕再去公司，做直播准备资料的事情可以不那么着急。

徐周周接了江子燕的大部分工作，尽管有江子燕耐心指点，但面对突加的工作量，依旧显得焦头烂额。主管后来找她谈了一次，算是安抚下来。但徐周周依旧催着主管赶紧招新人，每天发的状态都是"又在加班，求安慰，呜呜呜呜呜呜"。

江子燕在下个月15号的月历处，画了一个很小的三角，决定这一天向主管提出辞职。她不动声色，开始把自己办公桌上的小物件都收拾回家，但例会照开，存稿照发，大家好像是一种心照不宣的状态。

手头的工作一闲下来，江子燕反而有更多的时间陪着何智尧，顺便观察整个公司和行业形态。

傅政自从被江子燕拒绝后，这位以前爱提问题的老板，再没有和江子燕主动说过话。

傅政很快就新招了一名助理，对方居然是个混血儿，身材纤瘦，唯独面容平庸。江子燕在HR介绍她的时候，好奇地多打量对方几秒，思考如果傅政在终试问曾经问过她的那个惯性问题，这个女孩子的回答又会是什么。

向来热情的徐周周，对那个混血女孩敬而远之。曾经那名追求者又送了几次发蔫的玫瑰，都被徐周周无情地扔掉。

在一个不忙的周末，江子燕去参观了何绍礼的公司。

何绍礼的公司同样坐落于一个科技创新区，但周边没那么多的绿化，更像美西大农村。一条街之外，江子燕亲眼看到他们楼下有两辆驴车在顶着烈日卖甘蔗。

何绍礼创业时拿了家里三十万，最开始租了四室两厅。有时他和两名创业小伙伴没有思绪，何绍礼独自返回家为儿子换尿布，其他人则去看最便宜的电影。电影票一张张积累下来，大家就把票根都贴到墙上，反而形成公司文化。

虽然周末，办公室里依旧都是满的，不少人留在里面办公。大多数创业公司都节奏快，即使成立三四年，依旧要超时工作的，招聘的时候都会提前说明。

江子燕挑眉问："他们这么加班，真的会没有怨言吗？"

"也许有吧，但我自己比他们加班加得更厉害。这样就还好。"

何绍礼看到她出现，惊喜非常，从她走进来，他就忍不住一直望着她看。

也许是首次在自己办公室里看到江子燕，何绍礼比往常有种陌生感。何绍礼曾经对着她耳边讲过办公楼地址，还说过不止一次。不过，何绍礼对自己的工作又有种自得，不肯像孩子邀功似的主动邀请她来。

他的公司，没有任何懒人椅和花哨摆设，有些凌乱。每个人的桌面上摆满一些硬件图纸，不少地方锁着门。进门处有一面大墙，上面用图钉钉着形形色色的电影票。

何绍礼的私人办公室略小，倒像个花房，桌面不大，旁边摆着一张何智尧婴儿时期吃自己脚的照片。窗外光线很好，照在两人的头顶。

江子燕不像上班那样穿得清淡正式，也不像她假期接送何智尧时若无其事地随意打扮。她一整套的雪青色外套短裤，露出大量肌肤，微微发光似的。来时她化了妆，眉毛、嘴巴如同从清美绢画中走出，把人千钧般看定住。

他们没说多久，何绍礼居然有点不自在起来。他比平时更端起点架子，态度显得冷漠而沉稳，实际微微脸热和慌张，甚至无法再放肆地盯着她看。

他借机出去，为她拿水。

他刻意地绕过大厅，果然听到外面议论了好几句。

"看到了吗，听说今天来的是绍礼的老婆？""上次来的那个气场大。""我去，上次那是他亲姐好吗！""不过今天的真是美人，看不出生了孩子，怪不得绍礼结婚早……"

等何绍礼再走进清凉的办公室里，五官明明舒朗好看，脸上却带有一丝诡异的笑意。

江子燕看他两手空空，疑惑地问："水呢？"

何绍礼怔住，这才想到他光顾听那几句墙角，忘记接水了："我同事夸你是美人。"他笑着说。

江子燕啼笑皆非，拽住要再转身而出的何绍礼。她今天本来乘兴而来，想看看何绍礼工作的地方，并没有打扰他工作的意思。

"不用麻烦啦，我马上就要走了。"江子燕悄悄地说。

在公司里的何绍礼，神态比平时有所不同，勤奋、认真和专注，对她说话全程保持机关枪的语调，五官都显得严肃幽深几分，并不像平时那么好说话。

"我中午为你们叫了一堆外卖pizza，这样好不好？"

他笑了："挺好，他们到时候肯定要我拿第一块吃。"

何绍礼被外面的同事说了几句，内心反而彻底坦然了。他从来不向人隐瞒自己很早就有了一个儿子。但这么多年，何绍礼一直对江子燕避而不谈，偶尔说起，更是含糊其词。但如今，当江子燕本人出现在他亲手创立的公司，好像证明何绍礼所有的话都不是谎言，万事回归正道。

她的头发披散到胸口和腰间，何绍礼不由伸手过去，想摸摸她的短衬衫映衬下的细腰，被江子燕目光轻轻一扫，自觉地收回来。

江子燕坐在何绍礼的办公室，无形中被很多人注视着。何绍礼也不想在工作场合去秀无谓的恩爱，只问："你待会儿去哪儿？"

江子燕今天拿了自己的电脑来，原本是要找个咖啡馆继续整理资料。虽然工作已经岌岌可危，但依旧教会江子燕不少为人处世和工作的技巧，她打算记录下这些内容。

何绍礼确实还有工作，也没有过多挽留她，两人再说了几句，他就起身送她到门口。

他们并肩而行，途中又收获了不少隐隐或明显的目光。不过，何绍礼这次一点多余表情都没有，他身材高大魁梧，手臂虚推着江子燕，步伐里压着得意从容。

走到门口，他站住脚步。

"我就不送你了。"何绍礼的目光和动作公正刻板，如同面对一个陌生人。顿了顿，他又补充了句，"不过，你可以主动向我告别。"

这句话说完，何绍礼迎着江子燕诧异的目光，他自己都不由摸摸鼻子笑了，觉得装过头。

何绍礼克制着动作，吻了她的红唇一下。江子燕微微踮起脚尖，就着他的手臂，略微加深了几秒这个吻。

何绍礼低头任她吻着。这人明明在夜里无耻事干得熟练自如，但此刻，他俊朗的脸莫名无辜，带些不好意思的神色。江子燕没笑他，离开他的唇，她自己的脸也红了。

"工作加油。"她轻声说，是跟何绍礼说的，也是对自己说的。

江子燕索性把自己半年间从事外电编辑的经验，从如何找信息、如何整合资料到如何自己编纂新稿，都写成经验稿。

一来算作纪念，二来可以留给徐周周看，三来骗骗稿费。

整个周末的时间，她把那篇经验稿写得差不多。

江子燕弃用了工作发稿的熟悉ID，随手又注册一个新邮箱和网名。她正好接了苦着脸放学的何智尧，于是问了问他的意见。

"尧宝，随便给我说一个英文单词，我用来当网名。"

何智尧精神一振，觉得取名责任重大，需要很多时间郑重思考。十五秒后，他在马路上看到一只小狗，立刻拉着她的手说："doggie！"

江子燕索性取名为Dogged，代表顽强不屈、紧咬不放的意思。

何绍礼晚上回来后，看了眼标题，便让她把外电编辑改成新媒体编辑。江子燕用新的笔名，选了个最大的互联网传媒平台投了原创稿，很快通过审核。

周日晚上发的稿，一个小时内，阅读量破了六千。平台上的编辑又调整了推荐位置，放到首页置顶。

江子燕没来得及细看评论，因为何绍礼陪着何智尧玩的时候，突然问儿子为什么不喜欢两个小妹妹。

他打击儿子："胖子，你还嫌人家丑？你小时候也长这样，甚至要更丑点。"

何智尧心有不甘地反驳："No！No！No！我以前长得很美的！"

何智尧坐在地上，在何绍礼的帮忙下，终于把半米多长的激光玩具车拼装好了。何智尧歪着头欣赏片刻，天真地问何绍礼："哥哥，我用我的镭射激光宇宙大卡车撞你的胸口，撞无穷次，然后你就彻底不能活，然后我和姐姐就坐在你旁边哭——你觉得这样好玩吗？"

何绍礼冷声说："我觉得不怎么好玩！"冷不防，他转头对江子燕说，"子燕姐，你说咱们以后再要儿子还是女儿？儿子虽然傻，但人傻也省心，喂点吃的就可以。"

他语气随意。

江子燕眯着眼睛盯了他好一会儿，忍不住接下去："尧宝只是年纪小，他并不傻，你不要乱说。不过，我自己更喜欢女孩。"

何绍礼呼吸微微一停。自从在自己公司里辞别江子燕，他耳朵热了一下午，好像突然间又发现一件很重要的事——太少了。

有何智尧太少了。

他们互相拥有的证据，他和她的血脉，只有一个确实太少。何绍礼自认没有亏待孩子，但他要承认，何智尧的出生，带着父母双方悄无声息的耻辱感，而且何智尧这小胖子又被他养得谁都不像，性格正

415

往灵异的方向拔腿狂奔。

江子燕目前虽然失忆，但如果她整个人注定是彻底属于他的，为什么不考虑再生一个孩子？她如今似乎还不着急事业，所谓晚不如早。

何绍礼看着她的目光，隐约就有些不同了。

临睡前，江子燕屈腿坐在床尾绑着那头长发。何绍礼就趴在她旁边，他的修长手指很轻，抚过她小腿上的伤疤，再望着她的表情。

何绍礼看人的目光很特别，不会让人感受到冒犯，但有时候压迫感会一瞬而过，像饱含强硫黄质的温绿泉水，并不会让人觉得十足地放松。

江子燕忙自己的事，任他摸着、盯着、思考着，只当这人彻底不存在。过了会儿，她才转头悠然地说："你在动什么坏脑筋……对了，你以后不要总叫尧宝'胖子'啦，他听了都不高兴。"她一边说，一边舒舒服服地靠在床头。

江子燕的头发漆黑，脸又极皎白，冷不丁地张口说话，总像是自带寒气，像把所有暧昧和温柔都推开了似的。

何绍礼望着江子燕的面孔出神，他依旧握着她的脚踝，喃喃地说："你喜欢胖子？"

江子燕一挑眉，看着这人精致聪明的面孔，但相处久了，越发觉得有点傻气。自己家的孩子，即使傻了点，谁能讨厌呢？

何绍礼下定决心般地说："我俩再要一个孩子吧。"语气平和肯定，唯独表情有点痛心疾首。

江子燕像听到什么笑话，她抿唇笑了会儿，故意说："你不是想再玩两年吗？"

何绍礼也莞尔："这算是我们玩完后的奖励品。"他的眼睛一直盯着她，片刻不离。

江子燕一下子就没了声响，她心里诧异，先垂下眼睛，从他掌心缩回来腿，用被子严密地盖上。

何绍礼却翻身压到她面前，静静地等着她的回答。

江子燕半张面孔都要被他盯得发烫，终于忍不住，柔声说："绍礼，我很爱智尧，但是再生孩子……"

何绍礼依旧微笑，手微微收紧，他克制想折断她那纤纤细颈的欲望，如果她敢淡淡地说"做不到"。

江子燕转眸，看他无意识间森然冷肃的神情，却死撑着平静。

她略微好笑，只委婉地说："再生一个孩子，你我负担都会加重，你不是每天工作都很忙吗？而我现在也不知道自己做什么工作呢。"

何绍礼在床帏之间难得正经，他说："追求梦想是我们一辈子的事业，儿女根本不是放弃的理由。"

江子燕呆了呆，说："是吗？"她突然间想开玩笑，微笑说，"那万一，我的梦想就是不生孩子，你能怎么办哪？"

何绍礼立刻掀开被子，直接在江子燕的胸口咬了一口，按住她冷言说："那我帮你把胖子重新塞回去！"

何绍礼只要在气头，折磨人是百倍难缠。他身上有各种香味，不是香水味，而是像森林一样清爽，好像是衣服柔顺剂和他晚上用的那瓶晚霜味。他们一家子都爱臭美，何绍礼在注重形象方面，简直都有弯的潜质。他目光幽暗，全身像放了火。

江子燕却在关键时刻一推他，说今晚累了。

"如果再生孩子，那你现在连这点小事都不能顺着我，我是真的不能受这份罪。"

何绍礼倒也真听进去了。不过，他炙热地贴着她，再咬牙切齿说："今晚算了，不过你好好想想——趁着我没改主意。"

江子燕闭着眼，鼻息唇齿都是他的味道，完全不敢乱动。她忍不住想，他还能改变什么主意？

入睡前，她听何绍礼轻声说："真的很不公平，子燕姐。你每天都说爱胖子，你怎么从来不说爱我？"

江子燕睫毛微颤，瞬间有些迷茫，装没听见。

周一的时候，那篇新媒体标题的文章已经收到五六封邮件，是要求付费转载的申请。其中有几家，还是国内知名的招聘网站。

江子燕全部选择了同意，随手又登录那些招聘网站，把自己的简历更新了一遍。

做戏大概要做一套，主管又问了她几次直播的事。江子燕便用公司名字注册了两个平台，都是FM语音直播频道，只露声音，不露脸。

第一次直播了半个小时，她很单纯地念了念文章，顺便盘点了上一周的科技新闻。

江子燕的声音很独特，清透得像乳清，又微微甜得像捧在手心的柠檬冻露，辨识度极高。结果直播完后，居然收到五百元人民币的打赏，其中有主管和同事捧场打赏的二百多块，其他都是来自陌生人。

徐周周惊讶地点评："你的声音和人完全不一样，感觉特别软。"

江子燕对赚这种小外快，仿佛有一种天然的敏锐感。

她每晚回家要给何智尧念书，灵机一动，把这过程也进行语音直播。

何智尧以前总喜欢在她念书的过程中打断她，问天马行空的问题。江子燕跟他约法三章，每念完一页才允许发问。后来，他打断她的机会越来越少，问的问题也逐渐有条理起来。

也许这种育儿话题比较枯燥，没人听，第一天没人搭理。倒是何绍礼知道了，立刻亡羊补牢地砸了一千块的打赏。

直播第二天，围观的人倒是多了起来，但江子燕除了念书，并不轻易和任何人聊天，又不许何绍礼花钱，因此打赏就少得可怜。

快结束的时候，何智尧突然坐在她旁边，兴高采烈地哼了一首歌。

江子燕安静地听，也忘记摘耳麦，等摘下来时，发现儿子唱歌的这一分钟，居然被刷屏了。

何绍礼也在旁边的房间拿手机听，早在最初就抢步进来。因为居然有人说他儿子的这段乱七八糟的乱哼哼听起来非常可爱，还打赏了五十！后来，打赏金额持续上升，到了一百五十块之巨。

何绍礼也算处变不惊，此刻油然生出一股巨大的自豪感和炫耀感。他抢过江子燕的手机，重新把直播频道打开，坐在何智尧旁边："胖子，再唱一首歌。"

老父亲软言相求，何智尧只瞅了他一眼，机警地歪头说："你把手机放下。"

何绍礼又与何智尧扯皮几句，江子燕在旁边咳嗽一声，她跟着记忆里的调子，试着哼了哼："我的滑板鞋，时尚、时尚、最时尚——"

何智尧立刻抛下他爸爸，紧跟着她，脆生生地唱下去："回家的路上，我情不自禁，摩擦、摩擦、摩擦……"

何智尧足足唱了三首神曲，连蒙带骗，居然莫名其妙地也赚了五百块的打赏。小朋友喝了几口奶瓶里的水，不留恋任何功名，倒头就睡了。

剩下他的父母关了直播，看着打赏数量，惊喜之余又有点不知所措，开始思考儿子的未来职业规划。

江子燕瞧着对面正深情凝视儿子的何绍礼，突然想到，如果何智尧进娱乐圈会是什么样？是男明星、男歌手，还是跑龙套的？

何绍礼同样也在想这件事，不过，他想的却是，何智尧以后会娶女明星吗？他请同事看何智尧投资的电影，电影票一定要订在正中央。

两人都这么静静回到床上躺着，过了会儿，何绍礼突然从白日梦里回过神，翻身搂住她："谢谢你，老婆。"

他低声笑说："谢谢你为我生了胖子。"

江子燕没说话。

过了好一会儿，何绍礼觉得有点不对劲，伸手一摸她的脸孔，已经濡湿了。江子燕触碰到他的手指，微微一颤。

有些话到底说不出口，她满心歉意，何绍礼却像心有灵犀般懂了，也不由沉默。

是了，何智尧出生的时候，江子燕几乎都不认识他，甚至很厌恶他。何绍礼在那个时候，也没拿出魄力面对她。

彼此度过了枯萎、无声、冷漠、互不理睬的几年。

"反正，你还得给我生下一个孩子。"何绍礼压住心痛，简单又不容置疑地说。他紧紧地扣住她的手，十指相握，又把精壮的胸膛压上来，"江子燕，我会等。"

他很重，江子燕呼吸困难。

她最初失忆，表面恭顺，却把心门全部牢固锁上，总是赌气地想，那些过去没有什么了不起。何绍礼也认为，过去没有什么了不起，她欠他的，她得再加倍补偿回来。

江子燕心口发重，她一字一句地问："绍礼，你不会累吗？"

何绍礼把她的手拉到唇边，吻着她的手心手背，他吻到最后，就成了烦躁无章法地咬，一根手指疼了再换另一根含着。她的手关节被他咬得湿润晶亮，疼极了，偏偏身体感受到比疼更强烈的粗暴侵犯。

他清楚地说："我爱你。江子燕，我爱你。"

Chapter 12
欢情与离恨

全城几周都是通透的蓝天，最近开始，又准备要下雨。风不似风，云不像云，天空尽头是黑暗。高温继续高温，湿度叠加湿度，整个人在空调房都有些气闷。

何智尧卖艺换来的打赏钱，被江子燕找了个名目，全部还给打赏过她的同事。

主管兴致勃勃地让她继续跟进直播的进程，同时，又把江子燕管的几个翻译作者的活收回来。

江子燕又像初入职时的光杆子司令，除了管理自己的稿子和发布新闻，没有任何权限。

但她依旧认真发新闻。门户网站的点击流量，一般都是即时新闻带起来的，部门里的人跟进新闻总会慢几拍。其他同事不愿意干，落在江子燕头上。到现在，徐周周每次都问："为什么你负责新闻的时候，流量都特别高？"

因为江子燕都是五点起床更新，争取最快跟进北美信息，没有其他原因。

有些人，取得成功太容易，让人感叹运气是如此重要，好像人生不需要努力。但大多数普通人的成功，确实都是靠着努力来交换运气。她目前又抛开一切去专心地研究主播，手头里甚至还存有不少大胸美女的照片，有时候给何绍礼展示，也是闺房一乐。

部门里的活本来也就那么多，大家上班也是摸鱼的多，并不显得江子燕很无所事事。江子燕晃着手腕，翻看手机，终于发现朱炜的联系方式。

她有些好笑，但又有点想和他聊聊，毕竟朱炜也算见识良多，说不定能给她什么启发。

午后，徐周周在旁边看着网络恐怖小说，发出窸窸窣窣吃东西的声音。

窗外的天边阴沉，江子燕手头没事情做，于是把感兴趣的行业挑出来，找了十本相关专业书看。最近，晚上她总是睡不好，此刻看了会儿书，就有点昏昏欲睡。

主管就在这个时候，把江子燕叫到会议室。

他问了几句直播的事，江子燕拣着能回答的都回答了，两人又扯了几句闲话。主管才说了正事，原来部门打算提高流量，推一个联合创作的小号。找几名作者，共用一个笔名来发稿。这样既能保证发稿量，也能集中打响知名度。

主管满眼希翼地对她解释："打个比方，你再写稿，署名就不是'花满楼'，就和其他作者都署名为'创业大尸'。至于稿费的标准，不算KPI，是按照兼职作者的结算。你觉得怎么样？"

她微微一笑："'创业大尸'，这名字挺好。"

他滔滔不绝地说，江子燕只顾左右言他，咬死了不同意加入这个"群写稿"的行列。

主管有些出乎意料。在他眼中，江子燕是很好说话的。

傅政那里放了话，主管一查江子燕的工作，原本不当回事，想江子燕入职半年，也没什么关键作用。但后来主管发现，徐周周应付不过来江子燕的工作量，而他自己想推江子燕的高质量稿件，却不想在明面上用，便想把她除名后逐渐归为兼职作者。

江子燕觉得，这做法本身无可厚非，只是主管用人情来拉她还觉得理所当然，就有点不大厚道。何况，她不是很大方的人，更不想放弃自己的署名。

她此刻微笑着，很淡地说："文字无名，文章有价，我就不凑大家的热闹了。"

主管立刻说："哎，也不能这么讲，我们做事情也不是为了自己，也要为了部门着想。"

对上江子燕似笑非笑的目光，他又有点无话可说。工作都是办事拿钱，至于说员工为公司鞠躬尽瘁，那好像是老板才会说的冷笑话。

片刻后，主管突然问："江子燕，你最近在看招聘网站？"

江子燕内心终于一惊。

身处开放大格子间，总有同事偷偷摸摸地看视频和购物网站。江子燕工作期间当然也会溜号，但仅限于她早上提前打卡，到第二名同事出现在办公室的那段时间。其余工作时间，她几乎不闲逛任何休闲网站，最多趁着午休看看育儿网站。

主管这么笃定地说，肯定根据内部网关查看她上班时的网络浏览记录了。她隐约记得，自己曾在周一登录过招聘网站。那至少从周一开始，主管就"监视"她了。

江子燕脸上挂着笑容，目光渐渐冷了下来。

主管端详着她的脸，继续试探地问："你是真的想跳槽？"

江子燕沉吟片刻，她克制了片刻，继而干脆回答："对，想离开这里。"

主管点了点头，没有多问，他认为已经了解江子燕不愿意加入群账号计划的原因了。傅政的话，果然如此。

"那你想什么时候走？"他继续说，语气随意得像聊天气，"你到时候还要自己写封离职信给我，然后抄送给HR。"

江子燕都没想到谈话进行到这个地步，突然间，他们就讨论起她的离职。

江子燕最初不想跳槽，至少不会那么快地想离开这公司。但傅政打乱了所有计划，她说不好是感激他逼着自己做决定，还是鄙视这个老板太小肚鸡肠。现在，连印象一直颇佳的年轻主管都是这么个作风——不至于吧，他们这种边缘小部门，还搞这一套，真是有点没劲了。

她觉得有点失落，却又觉得隐隐的无所谓。

江子燕整理了一下思绪："我想下个月15号离开。"她没有慌乱，但语气有点冷冰冰的。

主管点了点头，感叹说："我也不想上班，但为了还房贷，人生啊。"他又笑眯眯地说，"既然你做好了决定，到时候大家一起吃个散伙饭。"

江子燕笑了，她笑的时候很美，尤其是越流于表面的笑，就越赏心悦目。主管突然想到，他面试她的时候，看到这样的笑容，就知道她一定会胜任这份工作。

她轻快地说："好啊，一起吃散伙饭。"

江子燕走出会议室后，徐周周正聚精会神地读到精彩处，"窗口边沿突然落了只绿头蝇，没头没脑，砰砰用翅膀撞玻璃，夜深人静里弄得人心烦。他挥手去赶，却发现窗口居然倒挂着一个人——"

突然窗外传来一声惊雷，她面色煞白，吓得手里的小风扇掉在地上。

江子燕顺手帮她捡起来，递过去。徐周周也没有顾上道谢，瑟瑟地吹着小电风扇，继续看网络小说。

外面已经下起了大雨，云彩像井盖一样漆黑。雨水浇灌在玻璃上，不分来由地暴烈。室内依旧开着中央空调，感受不到更多的湿意。

江子燕安静地坐在座位上，她花了五分钟，接受了已经彻底失去这份工作的事实。可能花了六分钟，但不会再多了。本来以为是自己先开口提出辞职，没想到情况演变到差点沦为被劝退。

她没有像琢磨傅政那样，去仔细琢磨主管的心思。

这种雕虫小技，她大学时期都不放在眼里。主管永远懒洋洋的，热衷于在网上打嘴仗，他如果有心情搞她，不如思考下怎么先让网站接广告。傅政不可能永远烧钱去养一个闲散部门，而以傅政的狠心程度，到时候要裁去部门，大概包括主管，谁都留不下。

江子燕又有点后悔，当初找工作，不应该图清闲，至少应该往核心部门混一混，不然也不至于临走前，都对傅政的盈利模式一知半解。

暴雨的午后，她心情非常、非常糟糕。

大雨冲刷到了五点，江子燕第一个起身打卡。

她匆匆下楼，走到门口一掏包，常备着的雨伞不见踪影，恍然想起来，何智尧昨晚翻她的包，将自动开合雨伞拿去玩了，估计忘记塞回去。

手机响了起来，她心烦意乱地接听，居然是何绍礼。

"老妈说今天下雨，她去接胖子了。"他又温声问，"你下班没有？"

江子燕看着门外的大雨，雨幕重重，将盛夏的所有颜色晕染得更深。路上都是撑着伞路过的行人。步行街要走五十米才能打车，最近能买伞的便利店要跑过半条街。

她不由抱怨一句："下班啦，我没有带伞。"

何绍礼在电话那头很自然地说："我接你。"

江子燕还没说话，他已经挂了电话，她不由更加懊恼几分。下班高峰，大雨必然堵车，何绍礼至少需要开一个小时的车才能赶过来，有这太平洋时间，她早就自己打车回家了。

她蹙眉在屋檐下发痴般站了两分钟，随后耸耸肩，把包放在怀里，准备先冲去便利店买伞。

雨丝密集，道路上有细微的湿意和淡淡的香水味道，就像凤梨罐头被掀开了盖，无可奈何地等着风干。江子燕刚低头跳到台阶下面，还没感受到雨水，就被人拦腰揽进雨伞里。

江子燕诧异地抬头，看到熟悉的面孔。

"你看到我了？"何绍礼满眼笑意，酒窝也陷下去，他撑着一把龙骨黑伞，严密地笼罩两人。

江子燕整个人都愣住："你、你怎么来得这么快？"

"今天大雨，我本来想提前出来接胖子，路上被我妈截胡了。我想，不如来接你回家吧。"何绍礼对上她难以置信的目光，江子燕的头发有一缕被打湿贴在脸上，他自得地笑了，"我早就到你公司了，停好车后才给你打电话。怎么，吓你一跳？"

他搂着她的肩膀，非常自然。

雾蒙蒙的雨天中，何绍礼的面孔和身姿，发光般明亮。江子燕仿佛是身体被牵线一般，投入到他怀里，瞬间，鼻子有一股热流涌上来。她紧紧地依偎着他，把所有表情掩藏到他强健的胳膊后面。

"你被淋傻了？"何绍礼把她送上了副驾驶座，江子燕的眸子却仿佛月亮上被定住的岩石，坐上车后，依旧这么不言不语地盯着他发呆。

何绍礼莫名地想，何智尧曾经也这么安静，现在絮絮叨叨得像个老太太，他真是怀念以前寂静的儿子。

"我马上要没工作啦。"江子燕低声说，又简单把和主管的谈话告诉他。

何绍礼不动声色地哦了声，心想原来她是因为这个失态，还没想好怎么安慰她，就听她轻声说："绍礼，我真的很想你。"

他一下子就从心底笑出来，伸过去握住她的手，调侃地追问："怎么个想法？什么时候想了？"

江子燕就不说话了。

何绍礼最近没来得及洗车，挡风玻璃前最上端都是脏的，前面遍布着不明来源的模糊小白点。雨刷触及范畴内倒是干干净净。

顿了顿，她才慢慢地说："我想，我在还没出国的那天，就开始想你了。其实，我总是会想起你。"

江子燕还记得，留学临行的前一天深夜，何绍礼匆匆赶到她这里，把熟睡中的何智尧接走。

他试着给她钱，她坚决不肯要。然后，她跌跌撞撞地陪着他，两人沉默地走下高层公寓的楼。那晚的天气非常冷，何绍礼非常帅，他的步伐迈得极大，决绝地抱着何智尧上车。

自始至终，他再没有回头看她一眼。

两人没有任何告别，何绍礼就这么开车直接走了。

这样的一幕，是江子燕曾经坐在不同教堂里最经常回忆起来的片段。

他的风衣衣角，他的流畅鬓角，他毫不迟疑的动作——每一帧画面，江子燕都在脑海里记得清清楚楚，她在这么多年里总是会克制不住地去猜，当自己坐在纽约教堂听圣歌，何绍礼又正在国内做什么？翻译一下就是，江子燕处于她人生最痛苦的低潮时，何绍礼又在做什么？

他也在同样疲乏、酸涩、孤独地等她。

江子燕已经失去记忆，但活在世上，又时时刻刻无比真切地体验失去是怎么回事。她生性骄横桀骜，却时时受挫。也许，在内心的某个角落，她会希望极光亮处的何绍礼陪着自己一起无助地保持沉默。

而她确实爱着他。也许，是从他轻柔地喂她喝那口水开始。

何绍礼等了半晌，始终没有下半句话。

他的心微微绷紧着，又搞不清楚江子燕这句没头没尾的话的含义，便追问："你想我？为什么？你在美国过得不好？还是，你担心我自己照顾不好胖子？"

江子燕轻声回答："我在美国过得很一般，我也担心你照顾不好尧宝。我还担心你会爱上别人，比如兰羽之类的小贱人。"

他便不出声了，借着打方向盘，把脸拼命朝着车窗外，极力地抑制住上扬的嘴唇和内心的心花怒放。

"唉，我在等你回来呀。"何绍礼笑着说。

何绍舒在周末，又把江子燕叫出来吃了一顿早餐。

两人都没带孩子。何绍舒是被吴蜀赶出家的，主任医生想让新妈妈歇一口气，自己在家照顾双胞胎。江子燕则相反，半夜好不容易摆脱了何绍礼，想悄悄溜出家门。

没一会儿，某人闻声起床。何绍礼即使周末也会至少工作半天，并不习惯睡懒觉。他看江子燕见到自己出现时有点受惊吓，很酸溜溜地问："这么早出门，赶着去我爸妈家接胖子？"

江子燕笑了："尧宝不是说想这周末都住在爷爷家？我是去见绍舒的。"

何绍礼这才点了头，原本还想再问什么，门轻响了一声。原来江子燕怕他继续纠缠，赶紧离去。手机都忘在台面上。

何绍舒那双美目做了母亲后也盛气十足。

她的衣衫精致至极，仲夏里打扮得隆重，连衣裙和鞋都是新季的电光蓝，映衬着美艳的脸，身材恢复得几乎和产前别无二致。不过，何绍舒摘了所有首饰，因为双胞胎很喜欢抓亮晶晶的东西，大小姐为了孩子的安全开始妥协。

在餐厅，何绍舒听江子燕说完工作经历，嗤笑说："你太缺社会经验，傅政这种人和这种公司，我闭着眼睛都能给你抓一大把。"

江子燕被逗笑了，沉思地说："不是每个人都能像傅政那样，几年来坚持坐在大格子间里，和普通员工一起办公。"

何绍舒再哼了声："形式主义至上。这种孵化器公司一般有政府补贴，你不是也说，你们公司总有政府官员参观？既然公司业绩不好，总需要其他宣传噱头。你老板就是工会主席风格啊，凡事做样子。我跟你讲，当领导很难的，你有时候推进一个项目，需要天时地利人和，过程中经常不停得罪人。但扮演平易近人就简单得多，像我们这种大集团里，有时候稍微出点头，唉，算了……这里水太深，没法细说。"

何绍舒重新和江子燕亲近起来，一来是何绍舒自己生了孩子，迫切需要找人聊聊育儿。二来休完产假回来，又在父亲的企业立威，无心进行多余应酬。

何绍舒发现，和江子燕聊天的感觉，比较舒服。

学生时期就建立的友谊比较单纯，不需要经过利益的考验，任何事情都可以直言不讳。而这位朋友与学生时代相比，整个人收起锋芒，愿意多听别人说话，又不会唯唯诺诺。

再聊了会儿，何绍舒继续问江子燕辞职之后的打算。她对这个更感兴趣。

"你以后是想自己做生意，还是想'创业'？"何绍舒笑着问，"做生意的形式很多，你开个小饭馆都算做生意——但如果你想创业，就像你们公司老板说的，什么用创新技术和创新模式来推动产业升级……"

江子燕老老实实地说："目前这个阶段，我可能只想赚钱。"

何绍舒闻言再次笑得不得了。

"哎，你说你，志向怎么都不远大？研究生时期就天天这么想！"

江子燕略微苦笑，坦诚地说："如果我真是创业的料，大学就像绍礼那样，自己去放手干技术的活了。可惜我不是。而我有了自己的小家，感情什么的不想折腾，我现在只想着……"

江子燕自己斟酌着用词，片刻，她在何绍舒好奇的目光中，终于缓慢地说："赢。"

爱的形式有多种。对爱情来说，是缘分、坚持和前行。

这份爱到了工作中，就演变为另一种形式。工作里的爱，是不停地往高处冲，有本事取得第一，才有资格说爱工作。江子燕如今有惊无险幸运地获得了爱人，那么她此刻也想依靠自己的实力，去赢得工作里的爱。

江子燕目前的计划，是想选一个自己热爱的行业，深入挖掘，然后做到行业内第一的位置。这才可以说爱工作。

除此之外，心无杂念。

顿了顿，江子燕若有所思地抱怨："至于说到离职，我有时确实觉得，我的同事很不上进，甚至我们公司到傅政整个人都很不上进，太……散漫了。"

何绍舒很喜欢江子燕身上那股子拼劲，有股同龄女人少有的朝气感。

她不紧不慢地说："我说过，你社会经验太少，以后自己出来做事，就会发现，那些不上进的人不仅仅只有你的同事，还会是你的甲方或乙方。"

江子燕认真地听着。何绍舒再笑了："任何工作做到最后，其实都是重复很枯燥的事情，而把单调的事情做到极致，需要面对很大阻力的。你如果想成为leader，有的是气受呢！不过我相信你可以克服，因为你嫁给了绍礼嘛，不是一家人不进一家门，我们何家人全都是工作狂。"

这对有共同事业野心的姑嫂又喝了杯茶。

江子燕不避讳地承认，她和何绍礼正商量二胎计划，不过不着急。她本来想展示何智尧的那段滑板鞋录音，这才发现把手机落在家里。何绍舒对互联网流行的App都慢上一拍，她没有母乳喂养，但雇了两个保姆，也学着弟弟家，婴儿房装了各种智能仪器。

两人捧着何绍舒的手机，消磨会儿时间，又约了下一周的健身课。

临走的时候，何绍舒突然问江子燕："你现在开心吗？"

江子燕不明所以，随口回答："没有什么不开心的呀。"

"是吗？"何绍舒挑眉。

餐厅头顶的灯模仿自然光，柔和的光照，映衬在江子燕狭长的双目里，如同被前几天的暴雨洗涤过的空王冠，纯净的、烁烁发亮的。她如今依旧并不总笑，大部分时间都是若有所思，但那股模样越发光彩四射。

这位室友在雨夜里第一次狼狈地出现，阴郁的、湿淋淋的，仿佛背负无形的沉重枷锁。而何绍舒脑海里瞬间出现的想法，是"居然要和这种女生成为室友！好倒霉"。

如今，"倒霉女生"不光成为她的朋友，还成为她的弟媳。

有的时候，何绍舒眯着美目打量何绍礼，试想弟弟身边如果换了别的女人陪伴，是什么场景，随后突然间又打一个冷战，因为完全想不出来这画面。也许，世界上只有这样的江子燕，才能找得到这样的何绍礼。

何绍舒再端详江子燕片刻，满意地评价道："一上午没带自己的手机还那么开心，那平常估计就是真的很开心吧。"

江子燕失笑："绍舒，你有时候说话真的好冷。"

何绍礼这边也进行了一场始料未及的对话。他临上班前，随手把江子燕的手机插在电源线上，恰好这个时候，手机就响了。

洲头县的老警察已经是第三次给江子燕打电话，但江子燕根本不接外地号码，这回响了几声却正好被何绍礼接听。

老警察半点也不客气，对他说："你这个女人够狠，也够能折腾！"

他们从洲头县不告而别，老警察这段时间里居然也反侦查了江子燕。他把她的事情都摸得清清楚楚，自然也知道她曾经办假证件、怀孕、跳楼，甚至还辗转地把她失忆的事，也打听了点。

老警察在那边操着方言，很含糊地问他："何先生，你知道她为什么跳楼吗？"

何绍礼心中几转，思考这是一场勒索，或者是楼月迪的事情有了什么新线索。无论是两者的哪种情况，都不是他所喜欢的。

他很快就有了个断定，简单回答："我们当时吵架了，她很激动，才跳下去的。"

老警察在电话那头沙哑地笑了一声，突然说："她没被她妈毒死，居然因为和你吵架就跳楼，唉，真是女人心海底针哪！"

何绍礼放在桌面上的手，无声地握紧。不过在电话里，他的声音丁点波澜都没有，还是好声地问："您查到了什么？"

老警察查到了两件事。

第一件事，老警察找到了缺失的档案记录，"江燕"第三次产检报告，是江子燕本人凭借"江子燕"的身份证取走的，并不是前两次的户口本。

第二件事最为重要，楼月迪那段时间，曾经去隔壁的几家街坊小卖部闲逛，几乎买了半个小镇的老鼠药。

何绍礼却深呼出一口气："子燕没有中过毒。"

431

江子燕跳楼后，很快就昏迷着被送往医院，他一直在旁边。

她的几次详细病例，何绍礼至今都能倒背如流：最严重的是头部冲击，以及多处擦伤和轻微骨裂。妊娠期间，她的身体极度虚弱，几次出现并发症，却绝对没有查出任何中毒迹象。

"也许是因为她比较聪明，没有吃下去她母亲买的老鼠药，但楼月迪这举动很可疑。"老警察的逻辑很清楚，滔滔不绝地说出几个怀疑，随后要求江子燕接听电话。

老警察希望江子燕再回一趟洲头县，这样能找出更多线索。当然，老警察并不知情，江子燕已经全部失去记忆，他以为她只是对过去，有些记忆模糊。

何绍礼沉默了良久，说："我会把这消息转达给她。"

等挂了电话后，何绍礼看了眼江子燕的手机屏幕壁纸，上面是姐姐家的双胞胎的照片，两个小女婴微微闭着眼睡觉，头上扎着粉色的蝴蝶结。他看着两个可爱的外甥女，突然微微地笑了，目光冷漠。

如果有人，敢喂何智尧吃毒药，何绍礼大概会把那个人眼珠子都挖出来，挫骨扬灰。但如果有人敢喂江子燕吃毒药，何绍礼反而没想过他会做什么。因为，何绍礼已经不敢去想，自己能做出什么行为。

江子燕辞别何绍舒后，又绕到办公室里看了看。

她身上确实有一股叛逆挑衅感，即使做了母亲后都未曾消散。江子燕虽然"被跳槽"，但回顾自己的第一份工作，又自认毫无错处，甚至隐约有点着恼，她很希望再单独撞到傅政，和他聊聊。

不管怎么说，傅政是个有趣的老板。而她现在无所畏惧，还有两周多就能辞职，有则改之，无则加勉。

但江子燕无聊到又用公司网络直播了一次新闻，大格子间里除了空调的声音，对面都是空而冷的，再无旁人。

她回家跟何绍礼自嘲："我也是闲的，你说，我是不是做人有点偏执呀？"

江子燕畏寒，但夏天里喜欢低温，把房间的空调温度调得极冷，

432

冻得人直打哆嗦。何智尧在的时候，她还担心吹到儿子。但何智尧这两天像大狸猫一样总躲在爷爷家妄图逃避功课，她也不去多管，自己在家开空调榨西瓜汁。

何绍礼穿着长袖衬衫，他的体温比她高很多，但也不怎么喜欢吹空调。他满脸深刻地说："你就不怕冷？"

江子燕笑着说："冷，会让人头脑清醒呀。"

何绍礼望着她光着腿摆弄榨汁机，优哉游哉的模样。也不知道为什么，何绍礼能很清楚地想象到她一个人，在美国，在洲头县，一年四季，在无数深夜里，面无表情，几乎是天天喝着冷水，不敢进行任何放松的日子。

江子燕并不是轻易忘记任何苦难的性格，虽然聪明，但时时紧张。生活和爱情不会让她彻底展颜，因此以前她很难真正开心起来。

但，何绍礼知道，她现在很开心。

何绍礼想着楼月迪的事情，他略微犹豫着，最终朝她招了招手。

"子燕姐，你过来，让我抱一会儿你。"

他声音低哑有磁性，又刻意放低，带着些缠人的意味。

江子燕果然微笑着，走过来吻了他的脸颊一下。她轻轻比画着他俊美、茂密眉毛，自我检讨说："下次不去公司了。我想，傅政这个人一定看过硅谷很多创业的书，读了太多的观点，他就觉得自己能容下不同的思想。但实际上，他真的没做到。而我是失忆了，总是忍不住羡慕这些表面很有思想的人。"

何绍礼贴着她柔软的胸口，抬头凝视着她，对于她，他总是看不够。

他低声说："我也看过不少创业书，你羡慕我吗？"

江子燕觉得心口被他的气息熏得发热发烫，她撑着他的肩膀笑着往后躲，冷不丁地问："怎么感觉你今天有点怪呀，绍礼？"

她简直是太厉害了，他暗暗想。

何绍礼今天因为这一桩心事，中午只吃了一点食物，忽地肚子叫了声，正好掩饰住尴尬。

江子燕陪着他坐在餐桌前，并没有多问，依旧专心地搅着西瓜汁。

她晚上向来吃得不多，饮食清淡。但何绍礼血气方刚，虽不喝酒，顿顿必吃肉食，有些口重。他吃了几口盘子里的柠檬煎鸡胸肉，嚼之无味，忽地放下："想吃泡面。"

江子燕微微愣住，一时有点回不过神来。"泡面？是加开水的那种吗？"

何绍礼点了点头，江子燕看他那双眸子正复杂地盯着自己，带有点幽深。她便蹙眉说："泡面，这个家里好像没有呀。你先把盘子里的东西吃掉，如果还是饿，我就下楼为你去买，好不好？"

何绍礼乐了，本来随口说的话，江子燕这语气是把他当儿子哄了。他笑着笑着，却伸手过去紧握住她的手，感觉到一种真实的后怕感。

小时候跟何绍舒玩，姐姐霸道地抢了他第一个玩具，何绍礼无非只笑笑，不动声色。但如果何绍舒敢来抢第二次，何绍礼就能厉害得把姐姐欺负到大哭为止。

江子燕此刻宁静地坐在旁边，一颦一笑，都透露着那股淡淡的动人。何绍礼愿意付出很多、全部、一切的代价，留住他们之间的相处。他绝对不能忍受第二次失去。

等吃完饭，何绍礼轻描淡写地说："我打算下周去一趟洲头县。"

江子燕果然愣住，但她首先想到的是他上次威胁厨子的那话，定了定心神，有些斟酌地问："你真的要去砸人家的店吗？"

这都什么乱七八糟的！何绍礼再度被气笑了，心中爱极恨极，他到底无奈地把今天从老警察那里听到的话，全盘告诉她。

江子燕听闻楼月迪买老鼠药，同样有点疑虑丛生和齿冷。她每每回首，都暗自感叹自己命硬，不过，命硬在楼月迪眼里根本没什么用，这也就是世界残酷之处。

"我知道你还对过去的事情好奇，那我再帮你走一趟。"何绍礼很快收起笑容，他的表情坚定到决然，"从今天开始，你和洲头县的所有旧事，我必须第一个知道。"

江子燕一听就明白，何绍礼不仅要他自己第一个知道，言外之意，是不想让她再管这闲事。何绍礼有时候是很霸道，他态度好，本质依旧要别人服从他的话，还有种说不出的自信感。

于是，江子燕很自然地说："你如果想去一趟，随便你，但记得让那老警察别多管闲事，以后不要给我打电话。我当初付钱让他查我妈的事，可不是让他来查我的。"

何绍礼目前比她还在乎这件事，也让江子燕产生点当局者迷旁观者清的味道。她很心满意足地想，只要有人比她着急，那她就不用表现得那么着急了，这大概就是安全感吧。

江子燕对楼月迪，还是会好奇。但那好奇，就像她好奇网红怎么进行直播，好奇明天白日的天气是晴是雨，好奇傅政都看过什么书，是一股置身事外的天然好奇感，非常平淡。她真的不打算再回洲头县追究了。

何绍礼听江子燕这么说，也松快不少。他笑着说："我心里都有数。"说完，他又安慰她，"你别想那些，有空还是想想怎么给我生个女儿。"

江子燕刚刚见完何绍舒，被打趣了好几句，讨论这话题一点都不害臊。此刻目光宛转，她很粗暴地反将一军："我不用想，反正我生不出女儿来，肯定是你太没用！"

有理有据，何绍礼居然被堵得一句话也讲不出来，只好摸摸鼻子。随后，他目光深沉地说："好吧，日后我会向你证明，我不会一直这么没用。"

她的脸这才慢慢红起来："脸呢？"

何绍礼难得地哈哈大笑，举手投足，气势居然有点不能逼视。

安排了工作上的事宜，何绍礼临走前，顺便把逃窜流亡的何智尧接回家住。

何智尧听说爸爸要去洲头县，果决地抱住何绍礼的大腿："亲！

带上我！"

何绍礼现在一听何智尧说话，就感觉隐隐的头痛。

"爸爸这次不是去玩，待一两天，很快回来。"看着何智尧欲滴泪的大黑眼睛，他只好勉为其难地说，"我考虑一下吧。"

何智尧在无数次的眼泪试错中，已经深深懂得，当他妈妈说"我考虑一下"，她是真的会考虑。但爸爸说"我考虑一下"，他的意思是委婉的不行。

何智尧再蹭了他一会儿，终于很温柔大方地说："那你早点回来，我会每天都等你的。"

一句话，让何小朋友得到回来后立刻买新玩具和十一假期再出去玩的保证，而何绍礼捧着一颗极其感动的心离开。

赶到机场换票，何绍礼猝不及防地巧遇另一个人。

兰羽要去三亚，就在隔壁的登机口。人群汹涌中，她不经意地和只背着双肩包的何绍礼对视。

兰羽最先认出的他，何绍礼最先开口打的招呼。他内心有点尴尬，却还是雾月光风的态度，说："小羽？"

那次高中同学吃完饭后，他们两人就没有再联系。何绍礼跟她打了声照顾，知道她要去三亚参加一个游艇会，点了点头。

兰羽也留神看了眼何绍礼，面孔如昔英俊，但整个人又比上次见面衣着细节妥帖不少，显然是被女人照顾后的舒心，大概……他和江子燕彻底和好了。她收回目光，居然没有其他想法。

何绍礼的航班比她早，再说几句就要离开。但没走几步，他突然转身大步走回来，郑重地说："对不起。"

兰羽原本一直是不冷不热的，但瞬间鼻子酸了："你是为了江子燕对我道歉吗？她值得吗？"

何绍礼什么也没回答，他笑了下，就走了。

兰羽站了没一会儿，傅政就走过来，他是和她一起结伴去三亚的。

436

傅政望了眼人群中何绍礼逐渐消失的背影，很是知趣，没有问是谁。兰羽再恍惚片刻，掩饰性地整理了下裙角，终于轻声说："他娶的她。"

她这话没头没脑的，傅政却一下子懂了，忍不住再望过去。他沉吟说："我有时候觉得，她和我前妻长得有些像，甚至作风也有点像。"

兰羽内心涌上一股鄙夷："你前妻不是美国人吗？江子燕可是洲头县的，来自什么村里的。"

傅政没说话，他的前妻Mandy的祖父是中国人，自己做生意。

兰羽曾经形容江子燕是"强盗"，傅政不知道怎么，居然有点相同的感觉。老实说，傅政并不介意一个富家太太给自己打闲工，也不介意她拒绝自己的工作邀请。但江子燕整个人有点危险，她和她部门的人格格不入。这种人，要不然就放在自己眼皮子底下，否则留久了说不定是个祸害。

傅政低下头，内心始终有股怅然感。但他只是含糊地笑了，摇了摇头，说："走吧。"

兰羽深呼一口气，她也笑了："走啊。"

老警察看到年轻人再次出现在洲头县，往他身后看了眼，蹙眉问："江燕呢？"

"她不用回来。"何绍礼微微笑了，他若有深意地说，"子燕现在比曼曼更不谙世故。"

老警察眼眸微微一缩。何绍礼嘴里的曼曼，是老警察的亲弟弟，年少体弱，按照洲头县传统取了女孩的乳名，也是警察，但没退休，在洲头县平级的另一个小所里管户籍。

老警察这职业干了一辈子，绝对不怕惹事，最厌恶的是无故对亲属纠缠。老警察同样体味着，家底被人查的不快感。

何绍礼满脸和煦的笑意，笑得让人整个都不自在起来。他的五官，有时候给人感觉，就是很爱玩的年轻男人。但实际上，何绍礼办事效率非常迅疾，短短两天也立刻把老警察的家底查了一遍。

437

他仿佛是随意寒暄，接着立刻问到正题："楼月迪一次性买了多少老鼠药？她是用纸币买的，还是硬币？"

老警察再微微一惊。他给何绍礼打电话的时候，卖了个含糊不清的关子，就想让江子燕本人回洲头县。职业习惯，总要当面向当事人问清楚。但眼前俊朗面皮的年轻人，上次见面几乎没说几句话，想不到是个难打发的角色。

老警察终于退后一步："楼月迪是用钢镚儿买的老鼠药，一次还买了不少，几个店主记住了她。"他又禁不住问，"你怎么猜出来的？还是你女人告诉你的？"

何绍礼依旧在微笑，轻松却不失凌厉，他一锤定音："您以后都是帮我办事，不用问其他人。"

何智尧的演艺圈生涯，因为被妈妈声明不准露脸，就成了昙花一现。

尽管他本人强烈渴望出道，但江子燕为何智尧录了三首童歌，这次没人点进来，反而是江子燕每天固定的科技投资新闻直播因为精心跟着热点，会念长文章，说一些干货和时间管理方法，收听人数稳定攀升。

连续几天下来，打赏金额破了当月的工资。唯一可惜的是，打赏的钱并非归属江子燕，而算这清水衙门的首次盈利。

主管迅速招了一个女外电编辑，第二天就把直播的活也收走了。徐周周不想天天枯燥地采访和写稿，眼热地想抢直播的活，大家便在会上饶有兴趣地讨论着。

江子燕以前身处其中还觉得闲扯有趣，如今就觉得有点浪费时间。她甚至觉得最后半个月来点卯上班都无甚必要。

每每心不在焉地发呆，她就会想到何绍礼已经走了两天了。

这晚临睡前，何智尧还问她，何绍礼到底什么时候回家，江子燕顿了顿，告诉他再耐心等几天。

何智尧点了点头，又困惑地问："可是，我为什么总会想哥哥？"

438

江子燕一瞬间眼眶发热。原来，思念和孤独是控制不住的。她轻摸着何智尧的小胳膊，慢慢地说："因为你很爱爸爸，所以才总是会想他呀。"

何智尧却害羞起来，他坚决地否认了："这可拉倒吧。"

江子燕咬着嘴唇，又问他："尧宝，你愿不愿意再要一个弟弟或妹妹呀？爸爸妈妈给你生个小妹妹好不好？"

何智尧对妹妹这个话题也不感兴趣，环顾左右，嘟囔地说："Noooo...Maybe..."

她便换了个词："那家里多一个小公主，你欢不欢迎？"

何智尧无论中文还是英文，极其偏爱华丽的长词汇。他觉得公主是特别美好的东西，胖心向往之，但还是比较克制自己，淡淡地说："小公主啊，也要问问她愿不愿意来。姐姐，她是哪个国家的小公主？"

江子燕微笑了，再逗他："我也不知道，不是还没生下来嘛，就想问问你的意见。"

何智尧单脚从空调被中伸出，在空中踹了好几下，再认真地回答："绝对是来自坦桑尼亚的公主！"

此时此刻，何绍礼正坐在酒店的床上，静静地听着江子燕和何智尧的直播，同样也感受到穿山越水的思念。

他想，如果能立刻回去见他们，其实可以暂缓迎接那一名坦桑尼亚的小公主。

洲头县比上次前来，气温要更闷热一些，整体还是发咸发灰的海水，粗粝的沙滩，弯弯曲曲的山坡道。何绍礼又买了顶渔夫帽，遮着脸，和老警察把楼月迪整个背景都查了个底朝天。

楼月迪之前买了足足两大包老鼠药，但不知道为什么又没下手，当天夜里，她就莫名流产。

两天相处下来，老警察挺喜欢这个做事镇定的小伙子，倒也不觉得他是小白脸。不过，他还是坚持："你得多问问你媳妇。楼月迪去世有好几年了，很多事情，只有她们两个人知道。这可不比大城市，什么都能留下痕迹和线索。"

何绍礼慢慢地在房间踱步，他试图回忆跳楼前，江子燕是怎么突然说到"我不允许酒醉的弱智儿生下来"，但那部分的记忆依旧模糊，令人心情不畅。他推开门，独自走到海边栈道散步。

漆黑海面，四面无及，一浪连接另一浪，涛声滚滚。也许，大海能安慰人心，但今晚是个例外。

其实在几日的调查里，何绍礼的内心，形成一个大致推测：江子燕不允许她母亲再生另一个孩子，但楼月迪想要保住孩子。于是，江子燕藏起了第三份产检报告，并谎称孩子畸形，楼月迪索性去买了毒药，决定一焚俱焚，后来不知道怎么被江子燕逃过去。等事情败露，楼月迪流产，江子燕回城，再心情激动地跳楼。

他目光发沉，望着眼前的大海，没有出声，不确定这个推测是否属实。

江子燕就在这个时候，给他打来电话。接通后，两个人共同听着海浪的声音，暂时没有说话。

当何绍礼对她缓慢地说了猜测，江子燕干脆地说："我不会。"

何绍礼略微有些吃惊："你是说……"

"我想，我以前不关心我母亲是否想再要一个孩子。"她的声音很静，因为直播的练习，语气和字腔都越发如溪澜川水般自持清沁，"我的性格想要摆脱一个人，是很容易的，根本不需要自己动手害人命。我嫌脏。"

何绍礼淡淡地嗯了声，眉目阴沉之色并没有消散，他继续推测："可能楼月迪自己想要这个孩子，她需要新的感情寄托。"

江子燕在那边拉开门，走到阳台。

高楼公寓就是城市的夏夜热浪和车水马龙，耳边是很浅的洲头县波浪声和何绍礼的呼吸。夏天过去大半，她的人生刚刚重新开始。此时此刻，她真的想念何绍礼，想他的语气，想他的微笑，想他的拥抱。

江子燕好像突然间明白，他每次临走前为什么都不看她。

"也许，我妈妈自己也不想要这孩子。但她深怕孩子流掉后，我会再给她留一笔钱，离开洲头县。"她轻声说，"也许，我告诉我妈妈，如果她敢生下这孩子，我也会把那孩子一并带走，反正我在城里已经找到'凯子'，毫无后顾之忧。总而言之，我应该会警告她，别想用任何事情来威胁我留在洲头县。等我提前看了产检记录，发现她怀着畸形儿，于是我又改变主意不想让她生了，因为我不想要一个累赘跟着我回城。"

何绍礼沉默地听着。

江子燕忽然一笑："吓到了？我的作风，你还不知道吗？我不是什么真善美的好女人呀。"

彼边的大海前，何绍礼并不赞同。他说："但你对我不差，你对胖子也很好。"

江子燕眨眨眼，感觉到眼睛再次发酸："因为，你对我也很好。我很喜欢你对所有人都很友善的样子。绍礼，不要再查啦，回来吧，咱们继续过咱们的日子。我想你了。"

何绍礼眉头舒展开来，他从沙滩上站起来，却说："你刚刚说什么？海风太大，我没有听见。"

江子燕任他在那边调笑了几句，才轻声说："我说，我爱你。"

何绍礼对大海也是无感，也许以前是喜欢过的。但此时此刻，大海又仿佛太小太浅了，好像只要他不开口说，没有人知道他胸膛里回荡过什么金色浪潮和温柔电波，正以什么速度缓慢自然地向她坠落。

他也不过平静地说："我也爱你。"

何绍礼还是在洲头县又待了两日，他并不习惯无功而返。大概他和洲头县确实八字不合，嘴角又起了个泡。每每吃饭的时候，他都有点烦躁，也就酒店早晨的自助餐多吃几口。

老警察听完江子燕的推测，唏嘘不已。他隐约猜出，江子燕至今都没有恢复记忆，因此也不想多纠缠。苦短世道，过个舒心的日子有多难，再也没有人比老警察更清楚。

海岛下午日头太毒，何绍礼索性窝在酒店，处理公司的工作事宜。

何绍礼中午发困，居然歪着睡过去。

他仿佛梦到大学时期的江子燕。

她穿着招牌的黑裙，盯着自己看了半天，目光依旧是熟悉的居高临下，有着病怏怏中的冰冷柔软和强硬。

过了许久，江子燕突然开口："绍礼，你能娶我吗？"顿了顿，她又换成激烈的表情，尖酸地说，"算啦，你还是去娶你的小兰羽好了，她简直像酒醉后生的低能弱智儿，只要没有人照看就会死，但我江子燕绝对不会如此！"

何绍礼脑中轰然，想张口说话，却猛然惊醒。

江子燕下午懒洋洋地清空自己的工作邮件，突然接到何绍礼的电话。她没有听到过何绍礼这么厉声跟自己说话，吓得心一紧："绍礼？"

"你以前有没有孕吐过？上次在家，你是吃虾还是吃蟹吐的？"

江子燕定了下神，她回忆着："好像是吃虾，还喝了奶。"

何绍礼安慰她几句，又给吴蜀打了半个小时电话，再迅速找到老警察。

洲头县因为是海岛，几乎不种植农作物，店铺里罕少能买到有毒性成分的农药。而楼月迪买的剂体老鼠药，气味极冲，老警察根据经验，说大部分人自杀或他杀，都会选择把老鼠药加入牛奶等腥味液体里。

其实，也不需要牛奶。

楼月迪和江子燕每日一桌同食，江子燕对厨艺半窍不通，由楼月迪掌厨，她大概只要把老鼠药混到牛奶或饭菜里即可，但江子燕当时在怀孕初期，对气味更加敏感，想必也是吐了，险险逃过一劫。

而楼月迪因为身体虚弱，闻了大剂量的刺鼻老鼠药，也就这么流产了。

即使拥有全部记忆的正常人，也会被生活轻易欺骗。

何绍礼一直为江子燕怀孕跳楼耿耿于怀，憎恶她轻生跳楼，憎恶她口口声声的恶言，每一句"酒醉后的弱智儿"都指着何智尧。但他确实已经忘了，最初源头居然是兰羽。

整团乱麻，也许和他当初当断不断有关。

老警察忽而冷笑了声，他一拍大腿，说："再去一次小燕餐厅。"

赵庆丰正坐在餐馆中央，刚刚结束营业，他正和几名女员工吃着剩下来的饭菜当午饭，看到他们两人闯进来后顿时怔住。

老警察也不多废话，他沉着脸直接问："咱们镇只有家属才能凭证拿骨灰，你拿着人家小燕姑娘的假身份证，领了她妈妈的骨灰，又把产检报告也偷出来。你这是犯法知道吗？跟我去局里走一趟。"

赵庆丰挥手让几个服务员进里屋，江子燕今天没有在现场，他也不用忌惮谁而装老实和好脾气，狠狠地骂了句粗话，脖子从金项链里红通通地伸出来。

"放狗屁！我可是自己去殡仪馆把月迪接回来的！留的都是我的名字！你现在去查，老子半句话有假，今天半夜掉海里活活淹死！你虽然是警察，但要摸着良心说话，小心一出门就被车撞死！"

老警察瞧着他像被踩了一脚的愤愤脸色，不动声色地说："我这件事冤枉你了，但楼月迪怀孕的时候，你是不是偷偷回过洲头县？"

赵庆丰滔滔不绝的骂声瞬间就从喉咙里消失了。

老警察冷笑两声，他的普通话不标准，但想让何绍礼全听到，就很慢地说："小燕姑娘做事精得跟鬼似的，她当初能写信给你，肯定有八成把握骗你回来。楼月迪根本没力气跑去山下的医院取产检报告。难道不是你回来，去医院取走了她的第三次产检报告？"

赵庆丰冷汗倒流，想退后几步，旁边的何绍礼一步挡在他面前，窗外阳光折射，何绍礼的半个影子，居然躺了半个餐馆大厅，极有压迫力。

何绍礼居然笑了笑，他好脾气地打了个招呼："小子，我们又见面了。"

赵庆丰移开目光，硬着头皮勉强说："我上次就说过，我当时在上厨师学校，全封闭式军事化管理……"

何绍礼缓缓地提醒他："你说完这句话后，别忘记再发一个毒誓，你的月迪阿姨还在这里看着你。"

赵庆丰在老警察锐利的目光中，脸涨成猪肝色，几乎不知道怎么反驳。

小燕餐厅整片安静，冰冷的空气里，是海鲜腥味和劣质空调漏出的氟气臭味。

赵庆丰过了片刻，忽地强硬说："我、我可不敢偷小燕任何证件，你们别诽谤良民！"

"我上次来时发现，洲头县日常并不习惯用硬币。子燕给我买帽子，我自己去买番薯夹皇的时候，对方找零返回来的都是纸币。但我和楼月迪见面，她走出来泼水，我记得她有严重腱鞘炎，这种病状在疼的时候根本不能数钱，拿着硬币反而容易点清。也许还有个原因，楼月迪把所有钱都给了你。因此，连买老鼠药的钱也要挤出来。"

何绍礼淡淡说："你当时偷偷回洲头县，不敢招惹子燕，只敢见楼月迪。她亲手把子燕的证件给你，让你提前去取了第三份产检报告回来。你俩一起看了报告，她又给了你点钱，把你放走了，对不对？"

赵庆丰望着他，简直像见了鬼，鼻头肉发颤不能自持。

何绍礼压着心痛，但脸色已经很难看，只平淡地说："原来，你俩都知道，那小孩儿可能生不下来，只有子燕不知道。我想，你也猜到楼月迪想让她女儿陪她一起死。"

当江子燕还在反复斟酌，究竟该怎么处理这个孩子，楼月迪却大度地放赵庆丰离开，然后买了老鼠药，决定和她女儿同归于尽。也许赵庆丰说得对，世界上再没有比楼月迪对他更好的女人，世界上再没有这么冷漠的母亲。

何绍礼得闭一闭眼睛，才能压下不把楼月迪骨灰砸在太阳下，看看那里面是黑是白的冲动。这到底是什么样的母亲？阳光下又有怎样的心肠?

江子燕最后一定察觉了此事。

何绍礼订了最早的班机回城,他想到她曾经冷冷地审视着自己,微笑着加了一句:"像兰羽,像一个酒醉后生下的弱智儿,都有人因为可怜她而想保护她,但我爱的人总想抹杀我。"

江子燕临下午在公司打卡,她直接告诉主管,自己明天不会再来公司。

"我的工作已经交接得差不多了,部门里没有再用得到我的地方啦。"她轻快地说,"不过,主管你认为我明天还需要来公司,我肯定可以来。"

主管一愣,他迟疑地说:"你不是要上到15号吗?现在离职,可是少了这个月六百多的全勤奖啊。"

江子燕自从接了何绍礼的电话,就有点心神不宁。她曾经的脾气冒出来,却只能耐着性子:"我的时间比这六百块更有价值呀。"

主管没吭声,大概觉得江子燕的话有点无趣。

但江子燕也不在乎他怎么看待自己,她略微回眸,傅政的座位是空的,这是她在整个公司唯一有点兴趣的人。至于自己的部门,工作气氛过分松弛,充斥无用的激情,缺乏具体的信念和目标。

她是渐渐觉得,在这里待着越发没意思了,也不需要混日子。

果然,主管只口头性地挽留一下:"散伙饭……"

"散伙饭,等有空我在群里约大家出来吃,并不着急。"她笑着截断他,权当告别。

比起她做出平静地离开公司的决定,剩下整个晚上,江子燕有些焦躁地等着何绍礼的电话。

何智尧看她来回摆弄着手机,微微蹙眉,有点忧愁的样子,便趴在她的肩上,也伸头去看她的表情,很老成地问:"你在想什么?"

江子燕搂住他,刚要说话,就听到外面门轻轻响了一声。接着,

445

面皮黑了不少的何绍礼，大步流星地走进房间，她和何智尧就被紧紧抱住了。

江子燕惊喜万分，接着看到何绍礼脸色一白，松开手。

何智尧奋力地踹了他爸爸一脚，挣脱爸爸的怀抱，他说："你待会儿再回来，我还没跟妈妈说完话呢。"

何绍礼被踢得脸色发白，近日里光晒留下的痕迹都仿佛淡了点。何智尧自出生以来，和何绍礼发生了史上最漫长的一次绝交——山无棱、江水为竭、豆在釜中泣的十六个小时。

何智尧则莫名其妙，觉得他爸爸一回家就朝着他发这么大的火，有点太不厚道。

"你好奇葩哦。"何小朋友也不高兴了，他指教着何绍礼，"脾气要so so点。"

何绍礼风尘仆仆，一路奔波回家，此刻有苦难言，斜躺在床上懒得动。他闭着眼睛，忍耐儿子的碎碎叨叨。

雪上加霜，何智尧过了会儿，就在他旁边欢快地唱起歌。江子燕在他们父子又要闹绝交之前，帮何绍礼擦了一把脸。她忍笑把儿子牵走，又让他今晚在儿童房间里休息，有事明天早上再说。

很奇怪，真的很奇怪。

几个小时前，何绍礼坐在飞机小窗旁看黑青色的天空，有几颗夜星在闪闪发亮。十几分钟内，他仍旧感到满腔油锅般煎熬的愤懑感，全身阴沉沉的悔恨——仿佛晚一秒回家，江子燕和何智尧又要受无妄之灾，家里会躺满一大一小两个尸体。

但等他疾驰回家，刚坐下就被儿子生龙活虎地踹了一脚，简直酸爽，胸膛里那股气居然也没了。

何绍礼做事专注，却又有种精神富足后的慈悲感。别人跟他关系亲近与否，品性是否如一，大部分时间，他都能一视同仁，很难体会到更深层次的难过。这性格随着创业到现在，越发坚硬圆熟起来。

但江子燕不同。大学时期，他们曾经一起上过寥寥无几的自习，互相攀比字体。何绍礼当时自己写了什么，已经忘了。而江子燕随手拿起笔，在他的卷子旁边，很娴熟地写了"紧握刀锋"这四个字。

每一画用力极深，笔法奇情，毫无遮拦。

"紧握刀锋。"

那位学姐轻声说，这是古龙临终前反复练习的书法，也同样是她的信念。她从小学，一直写到现在。

"每一天，我都是跟着这四个字一起生活的。"江子燕冰冷地说。

当兰羽找他要这份参考卷子的时候，何绍礼犹豫了片刻，终于出借。

他曾经那么不认同江子燕，但后来独自在这个日益疲倦的世界里前行，发现她的很多坚定是多么剧毒却又珍贵，从一开始就钉在靶心中间的位置，成为他内心的欲望。

至于善良，那是有意志力的人才能做出的选择。

何绍礼的选择是爱她，到如今。

江子燕转身要轻轻地离开，何绍礼的手还扣着她轻细的指尖，没有放开。他困乏地说："我只想要你明白一件事。"

江子燕好奇地问："怎么了？"她却用另一只手碰了碰他的嘴，埋怨了一句，"你在洲头县喝水了吗？"

何绍礼微笑不语，他的心松懈下来，困意涌上，一时并不知道想说什么，或者无从说起。他脑海里浮现昨晚灰色无际的起伏的大海，充满着不洁浑噩，惹人烦恼。

顿了顿，江子燕听到他轻声说："以后，我会带你，我们会带胖子，一起去看更多的大海。"

何智尧刚刚被赶出来，他负气地平躺在门口，等着江子燕搀扶起他睡觉。没一会儿，看到江子燕轻手轻脚地走出来，她脸上挂着微笑。

他已经困了，打着哈欠问："咱还直播吗？"

江子燕搂着何智尧上了床，轻声说："以后不直播啦。尧宝，你幼儿园马上又要开学，你要加油啊。"

何智尧在她的怀抱里，足足愣了半天，从里到外地拔凉一片。他实在想不明白，为什么大人在深夜里，要拿开学这么恐怖的事情，去刺激一个无害的小朋友。

他喃喃地说："I feel cold."过了会儿，他又怀着希望，"这事你告诉爸爸了吗？"

江子燕便说："你今晚踢了他一脚，现在又想找他帮忙啦？等明天早上，别忘记跟他道歉。"

何智尧如从大义般紧紧闭上眼睛。

和往日不同，何绍礼这次开始记起仇。因为第二天清晨，他依旧觉得胯下隐隐作痛，不得不并着腿，忍住一切对亲生儿子的恶意。

比起他全程面沉如水，江子燕听完楼月迪的事，表情也没多少失落。

楼月迪是她心上的一根毒刺，每每想起，灰心与眷念都是同期潮生。也许每个人的人生中，都有这种独一无二来自原生家庭的委屈。她能如何？就像何智尧配有魔术贴的童鞋，用力撕下来摩擦带，会发出巨大的唰啦声。但那并不是伤口撕开的疼痛，充其量是解了惑而已。

江子燕时到今日，对仇恨的态度依旧不是和解，总是暗自想"你先等着"，但她依旧拿楼月迪没办法。

她只能说，自己肯定不算是拥有最不幸童年的人，甚至不一定是洲头县最不幸的人。只不过从那次离开洲头县，她学会多放手而已。青山不可上，一上一惆怅。

江子燕淡淡说："我们继续过我们的日子，不要理睬那些啦。"

何绍礼倒也得知江子燕昨日提前离职的事情，忽地说："你应该继续写下去。"

江子燕很少听到何绍礼指点自己的工作，惊讶说："真的？"

何绍礼点了点头，沉吟片刻："一般人在刚工作的前两年，吸取的知识都只是行业里最基础的常识。科技创投媒体界的视野确实比较高，你没有获得充分信息和方向前，不妨继续在这个行业里浸染下去——如果你不讨厌这个工作。"

江子燕果然被勾走思绪，她想了半天说："我确实不讨厌。"

何绍礼便缓缓说："可以给这个工作一个机会，看看你能走多久。"

江子燕认真地在心中梳理起这番话来，手指闲散地搭在沙发背，额头如横江鹤般光洁。

何绍礼望着她，他总想形容她独特在哪里，却又说不出来。很多人的缺点都隐隐地像江子燕，但相处久了，会发现失之毫厘，只有她能站在这里。

他低声说："那当是我的私心吧，我也想你不要太累，家里有一个人忙就够了，你多陪陪我和胖子。"

江子燕不由抬头，与他对望着，想到刚回国的诸多踟蹰。

这个男人值得爱吗？他以后会伤害她吗？全部投入家庭会压抑她的天性吗？也许唯一了解答案的办法，只有去付出和去爱。

生活很复杂，感情很脆弱，但在凡事开始前，不要总那么紧张，不如试试看。

何绍礼被她的专注目光盯着，故意学着何智尧的语气："你再看着我，我待会儿就该脸红了。"

江子燕却扬眉，她说："那我现在就让你脸红。"

她移靠过去，用手指轻轻按住他略微肿胀的唇角处，却偏着头，小心地去吻着他完好的另一侧嘴唇。那是一个像四色风车转动发出的黄色微风，胆小内敛，让人欲罢不能地想去追着游街的轻吻。

何绍礼一把搂过她，他觉得胳膊已经出汗了。但待会儿还要动身去公司，他只能烦躁地说："大白天的勾引伤号，不太地道吧？"

江子燕笑着说："我打算每年都勾搭几次，看你能被我撩多久。"

何绍礼也低低笑了："那你记得多试验，千万不要中途放弃。"

到底两人都有事情要做，有心事要想，在情绪还没走火前，两人都先安静下来，平定着呼吸。

江子燕拍开他已经掐着她腰的手，嗔怪说："你不上班了？"

何绍礼把头压在她的颈窝，略微撒娇地说："子燕，子燕姐……"

她被他叫得心里发酥，心底却有点又气又恼，心想哪天一定得逼着他把这别扭的称呼改了。别的好说，这叫法感觉太乡土了！

何智尧晚上回家，在爸爸陪他洗完澡后，决定跟何绍礼握手言和。不过，何绍礼看着他那在水里乱蹬的强壮小短腿，还能记得昨夜的"断子"之痛。

洗澡的时候，他冷言说："胖子，你小时候不会说话，现在会说话了但脑子又笨，脸长得还没你妈好看，如果你不是我亲儿子，昨天就把你的小蹄子剁掉。"

何智尧光着身子，他的脑子在外太空，眼睛却在镜子里欣赏自己的娇美身躯："爸爸，你看我多么威风四射、横扫八方、姿颜雄伟，人称玉面小李逵。"

江子燕允许他在浴缸里洗澡，何智尧很开心，小脸和脖子都浸泡在粉红色的泡泡水里，亮晶晶地发闪。

何绍礼便又毫无节操地后悔了，他摸着鼻子道歉："对不起，智尧，我不该这么骂你。"

何智尧得意地哈哈大笑。

等何绍礼给他擦干身体，忍不住问他到底整天从哪儿学的词。何智尧又是自然地说："拉秋说的。"

这个传说中的"拉秋"，到底是谁？何绍礼和江子燕曾经搜刮肚肠，都没想到这号人物。幼儿园里，也没这么一位小女生，或者小男生。

不过，何智尧总有不少新的疑问去刁难他们。

"小公主啥时候来？她住多久？"过了会儿，他又问，"是和我睡一张床吗？她脖子长吗？她说什么话？她喝水吗？妈妈你为啥不上班？就因为想迎接小公主吗？"

江子燕一愣，因为孩子最后这句话。有的时候，何智尧反应略微迟钝，但他小脑袋里装着的感情，比其他小朋友要敏锐细腻不少。

她斟酌了片刻，柔声说："不是呀。妈妈是因为自己的工作得歇两天。"过了会儿，江子燕又郑重地说，"尧宝，你如果不想要妹妹，一定要告诉我。家里如果再有新成员，我和你爸爸都不会瞒着你的，会先告诉你。"

何智尧若有所思地玩着手里的玩具，睁着大眼睛去听，过了会儿，他懵懂、慢慢地说："家里再有小公主来了，我也最爱你。因为，你是我妈妈呀。"

何绍礼站在门外，喉咙发热，忍不住冷笑两声。

身高一米多的小胖子，缺乏高段位智商，却仗着嘴巴抹蜜，总能站在三万多米高的亲情道德高地，桀骜地俯视他懦弱的年轻父母。

而感动坏了的江子燕，立刻同意他再去爷爷家住两天。这说明，何智尧又能在他心慈手软的奶奶那里摸两天鱼。

江子燕离职第二天，她的公司邮箱已经被提示不能登录了。但至少，她还没有被踢出两个工作群，她以Dogged这个名字又注册了一个邮箱。

何绍礼还在记恨儿子那晚那一脚，他断断续续的抱怨声，传到江子燕的耳朵里。她坐在床上盯着电脑，直接说："我在写东西，你不要吵我啦。你要担心自己今晚阳痿了，就去翻我的包，我包里有治这个的药。"

何绍礼胸口一闷，什么话也说不出来。

过了会儿，他不吭声地先去翻了江子燕的包，里面有一瓶葫芦籽复合提取的胶囊。上面写着功能是：治疗性欲低下的男士、办公室久坐的男士、夜间盗汗的男士……

何绍礼盯了她好一会儿，忽地笑了："你不解释一下？"

江子燕之前在部门上班发闲，天天跟着程序员厮混，学了点编程语言。

公司程序员的身体比她还娇贵，偶尔熬夜到极限，也有盗汗的状况。她跟风买了点保健品，买回来后，才发现是专供男士使用的。而葫芦籽是一种神奇的提取物，对女士可以催奶，对男士可以壮阳。

嗯，何智尧喜欢奇怪事物的个性，至少可以从他妈妈这里发现端倪。

江子燕解释着解释着，便有些促狭地笑了，歪头说："你不会真的不行了吧？"

何绍礼又盯了她一会儿，他居然也没找水，利落地干服了两枚胶囊下肚。

她神色一紧，猛然把膝盖上的电脑合上，说："你怎么真吃了？"

何绍礼神色自若："不能浪费。"

他洗完澡，在她身边躺下。江子燕竟有点不敢直视他，先瞥了眼他的腰部，何绍礼倒是没有什么反应。唯独到了她刚要熄灯躺下，他迅雷不及掩耳地翻身，手肘撑在她的头两侧。

"把腿张开。"何绍礼低声说。

江子燕脸一下红起来，却又有些异样，他的唇正慢慢地沿着她白净的腰往下挪动。空气仿佛突然静止，带着温暖狂暴的黏稠感。她觉得血都往下涌过去："你要干什么？"

何绍礼的语气带着微微的男人羞恼和少年的热意，他耐心地说："你打开腿，让我来亲你。"

江子燕枕头上的额角渗出了薄汗，但眼眸里的秋波流转，长发散在锁骨前，酸乏滋味只能足不出户，等他再重新亲上她的唇的时候，前戏已经过久过多。江子燕洁白纤长的腿根就像一盏玉灯碎在湿泞的雨天里，她拧着眉眼，手和何绍礼的紧紧相扣。

452

何绍礼却皱眉说："你这么紧张干什么？放松。"

她的表情含了太多人间情味："我……"

话没说完，她就被他霸道地吻住。也不知道多久，何绍礼的动作越来越重，江子燕两个极瘦的肩膀都在颤抖，滚烫与清凉都没有距离。她的腰最终塌下去的瞬间，觉得全身都在高楼南风欲坠处。何绍礼却只是再吻吻她，抽身而出。

他利落地跳下床，把整个房间的灯，里里外外全部打开。何绍礼重新回来，再拨开她的发，垂眸帮她揉着发热发红的膝盖，英俊的面孔布满要放纵的欲望。

"江子燕，这是今晚的第一次。"他缓慢地说。

这瓶绿色的葫芦籽胶囊，何绍礼慢悠悠地吃了三天。第四天的时候，江子燕翻箱倒柜地找出来，直接扔了。

等到去爷爷家接何智尧，董卿钗也知道他们计划再要一个孩子，喜上眉梢，直接帮他们约了个孕前体检。

何智尧吃着油炸花生米，他也被无可避免地问起来，愿不愿意迎接一个小妹妹。

江子燕和何绍礼，仿佛都很确定这胎是一个女孩。这大概来自何绍舒的强烈安利，她的两个双胞胎确实是太省心了，连保姆都啧啧感叹。

何智尧身为曾经的弱娇宝宝，他不甘地和所有大人唱着反调："我喜欢弟弟。"

何绍舒逗他："但是，你有弟弟就没有小公主啦。"

何智尧振振有词地反驳姑姑："Noooo，我爸爸是你的弟弟，但你也有两个小公主！我还是有两个小公主。"

何绍舒一愣，她自己琢磨了半天这亲戚关系，不由上下揉着何智尧的脑袋，惊奇说："尧宝好聪明，你是真傻还是假傻呀？"

何智尧得意地说："我平时都是假傻的。"

趁着他们在聊天，江子燕单独去书房里找到何穆阳。

"爸，我能采访你吗？"

何穆阳是半途下海，受过社会言论管制的苦，一生非常慎言，几乎不接受任何媒体采访。他闻言很诧异："你采访我干什么？"

江子燕目前想找个题材，练习下长篇稿的构架和逻辑。原本是打算就近采访何绍礼，但他没说几句，就开始动手动脚，她算是怕了他。

何穆阳皱起眉头，他觉得这个儿媳无知无畏，并不以为意。可是等江子燕掏出笔记本电脑，向他展示出她做的功课，和足足一百多个备选问题与资料后，又觉得她不是随口说说。

"你真想投身传媒界了？"他不动声色地问。

江子燕倒也直接说："还没想好。但我如果要自己做生意，我希望第一桶启动资金是靠我自己赚的，不是靠绍礼和您帮我，而目前为止，我最能赚钱的技能就是写稿。"

何穆阳威严地坐着，他突然严肃地说："你记住，你现在是智尧的母亲……"

"我和绍礼都商量过，亲人和家庭时间绝对排在第一位，但我们也都会有自己的工作。"她毫不客气地说。

江子燕几番打断他，何穆阳却是笑了，他仿佛是第一次正眼看她，悠悠地说："那你把你之前工作上写的稿子，打印出来让我看看。"

董卿钗办事极快，孕前体检第二天就约好。但何绍礼和江子燕刚刚做完两日，就被医生紧急叫到办公室。

两人都有些茫然。

江子燕在女人中可以说是非常沉得住气的脾性，倒是何绍礼从公司赶过来，直直站在旁边，面色不定，甚至还有些难看。他一路上揣测了不少，只沉声问："发生什么事？是不是，我俩谁的身体有问题？"

何绍礼看了一眼对面坐着的医生的目光，又不由自主地瞥了一眼江子燕。她还是镇定地没有开口，何绍礼的脸色却仿佛是褪了层血色，他握住她的手。

"说话。"他冷冷地说。

医生咳嗽一声，笔尖在桌上戳了下，尴尬地说："不用做孕检了，何太太已经怀孕啦。"

这消息几乎堪称石破天惊，饶是江子燕和何绍礼的心理素质，都不由齐齐呆在对面。

江子燕清白的面孔已经迅速烧了起来，她心下立刻往回想，是哪次？应该月份很早，肯定是两周前的那一次。何绍礼则想，是哪一二三四五六七次？完全没有印象。应该不是葫芦籽那次……吧。

他们都陷入沉思，眼角眉梢俱是冷人冷相。夏日炎炎，却有几分寒雪的难熬感。

医生拿不准这一对璧人是什么心思，常规性地问了句要不要孩子，何绍礼冷冷地一眼扫过去。

江子燕嫌他碍事，直接把他喊出去，连续说了几次，何绍礼终于不吭声地走开。

等只剩下她和医生两人，医生这才轻声纠正，江子燕不是怀孕二十天，而是已经将近一个月。

江子燕坐在椅子上，脸色又红又白，自发缄口。

江子燕走出来说与何绍礼听后，他略作思考，才淡淡说："怪不得医生刚才叫我出去，孕妇把自己怀孕的日期说得不准，那说不准是谁戴了绿帽子。比如，不一定是她丈夫的孩子。"

江子燕这才想明白这层关系，侧目看了他一眼。她在人情细微之处，至今都需要何绍礼来指点。

"我完全没有想到。"她语调呆呆的，全程板着脸，说到后来还有几分切齿，"你不是每次都说不会怀吗？"

江子燕自诩精细，做事又喜欢掌控。然而她第一次怀孕和第二次怀孕，居然都是毫无察觉，甚至同样稀里糊涂。想到昨晚还允许何绍

455

礼胡闹，她的目光更冷了几分。

何绍礼却比她还要多沮丧几分，他摸着鼻子，含糊地说："确实是好快啊。"

江子燕不由抿起嘴，柔声说："你以后离我远点。"

这大概是最如丧考妣的怀孕夫妻。

消息出来，何家上下，都是喜气洋洋，连何穆阳都忍不住对着何绍舒夸了会儿江子燕。至于何智尧，懵懵懂懂的，只说："厉害了，我的妈！"他又趁乱大手一挥，"我做主，我以后就不去幼儿园了！"

等到何智尧哭哭啼啼地再被更狠心的大人强制送去幼儿园，江子燕的第二份检查结果也出来，意料之外，腹中是双胞胎，还有很大可能，是两个男孩。

江子燕微微张着嘴，又是一句话都说不出来。

她根本没孕吐，除了腹部微微隆起，身形都没有增减，无论如何都想不到自己怀了两个孩子。

何绍礼却已经和最初的快然态度相反，眼里闪着强烈的光，紧紧地搂着她的腰。他低头对何智尧说："胖子，恭喜你啊，你姐要给你再生两个弟弟。"

关起门，他又私下里在江子燕耳边说起混账话："喊，何绍舒还做试管生双胞胎，看看我的能力！"随后他吻了吻江子燕的脖颈，低声说，"子燕姐，从此有四个人管你叫姐姐。"

她终于苦笑不已。

何智尧几天放松的反应，让江子燕把心底的最后一抹遗憾擦去。

小朋友嘴上不说，但有些嫉妒世界上其他的小公主，他不希望妈妈生女儿。可是多个弟弟就不一样，何智尧自认比较了解男小朋友的心思，更有强烈的信心不会被抢走三千宠爱。至于"为啥能多两个相同面孔的小弟弟"，小弟弟又到底是宇宙里哪个旮旯里冒出来的，他暂时不在乎。

"同一个世界，同一个atom（原子）。"何智尧这么说。

江子燕找机会，和原部门里的人吃了顿告别的午饭。

每一名同事都是老样子，说着老话，但感觉已经很陌生了。江子燕用风衣遮着肚子，选的杭州菜馆，非常清淡。其中有人点了龙井虾仁，她没注意，转盘就转到了她跟前。

江子燕特意选在偏角落，突然间，喉咙里一股恶心，她迅速冲了出去，把肚子里的食物吐了个精光，等再抬头，莫名又是满脸的泪。

是她的母亲想害她，是她的儿子救了她，血缘就如同莫比乌斯环一样。

徐周周看着她眼圈微红地进来，觉得江子燕隐约变了不少，琢磨了会儿，发现江子燕如今虽然笑的次数少了，但在心不在迹，比起以往的流云渐冷的柔冷，无形中更多了几分如衔花而来的暖意。

江子燕也问她："周周，你当初也被Jack面试过，Jack问没问过，你相信什么不相信什么的问题？你怎么回答的？"

徐周周想了一会儿："我当时是瞎回答的，好像说什么中医到底有没有用之类的。Jack还说我答得有意思呢。"顿了顿，她忽地说，"其实，Jack有一天开会还特意问起过你呢。他说，你是一个难得的聪明人。"

她淡淡地笑了，终于什么也没说。

吃完饭到下午，同事继续回公司上班，江子燕独自慢悠悠地拐进发廊。当理发师问要洗头还是修理长发，她看着镜子里的自己，忽地笑着说："剪短。"

理发师拿着剪刀，珍惜地看着她的头发，说："小姐，你的发质很好——"

"剪短。"她冷淡地吐出两个字。

剪发回来，她依旧斜斜坐在沙发上读书，何智尧举着小火车跑来跑去，不小心把茶几上她每日阅读的那一大沓书撞倒在地。

江子燕自己出了会儿神，再蹲着身子去捡，不料何绍礼抽空回

457

家，正好推门看到这一幕，迅速抢过来拦住。她看他绷着下颌，心知这人立马要为难儿子，还没来得及劝。何绍礼看她一眼，突然怔住。

"你什么时候剪的短发？"

她挑起嘴角："好看吗？"

江子燕不再将长发乌云般盘绕，短发齐肩，却是槐花带两枝的轻盈，是对过去进行彻底的告别。此时此刻，客厅的落地玻璃如水洗过般明亮剔透，地上摊着各式的书，深秋的阳光投过来，半热不热的温，脆弱却格外真实。

何绍礼定定地望着她，不由低声说："怎么就剪成这样……"想到她怀着孕，他又立刻笑着改口说，"也还不赖。"

江子燕被他明显的言不由衷逗笑，她停止收拾，伸手过去抱住何绍礼的脖子，把身子整个挂在他身上。何绍礼连忙握住她的手掌握平衡。

"你想好给这两个孩子取什么名字了没有？"她随口问，"对了，你当初怎么决定取的尧宝的名字？"

换成何绍礼笑而不语。

早在某一个相似的工作日，这个城市提前下了初雪，但因为气温高，雪又化了，全成污水。远处是山的青影，室内温暖，满目枯荣。

同事们都结伴去看电影了，剩下何绍礼独自坐在午后的办公室里，对着反光的屏幕，思考着是否要发送第二封邮件。

"Re：你的打算是什么？"

何绍礼敲了一行字："你回来吧，随时都可以……"想了想，他又加了后面一句，"我没有喜欢过其他人。"

但看着那封邮件很久，他的心冷硬，甚至有那么一瞬间，觉得什么意义也没有。

在何绍礼最初不相信他对江子燕动心的时候，几乎把她全身上下所有的毛病都仔仔细细挑剔出来，所有优点、缺点和疑点。观察和等待一件事情够久，都会成为行家，最后他认了命，把一辈子搭了进去。

后来，他给她的儿子取名为"智尧"。

"智"是送给她，"尧"是警戒自己。董卿钗是老式教育，小时候喜欢让这对儿女猜字谜，而"尧"的字谜含义，就是"总有一天你会明白"。

——落单的宝石袖扣，不说话的儿子，放出的狠话，没有说明的心思。

何绍礼感觉她在国外好像更开心，以往的事情想着都如同垃圾。也许，确实就是自己个性太温吞，以至于此刻除了无声等待，任何事情都做不了更多。

何绍礼心灰意冷，想动手删除邮件，恰在此时，江子燕的远洋回复，骤然到来：

"我会回来。"

须臾中，一切分散的精诚魂魄如梦准时前来，他无意中把手边的文件捏出两条巨大的折痕。

"江子燕。"何绍礼突然叫她。

她正在静静地看何智尧，应声微笑着回头，看他将地上最近的那册书捡起来。恰好是那本繁体古龙合辑，书的边角磨得差不多，握在手中是旧书特有的柔软触感。

在江子燕疑惑的目光中，何绍礼低头把书平摊在手，微微用力，大拇指按着两边柔软、淡黄色的摊开书页，齐齐往书脊中线里回拗，最后把这本古龙合辑，攒成了一个弯曲的心形。

他笑着把那本书递给了她。

是谁家新燕？
今日尔应知。

番外一

请勿多言

一

何绍礼沉默地打量着眼前的人，显然从上次离开，对方就没有睡过。

她攥紧半空的一次性水杯，目光空洞，手像缺水的白玉兰，极枯又极白，整个人都是长久不洗澡后的闷臭味。她依旧如泥雕木塑般守在婴儿床边上。

又等了很久，她终于慢慢地讽刺说："何先生，你的意思是希望我在你眼前消失。"

"我不想重复第二遍。"何绍礼听到自己平缓的回答，他同样听到自己的声音落下的时候，一把黑铁锻造的沉重匕首，每一寸，从头到尾，即将深深地插进两个人原本就极度脆弱的关系里。

此刻握着匕首的人，是他自己。

"你可以不去美国，或者你喜欢英国、澳大利亚、加拿大，或任何一个国家，有何家担保，签证都不是问题。"

她靠着墙，再次麻木地重复着："……所以你只要我走。"

这是何绍礼平生第一次做恶人，除了心脏抽痛，他正极其镇定、万分冷静、无法控制地感受着撕裂与难过。

他继续说："学校的学费和留学的费用，不是问题。"

何绍礼看得出这位"女阎王"想硬着脸回答"我根本用不着你施舍"，但这个向来强硬的女人真的失忆了，她的狠绝在现实面前被摔得一败涂地。

后来，她的手心被指尖死掐着，露出一个苍白的笑容，非常简单地说："我只有一个要求。"

江子燕临走那天，何绍礼在日落前就赶到她的公寓处。他独自在楼下站了三个小时，终于敲响她的房门接过何智尧。

何绍礼把何智尧放进车后座的儿童安全座椅上，关上车门。他从后视镜中，看到她直直、僵硬地站在玉带般的道路上，他能感觉到她整个人如被老鹰啄眼般剧烈的痛，还有孤独。

整个告别过程，江子燕只低声地说了句话：

"尧宝是我借给你的，有一天我会把他接走。"

江子燕说这话的时候，没有哭。

何绍礼也没有回答。

回家的路上，黑暗被路灯一分为二，前方霓虹般的尾灯温柔地闪烁。15分钟后，驾驶座上的人就因为手指颤抖到握不住方向盘，不得已启动了自动驾驶挡位。

这辆豪车中坐着两个男孩。他们的岁数加起来，没有一个叫江子燕的女人岁数大。

他们一个尚在沉睡，脸上有泪痕，而另一个正重复地咽下喉咙中的剧烈刺痛，在黑暗中抬手紧捂住脸。

二

何绍礼早就决定好了儿子的名字。

何穆阳对"智尧"两个字很满意，找资深的风水先生算了一下说不错。何智尧在大人手里被传了一圈，最后回到大男孩手里。何家的一儿一女，当时都陷入情感旋涡。何绍舒虽然结婚了，但不到两个月就从新房搬出，重新回到父母家，问她发生了什么事情，她咬死了不说。

何绍礼察觉到一点端倪，不过，他当时的精力全放在自己儿子身上。

该给小孩子起个小名，这样好养活。何绍礼做人有一种诙谐幽默感，直接就叫他胖子。

"当一个胖子牵挂一个人，被牵挂的人一定无所谓。当一个胖子爱上一个人，从此伤心对不对。"

这是小柯写的《胖子胖子》的歌词，何绍礼低声吹着口哨。

某个瞬间，他依旧是那个笑时露出酒窝，温润却极度自信骄傲的大男孩，从小外貌、家境、学习都是拔尖的那个，拒绝过太多女孩子，却从没有被任何女孩子冷遇过，除了某人。

她是各种意义上的第一次。

第一次之后，就有第二次、第三次和第无数次。

何绍礼握着钢笔，在纸上，依次写下"紧握刀锋"这四个字。

仅仅一周后，怀念她和回忆他们的过往，就成了他生命里不可缺少的一部分。

三

何绍礼第一次帮儿子换尿布，那股恶臭让他往后退了几步，瞳孔收缩，隔着不灵光的鼻子都能感受到全世界带来的恶意。

何智尧很长时间拉的都是软便，于是有个微妙的后遗症——屁股上被擦出浅红色的疹子。

何绍礼买来各种婴儿保湿霜，但毫无效果。

后来，何绍舒也把一罐她修复脸部过敏的面霜送给弟弟，治疗何智尧的疹子，却误打误撞，效果甚好。何绍礼立刻就大量购入，毫不在乎金钱。

何绍舒都觉得有点好笑："这一瓶抗老修复面霜贵得很，好莱坞明星才用它抹身体。绍礼呀，你就用它来给小屁孩抹屁股？"

"姐，我儿子的屁股自然比任何人的脸都重要。"何绍礼面不改色地回答。

何绍舒啧了声。

何智尧两岁的时候，吃好喝好地茁壮起来。男孩子好奇心强，总是扒着看窗户，目光发亮。

何绍礼为他拍了不少照片，压缩文件添加到邮件附件中，发给了江子燕。

江子燕的回复隔了四个小时，姗姗来迟："收到，谢谢。"

何绍礼索性将每次江子燕的回复都整理出来，都是短句，像服务用语——"谢谢""收到""好的""已经开学"。江子燕冷淡的气场，似乎能通过这些短句隔着电脑屏幕传出来。这也是他的报应。

何绍礼没有给她打过一次电话，他只是对儿子说："胖子，等她回来，你要替我骂她。毕竟有些话，我自己说不出口。"

但长着和他相似面孔的儿子，突然间一口咬住他的领带夹，狼吞虎咽地要往嘴里咽。

何绍礼用手指掰开他的嘴，皱眉道："'女阎王'是生了个小僵尸吗？"

四

江子燕回国前的一天，何绍礼给他家"茁壮"小胖子，从里到外洗了一遍澡，又让他姐姐帮着挑了一套新衣服。

何绍舒挺着肚子，评价："王宝钏苦守寒窑十八年，盼来了喜讯。"

何绍礼的两个酒窝都极深，嘴里却不咸不淡地说："神经病啊姐。"他又说，"让你帮我打扮胖子，是要让他显得有钱点，像个有钱人家的小孩。"

何绍舒摇头："钱钱钱，毫无情趣，也就子燕配你。"

"不然她配谁？"

何绍舒闻言不禁盯着他看，何绍礼问："怎么了？"

"没事，你以前从来不说这话的。我还想，你这种情圣说不出这种话。"

他是真的心情好。

"情圣情圣，我就是被剩在原地的'情剩'。"

何绍舒又啧了一声。

何绍礼带着何智尧，晚上六点就在机场等候。

何智尧第一次来机场，他睁大好奇的眼睛，撒腿就要往登机口那里跑。何绍礼本来习惯性地要把他抱在肩头，但犹豫了几分便作罢。今天出门时，他特意在头发上抹了点发胶，为了营造出英俊帅气的形象。

"老实点，胖子。"何绍礼低声呵斥儿子，"少给我丢脸。"

何智尧眨巴着大眼睛，左看右看地哼哼。

然而等了半天都没有见到人，何绍礼的心越来越沉。她是不是还在美国？她是不是回国前改变了主意？她是不是根本没有登上这趟航班？

何绍礼终于意识到原来自己还是胆小的，纵然年轻，但已经不敢自负到认为可以掌控命运。她走了。她依旧是一根刺，就他如履薄冰、全身是汗地等着她。

何绍礼拨打了烂熟于心的美国号码，对方接听了。

"马上。"她的声音依旧温柔，只是有点哑。

何绍礼的手心微微有一点汗。

"哥哥抱。"何智尧打着手势要求。

<h2 style="text-align:center">五</h2>

江子燕怀二胎的孕期，到了后期突然身体恶化，即使何绍礼每晚推掉所有工作照顾她，也毫无起色。那时她再次出现严重的失眠、厌食、干呕、头痛等症状。平时最喜欢的洗发水、沐浴露她都不能用，也不能接触任何带香味的东西，否则就会呕吐不止。除此之外，她亦不能看任何带有鲜艳颜色的物品。

产检结束等待结果的时候，其他孕妇穿红色碎花的罩衫路过身边，江子燕脸色一变冲到卫生间。何绍礼索性把家里所有家具都用黑布罩起来，尽量不开灯，只有身处这种黑漆漆的环境的时候，她才会感到安宁放松。

何绍礼倒也享受这段"暗无天日"的日子。他笑得毫不介怀，笑完后，走到江子燕身后，伸开手臂抱住她，深吻她沁凉的脖颈，低低地在她的耳边说："长夜将至，暗黑力量已经北上发展扩大，我将不娶妻，不封地，不生子，尽忠职守地对抗黑暗。"

江子燕怀孕的时候，陪着他看了风靡全球的《冰与火之歌》。

"我喜欢小恶魔提利昂，"她微笑说，"不过，我想没有任何读者能不喜欢他。"

何绍礼坐在旁边给她剥花生，沉默片刻，突然皱眉："他就是一个机灵点的侏儒而已。"

何智尧绕着家里各种盖着黑布的家具警惕地走了好几圈，若有所思。江子燕把他叫过来，抱歉地说："尧宝，是不是家里变丑了？"

小胖子的表情很纠结，他环视左右，声音很小，悄悄地问："我懂了，我们现在就是活在太空飞船里面，我们准备发射，你要带我离开地球对吗？"

等江子燕提前住进医院的时候，何智尧在家里号啕大哭，他认为他妈妈又先离开地球。

六

江子燕顺利产下双胞胎，何绍礼全程陪在旁边。看到两个新生儿时，他没有过分激动，反而家里其他人都喜滋滋地过来看。

何绍舒的两个女儿已经会叫舅舅了。何智尧带着他的两个小迷胖妹，在江子燕还没生产的时候，经常一起坐在床旁边晃悠胖腿。

这家月子中心的厨房提供果冻，三个孩子好像特别喜欢吃这个，江子燕每次都给他们留着。

"你记得多陪陪尧宝，"她嘱咐何绍礼，"千万不要让他觉得我们现在忽略了他。"

何绍礼本来还想多陪妻子一会儿，但被江子燕赶出门的时候，他看到他儿子正在显摆。

"姑姑说了，我现在的身份是长孙，那啥，就是说，我是老大，"何智尧依旧胖得惊人，他正摇头晃脑地对自己的两个小妹妹胡说，"家国大业的重担哪，就交给诸葛先生实现。"

何绍舒笑得眼睛弯弯，对吴蜀说："尧宝居然也喜欢诸葛，真有品位。"

何智尧一回头看到爸爸就匪里匪气地问："姆们家的娃呢？"

护士忍俊不禁，抬眼看向这一大一小父子俩，何绍礼不由摸了摸

466

鼻子，笑着说："少废话，你赶紧给我过来，一起去看妈妈。"

何智尧被领着小手，他又仰头问何绍礼："哥哥，你在全世界最喜欢的人是谁？"

"以前喜欢你和妈妈，现在，还要加上你的两个弟弟。"

"那，你只能选一个人去最最最喜欢呢？"

"我如果选了你妈妈，你会不开心吗？"

何智尧想了想，大方地说："不会。我喜欢你，但你如果不喜欢我，我就待在原地等你，等你喜欢上我为止。不过如果你现在喜欢我，你就要把弟弟送给我玩。好不好？"

何绍礼无奈地说："……我真希望能跟上你的脑波。"

七

江子燕的奶水不多，几乎没怎么喂就停了。

她坐月子的时候大部分时间都在睡觉，天气好的时候，会穿着浅粉色的棉布病号服在小花园里散步。傍晚时分，流云挂在半枯的树梢的正上方，她脚底的鞋发出细微的咔嚓声，在只有喷泉的小花园里显得分外安静。

何绍礼每天中午和半夜，都会从他的公司匆匆赶来看她，再匆匆赶回去。何穆阳借给儿子一个司机，这样何绍礼在路途中不用自己驾驶，能小憩片刻。

这天，何绍礼来到月子中心，时辰还早。江子燕的床铺是空的，摆着笔记本电脑和杂志。杂志后面的填字游戏已经填满。

未关闭的电脑文档里，正是江子燕顺便整理并翻译的整整三万字的比特币资料，以及有关虚拟货币的扩容和安全分析。

何绍礼坐在床上读了几页，他很喜欢看江子燕写的笔记。

旁边两个小儿子还在安静地睡觉。双生子的体型比普通的婴童更瘦小一些，但非常健康，头发茂密。

何绍礼对此不担心，他都能把何智尧养成人见人烦的小胖子，养这两个孩子能有什么问题。

何绍礼翻页的时候，正好看到闪烁的电脑桌面上有一个名为"何绍礼"的文件夹。

何绍礼眼睛微微一眯。

他犹豫片刻，右击文件夹选择"详情"，先查看了该文件夹创立的时间。江子燕回国后一直都在用旧电脑，该文件夹创立的时间，正是还在国外的那几年。

这个叫"何绍礼"的文件夹里面会有什么？

何绍礼晃动鼠标，略一沉吟就准备点进去查看。这时，突然有一双手捂住他的鼻子。幽暗的冷香味道扑来，后背传来熟悉的温度，何绍礼肩膀发沉。

自己的妻子戏谑地说："如此偷看我的私人文档，其心可诛哇！"

何绍礼被当场捉到，索性继续光明正大地点进去，想瞧一个究竟。

在以他自己的名字命名的文件夹里面，存有不少文档，何绍礼随便点开一份，是他创业之初参加的几个小型采访。他再点开一个文档，又是他的履历百科。何绍礼默不出声地把文件夹里有关自己的东西都简单浏览了一遍。

"嗯，当初我独自在国外无聊，就把你的公司和你本人都上网搜索了一下关，这些都是历史记录。"江子燕边解释边递给何绍礼半盒子水果。

何绍礼拖长尾调问："那你看过我的资料有什么感想？是更了解

我，还是更爱我？你知道这是 stalker 行为，嗯？"

江子燕冷淡淡地看着他，直到何绍礼自己投降，他苦笑说："子燕姐，你如今一丁点温柔都不愿意对我装了？"

江子燕当初收集何绍礼的资料，为了所谓的知彼知己。更阴暗地说，江子燕只愿意在破产名单和法院失信执行人里看到何绍礼的名字，回国前，她对何绍礼的所有了解，也都存在于这个文件夹里。

何绍礼何尝不明白。他虽然笑着，神情却是有点受伤。

江子燕没有多解释，她轻轻伸手过去，主动握住他的手。

江子燕中午做梦，她梦到来到一条陌生的街道，忽然四周着起火来，有人拿着机关枪扫射，每个人都在逃跑。她远远地看到何绍礼的车停在街道旁，连忙奔过去大叫"绍礼"。他看到她，一把她拉进怀里，不由分说抱进车，说没事。江子燕一下觉得很安心，就醒了。

江子燕散步的时候，眼眶微微还有些湿润。

何绍礼皱眉躺在床上，淡淡地说："你最初是为了胖子才回来的。我在你心中没有痕迹。现在又多了两个拖油瓶，大概我的地位更靠后了。"

看吧，他又撒娇了，就仿佛那不是他自己的儿子一样。江子燕如今越来越觉得，家里四个男孩子，年纪最大的最为难哄。

床上还放着何智尧的《通俗天体学》，她索性拿起来。

"今天看到这一段，就想念给你。"

江子燕读了起来："太阳只是众星之一。跟同伴比起来，太阳是较小的一个，因为还有很多星要发出比太阳多出几千倍甚至上万倍的光和热。如果只从它们内在的固有价值来评定群星，我们的太阳实在没有什么杰出的地方足矣超过它的亿万同胞。它对于我们的重要性，以及它在我们眼中的伟大都只是由于我们与它的偶然的关系而已。"

他挑眉："你想说，你和我只是偶然相识的关系？"

江子燕把书放下："儿子是我的星星，你是我的太阳。星星是万变的，但当太阳出来，所有星辰也会被掩盖。"

何绍礼怔了下，没有表情，眼神一直追着她，直到又露出深深的酒窝。

有些话，何绍礼一直没有说出口，但他对她的付出，江子燕一直能真真切切地看在眼里。

那些没有诉之于口的温柔，他正成千上万地加倍补偿给她，这样看来，是爱情。

即使他们曾经分开，也是为了更坚定地在一起。

江子燕此刻蓬头垢面，没睡醒，没精神，整个人不美丽极了，但何绍礼看在眼里，并没有说话。

他就做了自己在那一刻最想做的事情——拉住江子燕，深深地吻了上去。

无须多言。

番外二
花絮

何智尧

幼儿园重新开学，江子燕熟练地负担了接送何智尧去幼儿园的任务，她又把自己的上班时间提早。

何智尧牵着她的手，突然用英语结结巴巴地告诉她，昨晚和爸爸一起洗澡的时候，他发现了爸爸身上有一处和自己的不同，更"大"更"粗"一些。

江子燕听后脸色直发黑，幸好何智尧摸了摸自己的脖子。

原来小朋友说的是……喉结。

江子燕轻咳几声，压下那股无来由的窘意，把喉结这个词教给他。在圣经里，亚当偷吃善恶树上禁果的时候，被耶和华发现。亚当因为吞咽仓促，直接把苹果梗在了喉咙里。耶和华为了惩罚他，不帮他取出来，直接赶入人间。而喉结这词就叫作Adam's apple。

慢吞吞地讲完这个单词，她瞥了眼满脸发白的何智尧："以后吃饭要细嚼慢咽，懂吗？"

何智尧忙不迭地点头，心有余悸的样子。

过了会儿，他忧心忡忡地问："哥哥这里那么大，会被饭噎死吗？"

江子燕面无表情地说："有可能，你平常多关心一下他。"

何智尧再点点头，他捂着喉咙，自我鼓励了下："我要多喝水，慢慢吃饭。"

江子燕帮自己亲儿子补充一句："你要多喝水，少吃饭。"

江子燕

楼月迪从小到大，对女儿说得最多的就是那句"男人没有一个是好东西"。江子燕上初中时曾收到无数情书，只好在学校撕毁。后来也不知道哪个大胆的男生，投递到她家被楼月迪看到。那天，江子燕晚上回到家就被彻底毒打。到了天亮的时候，楼月迪终于放下皮带恢复点意识。发现江子燕已经人事不省地躺倒在地，她连忙抱着女儿去医院。

看到遍体鳞伤的小女孩，医生差点报警，楼月迪泪流满面一句话说不出来，只脸皮抖来抖去。当然，她这般柔弱，谁也怀疑不到她。这时候江子燕却忽地从病床上醒过来，小女孩随手抹去头皮上流下的鲜血，冷淡地开口说："没事，我在路上被一群流氓打，是我妈妈救的我。"

楼月迪一愣，想不到女儿如此镇定地撒谎。她听到江子燕继续说："我的腿很痛，感觉骨头断了。阿姨您能帮我看下吗？"

外伤无数，小腿骨折，那疤痕永远地落到上面。而江子燕被送到医院这件事自然传开，当时中学都有鼻子有眼地说她在路上被小流氓强暴。

马上要中考了，江子燕学习成绩一贯出色，再加上楼月迪又花了大笔的钱，成绩出来后为她转到了省重点高中。

楼月迪把打着石膏的女儿送到新学校，免不了又要说："燕子，你看，妈妈幸苦赚钱都为你花，你再看看你爸！"

江子燕沉默地听着，脸色没有一丝笑容，只用冰冷的目光淡淡扫过母亲的脸庞。半响后她说："我以后会补偿给妈妈。"

但这件事在她心里落下深刻的烙印。直到大学，江子燕对男生从敬而远之到半笑不笑地利用。